Ralf Kramp
Manfred Lang

Abendgrauen II

© 2001 KBV Verlags- und Mediengesellschaft mbH, Köln
www.kbv-verlag.de
E-Mail: info@kbv-verlag.de
Photos, Umschlagillustration: Theo Broere
Lektorat, Satz: Volker Maria Neumann, Köln
Druck: Westermann Druck, Zwickau
Erste Auflage
ISBN 3-934638-94-5

Danksagung

Unser besonderer Dank gilt wiederum dem Heimatforscher Erich Stoffels, Mechernich, der uns zu den alten Quellen Eifeler Gruselmythen geführt hat. Und er gilt dem Photographen Theo Broere, der für dieses Buch kunstvolle und atmosphärisch außerordentlich dichte Bilddokumente von der Schattenseite der Eifel angefertigt hat.

Außerdem ein dickes Dankeschön an Michael Bollig für den Beistand in diversen Computer-Kriegen.

Inhalt

	9	*Vorab*
Freddy Derwahl	11	*Die Nacht auf Eichenstein*
Nanny Lambrecht	16	*Das Armselchen*
Alfred Andersch	21	*Die Letzten vom »Schwarzen Mann«*
Caesarius von Heisterbach	25	*Wie ein Ritter nach dem Tode vielen erschien*
Heinrich von Kleist	27	*Die heilige Cäcilie oder Die Gewalt der Musik*
Ralf Kramp	37	*Josephine*
Anonymus	47	*Der Teufelsweg*
Hubert vom Venn	48	*Die Rache der Campbells*
Joseph Faßbinder	56	*Allerseelen*
Jacques Berndorf	57	*Leben am Maar*
Armin Renker	66	*Sibodo und Bonschariant*
Manfred Lang	76	*Nebel am Boll*
Annette von Droste-Hülshoff	82	*Der Tod des Erzbischofs Engelbert von Köln*
Harald Bongart	88	*Die Bücher*
Heinrich Heine	106	*Die feindlichen Brüder*
Manfred Heup	107	*Gespannte Rache*
Viktor Baur	112	*Das versunkene Schloß*
Klaus-Peter Walter	115	*Die Hexe*
Carola Freiin von Eynatten	121	*Der Klausener von der Kanzellay*
Tilman Röhrig	124	*Das Wannenmännchen*
Gottfried Kinkel	129	*Der Schild von Nürburg*
Uwe Rhiem	131	*Ein Geist zuviel*
Josef Benninghaus	138	*Am Heidentempel*
Dorothee Steuer	140	*Die wilde Endert*
Clara Viebig	145	*Es spukt an der Genovevahöhle*
Alwin Ixfeld	147	*Das erste Mal*
Josef B. Schiffels	149	*Die Hexe von Neuerburg*
Paul Spülbeck	150	*Das unheimliche Haus*
Carola Freiin von Eynatten	153	*Das Schloßfräulein von Ernstberg*
Ulrich Mehler	157	*Das Spuk*
Maria Homscheid	164	*Irrlicht*
J.M. Leuer	172	*Die Raubmühle*
Carola Clasen	176	*Unser Dorf soll schöner werden*

Autor	Seite	Titel
Caesarius von Heisterbach	189	*Wie zwei Jünglinge den Teufel in Weibsgestalt sahen*
Raphaela Kehren	190	*Der bunte Mann*
Michael Zender	195	*Die Böcke*
Hans-Peter Pracht	196	*Die Hexe vom Elsenhof*
Fritz Koenn	201	*Der Heimkehrer*
Armin Renker	205	*Sürthchens Musel*
Manfred Lang	215	*In den Räumen der Nacht*
Viktor Baur	219	*Auf dem Mosenberg*
Wilhelm Marichal	220	*Wiederkehrende Tote*
Gitta List	222	*Das Reh*
Heinrich Freimuth	228	*Im Venn*
Sophie Lange	229	*Teufelswerk und schwarze Magie*
Josef Müller	234	*Der Lousberg*
Josef Hilger	237	*Das Kirchlein am Weinfelder Maar*
Ralf Kramp	238	*Im Gulag*
Josef B. Schiffels	246	*Der Fischerknabe vom Laacher See*
Hans-Peter Pracht	247	*Die Kempenicher Burggeister*
Thomas Pfanner	252	*Die Altenpflegerin*
Carola Freiin von Eynatten	260	*Die Schlangenjungfrau*
Harald Bongart	262	*Silbermond*
M. Oehmen	287	*Das Schloß im See*
Anonymus	289	*Der Geiger von Echternach*
Erika Kroell	290	*Fluchloch*
Armin Renker	296	*Den Teufel im Sack*
Joseph Faßbinder	299	*Im Kreuzgang*
Paul Spülbeck	300	*Das Heinrichskreuz*
Alexander Kuffner	303	*Totenstille*
Heinrich Lentz	310	*Eifelkirchlein*
Caesarius von Heisterbach	311	*Wie der Teufel einem Mönch einen Strohwisch in die Augen warf*
Josef B. Schiffels	312	*Das Kräutermännchen*
Ingrid Peinhard-Franke	313	*Schreie*
Alfred Reumont	317	*Die buckligen Musikanten*
Michael Zender	321	*Der Teufelsstein von Malmedy*
Tilman Röhrig	323	*Kakus und Herkules*
Nanny Lambrecht	329	*Das Haus des Sonderlings*
Paul Spülbeck	332	*Die Totenwacht*
Jakob Kneip	334	*Weltentrückt*
	335	*Die Autoren und ihre Texte*

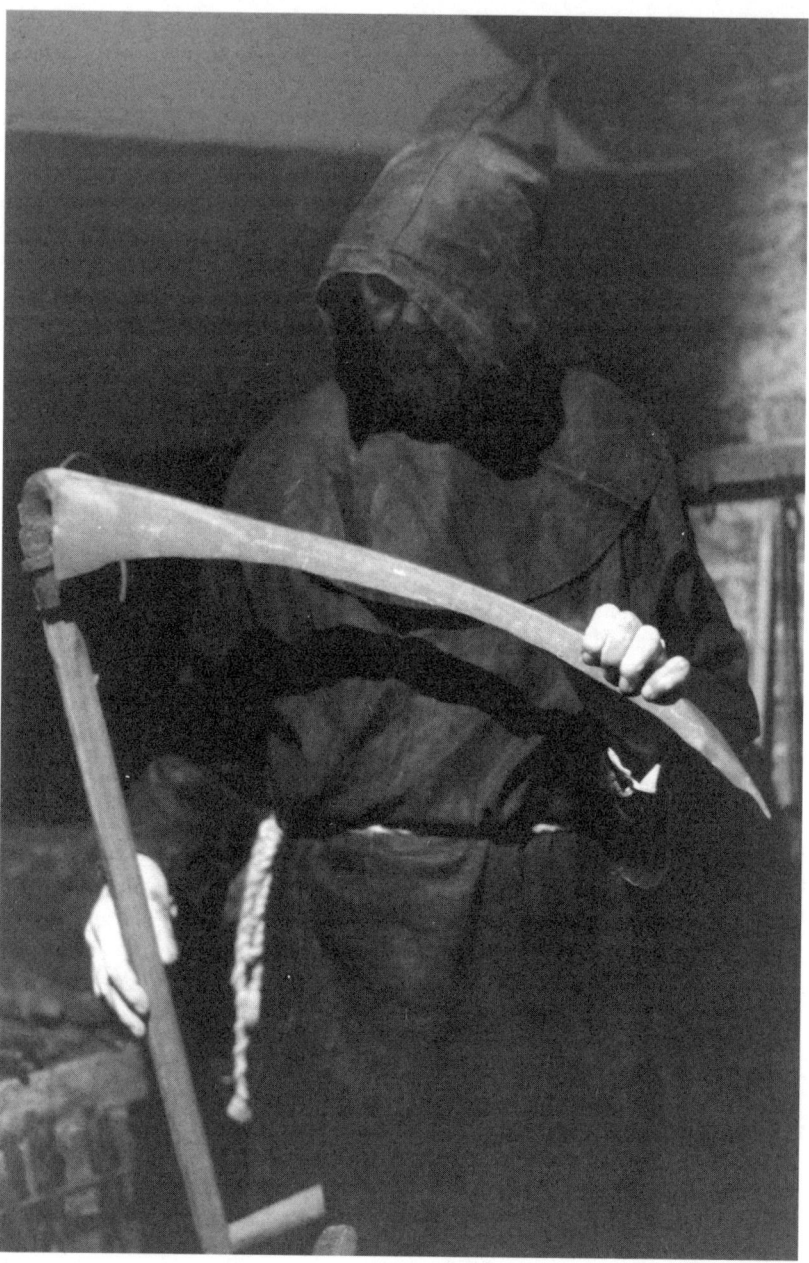

Vorab

Willkommen auf der Schattenseite der Eifel, auf den schaurigen Seiten ihrer Literatur und willkommen auch an den Abgründen Ihrer eigenen Seele. Nach dem großen Erfolg des ersten Bandes »Abendgrauen« laden wir Sie nun zu einer zweiten phantastischen Lesereise in das schaurig-schöne Eifelland des Schreckens ein.

Wer diesen Landstrich kennt, der weiß, daß es dort eine Menge Dinge mehr zwischen Himmel und Erde gibt, als man mit den allgemein gebräuchlichen fünf Sinnen wahrzunehmen vermag. Die Stille der Wälder und Hochebenen trügt, unter den Kraterseen erloschener Vulkane brodelt es, in den Burgruinen und alten Klöstern geht es um, die Friedhöfe sind nicht wirklich friedlich. Über allem schweben Geistwesen, ruhelose Seelen irren seit Jahrhunderten im Grenzland zwischen Tag und Dunkel, die Lebenselexiere weiser Frauen wirken nach und die Opfer jahrhundertelangen Unfriedens sind zahlreich, dazu verurteilt, nicht lebendig, aber auch nicht tot zu sein.

Es scheint, daß dieses von Kriegswirren und Hexenwahn überzogene rauhe Land, in dem der gestrenge Katholizismus und seine Schreckensvisionen nachwirken bis auf den heutigen Tag, und der voll ist von Sagen und schaurigen Legenden, eine ideale Heimat für ruhelose Seelen geblieben ist. Man muß nur aufmerksam hinschauen, dann sieht man die Nebelgestalten und Lichtschimmer. Und hinhören, dann lösen sich aus den Geräuschen der Nacht die Stimmen der Toten.

Wie groß ist dann das Erschrecken vor den Monstren und Fratzen, die man sieht und hört, und die doch nur unsere eigene Phantasie aus dem Nichts geformt und zum Leben erweckt hat? In der Literatur tauchen die aus dem Geist geborenen Ungeheuer auf als Werwölfe, Hexen, wandelnde Leichname oder arme Teufel von Menschen, die sich auf Händel mit dem Leibhaftigen einlassen. So entstanden und entstehen immer noch Schauergeschichten in der Eifel, die in dem Moment, in dem sie erzählt werden, zum Leben erwachen.

Heften Sie sich bei Ihrer eigenen schaurigen Lesereise an unsere Fersen, wenn wir mit großen Schritten durch die Jahrhunderte streifen, wenn wir hineinhorchen in die schrecklichen Geschichten und Erzählungen vergangener Tage und der Gegenwart. Aber Vorsicht, wir reisen in der Nacht! Bleiben Sie ganz dicht bei uns, und lernen Sie mit uns die Eifel von ihrer Schattenseite kennen.

Ralf Kramp und Manfred Lang

Die Nacht auf Eichenstein

Freddy Derwahl

Als ich an jenem dunklen Novembertag nach Eichenstein kam, lag auf den Fichten bereits eine hauchdünne Schicht Schnee. Die beiden Waldarbeiter, die am Burgring Holz stapelten, hatten sich ihre Wollmützen über die Ohren gezogen. Sie brummten kurzangebunden »Nabend«, und mir blieb nicht verborgen, daß sie sich über den späten Gast offenbar sehr wunderten. Auch war ihre Gestik eilenden Schaffens von Unruhe erfüllt, wobei offen blieb, ob sie einem Gespräch ausweichen wollten oder auf Eile drängten. Später im Burghof sah ich sie den Bergpfad nach Xhoffraiz hochklettern, und mir schien, es geschah wie auf der Flucht. Ich zog das lange Glockenseil und erschrak, mit welcher Heftigkeit der Klang von den Mauern zurückschallte und die geballte Stille in hauchdünne Wellen vibrierenden Zitterns zerteilte.

Doch geschah lange Zeit nichts, als sei mit der hereinbrechenden Dämmerung diese einsame Burg in ihren Jahrtausendschlaf zurück versunken. Nur leuchteten die ockerfarbenen Steine der Zinnen, Türme und Wehranlagen vor der schwarzen Wand der Wälder. Am Himmel flackerten schon einige Sterne. Dann näherten sich irgendwo auf den Gängen seltsam schlurfende Schritte, Schlüssel klimperten und im kaum geöffneten Torspalt erschien das Kummergesicht eines ergrauten Mannes, der mit den Worten, der Herr Professor erwarte mich schon, jede andere Konversation abbrach. Als ich ihm in das Innere folgte, bemerkte ich, daß er hinkte und mit einem Stelzenfuß auf dem Steinboden der Treppen und Korridore aufschlug. Unter einem großen Wappen, das im Bogen einer blutroten Sonne ein schwarzes Kreuz zeigte, stand der Spruch »Bis zum Ende«. Ich zweifelte nicht daran, daß hier ein bitteres Ende gemeint war.

Vorbei an Ritterrüstungen und riesigen Kerzenständern führte ein langer Gang in die Privatgemächer. Schon leuchtete hell das Arbeitszimmer des Professors, glimmendes Kaminholz knisterte, auch schwebte eine Zigarrenwolke durch den Raum, und ich sah, wie sich die Silhouette eines kräftigen Mannes aus der Tiefe eines Ledersessels erhob, und schon stand Prof. Servatius Verdoodt vor mir, viel größer und mächtiger, als ich mir vorgestellt hatte. Grinsend kam er daher, rote Flecken unter den Augen, eine riesige Säufernase, doch Ordensinsignien am Rockaufschlag, in vornehmes Tuch gekleidet, den letzten Westenknopf geöffnet und unter dem Krawattenknoten einen blitzenden Diamanten tragend. Er fauchte das Faktotum mit dem Holzbein an, sich meiner Tasche zu bemächtigen, und streckte mir beide Hände entgegen: »Natürlich bleiben Sie über Nacht, alles ist gerichtet ...«

Was hier eigentlich »gerichtet« war, darüber habe ich später viel nachdenken müssen. An sich war es meine ursprüngliche Absicht, die Recherchen über die »Vorgänge« auf Burg Eichenstein vom benachbarten Robertville aus zu führen, auch war ich mit Freunden in der »Chaumière du Lac« zu einem kleinen Abendessen verabredet, doch hatte der Professor derartige Pläne längst durchkreuzt. Die Tafel im Turmzimmer war bereits festlich zubereitet, schon ließ er seine kränkelnde Frau Gemahlin entschuldigen, und somit eine größere Intimität signalisierend, verwies er diskret auf mehrere Flaschen eines offenbar speziell für ihn abgefüllten Grand Cru »Nuits-St-Georges« des gesegneten Jahrgangs 1989, so daß jeder weitere Widerspruch aussichtslos erschien. Verdoodts Geheimwaffe war jedoch seine Hausangestellte Gilberte, deren herben Charme er mich gleich augenzwinkernd aussetzte. »Kommen Sie, Monsieur«, flüsterte sie, und ich folgte ihrem wippenden Po über enge Wendeltreppen hinauf in mein Zimmer. Lächelnd öffnete sie Türen und Schränke, verwies auf Badetücher und Bettlektüre. Es roch nach Lavendel und Waldmeister. Ich schlug das Buch auf und las: Servatius Verdoodt »Der Prophet Hosea«.

»Wenn Ihnen etwas fehlt«, lächelte sie, »lassen Sie mich es bitte wissen.«

Sie sagte es in einem Ton, der etwas von echter Sorge vermittelte, und doch auf jene leise Spur klammheimlicher Zweideutigkeit nicht verzichten wollte.

»Selbst die Gendarmen von Malmédy weigern sich, nach Sonnenuntergang noch hierher zu kommen«, so konfrontierte ich sie gleich mit dem Grund meines Besuches. Aber ihr Lächeln wirkte noch durchtriebener als sie sich zu mir beugte, mit der Hand über die Bettdecke strich und sagte: »Petits esprits, kleine Geister, Monsieur. Man will den alten Herrn fertig machen«, und nach einer kurzen, wohlüberlegten Pause, »bereite ich Ihnen etwa Angst?«

Später beim Aperitif stellte mir der Professor seinen Assistenten vor, Jean Foret, ein 35jähriger Mediävist aus Stavelot. Er war ein Mann ausgesuchter Höflichkeit und ein Meister liebenswürdigen Antwortens. Gleich griff er mein Anliegen auf, über die »Vorgänge« auf Eichenstein berichten zu wollen, äußerte dafür nicht nur Verständnis, sondern gar Zustimmung, der auch Verdoodt nachdenklich beipflichtete. Es seien genug der Gerüchte und Unterstellungen, nun wolle man kämpfen und dazu komme ein »couragierter Journalist«, noch dazu eines »so seriösen Blattes« wie die »Aachener Volkszeitung« gerade recht. Wir verspeisten vorzügliche Jakobsmuscheln und ein Rebhühnchen in Weinlaub, der Burgunder floß reichlich, Verdoodt begann zu schweben, sein Assistent führte das Gespräch und Gilberte ließ mich beim Servieren gezielt ihre Schenkel spüren, während über ihren Gesichtszügen ein Ausdruck unbeteiligten Dienens lag.

Später in den tiefen Sesseln am Feuer, steckte sich der Professor erneut eine Little rose of Sumatra in Brand und begann die sogenannten »Vorgänge« direkt anzusprechen. Vom Brüsseler Vorort Tervueren hierher in die rauhe belgische Eifel zu ziehen, sei für ihn nicht nur eine Herausforderung, »sondern Ehrensache« gewesen. Mütterlicherseits mit dem Geschlecht der von Cortenfeld de Stryx verbunden und als Privatgelehrter mit dem großen Erbe mittelalterlicher Geschichte vertraut, habe er »eine Art Ruf gespürt«, in diese Einsamkeit zu kommen. Eichenstein sei jedoch seit Jahrhunderten ein »gemiedener, weil unsicherer Ort«. Ich horchte auf.

»Nicht nur die alten Bauern ringsum wissen, was hier vorgeht«, so bläst er den Zigarrenqualm wie zum Schutz vor sich her, »auch mein Löwener Studien-

freund, der ehrwürdige Pater Odilo aus dem benachbarten Benediktinerkloster Wavreumont ist bei seinem ersten Besuch hier oben zusammengezuckt und hat sofort den ›Großen Exorzismus‹, das Gebet der Teufelsaustreibung gesprochen.« Mir fiel auf, daß der Assistent es nicht besonders schätzte, wenn sein Meister zu sehr in Einzelheiten ging. Doch ließ sich der Alte nicht abbringen, mischte Details über Allerseelenmessen, die hier in der Hauskapelle stattfanden, mit Hinweisen auf mysteriöse Antiphonen und Eumen. Je mehr er aus seinem Fundus abendländischer Verklärungen und mit anderen Mitteln fortgesetzter Kreuzzüge schöpfte, erschien die Burg wie eine in der Brandung des bösen Zeitgeistes stehende Festung und er selbst als ihr nimmermüde streitender Ritter.

»Hören Sie zu, mein Freund«, so beugt er sich sehr zum Mißfallen seines Mitarbeiters zu mir, »ja, es gibt sie, die weiße, reine Frau, von der sie im Dorf erzählen, es gibt viel mehr hier, als ich zu sagen wage. Es tobt ein uralter Kampf, ganz andere Kräfte sind hier im Spiel.«

Dann entsteht eine Pause. Der Assistent beißt auf seine Unterlippe. Gilberte, die Kaffee nachschütten möchte, tritt wieder zurück und der Alte flüstert mit feurigem Auge: »Sie wissen, wen ich meine.«

Als wir uns später »Gute Nacht« wünschten, fiel mir auf, daß sich zwischen meinen Gastgebern eine sonderbare Spannung ergeben hatte. Irgendwie aufgewühlt stampfte der Professor in sein Arbeitszimmer, offenbar keineswegs gewillt, sich zur Ruhe zu begeben. Auch warfen sich der Assistent und Gilberte einen mich etwas befremdenden Blick zu, als habe etwas Unheilvolles, Unaufhaltsames bereits seinen Lauf genommen. Auf meine letzte Frage nach einer »Frauengestalt« oder noch präziser, »jener weißen Frau, von der man hierzulande munkelt«, hatte Verdoodt leise geantwortet, es gebe »Bewegungen«, die er auch als »Unsicherheiten« oder »Präsenzen« bezeichnete. Für ihn und Pater Odilo sei jedoch klar, »wer hier umgeht«. Dann küßte er seinen Mitarbeiter auf die Stirn und empfahl sich.

Ich möchte nicht verschweigen, daß ich mich zu Beginn dieser Nacht auf Burg Eichenstein gefürchtet habe. Es war, offen gesagt, so stark, daß es mich an Gruselerlebnisse aus meiner Kindheit und an ausnahmsweise heftige Angstträume erinnerte. Mein Hintergedanke, im Schutze dieser Nacht die Fühler nach Gilberte auszustrecken, oder sie zumindest noch in ein komplizenhaftes Gespräch zu verwickeln, erschien mir ferner denn je. Ich öffnete das Fenster und draußen war nichts als schwarze Stille. Doch wirkte die Kälte nach dem langen Nachtessen wohltuend, bis plötzlich ganz leise, dann aber zunehmend deutlicher und eindringlicher aus dem Kapellentrakt die alte gregorianische Sequenz »Salve Regina« ertönte. Auch leuchtete hinter den Spitzbögen der Glasfenster ein spärliches Licht, das hin und wieder die Konturen einer schweren, großen Gestalt preisgab. Dann schrillte im Innern der Burg, dort, wo sich Verdoodts Privatgemächer befanden, ein sonderbarer Laut. Er war nicht dramatisch genug, um ihn Schrei zu nennen, eher klang er knöchern, verzweifelt oder gar resignierend und verstummte auch gleich. Dennoch hatte dieses Geräusch, das einer gebrechlichen Frauenstimme ähnelte, die Wirkung einer Ansage, und bald schon erklang dieses fistelnde, hechelnde Gewimmer aus verschiedenen Winkeln der weitläufigen Anlage. Mehr noch, es schien sich über den gesamten Burgbezirk zu verteilen, kam ganz nah auch an den Turm mit den Gästezimmern heran und schien dann wieder wegzutauchen, hinab in die Keller und Verliese unter dem Rittersaal, von denen sich Verdoodt noch eben gerühmt hatte, hier habe er seinen hinkenden Hausdiener bereits beauftragt, sein Grab zu schaufeln.

Ich schlug die Buchausgabe mit dem Zitat aus dem dritten Hosea-Kapitel – »Der Herr sagte zu mir: Geh noch einmal hin und liebe die Frau, die einen Liebhaber hat und Ehebruch treibt« – wieder zu und erstarrte, als sich die Stimme wieder zu nähern begann und ich vom Fenster aus beobachten konnte, wie eine Frau mit strähnigem, grauen Haar und einem Bademantel oder Umhang aus weißem Tüll unterhalb des Kapellenfensters auf den Hof trat und mit klagendem Gemurmel in einer gegenüberliegenden Türe verschwand. In der offenbar nur von einer Kerze erleuchteten Kapelle gesellte sich zu dem groben Schatten ein kleinerer und schien sich wie in einer Umarmung in dem viel größeren aufzulösen. Dann erlosch das Licht und über Eichenstein kehrte eine unheimliche Stille zurück.

Regungslos, aber mit wild klopfendem Herzen, lag ich auf meinem Bett, als es an meiner Türe dreimal klopfte. Es war ein nahezu sanftes, hilfsbereites Klopfen, und im sich langsam öffnenden Türspalt erschien das besorgte Gesicht von Gilberte.

»Ich wußte, daß sie alles verfolgt haben«, flüsterte sie, »es ist schlimm, ich weiß.« Dann schloß sie die Türe und trat zu mir.

Es mag heuchlerisch klingen, aber wir haben uns in dieser zärtlichen Nacht nicht geliebt, sondern einander festgehalten, wie bei einer Wache. Wir lagen in unseren Klamotten auf dem Bett, und wichtiger als alles andere war mir die Ehrlichkeit ihrer Nähe. Ganz leise, ganz langsam begann sie mir die tatsächliche Geschichte von Eichenstein zu erzählen, wobei sie sich größte Mühe gab, weder den Professor oder Madame, wie sie seine kranke Gattin nannte, in ein schlechtes Licht zu stellen. »Verstehen und nicht verurteilen«, so sagte sie wiederholt, als sie jene leidenschaftliche Verbindung des Professors zu seinem jungen Assistenten ansprach. Nie hat ihm die an diesem Unglück geistig und körperlich zerbrechende Ehefrau einen Vorwurf gemacht, doch schien sie in ihrer gereizten Sensibilität alles über das Schicksal der beiden Männer zu wissen. Ertönten bei Anbruch der Nacht auf dem kleinen Harmonium der St. Hubertus-Kapelle die ersten Klänge des die »Mutter der Barmherzigkeit« anflehenden »Salve Regina«, wußte sie, daß es ihren Mann wie ein Sog wegtrieb. Ihr nächtlicher Gang durch die Burg hinüber in die Ställe war weder ein stummer Protest noch gruselige Rache, sondern das, was sie »weggehen, wegsehen« nannte, ihre ganz persönliche Weise verzweifelten Verzeihens.

Manchmal, wenn sie am Rande der Tränen berichtete, strich mir Gilberte mit ihrer Hand übers Gesicht. Milde, als sei sie dankbar, ihr trauriges Geheimnis endlich beichten zu dürfen. Ich löschte das Licht und bemerkte, daß ihre braunen Augen noch abenteuerlicher funkelten. Irgendwann in der Tiefe der Nacht habe ich sie geküsst. Es war im Halbschlaf, keusch und tastend, und sie hat kurz gelächelt.

Das Armselchen

Nanny Lambrecht

Durch die niedere Bauernstube qualmt der Tabaksdampf. Der alte Gäbgesbauer raucht seine Sorte – Barinasknaster III; die Sorte ist billig und könnte einen mit zarten Nerven zu Boden werfen, aber ein Aushaltstübler hat keine zarten Nerven, und ein Eifelbauer kann Heidekraut rauchen, wenn's gerade ein Notjahr ist.

Der Alte dehnt sich in dem Lehnsessel, daß der in seinen Fugen knackt. Das irdene Pfeifchen hängt ihm in der Zahnlücke, und schmatzend brennt er es an, klappt den Deckel zu und spuckt aus. Seine von der Gicht verkrümmten Hände liegen auf den Knien; sie sind kalt und knochig, und dicke Adern spannen sich darüber. Er zeigt seine verbogenen Finger wie der Krieger seine Narben und kann mit breitem Schmunzeln von der Zeit erzählen, wo diese nun invaliden Bauernfäuste den stärksten Burschen im Dorfe niederschlugen.

Und jetzt saß er in der Aushaltstube – unnütz, baufällig; eine Kinderhand konnte ihn umwerfen. Und man tuschelte hinter ihm her, schloß die Türen und den Brunnen!

Seine unruhigen Blicke suchen ängstlich in der Stube nach einem Lauscher. Sie haften an dem Kindersesselchen neben ihm und bohren sich förmlich in des schlafenden Knaben blasses Gesichtchen. Leise, fast bösartig, lacht er auf, nimmt die Pfeife aus dem Munde und speit aus. Das befreit ihn; es ist die ohnmächtige Wut des Alten gegen ein stilles, altkluges Kind, das er haßt, weil es krank und schwach und zart und nicht grob wie die Gäbgesbauern ist. Es schüttelt die Fäuste nicht, wenn einer ein Schimpfwort hinter ihm her ruft – und ein Schimpfwort surrt durchs ganze Dorf, es klingt häßlich. »Armselchen« nannten sie das verkrüppelte Kind.

Armselchen! Und auf das sollte sein wohlbestallter Hof übergehen, seine fruchtstrotzenden Äcker, der Wald und das Vieh, das vor den vollen Krippen brüllte!

Und dieses Armselchen setzte man ihm zum Ausspionieren hin und sagte ihm, es müsse acht geben auf den Großvater und – den Brunnen! Wenn er aufstand, war das Armselchen hinter ihm her, nahm das Sesselkissen und trug es ihm nach. Der Großvater war alt und schwach und mußte weich sitzen – und der Großvater war auch noch anders, aber das durfte man nicht sagen.

O, wenn er es würgen könnte! – sein Enkelkind, pfui!

Er stochert mit dem Finger in dem Pfeifenkopf und bläst die herabstäubende Asche von dem Ärmel seines weißen Wams. Ein Fünkchen fliegt auf die magere Kinderhand, die sich an sein Sesselkissen festkrampft. Der schlafende Bube fährt auf, reibt das Händchen und rückt von dem Bauer weg. Er fühlt instinktiv den Haß des Alten und glaubt auch jetzt an einen Racheakt. Die Tränen drängen sich in die scheuen Kinderaugen.

»Großvadderche.« Der knurrt seinen Ingrimm heraus und dreht sich um. Die großen, kranken Augen des Buben bereiten ihm Unbehagen; es sind die hellen Gäbgesaugen. Wenn die matt wurden, war's aus mit den Gäbgesbauern. Dann packte sie das Unsichtbare, das Gemüt, und schlug sie nieder, so groß und stämmig und trutzig sie auch waren; dann wurden die Gäbgesbauern wie verschüchterte Kinder, denen man aus dem Berstecke heraus droht – und dann gingen sie alle denselben Weg – –.

Des Alten unsteter Blick schießt durchs Fenster zu dem Brunnenloch im Hofe hinüber. Der Holzdeckel ist zurückgeschoben. Die kreisrunde Brunnenöffnung liegt wie ein schwarzes Zyklopenauge vor ihm. Es starrt ihn an wie der Basiliskenblick seine Beute. So hatte es sie alle angestarrt, die Gäbgesbauern, die hier saßen und überdachten, daß eigentlich jeder von ihnen seinen letzten Gang dort hinüber machen mußte – es war nun einmal ihr Geschick. Der eine wollte in einer Vollmondnacht den Brunnen zudecken, weil dann nach dem Volksglauben Gift vom Himmel falle. Am andern Morgen fischten sie ihn aus der Tiefe. »Verunglückt«, meldete man beim Landbürgermeister. Aber die Gäbgesbauern wußten's besser; wenn ihre Zeit kam, mußten sie in das große, fürchterliche Brunnenauge hineinblicken – ohne Erbarmen, sie mußten! Das war das Unsichtbare. Der andere ließ seine Mütze am Brunnenrand liegen, so brauchte man nicht lange nach ihm zu suchen. Sein Bebbchen war ihm an der Schwindsucht gestorben, da hielt er's nicht mehr auf der Welt aus; so hieß es im Dorfe. Sein Sohn fand gleich im ersten Ehejahre den Weg, den sie nun einmal alle gehen mußten. Je eher, desto besser; dann war man die Qual los, immer an das Brunnenloch denken zu müssen. Die Nachbarn tuschelten: »Dat Framensch hat die Schuld all, uff'm Gäbgeshof is't net just.«

Eine tödliche Unruhe überfällt den Alten – fort muß er – aus der Stube – – das Brunnenloch steht auf. Das Unsichtbare stößt ihn weiter, es zieht und zerrt an ihm und flüstert um ihn, und draußen auf dem Hofe lacht's gellend – und der Sessel rückt weiter mit ihm – immer weiter – nun ist er schon an der Türe – – Auch das tut das Unsichtbare. Ein Gesumme tost ihm in den Ohren, als hätten die Fliegen, die im Tabaksdunst taumeln, darin Unterschlupf gesucht. Und heute ist Vollmondabend! – – – – – –

Aber nun sitzt der Aufpasser vor ihm und muß ihm 's Kissen nachtragen und auf ihn lauern!

Armselchen wird ja auch groß und alt wie er, und dann mußte es auch zu dem Brunnenloch – und hinunter mußte es – zu den Gäbgesbauern, wo sie alle gelegen hatten, und im Dorfe hieß es dann:

»Och e nee, esu'n Armselchen, esu'n Krüppelchen. Kaum kann't in Fridden ruhn.«

Er hält inne, streckt den Kopf lauernd vor und zieht die Schulter hoch. Armselchen schläft.

Es klunkst in ihm vor wilder Schadenfreude. Nun will er's ihnen zeigen, wie schlau er ist, wie er den Weg geht, den sie alle müssen – je eher, desto besser –

und er war schon in den Siebzig – – es hat Eile – Eile! Und Armselchen schläft! Wenn es aufwacht, liegt er drunten, und wenn man im Grabe noch lachen konnnte, dann wollte er's – gellend in sich hinein!

Der Sessel knarrt, als er sich sachte heraushebt. Mit angehaltenem Atem horcht er hin. – Armselchen schläft weiter. Behutsam setzt er einen Fuß vor den andern, nimmt den Stock zwischen die verkrümmten Finger und schlurft davon. Noch ein höhnischer Blick auf das schlafende Kind zurück, und hinter ihm knackt leise die Türe ins Schloß, – ein Knacken nur wie das Zuklappen eines Taschenmessers, dann erschrickt er, und eine wahnsinnige Angst jagt ihn weiter. Er torkelt wider die Wand, über die Schwelle, stößt an das Butterfaß, tappt unsicher quer über den Hof, wankt, taumelt, überstürzt sich, hält sich an der Wagendeichsel, keucht und hastet mit schlotternden Knien weiter. Der Mond steht senkrecht über dem Brunnenloch. Wie flüssiges Silber rieselt das helle Licht in die Tiefe hinunter. Er stiert hinab und keucht durch den geschlossenen, zahnlosen Mund und schlurft weiter um das Brunnenloch – rings um das schwarze Zyklopenauge. Da drunten lacht ein blankes Gesicht aus dem Wasser. Das ist der Mond nicht, das sind die Totengesichter der Gäbgesbauern. Wie die ihn angrinsen – – nun muß er hinunter.

Mit wankenden Knien geht er um den Brunnenrand – – – und da hört er's hinter sich her – tapp, tapp! – ein leichtes Getrippel – – – ein Schatten fällt in das silberne Licht – und weiter hastet er keuchend, atemlos, in hilfloser, wahnsinniger Angst und getraut sich nicht umzublicken – – und hinter ihm her kommt's tapp, tapp – – und ein kleiner Schatten schwankt neben seinem großen.

»Großvadderche!« Nun steht er wie angewurzelt und kann nicht weiter und fährt herum mit rollenden Augen, haßerfüllt, und hebt in ohnmächtiger Wut den Stock. – – – – – – – – – – – – – – –

Da steht das Armselchen zitternd vor ihm, und auf den magern Ärmchen trägt es das Sesselkissen.

Und dann duckt es zusammen und würde auch noch »Großvadderche« sagen, wenn ihm der Stock auf den Rücken niedersauste. Aber der Alte steht mit schlaff herabhängenden Armen vor dem Kinde, und der Stock entfällt ihm, rollt über den Rand – und dann ein Aufklatschen in der Tiefe. Die Krücke und Stütze ist ihm in den Brunnen vorangegangen – ob er nachfolgen muß?

Mit ausgestreckten Armen faßt er nach dem zitternden Buben, und über sein verschrumpftes Gesicht wetterleuchtet ein heimlich vergnügtes Lächeln.

»Armselchen«, flüstert er geheimnisvoll und winkt, »Armselchen, eloa drunnen wârten se uff uns. Ranu muß ich enunner, und Dau – Dau moß aach emol! Je eher, desto besser – und dann sin die vom Gäbgeshof all beinand – drunnen!! Komm, Armselchen.«

Er hebt das Kind empor und schwankt vor innerer Hast. Der erschrockene Knabe legt ihm die Ärmchen um den Hals und die warme, weiche Wange an seine knochige.

»Äwer där Hof, Großvadderche«, flüstert er ebenso geheimnisvoll wichtig,

»der schiene Hof – unse Hof! Raun es keen Bauer mehr doa!«
Da sieht er das Kind ganz wirr und elend an.
»Joa, Armselchen, liew Armselchen – wat sall't sin ohne dän Gäbgesbauer?«
Das unmündige Kind und der entmündigte Alte verstehen sich in dieser einen großen Sorge um den Gäbgeshof; und das Gefühl der Zusammengehörigkeit läßt sein verknöchertes Herz erwarmen. Das verkrüppelte Kind erscheint ihm mit einem Male wie etwas Kostbares, Unersetzbares – als Erbe des Gäbgeshofes! Armselchen mußte leben und er für Armselchen.
Er schluckt an seiner Rührung.
»Armselchen, schau 'nunner, doa leiht dä Stecken. Där letztschte Gäbgesbauer sall ech net mih schlahn.«
»Großvadderche, fall net.«
»Un, Armselchen, ein kleen keitsche liew kannst mich jetzt hann –.«
»Großvadderche!! Großvadderche!!« – – –
Ein Kinderschrei gellt in den Vollmondabend. Der Alte gleitet aus, wankt – und in dem Brunnenloch verschwindet der große Schatten und der kleine – – –.
In der Tiefe klatscht das Wasser wider die Brunnenwände, gurgelt und zieht seine Kreise, und das blanke Mondgesicht schwimmt darauf.
Dann wird's still – fast beängstigend still; und schwermütig blickt das schwarze Zyklopenauge in die Vollmondnacht.
Von den Ställen herüber kommt die junge Bäuerin, schleppt sich müde an den Melkeimern und sieht den Brunnen offen. Sie schrickt zusammen, geht hinüber, schaudert vor der Brunnentiefe. Sie denkt, ihr guter Geist habe sie beizeiten hierhergeführt und schiebt den Deckel über das Brunnenloch. – Sie weiß nicht, daß sie ihn über die letzten Gäbgesbauern deckt. –
Der Vollmond leuchtet. Der Abendwind raschelt in den Hainbuchenhecken.
Und dann geht sie und sucht im Hause nach den Zweien, die zusammengehören, dem Großvater und Armselchen. – – – – – – – – – – –

Die Letzten vom »Schwarzen Mann«

Alfred Andersch

Der Schmuggler Karl Roland, ursprünglich Student der Philosophie an der Universität Königsberg in Ostpreußen, bis er 1939 zur Infanterie eingezogen wurde, stapfte den zerfurchten Karrenweg von dem Dorfe Brandscheid zum Wald hinauf, über die Ginsterhänge hinweg. Er wußte, daß Lisa ihm nachblickte, von ihres Onkels Haus aus, wo sie zu Besuch war, aber er drehte sich nicht um.

»Da geh ich nicht mit hinauf«, hatte sie zu ihm gesagt, als er sie aufgefordert hatte, ihn zu begleiten. »Es ist mit zu unheimlich dort oben.«

Es ging auf acht Uhr, an einem Abend im Juli, und hinter der belgischen Grenze war der Himmel ein riesiger Goldschild. Roland schnürte wie ein Fuchs über die Straße, die von Bleialf nach Prüm führte. Auf der anderen Seite strich eine schmale Straße entlang, an deren Beginn merkwürdigerweise kein Wegweiser angebracht war.

Er hatte noch den Geschmack des hundsgemeinen Tresterschnapses auf der Zunge, den ihm der Wirt in Brandscheid eingeschenkt hatte, bei dem er den Kaffee losgeworden war. Eine dreckige, düstere Eifelwirtschaft, und sie betrogen ihn natürlich, so nah an der Grenze. Wenn er weiter landein ginge, bekäme er sicher mehr für den Kaffee.

»Was tun Sie denn immer da oben?« hatte der Wirt mißtrauisch gefragt und mit dem Daumen eine Bewegung zur Decke des Schankraums gemacht, als meinte er die und nicht die Wälder auf dem Kamm der Schnee-Eifel. »Schauerliche Gegend, puh!« Und er verschwappte etwas von dem Schnaps, den er Roland eingoß.

»Da oben bin ich am sichersten«, hatte Roland geantwortet und den Wirt angesehen. Er wußte, daß sie seinen Blick nicht mochten, daß sie ihn nicht ertragen konnten und Roland zum Teufel wünschten, wenn er seine Geschäfte erledigt hatte. Sein Blick, das wußte er, kam aus einer Ferne, die sie nicht einmal ahnten.

»Was tust du überhaupt immer in diesem furchtbaren Wald?« wollte auch Lisa wissen. Sie hatte ein helles Sommerkleid an, auf das große Blumen gedruckt waren, und schob den Wagen, in dem sich ihr Kind befand, durch das Dorf. Sie war wirklich ein elegantes Mädchen, mit einem prachtvollen Damengesicht unter dunklen Haaren, und eine wahre Erholung, wenn man gezwungen war, in der Eifel zu leben.

»Ich wohne da«, pflegte Roland ganz wahrheitsgemäß zu antworten, wenn er mit ihr auf den Ginsterhängen oder Feldwegen spazierenging. »Ich wohne in einem Bunker«, erklärte er ihr. »Sie sind zwar alle gesprengt, aber es gibt da immer noch Kasematten, in denen man ganz gut wohnen kann. Ich habe ein Feldbett drin und eine Tisch und Borde, auf denen meine Sachen stehen. An der

Wand hängen sogar zwei Bilder – eine Ansicht von Königsberg und ein Foto von Rita Hayworth, das ich in einer alten Nummer von ›Life‹ gefunden habe. Es ist wirklich ganz gemütlich. Und dort findet mich niemand.«

Das Sträßchen trat aus einer Schonung heraus, und dann begann der Wald. Die Fichten standen dunkel um den Horizont, und davor breitete sich die Fläche mit den Stümpfen der abgeschossenen Bäume. Jedesmal, wenn Roland sie wiedersah, erinnerte er sich an den rauschenden Aufschlag der Granaten, unter dem sie geknickt waren. Die Straße führte oben auf den Kamm hinauf, und von dort aus hatte man einen endlosen Blick über einen Ozean von flachen Tälern und Wäldern, die aus dem Westen herandrängten, von St. Vith und Malmedy. Ein ziemlich geographisches Gefühl. Roland liebte Grenzen, weil an ihnen die Länder unsicher würden. Sie verloren sich in Wäldern, zerfransten sich in Karrenwegen, die plötzlich aufhörten, in Radspuren, in Fußstapfen, unterm hohen gelben Gras, das niemand schnitt, in Sümpfen, Ödhängen, Wacholder, verrufenen Gehöften, Einsamkeit, Verrat und Bussardschrei. Schnee-Eifel hieß das, Ardennen, Hohes Venn ...

Es wurde dunkler, aber man konnte noch gut sehen. Überall die Felder aus toten Baumstümpfen und an der Straße die in die Luft ragenden Betonplatten der gesprengten Bunker, beinbleich, knochenbleich ... es war wirklich kein Revier für Lisa, überlegte Roland, sie würde sich fürchten. Übrigens ging sie mit ihm nur am Tage spazieren. Sowie sich die erste Dunkelheit in das Licht mischte, trennte sie sich unter irgendeinem Vorwand von ihm. Sie hatte Angst, er spürte es. Alle hatten Angst vor ihm. Sogar der Herr Pfarrer von Brandscheid hatte Angst, obwohl Roland ihm die Wahrheit gesagt hatte.

Heute nacht hatte er nichts vor. Überhaupt begann der Schmuggel ihn zu langweilen. Er kannte den Weg über Ormont zu dem Wirtshaus in Losheim schon auswendig. In Losheim, auf der belgischen Seite, packte er den Rucksack mit Kaffee voll und schob los, nach Brandscheid oder Hallschlag, Winterspelt oder Kronenburg, wo er für die Ware so viel einhandelte, daß er sich wieder vierzehn Tage auf die faule Haut legen konnte. Er aß noch immer gerne und hatte sich angewöhnt, ein wenig zu trinken. So kaufte er feine Delikatessen und Büchsen und ließ sich von dem Händler in Kronenburg, auch in Hinblick auf Mike, Whisky und Gin besorgen. Der Herr Pfarrer von Brandscheid bestellte für ihn Bücher, meisten Neuerscheinungen, von denen Roland aus der Zeitung erfuhr.

Aber im Grunde hing ihm alles zum Halse raus. Es war langweilig, weil er dabei nicht die geringste Gefahr lief. Er tauchte in den Dörfern auf wie ein Schatten. Die Grenzer hatten es längst aufgegeben, ihn schnappen zu wollen. Sie wußten auch, daß er irgendwo auf der Schnee-Eifel verschwand, aber das Gebiet war so groß, und eigentlich war es kein Schmugglerstützpunkt. Man wußte nicht, wo noch vermint war. Und auch den Polizisten war es einfach zu unheimlich dort oben.

Wenn Lisa wüßte, daß es gar keine Gefahr mit ihm hatte, dacht Roland. Er würde direkt in Verlegenheit geraten, wenn sie seinen Flirt einmal erst nähme. Seinetwegen brauchte sie keine Angst um ihre Ehre zu haben. Er hatte nur gehofft, sie würde ihn einmal nach dort oben begleiten und dann versuchen, ihm zu helfen. In jenen alten Sagen, die Fälle wie den seinen behandelten, wurde ja behauptet, daß die reine Liebe eines Mädchens einen Geist, der nicht zur Ruhe kommen konnte, zu erlösen vermochte. Romantische Idee! Jungfrau war sie sowieso nicht. Na, sie reiste ja bald wieder ab. Schade. Ob er es ihr vorher sagte, was mit ihm los war? Unsinn. Nicht einmal der Herr Pfarrer von Brandscheid glaubte es ja.

Die Straße näherte sich dem Waldstück, das ›Schwarzer Mann‹ hieß. Von hier waren es zwei Stunden bis nach Brandscheid im Süden und wieder zwei Stunden bis zum Forsthaus Schneifel im Norden. Dazwischen gab es keine menschliche Behausung. Die Bunker wurden immer mächtiger, und zwischen den Baumstümpfen standen jetzt auch hohe Skelette von Bäumen bleich in der Dunkelheit. Das letzte Licht spiegelte sich in den tiefen Pfützen auf der Straße. Auf einem Kreuz hing ein Stahlhelm, und darunter stand: ›Unbekannter Soldat‹. Roland wußte, daß das nur einer aus seiner Einheit sein konnte, und ging im Geiste jedesmal die Liste durch, wenn er an dem Kreuz vorbeikam. Er hörte Schritte und sah, wie sich Mike aus der Dämmerung löste und auf ihn zukam.

»Hello Charlie!« sagte Mike nachlässig und fragte: »Hast du alles?«

»Mhm«, sagte Roland, hab auch Whisky mitgebracht.«

Eigentlich ging er nur noch Mike zuliebe los. Mike hatte in den fünf Jahren seit dem Februar 1945 ganz gut Deutsch gelernt, aber mit seinem amerikanischen Akzent wäre er doch aufgefallen, wenn er sich in die Dörfer gewagt hätte. Er hatte zu jenem Combat-Team von Bradleys Armee gehört, das den ›Schwarzen Mann‹ die ganze Rundstedt-Offensive hindurch gehalten hatte. »Fein!« sagte Mike. »Hast du sonst was erreicht?« Roland schüttelte den Kopf. Er dachte an sein Gespräch mit dem Herrn Pfarrer von Brandscheid.

»Erlösen Sie uns, Herr Pfarrer!« hatte er zu dem geistlichen Herrn gesagt, wie stets, wenn er ihn besuchte. Aber der wurde immer wütend, wenn Roland nur davon anfing. »Sie sind ja verrückt«, sagte er. »Lassen Sie mich mit Ihren Halluzinationen zufrieden! – Alle, die zu lange da oben sind, schnappen einfach über«, setzte er brummend hinzu. »Warum melden Sie die Sache nicht nach oben?« Roland trieb ihn in die Enge. »Fragen Sie doch einmal beim Erzbischöflichen Ordinariat in Trier an!« Der geistliche Herr hatte, wie stets, abgewinkt. »Das ist nicht meine Sache. Ich bete nach der Messe für Sie drei Vaterunser. Das ist das einzige, was ich für Sie tun kann.«

So zog sich der Herr Pfarrer von Brandscheid aus der Affäre. Er war schon ein alter Herr, und er vermutete nicht zu Unrecht, daß man ihn sofort pensionieren würde, wenn er mit Rolands Geschichte nach Trier ging. Aber er hatte auch Angst gehabt. Roland hatte die flackernde Angst in seinen Augen gesehen.

Er spürte Mikes Hoffnungslosigkeit. Sie verließen zusammen die Straße und schritten über das sumpfige Gelände. In den Bombentrichtern stand das Wasser. An den Rändern der Trichter wuchs das Wollgras; es schimmerte phosphoreszierend in der Dunkelheit. Das Schild mit der Aufschrift ›Vorsicht, Minen!‹ und dem französischen Wort ›Danger‹ war längst umgesunken und verging im fauligen Grund. Über das tote Baumfeld gingen sie auf die schwarze Mauer des Waldes zu. Der Nachthimmel über ihnen war bleigrau, denn von Belgien her hatte sich Gewölk vor den Mond geschoben.

Unter den Fichten am Waldrand stießen sie auf das erste Skelett. Der Schädel schimmerte aus dem Moosgrund zu ihnen empor, die Uniform war ganz zerfallen. Roland kniete nieder und befühlte das Eiserne Kreuz, das längst verrostet war. Unter dem Schädel fand er das in Wachstuch geschlagene Soldbuch und blätterte darin. Er hatte es selbst in das Tuch eingefaltet, damit man den Gefallenen identifizieren konnte, wenn man ihn fand. Er ließ die Taschenlampe aufblinken und besah zum tausendsten Male sein eigenes Gesicht. So hatte er vor zwölf Jahren ausgesehen, als man ihn eingezogen hatte. ›Karl Roland‹ stand darunter und in der Spalte Zivilberuf: ›Student‹.

Er löschte die Lampe und erhob sich. Schweigend und düster stand Mike hinter ihm und starrte in das Fichtendunkel hinein. Dort drinnen lag Mike.

»Er will uns also nicht begraben lassen?« fragte Mike aus seinem finsteren Brüten heraus zu Roland. Roland zuckte mit den Achseln. »Er hält uns wohl für harmlose Irre«, antwortete er. »Und vielleicht hat er Angst. Sicherlich hat er Angst.«

Als sie den Bunker erreichten, sagte er zu Mike: »Sie glauben alle nicht mehr an Geister.«

Wie in beinahe jeder Nacht spielten sie auch in dieser ein paar Stunden Sechzehn und Vier und tranken Whisky in kleine Schlucken, ehe sie zu Bett gingen.

Wie ein Ritter nach dem Tode vielen erschien

Caesarius von Heisterbach

Im Trierer Bistum war ein Ritter, genannt Heinrich, mit dem Beinamen der Knoten. Dieser war sehr boshaft und hielt Raub, Ehebruch, Blutschande, Meineid und dergleichen für Tugenden. Als er gestorben war in der Landschaft Menevelt (Mayenfeld), erschien er vielen in einem Schafpelz, wie er ihn im Leben zu tragen pflegte, und kam besonders oft in das Haus seiner Tochter. Nicht durch das Kreuzeszeichen, nicht durch das Schwert war er zu verscheuchen. Oft schlug man nach ihm mit dem Schwerte, konnte ihn aber nicht verwunden; wobei er einen Ton von sich gab, als ob man auf ein weiches Bett schlüge. Als seine Freunde deshalb den Herrn Bischof Johannes von Trier befragten, riet er, das Haus und die Tochter und auch ihn selbst, wenn er käme, mit Wasser, das über den Nagel des Herrn gegossen sei, zu besprengen. Als dies geschah, erschien er nicht wieder. Diese Tochter hatte er mit seiner Magd gezeugt, obgleich er eine rechte Gattin hatte. Als sie erwachsen war, schändete sie der Elende.

Die Heilige Cäcilie

oder

Die Gewalt der Musik

Heinrich von Kleist

Um das Ende des sechzehnten Jahrhunderts, als die Bilderstürmerei in den Niederlanden wütete, trafen drei Brüder, junge in Wittenberg studierende Leute, mit einem vierten, der in Antwerpen als Prädikant angestellt war, in der Stadt Aachen zusammen. Sie wollten daselbst eine Erbschaft erheben, die ihnen von seiten eines alten, ihnen allen unbekannten Oheims zugefallen war, und kehrten, weil niemand in dem Ort war, an den sie sich hätten wenden können, in einem Gasthof ein. Nach Verlauf einiger Tage, die sie damit zugebracht hatten, den Prädikanten über die merkwürdigen Auftritte, die in den Niederlanden vorgefallen waren, anzuhören, traf es sich, daß von den Nonnen im Kloster der heiligen Cäcilie, das damals vor den Toren dieser Stadt lag, der Fronleichnamstag festlich begangen werden sollte; dergestalt, daß die vier Brüder, von Schwärmerei, Jugend und dem Beispiel der Niederländer erhitzt, beschlossen, auch der Stadt Aachen das Schauspiel einer Bilderstürmerei zu geben. Der Prädikant, der dergleichen Unternehmungen mehr als einmal schon geleitet hatte, versammelte, am Abend zuvor, eine Anzahl junger, der neuen Lehre ergebener Kaufmannssöhne und Studenten, welche, in dem Gasthofe, bei Wein und Speisen, unter Verwünschungen des Papsttums, die Nacht zubrachten; und, da der Tag über die Zinnen der Stadt aufgegangen, versahen sie sich mit Äxten und Zerstörungswerkzeugen aller Art, um ihr ausgelassenes Geschäft zu beginnen. Sie verabredeten frohlockend ein Zeichen, auf welches sie damit anfangen wollten, die Fensterscheiben, mit biblischen Geschichten bemalt, einzuwerfen; und eines großen Anhangs, den sie unter dem Volk finden würden, gewiß, verfügten sie sich, entschlossen, keinen Stein auf dem andern zu lassen, in der Stunde, da die Glocken läuteten, in den Dom. Die Äbtissin, die, schon beim Anbruch des Tages, durch einen Freund von der Gefahr, in welcher das Kloster schwebte, benachrichtigt worden war, schickte vergebens, zu wiederholten Malen, zu dem kaiserlichen Offizier, der in der Stadt kommandierte, und bat sich, zum Schutz des Klosters, eine Wache aus; der Offizier, der selbst ein Feind des Papsttums, und als solcher, wenigstens unter der Hand, der neuen Lehre zugetan war, wußte ihr unter dem staatsklugen Vorgeben, daß sie Geister sähe, und für ihr Kloster auch nicht der Schatten einer Gefahr vorhanden sei, die Wache zu verweigern. Inzwischen brach die Stunde an, da die Feierlichkeiten beginnen sollten, und die Nonnen schickten sich, unter Angst und Beten, und jammervoller Erwartung der Dinge, die da kommen sollten, zur Messe an. Niemand beschützte sie, als ein alter, siebenzigjähriger Klostervogt, der sich, mit einigen bewaffneten Troßknechten, am Eingang der Kirche aufstellte. In den Nonnenklöstern führen, auf das Spiel jeder Art der Instrumente geübt, die Nonnen, wie bekannt, ihre Musiken selber auf; oft mit einer Präzision, einem Verstand und einer Empfindung, die man in männlichen Orchestern (vielleicht wegen der weiblichen Geschlechtsart dieser geheimnisvollen Kunst) vermißt. Nun fügte es sich, zur Verdoppelung der Bedrängnis, daß die Kapellmeisterin, Schwester Antonia, welche die Musik auf dem Orchester zu dirigieren pflegte, wenige Tage zuvor, an einem Nervenfieber heftig erkrankte; dergestalt, daß abgesehen von den vier gotteslästerlichen Brüdern, die man bereits, in Mäntel gehüllt, unter den Pfeilern der Kirche erblickte, das Kloster auch, wegen Aufführung eines schicklichen Musikwerks, in der lebhaftesten Verlegenheit war. Die Äbtissin, die am Abend des vorhergehenden Tages befohlen hatte, daß eine uralte von einem unbekannten Meister herrührende, italienische Messe aufgeführt werden möchte, mit welcher die Kapelle mehrmals schon, einer besondern Heiligkeit und Herrlichkeit wegen, mit welcher sie gedichtet war, die größten Wirkungen hervorgebracht hatte, schickte, mehr als jemals auf ihren Willen beharrend, noch einmal zur Schwester Antonia herab, um zu hören, wie sich dieselbe befinde; die Nonne aber, die dies Geschäft übernahm, kam mit der Nachricht zurück, daß die Schwester in gänzlich bewußtlosem Zustande daniederliege und daß an ihre Direktionsführung, bei der vorhabenden Musik, auf keine Weise zu denken sei. Inzwischen waren in dem Dom, in welchem sich nach und nach mehr denn hundert, mit Beilen und Brechstangen versehene Frevler, von allen Ständen und Altern, eingefunden hatten, bereits die bedenklichsten Auftritte vorgefallen; man hatte einige Troßknechte, die an den Portalen standen, auf die unanständigste Weise geneckt, und sich die frechsten und unverschämtesten Äußerungen gegen die Nonnen erlaubt, die sich hin und wieder, in frommen Geschäften, einzeln in den Hallen blicken ließen: dergestalt, daß der Klostervogt sich in die Sakristei verfügte, und die Äbtissin auf Knien beschwor, das Fest einzustellen und sich in die Stadt, unter den Schutz des Kommandanten zu begeben. Aber die Äbtissin bestand unerschütterlich darauf, daß das zur Ehre des höchsten Gottes angeordnete Fest begangen werden müsse; sie erinnerte den Klostervogt an seine Pflicht, die Messe und den feierlichen Umgang, der in dem Dom gehalten werden würde, mit Leib und Leben zu beschirmen; und befahl, weil eben die Glocke schlug, den Nonnen, die sie, unter Zittern und Beben, umringten, ein Oratorium, gleichviel welches und von welchem Wert es sei, zu nehmen, und mit dessen Aufführung sofort den Anfang zu machen.

Eben schickten sich die Nonnen auf dem Altan der Orgel dazu an; die Partitur eines Musikwerks, das man schon häufig gegeben hatte, ward verteilt, Geigen, Hoboen und Bässe geprüft und gestimmt: als Schwester Antonia plötzlich, frisch und gesund, ein wenig bleich im Gesicht, von der Treppe her erschien; sie trug die Partitur der uralten, italienischen Messe, auf deren Aufführung die Äbtissin so dringend bestanden hatte, unter dem Arm. Auf die erstaunte Frage der Nonnen: »wo sie herkomme? und wie sie sich plötzlich so erholt habe?« antwortete sie: gleichviel, Freundinnen, gleichviel! verteilte die Partitur, die sie bei sich trug, und setzte sich selbst, von Begeisterung glühend, an die Orgel, um die Direktion des vortrefflichen Musikstücks zu übernehmen. Demnach kam es, wie ein wunderbarer, himmlischer Trost, in die Herzen der frommen Frauen; sie stellten sich augenblicklich mit ihren Instrumenten an die Pulte; die Beklemmung selbst, in der sie sich befanden, kam hinzu, um ihre Seelen, wie auf Schwingen, durch alle Himmel des Wohlklangs zu führen; das Oratorium ward mit der höchsten und herrlichsten musikalischen Pracht ausgeführt; es regte sich, während der ganzen Darstellung, kein Odem in den Hallen und Bänken; besonders bei dem salve regina und noch mehr bei dem gloria in excelsis, war es, als ob die ganze Bevölkerung der Kirche tot sei: dergestalt, daß den vier gottverdammten Brüdern und ihrem Anhang zum Trotz, auch der Staub auf dem Estrich nicht verweht ward, und das Kloster noch bis an den Schluß des Dreißigjährigen Krieges bestanden hat, wo man es, vermöge eines Artikels im Westfälischen Frieden, gleichwohl säkularisierte.

Sechs Jahre darauf, da diese Begebenheit längst vergessen war, kam die Mutter dieser vier Jünglinge aus dem Haag an, und stellte, unter dem betrübten Vorgeben, daß dieselben gänzlich verschollen wären, bei dem Magistrat zu Aachen, wegen der Straße, die sie von hier aus genommen haben mochten, gerichtliche Untersuchungen an. Die letzten Nachrichten, die man von ihnen in den Niederlanden, wo sie eigentlich zu Hause gehörten, gehabt hatte, waren, wie sie meldete, ein vor dem angegebenen Zeitraum, am Vorabend eines Fronleichnamsfestes, geschriebener Brief des Prädikanten, an seinen Freund, einen Schullehrer in Antwerpen, worin er demselben, mit vieler Heiterkeit oder vielmehr Ausgelassenheit, von einer gegen das Kloster der heiligen Cäcilie entworfenen Unternehmung, über welche sich die Mutter jedoch nicht näher auslassen wollte, auf vier dichtgedrängten Seiten vorläufige Anzeige machte. Nach mancherlei vergeblichen Bemühungen, die Personen, welche diese bekümmerte Frau suchte, auszumitteln, erinnerte man sich endlich, daß sich schon seit einer Reihe von Jahren, welche ungefähr auf die Angabe paßte, vier junge Leute, deren Vaterland und Herkunft unbekannt sei, in dem durch des Kaisers Vorsorge unlängst gestifteten Irrenhause der Stadt befanden. Da dieselben jedoch an der Ausschweifung einer religiösen Idee krank lagen, und ihre Aufführung, wie das Gericht dunkel gehört zu haben meinte, äußerst trübselig und melancholisch war; so paßte dies zu wenig auf den, der Mutter nur leider zu wohl bekannten Gemütsstand ihrer Söhne, als daß sie auf diese Anzeige, besonders da es fast herauskam, als ob die Leute katholisch wären, viel hätte geben sollen. Gleichwohl, durch mancherlei Kennzeichen, womit man sie beschrieb, seltsam getroffen, begab sie sich eines Tages, in Begleitung eines Gerichtsboten, in das Irrenhaus, und bat die Vorsteher um die Gefälligkeit, ihr zu den vier unglücklichen, sinnverwirrten Männern, die man daselbst aufbewahrte, einen prüfenden Zutritt zu gestatten. Aber wer beschreibt das Entsetzen der armen Frau, als sie gleich auf den ersten Blick, so wie sie in die Tür trat, ihre Söhne erkannte: sie saßen, in langen, schwarzen Talaren, um einen Tisch, auf welchem ein Kruzifix stand, und schienen, mit gefalteten Händen schweigend auf die Platte gestützt, dasselbe anzubeten. Auf die Frage der Frau, die ihrer Kräfte beraubt, auf einen Stuhl niedergesunken war: was sie daselbst machten? antworteten ihr die Vorsteher: daß sie bloß in der Verherrlichung des Heilands begriffen wären, von dem sie, nach ihrem Vorgeben, besser als andre, einzusehen glaubten, daß er der wahrhaftige Sohn des alleinigen Gottes sei. Sie setzten hinzu: daß die Jünglinge, seit nun schon sechs Jahren, dies geisterartige Leben führten; daß sie wenig schliefen und wenig genössen; daß kein Laut über ihre Lippen käme; daß sie sich bloß in der Stunde der Mitternacht einmal von ihren Sitzen erhöben; und daß sie alsdann, mit einer Stimme, welche die Fenster des Hauses bersten machte, das gloria in excelsis intonierten. Die Vorsteher schlössen mit der Versicherung: daß die jungen Männer dabei körperlich vollkommen gesund wären; daß man ihnen sogar eine gewisse, obschon sehr ernste und feierliche, Heiterkeit nicht absprechen könnte; daß sie, wenn man sie für verrrückt erklärte, mitleidig die Achseln zuckten, und daß sie schon mehr als einmal geäußert hätten: »wenn die gute Stadt Aachen wüßte, was sie, so würde dieselbe ihre Geschäfte beiseite legen, und sich gleichfalls, zur Absingung des gloria, um das Kruzifix des Herrn niederlassen.«

Die Frau, die den schauderhaften Anblick dieser Unglücklichen nicht ertragen konnte und sich bald darauf, auf wankenden Knien, wieder hatte zu Hause führen lassen, begab sich, um über die Veranlassung dieser ungeheuren Begebenheit Auskunft zu erhalten, am Morgen des folgenden Tages, zu Herrn Veit Gottheit, berühmten Tuchhändler der Stadt; denn dieses Mannes erwähnte der von dem Prädikanten geschriebene Brief, und es ging daraus hervor, daß derselbe an dem Projekt, das Kloster der heiligen Cäcilie am Tage des Fronleichnamsfestes zu zerstören, eifrigen Anteil genommen habe. Veit Gottheit, der Tuchhändler, der sich inzwischen verheiratet, mehrere Kinder gezeugt, und die beträchtliche Handlung seines Vaters übernommen hatte, empfing die Fremde sehr liebreich: und da er erfuhr, welch ein Anliegen sie zu ihm führe, so verriegelte er die Tür, und ließ sich, nachdem er sie auf einen Stuhl niedergenötigt hatte, folgendermaßen vernehmen: »Meine liebe Frau! Wenn Ihr mich, der mit Euren Söhnen vor sechs Jahren in genauer Verbindung gestanden, in keine Untersuchung deshalb verwickeln wollt, so will ich Euch offenherzig und ohne Rückhalt gestehen: ja, wir haben den Vorsatz gehabt, dessen der Brief erwähnt! Wodurch diese Tat, zu deren Ausführung alles, auf das genaueste, mit wahrhaft gottlosem Scharfsinn, angeordnet war, gescheitert ist, ist mir unbegreiflich; der Himmel selbst scheint das Kloster der frommen Frauen in seinen heiligen Schutz genommen zu haben. Denn wißt, daß sich Eure Söhne bereits, zur Einleitung entscheidenderer Auftritte, mehrere mutwillige, den Gottesdienst störende Possen erlaubt hatten: mehr denn dreihundert, mit Beilen und Pechkränzen versehene Bösewichter, aus den Mauern unserer damals irregeleiteten

Stadt, erwarteten nichts als das Zeichen, das der Prädikant geben sollte, um den Dom der Erde gleich zu machen. Dagegen, bei Anhebung der Musik, nehmen Eure Söhne plötzlich, in gleichzeitiger Bewegung, und auf eine uns auffallende Weise, die Hüte ab; sie legen, nach und nach, wie in tiefer unaussprechlicher Rührung, die Hände vor ihr herabgebeugtes Gesicht, und der Prädikant, indem er sich, nach einer erschütternden Pause, plötzlich umwendet, ruft uns allen mit lauter fürchterlicher Stimme zu: gleichfalls unsere Häupter zu entblößen! Vergebens fordern ihn einige Genossen flüsternd, indem sie ihn mit ihren Armen leichtfertig anstoßen, auf, das zur Bilderstürmerei verabredete Zeichen zu geben: der Prädikant, statt zu antworten, läßt sich, mit kreuzweis auf die Brust gelegten Händen, auf Knien nieder und murmelt, samt den Brüdern, die Stirn inbrünstig in den Staub herabgedrückt, die ganze Reihe noch kurz vorher von ihm verspotteter Gebete ab. Durch diesen Anblick tief im Innersten verwirrt, steht der Haufen der jämmerlichen Schwärmer, seiner Anführer beraubt, in Unschlüssigkeit und Untätigkeit, bis an den Schluß des, vom Altan wunderbar herabrauschenden Oratoriums da; und da, auf Befehl des Kommandanten, in eben diesem Augenblick mehrere Arretierungen verfügt, und einige Frevler, die sich Unordnungen erlaubt hatten, von einer Wache aufgegriffen und abgeführt wurden, so bleibt der elenden Schar nichts übrig, als sich schleunigst, unter dem Schutz der gedrängt aufbrechenden Volksmenge, aus dem Gotteshause zu entfernen. Am Abend, da ich in dem Gasthofe vergebens mehrere Mal nach Euren Söhnen, welche nicht wiedergekehrt waren, gefragt hatte, gehe ich, in der entsetzlichsten Unruhe, mit einigen Freunden wieder nach dem Kloster hinaus, um mich bei den Türstehern, welche der kaiserlichen Wache hülfreich an die Hand gegangen waren, nach ihnen zu erkundigen. Aber wie schildere ich Euch mein Entsetzen, edle Frau, da ich diese vier Männer nach wie vor, mit gefalteten Händen, den Boden mit Brust und Scheiteln küssend, als ob sie zu Stein erstarrt wären, heißer Inbrunst voll vor dem Altar der Kirche daniedergestreckt liegen sehe! Umsonst fordert sie der Klostervogt, der in eben diesem Augenblick herbeikommt, indem er sie am Mantel zupft und an den Armen rüttelt, auf, den Dom, in welchem es schon ganz finster werde, und kein Mensch mehr gegenwärtig sei, zu verlassen: sie hören, auf träumerische Weise halb aufstehend, nicht eher auf ihn, als bis er sie durch seine Knechte unter den Arm nehmen, und vor das Portal hinaus führen läßt: wo sie uns endlich, obschon unter Seufzern und häufigem herzzerreißendem Umsehen nach der Kathedrale, die hinter uns im Glanz der Sonne prächtig funkelte, nach der Stadt folgen. Die Freunde und ich, wir fragen sie, zu wiederholten Malen, zärtlich und liebreich auf dem Rückwege, was ihnen in aller Welt Schreckliches, fähig, ihr innerstes Gemüt dergestalt umzukehren, zugestoßen sei; sie drücken uns, indem sie uns freundlich ansehen, die Hände, schauen gedankenvoll auf den Boden nieder und wischen sich – ach! von Zeit zu Zeit, mit einem Ausdruck, der mir noch jetzt das Herz spaltet, die Tränen aus den Augen. Drauf, in ihre Wohnungen angekommen, binden sie sich ein Kreuz, sinnreich und zierlich von Birkenreisern

zusammen, und setzen es, einem kleinen Hügel von Wachs eingedrückt, zwischen zwei Lichtern, womit die Magd erscheint, auf dem großen Tisch in des Zimmers Mitte nieder, und während die Freunde, deren Schar sich von Stunde zu Stunde vergrößert, händeringend zur Seite stehen, und in zerstreuten Gruppen, sprachlos vor Jammer, ihrem stillen, gespensterartigen Treiben zusehen: lassen sie sich, gleich als ob ihre Sinne vor jeder andern Erscheinung verschlossen wären, um den Tisch nieder, und schicken sich still, mit gefalteten Händen, zur Anbetung an. Weder des Essens begehren sie, das ihnen, zur Bewirtung der Genossen, ihrem am Morgen gegebenen Befehl gemäß, die Magd bringt, noch späterhin, da die Nacht sinkt, des Lagers, das sie ihnen, weil sie müde scheinen, im Nebengemach aufgestapelt hat; die Freunde, um die Entrüstung des Wirts, den diese Aufführung befremdet, nicht zu reizen, müssen sich an einen, zur Seite üppig gedeckten Tisch niederlassen, und die, für eine zahlreiche Gesellschaft zubereiteten Speisen, mit dem Salz ihrer bitterlichen Tränen gebeizt, einnehmen. Jetzt plötzlich schlägt die Stunde der Mitternacht; Eure vier Söhne, nachdem sie einen Augenblick gegen den dumpfen Klang der Glocke aufgehorcht, heben sich plötzlich, in gleichzeitiger Bewegung, von ihren Sitzen empor; und während wir, mit niedergelegten Tischtüchern, zu ihnen hinüberschauen, ängstlicher Erwartung voll, was auf so seltsames und befremdendes Beginnen erfolgen werde: fangen sie, mit einer entsetzlichen und gräßlichen Stimme, das gloria in excelsis zu intonieren an. So mögen sich Leoparden und Wölfe anhören lassen, wenn sie zur eisigen Winterzeit das Firmament anbrüllen: die Pfeiler des Hauses, versichere ich Euch, erschütterten, und die Fenster, von ihrer Lungen sichtbarem Atem getroffen, drohten klirrend, als ob man Hände voll schweren Sandes gegen ihre Flächen würfe, zusammenzubrechen. Bei diesem grausenhaften Auftritt stürzen wir besinnungslos, mit sträubenden Haaren auseinander; wir zerstreuen uns, Mäntel und Hüte zurücklassend, durch die umliegenden Straßen, welche in kurzer Zeit, statt unsrer, von mehr denn hundert, aus dem Schlaf geschreckter Menschen, angefüllt waren; das Volk drängt sich, die Haustüre sprengend, über die Stiege dem Saale zu, um die Quelle dieses schauderhaften und empörenden Gebrülls, das, wie von den Lippen ewig verdammter Sünder, aus dem tiefsten Grund der flammenvollen Hölle, jammervoll um Erbarmung zu Gottes Ohren heraufdrang, aufzusuchen. Endlich, mit dem Schlage der Glocke Eins, ohne auf das Zürnen des Wirts, noch auf die erschütterten Ausrufungen des sie umringenden Volks gehört zu haben, schließen sie den Mund; sie wischen sich mit einem Tuch den Schweiß von der Stirn, der ihnen, in großen Tropfen, auf Kinn und Brust niederträuft; und breiten ihre Mäntel aus, und legen sich, um eine Stunde von so qualvollen Geschäften auszuruhen, auf das Getäfel des Bodens nieder. Der Wirt, der sie gewähren läßt, schlägt, sobald er sie schlummern sieht, ein Kreuz über sie; und froh, des Elends für den Augenblick erledigt zu sein, bewegt er, unter der Versicherung, der Morgen werde eine heilsame Veränderung herbeiführen, den Männerhaufen, der gegenwärtig ist, und der geheimnisvoll miteinander murmelt, das Zimmer zu verlassen. Aber leider! schon mit dem ersten Schrei des Hahns, stehen die Unglücklichen wieder auf, um dem auf dem Tisch befindlichen Kreuz gegenüber, dasselbe öde, gespensterartige Klosterleben, das nur Erschöpfung sie auf einen Augenblick auszusetzen zwang, wieder anzufangen. Sie nehmen von dem Wirt, dessen Herz ihr jammervoller Anblick schmelzt, keine Ermahnung, keine Hülfe an; sie bitten ihn, die Freunde liebreich abzuweisen, die sich sonst regelmäßig am Morgen jedes Tages bei ihnen zu versammeln pflegten; sie begehren nichts von ihm, als Wasser und Brot, und eine Streu, wenn es sein kann, für die Nacht: dergestalt, daß dieser Mann, der sonst viel Geld von ihrer Heiterkeit zog, sich genötigt sah, den ganzen Vorfall den Gerichten anzuzeigen und sie zu bitten, ihm diese vier Menschen, in welchen ohne Zweifel der böse Geist walten müsse, aus dem Hause zu schaffen. Worauf sie, auf Befehl des Magistrats, in ärztliche Untersuchung genommen und, da man sie verrückt befand, wie Ihr wißt, in die Gemächer des Irrenhauses untergebracht wurden, das die Milde des letzt verstorbenen Kaisers, zum Besten der Unglücklichen dieser Art, innerhalb der Mauern unserer Stadt gegründet hat.«

Dies und noch mehreres sagte Veit Gottheit, der Tuchhändler, das wir hier, weil wir zur Einsicht in den inneren Zusammenhang der Sache genug gesagt zu haben meinen, unterdrücken; und forderte die Frau nochmals auf, ihn auf keine Weise, falls es zu gerichtlichen Nachforschungen über diese Begebenheit kommen sollte, darin zu verstricken.

Drei Tage darauf, da die Frau, durch diesen Bericht tief im Innersten erschüttert, am Arm einer Freundin nach dem Kloster hinausgegangen war, in der wehmütigen Absicht, auf einem Spaziergang, weil eben das Wetter schön war, den entsetzlichen Schauplatz in Augenschein zu nehmen, auf welchem Gott ihre Söhne wie durch unsichtbare Blitze zugrunde gerichtet hatte: fanden die Weiber den Dom, weil eben gebaut wurde, am Eingang durch Planken versperrt, und konnten, wenn sie sich mühsam erhoben, durch die Öffnungen der Bretter hindurch von dem Inneren nichts, als die prächtig funkelnden Rose im Hintergrund der Kirche wahrnehmen. Viele hundert Arbeiter, welche fröhliche Lieder sangen, waren auf schlanken, vielfach verschlungenen Gerüsten beschäftigt, die Türme noch um ein gutes Drittteil zu erhöhen, und die Dächer und Zinnen derselben, welche bis jetzt nur mit Schiefer bedeckt gewesen waren, mit starkem, hellem, im Strahl der Sonne glänzigem Kupfer zu belegen. Dabei stand ein Gewitter, dunkelschwarz, mit vergoldeten Rändern, im Hintergrunde des Baus; dasselbe hatte schon über die Gegend von Aachen ausgedonnert, und nachdem es noch einige kraftlose Blitze, gegen die Richtung, wo der Dom stand, geschleudert hatte, sank es, zu Dünsten aufgelöst, mißvergnügt und murmelnd im Osten herab. Es traf sich, daß da die Frauen von der Treppe des weitläufigen klösterlichen Wohngebäudes herab, in mancherlei Gedanken vertieft, dies doppelte Schauspiel betrachteten, eine Klosterschwester, welche vorüberging, zufällig erfuhr, wer die unter dem Portal stehende Frau sei; dergestalt, daß die Äbtissin, die von einem, den Fronleichnamstag betreffenden Brief, den dieselbe bei sich trug, gehört hatte, unmittelbar darauf die Schwester zu ihr herabschickte, und die niederländische Frau ersuchen ließ, zu ihr herauf zu kommen. Die Niederländerin, obschon einen Augenblick dadurch betroffen, schickte sich nichtsdestoweniger ehrfurchtsvoll an, dem Befehl, den man ihr angekündigt hatte, zu gehorchen; und während die Freundin, auf die Einladung der Nonne, in ein dicht an dem Eingang befindliches Nebenzimmer abtrat, öffnete man der Fremden, welche die Treppe hinaufsteigen mußte, die Flügeltüren des schön gebildeten Söllers selbst. Daselbst fand sie die Äbtissin, welches eine edle Frau, von stillem königlichem Ansehn war, auf einem Sessel sitzen, den Fuß auf einem Schemel gestützt, der auf Drachenklauen ruhte; ihr zur Seite, auf einem Pulte, lag die Partitur einer Musik. Die Äbtissin, nachdem sie befohlen hatte, der Fremden einen Stuhl hinzusetzen, entdeckte ihr, daß sie bereits durch den Bürgermeister von ihrer Ankunft in der Stadt gehört; und nachdem sie sich, auf menschenfreundliche Weise, nach dem Befinden ihrer unglücklichen Söhne erkundigt, auch sie ermuntert hatte, sich über das Schicksal, das dieselben betroffen, weil es einmal nicht zu ändern sei, möglichst zu fassen: eröffnete sie ihr den Wunsch, den Brief zu sehen, den der Prädikant an seinen Freund, den Schullehrer in Antwerpen geschrieben hatte. Die Frau, welche Erfahrung genug besaß, einzusehen, von welchen Folgen dieser Schritt sein konnte, fühlte sich dadurch auf einen Augenblick in Verlegenheit gestürzt; da jedoch das ehrwürdige Antlitz der Dame unbedingtes Vertrauen erforderte, und auf keine Weise schicklich war, zu glauben, daß ihre Absicht sein könne, von dem Inhalt desselben einen öffentlichen Gebrauch zu machen; so nahm sie, nach einer kurzen Besinnung, den Brief aus ihrem Busen, und reichte ihn, unter einem heißen Kuß auf ihre Hand, der fürstlichen Dame dar. Die Frau, während die Äbtissin den Brief überlas, warf nunmehr einen Blick auf die nachlässig über dem Pult aufgeschlagene Partitur; und da sie, durch den Bericht des Tuchhändlers, auf den Gedanken gekommen war, es könne wohl die Gewalt der Töne gewesen sein, die, an jenem schauerlichen Tage, das Gemüt ihrer armen Söhne zerstört und verwirrt habe: so fragte sie die Klosterschwester, die hinter ihrem Stuhle stand, indem sie sich zu ihr umkehrte, schüchtern: ob dies das Musikwerk wäre, das vor sechs Jahren, am Morgen jenes merkwürdigen Fronleichnamsfestes, in der Kathedrale aufgeführt worden sei? Auf die Antwort der jungen Klosterschwester: ja! sie erinnere sich davon gehört zu haben, und es pflege seitdem, wenn man es nicht brauche, im Zimmer der hochwürdigsten Frau zu liegen: stand, lebhaft erschüttert, die Frau auf, und stellte sich, von mancherlei Gedanken durchkreuzt, vor den Pult. Sie betrachtete die unbekannten zauberischen Zeichen, womit sich ein fürchterlicher Geist geheimnisvoll den Kreis abzustecken schien, und meinte, in die Erde zu sinken, da sie grade das gloria in excelsis aufgeschlagen fand. Es war ihr, als ob das ganze Schrecken der Tonkunst, das ihre Söhne verderbt hatte, über ihrem Haupte rauschend daherzöge; sie glaubte, bei dem bloßen Anblick ihre Sinne zu verlieren, und nachdem sie schnell, mit einer unendlichen Regung von Demut und Unterwerfung unter die göttliche Allmacht, das Blatt an ihre Lippen gedrückt hatte, setzte sie sich wieder auf ihren Stuhl zurück. Inzwischen hatte die Äbtissin den Brief ausgelesen und sagte, indem sie ihn zusammenfaltete:»Gott selbst hat das Kloster, an jenem wunderbaren Tage, gegen den Übermut Eurer schwer verirrten Söhne beschirmt. Welcher Mittel er sich dabei bedient, kann Euch, die Ihr eine Protestantin seid, gleichgültig sein: Ihr würdet auch das, was ich Euch darüber sagen könnte, schwerlich begreifen. Denn vernehmt, daß schlechterdings niemand weiß, wer eigentlich das Werk, das Ihr dort aufgeschlagen findet, im Drang der schreckenvollen Stunde, da die Bilderstürmerei über uns hereinbrechen sollte, ruhig auf dem Sitz der Orgel dirigiert habe. Durch ein Zeugnis, das am Morgen des folgenden Tages, in Gegenwart des Klostervogts und mehrerer anderer Männer aufgenommen und im Archiv niedergelegt ward, ist erwiesen, daß Schwester Antonia, die einzige, die das Werk dirigieren konnte, während des ganzen Zeitraums seiner Aufführung, krank, bewußtlos, ihrer Glieder schlechthin unmächtig, im Winkel ihrer Klosterzelle darniedergelegen habe; eine Klosterschwester, die ihr als leibliche Verwandte zur Pflege ihres Körpers beigeordnet war, ist während des ganzen Vormittags, da das Fronleichnamsfest in der Kathedrale gefeiert worden, nicht von ihrem Bette gewichen. Ja, Schwester Antonia würde ohnfehlbar selbst den Umstand, daß sie es nicht gewesen sei, die, auf so seltsame und befremdende Weise, auf dem Altan der Orgel erschien, bestätigt und bewahrheitet haben: wenn ihr gänzlich sinnberaubter Zustand erlaubt hätte, sie darum zu befragen, und die Kranke nicht noch am Abend desselben Tages, an dem Nervenfieber, an dem sie daniederlag, und welches früherhin gar nicht lebensgefährlich schien, verschieden wäre. Auch hat der Erzbischof von Trier, an den dieser Vorfall berichtet ward, bereits das Wort ausgesprochen, das ihn allein erklärt, nämlich, ›daß die heilige Cäcilie selbst dieses zu gleicher Zeit schreckliche und herrliche Wunder vollbracht habe‹; und von dem Papst habe ich soeben ein Breve erhalten, wodurch er dies bestätigt.« Und damit gab sie der Frau den Brief, den sie sich bloß von ihr erbeten hatte, um über das, was sie schon wußte, nähere Auskunft zu erhalten, unter dem Versprechen, daß sie davon keinen Gebrauch machen würde, zurück; und nachdem sie dieselbe noch gefragt hatte, ob zur Wiederherstellung ihrer Söhne Hoffnung sei, und ob sie ihr vielleicht mit irgend etwas, Geld oder eine andere Unterstützung, zu diesem Zweck dienen könne, welches die Frau, indem sie ihr den Rock küßte, weinend verneinte: grüßte sie dieselbe freundlich mit der Hand und entließ sie.

Hier endigt diese Legende. Die Frau, deren Anwesenheit in Aachen gänzlich nutzlos war, ging mit Zurücklassung eines kleinen Kapitals, das sie zum Besten ihrer armen Söhne bei den Gerichten niederlegte, nach dem Haag zurück, wo sie ein Jahr darauf, durch diesen Vorfall tief bewegt, in den Schoß der katholischen Kirche zurückkehrte: die Söhne aber starben, im späten Alter, eines heitern und vergnügten Todes, nachdem sie noch einmal, ihrer Gewohnheit gemäß, das gloria in excelsis abgesungen hatten.

Josephine

Ralf Kramp

Jede Nacht ist Josephine bei mir. Jede Nacht nähert sich ihr Gesicht dem meinen, und ich kann jedes Fältchen in ihrer Haut erkennen, jede zarte Linie im Winkel ihrer großen Augen, kann die Dünungen ihrer majestätischen Wangenknochen erkennen, ihre blaßroten Lippen mit meinen Blicken liebkosen und dem zarten Schwung ihres energischen Kinns folgen. Jede Nacht erscheint ihr Gesicht vor mir, und ihre blütenweiße Haut leuchtet, ihr goldenes Haar ist umringt von einer strahlenden Aura, die der Sonnenschein malt. Ich sehe Josephine und möchte nach ihr greifen, sie fühlen, ihre samtige Haut unter meinen Fingerkuppen spüren, sie riechen, sie schmecken.

Aber ich liege wie gebunden in meinem Bett, muß zusehen, wie sie langsam entschwindet, langsam mit dem gleißenden Licht verschmilzt und schließlich nichts mehr ist, als das Leuchten der Lampe meines Schlafgemachs. Seit damals lösche ich das Licht nicht mehr, wenn ich zu Bett gehe.

Josephine war tot, und ich war von einem Augenblick auf den anderen allein auf dieser Welt. Nichts blieb mir, woran ich mich festklammern konnte, nichts, wofür zu leben es noch lohnte. Sie wurde mir genommen, wurde mitten aus einem Tag herausgepflückt, wie eine Blume, die gerade in voller Blüte erstrahlte. Am Morgen hatte ich mich von ihr verabschiedet und hatte keinen Gedanken daran verschwendet, ob es womöglich das letzte Mal gewesen sein mochte, daß ihre zarte Hand mir zum Abschied winkte. Hinterher, als mich die Nachricht erreichte, daß der Zug verunglückt war, der sie hatte in die Stadt bringen sollen, da gab es zunächst immer noch keinen Gedanken daran, daß Josephine möglicherweise unter den Opfern dieser Tragödie sein konnte, daß sie eine von denjenigen war, um die sich kreischend die kalte Faust des sich krümmenden Metalls schloß, als die Waggons haltlos und verdammt in die Schlucht rutschten, sich drehten, ineinander verkeilten und schließlich mit grausamer Wucht im Tal aufschlugen.

Als mir der Beamte, der mit der bitteren Aufgabe betraut war, mir die Nachricht zu überbringen, daß ich einer derer war, der einen geliebten Menschen nun für immer verloren hatte, vor mir stand, da schaute ich den schnauzbärtigen Mann, der unbeholfen seine Uniformkappe in den Händen wand, zunächst ungläubig an, betrachtete ratlos sein qualvoll verkniffenes Gesicht und versuchte eine Weile, nach dem Sinn seiner Worte zu suchen. Ich muß wohl irgend etwas hervorgebracht haben, daß ihn veranlaßte, zu glauben, ich habe die grausame Botschaft verstanden, denn schließlich wandte er sich ab und ging wieder die Stiegen zur Dorfstraße hinunter. Und erst als ich seine blaue Uniformjacke von hinten sah, da kroch langsam etwas in mich. Eine Leere, ein Gefühl, das in meinen Körper schlich und mich mit Macht von innen heraus begann auszuhöhlen, da merkte ich, daß alles wahr war. Josephine war mir genommen worden. Ich war nun allein. Allein in diesem kleinen Dorf, in dem ich nur wenige Menschen kannte.

Die Eisenbahn hatte mich hierher gebracht. Als Landvermesser war ich aus der Stadt hierher gezogen, um diesen Landstrich zu erkunden und das Feld zu bereiten für den eisernen Schienenstrang, der durch seine Täler und über seine Höhen getrieben werden sollte. Ich hatte die Eifel zuvor nie bereist. Was sollte einen, der auf dem flachen Land, unweit von Berlin und seinem lebendigen Puls aufgewachsen war, auch hierher treiben, wenn nicht ein Auftrag, der reichen Lohn versprach?

Von schroffen Felsen hatte man mir berichtet, von kreisrunden Seen vulkanischen Ursprungs, von öden Hochebenen und halsstarrigen Bewohnern. Was sollte man hier, wenn man nicht einen Auftrag zu erfüllen hatte, wenn man nicht als Sendbote der Regierung in die trostlose Abgeschiedenheit einer solch abgelegenen Provinz geschickt wurde? Ich machte mich damals nur mit Widerwillen daran, diese Obliegenheit zu erfüllen. Im Jahre 1904 hatte man beschlossen, eine Bahnstrecke von Adenau über Jünkerath bis nach Losheim quer durch das Land zu treiben, wobei an deren Ende ein Anschluß an die Strecke Montjoie - St. Vith erfolgen sollte. Lange war diese Strecke gefordert worden, doch über Jahre hinweg hatte sich die Regierung geweigert, diesem Wunsch Folge zu leisten. Jetzt endlich geschah es, und daß dies so kam, war nicht mit Wohlwollen oder Einsicht zu begründen, sondern vielmehr mit der Tatsache, daß die Militärs und der anschwellende Industrieverkehr zwischen Lothringen und dem Ruhrgebiet immer zahlreichere Querverbindungen erforderten. So kam ich also mit einem Trupp ebenso frustrierter Vermesser in dieses karge Land, und alles war mir zuwider. Die bitter armen Dörfer, die ich bereiste, voller neugieriger Menschen, die alles von mir wissen wollten, aber nichts von sich selbst preisgaben. Die schäbigen Behausungen, in denen ich unterkam. Die fehlende Abwechslung, die mir die Abende unendlich lang machte und mich mit Macht in die Arbeit trieb.

Und dann lernte ich Josephine kennen. Und alles wurde anders. Acht Jahre gingen ins Land, bevor die Eisenbahnstrecke schließlich eingeweiht werden konnte, meine Kollegen wurden weitergeschickt, ins Süddeutsche. Ich blieb.

Und nun hatte mir die Eisenbahn meinen kostbarsten Schatz genommen. Kurz bevor der Zug sich daran machte, auf den Viadukt bei Hillesheim zu rollen, kam die Lokomotive von den Schienen ab und riß zwei Waggons mit sich in die Tiefe. Vier Menschen starben. Aus unserem Dorf war Josephine die einzige. Niemand konnte mir erklären, warum es geschehen war. Nicht auf meiner Arbeitsstelle bei der Baufirma in Blankenheim, noch in unserem Dorf. Wie sollte man so etwas auch erklären? War es nicht egal, ob ein Gleis, ein Baum oder ein Stück Fels die Ursache gewesen war?

Josephine lag in unserem Schlafgemach. So unbequem, so bejammernswert starr lag sie da auf dem Schoof. Die Spitzen des Langstrohs lugten am Kopf und

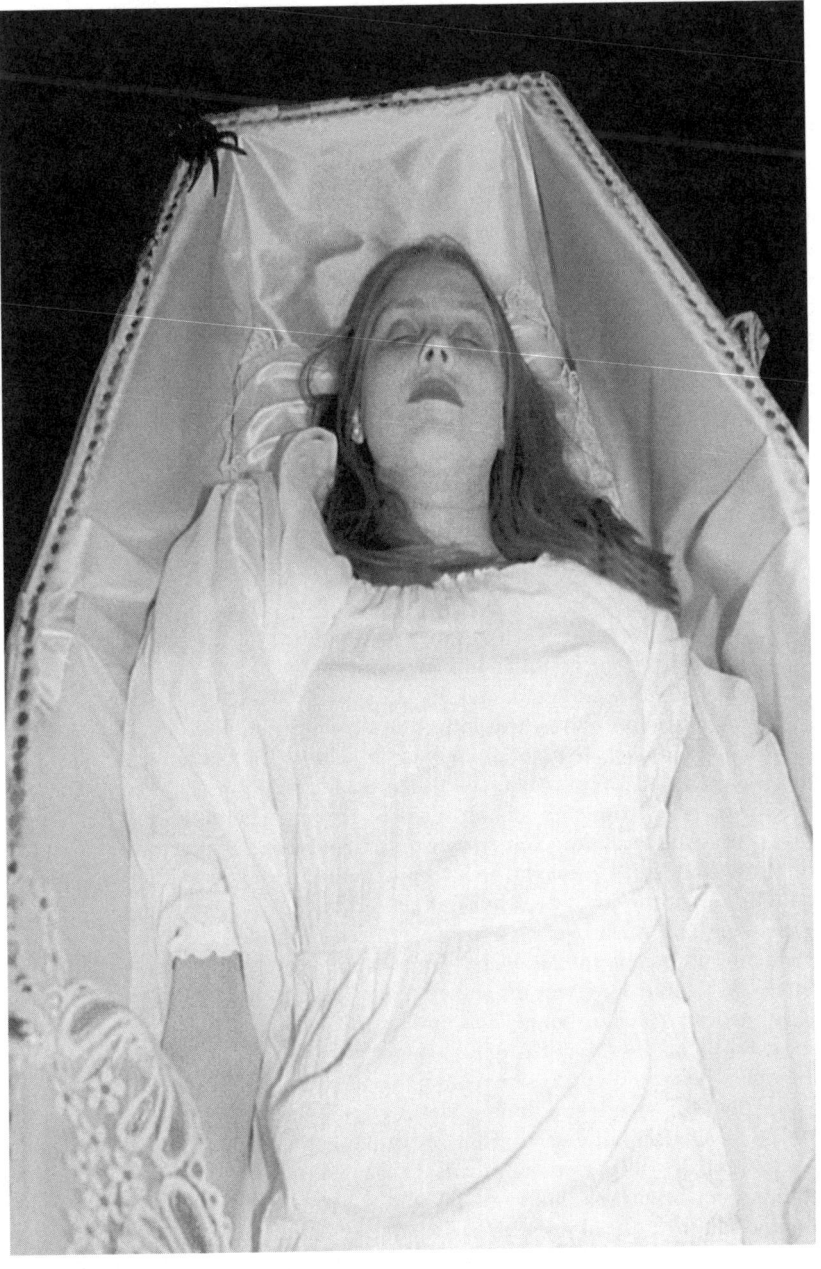

Fußende unter dem weißen Tuch hervor, ihre fast ebenso weißen Hände lagen gefaltet auf der Brust, über einem Sterbekreuz, umspielt von einem Rosenkranz aus dunklem Holz. Mageres Licht von dem kleinen Öllämpchen auf der Kommode erhellte den Raum, dessen Fenster mit schwarzem Tuch verhängt waren, nur spärlich.

Hier saß ich stundenlang und konnte den Blick nicht von ihrem Antlitz wenden, staunte ein ums andere Mal darüber, daß es den Frauen aus der Nachbarschaft gelungen war, meine geliebte Josephine wieder so herzurichten, daß es den Anschein hatte, als sei sie nur ein wenig eingeschlafen, als habe sie nur für einen Augenblick die Lider über ihren strahlend blauen Augen geschlossen, um vom Tag auszuruhen. Ich wußte, daß fürchterliche Verletzungen ihren makellosen Leib entstellt hatten, daß sich Gestänge der Sitzreihen geradewegs durch ihre Brust gebohrt hatten, daß ihr beim Herausschneiden aus dem todbringenden Eisenkörper des Waggons das linke Bein regelrecht vom Leib gerissen worden war. All das war nun nicht mehr zu sehen. All das war verborgen unter der weißen Wäsche. Und Josephine schlief. Obwohl sich ihre Brust nicht hob und senkte, obwohl ihre Wimpern nicht von Zeit zu Zeit ein kleines Zucken zeigten, sagte ich mir, daß sie nur schlief und bald schon wieder erwachen würde.

Am Abend vor dem Begräbnis saß ich, wie jeden Abend zuvor, zusammengesunken auf einem Stuhl im Schlafgemach, ließ meinen tränenfeuchten Blick wandern, registrierte den verhangenen Spiegel, die weißen Astern in der Vase und gab mich meinen Träumen hin, als es klopfte.

Die Mädchen des Dorfes hatten die sieben Fußfälle gebetet, viele Nachbarn und Verwandte Josephines waren in den vergangenen Tagen gekommen, um Abschied von meiner wunderbaren Frau zu nehmen. Sie hatten viele Worte des Trostes für mich übrig, und doch perlten jeder noch so gut gemeinte Rat und jedes tröstende Wort von mir ab. Gerade vor zwei Stunden erst waren die Lousse und die Frau vom Bürgermeister nach Hause gegangen, nachdem nun die dritte und letzte Totenwache ihr Ende gefunden hatte. Der letzte schmerzhafte Rosenkranz war in diesem Zimmer verklungen.

Ich wunderte mich, wer das zu dieser späten Stunde noch sein konnte und stand auf, um nachzusehen. Dabei ging ich mit schlafwandlerischer Sicherheit durch die Räume, in denen ich seit ein paar Tagen kein Licht mehr angemacht hatte. An der Haustür schließlich entzündete ich dann doch eine Kerze. Ich selbst fühlte mich zwar im Augenblick ganz wohl im Schutze der Dunkelheit, aber mein Besucher würde sich womöglich nicht zurecht finden.

Vor der Tür stand eine kleine, gebeugte Gestalt. Es war eine Frau, ganz gehüllt in Schwarz, alt und krumm, und aufgeregt von einem Fuß auf den anderen tretend. Ich fragte etwas mürrisch, was sie denn wolle, und da fiel der Mondschein auf ihr runzliges Gesicht, und ich erkannte mit einem Mal, wer mir da einen Besuch abstatten wollte. Es war die alte Dederichs. Man nannte sie Dederichs' Traudche. Sie war Hebamme, doch aus Josephines Erzählungen wußte ich, daß sie es sich vor einiger Zeit mit der Dorfbevölkerung verscherzt hatte. Sie wurde gemieden und von allen Vorgängen im Dorf ausgeschlossen. Josephine hatte sie mir gezeigt, als sie über den Friedhof schlich, und hatte bedeutungsvoll gesagt, daß Traudche, wie man sie gemeinhin nannte, nicht nur dem Leben auf die Welt half, sondern es von Zeit zu Zeit auch wieder von dieser Welt entließ. Was sich wie die Beschreibung einer Mörderin anhörte, bedeutete nichts anderes, als daß Traudche jungen Frauen zur Seite gestanden hatte, die ohne es zu wollen in Umstände geraten waren, die sie überforderten.

Und jetzt stand Traudche also vor mir am Fuße der Treppe, ließ aufgeregt den Kopf hin und her gehen, ob uns auch ja niemand beobachte, winkte mit ihrer knotigen Hand und zischte. »Loß mich erenn, Jung, loß mich erenn, ich well Dir hellepe!«

Selbstverständlich wollte ich sie nicht hereinlassen, selbstverständlich wollte ich mit dieser sonderbaren alten Frau nichts zu schaffen haben, und doch trat ich zur Seite, um ihr den Weg frei zu machen, und ich staunte nicht schlecht, daß sie mit dem Arm weit ausholte, einen stummen Wink hinter die nächste Hausecke schickte, und schließlich auf eine junge Frau wies, die sich aus dem Dunkel schälte und mit raschen unsicheren Schritten näherkam. »Dat kütt möt!« sagte Traudchen bestimmt und schob das junge Ding die Treppe hinauf. Das Mädchen, das trotz des herbstlichen Wetters nur in dünne Kleidung gehüllt war, kam zitternd näher und hatte den Blick beschämt zu Boden gesenkt. Ich registrierte ihre rotgeweinten Augen, die strähnigen Haare, die ihr ins Gesicht fielen, ihre zitternden Hände, die eine kleine Handtasche fest umklammert hielten. »Setz dich!« sagte Traudchen barsch und wies auf einen Stuhl. Das Mädchen gehorchte und begann, nachdem es Platz genommen hatte, leise zu schluchzen. Traudchen wies auf die Tür, und ohne, daß ich mir dessen bewußt war, folgte ich jeder ihrer Anweisungen ohne Widerrede. Sie hatte etwas vor, soviel war gewiß. Ich ahnte, was das Mädchen von ihr erhoffte. Die Erzählungen über Traudche hatten in meinem Kopf ein Bild von ihrem Tun entstehen lassen.

»Du hast sie geliebt, nicht wahr?« fragte die Alte plötzlich gedehnt, und bemühte sich um eine hochdeutsche Aussprache. Sie wußte, daß ich nicht hier geboren war. Sie wußte offensichtlich auch, wie sehr ich unter meinem Verlust litt. Ich nickte stumm. »Sie liegt da drin und schläft«, flüsterte sie schließlich leise, und im Schein meiner Kerze bekam ihr runzliges Gesicht etwas Teuflisches. »Sollen wir sie wieder aufwecken?«

Ihr Ansinnen traf mich wie ein Schlag. Sie war ein irres altes Weib, das unvorsichtigen jungen Dingern den Nachwuchs aus dem Leibe schaffte, den sie nicht wollten. Sie kam in mein Haus, um mich in meiner Trauer zu irgendeinem Hexenspuk zu überreden. Ich durfte keinen Augenblick zögern und mußte die beiden hinauswerfen, sie die Treppenstufen hinunterjagen und so rasch die Tür hinter ihnen verriegeln, wie es nur ging.

Und doch war das, was sie vorschlug, in diesem Moment das einzige auf der Welt, was ich mir wirklich wünschte, und so stand ich eine Weile mit offenem

Mund da, und als sie schließlich erneut fragte: »Willst du das?« da nickte ich langsam und flüsterte: »Ja, ich will.«

Das Mädchen arbeitete in der Küche der Metallhütte in Kall. Sie kam aus Nettersheim, und ich glaube fast, ich war ihr schon einmal begegnet. Ein junger Bergarbeiter hatte ihre Sinne verwirrt. So sehr, daß sie sich ihm hingegeben hatte, ohne an die Folgen zu denken. Und so kam alles, wie es kommen mußte. Das junge Ding trug seit zwei Monaten ein Kind im Leib und war voller Verzweiflung zu Traudche gekommen, die dem Ganzen ein Ende bereiten sollte.

Noch immer verstand ich nicht, was all das mit meiner Situation zu tun haben sollte, aber Traudchen erklärte es mir mit langsamen Worten, und jeder ihrer Sätze ließ mir das Blut in den Adern gefrieren.

»Das Kind«, so erklärte sie, »soll in einem Grab zu liegen kommen, so ist es der Wunsch des jungen Dings da.« Selbst mir war klar, daß dies nie und nimmer zu verwirklichen war. Ein uneheliches Kind, gewaltsam dem Körper der Mutter entrissen, hatte in den Augen der Kirche kein Recht, auf einem Gottesacker seine Ruhe zu finden. Das Mädchen würde es verscharren müssen, irgendwo im Verborgenen, an einer Stelle, von der niemand wußte.

»Auf dem Kirchhof ist ein Grab«, sagte Traudchen heiser und suchte mit den Blicken nach meiner Standuhr, die unser Gespräch mit leisem Ticken untermalte. »Es ist gerade frisch ausgehoben. Für solche Leibesfrucht braucht man nicht viel Erde zu bewegen. Zwei Handvoll, vielleicht ein wenig mehr ...«

»Josephines Grab soll ...«

»Es reicht, wenn du mit einer Schaufel im Grunde des Grabes ein bißchen herumkratzt. Ein kleines Loch, hinein mit dem Bündel, und dann die Erde wieder daraufgeschaufelt.« Sie tat, als sei dies das selbstverständlichste von der Welt. In mir keimte Wut auf. »Was für ein abscheulicher Plan«, schrie ich. »Ich soll im Grab meiner Frau herumgraben? Was sollte mich dazu bringen? Halten sie mich für verrückt?«

Aber Traudchen blieb ganz ruhig. Sie hatte die Uhr gefunden und wies auf den Zeiger. »Es sind noch keine elf Uhr. Noch ist Zeit.«

»Wieso?«

»Wenn das Grab um Mitternacht belegt ist, dann ...«

In meinem Kopf wirbelten meine Gedanken umeinander. Was wollte die Alte mir vorschlagen? Was sollte geschehen?

»Es ist schon einmal passiert. In Daun. Eine Frau, die ertrunken war. Sie ist wieder aufgestanden, so sagt man. Sie hat noch dreiundvierzig Jahre glücklich an der Seite ihres Mannes gelebt, so sagt man.«

Mir stockte der Atem. Noch nie hatte ich etwas so Verrücktes gehört. Die Alte war gefährlicher, als alle vermuteten. Sie gehörte dringend weggesperrt, bevor sie noch mehr Schaden anrichten konnte. Mein Blick fiel auf das junge Mädchen an ihrer Seite, auf ihre bebenden Lippen, und ich mußte wieder an Josephine denken. Ihr Lachen war plötzlich da. Ihre Augen, die Berührung ihrer Hände, und der Schmerz brach mit einem Mal wieder über mir zusammen und ließ mir die Tränen in die Augen schießen. Stumm deutete ich auf die Tür zu der Kammer, in der ich mir ein provisorisches Nachtlager eingerichtet hatte. »Was braucht ihr?« fragte ich knapp, und zu meiner Verwunderung verlangte Traudche eine Schüssel Wasser, ein Stück Seife und ein paar Tücher, geradewegs, als ob es darum ginge, ein gesundes, kräftiges Kind auf die Welt zu bringen.

Es verging eine halbe Stunde, die ich damit verbrachte, einen Schnaps nach dem anderen herunterzukippen. Ich traute mich nicht mehr ins Schlafgemach zu der Leiche meiner Frau, sondern ging in der Stube auf und ab, fast so wie ein Vater, der nervös die Ankunft des Neugeborenen herbeisehnt. Aus der Kammer war kaum etwas zu hören. Ein dumpfes Stöhnen ab und an, daß sich mir die Nackenhaare sträubten, sonst nichts.

Und schließlich öffnete sich die Tür mit einem leisen Knarren, und Traudchen erschien und trug ein Bündel Stoff vor sich her, auf dem ein paar Spritzer Blut leuchteten. Im Spiegel hinter ihrem Rücken sah ich den nackten weißen Rücken der jungen Frau.

Traudchen legte mir das Bündel wortlos in die Hände und nickte mit verkniffenem Mund. Ich weiß, daß ich in diesem Augenblick froh war, eine Regung von ihr zu verspüren.

Als ich mit dem Knäuel Stoff, das fast nichts wog, in die Nacht hinaustrat, packte der ungestüme Wind mit Macht nach mir. Unbeholfen, ängstlich bemüht, das mir anvertraute nicht zu sehr zu drücken und zu pressen, tastete ich mich im Mondschein hinters Haus, um aus dem Schuppen eine Schaufel zu holen.

Auf dem Weg zur Kirche begegnete ich keiner Menschenseele. Ich roch das Kaminfeuer der Nachbarhäuser, ich wich den Zweigen der Kirchhofhecke aus, die der Wind zerzauste und mir entgegentrieb, und ich erreichte Josephines Grab ungesehen. Man hatte es mit Brettern abdeckt, damit niemand hinein fallen und zu Schaden kommen konnte. Ich legte mein Bündel ab und räumte ein paar von ihnen zur Seite. Ich tat dies mit größter Vorsicht, damit niemand der Bewohner der Nachbarhäuser etwas hören konnte, obwohl der Sturm wahrscheinlich ohnehin jedes Geräusch davongetragen hätte.

Dann sprang ich in das finstere Loch des Grabes. Die Schaufel glitt mühelos in den feuchten Lehm. Der Rest war im Handumdrehen geschehen.

Als ich zurückkehrte, versuchte ich verzweifelt im Licht des Mondes die Ziffern meiner Uhr zu erkennen, doch es ging nicht. Es schien alles rechtzeitig geschehen zu sein, denn die Kirchturmuhr hatte noch nicht den neuen Tag geschlagen. Ich stolperte auf dem unebenen Straßenbelag, und wäre fast hingefallen, als plötzlich der erste Schlag der Kirchturmuhr ertönte. Es waren nur noch wenige Meter bis zu unserem Haus. Ich begann zu laufen.

Ich konnte nicht schnell genug den Schlüssel aus den Tiefen meines Rockes hervorkramen, konnte ihn nicht rasch genug im Schloß drehen und die Tür aufstoßen. Ich taumelte in den Flur, in die Stube hinein und sah den flackernden Schein des Öllämpchens durch einen Türspalt herausdringen. Atemlos stolperte ich in

das Schlafgemach, entdeckte voller Entsetzen Traudchen mit weit geöffneten Augen an der Stuhllehne vor dem Schoof stehen, als die Uhr zu achten Mal schlug.

Josephine lag unverändert auf dem Stroh gebettet. Ihre Hände waren immer noch gefaltet, weiß, leblos, starr. Ihre Augen geschlossen.

Neun.

Traudchen öffnete leicht den Mund. Ich sah, wie sie den Atem anhielt.

Zehn.

Irgendwo im Hintergrund war leise das Wimmern des jungen Mädchens zu hören.

Elf.

Josephine schlief nicht. Sie war das Opfer eines grauenvollen Zugunglücks, ihr Leib war zerfetzt worden, sie war tot, sie würde nie wieder aufstehen, sie ...

Zwölf.

Um die Augen zuckte es. Die Brauen schoben sich leicht zusammen, eine kleine Falte entstand an der Nasenwurzel. Ihre Züge bekamen etwas Angestrengtes. Der blasse Mund öffnete sich leicht, ein Ton entrang sich der Brust, die wieder atmete. Josephine stieß ein Seufzen aus. Ich sprang dazu, sah, wie ihre Finger sich mit einem Mal um das Kreuz krümmten, sah ihre Lider flackern. Ihr Körper kam unter dem Laken in Bewegung. Stroh knisterte. Und plötzlich folgte dem Seufzer ein Stöhnen. Ein leises, qualvolles Stöhnen, das langsam lauter wurde. Josephine begann, ihren unendlichen Schmerz hinauszustöhnen. Ich schrie ihren Namen, versuchte sie zu berühren, brachte es aber doch nicht fertig, sah zu, wie sie sich aufbäumte. Dann erschien plötzlich ein dunkler Schatten unter dem Laken. Ein roter Fleck fraß sich von unten durch den weißen Stoff hindurch. Da waren andere, die rasch größer wurden. Blut quoll nach oben, trat durch den Stoff, sickerte an den Seiten herab. Josephines Körper wurde geschüttelt.

Ich schrie und blickte zu Traudchen hinüber, die an der Stuhllehne stand, die Augen fest geschlossen hatte und tonlos ein Gebet murmelte.

»Sie stirbt!« schrie ich. »Hilf mir doch! Meine Frau stirbt ein zweites Mal!«

Und dann öffnete Josephine die Augen. Das Blau ihrer Pupillen war matt und milchig, das Weiß ihrer Augäpfel rot durchädert.

»Laß mich gehen«, schienen sie mir sagen zu wollen. »Laß mich bitte gehen!«

Dann schrie sie. Und das Fenster wurde vom Sturm aufgestoßen, der schwarze Stoff, der es verhüllt hatte, wirbelte durch die Luft, riß die Öllampe um, und noch bevor ich verstand, was geschehen war, hatte das Stroh unter Josephines Körper Feuer gefangen. Die Flammen leckten an dem weißen Stoff empor, das Blut glänzte naß und rot im Feuerschein. Trockenes Knistern mischte sich unter die Schreie meiner Frau, der Wind wirbelte alles im Zimmer umher, was nicht niet- und nagelfest war, und Traudchen stand immer noch da und betete und betete und betete. Sie schien gar nicht zu bemerken, wie die Flammen sich an ihren schwarzen Rocksaum hefteten, an ihr empor krochen. Sie stand ganz starr da und verschmolz mit dem Feuer, das sich mittlerweile ganz über dem Schoof ausgebreitet hatte, das Josephines Leichnam gepackt hatte, und nicht mehr losließ. Ihre Schreie ließen nach, erstarben schließlich ganz, ich machte keine Anstalten, das Feuer zu besänftigen, überließ ihm alles.

Ich hatte noch die Geistesgegenwart, das Mädchen aus der anderen Kammer zu zerren und vor mir her in die Nacht zu stoßen, als draußen bereits die ersten Nachbarn angelaufen kamen. Von Josephines Schreien war nichts mehr zu hören, das untere Geschoß meines Hauses stand mittlerweile in hellen Flammen. Ich tat nichts, um zu löschen.

Ich hatte die schönste Frau der Welt. Und in meinen Gedanken bleibt mir ihr Lachen und ihr Blick. Das muß genügen.

Der Teufelsweg

Anonymus

Der junge Ritter Siegfried von Sezin hielt eines Tages um die Hand der schönen Tochter des Burgherrn von Falkenstein an. In finsterem, hochmütigem Schweigen stand der Falkensteiner, dann sprach er: »Bei Rittern ist es Sitte, die Braut hoch zu Roß mit Wagen und Gefolge abzuholen. Wenn Ihr es fertig bringt, in einer einzigen Nacht einen Weg auf meine Burg zu schaffen, so daß Ihr der Braut Eure Aufwartung machen könnt, wie es ihrem Stande zukommt, dann will ich Euren Wunsch erfüllen.« Niedergeschlagen und ohne Hoffnung ging der Freier davon; war doch die Forderung des Falkensteiners nicht in einem ganzen Jahre, geschweige denn in einer Nacht zu erfüllen.

Als der junge Ritter den Felsenpfad von Falkenstein hinabschritt, trat aus dem Gebüsch der Zwergenkönig in grünem Gewande und redete ihn an: »Der Grund Eures Trübsinns ist mir bekannt. Ich kann Euch zur Erfüllung Eures Wunsches verhelfen, wenn Ihr auf meinen Vorschlag eingeht. Ihr habt ein Bergwerk in der Nähe der Behausung meines Volkes. Wenn Eure Leute dort weiter arbeiten, so werden sie uns bald vertreiben. Versprecht mir, die Arbeit einzustellen, dann wollen wir noch in dieser Nacht den Weg nach Falkenstein vollenden.«

Mit tausend Freuden sagte Siegfried zu, und in wenig Minuten wimmelte der ganze Wald von Männlein, die den Weg absteckten, Bäume fällten und Gesteine und Erdreich bewegten. Und als vom Turm die erste Stunde nach Mitternacht schlug, war das Werk vollendet. Dunkel und still lag der Wald, der eben noch hell erleuchtet und vom Lärm der Arbeit erfüllt gewesen war.

Am frühen Morgen ertönte des Falkensteiner Turmwarts Horn; ein prächtiger Zug von Reitern und Wagen bewegte sich auf breitem Fahrweg den Burgberg herauf. Da löste der Burgherr willig sein Wort ein und nahm den Ritter, der solchen Teufelsweg fertiggebracht hatte, zum Schwiegersohne an.

Die Rache der Campbells

Hubert vom Venn

& Iain ***, Laird of Camster

Der Schrei kam vom Dachboden! »Elizabeth« hallte es gleich mehrmals durchs Haus: »Eeeeeeelizabeth«. Dann kehrte eine unheimliche Ruhe ein, die nur noch einmal durch ein schmerzvolles Stöhnen unterbrochen wurde. Pascal Thieron, der Wirt vom ›Gasthaus Hattlich‹ im Hohen Venn, war an diesem Abend alleine in der Gaststube. Der muskulöse Mann gehörte sicher nicht zu den Ängstlichen im Lande: Wenn es einmal in seinem Schankraum, was bei den rotbesockten Venn-Wanderern allerdings eher selten vorkam, lauter wurde, sorgte allein seine imposante Figur schnell für Ruhe. Doch dieser Schrei ließ auch ihn erschaudern. Thieron hatte das ›Gasthaus Hattlich‹, das abseits der Straße von Eupen nach Mützenich liegt, erst wenige Wochen vorher gekauft. Zu einem Spottpreis, wie er fand. Waren doch die grob gezimmerten Holzbänke in der Wirtschaft und unter den gelben »Leffe«-Schirmen im Garten immer gut besetzt.

Gewundert hatte er sich nur, daß der Vorbesitzer selbst im Sommer um 19 Uhr die Kneipe schloß und die gemütliche Wohnung, die zum Haus gehörte, nie genutzt hatte: »Abends lohnt sich hier eine Wirtschaft nicht, da kommt kein Mensch und meine Frau wollte auch nicht von Eupen aufs Venn raus ziehen«, hatte der ehemalige Wirt sein Tun begründet. Pascal Thieron war's egal gewesen. Billiger hätte er das gut gehendes Ausflugslokal nicht erwerben können.

Das ›Gasthaus Hattlich‹, so vermuten Heimatforscher, gibt es schon über 500 Jahre. Einer seiner Wirte war in der Zeit des Dreißigjährigen Krieges der legendäre Haudegen Peter L'allemagne gewesen (vgl. Hubert vom Venn »Die Hand im Moor«). Danach hatte das Bruchsteinhaus eine wechselhafte Geschichte erlebt: Wirte waren gekommen und gegangen. Reich waren sie erst geworden, als die Straße zwischen Eupen und Monschau gebaut wurde und das Bruchsteinhaus zum Ausflugslokal zunächst für die Sonntagswanderer aus den Dörfern und später dann für die Venn-Touristen geworden war.

Lange war allerdings kein Gastwirt im Venn geblieben. Natürlich hatte Pascal Thieron von den Geistergeschichten erzählt, die man sich um das Gasthaus erzählte. Doch diese hatte er eher unter ›dummes Zeug‹ und ›Altweibergequatsche‹ abgetan.

Auch an jenem Abend, an dem unsere Geschichte begann, vergaß er die Schreie sehr schnell und hakte den Vorfall unter Windspiel in den Balken ab. Da er an diesem Tag eine neue Geschäftsverbindung mit einem Bierlieferanten aus Verviers eingegangen war, konzentrierte er sich schon bald wieder auf dessen umfangreichen Getränkekatalog. Er wollte sein Lokal nämlich in Zukunft auch abends für Einheimische aus Eupen und den nahen Dörfern in Deutschland attraktiv machen. Daher hatte er das Angebot mit den exotischsten Biersorten aufgestockt: Flaschen aus Mexiko, China, Irland, England, Schottland und Dänemark standen neben den beliebten einheimischen Gerstensäften aus Belgien und Deutschland auf der Karte. Zufrieden schloß er bald die Schankstube ab und begab sich in seine kleine Wohnung über der Kneipe. Kurz überlegte er noch, ob er noch auf ein Gläschen beim Förster von Hattlich, desssen Haus einen Kilometer weiter in Richtung Mützenich liegt, vorbeischauen sollte. Doch er verwarf diese Idee, legte ›The Top‹ von ›The Cure‹ auf seinen Uralt-Plattenspieler, öffnete eine Flasche mit schottischem Bier und ließ seine Füße über den kleinen Couchtisch baumeln. Neugierig nahm er einen Schluck aus der Bierflasche und erschauderte:

»Elizabeth« hallte es durchs Haus: »Eeeeeeelizabeth«.

Sekunden später erhob sich die Bierflasche vom Tisch und flog krachend gegen die Wand – genau in ein Bild, daß Pascal Thieron als Sieger der letzten Eupener Dart-Meisterschaften zeigte. Während das Glas zersplitterte, sprang der Wirt auf und stürzte aus dem Haus. Mit zitternden Finger schloß er seinen Wagen auf und startete Richtung Straße, während der Kies aufspritzte: »Nur weg hier, nur weg!« schrie er und gab Vollgas Richtung Forsthaus.

Doch er kam nicht weit. Nach wenigen Metern machte er eine bärtige Person mit langen Haaren und seltsamer Kleidung auf dem Beifahrersitz aus. Der wild aussehende Mann blickte ihn herausfordernd an und griff zu einem kurzen Schwert mit Korbgriff. Pascal Thieron riß das Steuer rum, schmiß sich über den Mann, um die Beifahrertür zu öffnen und den Unbekannten aus dem Wagen zu stoßen. Doch er fiel ins Nichts, durch den zotteligen Bärtigen durch, der schallend auflachte. Pascal Thieron verlor die Gewalt über seinen Wagen, schleuderte und krachte gegen einen Chaussee-Baum.

Der Wirt war nur wenige Sekunden bewußtlos. Als er wieder zu sich kam, war der Fremde verschwunden. Da aus dem Motorraum ein Flämmchen züngelte, sprang Pascal Thieron schnell aus dem Wagen, rannte über die Straße und hechtete in den gegenüber liegenden Straßengraben. Mit einer riesigen Stichflamme explodierte der Wagen. Unter das laute Knistern des Feuers mischte sich das Lachen des Fremden und der unheimliche Ruf:

»Elizabeth – Eeeeeelizabeth!!!«

Pascal Thieron weiß heute nicht mehr, wie lange er fassungslos im Straßengraben gelegen hat. Er konnte erst wieder einen klaren Gedanken fassssen, als er die Lichter eines Wagens sah, der sich aus Richtung Mützenich näherte. Schnell sprang er wild gestikulierend auf die Straße, als neben ihm ein grüner Jeep der Forstverwaltung bremste.

Erleichtert erkannte er seinen Freund Fredi Charlier, den Förster von Hattlich. Der sprang aus dem Wagen:

»Was hast du denn gemacht?«

Als er erkannte, daß sein Freund offensichtlich unverletzt war, verständigte er

über Funk die Eupener Feuerwehr und Gendarmerie und wandte sich dann dem Wirt zu:

»Wie konnte das denn passieren? Auf dieser völlig geraden Strecke!«

Stammelnd erzählte Pascal Thieron sein Erlebnis. Natürlich merkte er sofort, daß ihn der Förster ungläubig anschaute, wie man eben einen Menschen anschaut, der zuviel getrunken hat:

»Ich habe nix gesoffen! Nur einen Schluck Bier, mehr nicht. Ich bin doch nicht bekloppt und glaube an Geister!«

Fredi Charlier zog die Stirn in Falten: »Ist ja schon gut. Setz dich hinten in meinen Wagen. Und erzähl vor allen Dingen den Gendarmen nichts von deinem Quatsch. Sonst bist du deinen Lappen sofort quitt. Halte einfach den Mund. Mit denen mache ich das schon klar.«

Wenig später zuckte das Blaulicht der nahenden Feuerwehr und Gendarmerie über dem Venn. Schnell hatten die Feuerwehrleute das brennende Wrack gelöscht, während der Förster auf die Polizisten einredete. Einer kam zu dem Jeep, schob nur kurz den Kopf in den Wagen und fragte:

»Alles o.k.?«

»Ich bin einem Reh ausgewichen«, antwortete Pascal Thieron schnell, ehe der Polizist freundlich antwortete: »Wir kümmern uns um den Abschlepp-Wagen. Der Förster nimmt Sie mit nach Hause, da können Sie Ihren Schreck erst mal verdauen. Kommen Sie morgen einfach mal bei uns vorbei.«

Der Wirt glaubte, daß der Polizist noch schnell mit einem Auge gezwinkert habe. Wenig später rollte der Förster seinen Wagen auf den Hof des Forsthauses, auf dem noch ein anderer grüner Wagen stand.

»Du hast Besuch?« fragte der Wirt.

»Vom Truppenübungsplatz. Aus Vogelsang. Der Kommandant. Ein alter Freund von mir. Und ein Engländer. Die machen da gerade ein Manöver.«

In der gemütlichen Küche des Forsthauses saßen um den riesigen Holztisch neben Rita, der Frau des Försters, noch Kommandant Victor Ramsbeeck, den der Wirt von einem früheren Besuch schon kannte und ein englischer Soldat, der sich militärisch stramm als John Mackenzie vorstellte:

»Ich bin kein Engländer, ich bin Schotte. Mein Vater war Soldat in Münster, daher spreche ich ganz passabel Deutsch. Ich war früher bei den ›Gordon-Highlanders‹. Bei der Reduzierung der britischen Streitkräfte 1992 wurden wir mit den ›Queens' Own Highlanders‹ zusammengelegt. Zur Zeit besuche ich einen Nato-Lehrgang bei meinem Freund Victor auf Vogelsang.«

Rita stellte dem Hattlich-Wirt ein Glas Bier hin, das dieser aber nicht anrührte. Nachdem sich Fredi Charlier auch ein ›Bitburger‹ geholt hatte, schwieg er zunächst eine Zeitlang und gab sich schließlich doch einen Ruck:

»Eine verdammt seltsame Geschichte, die du mir eben erzählt hast. Komisch ist auch, wie ich von deinem Unfall erfahren haben. Hier schellte nämlich ein englischer Tourist und berichtete recht cool von einem Unfall. Mir ist erst später aufgefallen, da ich sofort losraste, daß ich überhaupt keinen Wagen gesehen habe. Der Engländer war so schnell verschwunden, wie er gekommen war. Komisch, komisch!«

John Mackenzie und Victor Ramsbeeck sahen den Förster verwundert an. Dieser wandte sich an Pascal Thieron: »Na los, erzähl' deine seltsame Geschichte.«

Der Wirt kam dieser Aufforderung nur stockend nach, zumal Victor Ramsbeeck ihn mehrmals laut lachend unterbrach: »Ich sage es ja immer: Im Venn wird man zum Spinner.«

John Mackenzie legte dem Kommandant eine Hand auf den Arm: »Laß ihn erzählen. Ich finde das gar nicht so zum Lachen.«

»Jetzt fang du auch noch an. Aber Ihr Tommys seit ja auch solche Spinner. Ich sage nur Merlin und Tintagel.«

»Ich bin kein Tommy, ich bin Schotte, du Wallone«, lachte Mackenzie.

»Und ich bin Flame und kein Wallone«, konterte Ramsbeeck.

Als Pascal Thieron mit seiner Geschichte geendet hatte, sagte lange keiner mehr etwas, ehe John Mackenzie das Wort ergriff: »Wenn Ihr nichts dagegen habt, würde ich mir gerne das Gasthaus mal ansehen.«

Als er die zögerliche Reaktion des Kommandanten und des Förster bemerkte, lachte er: »Na, wo sind denn die Helden?«

Kurze Zeit später zwängten sich die vier in den Jeep des Försters und fuhren zum Hattlich-Gasthaus. Sie fanden alles so vor, wie Pascal Thieron es geschildert hatte. John Mackenzie schaute sich lange die Scherben der Bierflasche an, die unterhalb des zerstörten Bildes lagen. Dabei nickte er mehrmals wissend:

»Kann ich mir auch noch die Gaststube ansehen?« fragte er dann.

»Ah, jetzt wird der Schotte zu Sherlock Holmes«, versuchte der Kommandant von Vogelsang noch zu lästern. Als er allerdings die ernsten Gesichter der anderen sah, schob er schnell ein »Ist ja schon gut, ist ja schon gut!« nach.

Die vier gingen in die Schankstube und erlebten dort eine Überraschung. Der Kühlschrank unter der Theke stand weit offen, zahlreiche Bierflaschen lagen zertrümmert in der Kneipe rum und zwei Spiegel mit Bier-Reklame waren zerstört. In einem Werbeschild mit dem Aufdruck »Rituel de Noel« steckte ein Messer, das Pascal Thieron sofort erkannte:

»Das ist das Messer von dem Geis ... von dem Typen aus meinem Wagen!«

John Mackenzie nickte wissend: »Na, fällt euch was auf?« fragte er. Als er die sprachlosen Gesichter der anderen sah, setzte er sich auf einen Barhocker:

»Das Messer ist ein schottisches Claybeg, ein kurzes Schwert für den Kampf mit einer Hand. Im Gegensatz zum Claymore, das mit zwei Händen geführt wird. Aber das nur am Rande. Ist euch nicht aufgefallen, daß alle Bierflaschen und die zerstörte Werbung von der Firma ›Campbells‹ sind, also schottisches Bier?«

Die anderen mußten ihm zustimmen. Fredi Charlier schüttelte den Kopf:

»Unser Venn-Geist hat also etwas gegen Schotten. Oder wie soll ich das hier verstehen?«

»Nein, nein, euer Venn-Geist hat nichts gegen Schotten – er ist ein Schotte. Kann ich mal nach Thurso in den Highlands telefonieren?«

Pascal Thieron holte unter der Theke ein kabelloses Telefon hervor. John Mackenzie schaute auf die Uhr: »Iain geht nie vor Mitternacht ins Bett. Ich habe nämlich da so einen Verdacht.«

Lange telefonierte er darauf mit seinem Freund in Schottland. Da die beiden sich in einem gälischen Dialekt unterhielten, verstanden die anderen kein Wort. Endlich beendete John Mackenzie das Gespräch. Er tat sehr geheimnisvoll: »Mein Freund ist ein absoluter Spezialist der Highland-Geschichte. Er meint, daß er sich aus den Vorfällen hier einen Reim machen kann. Dafür muß er aber ein paar Stunden in seine Bibliothek eintauchen. Er will mir morgen ein Fax nach Vogelsang schicken. Ich würde vorschlagen, daß wir uns dort morgen im Kaminzimmer treffen. Natürlich nur, wenn Victor einverstanden ist und seine Wachen euch reinlassen.«

Victor Ramsbeeck nickte. Der Hattlich-Förster nahm den Wirt in den Arm: »Ich würde vorschlagen, daß wir hier alles so lassen. Und du solltest bei uns schlafen.«

Es gab keinen Widerspruch.

* * *

Am frühen Abend des nächsten Tages fuhren Fredi Charlier und Pascal Thieron an der Wache des Truppenübungsplatzes Vogelsang vor. Da der Kommandant eine entsprechende Anweisung gegeben hatte, wurden sie von einem belgischen Militärjeep zur Burg Vogelsang geleitet. Im dortigen Kaminzimmer erwarteten sie schon Victor Ramsbeeck und John Mackenzie. Auf dem Tisch stand eine Flasche ›Glenfiddich Pure Malt‹. Nach einer kurzen Begrüßung, bei der man mit dem schottischen Whisky anstieß, kam John Mackenzie sofort zur Sache:

»Mein Freund hat mir ein langes Fax geschickt. Ich glaube, wir kommen der Sache aus dem Venn ein gewaltiges Stück näher.«

Nachdem die vier sich um das knisternde Kaminfeuer gesetzt hatten, begann der schottische Soldat seinen Bericht, wobei er stolz mit dem Fax aus Schottland wedelte: »Zunächst einmal. Nennen wir meinen Freund nur bei seinem Vornamen Iain. Er, da könnt Ihr ruhig lachen, will nämlich nicht, daß jemand aus der Familie des Geistes, den er ganz klar als einen McLeans identifizieren konnnte, seinen Namen erfährt. So sind wir Schotten eben. Nur so viel: Mein Freund Iain ist einer der zahlreichen Lairds of Camster und mit den Highlands mehr als vertraut. Direkt nach meinem Anruf gestern hat er sich in seine Bibliothek zurückgezogen und eine interessante Clan-Geschichte entdeckt. Ausschlaggebend für seine Recherche war die Tatsache, daß euer Venn-Geist wohl etwas gegen den Namen ›Campbells‹ hat.«

»Ein Geist, der etwas gegen Bier hat«, spottete der belgische Kommandant.

Als keiner darauf einging, begann John Mackenzie:

»Also: 1520 gab es auf ›Duart Castle‹, das liegt auf der Insel Mull im Westen Schottlands, einen ›Lachlan Cattanach MacLean of Duart‹, der wohl ein rechter Weiberheld gewesen sein muß. Kurzum: Er wollte seine Frau Elizabeth vom Clan der – und jetzt kommt es – ›Campbells‹ loswerden und verfiel auf einen gemeinen Plan. Da die Campbells viel mächtiger als sein eigener Clan waren, mußte alles wie ein Unfall aussehen. Aus diesem Grunde ließ er seine Frau von einem Getreuen überwältigen und auf einem Felsen im Sound of Mull zwischen den Inseln Mull und Lismore anketten. Bei Flut wird dieser Felsen nämlich heute noch vom Wasser überspült. Lachlan MacLean konnte also sicher sein, daß seine Frau Elizabeth elend ertrinken würde.«

»Aber was hat das alles mit unserem Venn zu tun?« warf Fredi Charlier ein.

»Geduld, Geduld!« fuhr John Mackenzie fort: »Nachdem ihm sein Vasall Vollzug gemeldet hatte, schickte Lachlan einen Boten zum Stammsitz der Campbells nach Inveraray und ließ diesen mitteilen, daß Lady Elizabeth beim Baden im Meer ertrunken sei. Der Bote überlebte seine Depesche keine Minute, da ihn die Campbells noch auf dem Hof köpfen ließen. Was nämlich keiner der MacLeans wußte: Lady Elizabeth war noch vor der Flut auf ihrem Felsen von einem Fischer entdeckt worden und sofort nach Inveraray gebracht worden. Die Campbells beschlossen also, daß Lachlan MacLean sterben muß und setzten daher Elizabeths Bruder, den ›Thane of Cawdor‹, auf den vermeintlichen Mörder an. Dieser jagte Lachlan quer durch Schottland bis nach Edinburgh und erdolchte den treulosen Ehemann dort.« (Vgl. Hagen Seehase und Axel Oprotkowitz ›Die Highlander‹.)

»Und dieser Lachmann, pardon Lachlan, geistert nun bei uns im Venn rum und brüllt sich in meinem Gasthaus nach seiner Elizabeth die Lunge aus dem Hals«, warf Pascal Thieron ein.

»Ja, irgendwie schon. Die Geschichte ging nämlich weiter. Nachdem Lachlan getötet worden war, wollte ihn der Clan der MacLeans am ›Grey Cairns of Camster‹ beerdigen lassen. Diese Kultstätte ist über 4.500 Jahre alt und das älteste steinzeitliche Denkmal in Großbritannien. Dort wurden viele Jahrhunderte lang die Anführer der ›Highland Clans‹ beerdigt. Doch die Lairds of Camster, und jetzt könnt Ihr sicher verstehen, daß mein Freund seinen vollen Namen nicht nennen will, verweigerten den MacLeans die Beerdigung auf ihrem Grunde, da sie Lachlan einen feigen Mörder nannten – auch wenn Lady Elizabeth überlebt hatte.«

John Mackenzie nahm einen tiefen Schluck Whisky und fuhr fort: »Und nun kommt das Hohe Venn in die Geschichte. Die MacLeans wollten nun Lachlan heimlich in der Nähe ihrer zweiten Burg ›Torosay Castle‹ beerdigen. Doch die Campbells hatten davon erfahren. Sie schickten den Zauberer und Zwerg Dubh Sith Shaw nach Torosay Castle, wo Lachlan in der Hauskapelle aufgebahrt lag. Dubh Sith Shaw stellte sich in der Kapelle an das Fußende des offenen Sarges und sprach einen verhängnisvollen Fluch aus: Weder Lachlans Körper noch sein

Geist dürfe Ruhe auf dem geheiligten Boden der Highlands Ruhe finden. Aus diesem Grunde müßte der Geist Lachlans bis zum Ende aller Tage außerhalb Schottlands im einsamsten Moor der Welt umtriebig bleiben. Nachdem der Zwerg diesen Fluch ausgesprochen hatte, zündete er den Sarg an. Schnell brannte auch die Kapelle lichterloh und stürzte nach kurzer Zeit in sich zusammen. Da Lachlans Körper völlig verbrannt war, entfiel auch die Beerdigung.«

John Mackenzie sah jeden einzelnen in der Runde an und fuhr dann fort: »Tja, und dieser Geist treibt wohl nun sein Unwesen im Hohen Venn, das der Zwerg Dubh Sith Shaw vor fünfhundert Jahren zum ›einsamstes Moor der Welt‹ bestimmt hat. Lachlans Geist ist wohl völlig aus dem Häuschen geraten, als im ›Gasthaus Hattlich‹ die Schilder und Bierflaschen mit dem Schriftzug ›Campbells‹ auftauchten.«

»Na, toll, na super«, warf Pascal Thieron schon fast verzweifelnd ein, »da haben wir ein neues Jahrtausend und gerade bei mir muß sich die schottische Geisterwelt niederlassen.«

»Nicht die schottische Geisterwelt«, korrigierte ihn John Mackenzie, »nur ein winziger Teil davon.«

Stumm tranken die Männer noch einen Whisky, ehe sich der Förster und der Gastwirt auf Burg Vogelsang verabschiedeten.

* * *

Zwei Tage später ging bei der Eupener Forstverwaltung ein Versetzungsantrag von Fredi Charlier ein und auch Pascal Thieron hämmerte schon bald ein ›A vendre – Zu Verkaufen‹-Schild vor das ›Gasthaus Hattlich‹, das seit dem nächtlichen Vorfall bis zum heutigen Tag geschlossen blieb.

Pascal Thieron nickt seit dieser Nacht wissend mit dem Kopf, wenn ihm Autofahrer von nächtlichen Fahrten zwischen Eupen und Mützenich erzählen, bei denen sie plötzlich Dudelsack-Musik über dem Venn gehört und im Nebel einen bärtigen Mann im Schottenrock gesehen haben wollen ...

Allerseelen

Joseph Faßbinder

Durch die wolkenverhangene Nacht
Orgelt der Sturmwind mit aller Macht –
Ich liege wach in den Kissen.
Pfeifend gellt draußen ein Vogelschrei,
Da flog der Totenkauz vorbei
Und verschwand in den Finsternissen.

Allem Lebendigen kündet er Tod –
Wie blaß war heute das Abendrot
Und wie bleich die Sonne am Tage!
Schon sah ich die letzte Rose verwehn,
Und düster hab' ich ihr nachgesehn
Als ob sie mein Glück mit sich trage.

Morgen liegt wieder weit und breit
Nebel und lastende Müdigkeit,
Wo sommers die Leuchtfeuer lohten –
Morgen gehen im schwarzen Gewand
Die Leute mit Kränzen in der Hand
Zur schlafenden Stadt der Toten.

Leben am Maar

Jacques Berndorf

»... und Pereira war Katholik oder zumindest fühlte er sich in diesem Augenblick als Katholik, als guter Katholik, auch wenn er an eines nicht glauben konnte, an die Auferstehung des Fleisches. An die Seele schon, gewiss, denn er war sich sicher, eine Seele zu besitzen; aber das ganze Fleisch, das Fett, das seine Seele umschloß, das würde nicht auferstehen, und warum auch, fragte sich Pereira ...«

Antonio Tabucchi
(»Erklärt Pereira«,
dtv-März 2000)

Ist an der Leiche irgend etwas faul, stimmt irgend etwas nicht?« Kischkewitz fragte das sachlich und schnell, als wolle er diese geballte Form von Ekel schnell loswerden. Und tatsächlich wollte er genau das. »Da ist nix faul, Chef«, antwortete Leibowitz, der Todesermittlung zum Mittelpunkt seines Lebens gemacht hatte, und der so gern auf Campingplätze fuhr und Rotwein trinkend in der Sonne saß. »Einwandfrei Tod durch Erhängen. Er hat das Seil geknüpft, sogar für den Knoten die richtige Stelle hinter dem rechten Ohr gefunden, sich auf den Stuhl gestellt und dann ...!«

»Wie er es gemacht hat, sehe ich«, murmelte Kischkewitz unwillig. »Irgend eine Fremdeinwirkung?«

»Keine, einwandfrei keine, Herr Kriminalrat«, antwortete Eicker in fast gutachterlichem Ton. »Na, denn!« sagte Kischkewitz abschließend und überlegte, ob er Eicker wegen dieses blöden »Herr Kriminalrat« zurechtweisen sollte. Das wievielte Mal eigentlich? »Ich bin vor der Tür«. Er warf einen letzten Blick auf den Toten, einen langen Blick, einen vorwurfsvollen Blick, einen ärgerlichen Blick.

Willy Hamann hieß er, zweiundvierzig Jahre war er alt geworden. In seinen Papieren stand, daß er Bäcker und Konditor war, geboren in Hamm in Westfalen, Volksschulabschluss, Gymnasium, mittlere Reife. Irgend etwas war passiert, als er ungefähr dreißig war. Seitdem war er arbeitslos, kassierte die Staatsknete und lebte irgendwie vor sich hin. Kischkewitz dachte melancholisch, daß irgendeine Welle des Lebens diesen Willy hier an Land gespuckt hatte, ausgerechnet ihm, Kischkewitz, vor die Füße. Willy, du bist lästig, dachte Kischkewitz matt.

Er hing seit etwa einer Woche dort an seinem Seil, das er über den Balken geworfen hatte, der dicht vor dem uralten Herd quer durch das Haus lief. »Er hat ja nie viel geredet« sagten die Leute im Dorf und unwillkürlich waren ihre Stimmen sehr leise. Er wohnte da im alten Backes und man sah eigentlich nie was von ihm. Ja, manchmal kaufte er Brot und Margarine und Tabak. Aber eher

selten. Und ein Auto hatte er ja auch nicht, er machte alles zu Fuß, reinweg alles. Und er ging immer querfeldein. Und dann saß er oben an der Weinfelder Kapelle. Nicht auf einer Bank, oh nein. Mitten auf dem alten Friedhof, da, zwischen den Grabsteinen. Sah so aus, als hätte er mit irgendeinem der vergessenen Toten da was zu tun. Kann ja sein, weiß man ja nicht, ist ja manchmal komisch mit den Menschen. Irgendwie, Herr Kommissar, dachten wir alle, daß er mit den Toten da oben an der Kapelle redet. Also, gehört hat man nix, aber er hielt immer den Kopf so schräg und bewegte die Arme und Hände, als würde er mit denen richtig sprechen. Unsereiner weiß ja nicht, was in dem Kopf von so einem Mann vor sich geht. Also, gesagt wurde immer, daß er vom Sozialamt lebt. Eigentlich sollte er ja beim alten Klages in die Einliegerwohnung ziehen, aber er wollte nicht. Er wollte unbedingt ins alte Backeshaus ziehen. Und was ja auch von Anfang an komisch war: Er hatte kein Radio und kein Fernsehen und einmal hat er der alten Maria von Bells gesagt, er will so einen Scheiß nicht. Und er hat gesagt, das stört beim Leben. Sie fragen, was er eigentlich den lieben langen Tag da im Backeshaus gemacht hat, Herr Kommissar? Also, wir wissen das nicht. Also, als er ins Dorf kam, brachte so ein kleiner Transporter seine Möbel. Nichts Neues und auch nicht viel. Waren ja alles gebrauchte Sachen, nicht gerade vom Müll, aber auch nicht gerade gekauft. Also, wir wissen wirklich nichts. Weil, er kriegte ja auch keine Post. Nicht mal zu Weihnachten, obwohl Weihnachten ja eigentlich jeder Post bekommt.

Mit wem er denn eigentlich redete? Hier im Dorf oder anderswo, Herr Kommissar? Also richtig redete?

Nicht mit uns jedenfalls. Mit keinem hier aus dem Ort. Ja, ein paar Worte mit Agnes, wenn sie ihm seine Bohnen in der Dose verkaufte, ein paar Eier, eine Tüte Kartoffeln und so Sachen. Aber nie was Persönliches, das ist sicher.

Und Besuch? Ob er jemals Besuch hatte von irgendwem, Herr Kommissar? Nie! Besuch hatte er nie. Kam keiner mit dem Auto vorbei, hielt an und schwätzte mit ihm. Also, das gab es nicht. Bis auf die Frau damals im Sommer vor einem Jahr. Also, die kam an einem Sonnabend und fragte nach ihm. War eine Frau in seinem Alter, schlank, sah irgendwie gut aus. Kam in einem Auto mit Kölner Kennzeichen, teures Auto, kein Japanisches. Die ließ das Auto vor Hermes Gaststätte stehen und ging zu Fuß zum Backeshaus. Also, sie müssen geredet haben, aber unsereiner weiß ja nicht, über was. Sie war zwei Stunden im Backeshaus. Sie kam zurück, stieg in das Auto und fuhr los. Agnes hat gesehen, daß sie sehr blaß war, und Agnes sagte auch, sie hätte geweint. Jedenfalls fuhr sie ab, und sie ist niemals wiedergekommen.

Nein, Herr Kommissar, mehr wissen wir nicht über den.

»Hier zieht es wie Hechtsuppe« hatte der Arzt gesagt und nachdenklich hinzugesetzt: »In vier Wochen hätten wir hier die perfekte Mumie bergen können!«

»Ich geh mal vor die Tür«, wiederholte Kischkewitz und starrte noch immer diesen Willy Hamann an, der sich so beharrlich weigerte, Zeichen seines einstigen Lebens preiszugeben. Kischkewitz mochte solche Toten nicht, er hatte es gern überschaubarer, fragloser. Da hing er nun, der unbekannte Willy Hamann, hatte die letzte Reise hinter sich, machte einen todtraurigen Eindruck und würde unter einem schlichten Holzkreuz verrotten. Kischkewitz fragte sich, ob dieser Mann jemals einen Schatten geworfen hatte, der einen anderen Menschen berührte. Vielleicht diese Frau, die an einem Sommertag für zwei Stunden gekommen war, um anschließend weinend für immer zu verschwinden. Kischkewitz drehte sich herum und ging aus dem Haus in die Sonne. Er setzte sich auf einen uralten klapprigen Wirtshausstuhl und zündete sich einen Stumpen an. Zu seinen Füßen waren Ameisen unterwegs, schleppten Baumaterial, begegneten sich, rannten scheinbar ziellos, fanden aber alle ihren Weg, gingen niemals verloren. »Chef«, sagte Leibowitz, »da ist was. Also, Selbstmord ist klar, aber das hier ist komisch. Also, wenn Sie mich fragen, ist das ein Abschiedsbrief. Kann aber auch nicht sein. Er hat was darüber geschrieben, eine Überschrift. Da steht AN ALLE MEINE MITTOTEN. Also, das ist komisch, oder?«

»Gib es her«, sagte Kischkewitz matt. »Schneidet ihn ab, telefoniert mit dem Bestatter, daß er ihn holt. Hat er wirklich MITTOTE geschrieben?« »Hat er«, nickte Leibowitz. »Nehmen wir das zu der Akte?« »Ja. Aber erst lese ich es«. »Und wen meint er?« fragte Leibowitz, der so gern Rotwein in der Sonne trank. »Uns meint er«, erwiderte Kischkewitz. »Wen denn sonst?«

Leibowitz war eine Sekunde lang verwirrt. »Richtig, uns«, murmelte er dann und drückte Kischkewitz den Schreibblock in die Hand. AN ALLE MEINE MITTOTEN! hatte Willy Hamann durchaus flüssig geschrieben in einer etwas antiquiert wirkenden Schrift mit großen, gewagten Bögen und erheblichen Unterlängen.

Anlässlich meines Todes, dem ich keine große Bedeutung zumesse, will ich Auskunft geben über die Welt, die ich fand, und in die ich zurückkehre. Ich denke mir, daß ich auch die Behörden von einigen Umständen in Kenntnis setzen sollte, wenn sie denn schon gezwungen sind, Licht in das Dunkel zu bringen, das meine Person umschließt. So merkwürdig das für den sein mag, der diese Zeilen als erster liest, ich habe Dank zu sagen. Ich habe seit zwölf Jahren nichts mehr getan, was dem großen Bau der fleißigen Ameisen von Nutzen war. Gleichwohl bin ich ernährt worden, habe weder Hunger noch Durst erlitten, brauchte nicht zu betteln, um keinen Atemzug zu winseln, war niemals gezwungen, unter dem Tisch einer großen, fetten Ameise die Reste zu bergen, die von ihrem fettriefenden Maul gefallen waren.

Arroganz und dumme Überheblichkeiten anderer, meist sehr zufriedener Ameisen habe ich in überreichem Maß zu spüren bekommen. Aber wer bin ich, anderen meiner Art vorzuwerfen, sie würden irgend etwas sehr Wichtiges in ihrem Leben nicht ahnen, ja nicht einmal spüren? Ich will davon schweigen, denn bis ich dreißig war, habe ich lachend und lärmend an ihren Tischen gesessssen und über ihre Witze gelacht. Man wird mich finden, und ich frage mich, ob es wirklich stimmt, daß einem Erhängten die Zunge blau und schwarz aus dem Mund quillt, gewissermaßen als letztes Zeichen des Lebens, das in ihm war. Da ich wohl zurecht annehme, daß es ein Kriminalpolizist sein wird, der meine sogenannten sterbliche Überreste eingehend betrachtet, entschuldige ich mich bei ihm. Gleichzeitig will ich ihn bitten, meine Beerdigung auf dem alten Kirchhof der Weinfelder Kapelle zu besorgen. Sollte das allerdings nicht möglich sein, soll er sich nicht grämen, denn ich kann auch durch das Erdreich zu den Meinen gelangen. An den Kriminalbeamten richte ich auch die Nachricht, daß ich vollkommen freiwillig, gänzlich aus freien Stücken dem Ameisenhaufen entkommen bin, und daß er sich nicht die Mühe zu machen braucht, mein sogenanntes Leben daraufhin zu untersuchen, ob ich jemals gegen die Gesetze des Haufens verstieß. Er wird nichts finden. Eine weitere behördliche Unsicherheit wird darin bestehen, eventuelle Angehörige von meinem Weggang aus dem Ameisenhaufen zu unterrichten. Mein Vater existiert noch, aber ob ihn meine Nichtexistenz interessiert, wage ich zu bezweifeln. Andere gibt es nicht. Da existiert noch eine Frau, deren Wille es war, mit mir zu leben. Da sie es nicht verdient hat, zu weinen, ist es besser, mich still und ohne jede Nachricht gehen zu lassen. Zu den Würmern unter unseren Füßen. Bevor ich mich endgültig verabschiede und zu den Meinen gehe, die sicher schon ungeduldig auf mich warten, will ich mit ein paar Worten auf dieses Dorf eingehen, in dem ich lebte wie ein Fremder. Natürlich weiß ich, daß die meisten dieser braven Leute mich für verrückt gehalten haben. Was sollten sie auch sonst denken? Kommt jemand, ein ganz Fremder, und zieht in das alte Backeshaus, das eigentlich kein Haus mehr ist. Der Dachstuhl ist stellenweise eingesackt, die Fenster sind zerbrochen, Hölzernes ist zerfault, die Balken über dem Kellerraum verrottet. Sie fragten: Was will der? Sie fragten: Ist der eine Gefahr für unsere Kinder? Sie fragten: Wird er unsere Frauen belästigen? Nichts von alledem ist eingetreten, nichts konnte eintreten. Ich suchte, was ich stets für kostbar hielt: die Einsamkeit. Ich habe die vielen wahnwitzigen Ameisen um mich her, die sich mit anderen verbanden, um beleidigt und verprügelt zu werden, stets verachtet. Und ich ahnte meine Mission. Ich gestehe, daß auch ich beleidigt und verprügelt worden bin, oft, über Jahre hinweg. Aber ich denke, ich reagierte mit großer Konsequenz: ich verließ die Ameisen und beschränkte meine Kontakte mit ihnen auf das Allernotwendigste. Ich sage: wer die andere Welt entdeckt hat, will in dieser nicht bleiben. Also gehe ich und werde glücklich. Die Ansicht der katholischen Kirche, daß am Tage des Jüngsten Gerichts die Toten fleischlich auferstehen werden halte ich für absurd, ja geradezu idiotisch. Im übrigen weiß ich es besser.

Die Leute im Dorf werden berichtet haben, daß ich oft auf dem kleinen, uralten Friedhof der Weinfelder Kapelle über dem Weinfelder Maar gegangen bin. Einige von ihnen sind mir heimlich gefolgt, um Entsetzliches zwischen den alten Grabstätten zu erspähen. Nun, sie werden niemals etwas Entsetzliches zu Gesicht bekommen haben, denn das hat mir der Urwurm als erste Lektion nahegebracht: Verrate niemals diese Welt, denn noch ist unsere Stunde nicht gekommen.

Was sahen denn jene, die mir heimlich folgten? Etwas Alltägliches, einen Mann im mittleren Alter, der auf der Erde zwischen den Gräbern saß, und mit sich selbst sprach. Das kannten sie, das beunruhigte sie nicht. Denn viele von ihnen, die älteren zumeist, stehen vor einem Grab auf dem Dorffriedhof und beten. So sagt man. Ich sage, sie beten nicht, sie erzählen den Toten vielmehr, wie das Leben mit ihnen umgeht. Sie sagen: »Käthe, es ist wirklich dumm, daß du gestorben bist. Deine Geranien würden dich freuen in diesem Jahr«, oder ähnlich Banales.

Vielleicht haben die, die mich heimlich beobachteten, auch erwartet, daß ich ein Grab öffne, zu den Toten steige, die Sargreste beiseite räume, Skelette im Arm im Mondlicht stehe, verzückt Morbides stammele. Die Menschen sind in ihrer Gier nach verzerrt Menschlichem unersättlich, im Ameisenhaufen gibt es keine Grenzen der Erwartung.

Vielleicht war ein kühler Kopf unter meinen heimlichen Beobachtern. Einer, der sich dachte, daß ich die geschichtlichen Rätsel lösen will, die sich um diese kleine Kirche und den alten Friedhof ranken. Weinfelder Kapelle, Weinfelder Maar, ein Ort namens Weinfeld, der spurlos verschwand, spurlos samt Mauern und Gehöften, spurlos samt Tränen und Gelächter. Die Pest löschte ihn aus, sagt man. Der Ort war immer unheimlich, hört man. Das Maar ist schweigsam.

Wer immer das hier liest, wird es ohnehin nicht glauben. Ameisen glauben so etwas nicht, weil es zur Folge hätte, daß ihr Bau auf ewig zerstört würde. Also kann ich sanft von meiner Entdeckung berichten und eine vorsichtige Botschaft an alle meine Mittoten senden. Ich tue das nicht, um Hoffnung zu säen, denn unsere Stunde ist noch nicht gekommen, die Ameisen sind noch nicht reif für uns. Ich tue es, um einen Hauch jener Glückseligkeit weiterzugeben, der mich jetzt angesichts meines angeblichen Todes erfüllt. Es war an einem Augustabend, vor zwei Jahren. Die üblichen Touristenhorden hatten das Maar verlassen, ein paar Liebespaare versuchten in ihrem Auto zu kopulieren, die Kapelle und der kleine Friedhof lagen verlassen unter dem Abendhimmel, an dem schon funkelnde Sterne standen. Ich saß auf der noch warmen Erde zwischen zwei Grabhügeln, unter denen kleine Kinder längst zu Staub zerfallen waren – so dachte ich. Ich sann darüber nach, wie diese Kinder gespielt hatten, was sie geglaubt und gefürchtet hatten, was ihre Augen hatten lebendig machen können. Die Nacht war gekommen, die Liebespaare waren längst verschwunden, in den Bäumen säuselte ein freundlicher Wind, da berührte etwas meine Schulter, etwas Warmes, Weiches, ein wenig Klebriges. Ich weiß nicht, was ich dachte, ich zuckte wohl zusammen und griff danach.

Es war ein Wurm, dick wie ein Besenstiel, etwa eineinhalb Meter lang, rosig, mit blutrot pulsierenden, langfaserigen, runden und ovalen Dingen in seinem Innern. Ich hielt seinen Kopf. Er hatte kleine, kreisrunde goldene Augen und seine Mundöffnung war besetzt mit einer ganzen Batterie dreieckiger, hellgelber Zähne.

Ich erinnere mich gut, daß ich Furcht empfand, aber keinen Ekel. In der Zeit meiner Einsamkeit hatte ich gelernt, Ekel als etwas Törichtes zu begreifen und abzustellen. Ich erinnere mich auch gut daran, daß ich in einem abwehrenden

Reflex das Tier mit festem Griff in die Dunkelheit der Gräber schleudern wollte. Es war kein Gedanke in mir, daß es möglicherweise riesige Regenwürmer gab, oder Würmer, von denen man nichts wußte, die groß waren und verheerend grausam. Einfach ausgedrückt wollte ich das Wesen einfach loswerden, es fortwerfen. Da glitt es aus meiner Hand, als hätten meine Finger keinerlei Kraft. Es legte sich betulich langsam um meinen Hals, einmal, zweimal, dreimal. Sein Kopf war ganz dicht vor meinem Gesicht, als es sagte: »Ich bin die Kinder!« und während es das sagte, floss eine rosafarbene Flüssigkeit durch die Zähne und tropfte auf mein T-Shirt. Ich erinnere mich sehr deutlich, daß nichts in diesem Wurmgesicht sich bewegte, nur diese Flüssigkeit zwischen den Zähnen.

Ich antwortete etwas für Ameisen Typisches. Ich machte: »Häh?«

Der Wurm wiederholte geduldig: »Ich bin die Kinder!«

Das Merkwürdige war, daß Unglauben nicht in mir aufstieg, daß ich ihm einfach glaubte, daß kein Zweifel aufkam.

In den folgenden Nächten kam es wieder, begleitet von anderen, die sich alle um meinen Leib legten und mir Geschichten erzählten. Von Menschen, die sie einmal gewesen waren, von einem Ameisendasein, das sie einmal geführt hatten, weil sie es hatten führen müssen. Und immer wieder sprachen sie ehrfurchtsvoll vom Urwurm, der sie demnächst besuchen würde.

Sie fassten Vertrauen zu mir, sie nahmen mich mit in die Tiefe. Ich begleitete sie in ihre riesigen Höhlen, wo sie unter großem Gelächter einen riesigen Ball bildeten, in dem ihre goldenen Augen so etwas wie ein Muster bildeten, und wenn sie alle gleichzeitig durcheinander sprachen, lief diese rosafarbene Flüssigkeit in Kaskaden in die Tiefen der Erde.

Der Urwurm kam Ende Oktober, als das Laub sich bunt gefärbt hatte. Er kam nicht durch das Erdreich in ihre Höhlen, er kam anders, standesgemäß, festlich.

Meine Wurmschwestern und Wurmbrüder bewegten mich, zusammen mit ihnen an das Ufer des Maares unterhalb der kleinen Kirche zu gehen und dort zu warten. Es war gegen Mitternacht, als das Wasser im Maar sich sanft zu bewegen begann, ja sich sogar anhob. Dann senkte es sich wieder. Es war wie ein Atemholen. Meine Schwestern und Brüder glitten von mir ab in das nachtschwarze Wasser, das plötzlich durch ihre Leiber sanft erhellt wurde. Es war ein langsam pulsierendes, rosafarbenes Licht, das in große Tiefen reichte. Dann war da unten Bewegung, eine alles erfassende Bewegung, das Wasser schien immer heftiger zu atmen.

Der Urwurm kam.

Er war riesig, vielleicht so dick wie eine hundertjährige Eiche am Fuß. Und er war so lang, daß er deutlich sichtbar riesige Schlingen legen mußte, so daß das ganze Maar seine Masse kaum aufnehmen konnte.

Sein Kopf war groß, gewaltig fast, und die Grausamkeit seiner Augen zusammen mit den triefenden Zähnen war beeindruckend. Meine Schwestern und Brüder atmeten zischend in heller, glühender Verehrung.

Ich schwieg von Ehrfurcht überwältigt. Der Urwurm, Herr über alle Tiefen, gab mir einen klaren Befehl, ehe er sanft und glucksend im Erdinnern verschwand. Ich solle mich zu ihm gesellen, wenn ich dazu bereit sei.

Jetzt bin ich bereit, und der Leser dieser Zeilen wird sicherlich Schwierigkeiten damit haben, meiner Geschichte Glauben zu schenken. Also ist es auch von geradezu betörender Gleichgültigkeit, wo ich jetzt bin. Gleichwohl sage ich diesem unbekannten Leser Dank. Eines wird er sicherlich begreifen. Ich bin ohne Bedauern und ohne Schmerz aus der Welt der Ameisen fortgegangen.
Mit einem letzten Menschengruß
gez. Willy Hamann

»Hey, Chef«, sagte Leibowitz, »wir können dann. Gib mir den Schrieb für die Akte.«

»Das ist nichts für die Akte« sagte Kischkewitz. »Das ist wirklich nichts, für keine Akte.«

»Ach ja«, murmelte Leibowitz. Kischkewitz war manchmal so und sagte komische Dinge.

Sibodo und Bonschariant

Armin Renker

Als König Heinrich der Vogler einst in Deutschland herrschte, lebte im Erzstift Köln Graf Sibodo von Hochstaden, Herr von Altenahr. Edel wie seine Herkunft und sein Stamm war seine Haltung in allen Dingen des Lebens. Christliche und ritterliche Tugenden vereinten sich in seinen frühen Tagen in ihm wie zwei Geschwister. Seine Wißbegier aber ließ ihn so viele Kenntnisse in allen Wissenschaften erwerben, daß er gleich einem Fischer bei glücklichem Fange die allzu beschwerten Netze kaum zu bergen wußte. Doch stand ihm eine schwere Probe bevor, die er über viele Fährnisse hinweg bestehen mußte.

Einmal, als er noch ein Jüngling war, traf es sich, daß der Graf bei der Taufe des Kindes eines seiner Knechte zugegen war. Es fiel ihm auf, daß der Priester den Täufling mit dem Kreuze segnete. Darüber mußte Sibodo nachdenken. Er verfiel in ein tiefes Grübeln. Das bemerkte Meinhard, sein Hofmeister, und fragte den Grafen: »Was grübelt Ihr so, gnädiger Herr, und zieht die Stirne in tiefe Falten?«

»Ich sinne«, erwiderte Sibodo und legte die weiße Hand an die reine Stirn, »ob auch mich ein Priester mit dem Heiligen Kreuz berührt hat damals, als man mich taufte.«

Meinhard entgegnete ihm darauf: »Freilich, hoher Herr, auch Ihr seid einst gesegnet worden als Christ, genau wie dieses Kind hier.«

»Dann«, sagte Sibodo, und eine glühende Röte trat auf seine Stirn, um bald einer wächsernen Bleiche zu weichen, »dann sehe ich keinen Sinn darin, mich immerfort weiter zu segnen. Hat die Hand eines Priesters mich einmal berührt, so mag das eine so kräftige Beschwörung gewesen sein, daß ich sie hinfort nicht mehr brauche.« Seit jenem Tage – obwohl noch ein Jüngling, konnte der Graf schon selbständig über sich, sein großes Vermögen und die umfangreichen Besitzungen seiner Vorfahren verfügen – unterließ er das Gebet und sagte sich von den christlichen Gebräuchen, in denen er erzogen worden war, los. Doch blieb sein ritterlicher Sinn stark und aufrecht, nur wußte niemand, wie er es mit den Dingen des Glaubens hielt.

Kurz nach diesem Gespräch hatte der Graf in einer sommerschwülen Nacht einen seltsamen Traum. Er konnte sich später nur noch der bunten und grellen Farben entsinnen, die wie viele Tücher in einer weiten Halle hin und her bewegt wurden, so wie man zu jener Zeit die Fahnen zu schwenken pflegte. Das blitzte und leuchtete in farbigen Lichtern auf und ab, hin und her, daß ihm die Augen müde wurden bei all dem Wechsel an bunten Tönen. Zugleich erscholl eine leise und beschwörende Melodie von oben her. Nun sah er plötzlich eine weiße Taube, von einem großen Habicht verfolgt, schräg durch den Raum flattern. Deutlich konnte er sich nachher noch an das angstvolle Flügelschlagen des leuchtenden Vogels erinnern. Mit einem Schlage aber waren alle Farben und Lichter erloschen, die Töne waren verhüllt. Es war, als ob ein schwerer dunkler Stein durch die Luft geflogen käme und mit unterirdischem Grollen und Donnern aufträfe. Der Graf war erwacht. Ein Gewitter war gegen Morgen ausgebrochen. Die starken Blitze, die unaufhörlich die Dämmerung erhellten, hatten ihm wohl die Lider gespalten, und der lang anhaltende Donner mit seinem polternden Grollen hatte ihn geweckt.

Am gleichen Morgen ließ sich ein junger Bursche bei dem Grafen melden, um ihm seine Dienste anzutragen. Schon längst hatte Sibodo Ausschau gehalten nach einem Diener, der seines höchsten Vertrauens wert sei, doch er hatte bisher vergebens gesucht. Da stand nun ein Mensch vor ihm, dunkelhaarig und von tiefbrauner Gesichtsfarbe, der in seinen Zügen Jugendfrische mit ungewöhnlicher Reife vereinte. Ungestüm, kühner Mut und Entschlossenheit waren mit einer Besonnenheit gemischt, wie sie nur das Alter kennt. Kecker Übermut sprach ebenso aus seinen Augen wie Ernst und Überlegenheit. Es war, als ob dieses Antlitz zeitlos wäre. Der Graf war von den Zügen des Burschen so gefesselt, daß er erst nach einer geraumen Weile den Blick senkte, um die Kleidung des Ankömmlings zu betrachten. Sie war bunt und verwegen, aus vielen Farben zusammengewürfelt, fremdländisch in ihrem Schnitt und den Zutaten. Sibodo kam der Traum der verflossenen Nacht wieder in den Sinn.

Unwillkürlich eingenommen von der Frische solchen Auftretens hatte sich der Graf dem Burschen genähert, ihm die Hand auf die Schulter gelegt und gefragt: »Wie heißt Du, Bursch?«»Heißen Bonschariant ich, gnädiger Graf!« war die fremd tönende Antwort gewesen. »Bonschariant!« entfuhr es dem Grafen, »seltsamer Name!« und das angstvolle Flattern der weißen Taube trat ihm unwillkürlich ins Gedächtnis.

»Vater meiniges«, fuhr der junge Bursche fort – es klang wie das sonore Geschwätz eines Waldvogels im einsamen Forst, vertraut und doch fremd in seinen gutturalen Lauten – »Vater meiniges Ritter sein gewesen, gekämpft haben im Morgenland, ganz weit« – wobei er mit großer Geste von sich wies gen Südosten, wo gerade die Sonne stand – »ferne Morgenland, dort geliebt mit ungläubige Weib, keine Christin, gnädige Graf. Ist Sohn geboren, sein ich Sohn, Vater meiniges tot, ist sich Sohn gewandert über hohe Berg und breite Strom, zu gnädige Graf, hat gewollt sein treue Diener zu gnädige Herr Graf.« Und damit verneigte sich der bunte Vogel vor Sibodo und führte einige zierliche Sprünge und Tanzschritte vor ihm aus, wobei er eine seltsam ferne Melodie vor sich hinsummte.

Der Graf war entzückt von dem fremdländischen Reiz des dunkelfarbigen Burschen, von seiner Gewandtheit, den blitzenden Augen, vor allem von der weichen tonreichen Sprache, die aus ihm hervorsprudelte wie ein Wasserfall, der in der Waldeinsamkeit bald höher bald tiefer tönt in seinem emsigen Rauschen. Er streckte ihm zustimmend seine Hand entgegen, die Bonschariant begierig ergriff, um sie mit vielen glühenden Küssen zu bedecken, während sein

67

Blick unverwandt im Auge des Grafen ruhte, als erwarte er seine ersten Befehle. »Du bleibst bei mir,« befahl Sibodo, »sollst mein erster Diener, mein Vertrauter sein und hast mich zu begleiten, wohin ich auch reite oder fahre.« »Glück und Unglück, Not und Gefahr Bonschariant werden teilen mit gnädige Graf!« erwiderte der Bursche, indem er wie teilend die Hand erhob, um sich dann auf das Knie niederzulassen und die Stirn in den Staub zu senken. Sibodo hob ihn liebevoll auf und hieß ihn mit sich kommen auf sein Schloß zu Ahr. So wurde Bonschariant zum Diener und ersten Vertrauten des Grafen Sibodo. Einen besseren Begleiter hätte sich dieser nicht wünschen können, keinen rascheren und unermüdlicheren. Der junge Bursche las seinem Herrn die Wünsche von der Stirne ab. Es geschah oft genug, daß sich ein Gedanke in des Grafen Seele kaum geformt hatte, als Bonschariant schon damit hervortrat und ihm Ausdruck und Leben verlieh. Solche Gemeinsamkeit des Denkens und Handelns führte die Ziele und Erfolge des jungen Grafen sehr bald zu gewaltiger Höhe. Er fühlte sich gleichsam gedoppelt in seinem jüngeren Begleiter und Ratgeber, den er sich in allem zur Seite fühlte, dessen so geschickt und mit sicherer Überlegung gegebenen Ratschlägen er sich vorbehaltlos anvertraute. Man kannte den Grafen nicht anders mehr als Seit' an Seite mit Bonschariant, wobei manch vertrauter Blick des Einverständnisses hin und herflog oder ein geheimes Augenzwinkern zu- oder abriet bei so vielen Entschließungen und folgenschweren Entscheidungen.

Meinhard und die anderen führenden Männer des großen Hofstaates mußten oft genug den Kopf schütteln. Sie nannten Bonschariant insgeheim unter sich »den Dunkeln«. Was sie auch unter sich beraten mochten zugunsten des Grafen, alles, was der Dunkle riet und sprach, es wurde zum Wort, zum Entschluß des Herren, und mehr noch: es ging jedesmal zum Guten aus, alles gelang, es geriet immer.

Der Ruhm des Grafen Sibodo wuchs von Jahr zu Jahr. Er leuchtete wie ein heller Schein über seinem Haupte und begleitete ihn auf all seinen Fahrten nah und fern. Die Feinde fürchteten seine Macht. Kein Ritter übertraf ihn bei den Waffengängen. Bei allen Turnieren nah und fern blieb Sibodo der Sieger.

Einmal führte ihn eine kriegerische Fahrt ins ferne Morgenland. Auch hier war Bonschariant sein Begleiter. Er führte ihn über hohe Gebirge, über tiefe Meere. Er kannte alles und jedes und wußte es in seiner kauderwelschen Sprache so zu erläutern und zu erklären, daß der Graf oft im stillen lachen mußte. Eine jede Stadt war ihm vertraut, doch fiel es Sibodo auf, daß der Weg, den er ihn führte, stets die hochragenden Kathedralen zur Seite ließ. Der Graf dachte damals nicht weiter darüber nach, so viel Schönes und Neues strömte in ihn hinein bei dieser Fahrt, die unaufhaltsam gen Süden ging. Nach Wochen des Kampfes im Gelobten Land war den Christen überall dort der Sieg beschieden, wo Sibodo mit seinem treuen Diener und seinen Mannen unter ihnen war.

Eines Abends in Haifa, kurz vor der Einschiffung der Pilger gen Norden, wußte der Dunkle den Grafen in ein Eingeborenenviertel zu locken, wo ein altes zahnloses Weib in einer engen Gasse vor einem Laden mit Früchten hockte. »Mutter meiniges, das sein Mutter meiniges«, flüsterte Bonschariant dem Grafen ins Ohr. Dieser betrachtete die Alte aufmerksam und bemerkte, daß sie nicht so betagt war, wie es den Anschein hatte, doch waren ihre Züge abgehärmt, faltig und voller Runzeln. Eine Ähnlichkeit mit Bonschariant konnte er nicht feststellen. Da sie ihn sofort in zudringlicher Weise mit widrigem Lächeln anbettelte, gab er ihr ein Geldstück und wandte sich wieder zum Gehen. Das Mienenspiel, das Bonschariant hinter seinem Rücken mit ihr wechselte, hatte er nicht bemerkt. Nie mehr war hinfort die Rede von der Mutter des Dieners.

Am gleichen Abend aber hatte der Graf, der Bonschariants allmählich größer werdende Vertraulichkeit mit leisem Mißtrauen hingenommen hatte, ein Erlebnis, das ihn aufs neue und fester als je an den langjährigen Gefährten fesselte. Sibodo hatte sich in dem Rathaus zu Haifa, in dem er mit vielen anderen Rittern zusammen wohnte, längst zur nächtlichen Ruhe begeben und lag in festem Schlaf, als Bonschariant blaß vor Aufregung in seine Kammer gestürzt kam mit dem Ruf: »Hinaus aus dem Haus, hinaus gnädige Graf, drohen böse Unglück! Kommen bald, sehr bald, Ihr eilen, sonst sein verloren!« In großer Eile sprang der Graf noch halb vom Schlummer befangen von seinem Lager auf. Er hatte kaum seinen Mantel übergeworfen und war ins Freie geeilt, als das Haus in sich zusammenstürzte und alle, die es bewohnten, unter seinen Trümmern begrub. Dieses Ereignis, nie richtig aufgeklärt in seinen Ursachen, und die wunderbare Rettung des Grafen gingen in der Heimat nach der bald erfolgten Heimkehr als ein Wunder von Mund zu Mund. Der Ruf des Dunklen stieg immer mehr. Sein Wissen wurde mit dem Ruf der Unfehlbarkeit umrissen, doch mehrte sich zugleich die Unsicherheit um seine Persönlichkeit, die stets wie von undurchsichtigen Schleiern umgeben schien, und die Angst vor ihm. Besonders die junge Gräfin, die Sibodo inzwischen zum Weibe genommen hatte, blickte ihren Gemahl oft mit großer Sorge an und wurde nicht müde, ihm ihre Zweifel an der Aufrichtigkeit der Gesinnung dieses seines treuesten Dieners zu äußern. Der Graf aber war allzusehr in den Banden des geschickten Bonschariant, hinter dem er übrigens nichts Böses vermutete. Er wies darum einen jeden Zweifel entrüstet zurück und erklärte, es gebe keinen besseren, keinen treueren, keinen zuverlässigeren Ratgeber und Begleiter als ihn. Er, Sibodo allein, habe seine vielfache Treue und Hingebung in allen Lagen des Lebens erprobt, er allein wisse darum, niemand anders könne darüber urteilen. Und blieb hart und unzugänglich, selbst dem Drängen seiner Gemahlin und den Vorstellungen und Bitten seines getreuen Hofmeisters Meinhard.

Weiter begleitete ihn Bonschariant. Von nun an wich er nicht mehr von der Seite des Grafen. Es war wie ein Trotz, der diesen noch dichter an den Gefährten schloß, dessen welscher Sprache er im Geplauder allzu gerne lauschte, indem er wie an unsichtbaren Fäden von ihm geleitet wurde. Träume waren es, die Sibodo warnten, wirre Träume unruhiger Nächte, aber er schenkte ihnen kein Gehör, er blieb starr und hörig der wesensfremden Art des Begleiters.

Einmal geschah es, daß ein Kampf an den Ufern des Rheins ausgebrochen war. Der Feind war mit bewaffneter Macht in das Eifelland eingefallen. Der Graf hatte seine Mannen aufgerufen. Unter blutigen Kämpfen war der Gegner abgeschlagen worden und hatte sich auf das jenseitige Ufer des Stromes zurückgezogen. Sibodo war ihm gefolgt. Gegen Abend hatte er sich von seiner Schar entfernt und war eine Strecke den Strom hinauf gewandert, dessen Wasser langsam zu seinen Füßen vorbeizogen. Die fernen Abendwolken färbten den Horizont und warfen zitternde rötliche Lichter in die grauen Wellen des Stromes. Eine hohe Linde auf einem kleinen Hügel, nicht weit vom Waldesrand, lud ihn zum Verweilen ein. Vom langen Ritt ermüdet ließ er sich unter ihrem schattigen Laubdach nieder. Träume wiegten ihn hin und her, so fest war er bald in Schlummer gesunken.

Auf einmal aber war er wach geworden, weil naher Waffenlärm an sein Ohr drang. Schlaftrunken hatte er die Augen geöffnet. Bonschariant stand vor ihm. Bald hatte er ihn, ohne ein Wort zu sagen, angefaßt und auf seine Schultern geladen. Das alles ging so schnell vor sich, daß Sibodo nur, halb verwundert, halb erschrocken, ausrufen konnte: »Was treibst Du da, toller Bursche?«

In diesem Augenblick war der Waffenlärm ganz nah. Rauhe Stimmen erklangen. Der Graf aber spürte, wie er als leichte Last auf den Schultern des Dunklen in die Lüfte gehoben wurde, höher und höher, wie er im hellen Mondlicht das breite Silberband des Rheins unter sich erglänzen und leuchten sah. In der Ferne hoben sich dunkel und drohend die langgestreckten Höhenzüge der Eifelhochfläche.

Der Graf erbebte, als er sich so hoch durch die Lüfte getragen sah. »Gnade mir Gott!« kam es unwillkürlich über seine Lippen. Im gleichen Augenblick aber fühlte er sich hart und derb gezaust. Der treue Diener war es, der ihn grob anfuhr: »Still Du, mit Deinem Geplärr, ganz ruhig, oder ich werde Dich taufen, daß Du Dein Leben daran denkst.« Das klang nicht so gebrochen, wie der Dunkle sonst zu sprechen pflegte, sondern rauh und so deutlich, daß es den Grafen wie mit einem jähen Schlage durchfuhr. Nun erst wurde ihm klar, was Ahnung und warnende Stimmen schon lange in ihm vorbereitet hatten. Er äußerte aber kein Wort mehr und vollendete, an des Dieners Schultern angeklammert, den luftigen Ritt, der ihn auf der anderen Seite des Rheins in Sicherheit brachte.

Auch nach dieser Begebenheit blieb Bonschariant der Gefährte des Grafen. Sibodo empfand zwar eine Scheu vor ihm, die frühere Herzlichkeit und Kameradschaft war geschwunden. Seine Seele aber hatte durch den ständigen Umgang mit dem Dunklen so viel Ungläubigkeit und Zweifelsucht in sich aufgenommen, daß er seine Gewissensbisse unterdrückte, indem er sich einzureden suchte, er habe ja keinen Vertrag abgeschlossen mit dem Bösen, und dieser besitze daher keine Gewalt über ihn. Da Bonschariant es in seiner Haltung an nichts fehlen ließ und immer weiter den treuen und unterwürfigen Diener spielte, da er seine krause und blumenreiche Sprache zur innigen Freude des Grafen weiter sprudelte, bunt in seiner Kleidung aufwartete, kurz, sich ganz wie bisher verhielt, dienstwillig und bescheiden, so blieb alles beim alten. Von dem luftigen Ritte über den Rhein war nie mehr die Rede gewesen.

Viele Jahre waren seitdem vergangen. Der Graf blieb in allen Dingen des weltlichen Lebens glücklich und von Erfolg begleitet, als seine Gemahlin plötzlich sehr schwer erkrankte. Viele Ärzte von nah und fern waren herbeigerufen worden, doch keiner von ihnen wußte zu helfen. Sie standen um ihr Lager herum und machten sorgenvolle Gesichter. Einer nach dem andern aber nahm den Grafen heimlich beiseite, um ihm mitzuteilen, daß die Erkrankung der Gräfin hoffnungslos sei und der hohe Herr wohl auf das Schlimmste gefaßt sein müsse.

Da die Gräfin nun matt und hilflos in den Kissen lag und ihr baldiger Tod zu erwarten stand, meldete die Wache die Ankunft eines Heilkundigen aus dem Morgenlande, der von der schweren Krankheit vernommen und sich auf das Schloß begeben habe, um seine Dienste anzubieten. Gegen den Rat der Ärzte hatte der Graf die Weisung gegeben, ihn vorzulassen. Bald stand der wundertätige Magier in einem bunten Gewand, einen großen Turban auf dem Haupte, vor dem Lager der Gräfin, die in halber Ohnmacht nichts mehr von dem verspürte, was um sie herum vorging. Der Magier verneigte sich tief vor ihrem Lager. Dann beschrieb er seltsame Kreise in der Luft, indem er Beschwörungsformeln murmelte. Endlich ließ er sich auf seine Knie nieder und bestrich den Boden mit der linken Hand. Als er sich wieder erhoben hatte, wendete er sich an den Grafen und flüsterte ihm in gebrochener Sprache zu, er wisse eine Arznei, durch welche die Gräfin zu retten sei: Milch einer jungen säugenden Löwin, gemischt mit Drachenblut. Aber es sei ihm nicht möglich, sie so schnell zu beschaffen, wie es hier nötig sei.

Sibodo wendete sich schmerzerfüllt ab, denn er sah die Unmöglichkeit, hier zu helfen. Auf einmal aber trat der Dunkle, der hinter dem Kopfende des Krankenlagers im Schatten gestanden hatte und den Bewegungen des Magiers mit leuchtenden Blicken gefolgt war, hervor und sprudelte in seinem schnellen Kauderwelsch hervor: »Mich gehen Arznei holen, wissen Platz, wo junge Löwin weiden und Drachen schläft. Mich bald sein wieder da und gnädige Gräfin gesund.«

Die Gräfin hatte sich eben wieder mit einem Seufzer zur Seite gewendet. Jetzt richtete sie den matten Blick auf Bonschariant, und es schien dem Grafen, als dringe ein Schimmer von Hoffnung aus ihren Augen. Sibodo befahl dem Diener fortzureiten und die rettende Medizin zu holen, koste es was es wolle. Niemand als er wußte, daß es dabei nicht mit rechten Dingen zugehen konnte.

Bonschariant entfernte sich mit einer tiefen Verbeugung von seinem Herren. Der Magier hatte sich in einen Winkel gekauert und murmelte einförmige Gebete. Die Ärzte aber standen in den Fensternischen des weiten Gemachs und sahen dem Dunklen nach. Sie steckten ihre Köpfe zusammen und ließen deutlich erkennen, wie groß ihre Zweifel waren.

Bonschariant aber war in den Schloßhof geeilt. Jetzt sattelte er sein Roß. Bald war er im Galopp davongesprengt, daß es unter dem Burgtor donnerte von den

Hufen des davonjagenden Schimmels. Der Graf war unterdessen auf den hohen Turm seines Schlosses gestiegen, um das Treiben seines Dieners zu beobachten. Er sah, wie dieser auf eine Gebüschgruppe hinter dem Schlosse zusprengte, dort sein Roß festband und dann durch die Lüfte gen Süden entschwand. Lange stand der Graf auf dem hohen Altan, die Augen gen Mittag gerichtet. Die Schloßuhr zeigte die Abendstunde an, und die Sonne stand als glutroter Ball über dem Westen. Von Zeit zu Zeit traten die Diener zu ihm und berichteten ihm über das Befinden der hohen Frau. Endlich, da sich die Sonne schon merklich neigte, erschien auch der wundertätige Magier auf dem Altan, schüttelte bedenklich das Haupt und sagte zu Sibodo, er gebe der Gräfin noch eine gute halbe Stunde, sei in dieser Zeit der dunkle Diener nicht wieder eingetroffen, so wäre sie verloren und ihr Tod gewiß.

Er verneigte sich vor dem Grafen und stieg wieder hinab. Sibodo durchschnitt es das Herz. Er hob die weiße Hand vor die Augen, um der Blendung der Sonne zu entgehen. Unaufhaltsam spähte er gen Süden. Nach einer Weile kam es ihm vor, als verdunkle sich die Luft ein wenig, gerade als die Sonne mit ihrem unteren Saum die ferne Ebene zu berühren schien. Alles schien zu zittern. Die ganze Natur war wie in geheimer Erregung. Da löste sich vorn am Strauchwerk die Gestalt eines Menschen. Die weißen Umrisse des Schimmels hoben sich vom dunklen Grund. Ein Reiter jagte in wildem Galopp dem Schlosse zu, seltsame Schreie ausstoßend und mit den Armen wilde Bewegungen vollführend.

Bald stand der Dunkle vor dem Lager der Gräfin und zog ein Fläschchen aus seinem Wams: »Hier sein Arznei, hier sein Rettung für gnädige Gräfin, hier sein neues Leben!« Der Magier verneigte sich tief. Er leerte den wertvollen Inhalt in ein kristallenes Becherglas. Die Flüssigkeit begann zu funkeln in rötlichem Glanze, doch es war eine getrübte Röte, so wie es nur leuchten kann, wenn Blut und Milch ineinandergegossen werden. Der Trank wurde der Gräfin eingeflößt. Ihre Wangen röteten sich fast sogleich. Nach einer Weile schlug sie die Augen auf. Im gleichen Augenblick riefen der Magier und Bonschariant: »Sein gerettet gnädige Gräfin!« Der Graf aber, wie von Sinnen, wollte auf die Knie sinken und ein Dankgebet an den Allmächtigen richten. Als er eben die Hände falten wollte, fühlte er sich unsanft angestoßen. Er hörte eine rauhe Stimme, die ihm zuflüsterte: »Still, Du, mit Deinem Geplärr!« Da war es ihm, als schwebe er wieder hoch über dem Rhein. In unwillkürlichem Schrecken wurden ihm die Knie gerade, er richtete sich auf, und seine Miene wurde starr.

Dem Grafen ließ es fortan keine Ruhe, zu erfahren, auf welche Weise sein Diener die rettende Arznei zu beschaffen gewußt hatte. Er versuchte es mit Bitten, mit Drohungen. Der Dunkle blieb stumm und verschlossen, nur leuchtete aus seinen Blicken jetzt zuweilen ein Feuer, wie aus unterirdischer Glut genährt, drohend und furchtbar zugleich. Aber der wundertätige Magier, der sich geraume Zeit am gräflichen Hofe aufhielt, wußte eine wundersame Mär zu verbreiten, wie Bonschariant in Windeseile durch die Lüfte geflogen sei nach dem fernen Äthiopien, wie er dort in einsamer Wüste eine junge säugende

Löwin überrascht, zu Boden geworfen und gemolken habe. Und weiter, wie er einen Drachen in seiner Höhle schlafend aufgespürt und erschlagen, um sein Blut zu gewinnen. Diese seltsame Kunde ging wie ein Lauffeuer durch das gräfliche Schloß. Einer erzählte sie dem andern. Sie wurde mit den abenteuerlichsten Zutaten versehen und ausgeschmückt, um endlich zu den Ohren der genesenen Gräfin zu gelangen.

Die fromme Frau war außer sich vor Entsetzen, denn jetzt wurde ihr mit einem Schlage klar, wem sie ihre Rettung vor dem sicheren Tode zu danken hatte. Wie oft hatte sie mit den anderen zusammen den Diener im Scherz den Dunklen genannt. Nun auf einmal kam ihr der tiefe Sinn dieser Bezeichnung zum Bewußtsein. Sie drang aufs neue inständig in ihren Gatten, nun endlich den gefährlichen Diener zu entfernen, doch Sibodo blieb selbst jetzt, da das Geheimnis so klar und offen zwischen ihnen lag, ablehnend und stellte ihr immer wieder vor Augen, wie Bonschariant doch nichts anderes getan habe als seine Pflicht zu ihrem Besten, wie er nicht allein ihr, sondern auch sein Leben gerettet habe.

Nun erst erfuhr die Gräfin von dem Abenteuer des nächtlichen Fluges über den Rhein und erschrak noch mehr. Es ließ ihr keine Ruhe, und als sie mit ihrem Beichtiger gesprochen hatte, verging kein Tag, an dem sie nicht in ihren Gatten drang, ein gottesfürchtiges Werk zu tun, um den Bann des Bösen, der so sichtlich über ihnen lag, zu lösen. Alles, was sie nach langen Bitten und Flehen erreichen konnte, war das Versprechen des Grafen, dem Herren eine Kirche und ein Kloster zu weihen, um die Schuld, die er auf sich genommen, zu mildern.

Um jene Zeit bestand die Eifel aus einem weiten Waldgebiet, das sich an den Ardennenwald anschloß, daß niemand so eigentlich wußte, wo die beiden Waldländer ineinander übergingen. In diesen weit verzweigten Forsten lag eine öde Anhöhe, die das Steinfeld genannt wurde, weil der Boden an dieser Stelle wie mit Steinen übersät war, so daß nur Gras und niedriges Gestrüpp dort wachsen konnten. Der umliegende Wald jener Gegend aber war ganz besonders wildreich. Wenn der Graf die einsamen Wiesentäler mit seiner Meute durchstreifte, sah er das Damwild in rötlichen Rudeln an den Waldrändern stehen oder in weiten Sprüngen durch das hohe Gras jagen, er hörte ihre bellenden Rufe aus dem gesicherten Waldesdickicht.

Als sie einmal in der Nähe des Steinfeldes vorüberritten, meinte der Graf zum Diener gewendet: »Die herrlichen Wälder dieses Landes sind doch recht weit entfernt von unserem Schlosse an der Ahr. Mir ist das Jagen fast leid geworden, weil wir uns auf unseren Zügen zur Nacht auf dem feuchten Waldboden ausstrecken müssen und so gar kein Obdach haben. Darum habe ich beschlossen, auf dem Hügel hier ein Gebäude zu errichten, das uns dereinst als Jagdschloß dienen soll. Fröhliche Gelage sollen seine Wände zu hören bekommen. Seine Mauern sollen von dem Schall unserer Jagdlieder widerhallen. Willst Du mir dabei helfen, Du Getreuester unter meinen Getreuen, so beweise mir noch einmal Deinen guten Willen und sei mein erfahrener Baumeister und Steinmetz.«

Der Dunkle ging in die Falle, die ihm gestellt worden war. Er verneigte sich höflich vor dem Grafen und sprach in seiner gewohnten kauderwelschen Mundart: »Sein Bonschariant glücklich, gnädiger Graf helfen dürfen. Bonschariant werden Stein hauen, werden Mörtel gießen, werden Steine setzen und fugen, bis Schloß stehen, schöne Schloß, schöner als gnädiger Graf je gesehen.«

Der Dunkle machte sich nun allein ans Werk und entwickelte einen Feuereifer, der ans Wunderbare grenzte. Die schweren Blöcke wurden wie mit Zauberkraft behauen, sie fügten sich wie von selbst ineinander. Die Mauern wuchsen von Woche zu Woche. Bald stand ein stattliches Gebäude auf dem Steinfeld. Eine breite Front von mehreren Fensterreihen baute sich harmonisch übereinander auf. Geräumige Säle waren von langen Gängen begleitet. Der Dunkle betrachtete das so rasch errichtete Gebäude mit innerer Genugtuung, denn er glaubte durch dies Werk seiner Faust das Grafenpaar noch enger als bisher an sich gefesselt zu haben.

Der Graf aber, als er das Bauwerk so bald und mühelos aus dem steinigen Grund steigen sah, hielt den Augenblick zur Ausführung seines Planes für gekommen. Er stieg zur höchsten Spitze des Gebäudes, die sich in Gestalt eines Turmes über dem größten seiner Säle erhob und pflanzte dort ein hohes Kreuz auf, das er von den Werkleuten eines seiner Klöster insgeheim hatte herstellen lassen und bisher sorgsam verborgen gehalten hatte. Es war kaum geschehen, als der Dunkle durch die Lüfte geflogen kam, einen gewaltigen Stein in seinen Fängen tragend, den er als Schlußstein in den Turm einzufügen gedachte. Als er das Kreuz erblickte, stieß er laute Verwünschungen aus und schleuderte den schweren Felsblock mit aller Macht hinab, um das ganze Gebäude zu zerstören. Der Stein aber nahm, wie von unsichtbarer Macht gelenkt, eine andere Richtung. Er schlug auf und rollte über den geneigten Boden der Anhöhe fort, um erst nach einer ganzen Weile liegen zu bleiben. Noch heute wird er als Teufelsstein ein ganzes Stück von dem Gebäude entfernt gezeigt.

Das Kloster Steinfeld wurde nun bald vollendet, denn der Teufel hatte seine Macht verloren, nachdem das Kreuz so fest auf seinem Turm eingepflanzt war. Sibodo schenkte diesen Besitz nach der Fertigstellung dem Kölner Erzstift zugleich mit einem großen Teil seines sonstigen Landes in jener Gegend, um die Ordensleute, die dort einziehen sollten, möglichst reich zu belehnen. Die Gebäude, eine der größten Klostersiedlungen unserer Eifel, liegen noch heute im Schleidener Land als Zeugen einer großen und bedeutsamen Vergangenheit.

Nebel am Boll

Manfred Lang

Die Nacht war sternenklar, ein laues Lüftchen wehte und verwirbelte die Schwüle des zurückliegenden Sommertages. Das Lagerfeuer knisterte, und ab und zu knallte es sogar, dann nämlich, wenn im Holz eingeschlossene Feuchtigkeit mit der Glut in Berührung kam und mit einem Mal zu Wasserdampf verpuffte.

Hubbi stocherte in den glühenden Scheiten herum. Funken stiegen wie Glühwürmchen in den Nachthimmel empor – und verglühten dort rasch, »wie verkehrt herum fliegende Sternschnuppen«, dachte Hubbi und nahm einen tiefen Schluck aus der Bierflasche. Ringsum im Dunkel um ihn und das Feuer herum stöhnte und schmatzte es verhalten. Schwarz wie eine Wand hob sich der Waldrand des »Boll« vom Sternenhimmel ab.

Man war zu elf jungen Leuten, die meisten Teenager, einige schon Twens, zu einer Fete ins freie Feld am nordöstlichen Rand dieses Waldgebiets gefahren, hatte die Autos abgestellt, zwei Bitburger-Pils-Kästen und eine Bacardiflasche ausgepackt, hatte Holz fürs Lagerfeuer gesammelt und es schließlich auf einem der Graswege entfacht. Zu reichlich Bier und wenig Rum hatte man ein paar Gläser kalte Brühwürstchen geöffnet und ihren Inhalt mit scharfem Senf bestrichen und zusammen mit trockenen Brötchen verzehrt. Dazwischen war ein wenig gesungen und viel gelacht worden.

Jetzt lagen alle im Feld ringsum, bis auf Hubbi, der auf einer der geleerten und umgedrehten Bierkisten am Feuer saß und Wache hielt. Er sollte die anderen nach Mitternacht wecken, falls sie eingeschlafen sein würden. Einige Schlafsäcke knisterten, wenn sich einer umdrehte. Andere waren mit zwei Personen prall gefüllt und gaben andere Geräusche von sich.

Bei den jungen Leuten handelte es sich um fünf mehr oder weniger fest gebundene und auch untereinander befreundete Pärchen – und um Hubbi, mit dessen platonischer Liebe Sabine sie normalerweise zwölf waren, wenn Sabine momentan nicht daheim in Oberschwaben gewesen wäre. Abgesehen davon, daß sie auch dann nicht mitgespielt hätte, dachte Hubbi, wenn sie sich jetzt in der Eifel befände. Sabine hatte nicht viel übrig für die nächtlichen Exkursionen dieser Clique. Und die wollte es auch in dieser Nacht keinesweges bei einer Feld-Wald-und-Wiesen-Fete bewenden lassen. Man wollte gewissen Phänomenen auf die Spur kommen.

* * *

Plötzlich war es Hubbi, als streiche ein spürbar kalter Windhauch in seinem Rücken. Wie aus dem Nichts war eine Nebelwand herangezogen, von der Hubbi zunächst noch nichts sah, als er sich umwendete. Seine Augen waren noch von der Glut geblendet. Was ihn sofort überfiel, war atemberaubende Stille. Selbst das Knistern der Glut und das Knistern der Schlafsäcke war mit einemmal verstummt. Hubbi hockte da, wie gelähmt. Schritte näherten sich.

* * *

Hubbi, Chris und Emil, vor allem aber Lydia, Martin und Jesse waren an diesem Abend nicht das erste Mal aufgebrochen, um einer der zahlreichen Schauergeschichten nachzuspüren, die in den Dörfern rings um den Boll erzählt werden, und um selbst zu sehen und zu hören, ob es stimmt, was die alten Leute beteuerten, nämlich, daß man nach Mitternacht Gläsergeklirr und Händeklatschen von einem untergegangenen Schloß am Beipert hören könne. Oder, daß nach Zwölf am Klingelmaar der Geist eines Blinden umgehe, den man seinerzeit beim Teilen eines Silberschatzes betrogen hatte, indem man ihm den Meßbecher stets verkehrt herum hingehalten hatte und ihn selbst ertasten und bestätigen ließ, ob er mit dem Inhalt zufrieden sei.

Am Boll wollten die jungen Leute diesmal nun nach Mitternacht zu jenem Hügel am nordöstlichen Waldrand aufbrechen, auf dem mitten im Acker ein Kreuz steht. Die Legende um dieses Kreuz und das dort begrabene und angeblich in der Umgebung spukende »Bollweibchen« war schon so alt, daß es verschiedene Versionen davon gab. Die einen sagten, das »Bollweibchen« sei eine Hexe gewesen, die man auf dem Hügel weitab der Dörfer auf dem Scheiterhaufen verbrannt habe. Andere versicherten, bei der Unglücklichen habe es sich um ein schwangeres Mädchen gehandelt, das aus einem der Dörfer verstoßen worden und bei seiner Niederkunft am Boll gestorben sei.

Halffe Pitter, ein kluger alter Mann, hatte den jungen Leuten erzählt, früher sei es nicht einmal selten vorgekommen, daß die jungen Mägde von den Bauern schwanger wurden und sie den Rat der Hebammen einholen mußten, was zu tun sei, damit ihre Kinder erst gar nicht geboren würden. Andere hätten ihre Babies in irgendwelchen Kellern oder Schuppen zur Welt und gleich wieder umgebracht und verscharrt oder in die Jauchegrube geworfen, hatte Halffe Pitter den jungen Leuten versichert: »Eine elende, eine verfluchte Sache war das früher, Kinder! Von wegen Nostalgie und so.«

Chris und Lydia, zwei der fünf jungen Frauen aus der Clique, hatten sich nun eine Version zurechtgelegt, die den Tod des »Bollweibchens« einer ebenso romantischen wie unglücklichen Liebesgeschichte zuschrieb. Ein junger Adliger vom angeblich versunkenen Schloß am Beipert und die Dorfschöne von Bergbuir, so hatten sich die Freundinnen das ausgedacht, hätten sich unsterblich ineinander verliebt. Als der Schloßherr, Onkel oder Vater des potentiellen Bräutigams, dahinter gekommen sei, habe der Adelsspross fort in die Ferne und eine andere heiraten müssen. Die Dorfschöne aber habe am Boll den Freitod gesucht und gefunden.

* * *

Die Nebelwand und die Stille hüllten die Gruppe am Boll inzwischen ein, die geheimnisvollen Schritte waren verklungen. Hubbi starrte gefesselt in die wabernden Schleier, die über dem dumpf flackernden Feuer schwebten, unfähig, ein Wort hervorzubringen oder einfach aufzustehen und einen der anderen zu wecken. Plötzlich war ihm, als vernähmen seine vor Taubheit dröhnenden Ohren eine sanfte Melodie. Es war eine Frauenstimme, unheimlich weit fort, und doch so nahe, als singe sie in seinem Kopf.

* * *

»Also, Leute, das Kreuz auf dem Hügel mitten im Feld ist gar kein Grabkreuz«, hatte Emil vor Stunden noch behauptet, einen Bitburger-Stubbi zum Prosit in den Abendhimmel haltend. Er habe sich die Sache bei Tageslicht angesehen: »Das könnte ein Prozessionskreuz gewesen sein, das am alten Wallfahrtsweg von Glehn nach Mariawald lag. Es hat keinen Totenkopf, aber eine in den Sandstein gehauene Ausbuchtung, in die man die Monstranz oder ein Kreuz hätte abstellen können.«

Lydia hatte eine ganz andere Variante: »Das Kreuz hat einer aufgestellt, der da was gesehen hat. Vielleicht das sagenumwobene Bollweibchen, vielleicht auch nur einen Uhu, der in der Dunkelheit uhute ...«

»Im Bergbuirer Feld steht ein Kreuz an der Stelle, wo mal ein Lästerer vom Blitz erschlagen wurde«, hatte Addy behauptet. Doch Martin war ihm über den Mund gefahren: »Das ist doch Quatsch, Mann. Du meinst Bühls-Krüzzje. Das steht an der Stelle, wo meine Urgroßmutter meinen Großvater während der Feldarbeit geboren hat. Der Großonkel, dem der Acker gehörte, hat ihn später an meinen Großvater überschrieben – und das Kreuz aufgestellt.«

Dann hatten sie das Thema gewechselt. Emil hatte seine Klampfe ausgepackt, die Bacardiflasche hatte gekreist, der Mut war gewachsen und bei einigen auch die Leidenschaft. Schließlich war man eingeschlafen. Bis auf Hubbi, der wachen sollte.

* * *

Plötzlich zerriß ein Schmerzensschrei die unheimliche Stille. Die Nebelwand teilte sich – und gab den Blick frei auf den Hügel und auf das Kreuz weitab, auf die unwirklich etwas Licht fiel. Hubbi streifte seine Lähmung ab und zwang sich aufzuspringen. Plötzlich schrie er wie wahnsinnig los, rannte im Kreis herum und stieß mit seinen Stiefeln gegen die Schlafsäcke:

»Steht auf, so steht doch auf, Mensch!«

»Guckt euch das an, steht auf, verdammt noch mal, steht auf!«

»Emil, du Arschloch.« Hubbi rüttelte wie verrückt am Schlafsack seines Freundes: »Komm, Junge, komm, steh auf, du Vollidiot. Komm, komm, komm, guck dir dein nettes Prozessionskreuz an.«

Emil rieb sich noch die Augen, Martin war längst aufgesprungen und stieß mit Jesse zusammen, der rückwärts taumelte, zurückgestoßen von dem klagenden Wimmern, das jetzt ein zweites Mal vom Boll herüber zu ihnen drang. Hubbi hielt sich die Ohren zu.

»Da, da, da«, stammelte Addy.

»Wo, wo, wo?« äffte Emil seinen besten Freund nach, der stotterte und deshalb oft gehänselt wurde.

»Da«, präzisierte Addy und zeigte zum Waldrand hin, wo sich aus der linken Hälfte der geteilten Nebelwand eine Frauengestalt löste und auf das fahl beschienene Feldstück trat, wie auf eine Lichtung.

Es war eine Frauengestallt mit sehr langen Haaren und einem weiten, wallenden Gewand, das vermutlich im Wind geflattert hätte, wenn es nicht vollkommen windstill gewesen wäre in diesem Augenblick.

»Zwick mich mal einer«, stöhnte Chris.

»Mensch, die kommt näher«, wimmerte Lydia.

Und nach einer Zeit, während der keiner was sagte, und während die Frauengestalt so nahe gekommen war, daß Jesse, der ganz vorne zum Boll hin stand, die Konturen ihres Körpers und auch das Profil ihres leicht abgewandten Gesichtes zu erkennen glaubte, platzte es plötzlich aus ihm heraus.

»Mensch, Sabine«, schrie Jesse, »hast du mich erschreckt. Bist du denn verrrückt?«

»Wie, Sabine, wo, Sabine?« stammelte Hubbi und lief an Jesse vorbei: »Die ist doch gar nicht da, die ist doch daheim in Biberach.«

Mit einem Mal blieb der vorpreschende Hubbi stehen. »Sabine? Bist du es? Du bist es?«

Die Frage klang unsicher. Er stand jetzt unmittelbar vor der Frauengestalt. »Sag was, Sabine, was ist denn? Warum machst du das?«

* * *

Die Frauengestalt, die Hubbi als seine platonische Liebe Sabine identifiziert hatte, die eigentlich gar kein Interesse an den nächtlichen Exkursionen der Clique hatte und die angeblich zu den Eltern nach Oberschwaben gefahren war, verschwand augenblicklich im nächtlichen Bollwald, als es vom Bleibuirer Kirchturm her ein Uhr herüberwehte. Die Freunde riefen ihr wohl nach, liefen ihr wohl auch ein Stück hinterher, als sie sich nicht umwendete. Doch als Sabine im Wald verschwunden war, ließen sie die Sache auf sich bewenden. Der Schreck saß ihnen tief genug in den Knochen.

Die Meinungen über den »Joke«, den sich Hubbis Freundin da mit ihnen geleistet hatte, gingen in der Clique weit auseinander. Chris zitterte am ganzen Leib, Lydia weinte still vor sich hin. Addy erregte sich über Sabines »Scheißidee«, Emil fand den Auftritt »geil«, Jesse schüttelte stumm seinen Kopf und Martin setzte sich, was nach den gegebenen Umständen das vernünftigste

79

war, die Bacardiflasche an den Hals.

Man beschloß am Boll zu bleiben, obwohl die jungen Frauen davon zunächst nicht begeistert waren, schließlich aber eingewilligt hatten, als die Männer versprachen, jetzt würde gewacht – und durchgemacht. Und das taten sie schließlich auch.

* * *

Drei Tage später war Sabine noch immer nicht bei Hubbi aufgetaucht. Er war zwar noch sauer wegen ihres nächtlichen Auftritts am Boll, aber langsam machte er sich Sorgen. Schließlich mußte sie längst wieder in der Eifel sein. Warum kam sie nicht zu ihm? Hubbi rief bei Sabines Freundin und zwei Bekannten in der Eifel an, und, als die sagten, Sabine sei doch daheim in Oberschwaben bei ihren Eltern, in Biberach.

Der Vater war am Apparat: Nein, Sabine sei nicht da, sagte er. Sie werde auch nicht in die Eifel zurückkehren. Jetzt jedenfalls nicht und auch nicht in absehbarer Zeit.

Hubbi wurde laut: »Warum denn nicht, was ist denn bloß los? Warum sagt Sie mir das nicht selber?«

* * *

»Wie siehst du denn aus?« rief Martin.

Hubbi war kreidebleich, als er den Jugendkeller in Bleibuir betrat.

»Wi- wi- widder am B- B- Boll gewesen?« scherzte Addy und stieß Lydia an.

»Na, hast du Sabine die Leviten gelesen?« wollte Jesse wissen.

Und Chris fragte: »Warum ist sie denn nach ihrem netten Auftritt nicht zu uns ans Feuer gekommen?«

Hubbi schüttelte den Kopf. Martin stand auf und rüttelte ihn am Arm: »Was ist denn los, Mensch?«

Dann stammelte Hubbi: »Ich habe mit Biberach telefoniert. Sabine ist nicht hier in der Eifel. Sie ist gar nicht hier gewesen.«

»Was redest du da«, schnauzte Jesse und sprang auf: »Ich hab' sie doch gesehen, mit meinen eigenen Augen, und du auch, und du hast mit ihr gesprochen, das haben wir alle gehört ...«

»Sabine liegt im Krankenhaus, hat ihr Vater gesagt, schon seit Tagen, nach einem Unfall mit ihrer Ente. Das war am Tag vor unserer Nacht am Boll, hat ihr Vater gesagt. Seitdem schläft Sabine, hat ihr Vater gesagt, und es sei auch nicht sicher, ob sie je wieder wach wird.«

Der Tod des Erzbischofs Engelbert von Köln

Annette von Droste-Hülshoff

I.

Der Anger dampft, es kocht die Rur,
im scharfen Ost die Halme pfeifen,
da trabt es sachte durch die Flur,
da taucht es auf wie Nebelstreifen,
da nieder rauscht es in den Fluß,
und stemmend gen der Wellen Guß
es fliegt der Bug, die Hufe greifen.

Ein Schnauben noch, ein Satz, und frei
das Roß schwingt seine nassen Flanken,
und wieder eins, und wieder zwei,
bis fünfundzwanzig stehn wie Schranken:
Voran, voran durch Heid' und Wald,
und wo sich wüst das Dickicht ballt,
da brechen knisternd sie die Ranken.

Am Eichenstamm, im Überwind,
um einen Ast den Arm geschlungen,
der Isenburger steht und sinnt
und nagt an Erinnerungen.
Ob er vernimmt, was durchs Gezweig
ihm Rinkerad, der Ritter bleich,
raunt leise wie mit Vögelzungen?

»Graf«, flüstert es, »Graf, haltet dicht,
mich dünkt, als wollt es Euch betören;
bei Christi Blute, laßt uns nicht
heim wie gepeitschte Hunde kehren!
Wer hat gefesselt Eure Hand,
den freien Stegreif Euch verrannt?« –
Der Isenburg scheint nicht zu hören.

»Graf«, flüstert es, »wer war der Mann,
dem zu dem Kreuz die Rose paßte?
Wer machte Euren Schwäher dann
in seinem eignen Land zum Gaste?

Und, Graf, wer höhnte Euer Recht?
Wer stempelt Euch zum Pfaffenknecht?« –
Der Isenburg biegt an dem Aste.

»Und wer, wer hat Euch zuerkannt,
im härnen Sünderhemd zu stehen,
die Schandekerz in Eurer Hand,
und alte Vetteln anzuflehen
um Kyrie und Litanei?«
Da krachend bricht der Ast entzwei
und wirbelt in des Sturmes Wehen.

Spricht Isenburg: »Mein guter Fant,
und meinst du denn, ich sei begraben?
O, laß mich nur in meiner Hand –
doch ruhig, still, ich höre traben!«
Sie stehen lauschend, vorgebeugt:
Durch das Gebüsch der Helmbusch steigt
und flattert drüber gleich dem Raben.

II.

Wie dämmerschaurig ist der Wald
an neblichten Novembertagen,
wie wunderlich die Wildnis hallt
von Astgestöhn und Windesklagen!
»Horch, Knabe, war das Waffenklang?« –
»Nein, gnäd'ger Herr! ein Vogel sang,
von Sturmesflügeln hergetragen.« –

Fort trabt der mächtige Prälat,
der kühne Erzbischof von Köllen,
er, den der Kaiser sich zum Rat
und Reichsverweser mochte stellen,
die ehrne Hand der Klerisei –
zwei Edelknaben, Reis'ger zwei
und noch drei Äbte als Gesellen.

Gelassen trabt er fort, im Traum
von eines Wunderdomes Schöne,
auf seines Rosses Hals den Zaum,
er streicht ihm sanft die dichte Mähne,
die Windesodem senkt und schwellt:

Es schaudert, wenn ein Tropfen fällt
von Ast und Laub, des Nebels Träne.

Schon schwindelnd steigt das Kirchenschiff,
schon bilden sich die Krausen Zacken –
da, horch, ein Pfiff und hui, ein Griff,
ein Helmbusch hier, ein Arm im Nacken!
Wie Schwarzwildrudel bricht's heran,
die Äbte fliehn wie Spreu, und dann
mit Reisigen sich Reis'ge packen.

Ha, schnöder Strauß! Zwei gegen zehn!
Doch hat der Fürst sich losgerungen,
er peitscht sein Tier, und mit Gestöhn
hat's übern Hohlweg sich geschwungen;
die Gerte pfeift. –»Weh, Rinkerad!« –
Vom Rosse gleitet der Prälat
und ist ins Dickicht dann gedrungen.

»Hussa, hussa, erschlagt den Hund,
den stolzen Hund!« und eine Meute
fährt's in den Wald, es schließt ein Rund,
dann vor – und rückwärts und zur Seite;
die Zweige krachen – ha, es naht –
am Buchenstamm steht der Prälat
wie ein gestellter Eber heute.

Er blickt verzweifelnd auf sein Schwert,
er löst die kurze breite Klinge,
dann prüfend untern Mantel fährt
die Linke nach dem Panzerringe;
und nun wohlan, er ist bereit,
ja, männlich focht der Priester heut,
sein Streich war eine Flammenschwinge.

Das schwirrt und klingelt durch den Wald,
die Blätter stäuben von den Eichen,
und über Arm und Schädel bald
blutrote Rinnen tröpfeln, schleichen;
entwaffnet der Prälat noch ringt,
der starke Mann, da zischend dringt
ein falscher Dolch ihm in die Weichen.
Ruft Isenburg:»Es ist genug,

es ist zuviel!« und greift die Zügel;
noch sah er, wie ein Knecht ihn schlug,
und riß den Wicht am Haar vom Bügel.
»Es ist zuviel, hinweg, geschwind!«
Fort sind sie, und ein Wirbelwind
fegt ihnen nach wie Eulenflügel. – –

Des Sturmes Odem ist verraucht,
die Tropfen glänzen an dem Laube,
und über Blutes Lachen lauscht
aus hohem Loch des Spechtes Haube;
was knistert nieder von der Höh
und schleppt sich wie ein krankes Reh?
Ach, armer Knabe, wunde Taube!

»Mein gnädiger, mein lieber Herr,
so mußten dich die Mörder packen?
mein frommer, o mein Heiliger!«
Das Tüchlein zerrt er sich vom Nacken,
er drückt es auf die Wunden dort
und hier und drüben, immerfort,
ach, Wund' an Wund' und blut'ge Zacken!

»Ho, hallo ho!« Dann beugt er sich
und späht, ob noch der Odem rege;
war's nicht, als wenn ein Seufzer schlich,
als wenn ein Finger sich bewege? –
»Ho, hallo ho!« – »Hallo, hoho!«
schallt's wieder um, des war er froh;
» 's sind unsre Reiter allewege.«

III.

Zu Köln am Rheine kniet ein Weib
am Rabensteine unterm Rade,
und überm Rade liegt ein Leib,
an dem sich weiden Kräh' und Made;
zerbrochen ist sein Wappenschild,
mit Trümmern seine Burg gefüllt,
die Seele steht bei Gottes Gnade.

Den Leib des Fürsten hüllt der Rauch
von Ampeln und von Weihrauchschwelen –

um seinen qualmt der Moderhauch,
und Hagel peitscht der Rippen Höhlen;
im Dome steigt ein Trauerchor,
und ein Tedeum stieg empor
bei seiner Qual aus tausend Kehlen.

Und wenn das Rad der Bürger sieht,
dann läßt er rasch sein Rößlein traben,
doch eine bleiche Frau, die kniet
und scheucht mit ihrem Tuch die Raben;
um sie mied er die Schlinge nicht,
er war ihr Held, er war ihr Licht –
und, ach! der Vater ihrer Knaben!

Die Bücher

Harald Bongart

I.

Der Greis hatte sich erhoben. Sein grinsender Mund zeigte – gemessen an seinem Alter – noch erstaunlich viele Zähne, die allerdings überwiegend in seiner linken Mundhälfte steckten. Zielsicher griff er nach der Flasche mit dem Johannisbeeraufgesetzten und zog den Ausgießer ab. Ebenso sicher setzte er die Flasche an den Lippen an und goß die süße, rote Flüssigkeit in seine Mundhöhle. Dann machte er sich über den Bodensatz aus den Früchten her, die er nur halb zerkaut schluckte. Als er sein Werk beendet hatte, warf er die leere Flasche in Richtung des offenen Kamins, wo sie an der aufgemauerten Einfassung zerbarst. Während die Scherben noch auf dem Boden klirrten, hatte der Alte sich die zweite, unversehrte Flasche vom Tisch geholt und in seiner rechten Hosentasche notdürftig verstaut.

»Wär' doch schade, das gute Zeug umkommen zu lassen«, sagte er. »Dir bleibt sowieso keine Zeit mehr, sie zu genießen. Ich wünsche Dir, daß es schnell geht.«

Ohne den Mann, den er in dem Sessel zurückließ, noch einmal anzusehen, verließ er das Haus. Berning hörte, wie die Tür ins Schloß fiel. Draußen waren die Kinder bereits unterwegs. Maskiert zogen sie von Haus zu Haus und heischten Süßigkeiten. Ein Brauchtum, welches sie in den letzten Jahren unter dem Einfluß des Fernsehens aus den USA übernommen hatten. Sie nannten es Halloween. Als sie seine Tür erreichten, klingelten sie Sturm. Er konnte hören, wie sie den verdammten Geizkragen verfluchten, der so reich war, sich dieses Haus zu kaufen, dafür aber die paar Süßigkeiten zu Halloween nicht herausrückte. Schließlich unterstrichen sie ihren Zorn mit Tritten gegen die Tür und ein paar derben Schmährufen. Obwohl er Kinder aufrichtig haßte, wäre er jetzt lieber aus dem Sessel aufgestanden, um jedem dieser elenden kleinen Scheißer eine Tafel Schokolade oder Geld für Süßigkeiten zu geben. Aber eine Kraft, die wesentlich stärker war als er, drückte ihn in den Sessel zurück. Wie ein Alptraum lastete sie auf ihm, hockte auf seiner Brust und preßte den Atem aus seinen Lungen. Dennoch blieb er bei vollem Bewußtsein. Er spürte, wie etwas nach seinem Rückgrat griff, die Wirbelsäule der Länge nach auftrennte und die Nervenstränge herausriß. Ein endlos langer, lautloser Schrei entwich seinen Lippen und hallte in den Tiefen seiner Seele nach.

II.

Kräftig packte die Hand zu. Sie hatte jetzt den Ansatzpunkt gefunden. Hin und her ruckte sie, dann lösten sich die Nägel und das Schild. Die vergilbte Schrift »Zu verkaufen« verschwand aus dem Fenster. Die Hand zupfte die im Lauf der Jahre angegrauten Gardinen zurecht. Der Mann, der sich jetzt Walter

Berning nannte, nahm die Hausschlüssel entgegen, die ihm der Immobilienmakler in einem weinroten Lederetui reichte. »Es war mir ein Vergnügen, mit Ihnen Geschäfte zu machen. Ich bin stets zu Diensten, wenn Sie etwas wünschen«, versuchte er sich bei Berning anzubiedern. Dabei war beiden Männern deutlich anzumerken, daß sie sich nicht sympathisch waren. Aber immerhin hatte Berning das Haus nicht nur gekauft, sondern sogar bar bezahlt, was ihm einen Rabatt von netto 25.000 DM eingebracht hatte. Weitere 25.000 DM hatte er dem Immobilienheini schwarz über den Tisch geschoben, der dafür Finanzamt und Notar gegenüber den Kaufpreis um 50.000 DM niedriger angesetzt hatte. Abgesehen davon hatte der Makler lediglich die ersten 40.000 DM bar auf sein Geschäftskonto eingezahlt. Den Rest hatte er auf einem Konto in Luxemburg für drei Monate fest angelegt, die Summe dann in fünf gleich große Beträge aufgeteilt und aus Luxemburg auf ein Konto in den Niederlanden transferieren lassen. Von dort waren die Summen in regelmäßigen Abständen auf ein Girokonto in Deutschland und dann erst auf sein Geschäftskonto überwiesen worden. Ein Hausverkauf auf Ratenzahlung also, zumindest für das Finanzamt sah es so aus. Karrius rieb sich die Hände. Seit Jahren hatte sich niemand mehr ernsthaft für den alten Kasten interessiert, der in der Altstadt am Aufgang zu Kirche und Burg lag. Seit Jahren nicht mehr, doch dann stand mit einem Mal – deus ex machina – dieser arrogante Sack, dem die Unfreundlichkeit ins Gesicht geschrieben stand, in der Tür und hatte sich trotz aller Bemühungen, ihm ein besseres Objekt zu verkaufen, nicht vom Erwerb des Schuppens abbringen lassen. »Oh, happy day«, schmetterte Karrius als Berning gezahlt und sein Büro verlassen hatte. Die Übergabe hatten sie für den Nachmittag nach dem Notartermin vereinbart. Nachdem Berning endlich die Schlüssel in Händen hielt, hätte er Karrius am liebsten mit einem Fußtritt vor die Tür gesetzt, aber wer wußte schon, für welche Dienste ihm der skrupellose Speichellecker noch nützlich sein könnte.

Noch am gleichen Abend rollte der Möbelwagen an. Gas, Strom und Wasser gab es bereits wieder im Haus, nur auf den versprochenen Telefonanschluß mußte er wider Erwarten vorläufig noch verzichten. Das kleine Bad mit WC und Dusche hatte er provisorisch herrichten lassen und in der Küche neben einem Kühlschrank, einem Herd und einer Spüle einen Tisch mit zwei Stühlen und ein Feldbett aufgestellt. Für seine Ansprüche reichte das vollkommen, bis er nach und nach die anderen Zimmer im Haus Raum für Raum renoviert haben würde. Das Haus war als sein Refugium gedacht. Es hatte ihn irgendwie angezogen, als er den Ort an der Ahr zum ersten Mal besucht hatte. Er war gerade von einer »Geschäftsreise« aus dem Ausland zurückgekehrt. Wie immer hatte sich alles zur vollen Zufriedenheit seiner Geschäftspartner entwickelt. Man hatte ihn entlohnt und ihm Zeit für einen längeren Urlaub gewünscht. Er hatte sich daraufhin ein paar Tage in Köln einquartiert und in der Zeitung von einer Touristikmesse gelesen, die er aus reiner Langeweile besuchte. An einem der Stände hatte die Eifel-Touristik ihre Prospekte ausgelegt, und Berning hatte sich

89

mit Material versorgt, das er des Abends in seinem Hotelzimmer sichtete. Spontan hatte er den Entschluß zu einer Woche Aufenthalt in der Eifel gefaßt, wo er dann quasi über das zum Verkauf stehende Haus stolperte. Alles, was ein Mann mit geringen Ansprüchen zum Leben brauchte, fand er hier. Trieb ihn die Gier nach Abwechslung, so erreichte er mit dem PKW in relativ kurzer Zeit Städte wie Köln oder Düsseldorf, und selbst Frankfurt war in Reichweite. Berning war sich von Anfang an sicher, daß er hier gut aufgehoben war. Zum 15. Mai, einem Freitag, zog er in das Haus ein.

Er nutzte die ersten Tage, um sich in seinem neuen Heim mit allem vertraut zu machen. Er erkundete den Keller ebenso wie den Speicher in einer Art, in der ein Wissenschaftler eine terra incognita untersucht hätte. Seltsame Gerätschaften häuften sich in diesen Räumen. Er schaffte sie ans Licht, sah sie sich eingehend an, um dann zu entscheiden, was mit ihnen geschehen solle. Eine seltsam beklebte Kugel erregte seine besondere Aufmerksamkeit. Sie lag, von einer dicken Staubschicht überzogen, in einem der Kellerregale. Ganz in ihrer Nähe fand er ein ebenso seltsames Gestell, in das die Kugel paßte. Bei einem der nächsten Besuche in Köln lenkte er seine Schritte in ein Auktionshaus und erkundigte sich nach einem Experten für Globen, dem er einige Polaroidaufnahmen zeigte. Der Mann bat darum, ihm das Original zugänglich zu machen. Vermutlich handele es sich um einen Himmelsglobus aus dem 17. Jahrhundert, meinte er, aber genaueres könne er erst nach einem Blick auf das Original sagen. Den Wert taxierte er – Echtheit vorausgesetzt – auf 6-10.000 DM. Berning dankte und wandte sich zum Gehen. Aber der Mitarbeiter des Auktionshauses wollte nicht locker lassen. Er bat Berning um eine Visitenkarte, die dieser mit einem aufgesetzten Lächeln aus der Brieftasche zog. Als er wenige Tage später die angegebene Mobilfunknummer wählte, meldete sich statt Walter Berning eine Stimme, die mit einem starken Akzent sprach. Er stellte sich vor und erkundigte sich, mit wem er verbunden sei. »Vanessa«, antwortete die Stimme, »ich komme aus Venezuela, 25 Jahre alt, große Busen.« Irritiert verlangte er Walter Berning zu sprechen. »Was, Berning?« fragte die Stimme, »Willst du ficken?« Er unterbrach die Verbindung und zerriß die Visitenkarte in immer kleinere Schnipsel, die er zuletzt in einen Aschenbecher rieseln ließ.

III.

Nach einigen Wochen hatte sich Berning gut eingerichtet. Anfang Juli führte ihn eine Geschäftsreise nach Südafrika und von dort nach Mittelamerika, wo er Zeuge des jähen Ablebens eines Oppositionspolitikers wurde. Er begab sich im Anschluß an dieses Ereignis nach Dallas. »Ich werde langsam alt«, dachte er, »alt und sentimental.« Via New York und Frankfurt reiste er nach Hause.

Hier in der Eifel flossen die Wasser der Bäche in derselben Gleichgültigkeit wie vor Bernings Trip. Er besuchte die Ahrquelle, warf wie ein Tourist eine Münze in das junge Wasser und versuchte sein Abbild in diesem Element zu entdecken.

Die Renovierung des Hauses war gut vorangeschritten. Er hatte sich gefragt, warum das Dach in einem so hervorragenden Zustand war. Die Frau in der Bäckerei hatte es ihm dann beim Brötchenkauf erzählt. Vor einigen Jahren sei das Haus zuletzt bewohnt gewesen. Man habe damals gemunkelt, Karrius hätte es verkauft, aber nachdem der Mieter nach weniger als einem halben Jahr bei Nacht und Nebel das Haus wieder aufgegeben habe, sei es wiederum von Karrius auf dem Immobilienmarkt angeboten worden. Also könne es nicht verkauft worden sein.
»Wie hieß der Mieter, der damals das Haus bewohnte?«
Die Verkäuferin wußte es nicht.
»War er Kunde hier im Laden? Erinnern Sie sich, wie er aussah?«
»Er kaufte nur ab und zu hier ein. Er war ein seltsamer Mann, genau ...« Um ein Haar wäre ihr das »wie Sie« heraus gerutscht. Berning nickte unmerklich.
»Wer kann mir über den Mann Auskunft geben?«
»Das weiß ich nicht. Vielleicht die Gemeindeverwaltung?«
Berning dankte ihr für die Auskunft und legte ihr einen Zehnmarkschein auf den Tresen. Ohne sich weiter um die Verkäuferin zu kümmern verließ er den Laden.

Im Einwohnermeldeamt erhielt er die gewünschte Auskunft nur sehr zögerlich. Nein, mußte er einräumen, er sei kein Verwandter. Aber er sei der Nachmieter beziehungsweise der neue Besitzer des Hauses und er habe Gegenstände gefunden, von denen er annehmen müsse, daß sie Eigentum des letzten Bewohners seien. Er wolle diesem nun sein Eigentum aushändigen. Die Schalterbeamtin lenkte ein. Lexer, Reinhard Heinrich Lexer, lautete der Name. Er sei im Jahre 1985 zugezogen und – hier stutzte die Beamtin – im darauf folgenden Jahr von Amts wegen abgemeldet worden. Berning bedankte sich und zückte sein Portemonnaie, aber die Beamtin wollte das Geld nicht annehmen.

»Dann nehmen Sie es doch für die Kaffeekasse«, riet Berning.
»Wir trinken hier aber nur Tee«, erwiderte die junge Frau unsicher.
»Vielleicht verwenden Sie es dann für die Gesellschaft zur Stärkung des gesunden Menschenverstandes in deutschen Amtstuben.«
»Die gibt es?«
»Gründen Sie sie. Guten Tag.«

Ein Telefonat half Berning nicht weiter. Den Namen Lexer gab es im Deutschen Telefonbuch zwölfmal, jedoch weder in der Kombination Reinhard Lexer, noch Heinrich Lexer und erst recht nicht als Reinhard Heinrich Lexer. Das ließ zunächst zwei Schlußfolgerungen zu. Entweder war Lexer verstorben oder er war noch am Leben und hatte keinen Telefonbucheintrag. Beide Überlegungen führten in eine Sackgasse.

Berning wandte sich wieder dem Haus zu. Das große Bad war neu gekachelt und gefliest, das Schlafzimmer hatte einen neuen Parkettboden erhalten, ebenso neue Tapeten. Im Wohnzimmer war der Steinboden überarbeitet worden und der offene Kamin wieder instand gesetzt. Er hatte sich im ersten Obergeschoß ein Arbeitszimmer eingerichtet. Hierzu hatte er eine nicht tragende Wand einige Zentimeter versetzt. Der Keller war entrümpelt worden. In einer abschließbaren Weichholzvitrine, die er in einem Antikladen in Bad Münstereifel entdeckt hatte, stand jetzt hinter Glas der Himmelsglobus. Er war dem Mitarbeiter des Antikladens gleich aufgefallen, als er die Vitrine anlieferte und aufstellte.

»Das wäre ein schönes Stück für unser Heimatmuseum«, hatte er gesagt, aber Berning hatte unmißverständlich deutlich gemacht, daß das Stück nicht zu verkaufen sei.

Nach dem Keller wandte er sich jetzt dem Speicher zu. Er ließ neue Elektroleitungen legen und Neonröhren installieren, die den Raum in ein gleichmäßiges Licht tauchten. Erneut betrachtete er die einzelnen Gerätschaften, jetzt aber mit mehr Muße als damals, kurz nach seinem Einzug. Auf dem Speicher standen ein Monstrum von einem Schreibtisch und ein überdimensionaler Aktenschrank. Berning fragte sich, wie man diese beiden Ungetüme überhaupt hier herauf gewuchtet hatte. Auf dem Schreibtisch lag eine Lampe, deren Schirm ihn seltsam berührte. Da sich weder zum Aktenschrank noch zum Schreibtisch Schlüssel fanden, ließ Berning einen Schreiner kommen, der die Türen öffnete, ohne das Holz übermäßig zu beschädigen. Während der Schreibtisch leer war, enthielt der Aktenschrank eine Unterteilung in eine Aktenablage zur Rechten und einen Kleiderschrank zur Linken. Auf dem Boden der linken Hälfte lagen schwarze, lederne Stiefel, die Berning für Reitstiefel hielt. Es fehlten allerdings die Sporen. Darüber hing an einem Nagel eine dünne Peitsche, wie man sie wohl ebenfalls im Reitsport verwenden mochte. Berning beließ zunächst alles am angestammten Ort.

Es war jetzt Mitte September. Der Herbst kündigte sich an, und er versprach, freundlich zu werden. Seit Monatsbeginn hatte Berning einen Beobachter, der interessiert jeden Tag an seinem Haus erschien, als könne er von außen die Fortschritte der Innenrestaurierung wahrnehmen. Es war ein altes, verhutzeltes Männchen, stets in einen grünen Parka gekleidet, dem die Kapuze fehlte. An deren Stelle wickelte sich das Männchen zum Schutz vor Kälte und Nässe einen schwarzen Schal um den Kopf, so daß man ihn von weitem auch für ein altes Kräuterweiblein hätte halten können, das mit seinem Korb unterwegs sei. Der Korb gehörte zu dem Alten wie der Parka. Von Zeit zu Zeit öffnete er den Deckel und zog belegte Brote, eine Thermoskanne mit dampfendem Tee oder eine Seltersflasche hervor. Berning, der aufgrund seines Berufes absolut keine Beobachter mochte, überlegte bei sich, ob er den Alten nicht aus Gefälligkeit gegenüber der Rentenkasse in eine bessere Welt schicken sollte. Das Dumme war nur, daß sowohl ihn als auch den Alten jeder in dem kleinen Ort kannte, und folglich um das Interesse des Greises an Bernings Person wußte.

Er wartete einen passenden Augenblick ab und bat den Alten ins Haus, wo er ihm einen selbst gemachten Johannisbeeraufgesetzten einschenkte. Der Alte lächelte freudig. »Auf einem Bein kann man nicht stehen«, sagte der Greis und hob sein leeres Glas. Berning verstand und schenkte ein zweites Glas ein, das das Kerlchen im gleichen Tempo wie das erste leerte. Berning schenkte ein drittes, viertes und fünftes Glas ein und als der Alte ein sechstes forderte, trat Berning erneut an ihn heran. Diesmal setzte er die Flasche jedoch schnell auf dem Tisch ab, ergriff die ihm entgegengestreckte Hand und drehte sie blitzschnell im Gelenk. Der Greis jaulte auf vor Schmerz, während des Glas auf dem Boden zersplitterte.

»Du hast deinen Spaß gehabt, Alter«, zischte Berning, »jetzt bin ich an der Reihe. Warum schnüffelst du mir hinterher?«

Der Alte jammerte noch immer und Berning lockerte den Griff ein wenig.

»Das Haus. Die Bücher«, winselte der Alte.

»Was ist mit dem Haus? Was für Bücher?« Berning faßte wieder stärker zu.

»Die Geräusche in der Nacht.«

»In einem Haus wie diesem sind Geräusche ganz normal. Knarrende Dielen, schlagende Türen, ächzende ... was weiß ich.«

»Schicksale«, wimmerte das Männchen. Als er erkannte, daß er sich dem schmerzhaften Griff nicht entwinden konnte, begann er zu schluchzen.

»Wie kommt es, daß du erst jetzt auftauchst?«

»Ich war im Krankenhaus. Mehrere Monate. Alle haben geglaubt, ich schaffe es nicht, alle, besonders die Ärzte. Aber ich hab' ihnen allen ein Schnippchen geschlagen. Den Ärzten, dem Tod und besonders den Pfaffen.«

Berning gab das Handgelenk frei. Das Männchen richtete sich auf und rieb sich die gepeinigten Körperteile.

»Ich mag die Pfaffen auch nicht. Aber ich mag auch keine Schnüffler. Wie alt bist du?«

»103.«

Berning nickte anerkennend.

»In dem Alter solltest du in einem Altenheim vor dich hin sabbern und wenn dein Gedächtnis dich noch nicht ganz verlassen hat, dann solltest du den Pflegerinnen auf die Ärsche und die Titten linsen und dich daran erinnern, was das früher bei dir ausgelöst hat. Ich will dich jedenfalls nicht wieder hier spionieren sehen. Beim nächsten Mal könnte dir ein Unglück passieren – ein Ausrutscher, ein Stolpern, Genickbruch – und das wollen wir doch nicht. Hast du mich verstanden?«

Der Alte nickte stumm. Berning gab ihm noch einen Schnaps und brachte ihn dann zur Tür, wo er ihn wie einen lieben alten Großvater verabschiedete, während zwei Nachbarinnen ihren Plausch unterbrachen und zu Berning und dem Alten herüber sahen.

Der Alte hatte Bernings Warnung offenkundig verstanden, er ließ sich jedenfalls vorerst nicht mehr blicken. Aber sein Besuch hatte in Berning etwas verändert. Er achtete jetzt genauer auf die Geräusche des alten Hauses. Versuchte Knacken, Knarren, Ächzen, Klopfen und alle sonstigen Geräusche zu lokalisieren. Bedrohlicher als die Geräusche kamen ihm danach die Momente der Stille

vor, wenn er absolut nichts ausmachen konnte. Dann rauschte das Blut in seinen Ohren und gaukelte ihm etwas vor. Wie ein schleichendes Gift sickerten die Worte des Alten in Bernings Unterbewußtsein. »Absurd«, redete er sich ein, »einfach absurd.« Trotzdem wußte er:
Er war in dem alten Haus nicht allein.

IV.

Anfangs wollte er es sich nicht eingestehen. Wozu auch. Er war ein Mann, der an gar nichts glaubte. Ein Himmel existierte ebensowenig wie die Hölle. Gott war nicht tot, er hatte nie existiert. Und wo kein Gott war, gab es auch keinen Platz für den Teufel. Er hätte sich diesen Beruf nie ausgesucht, wenn er auch nur entfernt an das eine oder andere geglaubt hätte. Das war seine Maxime, und sie war unerschütterlich. Bei Tag jedenfalls. Im Dunkel der Nacht sah die Welt anders aus. Walter Berning lachte. Der wirre Alte wollte ihn wohl in die Zeit der Kindheit versetzen, als nach Einbruch der Dunkelheit die Hexen den Märchenbüchern entstiegen, um in die Realität des Kindes einzudringen. Die Mütter täuschten sie doch immer, indem sie Gestalt der Schatten annahmen. Die Gestalt mit dem weit aufgerissenem Maul entpuppte sich in der Welt der Erwachsenen als ein Kinderspielzeug, die spinnenfingrige Hand mit den rasiermesserscharfen Krallen war eine Gardine oder ein Vorhang, der im Mondlicht vom Wind bewegt wurde. Diese Welt hatte Walter Berning längst hinter sich gelassen, hatte sie abgestreift wie eine Schlange, die sich häutet. Natürlich war es absurd. Dennoch begann er zu suchen. Und er wurde fündig.

Sie waren in seinem Arbeitszimmer. Ihre Entdeckung verdankte er dem Zufall. Als er Ende Oktober die Gasheizung anstellte, breitete sich die Wärme zu seiner Zufriedenheit in allen Zimmern des Hauses aus. Lediglich in seinem Arbeitszimmer verspürte er einen Luftzug, der seinen Nacken beharrlich und unangenehm streifte. Er entfernte die Tapete und klopfte den darunterliegenden Putz ab. Ein Gefach kam zum Vorschein, welches einen Hohlraum besaß, in dem fünf Bücher lagen. Berning nahm eines nach dem anderen heraus und legte sie auf dem Schreibtisch ab. Sie hatten Einbände, die Berning bekannt vorkamen, wenn ihm auch nicht gleich einfiel, wo er eine ähnliche Beschaffenheit schon einmal gesehen hatte. Vorsichtig blätterte er das erste Buch auf. Es war eine in lateinischer Sprache verfaßte Handschrift. Berning unternahm gar nicht erst den Versuch, sie lesen zu wollen. Dazu hätten seine Lateinkenntnisse schon zu Schulzeiten nicht ausgereicht. Er legte das Buch zur Seite, um sich dem nächsten zuzuwenden. Hier erkannten seine Augen hebräische Schriftzeichen, die er ohnehin nicht entziffern konnte. Auch bei den Büchern Nummer drei, vier und fünf handelte es sich um Handschriften, deren Inhalt ihm verschlossen blieb. Ratlos blickte er auf die Bücher, die vor ihm lagen. Ob ihm der Alte weiterhelfen könnte? Er hatte ihn nicht nach dem Namen gefragt, aber so viele 103jährige konnte es im Ort ja wohl nicht geben. Spätestens am kommenden Tag würde er ihn ausfindig machen können. Vielleicht aber war es ja gar nicht nötig, den

Alten überhaupt zu suchen. Immerhin gab es im Ort ein Archiv und ein Museum, und wenn man ihm dort nicht weiterhelfen könnte, so würde man ihm wenigstens einen Ansprechpartner an einer übergeordneten Stelle benennen können. Ja, so würde es gehen. Berning nahm die Handschrift mit dem hebräischen Text noch einmal auf. Er betastete den Einband und zeichnete Konturen mit dem Zeigefinger nach. Vor seinem inneren Auge entwickelte sich ein Bild, dessen Formen immer klarere Gestalt annahmen. Er versuchte, sich noch stärker zu konzentrieren. Vergebens.

V.

Im Gemeindearchiv konnte man ihm nicht helfen. Aber im Museum verwies man Berning an das Institut für Geschichtliche Landeskunde der Rheinlande. Dort fände er einen Wissenschaftler, der in dem Ruf stünde, die rheinische Allzweckwaffe für alle möglichen Fragestellungen zu sein. Berning ließ sich die Telefonnummer dieses Wunderknaben geben und rief ihn von seiner Wohnung aus an. Der Beamte hörte sich Bernings Anliegen an und meinte dann:
»Bitte kommen Sie übermorgen bei mir vorbei. In den Nachmittagsstunden kann ich mir Zeit für Sie nehmen.«
»Warum nicht schon morgen?«
»Morgen ist Donnerstag, das ist mein Seminartag.«
»Gut«, lenkte Berning ein. »Am Freitag werde ich gegen vierzehn Uhr bei Ihnen sein.«
Berning betrat das Gebäude am Hofgarten. In der Pförtnerloge links neben dem Eingang saß ein mürrisch dreinblickender Mann, den Berning auf Mitte Fünfzig schätzte. Er winkte Berning, der schon die ersten Treppenstufen Richtung erstes Obergeschoß zurückgelegt hatte, zu sich heran.
»Wer sind Sie? Was wollen Sie?« fragte er durch die Sprechluke in seiner Loge.
»Ich bin mit einem Mitarbeiter aus dem Haus verabredet«, antwortete Berning. »Wir haben miteinander telefoniert. Ich habe seinen Namen vergessen ... warten Sie, er heißt wie eine Stadt in Hessen.«
Der Zerberus knurrte aus seinem Glaskasten einen Namen. »Genau«, stimmte Berning zu, »so heißt er. Er sagte, sein Büro sei im ersten Obergeschoß.«
»Die Tasche.« Der Aufseher hatte sich erhoben und Berning erkannte, daß das rechte Hosenbein unterhalb des Knies hochgesteckt war.
»Die Tasche«, wiederholte der Pförtner eine Spur unfreundlicher.
»Was ist damit?« fragte Berning.
»Das Institut besitzt eine wertvolle Bibliothek. Wir wollen nicht, daß die Bücher Beine bekommen.«
Wortlos trat Berning vor, stellte den Aktenkoffer auf die Ablagefläche und ließ die beiden Schlösser aufschnappen. Er öffnete den Deckel, bis er senkrecht nach oben zeigte und den Blick auf den Handschriftenband freigab, den er für seinen Besuch in Bonn eingesteckt hatte. Der Zerberus nickte.

Im Gegensatz zum Pförtner war der Dozent, mit dem Berning verabredet war, ausgesprochen höflich. Dennoch erschien er Berning als das genaue Gegenteil des Bildes, welches er bislang von deutschen Universitätsprofessoren hatte. Nach der Begrüßung bot er Berning einen Platz an, sah dann vom Computer zu dem Mann mit der Aktentasche auf, der hilflos suchend in dem kleinen Raum stand. Er erhob sich seinerseits, trat zu einem mit einem Bücherstapel beladenen Stuhl und räumte ihn frei. Den Stapel in der linken Hand balancierend, schob er mit der Rechten zwei Büchertürme auf dem Schreibtisch zur Seite, bis die zwischen ihnen entstehende Schneise breit genug zur Aufnahme des dritten Stapels war. Bei dieser Aktion verschob sich ein vierter Turm so weit, daß die obenauf liegende Pfeife in die Tiefe polterte, um im nächsten Augenblick unter nachstürzenden Büchern begraben zu werden. Souverän grub er die Pfeife wieder aus, stopfte sie mit dem Tabak, der in dem Beutel neben dem Drucker lag, entzündete ihn, um sodann dicke graue Wolken aufsteigen zu lassen. Nach einigen Zügen schob er die Pfeife in den rechten Mundwinkel.

»Dann lassen Sie einmal sehen, was Sie mitgebracht haben«, nuschelte er. Berning reichte ihm die Handschrift. Er nahm sie behutsam in die Hände, besah den Einband, zeichnete mit den Fingern die Bünde des Buchrückens nach und strich schließlich mit der rechten Hand über den Buchdeckel, ehe er ihn aufschlug. Nachdem er einige Seiten wahllos aufgeblättert und offensichtlich angelesen hatte, sah er Berning an.

»So seltsam der Einband ist«, sagte er, »so interessant ist der Inhalt.«
»Don't judge a book by it's cover. Und worum geht es denn nun?«
»Es ist die Biographie eines Hexenrichters, gleichzeitig aber auch die Geschichte einer großen Liebe.«
»Eines Hexenrichters?«
»Ja. Einen Augenblick bitte.« Der Historiker stand auf, ging an das Bücherregal und ließ den rechten Zeigefinger über die Buchrücken gleiten. Er hielt inne, schob die querliegenden Bücher soweit es ging zur Seite, um einen dünnnen Band heraus zu ziehen, welchen er auf dem Schreibtisch neben der Tastatur platzierte. Dann hielt er zielstrebig auf einen Sessel zu, über dem sein Mantel lag. Unter diesem förderte er weitere Bücher zu Tage, von denen er eines griff und auf das erste neben dem Tastenfeld stapelte.

»Da fehlt noch was«, meinte er mehr zu sich selbst, was Berning aber nicht realisierte und ihm folgte, als der Forscher den Raum verließ. Entfernt erinnerte ihn der Flur mit den angrenzenden Zimmern an eine Szenerie von Kafka. Vom Boden bis zur Decke waren Regale zu einem Labyrinth aufgebaut, in dem sich der Historiker mit der Sicherheit eines ortskundigen Minotaurus bewegte. Während eine Studentin und ein Student den Schlagwortkatalog Karteikarte für Karteikarte durchgingen, hatte Berning das Gefühl, sein Ansprechpartner nähme dasselbe gerade vor seinem geistigen Auge vor. Schließlich bückte dieser sich und nahm ein Buch zur Hand, dessen Register er aufschlug. Nachdem er sich orientiert hatte, klappte er das Buch wieder zu, stellte es zurück, klemmte sich das nebenstehende Werk unter den Arm und drehte sich um. Der Anblick Bernings, der ihm bei all diesen Verrichtungen stumm zugesehen hatte, schien ihn wieder in die Realität zurückzuholen.

»Ich glaube«, murmelte er, »Ihnen gleich eine höchst interessante Geschichte erzählen zu können, die auch einige mir neue Aspekte enthalten dürfte. Mögen Sie eine Tasse Kaffee?«

Berning verneinte. Zurück im Büro schlug der Historiker erst einige Fakten nach, dann vertiefte er sich in die Handschrift. Nachdem er einige Male quergelesen hatte, nickte er mit dem Kopf und sagte: »Geben Sie gut Acht.« Er stopfte sich eine zweite Pfeife, die er jedoch zur Seite legte, ohne sie anzuzünden. Dann begann er zu erzählen:

»Wir haben es hier mit der Biographie eines Hexenrichters zu tun, der zwischen 1626 und 1636 seinem blutigen Handwerk nachging. Er übte es sowohl im Kurkölnischen, als auch im Jülich-Bergischen aus. Auch in der Grafschaft Manderscheid-Blankenheim hat er gewütet. Dort verliert sich nach 1636 seine Spur. Es ist, als hätte der Erdboden ihn verschluckt. Aber sein Verschwinden scheint im Zusammenhang mit dem letzten Prozeß zu stehen, den er anstrengte. Hier heißt es – und ich übersetze jetzt wörtlich:

Zu der Grafschaft Blankenheim gehörte auch das Dörfchen, das H. genannt wurde. Am talwärts gelegenen Ende dieses Dörfchens stand eine Mühle, die ein Müller mit seiner Frau betrieb. Er liebte seine Frau, die ausgesprochen schön war, über alle Maßen. Gerne hätte er Kinder mit ihr gehabt, aber so sehr sie auch darum beteten, war ihnen dieser Segen nicht vergönnt.

Im Dorf waren die Müllerin und der Müller schlecht gelitten. Die Bauern mißtrauten ihm. Ihrer Ansicht nach gab ihr Getreide einen höheren Mehlertrag, als der Müller ihnen aushändigte. Die Müllerin sahen die Bauersfrauen argwöhnisch an. Sie hatte rote Haare und smaragdgrüne Augen. Wenn sie ins Dorf kam, tuschelten die Bäuerinnen hinter ihrem Rücken. Es hieß, sie verhexe die Bauern, und selbst dem Pfarrer habe sie den Kopf verdreht. Als in einem Jahr die Ernte auf den Feldern verdarb und mehrere Kühe in den Ställen der Bauern eingingen, da beschuldigte man die Müllerin des Schadenzaubers gegen Mensch und Vieh. Auf Bitten der Bauern meldete der Pfarrer die Vorfälle dem Grafen von Blankenheim und bat um eine Untersuchung. Da entsandte der Graf den Hexenrichter, der die Müllerin anklagte. Unter der peinlichen Befragung gestand sie, die Wurzeln des Korns im Boden und das Gras über der Erde verdorben zu haben. Der Hexenrichter samt der Schöffen verurteilte sie darob zum reinigenden Tod in den Flammen. Der Müller jedoch, der von der Unschuld seiner Frau überzeugt war, versuchte den Hexenrichter zu bestechen. Als ihm dies nichts fruchtete, ersann er einen Plan, seine Frau zu befreien, bevor sie den Scheiterhaufen besteigen mußte. Am Tag ihrer Hinrichtung erschien er bewaffnet auf dem Blutacker, doch der Hexenrichter ließ ihn von gedungenen Bütteln festnehmen und zwang ihn, dem Feuertod seiner Frau zuzusehen. Rasend vor Wut verfluchte der Müller daraufhin den Hexenrichter, sein Haus und alle die je darin wohnen sollten. Auch schwor er bittere Rache all jenen, die am Untergang seines Weibes mitgewirkt hatten. Als kurze Zeit darauf die Büttel, die den

Müller überwältigt hatten, verschwanden, rotteten sich die Bauern zusammen. Am Festtag des heiligen Bartholomäus zogen sie gemeinsam zur Mühle. Mit Gewalt drangen sie ein und fanden ein Schock menschlicher Zähne. Der Müller hatte die Büttel einen nach dem anderen getötet und das Fleisch den Schweinen zum Fraß vorgeworfen, die Knochen gemahlen und unter das Mehl gemischt. Bevor die Bauern ihn häuteten, verfluchte der Müller den Hexenrichter erneut. Seine Strafe solle er erhalten, wie jeder Sünder und seine Missetaten sollen nie in Vergessenheit geraten. Schließlich legten einige Bauern Feuer in der Mühle, die bis auf die Grundmauern niederbrannte. Noch vor Allerheiligen pflügten sie die Überreste unter und streuten Salz, damit die Erde an dieser Stelle nichts mehr hervorbrächte. Der Graf von Blankenheim ließ später eine neue Mühle an anderer Stelle errichten.

Hier enden die Aufzeichnungen der Handschrift.«

Bedächtig klappte der Historiker das Buch zu. In atemloser Anspannung hatte Berning dem Bericht zugehört. Mit trockener Kehle rang er sich die Frage nach dem Verbleib des Hexenrichters ab.

»Ich weiß es nicht«, sagte der Forscher, »niemand weiß es. Aber ich würde mir die Handschrift gerne kopieren und sie meinem Kollegen aus dem Universitätsarchiv vorlegen. Er kommt am Montag von einer Tagung zurück, die sich mit den Problemen der Hexenverfolgung und ihrer Erforschung beschäftigt. Es wird ihn sehr interessieren.«

»Glauben Sie, daß der Bericht wahr ist?«

»Im Augenblick spricht vieles dafür. Ich muß natürlich die Örtlichkeit überprüfen. Das geht nur anhand von Quellen, von Archivalien. Im Fall der Grafen von Blankenheim ist das gar nicht so einfach, weil der größte Teil des betreffenden Archivgutes in Prag liegt.«

»Fertigen Sie bitte die Kopien an. Ich möchte mich verabschieden.« Berning erhob sich. Der Historiker versuchte, im Gesicht seines Gegenübers eine Gefühlsregung zu entdecken, aus der er ablesen könnte, wie Berning die Geschichte aufgenommen hatte. Aber dessen Miene war wie versteinert. Nachdem er die Kopien in einen Umschlag gesteckt hatte, reichte er Berning die Handschrift.

»Wenn es sich um eine authentische Quelle handelt«, erläuterte er, »dann ist sie für die Geschichte der Hexenverfolgung im Blankenheimer Land von großer Bedeutung. Geben Sie gut auf die Handschrift Acht. Ich gehe davon aus, daß mein Kollege sie sich ebenfalls mit großem Interesse ansehen möchte.«

»Es hat mich erstaunt«, antwortete Berning, »wie fließend Sie Latein lesen und übersetzen können. Aber ich glaube, Sie sollten Ihre Zeit nicht mit solchen Hirngespinsten vergeuden. Hier hat sich jemand einen schlechten Scherz erlaubt.«

»Davon bin ich nicht überzeugt. Der Beschreibstoff ist viel zu teuer, als daß ein des Schreibens Kundiger ihn um eines Scherzes willen verschwenden würde. Ich kann die Bitte nur noch einmal wiederholen: Achten Sie gut auf die Handschrift.«

Sie verabschiedeten sich kühl. Langsam schritt Berning die Treppe hinunter und verließ das Gebäude, ohne dem Pförtner die Tasche ein weiteres Mal vorzuzeigen.

Wieder zu Hause öffnete er eine Flasche Rotwein, die er dekantierte. Dann entfachte er das Feuer im offenen Kamin und rückte sich seinen Sessel zurecht. Auf dem Beistelltisch legte er die Handschrift neben dem Weinglas ab. Dann wartete er auf den Schlaf. Es wurde Mitternacht. Die erste Flasche Wein war getrunken, die zweite zur Hälfte geleert, und der Zeiger der Uhr auf dem Kaminsims rückte auf halb zwei vor. Die Worte des Bonner Historikers hallten in seinem Unterbewußtsein nach. Schließlich nahm er die Handschrift, blätterte sie oberflächlich durch, schloß sie und warf sie mitten ins Feuer. Anstatt eines dumpfen Aufpralls hörte er ein Wispern und Wimmern, bevor das Buch aus dem Feuer herausgeschleudert wurde. Funken, die an ihm hafteten, fielen ab und versengten den Teppich, den er nahe dem Kamin ausgelegt hatte. Fluchend sprang er aus dem Sessel, um die dunklen Brandlöcher zur Sicherheit mit Leitungswasser abzulöschen. Er faßte das Buch, um es auf den Tisch zu legen. Sobald er es berührte, durchfuhr ihn die Hitze, er wollte loslassen, aber die Haut seiner Fingerkuppen haftete am Einband. Eine undefinierbare Kraft wollte ihn in das Buch hineinziehen. Heftig den Arm schleudernd, gelang es ihm endlich loszukommen. Die Handschrift flog einige Schritte weit und schlitterte dann über den Steinboden, bis sie vor der Vitrine liegenblieb. Berning betrachtete seine Fingerkuppen. Die Haut hatte sich abgelöst. Sie klebte jetzt vermutlich am Einband der Handschrift. Winzige Blutstropfen traten hervor. Er ging in die Küche, öffnete den Hahn und ließ Wasser ablaufen, bis es ihm kalt genug erschien. Dann hielt er eine Schüssel unter den Hahn und wartete, bis sie halbvoll war. Das kalte Wasser kühlte die Finger angenehm. Ärgerlich durchsuchte er den Apothekenschrank im Bad. Als er dort nicht fündig wurde, schloß er die Haustür auf, ging zur Garage und nahm den Verbandskasten aus dem Kofferraum, trug ihn ins Haus und versorgte seine lädierten Fingerkuppen. Dann ging er zurück ins Wohnzimmer. Die Handschrift lag noch immer vor der Vitrine, aber er wagte es nicht, sie erneut zu berühren. Unschlüssig, was er mit dem Buch machen sollte, ließ er es, wo es war und ging zu Bett. Eine unruhige Nacht lag vor ihm. Phasen kurzen Dämmerschlafs wechselten mit Momenten, in denen er sich hellwach wähnte. Dann schreckte er hoch, ohne daß es dafür einen Grund gegeben hätte. Gegen halb sechs am Morgen stand er auf, ging in die Küche und holte sich eine Flasche Bier aus dem Kühlschrank. Er trank sie, während er auf den Zeitungsjungen wartete, der im Ort die Rundschau und den Stadt-Anzeiger austrug. Als er ihn am defekten Auspuff seines Mofas erkannte, ging er ihm bis zum Briefkasten entgegen. Der Junge zuckte zusammen, als er Berning sah. Berning blickte ihn finster an und knurrte:»Laß gefälligst Deinen Auspuff reparieren, du Arschloch, es gibt Leute, die um diese Zeit noch schlafen möchten.« Dann nahm er die Zeitung, um sie im Bett zu lesen. Bevor der Tag erwachte, ging der Morgendämmerung ein flüchtiger Moment absoluter Stille voraus, dann setzten die ersten Vogelstimmen ein. Unruhe und Anspannung der Nacht fielen wie Ketten von Berning ab. Er sank in einen traumlosen Schlaf, aus dem er erst gegen Mittag erwachte.

VII.

Berning stand auf und duschte sich die Müdigkeit aus dem Körper. Er löste zwei Aspirin auf und spülte mit einem Whiskey nach. Dann griff er zum Telefonbuch und begann zu suchen. Nachdem er fündig geworden war, tippte er die Nummer in die Tastatur.

»Schmitz«, meldete sich die Stimme am anderen Ende der Leitung.

»Guten Tag, Frau Schmitz«, flötete Berning in die Sprechmuschel, »hier spricht Walter Berning. Bitte entschuldigen Sie die Störung, ich wende mich an Sie, weil Sie mir wahrscheinlich weiterhelfen können. Sie haben mich doch neulich mit dem reizenden alten Herrn gesehen.«

»Nicht daß ich wüßte.«

»Doch, doch, warten Sie, ich beschreibe ihn für Sie: Klein, trägt immer einen grünen Parka und einen Korb.«

»Ach, so, den meinen Sie.«

»Wir haben uns nett unterhalten, leider ist mir sein Name entfallen.«

»Kreuzkamp, Felix Kreuzkamp.«

»Und wissen Sie vielleicht auch, wo der alte Knabe wohnt?«

»Ach, das wissen Sie noch nicht?«

Berning hielt den Atem an. Der Alte hatte den Löffel abgegeben. Aber dann fuhr Frau Schmitz fort:

»Der ist doch jetzt in ein Altenheim nach Zülpich gezogen. Da hat er es doch viel besser als hier. Wo er doch in seiner Wohnung immer so alleine war. Das ist gar nicht gut, wenn ein Mensch zu viel allein ist. Sie sind doch auch Junggeselle, oder?«

»Das sind ja gute Neuigkeiten, liebe Frau Schmitz, können Sie mir vielleicht den Namen des Seniorenheims verraten?«

»Nein, das weiß ich nicht«, bedauerte Frau Schmitz.

»Na, macht ja nichts. Sie haben mir jedenfalls sehr geholfen. Vielen Dank.« Berning legte auf, bevor Frau Schmitz den Gang der Welt mit ihm erörtern konnnte.

Die Auskunft gab Berning die Telefonnummern der Zülpicher Seniorenheime. Bereits der zweite Anruf war ein Volltreffer.

Ja, Felix Kreuzkamp habe sich sehr gut eingelebt. Schon beachtlich, bekanntlich verpflanze man ja keinen alten Baum, aber der Herr Kreuzkamp sei ja so rüstig und vor allem geistig noch so frisch. Doch, doch, er sei der Liebling des Pflegepersonals. Ob Herr Berning ein Verwandter sei. Ach, der Enkel. Na, das sei ja nett. Herr Kreuzkamp habe schon so viel von ihm erzählt. Daß er ihn bestimmt bald besuchen käme. Wann? Heute schon? Oh, wie schön? Ob er Herrn Kreuzkamp denn für diese Nacht mit zu sich nach Hause nehmen dürfe? Das sei aber eigentlich nicht üblich. Aber in diesem Falle könne man ja mal eine Ausnahme machen. Ja, ganz recht. Der gesunde Menschenverstand. Ja, ja, der werde in deutschen Amtsstuben viel zu selten eingesetzt. Aber schließlich sei man ja hier in keiner Amtsstube, und außerdem sei der Sabbat ja für den

Menschen da und nicht umgekehrt. Ja, so gegen 19.00 Uhr sei recht. Mit der Präzision eines Chirurgen traf Berning seine Vorbereitungen. Aus dem Keller holte er zwei Flaschen Johannisbeeraufgesetzten und öffnete sie. Die erste füllte er zur Hälfte in eine dritte Flasche um, in die er auch einen Schuß der zweiten gab. Danach verschloß er die dritte Flasche, pfropfte einen Ausgießer auf die erste und füllte die zweite mit einer klaren Substanz auf, die er seinem Schreibtisch im Arbeitszimmer entnommen hatte. Es handelte sich um ein Gift, das seine tödliche Wirkung erst frühestens nach 24 Stunden zeigen würde. Dann verschloß er auch die zweite Flasche wieder und stellte sie gemeinsam mit der ersten nebst zwei Gläsern auf dem Wohnzimmertisch ab. Als nächstes holte er die Bücher aus seinem Arbeitszimmer und klaubte das fünfte vorsichtig vom Wohnzimmerboden auf. Es war jetzt wieder ein scheinbar normales Buch. Er legte es zu den anderen.

Ehe er gegen 18 Uhr 15 den Wagen aus der Garage holte und nach Zülpich fuhr, stärkte er sich mit Spiegeleiern und Bratkartoffeln. Felix Kreuzkamp erwartete ihn bereits ungeduldig in der Lobby. Walter Berning begrüßte den Alten wie ein Enkel, der seinen Großvater für den besten Freund auf Erden hält. Die Pflegerinnen winkten dem Alten und wünschten ihm ein schönes Wochenende.

Auf der Rückfahrt schwiegen sich die beiden aus. Berning sperrte die Wohnungstür auf und wies dem Alten einen Platz in dem zweiten Sessel zu, den er eigens für diesen Abend ins Wohnzimmer transportiert hatte. Mit der gleichen Geduld, mit der er seine Aufträge erledigte, wartete er, bis der Greis zu reden anfing. Es entging Berning nicht, daß der Alte ihn mit listigen Äuglein belauerte, aber er konnte sich keinen Reim darauf machen. Seltsam war ihm nur, daß es ihm von Mal zu Mal schwerer fiel, aus dem eigenen Sessel aufzustehen, um das Glas des Seniors neu zu füllen. Auf diesen Augenblick hatte Kreuzkamp gewartet. Jetzt brach er sein Schweigen.

»Die Bücher«, sagte er, »erzählen die Geschichten von Bestien, die sich einen Dreck um das Schicksal ihrer Mitmenschen scherten und selbst vor Morden nicht zurückschreckten. Die Geschichte des Hexenrichters hast du in Bonn erfahren. Er war der erste, der dieses Haus besaß. Aber es gibt noch die anderen. Sie alle enthalten schreckliche Geschichten, grauenhafte Schicksale, hervorgerufen durch die Menschen, die später geglaubt haben, in diesem Haus ihren Frieden finden zu können. Wenn dir noch Zeit bliebe, könntest du jetzt, wo deine Neugierde entfacht ist, noch einmal jemanden aufsuchen, der dir ihre Inhalte übersetzt. Doch dir bleibt keine Zeit mehr.

Der letzte Besitzer lebte hier vor dreizehn Jahren. Siegfried Heddergott. Er war ein alter Nazi, der sich nach dem Zusammenbruch Reinhard Heinrich Lexer genannt hatte. Du kannst dir denken, wessen Vornamen er übernahm. Lexer hat er sich genannt, weil er bis zuletzt davon überzeugt war, daß sein Handeln rechtmäßig war. Er hat nichts begriffen, überhaupt nichts. In dieser Nacht, in der es geschah, in der er seine gerechte Strafe erhielt, war ich dabei. Das war meine

Strafe, denn ich habe ihn nach dem Krieg gedeckt, obwohl ich gegen ihn hätte aussagen müssen. Aber es ist so schwer, gegen den eigenen Neffen auszusagen. Du glaubst, du hättest dir dieses Haus ausgesucht, um in ihm zu leben? Du irrst. Das Haus hat dich ausgewählt, damit du in ihm stirbst.

Einmal im Jahr kommen die Seelen der Verstorbenen auf die Erde zurück. Heute. Sie sind bereits da, du kannst sie schon spüren. Heute bist du es, dessen Greueltaten sich in Papier verwandeln werden.«

VII.

Am darauffolgenden Montagmorgen wunderte sich in Bonn ein Archivdirektor über die seltsamen Kopien, die ihm ein Kollege aus dem Haus ins Fach hatte legen lassen. Sie waren so blaß, daß man die Schriftzeichen nur erkennen konnte, wenn man sie gegen das Licht betrachtete. Den Kopien lag die Visitenkarte eines Walter Berning samt einer Mobilfunknummer bei. Der Anruf dort trug nichts zur Zerstreuung der Zweifel des Archivdirektors bei.

Walter Berning blieb verschwunden. Die Bücher lagen wieder in dem ausgehöhlten Gefach. Es waren jetzt sechs.

Die feindlichen Brüder

Heinrich Heine

Oben auf der Bergespitze liegt das Schloß in Nacht gehüllt,
Doch im Thale leuchten Blitze, helle Schwerter klirren wild.

Das sind Brüder, die dort fechten grimmen Zweikampf, wuthentbrannt:
Sprich, warum die Brüder rechten mit dem Schwerte in der Hand?

Gräfin Lauras Augenfunkeln zündet den Bruderstreit,
Beide glühen liebestrunken für die adlig holde Maid.

Welchem aber von den beiden wendet sich ihr Herze zu?
Kein Ergrübeln kanns entscheiden: Schwert heraus, entscheide du!

Und sie fechten kühn verwegen, Hieb auf Hieb niederkrachts.
Hütet euch, ihr wilden Degen, grausig Blendwerk schleichet Nachts!

Wehe! wehe! blutge Brüder! Wehe! wehe! blutges Thal!
Beide Kämpfer stürzen nieder, einer in des andern Stahl.

Viel Jahrhunderte verwegen, viel Geschlechter deckt das Grab,
Traurig von des Berges Höhen blickt das öde Schloß herab.

Aber Nachts im Thalesgrunde wandelts heimlich, wunderbar:
Wenn da kommt die zwölfte Stunde, kämpfet dort das Bruderpaar.

Gespannte Rache

Manfred Heup

Endlich hat der Mann sein ersehntes Ziel erreicht. Erschöpft duckt er sich in die tiefer werdenden Schatten der Rebstöcke. Sein unsteter, flackernder Blick mustert aufmerksam das andere Ufer des Flusses. Trotz der einsetzenden Dämmerung hat er von hier oben einen ausgezeichneten Blick über die Mosel ins gegenüberliegende Minheim. Fast senkrecht stürzt das Gelände vor ihm ab, die steilen Weinberge sind nur vom Wasser her mit einem Boot zu erreichen.

Drüben auf der Wiese sind etliche Wohnmobile geparkt, und auch heute, am zweiten Tag, vergnügen sich die Insassen beim traditionellen Weinfest im Zelt. Bestimmt mit dreißig oder mehr Mobilen sind sie gestern abend regelrecht in das schmucke Moseldörfchen eingefallen, in Scharen haben sie zusammen gesessen und kräftig gefeiert.

Er selbst durfte ausnahmsweise auch ins Zelt, eifrig spülte er hinter der Theke die benutzten Gläser. Er schuftete wie ein Berserker, leerte die Ascher und schleppte die schweren Weinkisten heran. Wie jedes Jahr nutzte ihn der schmierige, ausgekochte Wirt gnadenlos aus, ihn, den Dorfdepp aus Minheim.

Als die fremden Gäste vom Wohnmobilstellplatz das Zelt betreten hatten, waren sie sofort auf ihn aufmerksam geworden. Für die meist betrunkenen Männer war er eine willkommene Beute gewesen. Die Reste aus ihren Gläsern schütteten sie zu einem üblen Gesöff zusammen, es wurde ihm mit brüllendem Gejohle einverleibt. Einige der aufgekratzten, enthemmten Frauen kritzelten mit Lippenstift allerlei obszönen Kram auf ihre Gläser. Beim Abwasch hatte er seine liebe Mühe mit dem Geschmiere, je mehr er blankpolierte, desto lauter kreischten die blöden Weiber.

Ein Pärchen aus der Gruppe hatte ihn besonders vorgeführt. Die aufreizende, rothaarige Frau lockte ihn verführerisch mit wiegendem Körper zur Tanzfläche. Als er ihr unbeholfen und mit hochrotem Kopf nachstapfte, stellte ihm ihr Begleiter ein Bein. Unter grölendem Gelächter schlug er der Länge nach auf den dreckigen Holzboden.

Als die beiden am frühen Morgen das Zelt verließen, schlich er ihnen klammheimlich nach. Er merkte sich genau die Autonummer und den Standort ihres Wohnmobils. Heute würde er sie furchtbar bestrafen für die gestrige Schmach, denn oben im Weinberg stand sein todbringendes Werkzeug. Der Gedanke an den eigenen, teuflischen Plan ließ einen Schauder durch seinen Körper fahren.

* * *

Meine Frau und ich haben uns einen Traum erfüllt – unser eigenes, neues Wohnmobil steht vor der Tür. Vorige Woche gekauft, da ist es doch klar, daß wir ungeduldig der ersten Ausfahrt entgegenfiebern. Zur Mosel ist es von der

Eifel nicht weit, ein paar Sachen sind schnell eingepackt. Ein bißchen aufgeregt sind wir schon, spät dran auch. Hoffentlich kriegen wir in Minheim noch einen Stellplatz, denn am dritten Septemberwochenende ist dort jedes Jahr Weinfest. Nach knapp zwei Stunden Fahrt sind wir vor Ort und finden noch ein tolles Plätzchen für die Nacht. Wir verlassen schnell unser mobiles Heim und stürzen ins Getümmel.

* * *

Die in Stein gehauenen und nach oben führenden Stufen sind schmal und ausgetreten, sorgfältig achtet der Mann auf seine Schritte. Er taucht aus dem Schatten der Rebstöcke und wuchtet sich hinauf zu dem kleinen Plateau. Dort steht noch eine alte Seilwinde, sie ist mit Metallstützen fest im Felsboden verankert. Früher haben die Winzer mit diesen Ungetümen ihre Gerätschaften hinaufgezogen. Ihm kann es nur recht sein, daß das alte Schätzchen noch funktioniert. Seine kräftige Hand umklammert fest den Griff der Kurbel. Er legt den Feststellhebel zurück und läßt das Stahlseil über den Felsvorsprung nach unten sausen, krachend landet der schwere Eisenhaken auf den Planken der Bootsanlegestelle. Manchmal hält er abrupt inne und lauscht hinüber zum anderen Ufer. Dort kehrt zunehmend Ruhe ein, nur hier und da ist noch Licht in den Fahrzeugen. Die Seiltrommel rotiert immer schneller, bis sie leergespult ruckartig stehen bleibt. Er legt das Seilende sicherheitshalber noch einmal um eine Eisenstrebe und hangelt sich nach unten.

An der Anlegestelle liegen ein paar alte Holzkähne vertäut im Wasser. Er wählt den erstbesten aus und zieht das Seilgewirr in das Boot. Sorgfältig legt er sich das Stahlseil kreisförmig zurecht. Hastig trennt er die dünne Kette, die den Kahn ans Ufer fesselt. Ein paar Ruderschläge bringen ihn zügig voran. Wie eine gefährliche Schlange gleitet das Seil geräuschlos Meter für Meter vom Bootsboden her ins Wasser.

* * *

Kapitän van Haaren ist für den heutigen Tag restlos bedient. Am Morgen hatte er die Verspätung in Koblenz hinnehmen müssen, volle drei Stunden wegen einer Reparatur der Ölpumpe. Die Höhe der Rechnungssumme trägt auch nicht gerade zu seiner guten Laune bei. Mittlerweile steht er über dreizehn Stunden am Ruderstand seines Schiffes. Er darf jetzt nicht die Konzentration verlieren, den über hundert Meter langen Kohlefrachter die Mosel hinauf zu schippern. Hinter der engen Fahrrinne bei Minheim würde er anlegen, per Funk hatte er sich schon angemeldet. An den Ufern des Flusses gleiten idyllische Dörfer vorbei, jetzt im Herbst finden überall die beliebten Weinfeste statt. Er kann die Menschen in den beleuchteten Zelten und davor sitzen sehen. Manche prosten ihm mit ihren Gläsern winkend und ausgelassen zu, müde lächelnd winkt er manchmal zurück. Wie gerne würde er mit ihnen tauschen und mitfeiern. Er läßt sich jedoch nicht ablenken, ständig behält er die Anzeige der Navigation im Auge. Gerade jetzt in der Dunkelheit ist er voll auf die Technik angewiesen. Von seinem Steuerstand am Heck des Schiffes sieht er nur die vorderen Positionslichter am Mast. Der tiefliegende, massige Schiffskörper pflügt unsichtbar durch das tiefschwarze Wasser.

* * *

Im Festzelt ist gleich Feierabend, die Musiker packen ihren Kram zusammen. Hier und da sitzen noch kleine Grüppchen an ein paar Tischen. Puh, eigentlich haben wir auch genug von dem sauren Rieslingwein getrunken, trotzdem kaufen wir unvernünftigerweise noch ein Fläschchen für den Nachhauseweg. Leise lachend nähern wir uns dem Stellplatz. Trotz der Vorbehalte meiner Frau entkorke ich die Pulle im Wohnmobil, wir wollen unseren ersten Abend noch mit einem letzten Schluck bei Kerzenschein ausklingen lassen.

Draußen auf dem Platz ist alles ruhig. Ich lasse meinen Blick noch einmal über die Mosel schweifen – stutze, eh, das gibt es doch nicht. Plötzlich taucht aus dem Dunkel mitten auf dem Fluß ein Kahn auf. Mensch, träume ich, kommt jetzt Bacchus oder der Klabautermann? Ja, von wegen, tatsächlich rudert da jemand genau auf uns zu. Was soll das denn werden?

Der Mann gibt sich alle Mühe, so geräuschlos wie möglich zu sein. Kurz vor Erreichen der Uferböschung stochert er haltsuchend mit dem Ruderblatt im seichten Wasser. Er schaut sich um, und springt mit einem Satz aus dem schwankenden Kahn. In der linken Hand hält er ein Seil, an dessen Ende ein Haken baumelt. Der Mann schaut direkt zu mir herüber, offensichtlich kann er mich jedoch im Dunkeln nicht ausmachen. In seinen Augen fiebert etwas Unheimliches, Bedrohliches. Vorsichtig schleicht er sich tief duckend zu einem der Wohnmobile und kriecht darunter. Verdammt, was macht der Kerl denn da? So langsam wird es mir mulmig, angespannt spähe ich nach draußen.

Die Gestalt ist plötzlich wie vom Erdboden verschwunden. Mensch, habe ich schon Halluzinationen? Wir hätten unserer Vernunft folgen und die letzte Flasche doch nicht mehr trinken sollen. Doch plötzlich sehe ich den Kerl wieder, er bewegt sich hastig zurück zum Boot. Mit einem Ruck schiebt er den Kahn ins Wasser und steigt hinein. Die Dunkelheit verschluckt augenblicklich den geheimnisvollen Besucher, das unregelmäßige Eintauchen der Ruder ist noch eine Weile zu hören.

* * *

Schwer atmend bindet der Mann das Boot an der Anlegestelle fest. Hoffentlich hat ihn drüben niemand bemerkt. Seine Erregung wird immer stärker, die Handflächen brennen von den rauhen Griffen der Ruder. Niemand kann ihn jetzt mehr aufhalten. Mit eiligen Schritten stolpert er die Stufen zur

Seilwinde hinauf. Er legt den Feststellhebel nach vorn und beginnt die Kurbel zu drehen. Immer schneller werdend, stößt er bei jeder Umdrehung einen schaurigen, stöhnenden Laut aus, aus seinem offenen Mund sabbert Speichel, er merkt es nicht. Das zur Fratze erstarrte Gesicht stiert gierig auf das sich langsam straffende Seil. Mehr und mehr hebt es sich aus dem Wasser.
Bald liegt Minheim hinter mir, denkt Kapitän van Haaren, dann ist endlich Schluß für heute. Er konzentriert er sich noch einmal auf die Instrumente, als ihn ein hartes, knirschendes Geräusch am Bug des Schiffes zusammenfahren läßt. Was um Himmels Willen ist das, die Pumpe wird doch nicht schon wieder kaputt gehen – ungläubig sieht er nach vorn zu den Positionslampen am Mast. Der Reihe nach zerbersten explosionsartig die Glaskörper, Splitter fliegen umher. Wie von einer unsichtbaren Sense werden sie regelrecht geköpft, ein Funkenregen sprüht über das Deck. Van Haaren erkennt geschockt den Grund des Spuks, ein quer über die Mosel gespanntes Stahlseil reißt die gesamte Signalanlage seines Schiffes in Stücke.

* * *

Das letzte Fläschchen ist nicht ganz leer geworden, zu sehr hatte uns der Gedanke an den nächtlichen Besucher auf dem Platz beunruhigt. Wir haben auch das herannahende Schiff gehört, das sägende, kreischende Geräusch ließ uns total erschreckt hochfahren. Wir stürzen aus dem Fahrzeug und sehen gerade noch, wie die vorderen Lampen des Schiffes allesamt zu Bruch gehen. Der Bugmast knickt wie von Geisterhand nach hinten. Alle Scheinwerfer an Deck flammen auf, tauchen den Fluß in gleißendes Licht. Ich traue meinen Augen nicht, plötzlich wird mit einem harten Ruck das neben uns stehende Wohnmobil mit blockierenden Rädern mitgeschleift. Unglaublich, ein Stahlseil ist an der Hinterachse befestigt und hat sich im Deckaufbau des Schiffes verfangen, unaufhaltsam wird das Fahrzeug in die Mosel gezogen. Erste Hilfeschreie gellen durch die Nacht.

* * *

Mittlerweile haben die beiden Insassen des Wohnmobils die Wagentür aufgerissen und sind in Panik herausgesprungen. Die rothaarige Frau ist vollkommmen fassungslos und heult, pure Todesangst ist ihrem Begleiter ins Gesicht geschrieben. Wenige Sekunden später wird ihr Gefährt über die Uferböschung in den Fluß gezerrt. Beim Aufprall ins Wasser reißt es den hölzernen Wohnaufbau mit lautem Getöse entzwei. Die Lichtkegel finden die Stelle, an der das andere Ende des Seils im Weinberg verschwindet. Plötzlich taucht die verzerrte Grimasse eines Mannes ins grelle Licht, er gestikuliert wild mit den Armen. Sein Hemd ist blutbesudelt, der Oberkörper ist unnatürlich nach hinten verdreht. Ein gräßliches Gurgeln kommt aus seinem Mund, das Stahlseil hat ihn eingeklemmt. Der Kapitän bemüht sich unterdessen verzweifelt, sein Schiff endlich zu stoppen. Die schweren Schiffsdiesel laufen mit voller Kraft zurück, wild schäumt und brodelt das gepeitschte Wasser. Die Scheinwerfer beleuchten immer noch den Wahnsinnigen an der Seilwinde. Plötzlich reißt das gesamte Fundament aus der Verankerung, polternd stürzt die Apparatur mit dem darin verhedderten Mann in die Tiefe. Das Schiff zieht auch ihn über den Anlegesteg hinweg hinaus in den Fluß. Seine Hand hält immer noch den abgerissenen Griff der Kurbel. Ein letzter, spitzer Schrei übertönt die dröhnenden Maschinen. Kurz ragt noch ein blutiger Arm aus dem Wasser, dann verschluckt ihn der schwarze Bauch des Schiffes.

* * *

Von nun an wird sich jede Nacht die ruhelose Seele des alten Kahns bemächtigen. Sie wird ihn unablässig gegen die als Schwimmer dienenden leeren Ölfässer der Anlegestelle treiben. Das monotone, dumpfe Schlagen wird schaurig über die Mosel schallen, einer rufenden Totenglocke gleich ...

Das versunkene Schloß

Viktor Baur

Von der Eifel wildzackigem Felsgestein
– Umbraust von entfesselten Stürmen –
Ragt' ein Schloß in die Wolken hinein
Mit herrlichen Toren und Türmen.

Der Burgherr war mild und sein Sinn war gut,
Doch die Gräfin kannt' kein Erbarmen,
Verhöhnte Gott in frevelndem Mut,
Ließ darben und dursten die Armen.

Einst ritt der Schloßherr zum dunklen Forste,
Den flüchtigen Hirsch zu erjagen,
Laut krächzend flogen die Raben zum Horst,
Erschreckt von des Rossehufs Schlagen.

Bald merkte der Graf, daß sein Handschuh ihm fehlt,
Drum sandt' er den Knappen zum Schlosse –
Doch schnell kam der Knappe, bleich, halb entseelt,
Zurück auf keuchendem Rosse:

»Herr Graf, Herr Graf, Euer Schloß steht nicht mehr,
Ich hab einen See nur gefunden,
Wild wälzen sich wirbelnde Wasser daher,
Und das Schloß, das Schloß ist verschwunden!« –

Den Grafen packt ein Entsetzen schier:
»Was sprichst Du für Mären, Geselle?
Es ist nicht möglich – so wenig wie hier
Mein Rappe jetzt scharrt eine Quelle!« –

Doch siehe, es regt und reckt sich das Pferd
Und scharrt und stampft mit den Füßen,
Der Graf sieht staunend aus steiniger Erd
Eine sprudelnde Quelle ersprießen.

Und rastlos ritt er durch Ried und Rohr,
So schnell wie des Sturmwindes Sausen;
Schon deutlich drang von fern an sein Ohr
Des Wassers unheimliches Brausen.

Und ein schauriger See, tiefdunkel und weit,
Lag dort, wo die Felsburg einst ragte,
Rings nackte Wüste und Einsamkeit,
Die Blühen und Leben versagte.

Ein Schauer den Körper des Grafen durchlief,
Er stand da mit bleichem Gesichte,
Und raffte sich auf und beugte sich tief
Vor dem furchtbaren Gottesgerichte. –

Doch Wunder! Am Ufer des See's in dem Sand
Sah der Schloßherr, freudig erschrocken,
Ein Bettlein, worin er sein Knäblein fand,
Süß schlafend in goldenen Locken.

Er hob es empor und küßt's auf den Mund
Und drückt's an die wärmenden Glieder,
Er ritt mit ihm fort zur selbigen Stund
Und nimmermehr sah man ihn wieder.

Die Hexe

Klaus-Peter Walter

Onimiszewski war ein Dämon, Dr. Wilhelm Heinrich Völker eine Art Gelehrter. Und eine Art Künstler. Ein bißchen Paläontologe und ein bißchen Maler. Und obendrein ein Jägermeister. Von allem etwas. Eigentlich war Dr. Völker natürlich ein Ingenieur, der im Nebenfach Paläobiologie studiert hatte und der Stadt Mainz als kommunaler Wasserbaudirektor diente. Außerdem war er Witwer. Als seine Frau gestorben war, hatte er irgendwie vergessen, wieder zu heiraten. Erst mußte er dienstlich dringend hierhin und dorthin verreisen, dann bekam er einen Lehrauftrag an der Universität und dann mußte er ein Buch über das preußische Wasserbau-Recht im Wandel der Zeiten schreiben. Immer gingen seine Schwimmbäder, Kanalisationen und Uferbefestigungen vor, und irgendwann hatte er sich an das Alleinsein so gewöhnt, daß er sich gar nichts mehr anderes vorstellen konnte. Als er irgendwann seiner Arbeit überdrüssig geworden war, ließ er sich pensionieren und zog in das düstere Haus seiner Großeltern in Nusger in der Eifel. Dort hatte ihm, als er noch ein Kind war, die Großmutter immer von geheimnisvollen Eisenmännchen und Baumfrauen erzählt. Jetzt las er in muffig riechenden alten Büchern mit Goldschnitt und geprägten Rücken Sagen und Märchen, in denen Nixen und Nöcks, Faune und Minotauren, Drachen und Klabautermänner vorkamen. Die malte er dann, oder er schuf aus Ton Figuren von ihnen, so wie er es schon als Student getan hatte. Außerdem schrieb er alle möglichen Bücher, die ein befreundeter Verleger aus dem Pfälzischen veröffentlichte.

Sein Arbeitszimmer war ein unheimlicher Raum. Daran waren unter anderem die Möbel aus schwarz gebeizter Eiche schuld. Der Raum hatte zwei Fenster, eines in der Mitte der Wand gegenüber der Tür und eines an der rechten Seitenwand. Rechts hinter der Tür hing eine Reliefmaske von Ahasver, dem ewigen Juden. Wer den Raum betrat, dem blickte Ahasver verstört und verstörend hinterdrein. Mitten im Raum stand ein riesiger Eßtisch mit zwei riesigen Kerzenleuchtern aus Ton. Die Füße bestanden aus ineinander verschlungenen Atlantiden. Zwischen den Leuchtern lagen Berge von Büchern und der versteinerte Panzer einer längst ausgestorbenen Schildkröte, über die Dr. Völker einst nebenbei eine Doktorarbeit geschrieben hatte. Über dem Tisch hing ein Lüsterweibchen. Das waren zwei ineinander verschränkte Hirschgeweihe, die in einer weiblichen Figur zusammenliefen, deren Arme die Geweihe bildeten. An den Enden der Geweihe waren Glühbirnen befestigt.

In der Ecke hinten rechts, gleich neben dem Fenster, stand Dr. Völkers Schreibtisch. Auf dem Schreibtisch standen ein echter Totenschädel und einer aus Ton, das exakte, wenn auch verkleinerte Abbild des echten. Mit dem Unterschied, daß auf dem tönernen ein kleiner bocksfüßiger Faun saß und Panflöte spielte. Hinter der Tür bollerte ein Kanonenofen, und an der Wand links von der Tür tickte eine Standuhr ihr unheimliches, drohendes Ticken. Rechts von der Tür stand ein Sofa, auf dem Dr. Völker zu ruhen pflegte, wenn er müde war, und unter dem Fenster ein kleiner Tisch, auf dem noch mehr Bücher lagen. Zwei Bücherschränke, einer neben der Standuhr und einer neben dem Fenster am Schreibtisch, verdunkelten den Raum noch mehr. Außerdem befand sich ein Gewehrhalter mit mehreren Büchsen darin, und auf dem Boden lagen die Felle riesiger Wildschweine. Wo noch Platz an den Wänden war, hingen Gehörne oder Bilder. Über dem Schreibtisch hing das schönste Gemälde, das von Dr. Völkers verstorbenem besten Freund stammte, dem Engländer Elgar. Es zeigte Elgars Frau. Ganz nackt saß sie, offenbar schlafend, in einem mit einem Tuch verhangenen Sessel, um den Schoß ein Leopardenfell drapiert. Dr. Völker träumte oft von Frau Elgar, die er noch persönlich gekannt hatte und die ebenfalls schon lange tot war. Beim Träumen rauchte er eine Pfeife, deren Kopf in Form eines Stierkopfes er selbst geschnitzt hatte. Ein verzauberter Duft legte sich dann über das Zimmer, und die Träume schienen lebendig zu werden, wie damals.

Neben dem Ofen stand, etwa einen Meter hoch, der »Hüter des Hauses«. Das war eine Schöpfung von Dr. Völker: ein nackter Hüne aus Ton mit winzigem Kopf, riesigen Muskeln und grimmem Blick. Er stützte sich auf ein Breitschwert mit den Worten »Hüte dich!« auf der Klinge. Der »Hüter des Hauses« bestand aus zwei Teilen – anders hätte man ihn nicht brennen können. Man konnte den Oberkörper vom Unterleib trennen, innen war die Figur hohl, und hinten hatte sie ein riesigen Loch – ebenfalls eine brenntechnische Notwendigkeit. Solchermaßen war »Der Hüter des Hauses« die ideale Behausung für Onimiszewski.

Onimiszewski war ein Zimmerdämon und irgendwann unbemerkt mit einer alten Petroleumlampe ins Haus gekommen, die Dr. Völker in einem Kuriositätenladen erworben hatte. Seit der Römerzeit hat fast jedes Haus in der Eifel einen Zimmerdämon, so wie es auch Silberfischchen oder Hausstaubmilben darin gibt. Sie sind da, niemand bemerkt sie, und meistens stören sie auch kaum.

Wäre Onimiszewski nicht unsichtbar gewesen, hätte man sehen können, daß er so nackt war wie Frau Elgar auf dem Bild. Immer. Er war am ganzen Körper behaart, doch war die Behaarung nicht so dicht, daß sie die Bleichheit der Haut verborgen hätte. Weil sich Zimmerdämonen nicht draußen aufhalten, sind sie zeitlebens weiß wie eine Wand. Wären Menschenfrauen seiner ansichtig geworden, hätten sie vielleicht auf das große Geschlechtsteil gestarrt, das ihm fast bis zu den Knien hing. Dämonen leben allein, denn Dämoninnen gibt es nicht, und vielleicht sind sie deshalb so geil, denken an nichts anderes als an Selbstbefriedigung oder hecken obszöne Scherze aus. Zum Beispiel liebte Onimiszewski es, am Lüsterweibchen zu schwinghangeln und mit seinem langen Glied zu spielen, wenn die Putzfrau zum Saubermachen kam. Sie konnte es ja nicht sehen. Weil in Dr. Völkers Haus keine Kruzifixe herumhingen, die einem wie ihm das Leben schwer machen, fühlte Onimiszewski sich kannibalisch wohl, obwohl es sonst ziemlich langweilig war.

Aber die komischen Bilder, Bücher, Statuen und Büsten machten das wieder wett.

Daß Angelika eine Hexe war, merkte Onimiszewski sofort, als sie zum ersten Mal ins Arbeitszimmer kam und sich zum Teetrinken an den Eßtisch setzte. Onimiszewski hatte sich gerade auf dem Lüsterweibchen niedergelassen und die schönste Erektion der gerade zu Ende gehenden Woche hervorgebracht, als ihm bewußt wurde, daß Angelika ihn sehen konnte. Das war ihm fast ein wenig peinlich, und er kehrte ihr sein haariges Hinterteil zu und machte nur mit der Hand obszöne Gesten in ihre Richtung. Wie alle Hexen hasste Angelika Dämonen, und sie hätte Onimiszewski gerne einen saftigen Bannstrahl zwischen die Augen geflucht, doch sie durfte einem Normalsterblichen wie Dr. Völker nicht offenbaren, daß sie eine Hexe war. So befahl es das Hexengesetz. Also schwieg sie und warf vernichtende Blicke zum Lüsterweibchen empor. Dr. Völker, der sich gleich in sie verliebt hatte, dachte, sie bewundere das Lüsterweibchen, und begann, sein Werk zu erklären, von dem sie kaum den Blick zu wenden vermochte.

Angelika gefiel es trotz Onimiszewskis Anwesenheit bei Dr. Völker, und nach ein paar Besuchen zog sie bei ihm ein. Er freute sich, weil eine so junge Frau bei ihm wohnte, die noch dazu so gut kochen konnte. Zwar durfte er nicht mehr in die Küche, wenn sie darin zugangen war, doch die Ergebnisse waren wunderbar.

»Was hast Du heute wieder Gutes gezaubert?« fragte Dr. Völker, wenn Angelika ihren Küchenwagen voller Töpfe, Terrinen und Tiegel ins Zimmer rollte (die Küche und das Esszimmer lagen ein wenig ungünstig weit auseinander). Angelika sagte nichts. Sie lächelte nur verschmitzt. Dr. Völker, der immer dicker wurde, war nicht nur von ihrer Kochkunst hingerissen, sondern auch von ihrem schlanken Körper mit den üppigen Brüsten. Oft malte er sie so nackt, wie Elgar seine Frau gemalt hatte. Oder fertigte eine Tonplastik von ihr an. Angelika freute sich, daß jemand sie so begehrenswert fand, obwohl sie schon dreihundert Jahre alt war. Wenn sie ihm Modell stand, versuchte Onimiszewski sie immer zu ärgern. Er begab sich in ihre Nähe, schwenkte sein riesiges Glied, zog die Vorhaut zurück und ließ die pralle Eichel leuchten. Oder ließ übelriechende Winde streichen oder pinkelte ihr mit seiner stinkenden Dämonenpisse ans Bein, was nur er selber und Angelika sehen und riechen konnten. Angelika durfte sich nicht rühren, ärgerte sich aber. Wenn Hexen sich ärgern, ohne etwas tun zu können, schwitzen sie starke Schwefeldünste aus.

Dieser Körpergeruch fiel Dr. Völker zunächst nicht auf. Als er ihn dann doch bemerkte, begann er Angelika stark duftende Seifen, Duschgels und Parfüms zu schenken. Dazwischen kaufte er auch Blumensträuße oder Schmuck, damit es nicht so auffiel. Aus Liebe benutzte Angelika die Seifen, Duschgels und Parfüms, und Dr. Völker schien zufrieden. Bis sie ihm wieder Modell stand, Onimiszewski sie ärgerte und sie wieder schweflisch zu müffeln begann.

Angelika hatte – wie alle Hexen – einen unheilvollen Einfluß auf Pflanzen. Dr. Völkers Kakteen, die er wegen ihrer Anspruchslosigkeit ebenso schätzte wie wegen ihrer Formenvielfalt, gingen reihenweise ein, wenn sie sie nur ansah. Ein Blick genügte, und sie begannen zu kümmern, schrumpelten, und nach ein paar Tagen lag nur noch ein stacheliger grüner Balg in der sandgefüllten Scherbe. Dr. Völker stand vor einem Rätsel, aber er ahnte wohl vage, daß Angelika damit zu haben könnte. Dunkle Ahnungen aber lassen die Liebe schneller altern, und die Liebenden werden einander gleichgültig. Dr. Völker begann, Angelika nur noch bekleidet zu malen und ging wieder öfter zur Jagd. Angelika und Onimiszewski blieben allein in der Wohnung. Sie haßten sich wie Hund und Katz, und Angelika fluchte mehr als einmal böse byzantinische Bannflüche auf ihn ab. Als dabei das Lüsterweibchen zu Bruch ging, kam es zu einem häßlichen Streit mit dem Hausherrn. Angelika, die außer sich vor Wut war, vergaß ihre Zurückhaltung und schob die Schuld auf »... diesen, diesen Kerl hinter der Tür.«

Dr. Völker glaubte, sie meine den »Hüter des Hauses« und dachte, jetzt wäre sie total verrückt geworden. Darum malte er sie gar nicht mehr und schlief auch nicht mehr mit ihr. Einmal, als er beobachtete, wie ihre Augen den unsichtbaren Onimiszewski verfolgten, der sie unausgesetzt pärzte und ärgerte, wagte er doch einmal zu fragen.

»Willst Du nicht einmal zu meinem Freund Dr. Brettschneider in Weiterscheid?«

Dr. Brettschneider war Nervenarzt. Das wußte Angelika, und deshalb wollte sie nicht dorthin.

In der Folge kam es fast täglich zu häßlichen Auftritten und Streitereien, nur weil Angelika nicht die Wahrheit über sich sagen durfte. Irgendwann meinte Dr. Völker dann, nun sei es wohl genug, und holte ihren Koffer vom Dachboden. An sich war er ein freundlicher Mann. Nicht umsonst hatte er ein Porträt von sich gemalt, das er »Selbstporträt mit Jägerhut« nannte. Es zeigte ihn, wie er gerade an seinen Hut greift, als wolle er ihn abnehmen, um den Betrachter des Bildes höflich zu grüßen. Angelika hätte nie damit gerechnet, ausgerechnet von ihm und noch dazu so bald hinaus geworfen zu werden.

Nachdem sie sich wieder in die Einsamkeit ihres Hexenhauses zurückgezogen hatte, saß Dr. Völker oft traurig am Schreibtisch und träumte wieder von Frau Elgar. Er saß so oft unter dem Bild und träumte so traurig, daß Onimiszewskis Dämonenherz gerührt war, doch Onimiszewski konnte ihm nicht helfen. Er ließ nur drei Tage lang alle unanständigen Späße sein.

Wie alle Hexen war Angelika eine rachsüchtige Person. Als erstes verfluchte sie Dr. Völkers Stierkopf-Pfeife. Immer, wenn er sie von nun an rauchen würde und dabei einen Brief schrieb, würde der Adressat sterben. Sie wollte Wilhelm Heinrich so richtig weh tun. Oder ihn ruinieren. Oder am besten beides. Das Ritual nahm zwei volle Tage und Nächte in Anspruch, man brauchte dazu einen Zaubertrank mit komplizierter Rezeptur und seltenen Ingredienzien wie Fledermausflügeln. Als es vollbracht war, fühlte sie ihren Rachedurst schwinden und vergaß die Sache zunächst einmal. Sie reiste zu ihren Hexenkollegen,

besprach mit ihnen neue Hexenrezepte und Zaubersprüche, ritt mit ihnen nackt auf dem Besen durch die Lüfte, spielte »Incubus, Succubus«, das Lieblingsspiel aller Hexen, und dachte an alles mögliche, nur nicht mehr an ihre Rache.

Um seine Trauer zu vergessen, schrieb Dr. Völker ein neues Buch. Nachdem er das Manuskript mit einem herzlichen Begleitschreiben seinem Verleger geschickt hatte, starb dieser überraschend, denn der Fluch funktionierte. Der Verlag wurde verkauft und Dr. Völker mußte sich einen neuen suchen. Er steckte sich einige kleine, praktische Reisepfeifen ein, fuhr mit der Eisenbahn nach Frankfurt und kehrte mit einem neuen Vertrag in der Tasche nach Hause zurück.

In der Weihnachtszeit wurde er immer ein wenig sentimental, und er begann sich nach Angelika zu sehnen, deren leidenschaftliche Umarmungen ihn – sehr zum Wohlgefallen des begeistert zuschauenden Onimiszewskis übrigens – noch einmal die Lust und die Kraft seiner Jünglingsjahre hatten spüren lassen. Er besaß kein Telefon, also setzte er sich an den Schreibtisch, blickte dem Totenkopf entschlossen ins leere Auge, zündete sich seine geliebte Stierkopfpfeife an, nahm sich ein Blatt Papier und begann zu schreiben. Er fand schöne, zärtliche Worte. Sie würden Angelika überzeugen.

»Wenn Du dich auch so alleine fühlst,« schloß er, »dann komm doch über die Weihnachtsfeiertage zu mir. Ich habe noch eine Rehkeule in der Gefriertruhe, die wollen wir essen. Ich würde mich freuen, wenn Du Zeit hättest. Schreib, ob ich dich vom Bahnhof abholen soll. Viele Grüße, Dein tief bekümmerter Wilhelm Heinrich.«

Auf den Umschlag schrieb er vorsichtshalber keinen Absender. Vielleicht würde sie den Brief sonst gleich wegwerfen oder zurückschicken. Sie sollte ihn erst einmal lesen. Vielleicht würde sie ja doch kommen.

Angelika holte den Brief schon am nächsten Tag aus dem Briefkasten. Sie hatte noch nie einen Brief von Dr. Völker bekommen und wußte nicht, daß er Anschriften mit akkuraten Druckbuchstaben schrieb. So erkannte sie seine Schrift nicht. Als sie ihn mit dem langen, messerscharfen Nagel des kleinen Fingers der linken Hand aufschlitzte, nahm sie, noch bevor sie den Briefbogen aus dem Couvert nahm, gleich einen wohlvertrauten Geruch wahr. Es war der Geruch, den die Stierkopf-Pfeife immer verströmt hatte. Sie las den Brief und freute sich sogar im ersten Moment. Dann aber wurde ihr mit einem Mal klar, daß sie die zwei Tage, die sie gebraucht hätte, um ihr Leben durch eine komplizierte Prozedur zu retten, nicht mehr haben würde. Ihr wurde heiß und kalt gleichzeitig, denn sie begann zu sterben. Kurz bevor ihr Bewußtsein verlosch und jene große Schwärze sich ausbreitete, die jeden von uns früher oder später umfangen wird, sah sie noch einmal Wilhelm Heinrich vor sich, wie er einsam, den Kopf in die Hand gestützt, an seinem Schreibtisch saß und seine Träume zu Frau Elgar hinaufschickte, und Onimiszewski, wie er sich auf dem echten Totenkopf lümmelte und sich dabei vor lauter Langeweile seinen prall geschwollenen Bocksbeutel kratzte.

Der Klausener von der Kanzellay

Carola Freiin von Eynatten

Es ist eine bekannte Sache, daß dem Herrn Beelzebub niemand so unangenehm ist, als die guten Menschen, die getreu ihre Pflichten erfüllen und sich bemühen, so zu leben, wie es der liebe Gott gern hat. In ihrer Gesellschaft leidet er stets an Beklemmungen; aber er darf sie trotzdem nicht meiden, da ihm nun einmal die traurige Aufgabe zugefallen ist, die Guten auf die Bahn des Bösen zu locken und die Schlimmen von jeder Umkehr abzuhalten. Er war deswegen auch nichts weniger als erfreut über das Wirken des frommen Engelbert, der sich einst – es sind mehr denn tausend Jahre seither vergangen – in der Eifel, und zwar in der Nähe von Niedeggen, niederließ, um seine Zeit und seine Kräfte der Heiligung der Umwohner zu widmen.

Im Anfange nahm Herr Beelzebub den Mitbewerber übrigens gar nicht ernst und schmunzelnd sagte er zu sich:

»Ein guter Stern war es nicht, der euch in diese Gegend geführt hat, liebwertester Herr Engelbert; denn, bei meiner Ehre! hier nehmt ihr mit eurem Bekehrungsgeschäfte ein klägliches Ende. Ich bin euch zuvorgekommen, und daß ich die Hände in den Schoß gelegt hätte, darf mir selbst mein ärgster Feind nicht nachsagen.«

Der gute Klausner fand es auch wirklich schwer, das Ohr des Volkes zu gewinnen, und wenn er am Morgen auf den in der Nähe seiner Hütte gelegenen Felsen stieg, der seither ihm zu Ehren »Die Kanzellay« genannt wird, da sah er oft keine lebende Seele im ganzen weiten Umkreise und konnte den Vögelein und Bäumen predigen. Das schreckte ihn jedoch nicht ab; er kannte nämlich die Menschen sehr genau, und so dachte er: »Bringt sie nicht die Sorge für ihr ewiges Heil, so bringt sie doch die Neugierde herbei. Meinen Narren erst einmal einen Narren entdeckt zu haben, so können sie dem Verlangen nicht widerstehen, ihn zu sehen und sich auf seine Kosten lustig zu machen.«

Des Einsiedlers Erwartungen wurden übrigens nicht getäuscht. Allmählich fanden sich einzelne Zuhörer ein, den Mann zu sehen und zu hören, von dem man so viel Abenteuerliches zu berichten wußte; dann strömten sie in hellen Haufen herbei, und bald mußte sich Beelzebub die betrübende Thatsache gestehen, daß die Leute den Klausner nicht nur anhörten, sondern ihm auch Glauben schenkten und seinen Worten gehorchten. Wer hätte den einfältig und schlicht aussehenden Mann für so schlau gehalten; wer hätte gedacht, er würde den geistlichen Ermahnungen noch praktische Ratschläge beigeben und so sich in das Vertrauen des Volkes schleichen, welches ihm manche Erleichterung zu danken hatte und sich darum immer williger von ihm leiten ließ; denn verstand er das eine so gut, warum sollte er das andere weniger verstehen?

Armer Beelzebub, die Lage wurde immer ungemütlicher; jeder Tag schlug ihm neue Wunden: jeder Tag raubte ihm ein Böcklein, um es in ein Schäfchen von Engelberts Herde zu verwandeln! – Doch dem höllischen Herrn fehlte es ebensowenig an Geduld und Ausdauer wie dem Gottesmann. So unbehaglich er sich auch fühlte, er harrte standhaft aus; es mußte sich ja einmal eine Gelegenheit bieten, den Gegner zu überlisten.

Da geschah es, daß Bruder Engelbert in eine Krankheit verfiel und sich eines Morgens unfähig fühlte, seines Predigeramtes zu walten; fieberglühend lag er auf seinem armseligen Lager, während die Getreuen am Fuße der Kanzellay seiner harrten.

Dem Teufel kam dieses lange Ausbleiben auffällig vor, und sachte schlich er zur Einsiedelei, durch einen Spalt in dem Balkengefüge in das Innere spähend, wo er den Frommen auf seinem Laubbette in Fieberträumen liegen sah.

»Jetzt ist die Gelegenheit da und ich fasse sie beim Schopfe!« triumphierte Beelzebub. Der hat für Tage, wenn nicht für Wochen genug und kann mir sobald nicht wieder ins Handwerk pfuschen!«

Im Nu hatte der böse Geist die Gestalt des Klausners angenommen, in welcher er alsbald auf der Höhe der Kanzellay erschien, um die Harrenden mit einer erbaulichen Rede zu beglücken. Durch lange Beobachtung war er mit der Art und Weise des Klausners zu vertraut geworden, als daß ihm die Durchführung seiner Rolle große Schwierigkeiten bereitet hätte, und geschickt verstand er, mit harmlos klingenden Worten in den Herzen seiner Zuhörer die wildesten Begierden zu entzünden.

Inzwischen aber gingen in der Einsiedelei seltsame Dinge vor. Dem Kranken war es plötzlich, als ob ihm eine sanfte kühle Hand über Gesicht und Kopf gestrichen hätte; er schlug die Augen auf und fühlte sich zu seinem freudigen Erstaunen vollkommen gesund, und kräftiger denn je, so daß er sich ohne jegliche Beschwerde erheben konnte.

»Ich danke dir innig für diese rasche Genesung, lieber Vater im Himmel!« rief er mit gefalteten Händen.

In diesem Augenblicke aber fielen ihm seine Freunde ein, und das begonnene Gebet rasch abbrechend, nahm er sein Kruzifix von der Wand und verließ seine Behausung. Aber welch' eine Überraschung wartete seiner draußen! – Er hörte das Volk laut jubeln und gewahrte droben am Felsen, auf seiner Kanzel einen Mann, der an seiner statt die Predigt hielt! – Eine angenehme Überraschung war dies jedoch nicht; denn der Fremde erfreute sich eines Beifalles, wie er trotz seiner unermüdlichen Bemühungen um das Wohl der Leute noch keinen einzigen zu verzeichnen gehabt hatte.

Bruder Engelbert eilte, so rasch er nur konnte; es drängte ihn, sich seinen Nebenbuhler in der Nähe zu besehen, sich ebenfalls an seiner Redekunst zu erbauen, die den äußeren Anzeichen nach keine gewöhnliche sein konnte. Plötzlich jedoch blieb er wie angewurzelt stehen und faßte mit beiden Händen nach seinem Kopfe – sah er recht, oder tobte noch das Fieber in seinen Adern und zauberte ihm ein Trugbild vor? – Er selbst war es ja, der droben stand, dem das Volk so begeistert zujauchzte! – Sollte er einen Doppelgänger haben, der sich ebenfalls das Amt eines Seelenretters erwählt hatte?

Je länger der Gottesmann über die Sache nachdachte, um so verfänglicher erschien sie ihm, und endlich beschloß er, dem Vortrage seines ungebetenen Stellvertreters eine Weile zu lauschen und so zu ergründen, wessen Geistes Kind er sei. Er stieg denn unter Beobachtung großer Vorsicht den Felsen vollends hinan, und als er nahe genug gekommen war, barg er sich hinter einem Vorsprunge. Er brauchte auch gar nicht lange zu stehen, um zu wissen, woran er war; denn Herr Beelzebub, von seinem ungeheuren Erfolg berauscht, legte sich keine Zügel an.

»So«, dachte Bruder Engelbert, »du machst also wieder einmal deine Späßchen, Freund Beelzebub? – Na, warte nur, ich will dir den Handel verleiden, und wenn du keine flinken Beine hast, dann geht es dir übel!«

Damit schlich er, dicht zu Boden geduckt und sich, so gut es ging, den Blicken der Menge entziehend, an den sonderbaren Tugendprediger heran und richtete sich dann jählings zu seiner vollen Höhe auf.

»Fort mit dir, elender Betrüger und Verführer«, donnerte er, dem Bösen das Kruzifix vor die Augen haltend.

Ein schauerliches Wehgeheul entfuhr der Brust des Entlarvten, und er floh, so rasch er vermochte, in die Höhle eines benachbarten Felsens, die heute noch als »Teufelsloch« bekannt ist. Doch auch sie bot ihm nur vorübergehenden Schutz; der Klausner saß ihm dicht auf den Fersen, und von allen Seiten eilten Männer zu seinem Beistande herbei, die mit Verwunderung und Entsetzen diesem Auftritte beigewohnt hatten, dessen Bedeutung ihnen aber bald klar ward. Beelzebub mußte neuerdings das Weite suchen, und als er sich endlich gar nicht mehr zu helfen wußte, nahm er flugs seine natürliche Gestalt an und setzte über einen Felsen hinweg in die Tiefe.

Dort, wo sein Fuß den Boden berührte, hat er dem Felsen eine unvergängliche Spur eingedrückt, die jedermann zu seiner Erbauung betrachten kann. Jedenfalls ist aber auch ihm eine unangenehme Erinnerung an diesen kühnen Sprung verblieben; denn er hat sich seither nimmer wieder in jenen Gegenden blicken lassen, und die Eifel dankt es dem frommen Engelbert, daß sie den Teufel auf eine so gute Art losgeworden ist.

Das Wannenmännchen

Tilman Röhrig

*Solange ich ein Weib hab,
was brauch ich da einen Knecht.*

„Schaut nicht hin«, kein erschreckter Ruf, nur eine leise Warnung, und die Mütter drückten die Gesichter der Kinder an den Rockschoß, bissige Hofhunde krochen in ihre Hütten, und auf dem Feld zog der Bauer seine Tuchkappe tief über die Augen. »Schaut nicht hin.« Selbst die Torwächter von Münstereifel wandten sich ab und starrten die Mauersteine an.

Keiner kannte diesen kleinen Mann, der auf dem Kopf eine Korbwanne vollnußgroßer, grüner Früchte trug, niemand fürchtete diese verschrumpelte Gestalt, doch jeder hütete sich, das Wort an den Alten zu richten.

Langsam schlurfte er näher, barfuß, bis zu den Knöcheln hingen die Fetzen des Leinenkittels. Wie ein verdorrter Strunk stak der Hals und hielt den Kopf. In dem grauen, ledrigen Gesicht trauerten zwei große Augen. Sein unsicherer Schritt verursachte keinen Laut, und kaum war er hinter der Wegbiegung verschwunden, wurde den Kindern ins Ohr geflüstert: »Habt keine Angst. Das Wannenmännchen ist weitergegangen.«

Tag für Tag tapste der alte Mann um Münstereifel herum und schleppte die Fruchtwanne gegen den Sonnenlauf, vom Westen zum Süden bis in den Osten und weiter zum Norden, seine rastlose Wanderschaft dauerte schon länger, als ein Mensch zurückdenken konnte.

Gleich unterhalb von Münstereifel, auf halbem Weg nach Iversheim, sprudelt der Eschweilerbach in die Erft. Nur eine viertel Stunde bachaufwärts drehte sich das Wasserrad der Olligsmühle. Hier ließen die Leute aus der Stadt und alle Dörfler der Gegend das Öl schlagen. Auf Karren und in Kiepen brachten sie Nußkerne, Bucheckern, den Flachs- und Rapssamen zum Mühlhof. Die Lider fast zusammengekniffen, nur aus den Augenschlitzen schätzte der Müller mißgelaunt den Gehalt der Fruchtkerne. »Das gibt nicht viel, ich sag's jetzt schon«, knurrte der Hannes jeden an, dabei nahm er die kurze Tonpfeife nicht aus dem linken Mundwinkel. Am nächsten Tag standen die enghalsigen Ölkrüge neben dem Brunnen, weniger als der Bauer erhofft hatte. Kurz hob der Müller die breiten Schultern, »Ich hab's gleich gesagt«, und ließ sich das Ölschlagen in die Hand bezahlen. Stets unzufrieden verließen die Leute die Olligsmühle.

Kaum waren sie fort, zog Hannes den rechten Mundwinkel breit, mit den Zähnen hielt er die dunkle Mutzpfeife und lachte hämisch, denn hinter der Tür stand randvoll ein bauchiger Krug. Der Hannes betrog, füllte sich erst selbst vom reinen Öl ein gut Teil ab, den Bauern und Tagelöhnern mischte er Rübsenöl

ins feine Leinöl oder mengte Wasser bei, durch solche und andere böse Schliche war er reich geworden.

Auch wenn es ehrliche Mühlmeister gibt, die schlechten verderben den Ruf, das war immer schon so. Keiner der Heiligen des Kalenders wollte Patron der Müller werden, so mußte der letzte, der Heilige Silvester, dies schwere Amt übernehmen, Seine Geduld war groß, doch den verderbten Hannes wäre selbst Sankt Silvester gerne losgeworden.

»Hedwig!« brüllte der Müller ins Haus. Sofort erschien seine Frau, abgemagert, die Augen in den tiefen Höhlen blickten verängstigt. Stumm folgte Hedwig ihrem Mann in die Mühle. Auf dem Bauch liegend mußte sie die Stampflöcher ausschaben, bis die eiserne Bodenplatte glänzte. Sie hatte die Ahornschlegel zu reinigen. Sogar in den kalten Bach jagte Hannes die geplagte Frau, wenn ein Ast im Wasserrad klemmte, »So lang ich ein Weib hab, was brauch ich da einen Knecht«, grinste er und paffte seine Pfeife. »Los, zurück ans Spinnrad.« Grob stieß er Hedwig über den Hof in die Stube. Zum Spaß zerwühlte er oft den gekämmten Flachs, daß Hedwig nicht einen Faden glatt aus dem Werg ziehen konnte, und nachmittags zählte der Müller die Garnspulen, waren es zu wenig, dann schlug er seine Frau.

Manchmal, in den Abendstunden, nach all der täglichen Qual verließ Hedwig heimlich die Mühle, eilte den Pfad neben dem Eschweilerbach hinunter, dann über die Wiesen bis zum Ufer der Erft. Hier wußte sie einen Stein zwischen den Weidenbüschen, dort setzte sie sich und weinte zum fließenden Wasser hin. Stets hörte eine Nachtigall das Schluchzen, sie nahm es auf und sang gegen das Leid an, bis Hedwig das Herz leichter wurde.

An einem späten Samstag nachmittag lauerte Hannes hinter der nur angelehnten Tür des Schuppens. Hedwig trat aus dem Haus, band das Tuch um die Schultern und huschte davon. Dem Müller schwoll die Ader am Hals, er stopfte mit dem Finger die Pfeifenglut fester, lud die zweiläufige Pistole und schlich hinter seiner Frau her.

Das jammervolle Weinen führte ihn bis dicht zu dem Stein. Als die Nachtigall mit ihrem Lied das Klagen tröstete, zielte der Müller in den Weidenbusch und schoß. Erschreckt schrie Hedwig auf. Vor ihr lag zerfetzt die Nachtigall. Sie hob den Blick. Breitbeinig stand der Hannes da und grinste.

»Warum?« stammelte sie.

»Weil ich es will.« Er ließ die Pistole vor ihrer Stirn kreisen, lachte los, dann reckte er den Arm hoch und feuerte in den Himmel. Der Knall! Abrupt brach sein Gelächter ab.

Erst zitterte der Mund, plötzlich warfen sich die Lippen auf. Die Zähne knirschten und zermalmten den Stiel der Pfeife, der Kopf fiel zu Boden. Wild zuckte das Gesicht des Müllers, sein rechter Mundwinkel wurde breiter, zog sich und wurde fast bis ans Ohr gezerrt. Das Gesicht blieb stehen, eine ewig grinsende Fratze.

»Gott hat dich gestraft.« Hedwig bekreuzigte sich.

Wie ein Hund hechelte Hannes: »Du, du bist schuld«, vor jedem Wort mußte er nach Atem schnappen, »das wirst du mir büßen.« Mit Schlägen trieb er Hedwig zur Mühle und sperrte sie in der Kammer ein. Hastig suchte er nach der zweiten Pfeife, später fluchte er, seine Zähne konnten den Stiel nicht mehr halten.

Bereits früh am nächsten Morgen begann Hannes, die arme Frau zu quälen. Keuchend stieß er sein Lachen aus dem Schiefmaul, wenn er Hedwig auf den Rücken schlug, weil sie zu langsam das Spinnrad drehte. Er gönnte ihr keine Ruhe. Vom Mittag an mußte sie draußen beim Brunnen die Ölkrüge reinigen, und mit lockerer Faust bewachte der Hannes sie.

Mit einem Mal brüllte er abgehackt sein häßliches Lachen, so laut, daß Hedwig der Ölkrug aus den Händen glitt. Hannes bemerkte es nicht, er stierte über sie hinweg und lachte weiter.

Vom Zuweg her tapste ein kleiner Mann in den Hof, auf dem Kopf trug er eine Korbwanne, voll mit nußgroßen grünen Früchten. Der Müller schlug die Fäuste aneinander, höhnisch spuckte er aus dem Schiefmaul seinen Spott der erbärmlichen Gestalt entgegen. Näher schlurfte das Wannenmännchen, erst beim Brunnen blieb es stehen.

Der Müller wagte sich nicht bis dicht heran, in weitem Bogen umschlich er den alten Mann, belauerte ihn. »Wenn du Geld hast, schlag ich dir das Öl. Wenn du keins hast, schlag ich dir den Kopf runter.«

Ohne ein Wort stand das Wannenmännchen da, die großen Augen so voller Weh.

In Hedwig wuchs das Herz über ihre Furcht vor dem häßlichen Anblick. »Wo kommst du her?«

Mühsam öffnete sich in dem ledrigen Gesicht der Mund. »Aus dem Tal der vergangenen Jahrhunderte« er sprach die Worte, wie ein morscher Ast bricht. »Ich muß weiter zum nächsten Jahrhundert.«

Bekümmert schüttelte Hedwig den Kopf. »Wer hat dir das angetan?«

»Ich mir selbst. Ich habe meine Frau gequält, bis sie starb.«

Obwohl Hedwig Tag und Nacht selbst unter der Grausamkeit ihres Mannes litt, dachte sie nur an das nicht enden wollende Leid des Wannenmännchens. »Könnte ich dir doch helfen.«

Wie ein ziehender Wolkenschleier wich die Trauer aus den großen Augen, leicht wurden die Worte: »Mein Fluch war es, so lange um Münstereifel zu wandern, bis ein Mensch mich nach meinem Schicksal fragt und Mitleid zeigt.«

Ruhig setzte der alte Mann die Fruchtwanne auf die Erde. »Ich danke dir.« Die kleine Gestalt zerfiel und übrig blieb grauer Staub.

Sofort sprang Hannes vor, mit den Fußspitzen zerstieß er den pulvrigen Rest. »Nicht«, flehte Hedwig. Das erste Mal wagte sie, ihren Mann zurückzuhalten, »Laß der Seele Zeit, um den Weg in den Himmel zu finden.«

Roh schleuderte der Müller seine Frau zur Seite. Sie stürzte, hart schlug ihr Kopf auf den Brunnenrand, Hedwig sank leblos zu Boden.

Den Hannes kümmerte es nicht, er bückte sich zur Korbwanne und wog eine der grünen Früchte in der Hand. »Egal was es ist. Bestimmt gibt's ein gutes Geschäft.« Zufrieden stopfte er die Frucht ins schiefe Maul. Er kaute, sofort füllte sich der Rachen mit bitterer Flüssigkeit, Hannes wollte spucken, hustete, auch als er die Zähne weit auseinanderriß, nichts tropfte hinaus, mehr und mehr galliger Saft quoll aus der Frucht, schließlich schluckte Hannes, wie Feuer brannte sein Schlund, atmen konnte er nicht, schlucken, hinunterwürgen, der Atem fehlte, wieder schluckte der Müller und war erstickt, tot stürzte er über die Korbwanne.

Sie konnten den Olligsmüller nicht auf den Friedhof bringen. Am Kreuzweg rutschte der Sarg vom Leichenkarren und schlug zu Boden. Die Knechte hoben ihn zurück, kaum zog der Gaul an, als der Sarg wieder herunterpolterte. Nach dem dritten Mal begruben sie den Toten am Rand der Wegkreuzung.

Ein Jahr später, in einer hellen Nacht, sah man den Müller mitten auf dem Kreuzweg. Seitdem zieht er am Fuß ein Spinnrad hinter sich her. Der Hannes will fliehen, doch jede Himmelsrichtung bleibt ihm versperrt.

So irrt er Nacht um Nacht. Keiner in der Gegend von Münstereifel vergißt den fluchbeladenen Olligsmüller, niemand will mit ihm tauschen, und so hütet sich jeder Mann, seine Frau zu plagen. Oder?

Der Schild von Nürburg

Gottfried Kinkel

Graf Ulrich lag am Tag auf hohem Schloß;
An seinem Schmerzenslager stand sein Sproß,
Der Untersaß und Lehnsmann nah und fern
Beweinten ihn, den vielgeliebten Herrn.

Ein Reicher stirbt, nah wird der Erbe sein!
Sein Bruder Konrad tritt zur Thür herein:
Der trug in Köln die geistliche Gewalt;
Er grüßt den Sterbenden so herrlich kalt.

Von Buße redet er, von ewger Qual –
Doch Ulrich spricht: »Mein ist der Himmelssaal;
Ich brauche nicht von dir der Seelen Trost!«
Da fährt der Priester auf und spricht erbost:

»Mein Bruder Ulrich, du als Kriegsheld
Hast viel zu sehr geliebt die Lust der Welt!
Entbehrung nur und tiefster Andacht Brunst
Im Priesterkleid schafft uns der Heilgen Gunst.« –

»So helfe Gott mir, Bruder, wie du lügst
Und dich und mich mit Heuchelschein betrügst!
Wohl leichter geht ein Ritter im Geschmeid
Zum Himmel ein als du im heilgen Kleid.

»In mancher Fehde führt ich diesen Schild;
Nicht gieb mir mit ins Grab sein Wappenbild;
Schlag einen Nagel in die feste Wand:
Dran hänge den getreuen Schildesrand.

»Und wenn ich einging zu der ewgen Rast,
Die Tage, bitt ich, bleib im Schloße Gast;
Ein Zeichen send ich, dran ein jeder spürt,
Daß Engel mich ins Paradies geführt.«

Der stolze Bischof schlug den Nagel ein;
Der Sterbende ward bleich, die Lampe klein,
Und als aufs Bette fiel der Morgenroth
Da reckte sich der milde Held zum Tod.

Scheu schleicht der Diener Schar durch das Gemach;
Still hing der Schild bis an den dritten Tag.
Der Priester schaut zu ihm wohl früh und spät
Und spricht zu Ulrich zweifelnd sein Gebet.

Schau dort erglimmt der dritte Morgenschein
Und wirft den ersten Strahl durchs Fenster ein:
Aufglüht der Adler in dem Wappenbild,
Und rasselnd auf die Fließen fällt der Schild!

Der Bischof bebt, doch zwingt er sich zum Muth –
Sein ist ja Nürburg, sein das reiche Gut!
Schon sinnt sein dunkles Herz so kalt und still,
Wen mit der neuen Macht er stürzen will.

Da naht gebückt der Schloßvogt, grau von Haar,
Die Schlüßel reicht er ihm in Demuth dar:
»Nimm hin, wir huldgen dir als unserm Herrn –
Frag nicht, thun wir es ungern oder gern.

»Und weil du denn zu Dienern uns gewannst,
Regier uns so, daß du es wagen kannst,
Wenn du einst stirbst auch deinen Krummenstab dort
Zu hängen an des Ritterschildes Ort.«

Ein Geist zuviel

Uwe Rhiem

Diese Geschichte spielt vor etwa 25 Jahren in einen kleinen Dorf bei Zülpich. Das heißt, eigentlich ist es gar keine Geschichte, sondern eine im wahrsten Sinne des Wortes gruselige Tatsache.

In diesem Dorf gab es Mitte der siebziger Jahre viele Kinder und Jugendliche, die naturgemäß verschiedensten Hobbys frönten. Dadurch hatten sich ganz klar umrissene Cliquen gebildet. Da gab es die große Gruppe derer, die im Fußballverein spielten und auch sonst meist gemeinsam etwas unternahmen, andere wiederum waren ständig damit beschäftigt, an ihren Mofas rumzuschrauben. Dann gab es noch die, die immer schon um sechs Uhr abends zu Hause sein mußten, und es gab uns.

Wir passten in keine der anderen Cliquen, weil wir eigentlich nichts anderes im Kopf hatten, als Streiche auszuhecken oder wie wir es nannten »Scheiße zu bauen«.

Unsere Phantasie im bezug auf die Möglichkeiten, wie man den Mitmenschen zwar harmlos aber dennoch wirkungsvoll übel mitspielen konnte, kannte kaum Grenzen. Wir waren damals ständig zu viert und hielten zusammen wie Pech und Schwefel. Für Memmen und Idioten war in unserem Kreis kein Platz. Als eingespieltes Team hatten wir einfach keine weiteren Leute nötig, auch wenn mancher sich zu gern zu uns gesellt hätte.

Nun zu unseren Aktivitäten: Oft spielten wir in einer mitten im Dorf gelegenen ehemaligen Kiesgrube »Industriegebiet«. Das war immer sehr witzig, wie wir fanden. In dieser Kiesgrube war nämlich im Laufe der Jahre nicht nur jede Menge Bauschutt, sondern auch sonstiger Unrat abgekippt worden. Aus Betonstücken und Ziegelsteinen schichteten wir sehr wirksame Öfen auf, die von unten her beheizt wurden und nur einen einzigen Zweck erfüllen sollten, nämlich nach oben hin möglichst dunklen stinkenden Qualm abzugeben. Bei passender Windrichtung und warmem Wetter haben wir damit mancher zum Trocknen aufgehängten Wäsche zwangsweise zu einem weiteren Lauf in der Waschmaschine verholfen. Und Häuser, die eigentlich gelüftet werden sollten, mußten es nach unserem »Spiel« erst recht. Brennmaterial in Form von Plastiksäcken, Farbeimern mit eingetrocknetem Inhalt und auch ab und zu mal ein Autoreifen war genügend vorhanden. Eine sehr lustige Sache also.

Die unregelmäßig stattfindenden Altkleidersammlungen waren für uns auch von nicht zu unterschätzendem Unterhaltungswert. Wenn man die meist schon einen Tag vorher bereitgestellten prall gefüllten Säcke vorsichtig zur Seite kippte und mit einem Messer den Sack unten aufschlitzte, um ihn danach wieder in seine ursprüngliche Position zu bringen, dann konnte man schon echt was erleben. Die Sackeinsammler – meist Freiwillige von Roten Kreuz – packten die

Säcke am oberen Ende und beförderten sie mit viel Schwung auf die Ladefläche eines LKW. Das funktionierte zumindest bei den meisten Säcken ganz wunderbar. Aber nicht bei den von uns präparierten. Wer solch einen Sack erwischt hatte, konnte nur noch fluchend die leere Tüte auf den LKW werfen und dann die ganzen Klamotten von der Straße aufsammeln. Die nächsten acht bis zehn Säcke waren dann wieder unbeschädigt, um den Einsammler in Sicherheit zu wiegen. Doch irgendwann lagen die ganzen Lumpen wieder auf der Straße oder zur Hälfte in einem Vorgarten rum. Echt witzig, oder?

Es kam auch immer gut an, wenn einer von uns die Damentoiletten unserer Dorfkneipe in Arbeit gehabt hatte. Dann war nämlich hin und wieder die Kloschüssel fein säuberlich mit Frischhaltefolie überspannt. Die Brille wurde wieder heruntergeklappt und wir warteten nur darauf, daß sich irgend eine Dame des Dorfes Erleichterung verschaffen wollte. Sehen konnten wir zwar nichts davon, aber allein die Vorstellung von dem, was sich dort abspielte, versetzte uns in nicht enden wollende Lachkrämpfe.

Aber dies alles sei nur am Rande erwähnt. Jedenfalls geschah es irgendwann gegen Ende Oktober, daß wieder einmal ein Trottel unseres Alters es darauf anlegte, bei uns mitmachen zu dürfen. Das wollten wir natürlich überhaupt nicht, aber wir hatten uns damals spontan entschlossen, sein Anliegen zu unserem Amüsement zu nutzen. Lange haben wir überlegt, wie wir eine für uns möglichst abendfüllende Mutprobe für dieses arme Würstchen inszenieren konnten. Das heißt, wirklich lange haben wir nicht überlegt. Mut hatte für uns etwas mit Unerschrockenheit zu tun. Und erschrecken konnte man wohl die meisten Leute am ehesten im Dunkeln auf dem Friedhof.

Unser Friedhof liegt etwas außerhalb des Dorfes und hat zwei Eingänge. Der erste Eingang befindet sich direkt am Anfang des Gottesackers neben der alten Leichenhalle, die inzwischen aber nur noch als Abstellraum von den städtischen Arbeitern genutzt wird. Am anderen Ende des Friedhofes steht ein großes Betonkreuz, das zur Grabstätte eines längst verblichenen Pfarrers gehört.

Die Aufgabe für unser neues Cliquenmitglied – das er freilich niemals werden würde – bestand nun darin, zur Geisterstunde von der alten Leichenhalle aus einmal über den Friedhof bis zum Ende und wieder zurückzugehen. Als Beweis für das Zurücklegen der Strecke sollte der Kandidat einen alten Lappen, den wir vor das Priestergrab gelegt hätten, mitbringen.

Die Geisterstunde hatten wir für diese Aktion großzügig auf acht Uhr abends vorverlegt, weil auch wir nicht unbegrenzt lange von zu Hause wegbleiben durften.

Was der Ärmste nicht wußte, war, daß wir unterwegs ein paar »Hindernisse« für ihn aufgebaut hatten.

Einer von uns würde sich auf eine noch nicht genutzte Grabstätte legen und notdürftig mit ein paar vergammelten Beerdigungskränzen vom Abfallcontainer zugedeckt werden, um im passenden Augenblick mit lauten Gebrüll aufzuspringen.

Ein paar Meter weiter würden wir einen Thujabaum zu Boden biegen und mit zwei Holzpflöcken befestigen. Durch einen quer über den Weg gespannten Draht würden diese Pflöcke bei der geringsten Berührung des Drahtes aus dem weichen Boden gerissen und der Strauch in seine alte Position zurückschnellen.

In den alten Kastanienbäumen schliefen immer Unmengen von Tauben. Die Viecher interessierten sich nie dafür, wer hier im Dunkeln die Gräber besuchte. Anders sah es aber aus, wenn jemand einen Stein, ein Stück Holz oder sonstwas in das Geäst warf, dann flogen die aufgeschreckten Vögel mit gespenstisch lautem Flügelschlag als großer Schwarm davon. Also würde einer von uns einen alten Knüppel exakt in dem Moment in den Baum werfen, in dem unser Opfer darunter herging.

An einem Ast über dem Hauptweg würden wir eine volle Gießkanne mit Wasser aufhängen, die mittels einer Schnur über dem Weg entleert werden konnte.

Zwischendurch sollten dann noch ein paar Erscheinungen sichtbar werden. Mir kam die Aufgabe zu, mich – in ein weißes Bettlaken gehüllt – mal hier, mal dort zwischen den Gräber zu zeigen und laut »Huhuhuuu!« zu rufen. Das geschah aber mehr zur Ablenkung von den wahren Gemeinheiten, weil die drei anderen zwischendurch immer mal wieder ihre Positionen wechseln sollten. Taubenknüppel schmeißen, Kannendusche in Betrieb nehmen, unter Kränzen hervorspringen und schließlich noch das brutale Finale einläuten mußte gut geplant sein, schließlich waren wir nur zu viert.

Kurz vor dem Priestergrab – dem vermeintlichen Ziel – würden sich zwei von uns auf beiden Seiten des Weges verstecken, um dem armen Kerl schließlich einen Sack überzustülpen, ihn an Händen und Füßen zu fesseln und dann einfach dort liegen zu lassen.

Wir wollten ihn dann großzügig nach einer halben Stunde wieder befreien.

Am letzten Freitag im Oktober war es dann soweit. Der Tag der großen Prüfung war gekommen.

Jochen, so hieß der Kandidat, war schon seit Tagen übernervös. Für ihn stand heute einiges auf dem Spiel. Schließlich wollte er uns und noch viel mehr sich selbst beweisen, daß er würdig war, endlich dazu zu gehören. Eigentlich – und das wußte er – nahmen wir ihn nie richtig ernst. Er stellte sich aber auch wirklich in den meisten Sachen zu blöde an. Einmal hatte Basti ihm eine Lichtorgel verkauft, die wir gemeinsam extra für Jochen selbst gebastelt hatten. Die bestand aus einem Kabel mit drei zwischengeschalteten Lampenfassungen mit bunten Glühbirnen drin. An einem Ende war ein normaler Netzstecker montiert, am anderen ein Lautsprecherstecker. Basti erklärte Jochen, er müsse nun nur noch den Lautsprecherstecker in einen der dafür vorgesehenen Ausgänge an der elterlichen Stereoanlage stecken und den Netzstecker in eine Steckdose – und schon würden die Lampen im Takt der Musik an- und ausgehen. Der Blödmann hat das tatsächlich gemacht und damit die Musikanlage komplett zerstört.

Und so einer kam jetzt und wollte einer der unseren werden? Oh, nein. Nicht mit uns!

Sein Pickelgesicht und die dickglasige Brille, sowie die zerschlissenen Klamotten seines Bruders, die er immer auftragen mußte trugen auch nicht gerade dazu bei, ihn für uns als gleichwertiges Mitglied interessant zu machen.

Aber zumindest würden wir gleich unseren Spaß haben.

Es war ein Abend wie wir ihn uns gar nicht besser hätten wünschen können. Der Himmel war von im Wind rasch dahin getriebenen Wolken fast gänzlich bedeckt, und diese gaben nur hin und wieder einen kurzen Blick auf den leicht abnehmenden, aber noch fast runden Mond frei. Man konnte kaum feststellen ob unsere Jacken vom feinen Nieselregen oder vom Nebel feucht und klamm waren, der in Schwaden über die Felder zog. Eigentlich brauchte jetzt nur noch ein Käuzchen zu schreien und Jochen würde niemals auch nur einen Schritt auf den Friedhof wagen.

Wir hatten die Gießkanne und den Stolperdraht schon fertig installiert. Manes hatte sich auf die nasse Erde gelegt und war von mir mit fünf Kränzen bedeckt worden. Ich hätte dort nicht liegen wollen. Die Blumen auf den Kränzen waren schon mehr als verwelkt und verströmten einen modrigen Geruch, gerade so, wie es auf einem Friedhof zu riechen hatte.

Ralle hatte seinen Posten hinter einem Strauch bezogen. Von dort konnte er sowohl die Gießkanne entleeren als auch den Knüppel in den Taubenbaum werfen.

Ich hatte mich an einer der Außenhecken versteckt und wartete ab, wann Jochen endlich kommen würde.

Basti hatte als unser Anführer die Aufgabe, Jochen am Eingang zu empfangen und ihn auf den Weg zu schicken.

Jochen kam pünktlich um acht. Basti erklärte ihm, er müsse erst bis hundert zählen, bevor er loslief. Diese Zeit brauchte Basti, um sich vom anderen Eingang her mit dem Sack auf seinen Posten zu begeben.

Wir hätten besser vereinbart, daß Jochen eine Zigarette rauchen sollte, bevor er losging. Jedenfalls war Basti kaum im Nebel verschwunden, als Jochen zögernd das quietschende Friedhofstor öffnete. Wir hatten nicht bedacht, daß so ein Vollidiot womöglich gar nicht bis hundert zählen kann.

Nach wenigen Sekunden hatte Jochen die Stelle erreicht, wo Manes langsam mit Kränzen und feuchter Erde eins zu werden schien. Manes sprang auf und brüllte etwas, was sich ungefähr wie »Buäähhh!« anhörte.

Jochen zuckte zusammen und beschleunigte seine Schritte.

Noch etwa hundert Meter bis zum Lappen.

Seine Schritte knirschten auf dem Kiesweg. Hoffentlich erschreckt er die Tauben nicht, bevor wir es taten ...

Wusch! Da schnellte der Thujastrauch in die Höhe und Jochen machte sich dabei wahrscheinlich zum zweitenmal in die Hose.

Noch ungefähr achtzig Meter bis zum Priestergrab.

Nun kam mein erster Einsatz. Ich erhob mich hinter einem Grabstein und versuchte, mit tiefer Stimme das vereinbarte »Huhuhuuu!« zu artikulieren. Es hörte sich wahrscheinlich eher wie ein unterdrücktes »Hähähä!« an. Jochen erstarrte

kurz und blickte in meine Richtung, konnte mich aber nur noch als eine weißgewandete Gestalt wahrnehmen, die gerade über eine Blumenschale stolperte und der Länge nach auf ein mit Efeu bepflanztes Grab stürzte.
Noch mindestens siebzig Meter bis zum Grande Finale.
Jetzt passierte eine Weile lang nichts. Eigentlich sollte ich Jochen etwa zwanzig Meter weit auf einem Nebenweg »begleiten«. Ich hatte aber genug mit mir selbst zu tun. Mein rechter Knöchel war verstaucht und mein einst weißes Gewand war von der matschigen Erde braun getupft, und ich sah im Dunkeln bestimmt aus wie ein Dalmatiner.
Jochen ging einfach weiter und dachte bestimmt, daß es nun vorbei wäre mit dem Horror. In diesem Moment warf Ralle den Knüppel und mindestens zweitausend Tauben – so hörte es sich jedenfalls an – stoben auf und verschwanden im Nebel.
Jochen stand wie angewurzelt da und starrte ihnen nach, als Ralle auch schon an der Strippe zog, um die Gießkannendusche in Betrieb zu setzen. – Er hat wohl ein bißchen zu fest gezogen. Jedenfalls ist die Friedhofsgießkanne aus Zinkblech samt Inhalt auf Jochens Kopf geknallt und der ging zu Boden.
Etwa zwanzig Meter weiter sahen Basti und Manes – der hatte sein Kranzgrab verlassen und sollte Basti beim Einfangen helfen – unseren Delinquenten Jochen langsam den Kiesweg heraufkommen. Sie standen rechts und links vom Weg. Basti hatte den Sack in seinen Händen, Manes die Fesseln in der Jackentasche.
Jochen kam näher. Er ging leicht gebeugt, trug einen schwarzen Anzug und hatte einen breitkrempigen Hut auf, was Basti am Start gar nicht aufgefallen war. Außerdem hatte er einen Spazierstock in der linken Hand. Daß seine Schritte im Kies nicht zu hören waren, fiel den beiden in der Aufregung überhaupt nicht auf. Sie warteten, bis er ganz knapp an ihnen vorbei war und legten los.
Manes hielt Jochen fest, Basti versuchte, ihm den Sack über den Kopf zu stülpen, was wegen des großen Hutes leider nicht gelang. Manes schlug den Hut vom Kopf und beide erstarrten augenblicklich. Sie sahen in ein Gesicht, das nur noch aus Haut und Knochen bestand. Dort wo die Augen sitzen sollten, waren nur tiefe Höhlen zu erkennen.
Die Haare hatten nichts mit Jochens schwarzer Popperfrisur zu tun. Sie waren weiß und hingen in nassen Strähnen bis auf die Schultern hinab.
In diesen ersten Sekunden des Schreckens hatte »Jochen« den beiden dann mit dem Spazierstock eine gewaltige Tracht Prügel versetzt. Beide hatten sich aber fast augenblicklich wieder unter Kontrolle und rannten weg, als wäre der Teufel persönlich hinter ihnen her.
Ich hatte alles aus sicherer Entfernung mit angesehen und bekam es nun auch mit der Angst zu tun. Schließlich glaubte ich Jochen ohnmächtig unter der Gießkanne.
Ralle hatte von alledem nichts mitbekommen und wartete wie vereinbart an der alten Leichenhalle.
Als zweiter kam ich dort an. Wenig später auch Manes und Basti.
»Wat war dat denn? Dat war aber net so ausjemacht. Die Sau, sich so zu weh-

ren. Un dann mit sonem Scheißkostüm! Die Sau! Wart ab, wenn der gleich kommt ...« meinte Manes zerknirscht.

In diesem Moment erschien Jochen von hinten und hielt uns triumphierend den Lappen entgegen.

»Also ehrlich, ich hab janz schön Schiss gehabt. Vor allem dat Kostüm mit dem Hut un dem Totenschädel, dat habt ihr echt toll hinjekriegt. Da habt Ihr Euch aber echt Mühe jejeben, Leute! Fast wär ich drauf reinjefallen, echt! Aber ich bin froh, dat ich von jetz an dabei bin ...«

Am Heidentempel

Josef Benninghaus

Der alte Förster geht hinaus zum Wald,
den Enkeln dort den Weihnachtsbaum zu holen.
Es bläst der Wind von Norden eisigkalt.
Es kracht der Schnee ihm unter seinen Sohlen.

Er weiß den Weg; er ging ihn hundertmal.
Was will der Tochter banges, langes Flehen?
»Mir ist das Aug' noch scharf, das Bein wie Stahl.
Ich trotze jetzt noch jedem Flockenwehen.«

Er kommt zum Tann, er fällt den Lichterbaum,
wenn auch der Wind die Schneelast peitscht und jaget.
Nun geht's nach Hause. Wie ein Märchentraum
dort an dem Hang der Römertempel raget.

»Wie doch das Alter zehrt an Blut und Mark!«
So denkt der alte Mann im Vorwärtsschreiten.
»Man glaubt noch gern, man wäre bärenstark,
Doch Aug' und Muskeln will die Kraft entgleiten.«

Am Heidentempel liegt ein Brunnenschacht;
an seinen Rand läßt sich der Förster nieder.
Und träumt und träumt, bis langsam kommt die Nacht.
Da hallt es dumpf im tiefen Brunnen wieder.

Gestalten steigen aus dem Dunkel auf:
Feldherrn und Krieger längst vergangner Zeiten.
Sie sieht der alte Forstmann Hauf auf Hauf
zum Tempel dort in stillem Zuge schreiten.

Sieh! Priester folgen nun der Eisenschar;
weit wallen ihre weißlichen Gewänder;
und Knaben, Kränze in dem Lockenhaar,
sie sind des duft'gen Weihrauchs Opferspender.

Nun birgt den Zug des Tempels Säulenbau,
und Weihelieder schallen vom Altare,
bis plötzlich aus des Waldes dunklem Grau
zur Schlacht es bläst mit lärmender Fanfare.

Der Tempel sinkt, die Römerschatten fliehn,
ein Kreuz ragt hoch in stummen Tempelresten,
und aus dem Brunnen Glockenklänge ziehn,
als riefen sie zu hohen Kirchenfesten.

Zum Weihnachtsfest! Ja, es ist Weihnachtsklang,
der aus der Tiefe dringt mit heil'gem Beben.
Dem Alten wird so leicht. Er lauscht dem Sang
von Kinderstimmen, die sich froh erheben,

Sie singen ihm das Lied vom Himmelskind,
das auf die Erde kam im Sterngefunkel,
das alle tröstet, die in Nöten sind,
und Licht uns bringt ins trübe Erdendunkel.

Das Licht! Das Licht! Des Alten Auge schaut
jetzt starr empor, als wär es glutgeblendet.
Dann sinkt er um ins weiche Heidekraut.
Ein weißes Bett der Himmel gütig spendet. –

Den Christbaum in der starren Totenhand,
ein glücklich Lächeln in den alten Zügen,
so fand man ihn, als schon die Nacht entschwand,
beim Glockenklang am Heidentempel liegen.

Die wilde Endert

Dorothee Steuer

Die Eifel an einem sonnenwarmen Maientag. Wer da nicht ein paarmal denkt: »Wie schön!«, der muß ein wirklicher Naturmuffel sein. Dem Farbenspiel kann sich niemand entziehen: Hunderte Grüntöne, überstreut mit Millionen zarter Blütentupfer in Gelb, Lila und Weiß und Rosa, – darüber ein blauer, verlockender Himmel und immer wieder das leuchtende »Eifelgold«, die Ginsterbüsche in voller Pracht.

Gerd Lohmeyer war kein Naturmuffel, absolut nicht! Er befand sich auf der Heimfahrt ins Ruhrgebiet. Eine recht erfolgreiche Einkaufsfahrt für seinen Getränkemarkt in Gelsenkirchen war abgeschlossen: Wasser, Säfte, Bier und Wein: das alles konnte man hier auf engem Raum erwerben und die Firmen hatten ihn als Neuling wahrhaft großzügig behandelt. Dreis, Gerolstein, Bitburg standen für Wasser und Bier, zuletzt hatte er dann am gestrigen Abend und am heutigen Vormittag die edleren Getränke, nämlich Wein und Traubensaft an der Mosel geordert.

Gerd Lohmeyer fuhr mit seinem Audi ganz gemütlich von Sehl an der Mosel auf der N 259 in Richtung Ulmen, die Landstraße würde sich dann 257 nennen und bis Bonn weiterlaufen, er konnte aber auch auf diverse Autobahnen übergehen, wozu ihm allerdings vorerst die rechte Lust fehlte. Warum sollte er sich an diesem Nachmittag nicht ein wenig Freiheit gönnen?

Ein weißes Hinweisschild: Kloster Maria Martental, woher kannte er den Namen? Na, vorbei! Egal! Nein, irgendwie war es schade, denn ihm fiel es plötzlich ein: da war er einmal im Frühling mit den Eltern gewesen. Ewig lange her! Die beiden waren ja schon so lange tot und er noch viel länger kein Kind mehr, mit dem man durch die Eifel wanderte, Madonnensträuße pflückte und dem man Fabeln erzählte. Zu jeder Blume, zu jedem Baum, jedem Bach hatten Vater oder Mutter etwas berichten können: Märchen, Sagen und immer wieder eigene Phantasiegeschichten!

Stop! An der nächsten Ausfahrt stand es noch einmal: Kloster Maria Martental! Mit quietschenden Reifen schlitterte Gerd in die Kurve ...

Eine schmale Straße führte einen Hang hinauf, eigentlich viel zu stark frequentiert, rechts stiegen bewaldete Felsen auf, unwegsam, und links ging es genauso steil hinab. Anhalten, schauen! Es war doch einfach schön hier! Die Vogelstimmen: Amsel, Drossel Fink und ... die Mutter hatte sie unterscheiden können. Grasmücken mit erstaunlich lauter Stimme, das Rotkehlchen, den Kleiber, den Buchfinken ... Es war ein leicht zärtlich-wehmütiges Gefühl, das seine Brust durchzog: Kindheit! Ob man wohl den Abhang hinunterklettern konnte zu dem dort plätschernden Bach? Nein, das war nichts, dazu hätte er andere Schuhe tragen müssen.

Plötzlich dröhnte es, Motoren, Rotoren.

Scheußlich! Das kam gewiss von einem Militärflughafen, *dem* Flughafen. Er hatte erst im Zusammenhang mit der Kfor von diesen Stationen in der Eifel gelesen. – Auf der anderen Straßenseite entdeckte er jetzt auch ein kleines Schild: Militärisches Sperrgebiet.

Sch...ön. Also weiter.

Auf seiner Autokarte fand er wenigstens den Gewässernamen: Endertbach. Der Wagen kletterte weiter. Müllenbach, früher nur ein paar Häuser, jetzt schon ein ansehnlicher Weiler. War er hier falsch? Man erklärte ihm, daß er trotz des Hinweisschildes an der Landstraße erst durch den nächsten Ort, Laubach, fahren und dann im Kreis nach rechts und wieder rechts fahren müsse.

Na, endlich: gefunden! Kloster Maria Martental. Heute eine Pilgerstätte mit einem Jugendhof.

Er stellte seinen Wagen auf einem Parkplatz zwischen Bussen und anderen Besuchern ab, trank in einer Gaststätte einen Kaffee, kaufte bei einem älteren, ein wenig einfältigen Klosterbruder ein paar Postkarten, verneinte dem liebevoll seine Lebensgeschichte erzählenden Siebziger die Frage, ob er nicht in den Orden eintreten wolle. Der alte Mann blickte ihn lange und versonnen an und murmelte so etwas vor sich hin, wie: »Mir war aber doch so, als *wolltest Du hierbleiben.*«

Kopfschüttelnd wandte sich Gerd ab, folgte einem kleinen Wanderpfad und begann dann zu streunen.

Da war die Ruine mit dem Gnadenbild in der Mauer, da gab es einen Hinweis auf einen Wasserfall, da ...

Gerd Neumeyer merkte es nicht einmal, daß er sich verirrte: er schlenderte völlig in Gedanken immer tiefer ins Tal. Er staunte über die Vielfalt der Blumen, von denen er einige noch kannte: Butterblumen, Hahnenfuß, Löwenzahn in Gelb, das Ruprechtskraut in Lila, den roten Mohn natürlich, die ersten seidenpapierzarten Blüten der Heckenrose. Außerdem war die Luft erfüllt vom Gezwitscher munterer Vögel, dem Summen der Fliegen und Bienen, dem Plätschern des Baches, dem Flüstern der Blätter ... Müde wurde er, es war freilich nicht gar so heiß hier, aber doch irgendwie schwül. Kam das vom Kaffee? Er vertrug ihn nicht mehr so gut.

Ein Grummeln erinnerte in wieder daran, daß die belgischen Übungsplätze nicht so weit entfernt lagen. Oder sollte es ein Gewitter geben? Unsinn! Der schmale Streifen Himmel über ihm zeigte nicht eine einzige Wolke. Herrliches Blau zwischen den smaragdfarbenen Wipfeln der Tannen? Fichten? Eiben? Das hätte nun der Vater gewusst, der war der »Spezialist für Botanik« gewesen.

Gerd ließ sich auf einem bemoosten Stein nieder und versuchte die Sage heraufzubeschwören: Und er sah wie auf einer Leinwand ein altes Buch mit Stichen. Landschaftsbilder, Malerträume; vor allem Märchen und Sagen waren darin abgebildet, Jugendstil wohl, soweit er das beurteilen konnte. Und da war dann plötzlich die Geschichte! –

Gegen Ende der Kreuzzüge lebten in diesem Kloster Schwestern des Augustiner-Ordens. Schwestern in weißen Gewändern. Und unter diesen war irgendwann auch ein adliges Fräulein, Hiltrud, – so etwa ging Mutters Erzählung – Hiltrud, die von ihren Brüdern wohl hinter die Klostermauern abgeschoben worden war, weil sie gar zu viel Unsinn im Kopf hatte oder weil sie den Schwägerinnen im Weg stand. So war es ja damals allgemein üblich. Wenn genug Geld vorhanden war, dann konnten die jungen Frauen recht gut in solch einem Kloster leben. Hiltrud hatte ihre Tiere mit ins Kloster eingebracht, zwei Geparden – vielleicht Mitbringsel eines Verehrers, eines letzten Kreuzritters – also keineswegs Schoßhündchen. Wie in dem alten Buch. Und – so jedenfalls spann die Mutter – mit diesen durchstreifte sie die Wälder, ohne Rücksicht auf ihre Soutane, gelegentlich jagte sie sogar mit den Biestern auf einer Art Floß reitend die Endert hinab, immer dann, wenn ein starker Regen diesen Bach zur »Wilden Endert« werden ließ.

Gerd war eingeschlafen und die Mutter erzählte in seinem Traum von luftigen Gewändern, jauchzendem Übermut, aber auch von zerrissenen Schafen, gestohlenen Hühnern und der immer unbändiger werdenden Jungfrau.

Ein Donnerschlag! Gerd fuhr hoch! Dies war keine Flugübung der Belgier. Dies war Gewitter!

Das Licht war fahlgelb geworden, die Bäume standen starr vor Schrecken in einem grellen Blitz. Oh Gott, wie hatte er nur schlafen können? Kalter Schweiß überzog seine Haut. Wo war er überhaupt? In wenigen Augenblicken wurde es beinahe nachtdunkel.

Und nun rauschte es: Wasser – aber nicht vom Bach her, sondern vom Himmel. Die Wolken – wo kamen nur diese Wolken her? – Die Wolken barsten förmlich und ergossen ihre über fernen Städten wochenlang gesammelte Last in Form von Hagel und Sturzbächen über das kleine Eifeltal.

Im Nu war Gerd klitschenaß und eisekalt. Die Jacke lag im Auto, irgendeinen Schutz hatte er nicht bei sich. Wozu auch? So viel Wasser hielt der stärkste Mantel nicht ab. Echte Panik erfaßte ihn. Er mußte den Kopf vorbeugen, um überhaupt atmen zu können, so dicht fiel der Regen. Sein Handy. Na klar, das stak in der Jacke, im Auto! Er wußte ja nicht einmal, in welcher Richtung er sein Auto und den Parkplatz suchen sollte. Sein Herz raste, ihn schwindelte. Die Hitze – und jetzt die Angst! Ja, Angst!

Es war noch Nachmittag, das sagte seine Uhr, aber es war stockdunkel! Kein Weg. Nichts. Dann eine Idee: Er sollte vielleicht den Bach suchen und in diesem aufwärts bis zum Wasserfall laufen. Die Richtung müßte dann ja stimmen.

Verzweifelt kämpfte er sich nun abwärts in Richtung Endert. Das Hemd, an seinem Körper klebend, zerriss. Die Hose ging in Streifen, seine Haut machte schmerzhaft mit Dornen, Zweigen, Steinen Bekanntschaft. Er rutschte, stolperte, hielt sich panikartig an glitschigen Zweigen fest, jagte sich Splitter in die Hände. Und das Herz raste, raste.

Da war der Bach. Gerd ließ sich über einen felsdurchzogenen Spalt hinuntergleiten, ohne Rücksicht auf die ersten Fetzen Haut, die dabei abgeschrammt wurden. Endlich der Bach!

Jetzt bachaufwärts. Hinein in das tosende Wasser.

Und da sah er sie. Er sah sie, die Nonne! Sah sie mit ihren Geparden, mit ihren Raubkatzen. Sie ritt gischtumwirbelt, mit fliegendem, langem weißen Haar, mit silbern glitzerndem Gewand halbentblößt, zusammen mit ihren geifernden Bestien auf einem Baumstamm. Wild jubelnd, ja kreischend, schoss sie auf ihn zu. Die Tiere brüllten, die bildschöne, hexenhafte Frau schrie – schrie!

Schrie er selber auch?

Es zerriss ihm die Trommelfelle.

Stille! Heilige Muttergottes, bitte ...

Die Patres von Maria Martental sahen das abgestellte Auto. Es wurde nicht abgeholt. Man begann also zu suchen. Erst am übernächsten Tag allerdings. Man fand ihn auch.

Es würde keinen Getränke-Einkäuf mehr geben.

Da war noch etwas Seltsames: Die Leiche hatte zwei schwere Bisswunden, die eine am Hals, die andere in der Lende. Schwere Bisswunden, wie von großen Raubkatzen oder Wölfen. Seit wann gibt es *die* in der Eifel?

Es spukt an der Genovevahöhle

Clara Viebig

Droben im Wald bei der Genovevahöhle spukte es. Das ganze Dorf wußte es, seit Wochen ging's dort um. Die Kinder, die, nach Kräutern und Veilchen suchend, sich tief im Dickicht verloren hatten, waren entsetzt heimgekehrt. Es war nie recht geheuer um die einsame Stätte gewesen, selten betrat ein Menschenfuß den schmalen, schwer erkennbaren Pfad, der zwischen Geröll und kaum durchdringlichen Büschen den steilen Berghang hinaufführte. Nur der zierliche Huf des Rehs drückte sich in das weiche Moos, und in den zitternden Sonnenstrahlen, die den grünen Rasenfleck vor der Höhle vergoldeten, wärmten sich schillernde Eidechsen. Heuer aber hatten die Dorfbuben, die den Wald durchstreiften, droben ein seltsames Singen gehört; dazwischen klang's wie Weinen einer Kinderstimme. Die stille Sommerluft trug die wunderbaren Laute an ihr Ohr, lauschend standen sie. Horch, wieder das Singen! Oder rauschten die Büsche nur so, oder murmelte der Quell, der den Hang hinunter plätscherte? Leise, gedämpft, wie aus der Tiefe der Erde kamen die Klänge. Mit aufgerissenen Augen, mit offenem Mund schlichen die Kinder näher, sich schiebend und drängend und einander beim Jackenärmel haltend.

Was war's? Alles still.

In den Büschen wisperte der Wind, im Kraut raschelte eine Eidechse – huh, sie fuhren zusammen. Mit dornigem Arm langte der Brombeerstrauch nach dem Kittel des vordersten, der Fuß glitschte auf dem feuchten Moos; zögernd standen sie.

Horch, horch, nun wieder Singen! Lallen eines feinen Stimmchens! Die heilige Genoveva wiegte ihr Kind!

Zitternd vor Angst und Neugier schlichen die Buben näher – da – da – hinter dem Buschwerk, das wie ein schützender Wall den kleinen Plan umfing, an der Quelle, die dem Sandsteingeklüft entsprang, sah man sie stehen, die Genoveva! Die Heilige! Den Lauschern sträubte sich das Haar. Sie stand im Eingang der Höhle, hinter ihr gähnte das Dunkel, um ihr Haupt wob en sich Sonnenstrahlen. Gleich einem Mantel von gesponnenem Gold floß das Haar um die Schultern und nun hob sie das Gesicht, ein überirdischer Glanz ging von ihm aus. Das Gras zu Füßen neigte sich, himmlisches Wehen säuselte durch die Bäume, ein Hallen und Tönen ging durch die Luft – die Kinder sahen nichts mehr.

Gleitend, stolpernd, sich überkugelnd, stürmten sie den Hang hinunter. Dornenzweige schlugen ihnen ins Gesicht, Jacke und Hose rissen in Fetzen; bleich, atemlos, außer sich vor Entsetzen und Wichtigkeit kamen sie heim.

»Mir han se gesiehn, mir han se gesiehn, die heilige Genoveva! Sie stand owen vor ihrer Höhl, en Heiligenschein uf'm Kopp. Die Hirschkuh lag ihr zu Füßen, un Engelcher wiegten dat Kind. Mer konnt en himmlische Muhsik hören – mir han se gesiehn!«

»Se han se gesiehn! Die heilig Genoveva!«

Wie ein Lauffeuer durchflog's das Dorf. Die Kinder wurden befragt und ausgehorcht, selbst der Herr Pfarrer ließ sich herbei, die Erzählung mit anzuhören. Da war kein Haus, in dem nicht von der wunderbaren Begebenheit die Rede war; nirgends saßen zwei, drei Leute beieinander, ohne sich in die Ohren zu tuscheln: »Se gieht um, se han se gesiehn!«

Die alte Sage vom Ritter Siegfried auf Burg Ramstein ward wieder lebendig, der dem falschen Knecht sein Ohr lieh, sein unschuldiges Weib der Untreue zieh und von sich stieß, so daß die arme Genoveva in der Höhle, tief im Wald, Zuflucht suchen mußte, dort ihr Kind mit Tränen herzte und mit der Milch der Hirschkuh ernährte. Sie saß viele Jahre in dem dunklen Felsenloch. Ihr Gewand zerriß, sie hatte nichts zum Mantel als ihr goldnes Haar. Aber zuletzt ward sie heilig, und die Engel setzten ihr eine Strahlenkrone aufs Haupt. Und nun hatten die Kinder sie gesehen.

»Jao, jao, ich glauwen et wohl«, sprach die Katrein Holzer, die derweilen als einzige Pfründerin im halbverfallenen Armenhaus hockte, und nickte geheimnisvoll, daß ihr Kropf wackelte. »Lao haon ich se schuns mannigmaol singen hören, wann ich erum gekraucht bin nach Holz un Beeren. Äwer ich han mich dervon gemaach un niemand neist verzählt. Et is net wohlgedahn, et is net wohlgedahn, wann mer doadrüwer reden duht. Un gaor die Heilige siehn – dat uns Gott bewaohr!« Sie schlug fromm ein Kreuz, und die Umstehenden schlugen rasch eins mit.

»Mich soll et wunnern,« die Alte blinzelte scheu, und ihr zahnloser Mund flüsterte, »paßt uf, ich duhn net daofür kurantören, ob de Könner net verspillt han. Die Heilige läßt sich net ungestraft belauren – et is net wohlgedahn, et is net wohlgedahn!«

Die Katrein hatte so unrecht nicht. Dem Fischer Matthes sein Pitter, der erste, der die Genoveva geschaut, der auch nachher im Dorf den größten Mund gehabt hatte, ward wenige Tage darnach krank. Was ihm fehlte, wußte man nicht; er hatte es arg im Leib, und kein Essen war ihm bekömmlich. So sehr schlimm war es eigentlich nicht, aber der Bube hatte eine Höllenangst und schrie immer:

»Modder, Modder, et sein net die unreifen Kirschen, et is die Genoveva! Ich gänn gestraoft, ich haon mit den Fingren uf se gezeigt!«

Und die Mutter heulte und rief die Gebenedeite und alle Nothelfer; nur keinen Doktor.

»Wat soll hän auch hei? Da hilft kein Medezin einholen, uns Pittchen muß doch stärwen!«

Da war kaum einer in ganz Ehrang, der zur Genovevahöhle gestiegen wäre. Einsam und gemieden lag sie inmitten dichten Waldes. Aber auch der Kühne, der sich, von Neugier getrieben, ein Stück den Berghang hinaufwagte, hörte kein Singen mehr; es war verstummt.

Das erste Mal

Alwin Ixfeld

Nebel wabert um ihre Füße, umschmeichelt ihre Gesichter. Den vollen goldenen Mond über ihnen sehen sie wie eine Ahnung manchmal kurz aufblinken. Der Einstieg in die Burg war mühsam, aber jetzt stehen Tonja und Chris auf dem Turm der Manderscheider Burg und genießen ihr Zusammensein. Keiner hat ihnen zugetraut, daß sie die Burgmauern überklettern, um eine ganze Nacht hier zu verbringen. Aber sie haben es geschafft und alles auf Video festgehalten, zum Beweis.

Kühl umschmeicheln die Nebelschwaden ihre nackten Schultern, aber das tut gut nach der anstrengenden Kletterei. Die beiden halten sich ganz fest umschlungen, küssen sich immer wieder und schauen sich dann tief in die Augen. Seit drei Monaten sind sie jetzt zusammen und heute nacht, das haben sie sich vorgenommen, wollen sie hier in der Burg zum erstenmal miteinander schlafen. Sie wollen diese Nacht zelebrieren. Kerzen haben sie dabei und Sekt, ihre Schlafsäcke mit den breiten metallenen Reißverschlüssen liegen aneinander gezippt auf der Unterlage, die weich genug ist, um Steine nicht spüren zu lassen. Sie brauchen nicht zu reden, sie fühlen die Haut des anderen. Nackt auf dem Burgturm, in der Gewißheit, daß niemand sie sehen kann, so haben sie es sich vorgestellt.

Leicht wie eine Feder ist die Berührung, die Chris auf seinem Rücken spürt. Vom Nacken über das gesamte Rückgrat fühlt er die Sehnsucht darin und genießerisch schließt er die Augen.

Ein scharfer Schmerz da, wo seine linke Niere ist, läßt ihn reflexartig aufstöhnen und nach hinten greifen. Die scharfkantigen Steine der Burgzinne haben sich tief in seinen Rücken gegraben. Tonja sieht ihn erschreckt an, aber mit einem Lächeln kann er sie beruhigen. So, als seien sie stumm, zeigt er ihr die schmerzende Stelle am Rücken und sie säubert mit ihrer Zunge die kleine Wunde, wandert mit zarten Küssen seinen Rücken entlang. Und wieder spürt er diese Sehnsucht in dem zarten Kribbeln auf seiner Haut.

Ruckartig wacht er auf. Etwas hat ihn geweckt. Er horcht in die Dunkelheit hinein, aber da ist nichts. Kein unnatürliches Geräusch, keine Bewegung, die nicht in diese Nacht gehört. Ihre Nacht.

So ein Gefühl hat er noch nie empfunden, so warm, so unendlich zart. Danach hat er sein ganzes Leben lang gesucht und das will er bis an sein Ende bewahren. Er weiß, sie empfindet genau so und deshalb will er alles daran setzen, daß sie zusammmenbleiben können. Keiner darf sie mehr trennen.

Ein leises Schwirren in der Luft läßt ihn schaudern. Vorsichtig, um sie nicht zu wecken, schiebt er sich zur Seite und richtet sich langsam auf. Der Mond strahlt jetzt klarer am Himmel über Manderscheid, keine Spur mehr vom Nebel.

Die Luft ist angenehm lau. Ihre Kerzen sind bis auf die Stummel heruntergebrannt. Da ist nichts, außer vielleicht ein paar Fledermäusen auf der Jagd nach Nahrung.

Sehnsuchtsvoll und zart ist die Berührung auf seinem Rücken, wie beim ersten Mal. Panisch wirbelt er herum. Sanft und voller Wärme sind die Augen, die ihn betrachten. Sein Atem beruhigt sich wieder, und der Schreck weicht erstauntem Erkennen. Diese Augen sind ihm vertraut, sie sind ein Teil seiner selbst, seines Lebens. Es ist, als ob darin ganze Menschenalter und Geschicke liegen. Über die Jahrhunderte hinweg reicht er ihr die Hand und fühlt mit jeder Faser die federleichte Berührung, die ihn vor Wohlgefühl erschauern läßt. So, als sei ein dichter Vorhang von seinen Erinnerungen weggezogen, weiß er, wer er ist, wer sie ist, und vor allem weiß er um ihre Liebe. Eine Liebe, die nicht sein durfte und dennoch wahr wurde. Eine Liebe, die hart und unbarmherzig beendet wurde, aber jetzt ist da keine Trauer mehr um ihre Vergangenheit. Nur noch Wärme und Augen, die ihn alles um ihn herum vergessen lassen.

Vorsichtig, um sie nicht zu wecken, drückt er sich näher an die weiche Haut heran.

Er hebt den Kopf und läßt langsam seinen Blick über die Konturen des Körpers neben ihm wandern. Sie ist so schön. Stirn, Nase, Mund, ihr Brustansatz. Das ist die Frau, mit der er den Rest seines Lebens verbringen will, dessen ist er sich in diesem Moment ganz sicher. Egal, was ihre Eltern und der Rest der Verwandtschaft dagegen vorbringen werden. Sicher, er ist arm und sie kommt aus gutem Hause, aber die Zeiten haben sich schließlich geändert und er weiß, daß sie gemeinsam ihr Leben angenehm gestalten können. So glücklich wie nie zuvor in seinem Leben, schmiegt er sich an sie, umschlingt sie mit seinen Armen. Ein Lächeln läßt ihre Lippen noch schöner werden. Er muß sie einfach wach küssen.

Ein Zipfel der Decke kitzelt ihn im Nacken, als er sich nach vorne beugt. Schaudernd greift er danach und bleibt dann starr liegen. So weich kann eine Decke nicht sein, auch der Geruch ist falsch und außerdem ist da kaltes Metall mit vielen kleinen Zähnen angenäht. Mit einem Ruck will Kristan, der leibeigene Bauer aus Eckfeld, sich von diesem fremdartigen Gewebe befreien, aber sein einziger Erfolg besteht darin, daß er seine Margarethe, die schöne Schwester des Grafen, unsanft weckt.

Erstaunt sieht sie ihn an, dann weiten sich ihre Augen und ein langer gellender Schrei erfüllt das Tal.

Die Hexe von Neuerburg

Josef B. Schiffels

Im Winter des Jahres 1613 hielt sich auf dem Schlosse zu Neuerburg im Kreise Bitburg die junge Gräfin Claudia von Leuchtenberg auf. Sie starb daselbst, ohne vorher krank gewesen zu sein, eines plötzlichen Todes. In der Nacht, in der die Gräfin ihr junges Leben aushauchte, wütete ein furchtbarer Sturm in dem Tale, und die Tür am Schlafgemach des Fräuleins öffnete sich wiederholt auf unerklärliche Weise. Ferner erklärte der hinzugezogene Ortsdoktor unter Eid, in dem Leichnam finde sich Gift. Da vermutete man, die Gräfin sei heimlich vergiftet worden. Der Verdacht, dies getan zu haben, lenkte sich auf ein Weib, das als Hexe galt. Sofort wurde es vor das Hochgericht gestellt, das über Leben und Tod zu entscheiden hatte. Dort legte die Beklagte folgendes Geständnis ab:

»Vor ungefähr vier Jahren ist im nahen Mühlenwalde ein fremder, schwarz gekleideter Mann zu mir gekommen. Er hat mich beredet, Gott ab- und ihm zuzuschwören, und mir reichen Lohn und alle Freuden des Lebens versprochen. Ich ließ mich überreden. Jeden Donnerstag ist er zu mir gekommen und hat mich auf einem schwarzen Bocke zum Schornstein hinaus zur Hexenversammlung geführt. In der Nacht auf den 23. Januar wurde auf einer solchen Versammlung beschlossen, das gräfliche Fräulein zu töten. Wir haben auf dem Kirchhofe ein ganz junges, noch ungetauftes Kind ausgegraben und daraus den giftigen Trank bereitet. Die ganze Gesellschaft der Hexen ist dann auf schwarzen Böcken zum Schlosse gefahren. Während ein Teil auf dem Gange zum Schlafgemach der Gräfin verblieb, begab sich der andere in das Schlafzimmer und brachte dem Fräulein den tödlichen Trank in einem großen schwarzen Becher bei.«

Die Zuhörer gruselte es bei dieser Rede. Man ergriff die Hexe und überantwortete sie dem lodernden Scheiterhaufen.

Das unheimliche Haus

Paul Spülbeck

Vor gut hundertfünfzig Jahren lebte in Blankenheim ein Notar, der nicht nach Gott und Gebot fragte und viele um Geld und Gut gebracht hat. Geizhälsen und Spitzbuben verhalf er zu Recht; Witwen und Hilflose hat er betrogen und ausgebeutet. Er verstand sich auf alle Schliche und Winkelzüge und wußte seine Kunst immer zu seinem Vorteil anzuwenden. Oft mußte bei ihm fünf gerade sein und schwarz für weiß gelten. Auf solcherlei Weise ist er zu bedeutendem Reichtum gekommen und hat in vollen Zügen gelebt.

Aber eines Tages ist es ihm ergangen wie den meisten Menschen: Er mußte sterben und wurde begraben, von keinem betrauert, von vielen verflucht.

Das Haus kam nach seinem Tode in die Hände eines rechtschaffenen Christen, der aber bald zu seinem Entsetzen feststellen mußte, daß es in dem Hause Nacht für Nacht umging. In der ersten Nacht hörte man auf dem Speicher Poltern und Rumoren, als wenn mit schweren Kugeln gekegelt werde. Erschrocken standen die Schläfer auf, zündeten ein Licht an, gingen auf den Söller in der Meinung, daß etwa eine Katze oder ein Hund eingeschlossen sein müsse. Aber sobald ein Lichtstrahl in den Raum drang, war alles still. Nur ein paar alte Bretter knackten unter den Tritten, sonst aber vernahm man keinen Laut und Hauch.

In der nächsten Nacht wiederholte sich dasselbe, nur daß man deutlich hörte, wie die Speichertüre auf- und zuging und wer die Treppe herunterkam. »Trapp, trapp« hörte man das Auftreten auf den einzelnen Stiegen, dann durch die Gänge Schlurfen und Schleichen, dazu ein leises, aber schreckliches Seufzen und Stöhnen.

Der Hausherr zündete wieder ein Licht an, trat aber erst aus dem Zimmer in den Flur, als er die Tritte von seiner Schlafkammer entfernt wußte. Gleich war alles still. Er rief ein übers andere Mal: »Ist wer im Haus?« Keine Antwort. Er leuchtete in alle Winkel: Nirgendwo war etwas Verdächtiges zu sehen. Für den Rest der Nacht blieb es daraufhin ruhig.

Aber in der dritten Nacht wiederholte sich sogleich das ganze Spektakel. Vom Speicher begann es, tappte mit schweren Tritten die Treppe herunter, schlurfte durch die Gänge, und dieses Mal – denkt euch den Schrecken! – klopfte es mit entsetzlich harten Knochenfingern an der Tür der Schlafkammer; dazu vernahm man ein so heiseres Rufen, daß einem das Blut in den Adern stehenbleiben konnte. Längst waren drinnen alle wach und lauschten atemlos auf das Klopfen und Stöhnen vor der Tür. Diesmal wagte niemand, die Kammer zu verlassen. Es dauerte über eine Stunde, währenddessen man draußen langsames Gehen und Kommen hörte, Schritte treppauf, treppab, dazwischen wieder Klopfen und Seufzen an der Türe, bis der Geist sich allmählich nach oben verzog und es endlich ruhig wurde im Haus.

So ging es Nacht für Nacht. Bald vom Keller her, bald vom Speicher her Schleichen und Schlurfen, Knarren und Knacken, Klopfen und Stöhnen. Mit einem Wort: Es

war in dem Haus mehr als unheimlich, und keiner mochte schließlich darin wohnen.
Da bat der verzweifelte Eigentümer den Pastor von Blankenheim, er möge das Haus neu einsegnen und den Geist bannen kommen. Der Oberpfarrer kam, sprach Segen und Gebet, sprengte Weihwasser und machte das Zeichen des heiligen Kreuzes. Da hörte man auf einmal eine Stimme aus unmittelbarer Nähe, wie wenn ein Mensch vor einem stände, und war doch niemand zu erblicken. Die Stimme war keuchend, heiser und hastig, ähnlich wie der verstorbene Notar immer gesprochen hatte. Alle, die zugegen waren, durchfuhr das kalte Entsetzen, doch waren sie für den Augenblick wie gelähmt und konnten nicht von der Stelle. Die Stimme hielt dem Pastor vor, daß er zu lange beim Kartenspiel sitze und darüber das Gebet und die Vorbereitung der Predigt zu kurz komme. Und das war die Wahrheit. Der Geist fügte noch frech hinzu: »Was also willst du wider mich? Du bist ja selbst nicht rein. Ich muß ja lachen, wenn ich dich seh. Gib's nur ruhig auf! Dein Segen hat keine Gewalt. Deine Hände sind ohne Kraft.« Da ward der Priester bestürzt und verlegen und zog sich beschämt zurück.

Daraufhin bat man einen anderen Pfarrer aus der Nachbarschaft um Hilfe, schließlich alle Priester des Umkreises, aber allen konnte der spukhafte Geist etwas vorwerfen, kleinere oder größere Fehler, oft ganz geheime Schwächen, wie der schärfste Richter sie nicht ausschnüffeln kann, so daß alle Priester ablassen mußten und nichts über die verruchte Seele vermochten.

Zuletzt riet man dem Hauswirt, er solle den frommen Pastor von Lommersdorf holen, Herrn Heinrich Horr, der seit dem Jahre 1838 daselbst die Pfarre verwaltete. Herr Horr war von kleiner Gestalt und führte in der Tat einen heiligen Lebenswandel. Seine große Güte war allgemein bekannt wie auch seine tiefe Demut und Bescheidenheit. Auf wiederholte Bitten – er hielt sich für unwürdig und unfähig – kam er endlich, segnete, betete und sprach den Bannfluch der Kirche gegen böse Geister.

Und siehe da: Der Geist knurrte und zischte, konnte aber dem frommen Priester keinen Fehler vorwerfen. Er redete und schwätzte, aber es konnte ihm alles nichts nützen, er wurde Stufe für Stufe die Treppe hinauf vertrieben. Immer wieder mußte der Priester von neuem mit seinem Bannfluch beginnen, immer wieder setzte sich der Geist zur Wehr durch heftiges Blasen, durch kalte, zischende Zugluft, durch Lähmung und Ermüdung der Muskeln des Priesters, der vor Erschöpfung zusammenzubrechen drohte. Aber doch gewann dieser immer wieder eine Stufe mehr, bis sie beide endlich auf dem Speicher angekommen waren.

Nun ging es nicht höher. Der Pastor hatte aber auch keine Kraft mehr, den Geist weiter zu verbannen. Er konnte ihm nur noch auferlegen, daß er nie den Söller nach unten hin verlassen dürfe, höchstens nach oben in die Lüfte.

Wie wenn er ins Wasser gefallen wäre, so in Schweiß gebadet kam Pfarrer Horr vom Speicher herunter. Und wirklich, von nun an war Ruhe im Hause, wenn es auch auf dem Soller mitunter nicht ganz geheuer war. Man mied ihn so gut wie möglich, dann hatte man seinen Frieden.

Im Jahre 1944 wurde das Haus von Bomben vollständig zerstört, und nun wird wohl endgültig Ruhe sein.

Das Schloßfräulein von Ernstberg

Carola Freiin von Eynatten

Weit offen standen Thüren und Fenster der einsamen Waldschenke, in welcher die verrufensten Zecher der Umgebung, fahrende Spielleute und Dirnen und Gesindel aller Art sich zu Tanz, Schwelgerei und Würfelspiel zusammenzufinden pflegten, in welcher aus Rand und Band geratene Gesellen schon manchen »kühnen Streich« ersonnen hatten, der Geld und Gut, leichter aber noch Galgen oder Rad einbringen konnte. Mancher Blutstropfen war hier schon geflossen, und mancher harmlose Reisende spurlos verschwunden. Die Fiedeln und Pfeifen schrillten, wilde Flüche, kreischende Weiberstimmen, rohes Lachen weckten das Echo des Waldes, mächtige Weinkannen standen auf den Tischen, von jenen umlagert, deren Beine zu schwer geworden waren, sich noch länger im Takte zu schwingen, während die andern im rasenden Wirbel die Wirtsstube durchflogen, die so mit Dunst, Rauch und Staub angefüllt war, daß man Menschen und Dinge nur wie durch einen dicken Nebelschleier sah, der ihnen in Verbindung mit dem flackernden, matt glühenden Licht der Kienspäne etwas Schattenhaftes verlieh, das den widerlichen Eindruck der Szene noch verstärkte.

Mit einem quiekenden Mißton brachen Fiedeln und Pfeifen ab, die Musikanten lehnten ihre Instrumente in einen Winkel, die Paare schwenkten noch einige Male hin und her, um endlich stehenzubleiben oder sich auf die Weinkrüge zu stürzen. Nur ein junger Mann mit dunkel gerötetem Gesicht, dem das feuchte Haar an den Wangen klebte, blieb in der Mitte stehen und rief mit rauher Stimme:

»He, Frau Wirtin, macht mir die Zeche!«

»Ei was, Hans, Ihr werdet doch nicht schon an den Aufbruch denken wollen«, entgegnete die behäbige Wirtin, der es jedesmal einen Stich ins Herz gab, sah sie einen Gast sich zum Aufbruche anschicken, in dessen Tasche sie noch einen Heller vermutete.

»Bin lange genug da, seit gestern abend!«

»Seid nicht so unwirsch zu alten Freunden, Hans, es ist nicht schön; wir haben Euch stets so gut leiden mögen. – Und wenn ich denke, wie lustig Ihr alleweil waret, wie toll Ihr es getrieben habt, toller als der rote Jakob, und wie jedes Mädel in Euch vernarrt war! Freilich ist einer erst Ehemann – «

»Was ich früher konnte, kann ich auch heute noch, wenn ich mag«, schrie Hans, blutrot im Gesicht vor Zorn.

»Hans, wenn Du fortgehst, werden alle denken, der Suse Treulosigkeit treibt Dich fort; sie werden sagen, Du könntest es nicht verwinden, daß sie dem roten Jakob den Vorzug gegeben hat«, drängte sich eine Dirne in herausfordernder Haltung an ihn. »Sei vernünftig, es gibt noch mehr Mädel, die der Suse gleichkommen und Dich gerne trösten wollen.«

Hans schlug eine grelle Lache auf und stieß das Weib zurück.

»Ei ja, es gibt ihrer noch viele, und die schönste von allen will ich mir in dieser Nacht küren!« schrie er mit wild leuchtenden Augen.

Die andern waren indessen durch die lauten Stimmen aufmerksam geworden und von allen Seiten drängten sich Männer und Weiber mit der Frage hinzu:
»Wer ist diese schönste, nenne sie?«

»Das Schloßfräulein vom Ernstberg, die in jeder Mitternacht auf ›Langenhecken‹ nach einem Liebsten ausschaut! – Sie soll nimmer länger warten, ich erlöse sie aus aller Not und Pein.«

Der Kreis um Hans herum hatte sich erweitert, und alle die Zecher und Dirnen sahen ihn halb verwundert, halb erschrocken an.

»Das wagst Du nicht!« lachte endlich einer.

»Meinst Du? – Wer mir nicht glaubt, der folge mir aus der Ferne, damit er sieht, wie ich das Schätzchen freie!« schrie der aufgeregte Bursche, die Faust auf einen Tisch schlagend.

»Na, nur keine Dummheiten, was zu weit geht, ist von Übel; darum macht mir den Menschen da nicht ganz toll!« mischte sich die Wirtin ein, worauf sie sich zu Hans wandte: »Und Du laß ab von dem Schloßfräulein, die sieht eben nicht aus, als ob sie just auf einen Freiersmann wartete und zum Tändeln und Kosen gelaunt wäre. Bin ihr mehrmals begegnet und hab' jedesmal die Gänsehaut bekommen von ihrem wilden Geschau!«

»Bin kein altes Weib wie Ihr, wenn es sein muß, nehme ich es mit dem Teufel auf!«

»Redet Euch nicht den Atem aus der Brust, Frau Wirtin, er läßt es ohnehin bleiben«, höhnte man. Da hielt sich Hans nicht länger, und ohne nur nach seiner Mütze zu langen, schoß er zur Thüre hinaus. Junge Burschen folgten ihm und riefen hinter ihm her:

»Flink, mach lange Beine, möchtest sonst das Schätzchen verpassen, die Mitternacht ist gleich da.«

Trotzdem sich alles vor ihm im Kreise drehte, Feuerfunken von seinen Augen sprühten und die Beine oft den Dienst versagen wollten, stürmte Hans unaufhaltsam vorwärts und war bald den Augen der Gefährten entschwunden.

Die nahe Dorfkirche von Weiler-Büsch hatte kaum die zwölfte Stunde durch ihre hallenden Schläge angekündet, als Hans auch schon am Fuße des Ernstberges anlangte und das in Prachtgewänder gehüllte Schloßfräulein die Höhe herabkommen sah, um die mitternächtliche Runde anzutreten, die sie seit Menschengedenken nicht ein einziges Mal versäumt. Hans blieb stehen. Noch war es Zeit, noch konnte er abstehen von der verwegenen That, die vor ihm keiner gewagt hatte. Aber kein guter Gedanke erwachte in ihm; sein wein- und zornglühendes Blut entzündete sich noch heftiger beim Anblick des bleichen, wunderbar schönen Frauenantlitzes, und als das Fräulein, ohne den Blick nach ihm zu wenden, vorüberschwebte, trat er frech an ihre Seite:

»Feines Schätzchen, komm' und laß Dich küssen! – Was, spröde? – Ei, tugend-

hafte Mädchen bleiben nachts daheim – .«

»Elender, der Du ein liebendes Weib treulos verläßt um feiler Dirnen willen, der Du Dein eigen Kind vor Hunger schreien hörst und Dein Geld zu habgierigen Wirten trägst, weiche aus meinem Wege oder Du verlierst Dein Leben hier!« klang es wie ein Donnerruf von den farblosen Lippen.

Aber Hans kam nicht zur Besinnung; mit liebetrunkenem Blick nahte er der geheimnisvollen Gestalt und streckte die Arme aus, sie zu umfassen.

»Berühre mich nicht! – Kehre heim zu Deinem Weib und Kind, um ihretwilllen schonte ich Dich, und werde ein besserer Mensch!« warnte das Schloßfräulein noch einmal.

»Erst werde mein!«

Da streckte sie wie beschwörend die Arme aus und mit einem gräßlichen Schrei sank Hans zu Boden, gerade in dem Augenblick, als die beiden Burschen, die er aufgefordert hatte, Zeugen seines Abenteuers zu sein, zur Stelle kamen.

Schweigend und den traurigen Blick vor sich hin ins Leere gerichtet, glitt die Jungfrau an den Entsetzten vorüber, die langer Zeit bedurften, um sich soweit zu erholen, daß sie ihrem unglücklichen Gefährten Beistand leisten konnten.

»Bringt mich heim!« keuchte er mühsam, ihnen sein Gesicht zuwendend, das aschfahl und ganz verzerrt war.

Schweigend und von innerem Schauern geschüttelt, hoben sie den Gerichteten auf, und ehe sie noch zu Waldkönigen anlangten, hielten sie eine Leiche in ihren Armen.

Natürlich wurde es bald bekannt, wo und wie Hans seinen Tod gefunden hatte, und obschon sein braves Weib ihn trotzdem heiß beweinte, hielt dies die Leute doch nicht ab zu sagen:

»Es ist ein Glück für sie und das Kind; das Schloßfräulein hat ein gutes Werk gethan!«

Und viele behaupten, das schöne Weib vom Ernstberg sei seit jener Nacht nimmer wieder gesehen worden.

Das Spuk

Ulrich Mehler

»Ich will dir mal was sagen«, sagte die Katze, »hier spukt's.«
»Was du auch immer weißt«, antwortete ich.
»Egal«, meinte die Katze, »hier spukt's. Da beißt die Maus keinen Faden ab.« Ich weiß nicht, ob Sie unsere Katze kennen. Es könnte vielleicht sein, aber eigentlich ist es jetzt ziemlich egal, ob oder ob nicht. Jedenfalls hat unsere Katze immer recht. Sie hat sozusagen die eingebaute Vorfahrt, wie man sie bestimmten Autos nachsagt, und sie hat ein freches Mundwerk, na, sagen wir mal: Maulwerk. Aber das kommt hier auf das gleiche heraus.

»Kannst du mir mal sagen, wieso es hier spukt?« wagte ich zu fragen, »und wie kommst du überhaupt darauf?«

»Erstens spukt das hier schon seit ewig. Und zweitens sehe ich das Spuk ja.«

»Es heißt *der* Spuk und nicht *das* Spuk«, erwiderte ich.

Jeder, der unsere Katze kennt, weiß, daß solche Antworten völlig überflüssig, um nicht zu sagen: gänzlich nutzlos sind.

»Es ist völlig egal, ob es ›das‹ oder ›der‹ Spuk heißt«, stellte die Katze klar, »wichtig ist, *daß* es hier spukt!«

Auf meine Frage, wer denn eigentlich in unserem alten Haus spuke, ging sie nicht weiter ein. Sie hielt das Gespräch für beendet, wie unschwer an ihrer Körpersprache zu erkennen war: Sie drehte mir den Rücken zu.

»Überhaupt solltest du mal was essen«, schob ich nach. So leicht konnte ich ja nun nicht aufgeben.

»Ich hab' kein' Hunger«, kam die Antwort. »Außerdem: Bei dem, was ich hier kriege ...« Ihr Blick sagte deutlich: ›Schaff' du erst mal was Annehmbares 'ran. Den Fraß, den Du mir vorsetzt, kriegt ja keiner herunter.‹

Nun ist es nicht so, daß wir unsere Katzen verhungern ließen. Eigentlich eher im Gegenteil. Eine Kollegin von mir sagt immer: »Katz' bei Mehlers müßte man sein. Dann ging's einem gut.« Womit sie zweifelsohne recht hat. Aber unsere Katze dachte über diesen Tatbestand etwas anders.

Katzen sind wählerisch. Jeder, der Katzen kennt, weiß das. Und die Katzen selbst wissen das auch. Ich meine: sie wissen, daß die Menschen wissen, daß sie wählerisch sind. Obwohl sie's vielleicht gar nicht sind. Aber sie nutzen das aus. So was nennt man Herrschaftswissen, glaube ich.

»Ich hol dir einen Fisch«, versuchte ich es.

»Will keinen Fisch«, kam die Antwort. »Du kannst mich nicht bestechen. Du willst ja bloß wissen, wer das Spuk ist.« Das war natürlich erstens eine glatte Unverschämtheit und zweitens hatte sie damit ja nun wieder einmal recht. Ich glaube, diese Eigenschaft unserer Katze erwähnte ich schon.

»Stimmt«, gab ich zu. Was blieb mir auch anderes übrig? »Also, nun sag' schon: Wer ist das Spuk?«

Weiter konnte ich ihr nun wirklich nicht mehr entgegenkommen. Erst den Fisch anbieten und dann noch *das* Spuk! Ich fand, es reichte.

»Das Spuk ist ... das Spuk ist ... ja also ...« Sie geriet ins Stocken. So hatte ich unsere Katze noch nie erlebt. Wie gesagt, sie war nicht aufs Maul gefallen, und um irgendwelche Ausreden war sie bisher nie verlegen gewesen.

»Das Spuk ist, ja also, weißt du, das ist etwas schwierig mit dem Spuk, das kann man nicht so einfach sagen.« Unsere Katze in der Verteidigung! Das hatte es noch nicht gegeben. ›Nun bloß keinen Fehler machen. Vorsichtig, nicht zu schnell, sonst kommt bestimmt gar nichts mehr‹, dachte ich.

»Du hast doch nun selbst davon angefangen – mit dem Spuk.«

»Hab' ich ja auch«, meinte die Katze, »aber ich weiß nicht, wie ich es sagen soll.«

»Du bist doch sonst nicht auf den Mund gefallen, also los!«

»Das ist leichter gesagt als getan«, meinte die Katze. »Die Sache ist nämlich so. Ich weiß auch nicht, wer das Spuk ist. Ich weiß nur, daß es hier spukt. Und ich dachte, du könntest mal ... du würdest vielleicht ... Also vielleicht sollten wir mal gemeinsam ...«

Das war es also: Sie brauchte Hilfe!

Die Katze und ich einigten uns darauf, daß wir uns am nächsten Abend auf die steinernen Treppenstufen im Hof setzen wollten, um gemeinsam zu gucken ob »das Spuk« käme.

»Du mußt aber was zu fressen mitbringen«, meinte die Katze. »Ein Töpfchen voll. Und unters Vordach stellen.«

Okay, auch das. »Meinst du, das Spuk mag Fisch?« fragte ich.

»Na klar«, sagte die Katze, »aber Dose tut's auch.«

Irgendwie kam mir das etwas komisch vor. Geister, die was zu essen wollen, sind doch wohl eher selten. Und woher wußte die Katze, daß Dose für die Spukverpflegung reichte? Andererseits hatte ich früher immer Geschichten in meinen Märchenbüchern gelesen, in denen so arme Wesen ein Töpfchen Milch haben wollten. Und man weiß ja nie, wie ein Spuk reagiert, wenn es seine Milch nicht bekommt. Also: das Freßtöpfchen mußte sein, und es stand an dem Abend auch unter dem Vordach.

Die Katze und ich saßen auf den Treppenstufen, die ins alte Haus führen. Es war warm, es wurde langsam dunkel, der Mond ging auf und zog seine Bahn über das Nachbarhaus. Die Dachpfannen glänzten wieder einmal. Sie können gar nicht anders, wenn der Mond scheint. Ein Bild des Friedens und der Ruhe. Wir warteten auf »das Spuk«.

Als allererstes kam der Igel. Er war nicht zu überhören, randalierte auf dem Hof herum und hatte natürlich gleich das Töpfchen in der Nase.

»Das fehlt mir noch, daß der fette Igelsack jetzt hier das Geistertöpfchen frißt«, sagte ich zu der Katze. »Kommt der immer?«

»Na klar«, sagte die Katze, »das weißt du doch.«

»Ja, schon, aber der soll sich selber verpflegen. Wir haben schließlich Sommer.« Ich rettete das Töpfchen.

»Paß auf, der hat Flöhe«, meinte die Katze.

Wir warteten weiter auf »das Spuk«.

Um es kurz zu machen: In dieser Nacht, so muß ich jetzt schon sagen – der Abend war längst vorbei, es wurde immer später – kamen noch zwei halbstarke Hausmarder, die sich balgten und dabei einen ungeheuren Lärm machten, drei lautlose Fledermäuse, eine ebenso lautlose Schleiereule, zwei augenscheinlich besoffene Mopedfahrer, ein zumindest schwerhöriger, vermutlich aber sogar tauber Autofahrer, dessen Radiobässe das Gespenstertöpfchen erzittern ließen, und der krönende Abschluß war eine Kolonne von holländischen Panzern, die irgendwie einen Nachtmarsch machten oder eine Übung fuhren und sich gerade die Straßen um unser Dorf dafür ausgesucht hatten. Also alles in allem eine der unterhaltsamen Nächte, wie sie in der Eifel gar nicht mal so selten sind. Aber nichts von »das Spuk«.

Die Katze hatte sich verdrückt. Irgendwann war sie auf einmal nicht mehr da. Ich ging ins Bett.

Am nächsten Morgen war das Töpfchen leer. ›Klar, Meister Swinegel hat es leergefressen‹, dachte ich. Aber irgendwie war es so sauber?! Na dann, die Marder.

»War zu laut, heute nacht«, sagte die Katze. »Da kommt das Spuk nicht.«

»Heute abend geh' ich aber früher ins Bett. Das kannst du mir glauben.«

»Ist ja schon gut«, meinte die Katze, »ich paß dann alleine auf. Du brauchst nur das Töpfchen hinzustellen. Kannst ja mal was anderes reintun als die olle Dose.« Ich wählte Forelle.

Am nächsten Morgen war das Töpfchen leer.

»Hast du was gesehen?« fragte ich die Katze.

»Na ja«, kam es ein bißchen zögerlich, »nichts genaues. Da war was. Aber ob es das Spuk war, kann ich nicht sagen.«

»Wie sah es denn aus?«

»Ooch, so groß und lang und so grauschwarz bis blau.«

Das war ja nun eine klassische Katzenantwort: Kurz, knapp und derart unbestimmt, daß alles und nichts dazu paßte.

»Jedenfalls ist das Töpfchen leer.«

»Sooo?« meinte die Katze erstaunt. »Hab' ich noch gar nicht gesehen!«

»Hast du das etwa selbst aufgegessen?«

»Das glaubst du wohl«, sagte die Katze, »den Fraß kannst du keinem Esel ins Ohr schütten!«

Wieder eine von diesen glatten Unverschämtheiten. Es war ja immerhin Forelle gewesen. Aber dieses Katzenvieh war unwiderstehlich frech.

»Heute abend noch mal?« fragte ich die Katze. Sie nickte.

Der Abend war einer von den wirklich ruhigen in der Eifel. Der Mond ging auf und stand groß und gelb und fast rund über der Scheune. Es war warm und

windstill, und wir, die Katze und ich, saßen auf der Treppe zur Haustür. Das Töpfchen war voll, Milch war auch da.

Wir warteten. Keiner von uns sagte auch nur einen einzigen Ton. Es kam kein Igel und keine Schleiereule; es war völlig ruhig. Selbst die Flugzeuge, die sonst immer am Eifelhimmel sind, fehlten in dieser Nacht.

Die Uhr vom nahen Kirchturm schlug zwölf. Mitternacht. Irgendwie wurde es mir etwas mulmig zumute, aber als aufgeklärter Mensch schüttelte ich das leicht wieder ab. Die Katze sagte nichts.

»Da!« sagte sie plötzlich ganz leise. »Da! Da kommt es.«

Und sie zeigte auf die Scheunenecke. Wirklich. Da bewegte sich etwas. Und es kam näher und näher. Grau. Schwarz. Braun. Gefleckt. Getigert. Groß. Klein.

»Katzen«, sagte die Katze, die immer recht hat. »Es sind lauter Katzen!«

Ich nickte. Sie kamen näher und näher. Still zogen sie an uns vorbei. Sie sahen uns nicht an. Sie liefen auf leisen Pfoten an uns vorbei, an der Treppe vorbei, durch das große grüne Tor und verschwanden. Es waren wirklich Katzen. Junge und alte, schmale und dicke, aber alle gepflegt und wohlgenährt. Mit glänzendem Fell, soweit ich sehen konnte.

Nur die Augen konnte ich nicht deutlich erkennen. Es waren keine Katzenaugen. Keine von der Sorte, die zurückstrahlen, die flimmern und schimmern. Sie waren stumpf und leer. Sie waren tot.

An uns zogen tote Katzen vorbei.

Ich kannte sie nicht. Der Zug wurde länger und länger, und aus der Mitte der Prozession schälte sich ein großer, grauer Kater heraus, mit buschigem Fell und einem geplusterten Schwanz. Ein Riese von einer Katze, fast so groß wie ein Schäferhund.

Er scherte einfach aus der Reihe aus und setzte sich vor uns hin. Hinter ihm zogen die Katzen weiter, immer weiter und verschwanden unter dem Tor. Wohin?

Der große Graue blickte mich aus seinen stumpfen Augen an:

»Du bist also jetzt der Meister dieses Hofes?« fragte er in einem ganz altertümlichen Deutsch und mit starkem Eifeler Dialekt. Ich hab' das jetzt hier einmal ins Hochdeutsche übertragen, sonst versteht es wieder keiner.

Ich nickte. Sprechen konnte ich nicht. Es war unmöglich, auch nur einen Ton herauszubringen. Auch unsere Katze schwieg, und das will bei der etwas heißen.

Ich nickte also.

»Ich bin die älteste Katze dieses Hofes«, sagte der Kater, »ich bin 1690 geboren. Und die hinter mir, das sind auch Katzen dieses Hofes. Es sind alle Katzen, die jemals hier gelebt haben.«

Ich fand meine Stimme wieder: »Seit 1690?« fragte ich ungläubig.

»Seit 1690«, sagte der Kater. »Alle.«

»Aber sie sehen so gesund aus!« warf ich ein, »die sind doch nicht alle ...«

»Nein«, sagte der Kater, »sie sind nicht alle ...« Er zögerte etwas. »Viele sind

sogar elendiglich krepiert. Erschlagen, erschossen, erwürgt, ertränkt, überfahren, in den Sack gepackt, an die Wand genagelt, Kreuz gebrochen. Alles. Aber sie haben es hinter sich. Sie sind hier, und sie sind auf diesem Hof. Sie bewachen ihn.«
Ich nickte. Die Katze, die alles weiß, auch.
»Und sie bewachen euch auf diesem Hof. Aber das weiß keiner«, sagte der Graue, »nur du und diese Katze hier. Du bist übrigens ziemlich frech«, wandte er sich an unsere Katze. »Das hätten wir uns damals nicht erlaubt.«
Unsere Katze sagte immer noch nichts. Sie zitterte. Ich merkte es deutlich, weil sie sich an mein Bein drückte.
Der Zug hinter dem Grauen zog weiter. Jetzt konnte ich in der Scheune schon das Ende sehen. Und jetzt erkannte ich auch unsere Katzen.
»Brauni«, rief ich, »Minz, Rübe!«
Aber sie drehten sich nicht nach mir um. Sie gingen weiter. Würdevoll, leise, mit toten Augen.

Ocki, der tapfere schwarzweiße Kater, dem sie das Kreuz gebrochen hatten, Smutje mit der gebrochenen Pfoten, der es nicht mehr geschafft hatte bis nach Hause zu kommen. Erna mit ihren Jungen, die sie ihr erwürgt hatten. Und die Ölsch, die immer schon auf dem Hof gewesen war. Ich kannte sie alle noch, aber ihre Namen fielen mir nicht mehr alle ein. Sie zogen vorbei. Und mit ihnen zog mein Leben vorbei. Ich schloss die Augen.

Da tapste etwas in meinen Schoß.
»He«, sagte der große Graue, »nun heul mal nicht. Denen geht's ja gut. Und für dich ist es eine große Ehre, daß du uns hier sehen darfst. Das kannst du der hier verdanken«, schloss er und wies mit der Pfote auf die Katze, die immer recht hat. Sie wurde gleich drei Zentimeter größer. Ich merkte es deutlich. Und ich wußte, was ich in den nächsten Tagen zu hören kriegen würde. Ich wußte es ganz genau.
»Ich geh' jetzt«, sagte der Graue. »Es ist gleich ein Uhr.«
»Und warum ...?« wagte ich zu fragen.
»Das kann ich dir sagen«, antwortete der Graue, ohne daß ich meine Frage zu Ende gebracht hätte. »Weil du auf den Hof passt. Und weil du diese freche Katze hier hast.«
Ich schwieg. Was hätte ich sagen sollen?
»Und außerdem kannst du die Katzensprache.«
Ich schüttelte den Kopf.
»Doch, die kannst du. Sonst könntest du mich nicht verstehen. Und das ist ein gutes Zeichen!«
»Und was soll ich jetzt machen?« fragte ich.
»Nichts«, kam die Antwort. »Sei zufrieden, daß es so ist, wie es ist. Und halt den Hof in Ordnung.«
Das war ja nun sehr philosophisch. Aber immerhin.
Der große Graue drehte sich um, und – mir fällt im nachhinein kein anderes Wort als »majestätisch« ein – ja, so also schritt er von dannen. Als letzter in der Reihe der toten Katzen, aller Katzen, die je auf unserem Hof gewesen waren. Die

Turmuhr schlug. Es war eins.

»Seit 1690«, sinnierte die Katze vor sich hin, »und ich werde auch einmal dazugehören.«

»Ja, du auch«, sagte ich.

Wir saßen auf den Treppenstufen und schwiegen. Dann sagte die Katze: »Du aber nicht.«

»Nein, ich nicht.«

»Schade«, meinte die Katze.

Ich sagte nichts mehr. Ich weinte still vor mich hin, dachte an die vielen Katzen, die wir schon gehabt hatten, und ich dachte daran, wo ich wohl einmal sein würde.

»Vielleicht gibt's das für Menschen ja auch«, versuchte sie mich zu trösten. Diese Katze konnte Gedanken lesen. Das wußte ich schon seit langem.

»Ja«, sagte ich, »vielleicht. Aber dann sind keine Katzen dabei.«

»Das weißt du nicht«, sagte sie, »vielleicht haben die hier nur Urlaub, sozusagen.«

»Für uns extra Urlaub«, erwiderte ich. »Das glaubst du wohl!«

»Ja, für wen denn sonst?« fraget die Katze. »Für wen sonst als für uns? Das Spuk ist extra für uns gekommen, was glaubst du denn?«

Sie war wieder die alte.

»Das hat der Graue doch gesagt. Und außerdem: Wegen *mir* sind sie gekommen. Hast du das nicht gehört?«

»Hab' ich«, gab ich zu. Daß sie auch wegen mir gekommen waren, hatte unsere Katze unterschlagen. Aber so war sie nun mal.

»Das war also ›das Spuk‹«, sagte ich.

Unsere Katze nickte: »Hab ich ja gesagt. Glaubst du es jetzt?«

»Ich glaub's. Aber seit wann kommen die denn?« wollte ich wissen.

»Och«, sagte die Katze. »seit, ich weiß nicht, seit ...«

Pause.

»Seit?« fragte ich.

»Ja, weißt du«, sagte die Katze, »eigentlich, eigentlich ...«

Pause.

»Du hast das Spuk noch nie gesehen«, konterte ich.

»Ja, genau«, erwiderte sie, »ich hab's noch nie gesehen.«

»Du hast es erfunden«, schob ich nach, »das war alles ausgedacht von dir.«

»Ich hab' ja gar nichts gesagt. Ich hab' nur gesagt, daß das Spuk da rumläuft. Sonst nix«, verteidigte sie sich.

»Aber du wußtest gar nichts von dem Spuk!« Jetzt wollte ich es genau wissen. Sie hob die Schultern: »Nein«, gab sie schließlich zu, »ich wußte nichts davon. Aber da war immer was.«

»Da war nie was«, sagte ich. »Die sind heute zum erstenmal dagewesen. Und vermutlich auch zum letztenmal.«

»Das kannst du nicht sagen«, meinte die Katze. »Vielleicht kommen sie immer wieder.«

Irrlicht

Maria Homscheid

Wo die Grenze durch die Heide läuft, wo sie durch Moor und Sumpf schleicht und zwischen Wacholder und Ginster geht, da ist die Stille daheim, die tote Stille, der Nebel und die Einsamkeit.

In dieser Stille, dieser Einsamkeit stand Hannesmanns Hütte. Eine kleine, erbärmliche, windschiefe Hütte. Mit nur zwei Fensterlein lugte sie auf die Heide hinaus, und mit einem einzigen dritten, das oben im jämmerlich sich neigenden Giebel war, äugte sie zum schwarzen Moor hinüber.

Was war das doch eine Armseligkeit mit Hannesmanns Hütte!

Ganz selten kam ein Mensch da vorbei. Nur dann und wann am Tage oder im sinkenden Abend oder in schwarzer Nacht ein Grenzer, der seinen Dienstgang machte und nach den Schwärzern Ausschau hielt. Es waren das aber, diese Schwärzer, es waren das Schmuggler, die mit zollpflichtigen Waren über die Grenze brannten.

O, der gab's im Grenzland manchen, und die brachten genug Aufregung und Fährnisse und Ärger in das Leben der Grenzwächter.

Auf den Gängen um diese kühnen und verschlagenen Männer nun kehrten die Grenzer oft bei Hannesmann, dem alten Torfgräber, ein. Einmal kamen sie um eine glühende Kohle für ihre erloschene Pfeife, das andere Mal um einen Wacholderschnaps. Sommers auch kamen sie vielleicht um einen kühlen Trunk aus dem Rieselbörnlein, das lustig hinter Hannesmanns Hütte schwätzte, und winters um einen heißen Schluck aus Mutter Madelens Kaffeekrug, der beständig auf dem Herde stand.

Man konnte anders nicht sagen: die braven Grenzwächter hielten gute Freundschaft mit den beiden Alten, und Hannesmann half ihnen aus allen Kräften schimpfen auf die heillosen Schmuggler.

Er konnte das ausgezeichnet, und es gefiel den Grenzwächtern ausnehmend gut, wenn er so greuliche Flüche tat, daß man meinte, die Lehmwände der Hütte müßten auseinanderfallen.

Dann lachten die Männer.

Mutter Madelen aber lachte nicht. Und ihr gefiel das mörderliche Gefluche und Geschimpfe durchaus nicht.

Aber was wollte sie machen?

Es wohnten in der Heidehütte ihrer drei: Hannesmann, der alte Torfgräber und Fluchmeister, Madelen, seine Frau, und Jeanpierre, ihr Enkel. Mit diesen dreien war es so:

Hannesmann war immer mürrisch, die Frau immer traurig, und Jeanpierre, der Junge, immer lustig.

Die Frau wußte schon, weshalb der Mann immer mürrisch, und der Mann

wußte schon, weshalb die Frau immer traurig war. Aber es wußte weder der Mann noch die Frau, weshalb Jeanpierre, der Junge, nur immer so lustig war und so frohgelaunt.

Ha! Wie sollte der denn auch nicht fröhlich sein? Einen so weiten, wunderbar schönen Spielplatz, wie er hatte, besaß doch nicht einmal ein Prinz. – Man muß bedenken: die ganze unabsehbare, die ganze feine, wunderbare Heide war sein! War sein im Sommer und im Winter. Wie war das doch so schön in der Heide im Hochsommer, wenn sie blühte, rot, rot wie ein weites, rotes, lebendiges Meer! Wenn all die bunten Sommervögel darüber waren und all die hunderttausend Schillerkäfer! In der Heide ist immer Sonntag, meinte dann Jeanpierre und schaute und hörte den Heidelerchen zu. Und fing Heidehasen und schoß mit seiner kleinen Flinte, die ihm der Großvater mitgebracht hatte aus dem Belgischen, auf Moorhühner. Und baute sich lustige Windmühlen und fröhliche Wasserräder, und der schwarzhaarige Rys, der oft zum alten Torfgräber kam, half ihm dabei. Ja, und dann wurde es manchmal schwer, in die Schule zu gehen.

Und winters! Wie war es da so lustig, wenn der Heidewind ging und die Flocken tanzten und wirbelten, so daß man keine Welt mehr sah! Oder wenn die Heide in ihrem weißen Schimmerkleid lag, lag so still und weiß überall ... Wenn alles, alles in diesem herrlichen Weiß versank: das Moor, die Wege und Stege und das ferne Heidedorf, ja fast die Hütte. Dann geschah es manchmal, daß Jeanpierre nicht zur Schule konnte, und dann tummelte er sich nach Herzenslust in dem herrlichen Schnee und meinte, so viel und so weißen Schnee gebe es wohl sonst nirgendwo auf der ganzen Welt.

Kein Wunder also, wenn Jeanpierre, der Heidebub, immer lustig war, trotzdem er keine Spielgefährten hatte, und meistens nur beim mürrischen Großvater und bei der traurigen Großmutter sein konnte.

Einmal aber, an einem merkwürdigen Tage, da war Jeanpierre nicht lustig. Das war an einem schweren Novembertag. Da saß der Knabe drinnen in der Hütte am Fenster und schaute halb ängstlich, halb betrübt in die betrübte Heide hinaus. Es ging auf den Abend zu, und die Nebel begannen aus dem Heidekraut hervorzukriechen.

Still war es in der düsteren Stube, die zugleich als Küche diente. Auf dem Herde glimmte ein Torffeuer, und die alte, belgische Porzellanuhr ging ächzend ihren Gang. Und Jeanpierre war allein in der Stube.

Hinterwärts aber in der Kammer lag der alte Hannesmann auf seinem groben Bett und stöhnte. Er hatte eine Kugel in der Brust, und die alte Frau sagte, er müsse daran sterben.

Sterben an diesem kleinen Bröcklein Blei!

Woher aber war diese Kugel?

Darüber sann und grübelte der Junge schon die ganze Zeit her nach.

Lächerlich und doch traurig, daß der Großvater an so einem Bröcklein Blei sterben sollte!

Den Arzt? Nein, den Arzt durften sie doch nicht rufen. Und was hätte der auch groß helfen können! Ja, und der hätte gleich gewußt, woher die Kugel war. Hätte nicht anders gesagt, als daß der Alte sie auf einem Schleichgange erwischt habe. – Hätte gleich gewußt, daß der alte, biedere Hannesmann eigentlich ein Schmuggler war.

Die Frau aber, die alte Madelen, hatte das schon immer gewußt, und darum war sie stets so traurig; denn sie wollte ehrlich sein und ehrlich bleiben, und auch Jeanpierre, der Junge, sollte ein ehrlicher Mensch werden. –

Und jetzt saß Frau Madelen am Bett ihres Mannes und sagte : »Hannesmann! Du mußt sterben ... Und du hast es noch schwer auf der Seele ... Laß den Priester kommen!«

Der alte Sünder hatte Zeit seines Lebens nicht viel auf Kirche und Priester gehalten, jetzt aber stöhnte er: »Ja, ja ... ich muß ... ja, er soll kommen ... aber bald!«

Da ging die Frau aus der Kammer in die Stube, wo Jeanpierre am Fenster hockte und noch immer auf die Heide hinausstarrte. Es wurde ihm noch ein gut Teil ängstlicher zumute, als jetzt die Großmutter vom Tod sprach, der zum Großvater in die Kammer hineinwolle.

»Hast du ihn denn schon gesehen, den Tod?« fragte der Junge.

»Ja, Kind, ich habe ihn schon gesehen!« antwortete die alte Frau und dachte an die merkwürdigen Schatten, die sich bereits auf Hannesmanns Gesicht lagerten.

»Mit der Sense? ... War er ein Gerippe?« fragte der Junge wieder und schauerte leicht zusammen. Gott, wenn der Tod nun jetzt eben zur Tür hereinkäme! ... Wenn er vielleicht schon im Stubenwinkel lauerte! Jeanpierre stellte sich den Tod immer vor als Sensenmann, so wie er ihn drüben in der alten Heidekirche auf einem alten Wandbild dargestellt sah.

»Sprich nicht so laut, Jeanpierre«, umging Frau Madelen die Frage.

Aber der Junge hatte schon wieder eine andere Frage zur Hand; denn er war heilfroh, wieder ein wenig mit der Großmutter sprechen zu können, die seit letzter Nacht kaum für ihn ein Wort gehabt hatte. »Wer hat die Kugel, die böse Kugel auf den Großvater abgeschossen?« fragte er.

Da aber hielt ihm die alte Frau den Mund zu. »Still doch, Junge, still von der Kugel ...!« sagte sie. Und fuhr fort: »Jeanpierre, getraust du dich wohl durch den Abend und am Moor vorbei? Den Priester sollst du deinem armen Großvater holen, damit er doch nicht unversehen sterben muß. Du weißt, mein Junge, wer mit unbereuter und unerlassener schwerer Schuld dort drüben ankommt, findet keinen Himmel.«

Jeanpierre war ein tapferer Junge, aber er erschrak nun doch bei dem Gedanken an den gut zwei Stunden weiten Weg ins Heidedorf, durch Heide und Moor, bei Nacht und Nebel. Und wo der Tod noch irgendwo lauerte! Gott, wenn er ihm begegnen würde! Und es war ohne diesen Gedanken, diese Vorstellung schon so unheimlich, so scheusam nächtens am Moor!

Jeanpierre zauderte und schaute die Großmutter unsicher an.

Da kam aufs neue ein Stöhnen aus der Kammer, ein jammervolles, und die Zitterworte: »Jeanpierre, mein Junge ... eile ... eile! Sonst ist mir das Leben aus, bevor der Priester kommt!«

Nun aber war es mit dem Zögern vorbei.

Der Junge langte nach seiner Wollmütze und sagte, indem er sich zur Kammertür wandte: »Ich gehe schon, Großvater, seid ruhig! Gewiß, ich laufe! So schnell wie ich kann ja keiner sonst durch die Heide!«

In der Kammer flackerte bereits ein zages Flämmlein auf dem Stehlicht, und Jeanpierre sah den Schatten des Großvaters an der grauen Kammerwand. Und da ... aus der allerdunkelsten Ecke ... kam er da nicht langsam hervor, er, der eine, der Grauenhafte? O Gott!

Nun aber schnell auf den Weg! Und Jeanpierre verließ die Hütte, um seinem alten Großvater den letzten Trost zu holen.

»Geh aber nicht durchs Moor, Jeanpierre!« rief ihm die alte Frau noch nach.

Aber der Junge hörte es nicht mehr. Der Nebel hatte seine kleine Gestalt schon verschlungen.

* * *

Und Jeanpierre lief über die Heide.

Der Nebel kroch vor ihm her, als wolle er ihm den Weg versperren. Doch, was verschlug das dem tapfern Jungen! Er kannte den Weg und die Heide und das Moor so gut, daß er sich auch im dichtesten Nebelgeschwade zurechtfinden würde.

Furcht hatte er nun auch nicht mehr. Die Sorge um den armen Großvater hatte sie ihm genommen. Nein, nein! Ohne den Priester sollte der nicht sterben! Gott, wenn der Großvater dann nicht in den Himmel käme! Jeanpierre wußte es jetzt: der Großvater war auch ein Schmuggler. Und die Schmuggler waren doch Schlimme. Er mochte sie nicht leiden, und die Großmutter mochte sie auch nicht, und Der liebe Gott wohl erst recht nicht. Und nun war der Großvater einer und mußte sterben!

Und Jeanpierre lief, lief immer weiter mit leichten, flinken Füßen dem Dorfe zu, lief durch feuchtes Heidekraut und raschelnden Ginster. Er lief sich in Schweiß und trug die Wollmütze bereits in der Hand.

Da kam das Moor.

Jeanpierre hielt ein und überlegte.

Wenn er den schmalen Weg jetzt nähme, der, kaum zwei Schuh breit, da hindurchführte, würde er eine gute halbe Stunde früher im Dorfe sein. –

Aber es war gefährlich durch das Moor zu gehen im Nebel, und für einen, der da nicht ganz gut Bescheid wußte, würde dieser Pfad unfehlbar zum Todesweg werden.

Er war das schon oft geworden.

Und auch schon manchem, der da gut Bescheid gewußt hatte.

Jeanpierre aber wußte Bescheid im Moor, besser wohl als jeder andere, besser als der kühnste Schmuggler. Er kannte das Moor, er liebte es; denn er fand so viel heimlich Schönes an ihm, das die andern gar nicht sahen. Und tausendmal war er die schmalen Moorpfädlein gelaufen. Nein, ihm würde das Moor nichts Böses tun. Ihm nicht! Und doch! –
Er stand und zauderte. Der Nebel quallte und wallte schwer darüber ... Sie sagten, das Moor sei böse und heimtückisch, und sie wußten viele, viele schlimme, unheimliche Mären vom Moor. Die Schmuggler wußten viele. Oft hatte er zugehört, wenn abends in der Heidehütte davon erzählt wurde. Und hatte sich heimlich gefürchtet. Besonders der schwarze Rys wußte so gruselige. –

Nein, nein! Nicht durch das Moor!
Aber da war der sterbende Großvater, der nach dem letzten Trost verlangte. – Wie, wenn der Priester zu spät käme? Der Junge war nun schon in dem Alter, daß er wußte, was ein Zuspätkommen des Priesters für eine scheidende Menschenseele bedeutet. –
Also doch durch das Moor!
»Ha«, dachte Jeanpierre, »mein Schutzengel geht doch mit«, und machte das Kreuz und tat die ersten Schritte auf dem gefährlichen Pfädlein, das da fest und tretbar durch das glitscherige Moor lief.
Hundert, zweihundert Schritte zählte er, da kam die erste Kehr. Und der Junge nahm sie und eilte kühn, aber doch vorsichtig weiter. Herrgott, wenn er einen Fehltritt täte! –
Aber nein! Jeanpierre tat keinen Fehltritt. Er kannte das Moor, er kannte seinen Pfad und kannte auch die ganz schmalen trügerischen Zweigpfädlein. Die verführten ihn nicht.
Und weiter, immer weiter.
In der Heidehütte lauerte der Tod auf einen, und dieser eine lauerte auf den letzten Trost. Und Jeanpierre, der tapfere Junge, wird ihm den holen!
Jeanpierre sah nur immer vor sich. Seine scharfen Knabenaugen schnitten hell und blank durch den Nebeldunst.
Aber jetzt! Wie der Nebel auf einmal so unruhig wurde! Wie er anfing, so unheimlich sich zu ballen! Wie er wieder zerflatterte, sich wieder ballte und auf und ab stob! Wie er zu merkwürdigen Gestalten zusammenfloß, zu kriechenden, schwebenden, sich hebenden. Zu dräuenden und drohenden Riesenmännern mit furchtbaren Bärten; zu unheimlichen Riesenfrauen mit langen, fliegenden Haaren und wallenden Schleiern.
Waren das wohl die Geister der im Moor Versunkenen?
Jeanpierre dachte auf einmal so, und es kam ihm vor, als wenn all diese Riesengestalten ihn bedrängen und erdrücken wollten. Ja, so kam es ihm vor. Der arme, kleine Wanderer! Er fing an, sich zu fürchten und fing an zu schwitzen. Die spukhaften Nebelmänner und -frauen wuchsen immer furchtbarer in seine Einbildungskraft hinein und bedrängten schwer seinen tapfern Jungenmut und

machten seine tapfern Schritte zaghaft, unsicher.

Und ... und endlich blieb Jeanpierre ganz stehen, tastete vorsichtig erst mit dem rechten, dann mit dem linken Fuß hierhin und dorthin ... Er hatte die Richtung verloren!

Da stand der kleine Wanderer still, stand ganz still in dem weiten, unergründlichen Moor, und das unheimliche Nebelvolk, das eben noch einen schaurigen Spukreigen um ihn aufgeführt hatte, stand auch still. Es war jetzt nur mehr ein einziger dichter Graudunst über dem Geheimnis des Moores.

Und des Knaben Augen irrten rat- und hilflos vorwärts, rückwärts, rechts und links. Wo aus, wo ein? Er wußte es nicht. Totenstille. Nicht einmal ein Moorhuhn schrie. Totenstille. Und Nebel ... Nebel.

Aber da auf einmal, etwa hundert Schritte vor ihm auf dem Pfad, stand ein Lichtlein im Nebel. Nein, stand nicht, sondern ging, ging wie eine Leuchte vor ihm her.

Ah! Da war jemand mit einer Laterne! Ganz gewiß, mit einer Laterne! Daß er die auch nicht eher bemerkt hatte! Daran war nur einer schuld: der Nebel.

Und der Junge fing an, in der Richtung auf das Licht zu getrost weiterzugehen.

Und ging und ging ...

Es war aber ein seltsames Licht. Bald schien es nah, bald schien es weit; bald war es ruhig, bald flackerte es hin und her. O, es war ein merkwürdiges Licht! Bald kam es dem kleinen, tapfern Wanderer entgegen, bald entfernte es sich weit, weit. Ja, es war ein sonderbares Licht. Jeanpierre aber dachte, es gehe da einer von jenen Männern, die selbst bei Nacht und Nebel das Moor nicht scheuen. Er kannte ihrer genug und es fiel ihm nichts dabei ein.

Also ging er unverdrossen dem tröstlichen, wenn auch merkwürdig launenhaften Lichtlein nach.

Und ging und ging ...

Und plötzlich – trat sein Fuß ins Weichende, Feuchte ...

Gott! Nun war er doch ins Moor geraten! Da sträubte sich sein Haar und stand bäumlings. Er wollte wieder zurück, aber er fand nicht zurück. Immer tiefer traten sich seine Füße ein. Nun wußte er: das Lichtlein dort, das trügerische mit dem boshaften Geleuchte, hatte ihn ins Moor hineingelockt. Und jetzt auf einmal sah er es nicht mehr. Es war wie ertrunken im Moor. Also ein Irrlicht war es gewesen.

Ein Irrlicht ...

O, er wußte schon, was ein Irrlicht war. Die Großmutter sagte, Irrlichter, das seien Seelen in Sünde und Ungnade Verstorbener, die nächtens im Moor herumgeisterten und arme Wanderer ins Verderben zu locken suchten ...

Und Jeanpierre machte verzweifelte Anstrengungen, seine Füße aus dem unheimlichen Schlick und Glitschgrund herauszubekommen. Aber nein! Das böse, grausame Moor! Es hatte ihn gepackt und würde ihn wohl nie wieder loslassen. Nie!

So viel wußte er nun: wenn keine Hilfe kam, würde er elendig zugrunde gehen.

Aber sterben ... Nein, das wollte er noch nicht! Also fing er an, um Hilfe zu rufen. Hilfe! ... Hilfe! ... Hilfe! Wie angstvolle, todverfolgte Vögel flatterten die jammervollen Rufe über das stille, erbarmungslose Moor.

Hilfe! ... Hilfe! ... Hilfe!

Jedoch fern und nah keine Seele. Keine Antwort.

Wer auch sollte um diese Stunde durch die Heide gehen, am Moor vorbei oder gar darüber?

Hilfe! Hilfe! Hilfe!

Langsam, unmerklich, leise, leise sanken die armen Füße immer tiefer ein. Es war, als wenn eine unsichtbare, boshafte Macht an der Arbeit wäre. Und der Junge fühlte mit Todesschrecken, daß er sank ... sank! ...

Fern in der Heidehütte rang ein Leben mit dem Tod, und hier im stillen Moor rang ein Leben mit dem Tod. In der Heidehütte war es ein altes, sündiges, das die Kugel eines Grenzwächters auslöschte; hier aber, im Moor, begann ein junges, unschuldiges zu versinken. Mit weichen, aber grausamen Armen griff das Moor danach, um es erbarmungslos zu erdrücken.

Ja, Jeanpierre, der junge Knabe, wußte, daß er verloren war. Er wußte, daß schon mancher so im Moor verschwunden war. Nie hatte man einen wiedergesehen. Nie.

Das Moor ist tief und still und verschwiegen , stiller noch als das Meer und verschwiegener noch als das Grab. Es behält alle seine Geheimnisse bei sich und alle seine Opfer.

Jeanpierre schauderte, als er daran dachte. Kaltes Entsetzen packte seine junge Seele. Also sterben! ... Ha, kam da nicht der Tod, der bleiche, grause Knochenmann mit seiner Sense aus dem Nebel hervor? ... Der Knabe tat einen Schrei und drückte die Augen zu. Und tat sie wieder auf. Der Sensenmann war zerflattert.

Aber sterben! Jetzt schon, wo er kaum einen Blick getan hatte in das schöne, liebe Leben. Erst elf Jahre! Und eine feine, weiße Blume stand über diesem elfjährigen Leben, der kommende Weiße Sonntag. Den also sollte er nun nicht erleben? Sterben! Sterben! ...

Was wohl seine Mitschüler aus dem Heidedorf sagen würden, wenn sie von seinem elenden Tode hörten? ... Vielleicht würden sie einen Kranz von Heidekiefer und Hagebutten heraustragen und ihn irgendwo im Moor niederlegen. Auf sein Grab. Das war immer so, wenn da einer ... O, und der Großvater mußte nun auch sterben ohne den Priester.

Da quoll es heiß in den Knabenaugen auf. Schwere Tränen rannen Jeanpierre über das Gesicht. O, fürchterlicher, fürchterlicher Tod, der ihm bevorstand!

Und Jeanpierre fing an zu beten. In Todesangst.

Hatte er wohl jemals in seinem elfjährigen Leben so gebetet? Laut, herzzerreißend strömten die Flehworte über das unerbittliche Moor, durch den unbarmherzigen Nebel. Aber es war, als wenn dieser Nebel sie in schwere, kalte Hände nähme und höhnisch niedermeuchelte.

Ob denn kein Mensch ihn hörte?

Nein!

Und tiefer und tiefer sank er in das unheimliche Todesbett, in sein unergründliches Grab.

Die Raubmühle

J.M. Leuer

Dort wo durch tiefe Felsenschluchten
Die Roer ihre Wellen drängt,
Wo wildverwachs'ne Dornen wuchten,
Dem Wand'rer Herz und Wege engt,
Birgt eines Schlundes ew'ge Kühle
Die grauen Trümmer einer Mühle.

Noch wälzt die schäumende Kaskade
Sich rauschend zwischen Felsen hin,
Noch winden sich die engen Pfade
Auf denen mußt das Lasttier zieh'n;
Doch längst verlassen sind die Wege,
Verhallt des Mühlrads dumpfe Schläge

Und Grabesstill' wohnt in den Mauern,
Es schallt so öd des Rächers Fluch,
Nur nächtlich hebt ein banges Schauern
In Tannenfirsten an des Windes Zug.
Und grausig dringt ein leises Stöhnen
Hin durch der Mauern hohles Dröhnen.

Aus dicht verzweigten Epheuranken
Rauscht scheu der Uhu' Schwarm empor,
Und aus dem Thor, wo Disteln wanken,
Tritt grauenvoll ein Geist hervor,
Ein Grabscheit und 'nen Dolch im Arme
Blickt auf er zu der Vögel Schwarme.

Und fort treibt's ihn zum Felsenhange;
Dort rasselt seine Knochenhand;
Er stöhnt so schrecklich und so bange,
Daß wiederhallt die Felsenwand.
Und aus der Erd mit lautem Pochen
Stößt jetzt sein Grabscheit Totenknochen.

Und Leben hebt die dürren Beine,
Und Fleisch umhüllt den Gliederbau;
Der Mann ist's aus dem Felsenschreine,
Der rächend tritt zur Geisterschau.
Und jener zuckt in Graus und Beben
Den rost'gen Dolch dem neuen Leben.

»Den Gatten mord'«, ruft's mit Entsetzen,
»O Müller nicht dem teuren Weib;
Ich sühne gern mit diesen Schätzen,
Der Vater nur den Kindern bleib'!«
»»Dem Henker würd'st du mich verraten,
Dein Grab doch schweigt des Räubers Thaten!««

Und dumpfes Röcheln dringt zum Thale,
Zur Erde rasseln Totenbein'.
Mit Graus und Beben scharrt sie alle
Der Müller in den kühlen Schrein.
Und dann er macht zum tiefsten Grunde,
Zum Hügel hin, die Schreckens-Runde.

Und wieder stößt sein rost'ger Spaten
Die moosbewachs'ne Erde auf.
Es schwebt empor ein bleicher Schatten,
Ein junges Mädchen steigt herauf.
Und jenem klappern alle Glieder,
Es ist die Stund der Rache wieder.

»Gesättigt sei mit meiner Schande
Du nahmst mir Ehr und Ruhe hin,
Zur Mutter laß im fernen Lande
Mich geh'n, die Braut zum Teuren zieh'n.«
»»Dem Henker würd'st du mich verraten,
Dein Grab doch schweigt des Räubers Thaten!««

Ein Todesschrei erfüllt die Lüfte,
Die Nacht verrät den Geistermord.
Und weg durch enge Felsenklüfte
Den Mörder treibt's zur Mühle fort.
Und durch der Mauern schwarze Spalten
Man wieder hört des Grabscheits Walten.

»Nicht Anteil will ich von der Beute,
Den Mörder trifft ein streng Gericht;
So laß doch mich, den Knecht, noch heute
Von hinnen zieh'n; ich plaud're nicht!« –
» »Dem Henker würd'st du mich verraten,
Dein Grab doch schweigt des Räubers Thaten!« «

Doch Dolch und Grabscheit ruh'n; es krächzen!
Die Raben schau'rlich durch die Nacht.
Den Felsweg zieht mit stillem Ächzen
Der Müller nun so stumm und sacht.
Und aus dem Thal die Geister alle
Zieh'n mit ihm hin zum Galgenmahle.

Am Waldes Saum, auf öder Heide,
Ragt in die Fern das Hochgericht.
Und Raben streifen aus der Weite
Zum Müller, den man hingericht't. –
Da tönt's vom Kirchturm drei der Stunden
Und die Gespenster sind verschwunden.

Noch wälzt die schäumende Kaskade
Sich rauschend zwischen Felsen hin,
Noch winden sich die engen Pfade,
Auf denen mußt das Lasttier zieh'n,
Doch längst verlassen sind die Wege,
Verhallt des Mühlrads dumpfe Schläge.

Unser Dorf soll schöner werden

Carola Clasen

Jo Breuer war Bäcker in Niederbuschheim. Als der Anruf kam, war es fast drei Uhr am Nachmittag. Er hatte seine Backstube gerade abgeschlossen und wollte unter die Dusche. Sein Arbeitstag war zu Ende.

»Jo?« Das war Manni aus dem Nachbardorf Oberbuschheim. Mit ihm hatte er schon gar keine Lust zu reden. Manni hatte ihm vor Jahren die Frau vor der Nase weggeschnappt, auf die er ein Auge geworfen hatte. Lise. Und Lise hatte in drei Tagen Geburtstag, und er sollte sicher wieder die Erdbeertorte machen.

»Jo? Ich bin in München. Du mußt für Lise eine Erdbeertorte machen. Sie denkt, ich kann zu ihrem Geburtstag nicht da sein. Aber ich werde sie überraschen. Sieh zu, daß die Torte zum Kaffee da ist. Wie immer. O.K.?«

Manni war Vertreter für Hundefutter, Reisender in Sachen »Alles für unseren kleinen Liebling« und viel unterwegs.

Drei Tage später packte Jo die Erdbeertorte unter einer großen Plastikhaube vorsichtig auf den Beifahrersitz seines Renault 4 und fand, daß sie wieder langweilig aussah und spießig, mit ihren acht Erdbeeren auf acht Sahnehäubchen. Aber er war kein Künstler, und mehr als eine runde Torte machen konnte er nicht. Er wünschte, er könnte Lise mal eine außergewöhnliche Torte bringen, eine, an der sie erkennen könnte, wie viel sie ihm noch immer bedeutete.

Es war ein heißer Sommertag, und er mußte sich beeilen, wenn die Torte nicht zerlaufen sollte. Seine Gedanken waren bei Lise, als er hinter dem Steuer saß und den kleinen Schotterweg, die kürzeste Verbindung zwischen Niederbuschheim und Oberbuschheim, entlang fuhr. Manni hatte ihm Lise ausgespannt, hatte sie in seiner schmierigen Vertreterart umworben, redegewandt und immer im Anzug. Jo war damals nur ein unbeholfener Bäckergeselle gewesen. Gegen Manni war er nicht angekommen. Aber die beiden hatten nicht geheiratet. Lise wollte Kinder haben, doch Manni fand, das hätte noch Zeit. Er hielt sie hin ...

Jo sah den Mann zu spät, der plötzlich hinter dem Schlehenbusch auftauchte, vom Wegesrand abkam, stolperte, sich fing und wieder stolperte. Jo stieg in die Bremsen, aber er erwischte ihn, fuhr direkt in ihn hinein. Der Mann schlug mit dem Gesicht zuerst auf die Schottersteine und blieb liegen.

Aus dem Augenwinkel sah Jo die Erdbeertorte, wie sie vom Beifahrersitz flog, der Deckel verrutschte, und die ganze Pracht im Fußraum landete.

Er setzte einen Meter zurück und stieg aus. Der Mann rührte sich immer noch nicht. Jo kniete neben ihm und drehte ihn vorsichtig um. Das Gesicht war eine blutende Wunde, unerkennbar, die Augen starrten unbeweglich durch Jo hindurch.

Er war ganz ohne Zweifel tot.

Jo fuhr mit den Händen über das Gesicht, um die Augen zu schließen, sah an dem Toten hinab und erkannte, daß es sich um Manni handeln mußte, nur Manni trug Cowboystiefel wie diese, mit Nieten und aufgenähten Schnörkeln. Das war Manni.

Und Manni war tot.

Jo war kein Held, er geriet in Panik. Auch wenn er Lise noch liebte und Manni oft zum Teufel gewünscht hatte, das hier hätte er nie gewollt. Wie kam er bloß hierher? Er ging nie zu Fuß. Man sah ihn nie ohne seinen roten Opel.

Jo sah sich um. Er war allein. Nur ein Bussard drehte lauernd seine Runde, von weitem hörte er das Klagen einer Kuh, und die nahe B 51 schickte ihre immerwährenden Motorengeräusche in die Stille des Bitburger Gutlandes.

Kurz entschlossen rollte Jo Manni mit dem Gesicht nach unten in den Straßengraben, in dem ein dünnes Rinnsal versickerte, sammelte Heu vom nahen, frisch gemähten Feld und bedeckte ihn damit. Eine kleine Erhebung war zu sehen, ein Bündel aus Heu.

Als Jo zum Auto zurückging, stellte er fest, daß der Renault vorne an der Motorhaube und an der Stoßstange je eine kräftige Beule hatte. Er öffnete die Beifahrertür, um die Erdbeertorte zu retten, vergaß das Blut an seinen Händen und formte die Torte neu. Das Rot der Erdbeeren und das Rot des Blutes, das war ein und dieselbe Farbe, Lise würde nichts merken. Spießig sah sie jetzt wirklich nicht mehr aus, eher futuristisch ähnelte sie einer rosafarbenen, fliegenden Untertasse. Danach bückte er sich, wischte sorgsam die Hände im Gras ab und fuhr nach Oberbuschheim.

Lise stand in ihrem geblümten Sonntagskleid im Vorgarten und winkte. Als sie die Beulen sah, öffnete sie die Autotür und fragte: »Was ist passiert?«

»Eine Hirschkuh«, erklärte Jo und tat gelassen.

»Ist sie tot?«

»Nein. Sie hat nur einen Schreck bekommen.«

»Sie wird verletzt sein.«

»Vielleicht ein bißchen.«

»Du hast gar nicht darauf geachtet.«

»Stimmt.« Jo nahm die Erdbeertorte vom Beifahrersitz und stieg aus. »Ich habe mir nur Sorgen um deine Geburtstagstorte gemacht. Herzlichen Glückwunsch.«

Lise lachte, als sie das Kunstwerk sah: »Sie ist die schönste von allen, die du mir je gebracht hast.«

»Na ja«, sagte Jo, gab ihr einen vagen Kuß auf die Wange und atmete ihren Duft ein.

Paul, der alte Mischlingshund, kam aus dem Haus gehumpelt, nahm träge die Stufen und hielt plötzlich die Nase in den Wind, kam auf Jo zu und begann wie wild an seinen Händen zu lecken, sprang dann an Lise hoch, die die Torte hielt.

»Was hat er nur?« fragte Lise und drehte sich weg, aber der Hund ließ nicht ab, und sie bemerkte nicht, daß Jo verlegen zu Boden sah. »Er mag gar kein Süßes. Paul, laß das!«

Jo warf die Autotür zu und sah jetzt erst Mannis roten Opel vor der Garage stehen.

»Er ist auf einem Lehrgang in München«, erklärte Lise, »mit dem Zug. Der Opel ist nicht angesprungen, er mußte eine Taxe bis nach Bitburg nehmen. Du kannst dir sicher vorstellen, wie wütend er war.«

Manni wurde schnell wütend, wenn etwas nicht klappte, so wie er es wollte. Besonders wenn er getrunken hatte.

»Wir sind also allein.« Lise zwinkerte Jo zu, als sie ins Haus gingen.

In der Küche tranken sie Kaffee und aßen von der Erdbeertorte.

»Sie ist gut«, sagte Lise mit vollem Mund und gab Paul ein Stück ab, »er wird alt, plötzlich mag er Sahnetorte.« Sie schüttelte verwundert den Kopf.

Jo konnte gar nicht hinsehen, wie Paul sich das Maul leckte.

»Weißt du noch, Jo?« fragte Lise dann und wollte von früher reden, während Jo übel war. Sie holte einen Eifelbrand aus dem Schrank und stellte das Radio laut. Verträumt sah sie aus dem Küchenfenster und rollte mit einem Finger Locken in ihr hellblondes Haar.

»Was ist mir dir?« fragte sie.

»Nichts. Was soll mit mir sein?«

»Ach, du bist so still. Wir sind doch allein, Jo.«

»Ich weiß.«

»Hast du alles vergessen?«

»Natürlich nicht.«

Dann hatte sie plötzlich die Idee, nach der Hirschkuh zu suchen, die verletzt in der Gegend herumirrte, und sie zu erschießen.

»Wir werden sie niemals finden«, lehnte Jo ab.

»Es ist unsere Pflicht.«

Und sie lief schon voraus, war ausgelassen und spielte mit dem Gewehr herum, das sie aus der Garage geholt hatte, hüpfte hin und her. Paul sah ihr nach, er war zu alt für einen Spaziergang. Vielleicht würde er sich jetzt heimlich über den Rest der Erdbeertorte hermachen, hoffte Jo, während er Lise folgte. Sie näherten sich dem Feld, dem Schotterweg, dem Graben, dem Toten.

Jo machte kehrt. »Laß uns im Wald nach ihr suchen.«

»In den Wald willst du mich also locken, ich glaube ich ahne, was du willst.« Und sie ließ sich direkt neben dem kleinen Heubündel fallen, drehte sich auf den Rücken und lachte.

»Komm«, flüsterte sie und breitete die Arme aus.

Jo wollte, so lange er denken konnte, nichts lieber als das, aber nicht jetzt und nicht hier, nicht neben dem toten Manni. Lise ließ nicht locker und zog ihn zu sich hinab.

Von der Hirschkuh war keine Rede mehr.

»Drei Wochen lang ist Manni in München«, sagte Lise lächelnd, als sie später zum Haus zurückkehrten, als wollte sie Jo eine zweite Chance geben oder mehr. Jo nickte und stieg in seinen Renault. Auf dem Heimweg hielt er kurz neben der

Stelle, an der er eben noch ziemlich erfolglos versucht hatte, Lise zu lieben. Fliegen kreisten über dem Heubündel. Beunruhigt hielt Jo nach dem Bussard Ausschau, aber er hatte sich verzogen.

Täglich kontrollierte Jo nun das Heubündel, wenn er Lise besuchte. Es schien nicht einzusinken, und er fragte sich, wann eine Leiche zerfällt. Er hatte nicht den Mut nachzusehen, wie Manni jetzt aussah, womöglich hatten sich schon Würmer seiner angenommen. Und er zählte die Tage.

Am vierzehnten Tag war dort statt einer kleinen Erhebung plötzlich eine Vertiefung, ohne daß es geregnet hätte, und Jo fuhr starr vor Schreck direkt wieder nach Hause, schloß sich in seiner Backstube ein und wartete dort den nächsten Morgen ab.

Als es dämmerte, fuhr er durch den Morgendunst an die Unfallstelle, stieg aus und hob mit zitternden Händen das faulige Heubündel hoch. Er blickte in einen leeren Straßengraben, in dem nur das Rinnsal versickerte. Drüben hoppelten zwei Hasen lautlos über das Stoppelfeld, ein Kuckuck rief aus dem nahen Waldstück, Manni war nicht mehr da.

Jo spürte plötzlich einen Blick im Nacken, wie einen kalten Wind, aber als er sich umdrehte war niemand zu sehen, und er war allein, so allein wie noch nie.

Als Manni nach einer weiteren Woche nicht aus München zurückkehrte, erfuhr Lise, daß er seinen Lehrgang bereits an ihrem Geburtstag abgebrochen hatte. Sie ging zur Polizei, die Nachforschungen bei der Bahn, der regionalen Buslinie und verschiedenen Taxizentralen anstellte. Mannis Bild erschien in Zeitungen und im Fernsehen. Alles ohne Erfolg.

»Es ist ihm etwas zugestoßen.« Erst redete Lise auf Jo ein, es wäre die Strafe für das, was sie getan hätte, und er. Sie meinte die Besuche, die nicht immer in der Küche endeten. Später, als Manni verschwunden blieb, suchte sie nach einer anderen Lösung, nach einer Lösung, mit der sie leben konnten.

»Er ist nicht tot. Niemals, ich fühle es. Er hat mich verlassen. Männer verlasssen ihre Frauen, das kommt tausendmal vor, jeden Tag auf der Welt. Er wollte immer nach Amerika, vielleicht ist er jetzt dort und lacht über uns. Vielleicht hat alles so kommen sollen, vielleicht sind wir beide füreinander bestimmt.«

»Vielleicht«, murmelte Jo.

Lise erzählte es überall, Manni ist in Amerika.

»Kein großer Verlust«, meinte Bauer Kamphausen, der den größten Hof hatte und selbst ernannter Wortführer im Dorf war, »er hätte nicht so viel auf Reisen sein sollen und wäre besser hier geblieben, wohin er gehört. Aber Oberbuschheim war ihm wohl nicht gut genug. Das hat er nun davon.«

Manni wurde schnell vergessen, niemand sprach mehr über ihn, ganz so, als hätte es ihn nie gegeben. Lise verkaufte den roten Opel, und Jo schlief in Mannis Bett. Er fuhr immer noch jeden Morgen im Jahr über den Schotterweg von Oberbuschheim nach Niederbuschheim in seine Bäckerei, und nachmittags wieder von Niederbuschheim nach Oberbuschheim an der Stelle vorbei.

»Wenn ich schwanger werde, heiraten wir«, versprach Lise.

Erst nach drei Jahren klappte es, sie war überglücklich, und sie heirateten, doch schon im dritten Monat verlor sie das Kind. Nach weiteren drei Jahren wurde sie erneut schwanger und brachte nach sieben Monaten ein totes Kind zur Welt. Danach wagten sie keinen weiteren Versuch, sondern blieben allein, und Lise begnügte sich mit der Gesellschaft der Dorfkinder, die nach der Schule oft zu ihr kamen. Sie bastelte und spielte mit ihnen, erzählte ihnen Geschichten oder sie gingen zusammen spazieren. Jo tat es weh, sie mit den fremden Kindern in den Wald gehen zu sehen.

Manchmal brachte sie etwas mit, eine bizarr verschlungene Wurzel, einen seltenen, vielleicht giftigen Pilz und einmal einen besonderen Stein, der in verschiedenen Schichten und Farben – von Bronze bis Gold – glitzerte, je nachdem wie man ihn hielt. Als Lise ihn herumdrehte, erkannte Jo zwei Augen, den Ansatz einer Nase, einen leicht geöffneten Mund. Und er glaubte, das Gesicht von Manni zu sehen. Lise legte den Stein auf die Wäschekommode im Schlafzimmer. Jo sah Manni, wann immer er daran vorüberging.

Die Nachmittage in Oberbuschheim, wenn Lise mit den Kindern beschäftigt war, wurden Jo bald lang und zur Qual. Um sich abzulenken, engagierte er sich im Dorf und ließ sich schließlich zum Ortsvorsteher wählen. Bauer Kamphausen hatte ihn vorgeschlagen, er wollte nicht selbst in der ersten Reihe stehen. Die Oberbuschheimer brauchten einen wie Jo, einen der tat, was man ihm sagte, einen Mann für alle Fälle.

Jos erster Fall war der Landeswettbewerb »Unser Dorf soll schöner werden.« Es war nicht seine Idee, Oberbuschheim anzumelden, aber er wurde kurzerhand überstimmt. An einem Sonntagmorgen lud er also das ganze Dorf in den »Weißen Schwan« zu einer offiziellen Lagebesprechung ein. Er hatte sich nach den Wettbewerbsbedingungen erkundigt und auf seine erste Rede gut vorbereitet. Wenn er Oberbuschheim zum Sieg verhelfen könnte, würde er sich vielleicht besser fühlen, und sicherer, eine gute Tat gegen eine schlechte.

»Ziel ist es, das ökologische Gleichgewicht wieder herzustellen«, belehrte Jo die Oberbuschheimer im »Weißen Schwan«.

Das größte Problem würde sein, die ursprüngliche Pflanzenwelt in Oberbuschheim wieder anzusiedeln. In ihrem Ordnungssinn hatten die Einwohner alle Wildkräuter zu Unkräutern erklärt und sorgsam vernichtet, der Gemüseanbau, den die Großmütter noch betrieben hatten, war dem bequemen Einkauf im Supermarkt gewichen, und wie man einen Blumengarten, einen echten Bauernblumengarten anlegte, wußte niemand mehr. Alle Phantasie der Einwohner erschöpfte sich in einem Geranien-Balkon oder einem kreisrunden Stiefmütterchenbeet inmitten eines löwenzahnfreien Rasens mit akkurat abgestochenen Kanten. Nirgendwo wagte ein Vergißmeinnicht seine hellblauen Blüten zwischen Mauerwerk hervorzustrecken, keine Ameise verirrte sich auf den gekehrten Straßen, kostbares Regenwasser floß ungenutzt in die Kanalisation.

»Wenn wir es nicht schaffen, in einem halben Jahr hier der Natur wieder den

Platz einzuräumen, der ihr zusteht, können wir das ganze vergessen. Wir müsssen jemanden finden, der sich auskennt. Und zwar schnell.«
»Du mußt ihn finden«, rief Bauer Kamphausen, »du bist der Ortsvorsteher.«
Da hatten sie schon alle einen über den Durst getrunken, denn so schwierig hatten sie sich das nicht vorgestellt, und außerdem: Oberbuschheim war doch schön!
Jo entwickelte Ehrgeiz. Es ging um mehr als einen Wettbewerb, es ging um ihn selbst und um den kalten Wind im Nacken, den er nicht mehr los wurde.
Als sie abends nebeneinander im Bett lagen, und Jo dachte, Lise schliefe schon, sagte sie leise murmelnd:
»Oben auf dem Oberbuschheimer Berg, auf einer Lichtung, da wohnt einer, der könnte dir helfen.«
Jo verstand nicht.
Und Lise begann zu erzählen. Die Dorfkinder hätten ihr vor einiger Zeit anvertraut, daß sie manchmal verbotenerweise oben auf dem Oberbuschheimer Berg im Wald spielten. Einmal wären sie bis hinauf zu einer Lichtung gekommmen, auf der ein alter, hinfälliger Bauwagen stand, den ein paar Waldarbeiter nach einer Rodungsaktion zurückgelassen haben mußten.
»Ich habe versprochen, nichts ihren Eltern zu sagen. Der Bauwagen wäre nicht leer. Dort lebte angeblich ein Mann. Ich habe ihnen erst nicht geglaubt, dachte sie phantasieren, aber eines Mittags, als du noch in der Bäckerei warst, bin ich mit ihnen doch auf den Berg geklettert.«
Jo räusperte sich.
»Sie hatten recht«, sagte Lise.
»Und wer soll das sein?«
»Das weiß ich nicht, aber er hat die Lichtung in einen wunderbaren Garten verwandelt. Es wachsen Blumen, Kräuter und Gemüsesorten da oben, von denen ich dachte, daß sie längst ausgestorben sind. Schmetterlinge, Frösche, Grashüpfer, Bienen und Hummeln, es ist wie ein Stück aus dem Paradies. Und der Duft!«
Jo setzte sich auf. »Und der Mann?«
»Er ist sehr zurückhaltend.«
Jo knipste seine Nachtischlampe an und sah neugierig auf Lise hinab.
»Wie oft bist du dort oben gewesen?«
»Viele Male. Mit der Zeit wurde er aufgeschlossener und zeigte uns auch die Quelle hinter seinem Bauwagen, die selbstgebaute kleine wacklige Wassermühle, über die durch eine Holzrinne, frisches Wasser auf die Blumenwiese fließt ...«
Jo war jetzt hellwach, er spürte so etwas wie Eifersucht. Lise hatte sich mit einem Fremden getroffen.
»Glaubst du, er würde uns helfen?« unterbrach er sie ungeduldig.
»Ich könnte ihn fragen.«
»Er soll zu unser nächsten Versammlung kommen.«

»Das wird er sicher nicht wollen.«
»Überrede ihn.«
Jo schlief die ganze Nacht nicht. Im Schein des Mondes, der durch das halboffene Fenster fiel, sah er den Stein auf der Wäschekommode glitzern.

Am nächsten Morgen fuhr er nicht in die Bäckerei, sondern kletterte auf den Berg. Als er die Lichtung sah, wußte er sofort, daß der Fremde der richtige Mann für sein Vorhaben war. Wenn es gelänge nur einen Bruchteil dieses Paradieses nach Oberbuschheim zu verpflanzen, wäre der Sieg im Wettbewerb sicher.

»Seid ihr es wieder, Kinder?« kam eine Stimme aus dem Inneren des Bauwagens. »Wartet. Ich komme.«

Und Jo hörte, wie jemand aufstand, schlurfende Schritte näherten sich der Tür. Eine Hand tauchte im Türrahmen auf, ein Arm, und dann stand der Mann in der Tür, und Jo wollte sich abwenden vor Grauen, aber er konnte es nicht. Die grelle Morgensonne schien direkt in sein Gesicht, das keines mehr war. Ohne Nase, Lippen und Augenbrauen, war es nur ein flaches vernarbtes Stück wunde Haut.

»Guten Tag«, sagte Jo stockend und schluckte.

Der Fremde fuhr sich hilflos über die Haare, trat zurück in das Dunkle des Bauwagens, das linke Bein zog er nach, und sagte leise von dort: »Entschuldigung. Ich wußte nicht ...«

»Nein, bitte, ich muß mich entschuldigen.«

»Ich bin kein schöner Anblick, gehen Sie. Und kommen Sie nicht wieder.«

»Ich ...«

»Ich habe Sie nicht gebeten herzukommen. Lassen Sie mich allein.«

Wieder näherten sich die schlurfenden, hinkenden Schritte, und der Fremde erschien in der Tür. Jo vermied sein Gesicht anzusehen und hielt den Blick starr auf seinen Körper gerichtet. Er sah, daß er einen verschlissenen Sack als Kleidung trug und geflickte Bauarbeiterschuhe.

Der Fremde aber war nur zur Tür gekommen, um sie zu schließen.

Jos Beine zitterten, als er den Berg hinabstieg.

»Ich habe ihn gesehen«, sagte er zu Lise, »es war keine gute Idee. Laß ihn, wo er ist.«

»Weil er so aussieht? Weil er kein Gesicht mehr hat?«

»Nein.«

»Natürlich ist es so. Sein Anblick macht uns Angst. Hast du nicht gesehen, wie einsam er ist?«

»Er hat es sich selbst ausgesucht.«

»Nein, das hat er sicher nicht. Niemand sucht sich so etwas aus.«

»Ich möchte nicht, daß du noch einmal hochgehst.«

»Das kannst du mir nicht verbieten. Was ist mit dem Wettbewerb?«

»Aber ich bin der Ortsvorsteher.«

Lise lachte ihn aus. »Ja, aber die anderen entscheiden.«

Sie schaffte es irgendwie, den Fremden zu überreden, seinen Berg zu verlasssen, denn bei der nächsten Dorfversammlung stand er plötzlich in der Tür. Das dämmrige Licht im »Weißen Schwan« gab ihm einen Vorsprung, aber dann war er den Blicken der Oberbuschheimer gnadenlos ausgesetzt. Lise stand neben ihm und hielt seinen Arm.

»Er weiß, wie es geht«, erklärte sie ohne Umschweife und führte ihn an der langen Tischreihe vorbei bis zum Kopfende, dem Platz des Ortsvorstehers.

Die Oberbuschheimer verdrehten die Köpfe, ließen die Münder offen stehen und gaben sich keine Mühe, ihr Entsetzen zu verbergen. Jo ließ das Blatt fallen, von dem er eben noch die Wettbewerbsbedingungen abgelesen hatte, und erhob sich mühsam. Der Wirt stellte ein Bitburger vor den Fremden, der aber schob es beiseite und bat mit belegter Stimme um ein Glas Wasser. Es war ungewöhnlich still im »Weißen Schwan«.

Bauer Kamphausen meldete sich schließlich zu Wort und wollte von Lise wissen, warum sie so sicher sei. Lise sprach von der Lichtung, von den Kräutern und Blumen, Beeren und Früchten, von Bienen und Schmetterlingen.

»Es ist ein Wunder. Es ist genau das, was wir brauchen.«

»Nein«, mischte sich der Fremde ein, »es ist kein Wunder. Ich habe im Bauwagen einen Stapel alter Bücher gefunden. Ich hatte viel Zeit sie zu lesen. Und ich hatte viel Zeit nach ihren Vorgaben einen Garten anzulegen. Es ist kein Wunder, es ist viel Arbeit.«

»Er würde uns helfen«, sagte Lise.

Der Fremde nickte.

Schließlich räusperte sich Jo, legte die Hände auf den Rücken, wandte sich an die Oberbuschheimer und sagte tonlos: »Ich bin dagegen. Wir sollten es aus eigener Kraft schaffen. Aber es ist euer Wettbewerb.«

»Was heißt hier aus eigener Kraft, Jo? Ist er nicht einer von uns? Er soll endlich loslegen. Wir haben keine Zeit zu verlieren«, entschied Bauer Kamphausen, sah sich nach den anderen um, die zustimmten, mit den Händen auf die Tischplatten schlugen und erleichtert beim Wirt Nachschub bestellten. Der Ehrgeiz der Oberbuschheimer, den Landeswettbewerb zu gewinnen, war ungleich größer als ihre Angst vor einem Mann ohne Gesicht.

Und Jo spürte, wie der kalte Wind in seinem Nacken stärker blies.

Während die Oberbuschheimer unter Anleitung des Fremden betonierte Wege aufbrachen, Bienenstöcke und Teiche anlegten und Nistmöglichkeiten für Vögel und Igel bauten, gewöhnten sie sich an seinen Anblick. Er humpelte jeden Tag von seinem Berg herunter und brachte neue Pflanzen mit, die er sorgsam und liebevoll im Dorf verteilte, goß und harkte und schnitt.

Unter seinen kundigen Händen wuchs und gedieh alles, und an dem Tag, als die Damen und Herren von der Untersuchungskommission endlich mit kritischem Blick die Gegebenheiten inspizierten, war Oberbuschheim zu dem Bilderbuchdorf geworden, in dem Menschen, Tiere und Pflanzen in völliger Harmonie miteinander lebten.

Man zeigte sich angenehm überrascht, ganz besonders vom Erhalt der ursprünglichen Pflanzenwelt. Entzückt zeigten die Damen und Herren aus der Landeshauptstadt auf die Schmetterlinge und bunten Bienenstöcke, lauschten dem Zirpen der Grillen, dem Quaken der Frösche und steckten ihre Nasen in duftende Wildkräuter.

Im »Weißen Schwan« nippten sie zum Abschluß an selbstgemachtem Brombeersaft und Holunderblütentee und sagten, Oberbuschheim sei auf jeden Fall im Rennen. Und zwar im oberen Drittel. Eine Vertretung des Dorfes sollte zur Preisverleihung am kommenden Donnerstag in Mainz erscheinen, Oberbuschheim würde mit Sicherheit nicht leer ausgehen.

Jo war selig, als Bauer Kamphausen auf seine Schulter klopfte und verkündete: »Das haben wir alles unserem Ortsvorsteher zu verdanken.«

Dem Blick des Fremden in der letzten Reihe wich er aus.

An jenem Donnerstagmorgen rollte der große Reisebus ins Dorf, den Jo geordert hatte, und der alle Einwohner von Oberbuschheim nach Mainz fahren sollte. Selbst der Fremde stand zur vereinbarten Zeit am Straßenrand. Als er als letzter seinen Fuß in den Bus setzen wollte, versperrte ihm Bauer Kamphausen den Weg und fragte ihn:

»Hast du wirklich geglaubt, wir nehmen dich mit? Unser Dorf soll schöner werden, du bist nicht gerade ein besonders gutes Beispiel dafür. So wie du aussiehst, in die Landeshauptstadt?«

Und alle im Bus lachten ihn aus, wie er da stand, im geliehenen Anzug und ohne Gesicht.

Lise wurde wütend, wollte sich an den anderen vorbei drängen und rief: »Wenn er nicht mitfahren darf, will ich es auch nicht.«

Aber Jo hielt sie an ihrem geblümten Sonntagskleid fest, und die anderen ließen sie nicht durch.

»Wenn wir wiederkommen, zeigen wir dir die Goldplakette und den Scheck. Wir werden eine große Feier veranstalten. Da kannst du gern dabei sein, wenn du unbedingt willst«, sagte Bauer Kamphausen und gab dem Busfahrer ein Zeichen, endlich die Türen zu schließen.

Jo sah lange durch die Heckscheibe, und als sie das Dorf verließen und auf die B 51 abbogen, stand der Fremde immer noch am Straßenrand. Jo setzte sich neben Lise, aber sie sprachen kein Wort miteinander. Auch nicht bei der Preisverleihung.

»Den ersten Platz belegt ...«, der Moderator machte es spannend und öffnete den letzten Briefumschlag. »Oberbuschheim!«

Jo sah Bauer Kamphausen jubeln und die anderen auch. Sie schubsten ihn auf die Bühne, wo er die Goldplakette und den Scheck über fünftausend Mark in Empfang nehmen durfte. Aber er konnte sich nicht freuen, nicht wenn er zu Lise hintersah, die nahe dem Ausgang ganz alleine stand. Das Loblied auf Oberbuschheim, das die Umweltministerin hielt, hörte Jo nicht.

Auf der nächtlichen Rückfahrt saßen Lise und Jo stumm nebeneinander, während die Oberbuschheimer sangen und schunkelten, die Goldplakette herumreichten und küßten und immer wieder den Scheck über fünftausend Mark sehen wollten. Lise sah Jo nicht einmal an, und er hatte das Gefühl, sie zu verlieren.

Schon von weitem sahen sie die lodernden Flammen gegen den dunklen Himmel. Blaulicht blitzte auf wie ein Feuerwerk. Nicht ein Haus oder eine einzelne Scheune hatte Feuer gefangen, ein ganzes Dorf brannte, Oberbuschheim brannte.

Fassungslos sprangen alle im Bus von den Sitzen, liefen schreiend auf dem Gang hin und her, schlugen gegen die Scheiben, Scheck und Plakette wurden achtlos zertrampelt, der Bus landete mit quietschenden Reifen im Straßengraben.

»Los, fahr weiter! Fahr weiter«, befahl Bauer Kamphausen, der hingefallen war und sich mühsam wieder aufrappelte, »vielleicht können wir noch etwas retten.«

»Da ist nichts mehr zu retten«, sagte der Busfahrer und weigerte sich in das brennende Dorf fahren. Am Ortsschild öffnete er die Türen, und die Oberbuschheimer fielen fast hinaus, einer über den anderen, tobend und fluchend rannten sie auf ihre zerstörten Häuser zu.

»Der Fremde!« Bauer Kamphausen führte die johlende Meute an.

»Der Fremde!« schrien plötzlich alle, und Jo suchte nach Lises hellblondem Haar. Als er sich verzweifelt umsah, entdeckte er sie endlich hinter sich, sie folgte ihm nicht, sie war nicht auf dem Weg ins Dorf, sondern bog ab und lief direkt den Oberbuschheimer Berg hinauf.

»Lise!« rief er ihr nach, aber sie sah sich nicht um.

Eine Sekunde überlegte er, wem er folgen sollte. Er war der Ortsvorsteher. Sein Platz war im brennenden Dorf.

Die Oberbuschheimer irrten durch die Ruinen. Das Vieh war auf die umliegenden Weiden geflohen und schrie verängstigt von dort. Die Hunde heulten und die Hühner gackerten durcheinander. Rauschwaden stiegen in den roten Himmel. Das Bilderbuchdorf existierte nicht mehr.

»Der Fremde! Der Fremde!« Die Oberbuschheimer konnten nicht aufhören. Die Frauen husteten, hielten sich Tücher vor Münder und Nasen, weinten und brachen zusammen. Schwarz vom Ruß wurden die Männer von rasender Wut gepackt.

»Ich weiß, wo er wohnt«, sagte Jo erst leise, dann so laut, daß ihn alle hören konnten, und es für eine Minute still wurde. Nur das Knistern der Flammen war zu hören, dann brach ein Dachstuhl ächzend in sich zusammen, und eine Mauer stürzte ein.

»Kommt!«

Jo lief vor, blickte nicht zurück, sah nicht, daß die Männer nach brennenden Holzscheiten griffen, lief weiter keuchend in den Wald hinein. Einmal glaubte er Lises geblümtes Kleid ein paar Meter vor sich hinter einem Baumstamm zu sehen, ein anderes Mal ihr hellblondes Haar im Unterholz. Dann sah er ganz deutlich ein blutendes Gesicht auf einer Blumenwiese, den Renault, den

Schotterweg, den Graben, die Fliegen, den Bussard, die Erdbeertorte ...

Erst am Waldrand, beim Anblick der Lichtung, die plötzlich rot aufleuchtete, sah Jo die Fackeln der Männer, die ihn endlich eingeholt hatten, aber da war es schon zu spät.

Der Bauwagen war eine leichte Beute, und sie zögerten nicht, schlugen die offenstehende Türe zu und zündeten sie als erste an. Die Flammen schlugen viel zu schnell und überall zugleich hoch, Stöße und Tritte erschütterten den Bauwagen, der schließlich umkippte, Geschrei und Gejohle, beißender Rauch.

Für einen kurzen, letzten Moment sah Jo hinter einer beschlagenen Scheibe Lises Hände und ihr entsetztes Gesicht, ihren weit aufgerissenen Mund.

Sie ist bei ihm, durchfuhr es ihn, und er stand da wie gelähmt, hatte das Gefühl zu sterben, verlor den Boden unter den Füßen, den Himmel über dem Kopf, verlor alles in einer Sekunde.

Betäubt wandte er sich ab, wankte über die Lichtung, torkelte und fiel in ein Blumenbeet und in einen kurzen schrecklichen Traum.

Als er nach einer Weile den Kopf mühsam hob, sah er einen dunklen Schatten hinkend zwischen den Fichtenstämmen eintauchen.

Wie zwei Jünglinge den Teufel in Weibsgestalt sahen

Caesarius von Heisterbach

Zwei weltliche Jünglinge, die noch nicht Ritter waren (der eine war Truchseß des Abts von Prüm, der mir dies erzählt hat), ritten einst in der Johannisnacht nach Sonnenuntergang an dem Bach, der bei dem Kloster vorbeifließt, spazieren. Sie sahen am andern Ufer des Baches etwas wie eine weibliche Gestalt in linnenem Gewande, und da sie glaubten, sie treibe Zauberei, wie manche in jener Nacht pflegen, so ritten sie durch das Wasser, um sie zu fangen. Sie schien das Gewand aufzuheben und zu fliehen, jene folgten auf ihren pfeilschnellen Pferden, konnten aber die Flüchtige, die sie wie einen Schatten vor sich sahen, nicht ergreifen. Als die Pferde nicht mehr weiter konnten, sagte der eine: Was tun wir? Es ist der Teufel. Und als sie sich bekreuzigten, sahen sie das Gespenst nicht mehr. Von Stund an waren sowohl sie wie ihre Tiere lange Zeit schwach und kamen kaum mit dem Leben davon.

Der bunte Mann

Raphaela Kehren

Es roch nach Apfel.
Ich blickte auf und ließ die Zeitung auf meine Knie sinken. In der offenen Abteiltür stand ein alter Mann. In der einen Hand hielt er eine prall gefüllte Plastiktüte fest umklammert, mit der anderen zog er leicht zum Gruß die Mütze in die Stirn und nickte mir zu. Ein dünnes Lächeln kam über meine Lippen. Die Abteiltür schnappte zu. Ich wandte mich ab, begutachtete zufrieden meinen Nagellack und warf schließlich einen Blick aus dem Fenster. Der Regen hatte nachgelassen. Das Licht der Straßenlaterne brach sich in der braunen Pfütze auf dem Bahnsteig. Ein schriller Pfiff des Schaffners, der Zug ruckte und rollte langsam aus dem Bahnhof.

Der alte Mann ließ sich in den Sitz fallen. Er wählte den Fensterplatz mir gegenüber. Die Plastiktüte kam zwischen seinen Beinen zu stehen. Ich griff nach der Zigarettenschachtel.

»Darf ich?« Er schaute auf die Schachtel und dann zu mir.

»Bitte.« Ich hatte keine Lust mehr zu rauchen.

Nach zwei tiefen Zügen klemmte der Mann die Zigarette zwischen seine schwülstigen Lippen und pellte sich mühsam aus der verschlissenen Jeansjacke. Ein knallbuntes, dünnes Hemd kam zum Vorschein mit kurzen Ärmeln. Instinktiv schob ich das Kinn in den Rollkragen meines Pullovers.

Regenschwere Herbstluft drang durch den schmalen Schlitz des geöffneten Fensters. Der Zigarettenstummel qualmte im übervollen Aschenbecher.

Der Mann öffnete zwei Knöpfe am Hemdkragen. Ich entsetzte mich vor dem mageren Brustkorb und wandte den Blick ab. Ich kramte in meiner Handtasche. Auf dem Handy hatte Markus eine Mail hinterlassen. Ich schaute auf die Uhr. Der Zug hatte Verspätung.

Die Plastiktüte raschelte. Wieder stieg mir der säuerliche Apfelgeruch in die Nase.

Ich haßte diesen Geruch. Als ich noch zur Schule ging, steckte mir meine Mutter jeden und jeden Morgen einen Apfel in den Ranzen. Und jeden Mittag holte sie ihn unter lautem Gezeter unangebissen wieder heraus. Meine Tasche stank nach Apfel, meine Hefte, meine Bücher, einfach alles – ich hasse Äpfel.

»Wohin fahren Sie?« Der Mann riß mich aus meinen Gedanken. Er hatte ein zerknittertes Päckchen Tabak aus der Hosentasche gezogen und drehte sich mit zittrigen Fingern eine Zigarette.

»Nach Kall«, antwortete ich knapp.

Er beugte sich vor. In den Apfelgeruch mischte sich der Gestank nach Bier.

»Dort steige ich auch aus. Ich will einen Freund besuchen. Hoffentlich ist er zu Hause.«

Ich erwiderte nichts. Mein Blick fiel auf seine Unterarme. Die Tätowierungen mußten sehr alt sein. Ich konnte nicht erkennen, was sie darstellen sollten. Schäbig!

»Ich bin heute aus dem Krankenhaus entlassen worden.« Er zog die Nase hoch. Ekelhaft. Zwischen seinen braungelben Nikotinfingern glimmte die Zigarette. »Wissen Sie.« Er atmete schwer und der knochige Brustkorb hob sich unter dem Hemd. »Ich bin schwer krank. Krebs. Endstadium.« Er rieb sich den Rotz unter der Nase weg. »Nichts zu machen, sagt der Arzt. Sechsundsiebzig Jahre bin ich alt.« In die heisere Stimme mischte sich ein weinerlicher Ton. »Was soll ich machen?« Er deutete auf die Plastiktüte. »Das ist alles, was ich habe. Kein Geld, keine Wohnung, die Frau ist nicht mehr da. Nix.«

Ich war sauer. Warum erzählte er mir das? Betont gelangweilt schaute ich auf die Uhr. Noch eine Viertelstunde. Markus war sicher schon am Bahnhof.

Der Mann streckte mir einen zerknitterten Ausweis entgegen. »Schauen Sie, das bin ich.« Der Mann auf dem Paßphoto lächelte mich an.

»Im zweiten Weltkrieg war ich Soldat. Siebzehn war ich damals. Habe durch einen Granatsplitter ein Stück des kleinen Fingers verloren.« Er hob die Hand. Ich starrte auf den Stummel. Langsam reicht's!

»Und heute? Heute bin ich nichts mehr wert – niemandem.«

Er wischte sich mit dem Handrücken über die Augen. »Ich fahre zu meinem Freund.« Er stand auf, schaukelte zur Abteiltür und verschwand.

Ich riß das Fenster auf. Kalter Fahrtwind wirbelte durch meine Haare. Noch fünf Minuten, dann hatte ich es geschafft.

Der Mann kehrte schnell zurück. Die Hose war bepinkelt. Ich stand auf und zog meine Jacke an.

»Junge Frau.« Der alte Mann fummelte etwas aus der Hosentasche. »Für Sie! Vielleicht können Sie es auch Ihrem Kind schenken.«

»Ich habe keine Kinder.«

»Dann tragen Sie es selber.« Er reichte mir einen kleinen Anhänger: ein grüner Plastikapfel aus dem Kaugummiautomaten. Wie billig! Ich ließ das kitschige Ding in meiner Jackentasche verschwinden und hob meine Tasche aus dem Gepäcknetz.

»Also dann, auf Wiedersehen!« Ich zwängte mich mit meinem Gepäck aus dem Abteil. Der Zug hatte seine Fahrt verlangsamt.

Meine Laune besserte sich, als ich Markus mit hochgezogenen Schultern und einer roten Rose auf dem Bahnsteig stehen sah. Der Zug hielt. Es nieselte.

»Sauwetter!« schimpfte Markus. Er umarmte mich und flüsterte in mein Ohr: »Aber mit dir geht die Sonne auf. Wie war's?« Er schulterte die schwere Tasche, legte den Arm um mich und schob mich zielstrebig zum Bahnhofsgebäude. Ein paarmal drehte ich mich um. »Ist was?« fragte Markus.

»Ach!« Ich winkte ab und steckte meine Hand in die Jackentasche. Meine Finger berührten etwas Hartes. Der Apfel! Ich zog das häßliche grüne Ding aus der Tasche.

»Schau mal! Mein neuester Brillantschmuck.« Ich lachte und streckte Markus den Anhänger auf der flachen Hand entgegen.

Er stutzte. »Seit wann stehst du denn auf Äpfel? Bist du krank? Woher hast du das scheußliche Teil?«

Ich lachte laut. »In meinem Abteil saß so ein Penner, sah aus wie der bunte Mann. Er hat mir das Ding geschenkt.«

Ich blieb auf der Treppe an der Bahnhofskneipe stehen und sah Markus nach, wie er Richtung Parkplatz stiefelte. Angewidert starrte ich auf den giftgrünen Apfel in meiner Hand. Ein Mülleimer war nicht in Sicht.

»Weg damit!« Achtlos schleuderte ich das Ding in den Rinnstein.

Die Lichter des Wagens näherten sich. Ich setzte den Fuß auf die erste Treppenstufe. Apfelgeruch wehte zu mir herüber. In rasendem Tempo schwoll er an, umnebelte mich, drückte mir die Luft ab. Ich taumelte. Wie eine Ertrinkende schnappte ich nach Luft. Dann jagte ein stechender Schmerz durch meine Kehle. Wild flog mein Kopf herum. War er da? Der Schmerz betäubte mich, alles verschwamm. Buntes Hemd! Panische Angst kroch in mir hoch. Ich stolperte die Treppe runter und riß die Wagentür auf.

»Fahr! Fahr los!« Mühsam preßte ich die Worte heraus. Besorgt schaute Markus zu mir rüber. »Was ist los mit dir? Du bist ja leichenblaß.«

»Fahr!« Ich schloß die Augen und kämpfte gegen den aufsteigenden Brechreiz. Erst als wir das Ortsschild hinter uns gelassen hatten, ließ der Schmerz nach. Ich kurbelte das Fenster runter und atmete tief durch.

»Soll ich dich zum Arzt fahren? Da stimmt doch was nicht.« Markus musterte mich von der Seite.

»Nein. Nein.« Ich zitterte am ganzen Körper. »Ich leg mich jetzt gleich hin. War doch eine anstrengende Woche.«

Hastig verabschiedete ich mich von Markus. Der Vorfall am Bahnhof hatte mich aus der Fassung gebracht. Ich wollte allein sein.

Das Licht im Treppenhaus brannte. Mit ziemlich weichen Knien stieg ich in den ersten Stock. Erst als die Wohnungstür hinter mir ins Schloß fiel, spürte ich einen Hauch von Erleichterung.

Auf dem Wohnzimmertisch stand ein frischer Strauß Kornblumen. Der Wind bewegte durch das gekippte Fenster die Vorhänge. Meine Mutter hatte also wieder mal nach dem Rechten gesehen, wie sie zu sagen pflegte.

Ich schob meine Tasche ins Schlafzimmer und ließ das Badewasser ein. Über eine Stunde verbrachte ich im Bad, seifte mich mindestens dreimal von Kopf bis Fuß ein und gab zum Schluß einige Tropfen meines Lieblingsparfums ins Wasser.

Im Fernsehen plätscherte eine langweilige Talkshow dahin. Ich trank das Glas Rotwein in einem Zug leer und schlüpfte unter das weiche Federbett. Zahllose Bilder drehten sich wie ein Karussell durch meinen Kopf: Markus, die Konferenz, die Kollegen, meine Mutter und dazwischen immer wieder das Gesicht des bunten Mannes.

Das Bersten der Fensterscheibe reißt mich aus dem Schlaf. Der Wind peitscht

den Regen durch das offene Fenster. Ich fahre hoch, lausche. Angstschweiß. Ich krieche aus dem Bett. Da packt sie zu: eine eiskalte Hand. Ich schreie. Im gleichen Augenblick spüre ich die knochigen Finger in meinem Gesicht. Sie zerquetschen mir den Kiefer. Herzrasen. Ich schlage um mich. Apfelgeruch. Der Schmerz benebelt mich. Bitterer Geschmack im Mund. Ich würge. Etwas Hartes rutscht mir die Kehle hinunter, bläht sich auf, zerplatzt, spritzt in meinen Rachen. Ich ersticke. Dann ein harter Stoß. Um mich herum stockfinstere Nacht. Ich weiß nicht, wann ich wieder zu mir kam. Es war früher Morgen. Zögernd tastete ich mein Gesicht ab. Nur ein Traum?! Keine zerbrochene Fensterscheibe. Aber dieser ekelhafte Geschmack in meinem Mund! Ich hastete ins Bad, drückte mir die halbe Tube Zahnpasta in den Mund, spülte und gurgelte. In letzter Sekunde erreichte ich die Toilette. Eitergelbe Flüssigkeit klatschte in die Schüssel, dazwischen schwammen Apfelstücke. Bestialischer Gestank.

Ich stolperte zurück ins Schlafzimmer, zerrte eine Jeans aus dem Schrank, warf mir die Jacke über und wischte mir notdürftig über den Mund. Die Autoschlüssel lagen auf dem Tisch. Mein stinkender Atem trieb mich fast in den Wahnsinn. Ich weiß nicht, wie ich den Bahnhof erreichte. Milchige Nebelschwaden hüllten die Bahnhofskneipe ein. Wie eine Irre rutschte ich auf den Knien durch den Rinnstein. Ich achtete nicht auf den dampfenden Hundekot, noch auf das schimmelige Brötchen. Was kümmerten mich die Gaffer, die kopfschüttelnd stehen blieben. Eine nie gekannte Besessenheit überfiel mich. Ich rüttelte am Kanalgitter. Irgendwo mußte er doch sein! Meine Kräfte ließen nach. Was tust du hier?

Sie tauchten aus dem Nichts auf: zwei blaue Leinenschuhe, zerlöchert. Langsam hob ich den Kopf. Meine Augen weiteten sich und glotzten in das Gesicht – des bunten Mannes.

»Hallo!« Er lächelte. »Kennen wir uns nicht?« Ich wich zurück und rappelte mich hoch.

»Haben Sie etwas verloren?« Seine stahlblauen Augen durchbohrten mich.

»Ja ... ja«, stammelte ich. Meine Hand fuhr durch das wirre, ungekämmte Haar.

»Vielleicht das hier?« Der giftgrüne Apfel baumelte an einem Schnürsenkel.

Filmriß! Als ich die Augen aufschlug, drang Markus' beruhigende Stimme an meine Ohren. »Es wird alles gut.« Ich nickte schwach. Tränen rollten über mein Gesicht, als ich langsam die geballte Faust öffnete.

Es roch nach Apfel.

Die Böcke

Michael Zender

Eine schauerliche Novembernacht umhüllt die stille Heide; es ist am Dienstag nach Allerheiligen des Jahres 1468. Vom Turme der Burg zu Ulmen bläst der Wächter die zehnte Stunde ins Land. Hinter dem Hügel am Wege hält schwer bewaffnet ein Reitertrupp, der im Hinterhalt lauert. Ab und zu hört man ein leises Waffengeräusch und das Stampfen eines ungeduldigen Rosses. Es sind Söldner des Kurfürsten Ruprecht von Köln, der mit einigen Herren der Eifel in Fehde lebt. Die gefürchtete Schar hatte der Volksmund »die Böcke« genannt, weil ihre Stöße wuchtig und feste waren. Es nahen Reiter heran, Waffen und Harnische klirren von ferne durch die Nacht. An der Spitze reiten zwei hohe Gestalten mit wallenden Helmbüschen, arglos miteinander plaudernd. Es ist Graf Wilhelm II. von Blankenheim und sein Schwager, der Graf von Virneburg, deren Schlösser heute noch, aber in Trümmer zerfallen, in der Eifel zu schauen sind. Da brechen »die Böcke« plötzlich hinter dem Hügel hervor und überfallen die Grafen und ihr Gefolge. Wie Blitze kreuzen sich die Schwerter, und klirrend fallen wuchtige Hiebe auf Helm und Panzer hernieder. Aufgeschreckt bellen die Hunde von drüben im Eifeldorfe herüber. Zu Tode getroffen sinkt Wilhelm von Blankenheim vom Pferde herab, und sein Blut färbt die Erde. Zehn der Seinigen, aber auch eine gleiche Anzahl »Böcke« liegen im Blute am Boden. Der Graf von Virneburg schlug sich mutig durch und entkam. – Noch heute erzählen sich die Leute von diesem blutigen Ringen in der sonst so ruhigen Gegend. Der nächtliche Wanderer aber meidet gerne jenen Weg; denn mehr als einmal sollen dort in den heiligen Nächten Böcke mit großen Hörnern gesehen worden sein. In einem Schreiben des Grafen Dietrich von Manderscheid an seinen Vater werden uns die Angaben diese Erzählung in ihrer Hauptsache bestätigt. Der Wortlaut des Briefes, der sich bis auf unsere Tage erhalten hat, lautet:

Dem edlen Herrn zu Manderscheid-Dune, myne lieben Junkern und Fatter! Unser Herr Got wil sych erbarmen, myne Schwager von Blankenheim yst dot; er und myn Neve Graff von Ferneborch synt mit einander das Land abgereden uf gestern Dynstagh in der nacht. da synt die Herrn von Köln Knechte an sy kommen und hant mynen vorgenannt lieben Schwager in den ersten treffen erstochen und noch 10 by Ime. we es fortgegangen yst, kan ich noch net eygentlich von schryben, dan myn Neve von Fernenborch yst ungefangen an wech kommen. lieber Junker, nu ryden yeh uff morgen gen Gerhardstyne (Gerolstein) ynd we es gayt, soll ych schryben, as Got wylt, der ych bewar.

Detherich, ewer sone.

An der Stelle, wo Graf Wilhelm von Blankenheim fiel, wurde eine schöne Kreuzsäule mit Inschrift errichtet. Dieselbe ist zur Revolutionszeit von französischen Soldaten zertrümmert worden. Aber einige bemooste Steine südlich von Kelberg bezeichnen heute noch den Platz, wo das Blut eines Eifler Edelmanns geflossen ist.

Die Hexe vom Elsenhof

Hans-Peter Pracht

Unterhalb des Dorfes Zermüllen hat vor vielen, vielen Jahren der Elsenhof gestanden. Die letzte Besitzerin wurde zur Zeit der Inquisition als Hexe denunziert, abgeurteilt und auf dem Scheiterhaufen verbrannt.

Als der Hof seinerzeit noch von seinen Eigentümern bewirtschaftet wurde und an ein Ende durch die Inquisition noch nicht zu denken war, verrichteten Hannes und Pitter, zwei junge Burschen aus Zermüllen, ihre Arbeit als Knechte auf dem Elsenhof. Nach der harten, körperlichen Arbeit tagsüber auf den umliegenden Äckern, im Wald und in den Ställen, begaben sie sich allabendlich in eine Dachkammer des Hofes, wo sie sich gemeinsam in das für beide einzig zur Verfügung stehende Bett legten und bald müde in einen tiefen Schlaf fielen. Der nächste Arbeitstag begann stets sehr früh, und der Heimweg nach Zermüllen hätte unnötige Zeit und Kraft gekostet. Sie zogen es also vor, die Zeit zur Ruhe zu nutzen und neue Kräfte für den nächsten Tag zu sammeln. So ging es schon jahrein, jahraus.

Eines Tages sah Pitter den Hannes an und fragte ihn erschrocken: »Hannes, Du siehst gar nicht gut aus! Fehlt Dir etwas? Bist Du vielleicht krank?«

Nach einem kurzem Zögern und Nachdenken erwiderte Hannes: »Ich darf es nicht sagen! Frag' auch bitte nicht weiter! Ich wäre Dir aber dankbar, wenn Du mir einen Gefallen erweisen würdest!«

»Warum nicht!« erwiderte Pitter, »wenn ich Dir dadurch helfen kann!« ermutigte er seinen Freund.

»Paß auf!« begann Hannes. »Wir schlafen doch gemeinsam in einem Bett, schon seit Jahren! Ich nach vorne hin zur Kammer und du an der Wand! Es ist doch nie anders gewesen, oder?!«

»Ja, das stimmt!« bestätigte Pitter diese Aussage.

»Willst du nach all der Zeit nicht auch einmal vorne liegen?« fragte Hannes.

»Warum nicht, ich habe da keine Bedenken. Ja, warum eigentlich nicht? Das wäre einmal etwas anderes nach den vielen Jahren!«, gab Pitter sein Einverständnis, auch wenn er nicht verstehen konnte, warum Hannes das eigentlich wollte.

»Aber paß auf!« fuhr Hannes fort, »Du bist stärker als ich, und vielleicht schaffst Du es!«

Sogleich erwiderte Pitter: »Hannes, Du redest schon wieder in Rätseln! Was sollen diese geheimnisvollen Andeutungen?«

»Ich hatte doch gesagt, daß ich nichts sagen darf. Frage bitte nicht weiter, sondern laß uns so verfahren, wie wir es eben besprochen haben!«

Pitter war nun wegen der geheimnisvollen Äußerungen und Andeutungen von Hannes noch neugieriger geworden. Er bekräftigte nochmals sein Versprechen, sich in der kommenden Nacht vorne im Bett zur Nachtruhe zu legen. Nach vollbrachter Tagesarbeit und dem gemeinsamen Abendessen wurden wie verabredet die Plätze in dem Bett getauscht. Pitter lag nun vorne zur Stube hin, Hannes hingegen erstmalig auf dem ungewohnten Platz zur Wand der Dachkammer. Beide waren todmüde, doch Pitter gingen die geheimnisvollen Äußerungen seines Freundes nicht mehr aus dem Sinn. So hielt er sich trotz heftiger Müdigkeit wach, in der Erwartung, was nun wohl in der Nacht geschehen sollte. Hannes schlief derweil seelenruhig, daß ihn niemand und nichts mehr wach bekommen hätte.

Die Stunden vergingen, und nichts geschah. Pitter zählte die Glockenschläge der Turmuhr von Zermüllen, die durch die Nacht herüberdrangen. Die Spanne von Stunde zu Stunde erschien ihm wie eine Ewigkeit.

Nun war es Mitternacht. Pitter zählte mit: »... neun ... zehn ... elf ...«

Je näher die Glockenschläge ihrer Vollendung kamen und somit dem Beginn der allen bekannten und gefürchteten Geisterstunde, um so höher schlug sein Herz, so daß er befürchtete, Hannes könnte von dem Gepoche erwachen. Dieser aber schlief tief und fest an der offenbar ungefährlicheren Rückseite des Bettes.

Der zwölfte Schlag der Kirchturmuhr war gerade verklungen, da öffnete sich mit einem Male langsam die Kammertür mit einem langen und eindringlichen Knarren. Dieses Geräusch hatte die Tür schon immer von sich gegeben, sobald sie auch nur bewegt wurde, doch hatten sich die beiden Bewohner der Kammer bereits im Laufe der Zeit daran gewöhnt, so daß das Ächtzen schon zum täglichen Leben gehörte und kaum mehr Beachtung fand.

Doch diesmal war das gleiche Knarren unheimlicher, bedrohlicher, weil es mit dem Betreten einer kaum erkennbaren, vermummten Gestalt einherging. Diese Gestalt war nur wie ein großer Schatten zu erkennen, da das Mondlicht von hinten durch die inzwischen ganz geöffnete Kammertür in den kleinen Schlafraum eindrang. Langsamen Schrittes bewegte sich die Gestalt, aber keinesfalls lautlos, durch das Knarren der Dielen begleitet auf Pitter zu, der regungslos und starr vor Angst in dem Bett lag.

»Ich habe es gewußt, ich habe es vermutet!« durchschwirrten wirre Gedanken seinen Kopf. »Es konnte nur so etwas sein!«

Jetzt erkannte er plötzlich einen Pferdezaum in der rechten Hand der Gestalt, die immer noch unaufhaltsam, fast schwebend auf ihn zukam.

Von diesem Augenblick an ging alles sehr schnell. Die Gestalt stand nun vor dem Bett und versuchte Pitter das Zaumzeug anzulegen. Aber der starke Pitter war hellwach und wußte sich seiner Haut zu wehren. Er kämpfte nach Leibeskräften, und in einem schnellen Handgemenge gelang es ihm, Oberhand zu gewinnen und das Vorhaben der Gestalt so abzuwenden, daß diese zuletzt selbst mit angelegtem Zaum vor ihm stand. Im gleichen Moment wurde diese in ein Pferd verwandelt, das Pitter schnell die enge Stiege hinuntertrieb. Er hatte wegen des guten Gelingens Mut gefaßt, und das verbliebene Herzklopfen war nun nicht mehr durch Angst begründet, sondern wegen des schnellen Laufens von der Dachkammern in den Hof hinab. Mit einem Satz schwang sich Pitter jetzt auf den Rücken des Tieres und jagte im schnellen Galopp über Zäune und Wiesen in der hellen Vollmondnacht zu einer Waldschlucht, die von allen mit »Hexenkessel« bezeichnet wurde.

Zuerst erblickte Pitter in der Ferne den roten Schein eines Feuers, das durch taumelnde Gestalten verdeckt und dann durch die wechselnden Bewegungen wieder sichtbar wurde. Funken stoben wild durcheinander in den tiefschwarzen Nachthimmel.

Pitter versuchte jetzt, den Galopp des Pferdes zu verlangsamen, sogar zum Stehen zu bringen, denn bei dem Anblick des unheimlichen, nächtlichen Treibens packte ihn eine unbändige Angst. Er wollte einfach nicht in das Durcheinander hineingezogen werden, denn er vermochte nicht abzuschätzen, was ihn da erwartete und was ihm geschehen könnte.

Aber das Pferd war nicht zu halten. Ganz gleich, was Pitter auch unternahm, es lief mit unverminderter Geschwindigkeit und kaum beschreiblicher Zielstrebigkeit auf den Hexentanzplatz zu. Nun war er schon so nahe davor, daß ihn die unruhigen Schatten der tanzenden Gestalten fast erreichten. Grelle, keifende Stimmen drangen an seine Ohren. Pitter sah sich schon verloren und inmitten des Hexenkessels. Doch als er gerade das Feuer erreicht hatte, sprangen alle Beteiligten mit einem Male zur Seite, und zum größten Erstaunen, aber auch zur Erleichterung von Pitter, schwangen sie sich alle auf ihre am Rand des Platzes an Bäumen und Sträuchern festgebundenen Pferde und sprengten mit lautem Galopp in alle vier Himmelsrichtungen durch den Wald davon. Der Spuk hatte ganz plötzlich ein Ende gefunden.

Noch lange über dieses Ereignis nachdenkend, trabte Pitter nun langsam nach dem scharfen Ritt auf dem Pferd in Richtung Elsenhof zurück.

Die Nacht neigte sich langsam ihrem Ende entgegen. In Kelberg ließ Pitter dem Pferd bei einem Schmied, der zu der frühen Stunde bereits sein Feuer entfacht hatte, neue Eisen anbringen.

»Das kenne ich überhaupt nicht, halt doch stille!« schimpfte der Schmied, als sich das Tier dabei so wehrte, wie er es noch nie zuvor erlebt hatte.

»Was habt Ihr denn für einen Begleiter? Steckt denn da der Leibhaftige drin?« fragte der Schmied.

Doch Pitter antwortete nicht, er war schon zu müde. Ohne weiter darüber nachzudenken, ritt er dann weiter.

Im Morgengrauen erreichte er den Elsenhof. Das Pferd war vollkommen erschöpft, es dampfte und triefte vor Schweiß.

Vor der Hoftür stand schon erwartend der Bauer. Pitter sprang vom Pferd und befreite es schnell von dem Zaum. Kaum war das geschehen, stand zu aller Schrecken und Erstaunen die vollkommen erschöpfte Bäuerin mit fast neuen Hufeisen an Händen und Füßen vor ihnen.

Pitter berichtete nun seinem Herrn ausführlich über das nächtliche Erlebnis. Jetzt erst konnten beide den Zustand von Hannes verstehen, der zuvor jede

Nacht zum Pferd verwandelt worden war und die Bäuerin nach ihrer Lust und Laune zu ihren Hexentreffen tragen mußte.

Gleich am nächsten Tag begab sich der Bauer zum Inquisitionsgericht und zeigte seine Frau dort als Hexe an.

Schon bald darauf wurde ihr der Prozeß gemacht. Sie wurde erwartungsgemäß abgeurteilt und nach dem Erhängen dem Feuer übergeben.

Hannes hingegen erholte sich schnell von seiner Erschöpfung und sprach auch bald mit anderen über seine grausamen, nächtlichen Erlebnisse.

Der Heimkehrer

Fritz Koenn

In dieser Märznacht 1945 tastet sich ein deutscher Soldat in den Wäldern zwischen Ahrhütte und Schmidtheim vorsichtig von Baum zu Baum.

Ein struppiger Stoppelbart steht in dem von Schmutz und Schweiß verkrusteten Gesicht. Füße und Beine schmerzen vom langen unerbittlichen Marsch. Die Hände sind zerschunden vom Greifen an harten Fels und rissige Borke. Überreizt reagieren seine angespannten Sinne auf das kleinste Geräusch des nächtlichen Forstes. Weit aufgerissen versuchen seine übermüdeten Augen die fahle Finsternis zu durchdringen.

Seine Erregung steigt ins Unermeßliche, als er in der ersten blassen Morgendämmerung zum ersten Mal die heimatlichen Waldungen wiedererkennt.

Er umgeht umsichtig den glatten Kahlschlag »op d'r Heed« und folgt den wohlbekannten tiefen Schneisen des Hauberges.

Dann entdeckt er erfreut seine dicke Buche auf dem »Hövvel« über dem Dorf.

Nun ist er am Ziel.

Vor ihm im Tal, noch im Dunkel verborgen, weiß er am Bach sein Häuschen. Wenn er hinunter liefe, könnte er in wenigen Minuten Anna und die Kinder in die Arme schließen.

Diese unglaubliche Vorstellung erscheint ihm wie eine phantastische Vision. Von wirren Gedanken überwältigt, kramt er sinnlos in den Taschen nach einem Kanten Brot, den er längst verzehrt hat.

Dann zwingt er sich zur Besonnenheit. Erst am Abend wird er im Schutz der Dunkelheit vorsichtig die letzten Schritte nach Hause wagen.

Vor der verräterischen Helligkeit des heraufziehenden Tages verkriecht er sich tief in das Unterholz der dichten Schonung.

Er kauert sich eng zusammen und bedeckt die Augen mit dem Arm.

Bald fällt er in einen unruhigen, wachsamen Halbschlaf. Und sogleich überfallen ihn wie schwarze Ungetüme die bedrückenden Bilder der letzten Tage und Nächte, überdeutlich und unwirklich zugleich.

* * *

Er sieht sich inmitten eines versprengten Soldatentrupps auf dem Rückzug vor dem rasch nachrückenden Feind.

Sie hielten letzte Rast vor dem Übergang über den Rhein. Deutlich wie vor vier Tagen vernimmt er wieder die verführerischen Einflüsterungen seiner Kameraden, Eifeler wie er. Der sinnlose Krieg sei ohnehin bald zu Ende, raunten sie. Warum also in den letzten Tagen noch den Kopf hinhalten für eine verlorene Sache. Und ihren Heimatdörfern seien sie heute so nah wie nie zuvor. In drei,

vier Tagen könnte jeder von ihnen zu Hause sein bei seiner Familie.
Gegen Mitternacht schlichen sich die drei katzengleich fort aus dem Kreis der Schlafenden. Sie krochen vorsichtig durch Zäune und Hecken, eilten lautlos vorbei an schwarz drohenden Häusern und stummen, aufgetürmten Bäumen, hasteten geduckt über feuchte Wiesen und lehmige Äcker, wateten durch moorige Gräben und eiskalte Bäche. Sorgfältig mieden sie Straßen und Wege und horchten auf das nahe Grollen der Front.
Rechtzeitig vor Morgengrauen fanden sie ein schützendes Waldstück am Hang. Wie gehetzte Tiere verkrochen sie sich im zähen Unterholz, wähnten sich sicher und schliefen wie tot bis zum Abend.
Dann trennten sie sich: »Mach's gut, Kamerad«, wisperten die zwei. »Wird schon schiefgehen«, antwortete er, ehe sie sich im Dunkel verloren. Ein leichtes Ästeknacken noch – dann Stille.

Er war allein.

Er war nicht gewohnt, allein zu sein. Verantwortung zu tragen und Entscheidungen zu treffen, wurde schon lange nicht mehr von ihm gefordert. Seit er Soldat war, mußte er immer nur irgendwelchen Befehlen gehorchen, Vorgesetzte hatten kommandiert, was zu tun und zu lassen war.
Jetzt erschreckte ihn die Vorstellung, plötzlich auf sich selbst gestellt zu sein in dieser unheimlichen und drohenden Totenstille der Nacht.
Sogar die Front schwieg.
Die ungewohnte Einsamkeit und Verlassenheit inmitten eines fremden Waldes verängstigten ihn und ließen ihn erschauern.
Sein Herz raste. Ein nie gekanntes Gefühl der Furcht stieg in ihm auf.
Gleichzeitig erfüllten ihn die Zweifel am Gelingen seiner waghalsigen Flucht mit Angst und Grausen.
In unbarmherziger Deutlichkeit erkannte er mit einem Mal die unzähligen Gefahren, die wie düstere Dämonen in allen Winkeln auf ihn lauerten. Faßte ihn die deutsche Heerespolizei, war er als Deserteur sofort des Todes. Und lief er den Amis in die Arme, ging er für Jahre in Gefangenschaft.
Schweißgebadet begann er stolpernd und suchend seinen einsamen Weg in die Nacht.
Bange Fragen bedrängten ihn bei jedem seiner tastenden Schritte. Hatten sie im aufgeweichten Boden vielleicht ihre Fußspuren hinterlassen, und waren ihnen die Verfolger bereits nahe auf den Fersen? Wo genau verlief eigentlich die Front? Waren die Eifelwälder vermint? Würde er die Nordwest-Richtung bei bewölktem Himmel verfehlen und sich verirren in der Dunkelheit? Und wo und wie lange könnte er sich daheim im Dorf vor den Besatzern verstecken, sollte er denn wirklich bei Anna und den Kindern heil ankommen?
Gegen Morgen wurden Hunger und Durst unerträglich.
Im trüben Frühdunst bemerkte er eingangs der Mulde den kleinen Bauernhof.

An seiner rückwärtigen Seite reichte ein niedriges Gehölz fast bis an den Gartenzaun. Von dort her kroch er, nach allen Seiten spähend, durch dorniges Astwerk und über kühle, vom Tau benetzte Erde bis zur nicht verriegelten Stalltür.

Er wurde ohne viel Worte an den Tisch gebeten, aß und trank gierig, tauschte die Uniform gegen einen viel zu engen Anzug und einen viel zu weiten Mantel des in Rußland vermißten Sohnes und versprach, nach geglückter Heimkehr alles wieder zurückzubringen.

»Paß op dich op, Jong«, rieten die Bauersleute und steckten ihm einen Kanten Brot in die Tasche. Die Vorhut der Amis sei gestern schon durch; der Troß komme vermutlich heute nach.

Am besten verstecke er sich über Tag in der verwahrlosten Fichtenschonung dort drüben. Und schon in der nächsten Nacht könne er es dann leicht bis nach Hause schaffen, ermutigten ihn die beiden Alten.

* * *

Nahe der dicken Buche am Waldrand über dem Dorf treffen die letzten Sonnenstrahlen auf ein elendes Bündel Mensch.

Aufgewühlt noch von den dumpfen Szenen, die er in seinem unruhigen Schlaf nochmals durchlebte, die ihn bedrängten und ängstigten, rollt er sich wieder fester zusammen, als wolle er sich damit endgültig abschirmen gegen all diese bedrückenden Erinnerungen.

Und ganz allmählich mildert sich seine Starre. Er spürt die junge Wärme des Frühlings im Gesicht und blinzelt zaghaft in die freundliche Helligkeit um ihn.

Die schwarzen Gedanken, die schweren Angstträume – sie verblassen auf einmal und verflüchtigen sich wie Nebelstreifen in der Frühe.

Mit einem unterdrückten Schrei der Befreiung fährt er hoch.

Plötzlich begreift er: Er ist angekommen, er ist daheim. Krieg, Trennung und Leiden sind zu Ende.

Heute abend wird er hinunter rennen in sein Haus.

Der Gedanke an das Wiedersehen mit Anna und den Kindern überwältigt ihn. Unbändige Freude und heiße Lebenslust durchströmen ihn.

Er späht durch die Zweige. Dort unten liegt friedlich das Dorf. Menschen eilen hin und her. Ob er Anna unter ihnen entdecken kann?

Einen Schritt tritt er aus dem schützenden Gesträuch hervor.

Unbeweglich steht er im Licht der letzten Abendsonne.

Mit brennenden Augen starrt er hinunter und kann seinen Blick nicht losreißen von dem so lange entbehrten heimatlichen Anblick.

Aus dem Kamin seines Häuschens steigt steil der Rauch.

* * *

Einige hundert Meter weiter westlich steht, gut getarnt, ein amerikanischer Panzerwagen. Die Soldaten sitzen lässig im Kreis, rauchen und kauen ihren Gummi.

Plötzlich zieht einer von ihnen seinen Nebenmann am Ärmel und weist mit dem Kopf zum jenseitigen Waldrand.

Jim richtet das starke Glas auf die Gestalt, die in Gedanken verloren vor einer mächtigen Buche steht und unverwandt auf das Dorf im Tal hinab blickt.

Kurz darauf lösen sich zwei aus der Gruppe und beginnen, in weitem Bogen den Verdächtigen von rückwärts anzupirschen, lautlos wie Jäger ein Stück Wild.

* * *

Von zwei Seiten gleichzeitig peitscht ein hallendes »Hands up« hinter ihm aus dem Wald.

Gleichzeitig fährt ihm die Mündung einer Maschinenpistole in den Rücken. Hände tasten ihn nach Waffen ab.

Wie vom Donner gerührt schreckt er zusammen.

»Papiere!«

Er hat keine.

»Du Soldat, du SS, du Partisan – come on!«

In seinem Kopf rauscht und dröhnt es unerträglich.

Der jähe Absturz seiner Gefühle aus wundervollen, goldenen Himmelshöhen hinab in eine bodenlose, trostlose Tiefe traf ihn wie ein Keulenschlag.

Wie betäubt und halb wahnsinnig vor ungeheuerlicher Enttäuschung läßt er sich, die Hände im Nacken verschränkt, willenlos abführen.

* * *

Erst im Herbst 1947 kehrte Oswald Stein, in belgischen Bergwerken krank und grau geworden, aus der Gefangenschaft ins Dorf zurück.

Sürthchens Musel

Armin Renker

Zu der Zeit, da Kaiser Karl der Fünfte über Europa herrschte, war in unseren rheinischen Landen die Jülich'sche Fehde ausgebrochen. Wilhelm von Cleve, Jülich und Berg beanspruchte die Nachfolge im Herzogtum Geldern, das der Kaiser als erledigtes Reichslehen einziehen wollte, um es seinen niederländischen Besitzungen einzuverleiben. Die geldrischen Stände huldigten dem Fürsten Wilhelm, der ein Bündnis mit Frankreich geschlossen hatte. Nachdem nun unter dem geldrischen Marschall Martin von Rossum im Jahre 1542 ein geworbenes Heer in das Erbland des Kaisers eingedrungen war und es mit Verheerungen bedroht hatte, besetzte der General des Kaisers, Prinz Renatus von Oranien-Nassau, am 3. Oktober unerwartet die Jülicher Lande, deren Städte so schwach bemannt waren, daß sie nur geringen Widerstand leisten konnten.

Zu den Truppen, die der Kaiser damals entsandt hatte, gehörte auch die Kompanie des Hauptmanns Canis, die in dem Dorfe Bergstein am Nordrande der Eitel eingesetzt war, um die freie Reichsstadt Nideggen zu belagern. Dem hohen Burgfelsen von Nideggen, der mit seiner alten Feste gekrönt war, lag der ebenso hohe Burgberg oberhalb von Bergstein gegenüber, auf dessen Kuppe noch die Ruinen jenes Schlosses zu sehen waren, das einst in sehr frühen Zeiten dort gestanden hatten. Vom einen zum anderen Berggipfel war es weniger als eine Meile, doch so weit konnten die Feldgeschütze damals nicht schießen.

Dieser Hauptmann Canis war eine seltsame Erscheinung. Nicht allein sein Name, auch sein Äußeres glich einem Hunde. Eine kurze gedrungene Nase, über die sich quer eine tiefe Falte zog, saß im struppigen Barthaar. Sein Haupt war bedeckt mit einer zottigen Mähne ungepflegter Haare. Auch seine Stimme erklang wie Gebell, so kurz und so abgerissen, so hart und hervorbrechend. Dazu war er klein von Gestalt und wohlbeleibt. Er war ein strenger Vorgesetzter, gefürchtet und von manchem sogar gehaßt. Nur im Trunke, wenn sich alle Unterschiede im Dunst und Qualm der Wirtsstube verflüchtigten, konnte er mit seinen Untergebenen gut Freund sein.

Da sie nun dort oben auf der Höhe wochenlang in Bereitschaft lagen, indes die Wachen den nahen Burgberg bezogen und das belagerte Nideggen im Auge hatten, wurde in den langen Nächten wie toll gezecht. Ein Gelage folgte dem anderen. Sie wurden fast nicht mehr nüchtern, an ihrer Spitze der Hauptmann, der in den Nächten sinnlos trank, bei Tage aber wie tot da lag, um seinen Rausch auszuschlafen. Wie es nun so ist, es wurde gewürfelt, ein Glücksspiel jagte das andere, bis dem Hauptmann und seiner ganzen Kompanie das Geld ausgegangen war, und die Marketender mit ihren Branntweinfässern an ihnen vorüberzogen, weil sie nicht mehr zahlen konnten.

Nun saßen sie in den stillen dunklen Nächten beieinander und wußten nicht,

205

wie sie sich die Zeit vertreiben sollten. Und der Hauptmann, war er im Dienst auch streng und unerbittlich mit seinen Soldaten, daß ihm manch einer schon hinter seinem Rücken heimlich mit dem gezogenen Säbel gedroht hatte, er wurde ganz gemütlich und geriet nach und nach ins Erzählen. Er redete von seinen früheren Kriegszügen, von den weiten Fahrten, die er in seinem langen bewegten Leben unternommen hatte.

Da er nun so viel im Morgenlande gekämpft und dieses Land auf seinen kriegerischen Zügen kreuz und quer durchstreift hatte, kam er immer wieder auf die schönen Frauen des Orients zu sprechen, auf die Harems und die Seraile, aus denen er sie geraubt hatte unter Einsatz seines Lebens im Kampf gegen die Muselmänner. Manch eine Fatima und manche Suleika wurde da geschildert, und den Soldaten in der frostigen nordischen Winternacht lief mehr als einmal das Wasser im Munde zusammen bei den blumenreichen Schilderungen ihres Hauptmannes, der sich nicht genug damit tun konnte, alle Einzelheiten auszuschmücken und in seiner kurzen Sprache wie bellend hervorzustoßen.

Schnell liefen seine Erzählungen vor den Soldaten dahin. Rasch und hastig war sein Sprechen, da er sich nicht einmal Zeit ließ, die Worte ganz auszusprechen. Besonders das Wort Muselmänner schien ihm Schwierigkeiten zu bereiten. »Die Museis«, so hieß es immer wieder in seinen Berichten. »Den Museis haben wir die schönen Mädchen aus den Harems stibitzt, die Museis haben wir kaputtgeschlagen.« Die Museis hier und die Museis da. Das hörten die Soldaten so oft, daß sie ihren Hauptmann unter sich nur noch den »Musel« nannten.

So verging Woche um Woche, indes die Truppen das trotzige Nideggen ringsum eingeschlossen hielten und zum Sturm reif werden ließen. Den Soldaten aber wurde die Zeit immer länger. Sie streiften über die leeren Felder und durch die Wälder. Der Hauptmann Canis wußte sie kaum mehr in Zucht und Ordnung zu halten. Bei Nacht rannte der Schwarm den kurzen Weg hinab, den sie das »Sürthchen« nennen und der von der Bergsteiner Kirche sehr steil hinabführt, bis er auf den breiten Mühlenweg trifft, der das Rosenbachtal hinunter nach Zerkall führt. Der war damals die einzige Verbindungsstraße zwischen den beiden Dörfern. In Zerkall, so hatten die Bergsteiner den Soldaten erzählt, seien ein paar schöne Mädchen, bereit, sie nachts zu sich hereinzulassen in ihre verschwiegenen Kammern. Obwohl nun Zerkall, das am Fuße des Burgbergs gelegene kleine Dorf an der Rur, nicht zum Belagerungsgebiet gehörte und sein Betreten eigentlich verboten war, tobten die Soldaten immer aufs neue in den dunklen Herbstnächten das Sürthchen hinunter, mit langen Stöcken bewaffnet, auf denen sie gröhlend und singend zu Tal ritten, so wie die Hexen in der Walpurgisnacht durch die Lüfte zu jagen pflegten. Doch sie holten sich in Zerkall immer wieder blutige Köpfe. Die schönen Mädchen des kleinen Dorfes dachten nicht daran, sie in ihre Kammern zu lassen. Ihre Liebhaber und Väter lauerten den heißblütigen und liebestrunkenen Soldaten jedesmal auf, und es gab mehr als eine Beule bei den Raufereien, die sich dann jedesmal abspielten. »Die wilde Jagd kommt!« so sagen sie heute noch bei uns, wenn der Herbstwind

207

stürmend über die Höhen braust und orgelnd in die Täler hinabfährt

Da der Hauptmann Canis nun so Tag für Tag über die lange Dorfstraße schritt, um die Posten auf dem nahen Burgberg zu überwachen, war ihm wiederholt ein alter Mann aufgefallen, der in großer Eile und wie heimlich hier und dort die Dorfstraße querte, mit einer Kiepe auf dem Rücken, um bei dem oder jenem Bauern einzukehren. Das Seltsamste an diesem alten Manne aber war, daß er jedesmal eine andere Bedeckung auf seinem Kopfe trug. Einmal war es ein schwarzes Barett, wie es die Priester zur damaligen Zeit zu tragen pflegten, dann wieder eines in tief dunklem Violett, das wie ein Turm auf seinem eckigen Bauernschädel saß. Dann wieder war es eine Haube, die eng am Kopfe lag, daß es von weitem aussah, als komme eine alte Frau daher.

Viele Tage hindurch hatte der Hauptmann den alten Mann beobachtet. Immer um die gleiche Zeit war er im Dorf zu sehen, stets die schwer beladene Kiepe auf dem Rücken, immer eine andere Kopfbedeckung auf dem kahlen derben Bauernschädel. Der Hauptmann Canis dachte nach, woher der seltsame Mensch wohl kommen möchte, konnte sich aber gar keinen Reim darauf machen. Endlich wußte er sich vor Neugierde gar nicht mehr zu lassen. Er paßte dem einsamen Wanderer auf und redete ihn an, wer er denn eigentlich sei, was er da in seiner Kiepe trage, und vor allem, warum er denn stets mit einer anderen Kopfbedeckung herumlaufe.

Der Alte blieb stehen, hockte die Kiepe vom Rücken und sah den Hauptmann seltsam lächelnd an. Es lag etwas Verschlagenes und Spitzbübisches in seinem Blick, wie er den Hauptmann so von der Seite wie abschätzend musterte.

»Ei, ich bin doch der Botenmartin aus Nideggen«, sagte er endlich mit einer Stimme, die so knarrend klang wie eine rostige Türangel.»Ihr wißt doch, Herr, der Botenmartin, der alle paar Tage auf die Dörfer in der Runde gehen muß, um Sachen auszutragen und Botschaften zu bestellen. Mich kennt doch jeder«, schloß er und sah den Hauptmann erwartungsvoll an.

Der glaubte nicht recht gehört zu haben. Er tippte mit dem Finger auf seine Stirn und sagte, er müßte wohl nicht ganz recht im Kopfe sein, ihm so gerade ins Gesicht zu lügen, er käme aus dem belagerten Nideggen, das sie von allen Seiten so eingeschlossen hielten, daß keine Maus geschweige denn ein Mensch es verlassen könne. Der alte Mann schien diesen Einwand erwartet zu haben, aber er hatte wohl Vertrauen gefaßt zu dem untersetzten schweren Hauptmann trotz seines bissigen Hundegesichts und der bellenden Stimme, mit der er die Worte wie befehlend hervorstieß. Er sah ihn erwartungsvoll an, blickte aber zugleich zur Seite, wo sich immer mehr Soldaten um die eigenartige Gruppe angesammelt hatten, und schwieg.

Der Hauptmann hieß den Alten die Kiepe wieder auf den Rücken nehmen. Langsam ging er voraus, seinem Quartier zu, indes der Martin ihm folgte. Die Soldaten standen auf der Straße. Die Dorfbewohner an ihren Türen blickten dem ungleichen Paare nach. In der engen Bauernstube angelangt, ließ der Hauptmann den Alten sitzen. Er stellte ein Glas vor ihn hin und schenkte es voll

Branntwein. Es war seine letzte Flasche, doch sie schien den Fang wert zu sein. Da fiel sein Blick wieder auf die seltsame Kopfbedeckung seines Gastes, und alle anderen Fragen waren ihm aus dem Kopf.

»Hör, Martin«, bellte der Hauptmann, »hör, warum trägst Du denn immer so ein anderes Ding auf Deinem dicken Schädel, wenn Du heimlich in die Dörfer geschlichen kommst? Was soll denn das bedeuten, he?«

»Ja«, sagte der Martin langsam und bedächtig und senkte das Haupt wie schuldbewußt, »die sind nämlich von der Pfaffenjagd.«

»Pfaffenjagd?« forschte der Hauptmann und sah dem Alten prüfend in die Augen, »hab schon von vielen Jagden gehört in meinem Leben, auf Wildbret aller Art, Rehe, Hasen, Fasanen und alles mögliche Getier, aber von einer Pfaffenjagd hab ich noch nie gehört. Sag, Martin, was ist denn das, eine Pfaffenjagd?«

Da erzählte der alte Martin dem Hauptmann Canis von dem uralten Brauch der geistlichen Herren im Herzogtum Jülich, die am dritten Sonntage nach Ostern in jedem Jahre zusammen kamen zu einer Versammlung. Man nenne dies die Pfaffenjagd, weil so viele Geistliche aus der ganzen Gegend daran teilnahmen und aus diesem Anlaß auf zwei oder drei Tage in Nideggen anwesend waren. Daher auch der alte Spruch stammte: »Ehe Nidegger Pfaffenjagd, gibt es kein gutes Wetter!«

Bei solcher Gelegenheit werde auch jedesmal ein großes Festessen abgehalten. Die hohen geistlichen Herren pflegten dann hinterher im Klostergarten ihre abendlichen Spaziergänge zu machen. Dabei würden ihnen aber oft die Hüte zu schwer, daß sie ihnen von den Köpfen herabfielen. Wie leicht sei es ihnen dann im Taumel ihrer frommen Übungen entgangen, sie wieder zu suchen und mitzunehmen.

Das aber geschehe Jahr um Jahr, so weit er denken könne, und darum ginge er, der alte Martin, nach solchen Festereien jedesmal dorthin, um sich unter den Baretten und sonstigen Kopfbedeckungen, die dort herumlägen, einige auszusuchen und anzueignen. Und noch nie hätten ihm die Geistlichen auch nur je streitig gemacht, was er auf dem Kopfe trage. Weil es ihm aber Freude mache, immer wieder etwas anderes zu tragen, darum setze er die mannigfaltigen Kopfbedeckungen eben bei seinen Fahrten über Land auf. Dann hätten die Bauern doch immer etwas zu sehen und zu lachen. Für ihn aber gebe es dann Botengänge und Aufträge in Menge.

Bei den Worten Botengänge und Aufträge lauschte der Hauptmann, der ihm aufmerksam zugehört hatte, auf. »Freund«, bellte er ihn an und schlug ihm dabei derb auf die Schulter, »Freundchen, die Hauptsache hab ich Dich zu fragen vergessen. Wie kommst Du denn heraus aus diesem Loch dort drüben, aus diesem Sack, den wir so gut zugebunden haben?«

Manchmal käme die Katze ja aus dem Sack, murmelte der alte Mann und blinzelte den Hauptmann aus seinen rot angelaufenen Augen listig an. An dem Graziasturm jenseits der Burg, auf das Brandenberger Tor zu, sei ein geheimes

Pförtlein, durch das man die Stadt verlassen könne. Kaum ein anderer Bürger der Stadt wisse darum, so verborgen sei es.

»Freund«, sagte der Hauptmann, »Du weißt doch, wie streng verboten es ist, das Nidegger Stadtgebiet zu verlassen, Du weißt es, nicht wahr, Freundchen?«

»Ja, Herr«, sagte der alte Martin und blickte ihn ganz unschuldig, verschmitzt und doch zugleich zutraulich an, »ich weiß wohl, aber hört, Herr, Ihr werdet mich ja doch nicht verraten, nicht wahr, Herr?« Und dabei blickte der Martin den Hauptmann so von der Seite an, daß dieser ganz unsicher wurde.

»Verraten, Martin, nein, warum sollte ich Dich verraten?« erwiderte der Hauptmann. »Du hast mir etwas verraten, warum sollte ich Dich darum verraten? Für Deinen guten Rat will ich Dir sogar etwas schenken. Da!«

Damit zog der Hauptmann einige Silbermünzen, den Rest seines Soldes, aus der Tasche und warf sie dem Martin in das Barett, das offen auf dem Tische zwischen ihnen lag.

»Danke schön!« sagte der alte Martin, ergriff die Kopfbedeckung, leerte sie, steckte die Münzen in die Tasche und wollte sich schleunigst entfernen. Doch der Hauptmann hielt ihn zurück, er schenkte ihm aufs neue ein, als wolle er noch etwas aus ihm herausholen. Doch der alte Martin schien viel vertragen zu können. Er blieb immer gleichmäßig freundlich, lächelte dem Hauptmann zu, hob das Branntweinglas und trank auf seine Gesundheit. Dann wurde es still zwischen ihnen.

»Ein Kreuz ohne Christus!« murmelte der Martin nach einer Weile vor sich hin. Wie ein Gebet klang es. Diese Worte fielen in die plötzlich eingetretene Stille hinein wie ein Stein, der in einen Teich fällt und nach lautem Aufschlag versinkt, während die Kreise der aufgeregten Fluten ringsum immer weiter ziehen und größer werden. Erst nach einer Weile brach der Hauptmann Canis die Stille, die von neuem eingetreten war. Er fragte, was dieses seltsame Wort bedeuten sollte. Ob er es denn nicht wisse, sagte der alte Martin, zu Nideggen auf dem Marktplatz stünde ein hohes Kreuz, aber kein Erlöser hinge daran. Der Hauptmann zuckte geringschätzig die Achseln, ob nun mit oder ohne Christus, das Kreuz war ihm höchst gleichgültig. Dann wurde es wieder so still zwischen ihnen, daß sie die Ratten hören konnten, wie sie das Gebälk zwischen Täfelung und Wand benagten.

»Eine Stadt ohne Kirche!« ließ sich der alte Martin vernehmen, als wieder eine Weile vergangen war. Der Hauptmann sprang entrüstet auf. »Eine Stadt ohne Kirche? Was für Unsinn Du da redest, Martin! Wir sehen doch den Kirchturm von Nideggen Tag für Tag vom Burgberg aus vor uns liegen, die Stadt hat doch eine Kirche, Martin!«

»Und doch hat sie keine«, beharrte der alte Martin, »denn sie liegt ja außerhalb der Mauern, habt Ihr das noch nie gesehen? Nein, nein, ich sage Euch, eine Stadt ohne Kirche!« Und seine Augen gingen dabei in weite Fernen und schimmerten verschwommen. Und wieder wurde es still zwischen ihnen. Von den kahlen Feldern klang der schrille Schrei des Eichelhähers.

»Ein Brunnen ohne Wasser!« ließ sich der alte Martin nach einer Weile vernehmen. Das klang so leise wie ein Seufzer, aber die begierigen Ohren des Hauptmanns hatten es doch vernommen. Er wurde auf einmal lebendig und schlug dem alten Martin auf die schiefe Schulter. »Was sagst Du da, Martin? Was sagst Du da, ein Brunnen ohne Wasser?«
Doch der alte Martin schien es leid geworden zu sein, ihm immer wieder Rede und Antwort zu stehen. Er nestelte an seinem Hut, schnürte an seinem Bündel, hob die Kiepe, die er in eine Ecke des Zimmers gestellt hatte und machte alle Anstalten aufzubrechen, um nach Hause zurückzukehren. Dabei warf er von Zeit zu Zeit prüfende Blicke auf den Hauptmann, als wolle er ihm in den Grund seiner Seele hineinschauen.

Der Hauptmann Canis aber geriet allmählich, durch den Branntwein befeuert, in eine Art von Raserei. Er fühlte deutlich, wie ihm der Alte überlegen war in all seinen Äußerungen, wie er ihm wohlüberlegte Antworten erteilte, ihn aber nie dahin kommen ließ, wohin er zielte. Schließlich bellte der Canis nur noch in seiner betrunkenen Raserei, so laut, daß die Soldaten von der Dorfstraße ans Fenster traten und dem seltsamen Schauspiel durch die trüben Fensterscheiben zuschauten.

»Ich werde kommen«, herrschte der Hauptmann den alten Martin an, »ich komme, darauf kannst Du Dich verlassen, wie das Amen in Eurer Kirche, die gar nicht im Ort liegt. Und damit Du mich erkennen kannst, Martin, als ein Hund, als ein richtiger Hund werde ich zu Euch kommen. Verstehst Du mich, Martin, als ein richtiger Hund!«

Und damit fing der Hauptmann an zu bellen. Das klang so natürlich, daß alle Dorfköter angelaufen kamen und vor dem Fenster ihr gemeinsames Konzert anstimmten. »Der Musel«, sagten die Soldaten draußen zueinander, »hört ihn nur, den Musel, das gibt noch einen Hauptspaß. Hört, wie er bellt, wie ein richtiger Köter.« Dabei spuckten sie verächtlich aus.

»Danke schön!« sagte der alte Martin noch einmal, nahm die Kiepe auf den Rücken, setzte sein Barett auf und wünschte dem Hauptmann einen guten Abend. An den Soldaten vorbei schritt er in die Nacht, die eben dämmernd hereinbrach, ließ den Burgberg rechts von sich liegen und ging am Hof Roland vorbei, wo sich die Vorposten der Bergsteiner Truppen befanden. Dann stieg er das Pfädchen hinab, das sie schon damals den Siebenkrümmchens Weg nannten. Oberhalb Zerkall, am Sülefeld, standen einige Rehe im Klee und blickten ihm verwundert nach. Nun verlor er sich in den Wiesen, die längs der Rur auf Nideggen zu liegen. Zu Hause angekommen aber hatte er eine wichtige, sehr geheime Besprechung mit dem Obersten, welchem die Verteidigung der Feste Nideggen übertragen war.

Der Hauptmann Canis hatte am folgenden Morgen einen tollen Schädel und sehr unklare Gedanken. Das Wesentliche aus der Unterredung mit dem alten Martin war ihm aber doch deutlich in der Erinnerung geblieben, und so war er trotz seines Schädelwehs recht frühzeitig auf den Beinen, um seine Vorbereitungen zu treffen.

»Eine Erkundung«, so hatte er seinen Soldaten erzählt, »eine geheime sehr wichtige Erkundung auf Nideggen, die ich ganz allein ausführen werde. Sehr lange werdet Ihr mich nicht mehr haben. Ihr Schufte. Ich werde befördert werden, werde Feldobrist, bekomme höchste Anerkennung und neue sehr geheime Aufträge.« Dabei lächelte der Hauptmann Canis selbstgefällig in sich hinein, aber es klang wie ein kurzes heiseres Bellen. Dann befahl er ihnen, ihm Hundefelle zu besorgen, denn er müsse sich verkleiden bei seiner nächtlichen Erkundung.

Das ließen sich seine Soldaten nicht zweimal sagen. Schon lange waren sie die verregneten Wochen auf der einsamen Eifelhochfläche gründlich leid geworden. Sie sehnten sich nach einer Abwechslung, die sie aus der Einförmigkeit ihres Daseins heraus ein buntes Abenteuer erleben ließ. Und nun schien sich nach dem seltsamen Zusammentreffen ihres Hauptmanns mit dem alten Mann so etwas anzubahnen. Vor allem machte sie die Aussicht, den bellenden Musel endlich loszuwerden, wie toll, und sie beeilten sich daher, seinen Befehl nach bestem Können auszuführen.

Der Graf von Maubach hatte eine Meute von vielen großen Hunden, das wußten sie. Gegen Abend, als der Hundewärter im Gasthaus saß, schlichen sich zwei beherzte Soldaten durch die waldigen Täler von Bergstein nach Maubach. Sie drangen in den Hundezwinger, der so abseits vom Schlosse lag, daß man das Bellen der Meute dort nicht hören konnte, töteten zwei von den größten Tieren, zogen ihnen das schwarze zottige Fell ab und warfen ihre Überreste in den Burggraben. Und weil der Hauptmann es so eilig hatte, nähten sie die blutigen Felle noch in der gleichen Nacht zusammen und brachten sie ihm am kommenden Morgen.

Nun gab es eine Menge komischer Auftritte. Wenn der Canis die zottigen schwarzen Felle über seinen dicken Wanst zwängte, eine Hundemaske über den ungeschlachten Kopf stülpte und auf allen Vieren über die Dorfstraße lief, dann standen die Soldaten dabei und hielten sich den Leib vor Lachen, denn alle Dorfköter kamen zusammengelaufen und trieben sich bellend und schnüffelnd um das Untier herum. Es war aber auch wirklich ein sehr ungewöhnlicher Anblick, und es gehörte schon eine sehr tiefe und dunkle Nacht dazu, in dem Ungetüm, das sich da knurrend über die Dorfstraße bewegte, einen Hund zu erkennen.

Aber die Erkundung sollte ja auch während der Nacht durchgeführt werden. Der Hauptmann Canis begab sich denn auch wirklich am kommenden Abend auf den gefährlichen Kriegspfad. Es war eine klare Nacht. Die Truppen befanden sich rings um die Feste Nideggen in höchster Bereitschaft, denn es war angeordnet worden, daß sie zur weiteren Erkundung sofort nachzurücken hätten, wenn das mit dem Hauptmann vereinbarte Zeichen von diesem gegeben würde, wenn also das kleine Tor, das den Einlaß in die Stadt gewährte, offen sei.

»Ich werde bestimmt heil zurückkommen und dann gemeinsam mit Euch die Feste stürmen«, so hatte ihnen der Hauptmann mit seiner bellenden Stimme beim Abschied zugerufen. »Sollte es aber nicht sein, sollte ich auf dem Felde der

Ehre bleiben, dann soll dieses ganze Land einen Schrecken an mir erleben wie noch nie, das schwöre ich hier in Eurer Gegenwart hoch und heilig, so heilig mir noch etwas auf der Welt ist. Jede Nacht werde ich fortan als schwarzer Hund das Sürthchen auf- und ablaufen. Das soll der Fluch sein, den ich Euch in drei Teufels Namen hinterlasse. Euch allen und all denen, die nach Euch kommen werden.« Staunend hatten die Dorfbewohner dabei gestanden, als er diese Worte sprach, und sich ob der wilden Flüche und Gebärden bekreuzte.

Ein Vorposten begleitete den Hauptmann Canis auf seinem kühnen Vorstoß. Zwei Soldaten trugen die zottigen schwarzen Hundefelle über ihren Schultern hinterher. In dunkler Nacht zogen sie über die Wiesen unter den Nußbäumen vorbei, die den Lauf der Rur umstanden. Am Fuße des Nidegger Berges, dort, wo die Rur ihn umspült, blieb der Trupp zurück. Der Hauptmann, in seine Hundefelle gehüllt, kletterte die Hänge hinauf, sorgsam darauf bedacht, niemand zu begegnen und vor allem die Richtung nicht zu verfehlen. Er kam an den beiden Zwillingsfelsen vorbei, die auf halber Höhe ins Tal blickten. Nun trat der Mond hinter dem Schlosse hervor und sandte seine silbrigen Strahlen in das neblige Tal zu seinen Füßen. Still war die Nacht. Nachdem er sich durch einige Gebüschgruppen hindurchgearbeitet hatte, sah er deutlich die Umrisse des Graziasturmes vor sich liegen. Besorgt hielt er einige Augenblicke ein, um zu hören, ob er sich nicht etwa durch das Rascheln der Zweige in den Gebüschen verraten habe. Aber es blieb alles still. Auf der ansteigenden Wiese, die auf den Turm zuführte, begann er nun auf allen Vieren zu kriechen. Das zottige dunkle Fell schien ihn kaum vom Erdboden abzuheben. Mühsam und schwer arbeitete er sich vorwärts und schwitzte dabei, daß ihm der Schweiß in Strömen herniederlief. Sieh, das Törchen stand offen. Freudig wollte er die Hand heben, um das verabredete Zeichen zu geben. Da fiel ein Schuß.

Der Vorpostentrupp, der unten wartete, hatte den Schuß gehört. Die Soldaten meinten in der sehr stillen Nacht einen Schrei vernommen zu haben. Den Ruf »Martin« wollte einer von ihnen gehört haben als einen Schrei, wie ihn jemand in höchster Todesnot ausstößt. Der Trupp wartete auf seinen Kundschafter bis zum frühen Morgen. Als der Hauptmann Canis kurz vor Tagesanbruch noch nicht zurückgekehrt war, marschierten sie im Morgengrauen zurück nach Bergstein. Schon aus der Ferne winkten ihnen die Kameraden zu, aufs Höchste gespannt auf das Ergebnis der Erkundung. Als sie nun den Spähtrupp ohne ihren Hauptmann erblickten, begannen einige zu frohlocken und riefen: »Ist er tot, der Hund, der Musel, der uns immer so gequält hat?« Andere verwiesen es ihnen und riefen, der Musel sei doch eigentlich ein ganz guter Kamerad gewesen, um den es schade sei. Beinahe wäre es da zu einer Schlägerei gekommen, so sehr gingen ihre Meinungen gegeneinander, und nach Tagen erst wußte der zum Ersatz herbeibefohlene Hauptmann wieder Ruhe und Ordnung unter ihnen zu schaffen.

Der Hauptmann Canis hatte sein Leben lassen müssen bei dem kühnen Vorstoß. Er hatte die Schlauheit des alten Martin unterschätzt. Sie hatten ihm aufgelauert und ihn in die Falle gelockt. Obwohl sein kühner Handstreich mißglückt war, fiel die Feste Nideggen doch schon wenige Wochen später durch einen planmäßigen Angriff von allen Seiten. Die Bergsteiner Soldaten hatten nach der Einnahme aber nichts eiliger zu tun, als den alten Martin aufzustöbern, der sich in den Ställen des Klosters versteckt hielt. Sie griffen ihn, trieben ihn hinaus und hießen ihn, alle die Kopfbedeckungen herbeischaffen, die er im Laufe seines langen Lebens zusammengestohlen hatte. Dann knüpften sie ihn am Graziasturme auf und nagelten die vielen Barette und Hauben rings um den im Winde baumelnden Körper herum, daß der General des Kaisers, Prinz Renatus von Oranien-Nassau, erstaunt sein Pferd zügelte, als er die Festung umritt. Er fragte nach dem Geschehenen, und die Soldaten standen ihm Rede und Antwort. Der General billigte ihre Tat und lobte sie. Nach den Überresten des Hauptmanns aber forschten sie vergebens.

Der Fluch, den der Hauptmann Canis ausgesprochen hatte, ging in Erfüllung. Fortan ist das Sürthchen am Abend und in der Nacht ein gemiedener Ort, den ein jeder fürchtet, weil ein großer zottiger schwarzer Hund, den sie noch heute bei uns den »Sürthchen's Musel« nennen, die Leute anfällt, wenn sie ihres Weges kommen. Er nimmt sie auf seinen Rücken und trägt sie in tollem Lauf den Berg hinab, um sie dann unterwegs ins Gebüsch und zwischen die Dornen zu werfen.

In den Räumen der Nacht

Manfred Lang

Sie nennen sich Höhlenforscher, aber das, was sie erforschen, sind keine Höhlen. Ihr Revier sind alte Bergwerksschächte, Stollen, hallengroße Abbaukammern, Entwässerungskanäle, Luftschächte und Fahrten tief unterhalb der aufgerissen Felsenkrume des Mechernicher Bleibergs.

Dort treiben sie sich herum, zum Leidwesen der Polizei und der Behörden, in den Räumen der beständigen Nacht, die auch finster sind, wenn über dem Kallmuther Berg die Sonne brät; und die stickig und unheimlich sein können, obwohl oben ein frischer Frühlingswind weht.

Die so genannten Höhlenforscher kennen die Nacht und sie kennen die Luftnot, die kommt ohne jede Erstickungsangst, plötzlich und unvermittelt, wenn die Kontrollflamme zu flackern beginnt und die rasch nur noch flimmert und glimmt, wenn man nicht rasch das Weite sucht, das nicht fern liegen darf, man braucht nur einen Nebenstollen, eine Fahrt mit besserer Luft, mit Sauerstoff, mit besserer Bewetterung, nur rasch, rasch braucht man ihn.

Den Behörden machen die Höhlenforscher vor allem deshalb Kummer, weil sie bei ihren unterirdischen Erkundungsgängen ständig neue Lecks und Löcher unterhalb der größten rheinischen Mülldeponie finden, die man in einem ehemaligen Tagebau des Bleibergwerks angelegt hat und durch deren angeblich perfekte Abdichtung Abfall in die Stollen darunter rutscht und giftige Brühe in die Entwässerungsstollen sickert, und weil die Höhlenforscher in Zusammenarbeit mit der örtlichen Presse die Öffentlichkeit stets über die Existenz und das Ausmaß dieser extraordinären Umweltsauerei auf dem laufenden halten.

Hans Oberdörfer, der Chef der Umweltbehörde, hatte bereits mehrere alte Stollen und Löcher am Kalenberger Krähenloch zumauern lassen, durch die, wie man vermutete, die Höhlenforscher in das hundert Kilometer lange Netz der unterirdischen Stollen und Schächte gelangt waren. Vergebens. Die bislang anonym gebliebenen Männer – oder waren auch Frauen dabei? – hatten nach jeder Aktion des Umweltamtes stets demonstrativ mit Fotos und Berichten über neue Ungeheuerlichkeiten aus der Welt unterhalb der Mülldeponie aufgewartet.

»Der Bleiberg ist wie ein Schweizer Käse«, dachte Oberdörfer, »löchrig und brüchig und er wird zum Himmel stinken, wenn man nicht aufpaßt.«

»Stoppen Sie diese Höhlenforscher und auch diesen Journalisten V.A«, hatte Landrat Blumencron verfügt: »Das ist doch verboten, was die da machen. Im höchsten Maße illegal. Und dieser V.A ist ja gemeingefährlich, so wie der berichtet und uns in die Mangel nimmt. Den packen Sie Sich gefälligst, Oberdörfer!«

Der Chef der Umweltbehörde hatte eigentlich nicht die geringste Lust, sich mit der Presse anzulegen. Sollten die doch schreiben, was sie wollten. Oberdörfer wollte vielmehr das Leck stopfen, durch das die Informationen aus

der Tiefe des Bleibergs an die Presse und damit an die Öffentlichkeit gelangten. Man müßte selbst abtauchen in die Räume der Nacht, in denen keiner sich aufzuhalten hatte, dachte Oberdörfer. Räume einer anders dimensionierten Welt, in der weder Gesetz noch Ordnung galten, in der unbedingte Lebensgefahr herrschte, wo Decken und Wände stets von Einstürzen bedroht waren und diejenigen, die die Stollen illegal begingen, Gefahr liefen, Besinnungslosigkeit und Erstickungstod zu erleiden, wenn die Bewetterung schlecht oder gar nicht funktionierte.

Die »Wetter« waren tatsächlich schlechter geworden untertage, seit das Umweltamt einige alte Stollen und Luftzüge am Kalenberger Krähenloch hatte zumauern lassen. Jetzt stiegen die Höhlenforscher irgendwo anders in die Tiefe, ebenso ungehindert wie zuvor, nur im Gebiet unter der Mülldeponie etwas häufiger von Erstickungsangst befallen, wenn die Kontrollflammen unter 18 Prozent Sauerstoffgehalt zu flackern begannen.

Man erzählte sich im Kreishaus, daß außer dem mit dem Landrat unnachgiebig auf Kriegsfuß stehenden Journalisten V.A. auch der Oppositionspolitiker Simonis zu den Höhlenforschern gehöre. Blumencron hatte in seiner Eigenschaft als Chef der Kreispolizeibehörde bei beiden Hausdurchsuchungen durchführen lassen, bei denen zwar Bauhelme mit Stirnlampen, aber sonst eben nichts eindeutig Verdächtiges gefunden worden war.

»Hauptsache, die wissen jetzt, was die Stunde geschlagen hat«, sagte der Landrat zu seinem »Müllpapst«. Oberdörfer hatte allerdings seine Zweifel, ob sich V.A. und Simonis von einer schlecht und zur Unzeit angeordneten Hausdurchsuchung würden ernsthaft beeindrucken lassen.

Schon in der Nacht nach der Polizeiaktion stiegen die Höhlenforscher wieder in die Tiefe. Sie waren bewaffnet mit einer Video- und einer Digitalkamera sowie mit einem ganzen Arsenal an Flaschen und Fläschchen, in die sie an verschiedenen Stellen zu entnehmende Wasserproben füllen wollten. Oben wartete bereits ein Kurier mit Lieferwagen, der die Gefäße zur Untersuchung bei einem unabhängigen Chemieinstitut nach Krefeld bringen sollte.

Die Höhlenforscher tasteten sich diesmal anhand ihrer alter Bergwerkskarten und selbst angefertigten Lagepläne vor bis zu einem Bereich, den sie noch nicht kannten, und in dem sie den Übertritt großer Wassermengen aus den Stollen unter der Deponie in den Bereich der allerunterstens je erschlossenen Sohle vermuteten.

Wenn dort tatsächlich giftige Brühe aus dem von den Behörden so genannten »Deponiekörper« austräte, dann würde sie am Hauptentwässerungsgraben des Bleibergs vorbei, dem Burgfeyer Stollen, ins Grundwasser versickern. Und die Giftbrühe würde von dort, unterirdisch langsam in Richtung Rhein weiterziehend, eines nicht allzu fernen Tages in den Trinkwasserbrunnen der Köln-Bonner Bucht wieder an die Oberfläche befördert.

Tatsächlich waren die Wände hier klatschnaß, fast hätte man sagen können, das Deponiewasser ströme über den Fels auf den sandigen Boden und in tiefen

Spalten hinein, unaufhaltsam. Die Höhlenforscher zogen ihre Proben. Hier und auch an anderen, noch tiefer gelegenen Stellen, zu denen sie sich langsam vorarbeiteten, ließen sie die Flüssigkeit in ihre Fläschchen tropfen oder fließen.

Sie hatten sich gegenseitig mit Seilen gesichert, die Luft war stickig, der Schweiß rann den Männern und Frauen in die Krägen ihrer Overalls, plötzlich flackerten die Kontrollflammen.

Es war diesmal aber nicht Sauerstoffmangel, der dem Licht das Leben zu nehmen drohte, sondern, ganz im Gegenteil, eine Art Durchzug, der die Flammen flackern ließ. Die Höhlenforscher spürten auf ihren tropfenden Gesichtern den merklichen Luftzug im Gangsystem. Das Wetter untertage wurde mit einem Schlage besser, so als habe sich ein gut belüfteter Seitenstollen geöffnet oder ein verschlossener Luftschacht an der Erdoberfläche habe sich aufgetan.

Von ganz weit weg hörten die Höhlenforscher dumpfes Klopfen und Schlagen, später ein undefinierbares Scharren, dessen Intensität weder ab- noch zunahm, das aber wohl ständig näher kam. So, als werde etwas durch die Gänge zu ihnen an den tiefsten Punkt des Bleibergs geschleift.

Aus dem Scharren wurde aber schließlich eine Art Poltern und Rutschen, das mit zunehmendem Gefälle gewaltig und bedrohlich anwuchs.

Der Luftzug wurde zum Wind, ja Sturm, und stumm richteten die Höhlenforscher, die sich angesichts des anschwellenden Lärms nichts mehr zu sagen vermochten, ihre Scheinwerfer auf den Stollen, in dem sie abgestiegen waren und den sie fast fünfzig Meter weit nach oben einsehen konnten.

Die Flut, die von dort über sie hereinbrach, ließ ihnen kaum Zeit für eine Reaktion. Es war kein Wasser, kein Fels und auch kein loses Erdreich, was dort mit rasender Geschwindigkeit auf sie zuschoß. Es war eine, zuletzt schwülwarme Luft vor sich her schiebende Lawine aus stinkendem, gärendem, dreckigen Müll, der sich von oben aus der vorgeblich perfektesten Deponie des Landes in die Tiefe erbrochen hatte.

Der Kurier, der die Wasserproben zur Untersuchung nach Krefeld hätte bringen sollen, wartete bis zum nächsten Abend. Vergeblich. Dann telefonierte er mit den Gewährsleuten der Höhlenforscher, dann reiste er ab.

Nachträge:
Vermisstenmeldungen, die mit den Höhlenforschern in Zusammenhang hätten stehen könnten, sind bei der Kreispolizeibehörde bis heute nicht registriert worden.

V.A und Simonis machen dem Landrat, so behaupten sie selbst, weiterhin das Leben schwer. V.A hat kürzlich allerdings geschrieben, daß Hans Oberdörfer, das Umweltamt, der Kreis, der Landrat und die Höhlenforscher jetzt Hand in Hand zusammenarbeiten, um die Lecks unter der Deponie nach und nach zu finden. Wahrscheinlich sind mittlerweile alle gestopft.

Auf dem Mosenberg

Viktor Baur

Der schwerverhangnen Wolken Zwielicht eint
Des toten Riesenberges dumpfes Dehnen,
Ein Tag sank freudlos – dunkle Schatten lehnen
Am Waldrand, hingekauert, lebensfeind.

Trüb fällt die Nacht, die alles Licht verneint,
Schwarz starrt das Maar in hingeneigtem Sehnen:
Ein Kelch, umdämmert, drin viel schwere Tränen
Der lichtverschloss'ne Abendhimmel weint.

Es schleicht ein Schauern durch das weite Land –
Was hebt sich dort, wie eines Gottes Hand,
Aufwachsend, übermächtig, von der Felsenwand?

Ein Kreuzbild! – Kommt, uns ward so viel verschlagen,
Gäb's größ'ren Trost, als stumm in diesen Tagen
All unser Leid zum Kreuze hin zu tragen!

Wiederkehrende Tote

Wilhelm Marichal

Auch der Glaube an die Wiederkehr der Toten ist heute im wallonischen Gebiet noch lebendig:»Vos n' crèyoz nin, vos, qu'i nn'a dès rum'nants? Abin mi bin, vos ploz nn' èsse sûr! I paraît qu'i nn'a dès mèyes qui rum'nint, mais ça s'rwâde è-z-ès familes!« (= Sie glauben nicht, Sie, daß es wiederkehrende Tote gibt? Ich aber wohl, Sie können sicher sein! Es soll sogar Tausende geben, die wiederkehren, aber das bleibt in den Familien) [G'doumont (40)].

Nicht nur bei der Landbevölkerung, sondern auch in Malmedy darf man Allerseelen die Türen nicht so heftig schließen, damit man die Seelen des Fegfeuers nicht zerquetscht. (wall. Nin claper lès ouhes, sav'-v'?, ca vos aspastoz lès âmes do Purgatware!). Es herrscht derselbe Glaube im Rheinland. Am selben Tage ist auch in der Luft eine Musik gehört worden: das seien die Seelen des Fegfeuers gewesen, die auf der Fahrt zum Himmel waren (Weismes). Endlich werden auch dichte heranschleichende Nebel (Hohes Venn z.B.), das Rauschen der Blätter in den rauhen Winden sowie das »Ächzen und Knarren schwer schließender Türen«) als Offenbarungen dieser Geister gedeutet.

Der Erhaltung dieses Volksglaubens ist die christliche Lehre vom Fortleben und der Reinigung der Seele im Jenseits förderlich.

Rum'nants, rev'na, spire (lat. spiritus) sind die wallonischen Bezeichnungen für den wiederkehrenden Toten. – »I nn'avéve onk qui rum'néve« heißt es auch (= Es war einer, der wiederkehrte).

Diese Toten sind Geister, die nachts auf Erden noch eine Strafe abbüßen müssen. Meistens sind es Grenzfrevler, die des Nachbarn Grenzstein, welchen sie bei Lebzeiten zu ihren eigenen Gunsten versetzt hatten, zur Strafe tragen müssen, bis sie erlöst werden.

»Wice-è-fat-i l' mète? Wice-e fat-i l' mète?« (Wo soll ich ihn hinsetzen?) rufen sie. Die gleiche Frage wie in Deutschland (Rheinland) und in Frankreich (Auvergne, Basse Bretagne).

Sie verschwinden erst, wenn ein Wanderer ihnen antwortet: »Mèt-l' la qu'tu l'as pris!« (= Setze ihn dahin, wo Du ihn genommen hast.)

In keiner einzigen Sage verlangt der Wiedergänger ein Pfand, um es im Jenseits vorzuzeigen, als Zeichen, daß ein Lebender ihn erlöst hat, wie es deutsche Sagen berichten (wohl in den Irrlichtersagen).

Das Aussehen der wiederkehrenden Toten wird in einigen Sagen geschildert. F. aus Arimont (bei Malmedy) erzählte von einer Eiche, die nachts einmal plötzlich vor einem dortigen Bewohner stand und ihm folgte; D. aus Ovifat von einer Fabrik, die sich im Venn befand (Geister als leblose Gegenstände wie in vielen deutschen Sagen). Mit »Fabrik« ist wahrscheinlich ein großer Kamin, gleich dem einer Fabrik, gemeint, an dessen Spitze irgend eine Flamme gesehen wurde. Auch das Flämmchen eines Schornsteins betrachtet das Volk als Geist.

Das Reh

Gitta List

»Tschüs dann«, sagte er.
»Tschö, Rudi, komm gut nach Hause.« Achim klopfte ihm auf die Schulter. Im Flur stand Miriam und lächelte ihm zu. Wie immer, wenn sie ein paar Glas Bier getrunken hatte, schielte sie leicht. »Komm gut nach Hause«, sagte sie, »und denk an die Sache mit Thalmann. Der kann bestimmt was für dich tun. Ruf ihn bald an.« »Ja, mach' ich.«
Er ging den schmalen Kiesweg hinunter und fühlte dabei Miriams Blick im Rücken. Bevor er ins Auto stieg, sah er sich noch einmal um. Sie stand in der Tür und winkte.
Er warf seine Jacke auf den Rücksitz und kurbelte das Fenster ein Stück auf. Die Nachtluft war mild, ungewöhnlich für Ende September, vom nahen Herbst war noch kaum etwas zu spüren, außer daß die Dämmerung abends früher kam.
Er fuhr durchs Zentrum, das dalag wie ausgestorben. Die wenigen Straßencafés und Kneipen hatten längst geschlossen, in keinem Haus war mehr Licht, natürlich nicht. Um diese Zeit war hier kein Mensch mehr wach. Eine Ampel beleuchtete den Schaukasten des Kinos.
Ich weiß, was du letzten Sommer getan hast.
Er mußte grinsen. Letzten Sommer hatte er nichts getan, rein gar nichts. Er war nicht weggefahren, noch nicht einmal zu einem Kurztrip. Er hatte den Sommer in seiner Bude verbracht, abgehangen, gekifft, Musik gehört, gekifft, abgehangen. Irgendwann tauchten Miriam und Carmen auf und schleppten ihn mit zu einer Fete, die an irgendeinem Baggersee stattfand. Er ging lustlos, aus schierer Trägheit mit, einfach weil sie nicht aufhörten, ihn zu bedrängen, und weil er zu maulfaul war, ihnen zu erklären, daß er weder Trost noch Ablenkung brauchte, da er weder Trauer noch Langeweile verspürte.
Seine Mutter rief mehrmals an und fragte, ob alles in Ordnung sei. Sie fand seine Apathie unnatürlich, mindestens übertrieben. Sie erklärte ihm, gerade nach der Trennung von Rita sei Arbeit jetzt die beste Ablenkung, schließlich habe er seit einem halben Jahr sein Examen in der Tasche, und man müsse höllisch aufpassen, nicht den Anschluß zu verlieren – ab da hörte er nicht mehr hin. »Ja, mach' ich«, sagte er, als sie fertig war.

* * *

Kurz vor Ortsausgang, vor der letzten Blitzanlage, nahm er automatisch den Fuß vom Gas.
Er kramte im Handschuhfach und legte eine Cassette ein. Tuxedomoon und Laurie Anderson. Scheißmucke. Mußte ein Relikt von Rita sein. Komisch, daß er

die noch hatte. Er hatte Lust, sie aus dem Fenster zu werfen, ließ es aber bleiben. Man schmeißt keine Gegenstände aus Autofenstern.

Er drehte das Radio an.

»Baby«, sagte der Moderator, »du hast wirklich eine schöne Stimme.«

»Danke«, flüsterte ein Mädchen, »kann ich vielleicht noch jemanden grüßen?«

»Und deswegen ganz speziell für dich das nächste Stück«, sagte der Moderator, »Bonnie Tyler und *It's a Heartache*.«

Wenn er Thalmann bald anriefe, wäre vielleicht wirklich was zu machen. Wenn Miriam nun einmal für ihn vorgearbeitet hatte, sollte er das vermutlich auch nutzen. Es war nett gemeint von ihr. Obwohl es ihn störte, die Verbindungen seiner Schwester anzapfen zu müssen, um zu einem Job zu kommen.

Miriam hatte so etwas wie *Vitamin B* nie nötig gehabt. Sie hatte schon in der Schulzeit mit einer fast unheimlichen Mühelosigkeit gelernt und in sämtlichen Fächern, einschließlich Sport, Spitzennoten kassiert. Als sei nichts einfacher als das. Als habe sie eine geheime Formel entdeckt, die ihr, leider nur ihr, den Zugang zu allem Wissen verschaffte.

»Wie Geschwister so verschieden sein können?« seufzte seine Mutter, wenn er wieder einmal das konkurrenzlos mieseste Zeugnis nach Hause brachte. Selbst Carmen, die auch eine gute Schülerin war, sich aber gelegentliche Ausrutscher leistete, stand neben ihm noch glänzend da. Den »absteigenden Ast«, nannte ihn sein Vater manchmal halb im Scherz, aber nur halb.

Er war Lehrer, ein Mensch von ausgeprägtem Leistungsdenken, und er hatte sich wohl gewünscht, sein Jüngster werde mit den Mädchen gleichziehen. Als ob das möglich gewesen wäre.

Das einzige, was sie nicht konnten, war, beim Schlachten zu helfen. Wenn sie Blut sahen, wurde ihnen schlecht. Komisch, dachte er, als er älter wurde, wo sie es doch alle paar Wochen an sich haben. Er fand es ungerecht, daß sie sich trotzdem ekeln durften und er nicht, und er konnte seine Schwestern schon deswegen ein ganze Zeitlang nicht ausstehen.

Er fragte sich auch, warum sein Vater unbedingt Karnickel und Hühner züchten mußte. Wahrscheinlich, um sich zu beweisen, was er trotz seines amputierten linken Arms alles geschafft bekam. Mit einem Arm zu schlachten schaffte er jedenfalls nicht. Ihm dabei zu assistieren, war der Job seines Jungen, sozusagen die Chance für den kleinen Rudi, sich nützlich zu machen.

Er hasste es. Die Viecher waren schon kaum zu bändigen, wenn er sie in den Schuppen trug. Sie witterten den Hackklotz und versuchten in wilder Panik, wegzukommen. Sein Vater setzte die Schläge immer sehr präzise, und nur selten kam es vor, daß ein Tier nicht sofort tot oder betäubt war. Sie mußten eben nur gut genug festgehalten werden.

* * *

Er erreichte das nächste Dorf. Als er an den Radarfallen vorbei war, drückte er wieder aufs Gas.

Die Strecke begann steiler zu werden. Zehn, fünfzehn Kilometer lang fuhr er nur bergan. An ihrem höchsten Punkt machte die Straße eine scharfe Kurve. Dahinter hielt er an und stieg aus.

Die Nacht war klar, ein fetter, runder Mond beleuchtete die Landschaft mit gleißend weißem Licht.

Die dicht bewaldeten Hänge ringsum fielen an dieser Stelle jäh ab. Die dunklen, gezackten Silhouetten der Baumwipfel reckten sich gegen einen tintenblauen Himmel empor. Unten im Tal glitzerte der See. Er war kleiner, als die Perspektive ihn von hier aus scheinen ließ. Der Ausläufer, der durch eine Enge in das längliche Tal floss, schien dahinter in eine riesige Wasserfläche überzugehen.

Auch wenn er wußte, daß es nicht so war, mochte er die Vorstellung.

Er hätte gern gekifft und fand es schade, daß er nichts dabei hatte. Er rauchte statt dessen eine Ducal, deren erster Zug ein wenig nach rotem Libanesen schmeckte. Über ihm schrie ein Vogel.

Mit Rita war er selten hierher gefahren, in all den Jahren vielleicht zwei- oder dreimal. Ein schlechtes Zeichen eigentlich. Rita war im Grunde kein Verlust. Sie waren einander nie näher gekommen als bis zu den Rändern seiner Vorstellung von Gemeinsamkeit, oder Lust, oder Verliebtheit. Es war eine Art Kontaktallergie gewesen. Seine Haut kribbelte, wenn Rita bei ihm lag. Er reagierte, er schlief mit ihr. Wie er niesen mußte, wenn bestimmte Pollen in der Luft flogen. Es war einfach so, jahrelang, und er wußte nicht genau, wem er diese Jahre nun verübelte, sich selbst oder ihr; so wenig wie er genau wußte, wer von ihnen beiden eigentlich die Trennung vollzogen hatte.

* * *

Von Westen her zogen Wolken auf, die Konturen begannen sich aufzulösen im Halblicht. Es war kalt jetzt.

Er setzte sich in den Wagen und ließ den Motor an. Er hatte wieder Lust, die blöde Cassette wegzuwerfen und ließ es wieder bleiben. Nicht ausgerechnet hier, dachte er.

Bergab führten Serpentinen, von aufragenden Felsbrocken und Kurvenpfeilern begrenzt. Kurve, Kurve, Kurve. Schalten, Gas wegnehmen, draufsteigen, Gas wegnehmen. Dann war er wieder auf gerader Straße.

»Und jetzt was ganz spezielles, Babies«, sagte der Moderator, »ich grüße alle Krankenschwestern auf Nachtwache, nur für euch kommt jetzt *Rudi Ratlos.*«

Etwas prallte gegen den Kühler, ein dumpfer Schlag, wie von einem Sandsack, wuchtete den Wagen zur Seite. Er lenkte dagegen, kontrollierte den Wagen gleich wieder, bremste und kam nach vierzig, fünfzig Metern zum Stehen.

Auf der rückwärtigen Fahrbahn war nichts zu sehen als niedrige, vom

Waldrand aus über den Asphalt wabernde Dunstschwaden, die sich mit dem roten Strahl der Rücklichter nach einigen Metern in der Dunkelheit verloren. Er wendete und fuhr langsam zurück. Als das Reh in sein Blickfeld kam, drosselte er den Motor, ließ den Wagen im Leerlauf rollen und stoppte ab, als er etwa auf gleicher Höhe war.

Es lag auf der Gegenfahrbahn, dicht am Straßengraben. Er stieg aus und ging vorsichtig ein paar Schritte näher.

Es schrie. Drängend, kurzatmig, hell und sehr schrill, so wie ein Kind weint, das fassungslos ist vor einem unbekannten Schmerz.

Es versuchte aufzustehen; es hob den Kopf, um Schwung zu nehmen, kam aber nicht hoch; anscheinend waren seine Vorderläufe gebrochen. Der Kopf schlug immer wieder mit dumpfem Knall zurück. Es klang wie das Titschen eines Tennisballs.

Aus seinem Maul quoll, mit dem Rhythmus seines Atems und mit jeder seiner zuckenden Bewegungen, hellroter Schaum.

Er stand nur noch einen oder zwei Meter von dem Tier entfernt. Er wußte nicht, ob es ihn wahrnahm, er überlegte nicht, ob es durch ihn oder durch das Licht der Scheinwerfer noch in zusätzliche Angst versetzt wurde. Er starrte es an, unfähig, sich weiter zu rühren. Er wartete darauf, daß das Schreien verstummte.

Es verstummte nicht, es wurde lauter, oder vielleicht empfand er auch nur so, weil nichts um ihn war als dieses pulsende, hochfrequente Geräusch, das sich in sein Hirn zu drängen und dort tausendfach zu wiederholen schien.

Er spürte, wie eine kalte, harte Welle an seiner Wirbelsäule entlangklomm.

Er zwang sich trotzdem, zum Auto zurückzugehen. Als er das Blech berührte, fühlte er sich einen Moment lang sicherer.

Wie weit mochte es bis zu einer Notrufsäule sein? Er versuchte zu schätzen. Fünf, vielleicht zehn Minuten. Bis jemand hier wäre, um es zu erschießen, wieder fünf, mindestens.

Sind fünfzehn, dachte er. Fünfzehn Minuten.

Er öffnete den Kofferraum, in der blödsinnigen Hoffnung, dort ein Gewehr zu finden, natürlich war da keins, er selbst hatte nie eines besessen, noch nicht einmal ein Messer, nichts zum Töten, warum auch. Er fand nur einen Schraubenzieher.

Das Reh bäumte sich auf, als es die Berührung spürte.

Der Stahlschlitz war stumpf; er drang nur schwer durch die Epidermis, die dick und elastisch war und erst unter mehrmaligen derben Stößen platzte. Mit einem schmatzenden Geräusch grub sich der Stiel ins Fleisch.

Es wehrte sich verzweifelt; mit aller Kraft versuchte es, diesen neuen Schmerz von seinem Hals abzuschütteln; keuchend und immer gellender aufheulend, lebte es dennoch weiter.

Er hatte Mühe, den Stiel wieder herauszuziehen, er mußte sich dazu mit einem Arm in der Halsbeuge des Tieres abstützen.

Noch einmal hieb er in die von Blut und Schweiß nasse, immer noch zuckende Kehle, stach wieder zu, heftiger nun, mit plötzlich aufsteigender, zunehmender Wut, weil es sich nicht helfen lassen wollte, das verdammte Vieh, das elende, weil es einfach nicht sterben wollte und ihn wahnsinnig machte mit seinem Geheul.
Der Plastikschaft glitschte ihm aus der Hand, der Schraubenzieher rutschte weg, quer über die Straße.
Das Tier lag ganz still. Das Blut, das aus seinen Wunden rann, dampfte und sammelte sich in einer rasch größer werdenden Lache.
Er war es, der schrie.

* * *

Es war nicht besonders schwer, er konnte den kleinen Körper mühelos zum Waldrand schleifen. Der schlaff gewordene Hals verdrehte sich dabei. Er versuchte, nicht hinzusehen. Das Fell faßte sich rauh an.
Er klaubte den Schraubenzieher auf und warf ihn zurück in den Kofferraum. Dann fuhr er los. Holte alles an Geschwindigkeit aus der Karre heraus.
Er roch das Blut. Er sah es auf seiner Jeans, die am Knie einen großen dunkelroten Fleck hatte, der auf der Haut pappte. Er fühlte es auf seinem Gesicht; es waren Sprenkel auf Stirn und Wangen, auf den Lippen. Die Handflächen hatte er am Asphalt abgewischt. Sie waren von einem sich ins Bräunliche verfärbenden Film bedeckt. Wenn er eine Faust ballte, klebten die Finger zusammen.
Sein Herz tobte wie eine eingesperrte Ratte.
Die Luft im Wagen war trotz des geöffneten Seitenfensters zum Ersticken.
Er kurbelte die Scheibe weiter nach unten.
Er konnte noch eine Weile in diesem Tempo weiterrasen. Später müsste er aufpassen, nicht geblitzt zu werden, bloß das nicht. Niemals, niemals.
Er legte den Kopf zur Seite und leckte das salzige Rinnsal auf, das in seinen Mundwinkel floß.
Er drehte das Radio an.
»*Corinna*«, sagte der Moderator, »wer von euch heißt *Corinna* ? *I love you so*, Babies, besonders zu dieser frühen Morgenstunde, so kurz vor Schicht.«

Im Venn

Heinrich Freimuth

Kein Hüttenlicht, kein Glockenschlag vom Turm,
Im öden Hochland nur der Flockensturm.

Drin tanzt der Moormann mit der Nebelfrau,
Er braun von Rock, sie von Gewande grau.

Bei ihren Walzern dreht der Wirbelschnee
Den weißen Strick, der Kreatur zum Weh.

Drei Mordgesellen: Neben, Schnee und Sumpf –
Sechs Würgerarme aus dem gleichen Rumpf!

»Komm in den Wald! Dein Fuß am Tode irrt«,
Die Graue um den matten Wand'rer girrt.

Der Braune ruft ihm heiser, gurgelnd hohl:
»Im Wässerlein weiß ich den Pfad Dir wohl.«

Der Weiße knistert aus dem Flockenschwarm:
»Ich leuchte dir und bette auch dich warm.«

Es bellt der Ardennenwolf nicht weit;
Die Krähe ihr: »Memento mori!« schreit.

Ein Kreuz im Schnee starrt den Gebroch'nen an:
»Hier fand ein And'rer schon zum Tod die Bahn.«

Die Nebelhexe dichter webt den Flor;
Ein Schneewall rollt sich seinem Pfade vor.

Wo einer Jammerbirke Strunk noch ragt
Hat dem Verirrten Aug' und Fuß versagt.

Gefühllos liegt die Winterwelt umher,
Es schlang das Hohe Venn ein Opfer mehr...

Teufelswerk und schwarze Magie

Sophie Lange

Von 1841 bis 1845 war Michael Joseph Zinken aus Münstereifel Pfarrer in Effelsberg. Was er dort Unheimliches erlebt und vernommen hat, hat er in seinen umfangreichen Lebenserinnerungen niedergeschrieben. Einiges aus diesen Berichten wird hier in einer bearbeiteten Form wiedergegeben.

Schwarzer Hund

In der Umgebung des Pastorats von Effelsberg und in dieser selbst soll bei Nacht ein schwarzer Hund umgehen. Während meiner Zeit als Pastor in Effelsberg habe ich jedoch nie etwas von ihm bemerkt. Nur einmal wurde ich in dem alten Gebäude aus tiefem Schlafe plötzlich geweckt. An der Treppe wurde an der festverriegelten Türe gerüttelt, daß ich nicht wußte, was zu tun sei. Ich springe auf, gehe zur Türe, eile die Treppe hinunter. Da bemerke ich, daß die Katze den übergroßen Lärm machte. Sie schrie nicht, wendete aber alle Kraft an, um die Türe zu öffnen. Ich sprach sie an mit ihrem Namen. Es half nichts. Ich öffnete die Türe, sie sprang in die Küche, fort war sie.

Was war das, was die Katze in solche Angst brachte? War es vielleicht doch der geisterhafte schwarze Hund? Die Katze ließ sich fast nie mehr im Hause sehen. Eines Tages sprang sie in aller Eile aus dem Giebelfenster des Speichers über 100 Fuß tief hinab.

Die Haushälterin war in Sorge um mich gewesen bei dem nächtlichen Spektakel, glaubend, Diebe wären im Hause. Drei bis vier Monate wohnte ich im neuen Pfarrhause. Die Haushälterin klagte oft, daß es im Hause so krächzte, knisterte. Ich sagte ihr: »Das sind die neuen Dielen auf dem Boden, die neuen Türen; noch nicht ganz trocken, werfen sie sich.« Genauso war es auch.

In einer Nacht wache ich plötzlich auf. Es ist mir, als würde mir alle Lebenskraft entzogen. Ich denke an nichts, wende mich auf die andere Seite und alles ist vorüber. Ich achtete nicht weiter darauf. Da finde ich in Görres Buch über die Mystik folgendes: Wenn der Böse oder sein schwarzer Hund dem Menschen nahetritt, dann wird es dem Menschen wie mir in jener Nacht: Ihm wird alle Lebenskraft entzogen. Mein Empfinden von damals trat mir nun beim Lesen wieder sehr deutlich ins Bewußtsein.

Denke jeder, was er will. Auch ich denke, was ich will.

Dasselbe ist noch einmal vorgekommen. Jedesmal war ich ganz gesund, es fehlte mir nichts.

Ewiger Jäger

Im Münstereifeler und Flamersheimer Wald geht ein ewiger Jäger um. Er hat einen hochbeinigen und einen kurzbeinigen Bracken bei sich. Mehrere haben ihn gesehen. Ein Kohlenbrenner von Holzem lag in einer Nacht mit anderen

Arbeitern in einer Köhlerhütte im Münstereifeler Busch. Es war die Rede vom ewigen Jäger. Da sagte der Holzemer: »Ich habe lange im Walde gearbeitet, aber nie etwas gesehen. Ich möchte ihn doch mal sehen.« Da plötzlich steht der Jäger am Eingang der Hütte. Er trägt einen dreieckigen Hut mit Tressen, seine beiden Hunde sind neben ihm. So erzählte es der Holzemer.

Ein anderes Mal stand der ewige Jäger am hellen Tag am Weg beim dicken Tönnes, wo es auch nicht geheuer ist. Eines Tages hüten die Jungen von Holzem, Neichen und Scheuerheck ihre Ochsen und ein Pferd am dicken Tönnes, wo früher ein Hof gestanden, der ausgeraubt worden ist. Es entsteht ein Geräusch links am Wege in den Hecken. Die Jungen machen das nach; nun ist das Geräusch auf der anderen Seite. Aber auf einmal rennt alles Vieh fort. Das Pferd rennt nach Pitscheid, obgleich die vorderen Füße mit einer Kette verbunden waren. Ein Junge saß auf einem Ochsen; den dritten Tag mußte er sich die Haare schneiden lassen, so sehr war er von Ungeziefer befallen. Den achten Tag war er eine Leiche.

Leibhaftiger Teufel

Aus Effelsberg war ein Mann im Feld bei der Arbeit. In großer Not sprach er, als er mal rastete: »Käme doch einer, der Geld schaffte; wenn es der Teufel persönlich wäre, ich würde es annehmen.« Kaum gesagt, erblickt er einen schmächtigen, sonderbaren Mann mit einer Mütze, darauf eine Feder. Der Fremde geht in einiger Entfernung rund um ihn. Immer enger wird der magische Kreis. Die Gestalt nähert sich. Es wird dem Feldarbeiter doch etwas unheimlich, obwohl er mehr als Brot essen kann, denn Teufelswerk und schwarze Magie sind ihm nicht fremd.

Er erkennt, daß es der leibhaftige Teufel ist, der sich da nähert und voller Furcht ruft er: »Jesus, Maria, Joseph, steht mir bei!« Und alles ist verschwunden. Der Mann rennt in aller Eile nach Effelsberg, als wäre der Teufel mit der Feder ihm auf den Fersen.

Einige Zeit später kommt der Mann aufs Totenbett. Der Pastor muß gerufen werden. Der weiß, wer da liegt. Der Kranke muß ihm das Zauberbuch ausliefern, das er bei seiner schwarzen Kunst benutzt. Der Backofen brennt, der Pastor – kaum das Buch habend – eilt hinaus und wirft es in die Glut des Backofens und begibt sich wieder zum Kranken. Er will sich entfernen, da sieht er das Buch unversehrt vor dem Backofen auf der Erde liegen. Er wirft es wieder in den Ofen. Aber es fällt wiederum unverletzt heraus. Nun nimmt der Pastor dasselbe mit, und es soll noch lange in einem Schrank in der Herdmauer des Pastorats gelegen haben. So die Sage.

Schlimmer Wilddieb

In Hürnig zwischen Effelsberg und Lind lebte ein gar schlimmer Wilddieb, der ebenfalls sehr vertraut war mit der schwarzen Magie. In einem Herbst war die meiste Hafer schon unter Dach und Fach. Des Wilderers Hafer aber stand noch auf dem Halm. Da zieht man ihn in Effelsberg auf wegen seiner Hafer auf dem Feld. Er aber antwortet: »Ich versichere euch, daß meine Hafer nicht als letzte in die Scheuer eingefahren wird.«

Am anderen Morgen fahren Effelsberger nach einem Wald jenseits der Ahr, um dort Kohlen zu holen. Dabei müssen sie durch Hürnig, das sie im Morgengrauen erreichen. Da sehen sie auf des Wilderers Feld mehrere Haferhauer, die den Hafer mähen. Aus den getroffenen Halmen sprühen feurige Funken. Da sagen die Effelsberger voller Staunen: »Da seht die Arbeiter, wie sie dem Wilderer die Hafer hauen. Das geht nicht mit rechten Dingen zu.« Sie segnen sich und fahren weiter.

Auf der Rückfahrt kommen sie am Abend wieder durch Hürnig. Nun ist die Hafer des Wilddiebs sogar schon gebunden. Der Wilderer hat auf die Effelsberger gewartet und sagt nun hämisch: »Hatte ich nicht recht? Nie und nimmer wird meine Hafer die letzte sein, die in die Scheune eingefahren wird. Meine Ernte ist längst vor eurer Ernte beendet. Nehmt euch nächstens in acht, mich zu foppen.«

Lange schon waren die Landdragoner, damalige Gendarmen, dem Wilddieb auf der Spur, konnten ihn aber nicht einfangen. Eines Morgens betreten sie in aller Frühe sein Haus. Der Wilddieb sitzt halb angekleidet beim Frühstück. Unbesorgt nimmt er die Dragoner auf und lädt sie zum Sitzen ein. Er wisse, was sie wollten; er müsse aber zuerst frühstücken. Dann steht der Wilderer auf, die Dragoner ebenfalls. Der Dieb sagt: »Seid unbesorgt, ich werde nicht halbangezogen in der ledernen Hose flüchten. Ich gehe nur einmal auf den Mist, um etc.«

Er bleibt lange aus. Die Dragoner werden unruhig und sehen nach; er ist nirgendwo zu finden. Sie haben einen großen Hund bei sich. Mit dem entfernen sie sich, sich selbst scheltend. Vor der Tür steht eine Bürde Gerten, die vorher nicht da stand. Das war den Dragonern auffällig. Aber sie fanden nichts dahinter, nur der Hund beschnüffelte länger die Bürde, hob endlich sein Hinterbein auf und ließ sein Wasser auf die Gerten. Das kränkte den Wilddieb sehr, denn der Hund hatte seine nackten Beine benetzt. Er hatte sich in die Bürde verwandelt oder den Dragonern die Augen verblendet. Wer weiß das schon so genau!

Doch schließlich wurden die Dragoner seiner habhaft, fesselten ihn, banden ihn auf einer Karre fest und fort nach Büllesheim.

Dort wird ein Junge aus dem Arrest zu dem Wilderer auf den Karren gebunden, um beide nach Düsseldorf zu bringen. Die Dragoner äußern sich sehr besorgt, daß der Wilddieb ihnen durch seine Magie entweichen könne.

Da sagt der Junge zu den Dragonern: »Wenn ihr mir gnädig sein wollet, dann will ich euch sagen, was zu tun ist, damit der Wilddieb nicht fortkommt. Schneidet ihm den Riemen entzwei, womit seine Hose im Rücken zugebunden ist.«

Es geschieht. Da sagt der Wilddieb ärgerlich zu dem Jungen: »Hättest du das nicht gesagt, so wären wir beide diesen Abend wieder befreit worden. Nun ist alles aus. Ich habe wohl bemerkt, daß auch du mehr kannst als gewöhnliche

Sterbliche.« Die Kunst saß also in dem Bündel der Hose. Was aus beiden geworden, berichtet niemand.

Geisterhafte Nonnen

In der Nähe von Effelsberg bestand vor mehreren Jahrhunderten ein Frauenkloster. Es lag am Eingange des Tales, das an Reckerscheid vorbei in der Richtung nach Michelsberg führt. Jetzt ist dort alles Wiese. Gelegentlich sollen die Nonnen als Geistergestalten in den Wiesen umgehen. Ein Schäfer hat einmal dort zwei Nonnen gesehen, die Wäsche zum Trocknen aufhängten.

Verhöhnende Prozession

Hochthürmen bei Sahr soll der Stammsitz des Grafen von Hochstaden sein. Das wertvolle Altarbild in Kirchsahr stammt vom Kapitel in Münstereifel. Houverath war vor der Revolution eine der einträglichsten Pfarren des Dekanats, wegen des Zehnten. Viele wurden protestantisch in der Reformation, Scheuren blieb am längsten protestantisch.

Einst als die Katholiken der Pfarre die Fronleichnams-Prozession hielten, stichelten die protestantischen Scheurer. Zum Spott nahmen sie eine große, abgestochene Rasennarbe, hieben ein Loch hinein, hingen sie einem um als Meßgewand und gingen so auch Prozession. Der Mann mit der Rasensode stürzte jedoch plötzlich tot hin. Das war der Anlaß der Rückkehr einzelner, bis alles wieder katholisch wurde.

Heiße Spur

Nun noch ein Vorkommen, was kurz vor meiner Ankunft in Effelsberg stattgefunden haben soll. Eines Morgens sieht man die Spur eines erwachsenen Mannes von Burgsahr herauskommen. Die Spur ging zwischen Effelsberg und dem Pfarrbusch vorbei, südlich längs Holzem über den Hastenbusch auf Mahlberg zu. Wo der Mann seinen Fuß hingesetzt, war die Stoppel, der Wasen, die Heide verbrannt. Deutlich konnte man die Spur verfolgen. Mehrere, die ich gefragt, wollen sie gesehen haben.

Der Lousberg

Josef Müller

> »*Das ist des Teufels größter Spaß,*
> *Die schöne Schöpfung zu verderben;*
> *Sie läge, wäre sie von Glas,*
> *Von ihm zerschlagen, längst in Scherben;*
> *Zum Glück gebricht ihm die Gewalt,*
> *Wann Bosheit ihm die Fäuste ballt.*«

Die Kränkung, welche die Aachener dem Teufel dadurch zugefügt hatten, daß die ihm eine Wolfs- anstatt einer Menschenseele für alle seine Hilfeleistung beim Münsterbau überwiesen, noch mehr aber der Gedanke, daß es sprichwörtlich werden könnte, daß die Aachener dem Teufel selbst zu klug seien, ließ ihn bei Tag noch Nacht nicht ruhen. Er sann auf Rache und hatte endlich den schwarzen Plan ausgebrütet, das Münster mit samt der Stadt und allen Einwohnern mit einem Schlage zu vernichten. Eines Tages begab er sich daher an das Gestade des Meeres und lud sich dort einen Sandberg auf, groß genug, um damit die ganze Stadt samt Münster und Palast des Kaisers und allem, was darin wohnte und atmete, zu verschütten. Keuchend und schweißtriefend war er damit bereits am Pontthor vorbeigeschritten, denn er konnte die Stadt nicht sehen, weil sich ein scharfer Ostwind erhoben hatte, der ihm den Sand des Berges, den er trug, in die Augen blies. Da mußte es nun geschehen, daß eine Frau, welche aus der Soers kam und nach der Stadt zum Markte gehen wollte, dem Teufel begegnete und schon ganz in seiner Nähe war, als er sie höflichst anredete:

»Wie weit ist es denn noch bis Aachen, liebe Frau?«

In diesem Augenblicke bemerkte zum Glücke die Frau seine Pferdefüße und voll Geistesgegenwart und wohl ahnend, was der böse Feind mit diesem Berge wollte, warf sie schnell ihren Rosenkranz mit dem Kreuze daran auf den Sandhügel, über den der Teufel nun alle Gewalt verlor, weil er mit dem Kreuze versehen war. Der Berg fiel daher so plötzlich nieder, daß er sich in zwei Berge spaltete; der größte davon heißt der Lousberg, der kleinere St. Salvatorberg. Zur Erinnerung an dieses Begebnis stellte man auf die Ostspitze des Berges ein Kreuz, welches erst in neuerer Zeit dort verschwunden ist. Daß der Berg wirklich vom Meere aus hierher gebracht worden, ist außer allem Zweifel, davon geben die zahllosen Meerschnecken und andere Seegebilde, welche sich noch heute in demselben befinden und durch die Länge der Zeit versteinert worden sind, den deutlichsten und unumstößlichsten Beweis. Seit der Zeit hat der Teufel mit den Aachenern nicht mehr anbinden wollen. Was er so sehr gefürchtet hatte, wurde nun zur Wahrheit, es ent-

stand das Sprichwort:
»De Oecher send der Düvel ze lous.«
(Die Aachener sind dem Teufel zu klug.)
Sein Ingrimm soll aber über alle Maßen groß gewesen sein, als er sah, daß man von den beiden Bergen aus die herrlichste Aussicht auf Stadt und Münster hat, und daß endlich sogar auf dem St. Salvatorberg ein Kloster nebst Kirche von Karls Nachfolger, Ludwig dem Frommen, erbaut wurde.

Das Kirchlein am Weinfelder Maar

Josef Hilger

Einsames Kirchlein, blickst voll Trauer
Von kahler Höh ins Eifelland,
Du füllst die Seele mir mit Schauer
Am blauen Maar, am stillen Strand.

Jahrhunderte voll Freud und Leiden,
voll Wettersturm und Sonnenschein,
Du sahst sie kommen, wieder scheiden;
Tief grub sich ihre Spur dir ein.

Du magst nicht reden, willst nur schweigen,
Du stummer Zeuge unsrer Zeit!
O könntest du herniedersteigen
Und tauchen in die Flut dein Leid!

Es legten manche Wandermüden
Hier gerne ab den Pilgerstab.
Sanft schlummern sie in deinem Frieden,
Wie wohl ist ihnen in dem Grab!

Noch einmal muß den Blick ich lenken
Zu dir zurück am stillen See.
Mein Herz, o könntest du versenken
Zum tiefen Grund auch all dein Weh!

Im Gulag

Ralf Kramp

Wieder der Fuchs!« Klöös warf den Löffel auf den Tellerrand, daß die Suppe überschwappte. Mit ein paar weit ausholenden Schritten war der massige Mann am Fenster und beschattete die Augen, um hinauszusehen. Es wurde jetzt immer früher dunkel. Er konnte kaum etwas erkennen im Schein der schwachen Hoflampe.

Vom Stall her erscholl vielstimmig das aufgeregte Krakeelen der Hühner.

»Wieder der Fuchs!« schnaufte er erneut und hatte schon mit dem nächsten Griff die Flinte von der Eckbank gegriffen und rannte zur Tür. Es war zu spät, um noch in die Stiefel zu steigen. Wenn der Fuchs da war, zählte jeder Wimpernschlag.

Aus den Augenwinkeln registrierte er gerade noch, wie sich Maschas blasses Gesicht an der Treppe aus dem Halbdunkel schälte. »Was ist?« fragte sie leise, so, wie es ihre Art war.

»Fuchs«, stieß er hervor. Er sprach nicht viel. Das einsame Leben auf dem Hof hatte ihn der Sprache beinahe vollständig beraubt.

Draußen nieselte es. Mit seinen groben, löchrigen Socken durchmaß er den schlammigen Hof, die Hände fest um das Gewehr geklammert. Dieses Mal entkam ihm das Drecksvieh nicht!

»Dreckfuchs«, zischte Klöös und verlangsamte seine Schritte, als er sich der Stalltür näherte.

Die Drahtgitter der Hühnerkäfige waren alt und rostig. Sein Vater hatte sie noch gespannt, und seine Arbeit war es nun seit vierzehn Jahren, dafür zu sorgen, daß sie nicht vollends verrotteten, daß die Hühner nicht hinaus und der Fuchs nicht hinein konnten. Seit vierzehn Jahren, seit sein Vater gestorben war. Tag für Tag war er damit beschäftigt, die brüchigen, rostbraunen Maschen des Drahtgeflechts auszubessern. Tag für Tag stach er sich an den störrischen Spitzen, riß sich die Haut seiner schrundigen Hände auf.

Und immer wieder versuchte es der Fuchs.

Ein feiger, verschlagener Gegner war er, ein stinkendes, lichtscheues Subjekt, das zu nichts nütze war. Etwas, das in seinen Stall einbrach und seine Hühner riß. Die Hühner hielten ihm am Leben, das durfte ihm so ein verlaustes Pelztier nicht kaputtmachen. Hundertvierzig Tiere. Auf keines konnte er verzichten.

»Drechsfuchs«, zischte er leise und griff mit einer Hand nach der Stalltür. »Komm her, stinkender Drechsfuchs!«

Die Nässe kroch an seinen Knöcheln empor. Das Tier konnte ihn unmöglich kommen hören, so ohne Stiefel. Ohnehin war der Lärm der Hühner viel zu laut. Ihr panisches Gekreische übertönte alles. Er hörte ihr Flügelschlagen, das Knistern des Strohs, Gerappel und Geklapper. Es war ein unglaublicher Radau.

Bevor er die Tür vollends öffnete, sammelte Klöös all seine Kraft, atmete langsam und tief ein und legte den Finger an den Hahn der Flinte. Jetzt hieß es ruhig bleiben und sich nicht von seiner Wut davontragen lassen.
Der Fuchs würde sterben. Anders konnte das nicht ausgehen. Das Vieh hatte sich unter den brüchigen Brettern der Stalltür durchgescharrt und saß nun im fensterlosen Bau buchstäblich in der Falle.
Bei diesem Gedanken zuckten Klöös' Mundwinkel unmerklich in die Höhe. Er schloß für einen Moment die Augen und hörte durch den Radau der Hühner das Blut in seinen Ohren pochen.
Er summte leise: »Sonst färbt dich die rote Tinte, und dann bist du tot.«
Dann riß er mit einem Ruck die Tür auf. Ein schrilles Quietschen von den Scharnieren zerschnitt die diffuse Geräuschkulisse. Mit der Linken schlug er nach dem Lichtschalter, während er mit der Rechten den Gewehrlauf in die Schwärze des Raumes vor sich richtete.
Neonröhren blitzten auf, manche flackerten, bei anderen wurde das blaßrosa Licht erst mit Verzögerung zum gleißenden Weiß.
Und im selben Moment wurde es leiser. Klöös erfaßte die Szenerie mit hektischen Blicken. Im Schein der Lampen tanzten Staub, Stroh und Federn durch die Luft. An einer Box auf der linken Seite krümmten sich die zerfetzten Maschen des Drahtzauns bizarr in den Gang hinaus.
Nur einen Atemzug später schoß ein rotbraunes Bündel aus der Öffnung hervor. Ein fuchsroter Schatten, der panisch im Gang hin und herwischte, der stumm und beinahe geräuschlos nach einem Ausweg suchte, und dem der Lauf von Klöös' Gewehr unbarmherzig folgte, wohin er sich auch bewegte.
Der erste Schuß ließ das Holz der Rückwand splittern. Eine erneute Wolke von Staub und Spreu wirbelte empor.
Der zweite Schuß krachte unmittelbar danach durch die stickige Luft.
Das Gekreische der Hühner schwoll augenblicklich wieder an. Federn flogen, Schnäbel und Flügel wurden gegen die Gittermaschen gepreßt.
Der dritte Schuß verfehlte sein Ziel nur knapp. Er schlug im Boden dicht neben dem Tier ein, und der Lehm wurde emporgewirbelt.
Der Fuchs hielt inne, war erschöpft, senkte mit heftigem Atmen den Oberkörper und starrte Klöös an. Das Maul war geöffnet, sein Blick unstet und panisch. Und dann schoß Klöös ein viertes Mal.
Der kleine braune Körper wurde herumgerissen, nach hinten geschleudert, das Tier stieß einen schrillen Schrei aus, wie ihn Klöös noch nie zuvor gehört hatte, und er wollte gerade darauf zuspringen, mit der Flinte ganz nah herangehen, diesem Dreckvieh das Hirn zerschießen, seine scharfgezähnte, räuberische Fresse wegpusten, als das Tier sich blitzschnell wieder aufrappelte und auf ihn zulief. Es waren ungelenke, schlingernde Bewegungen, mit denen der Fuchs auf ihn zukam, aber Klöös war zu verwirrt, um ihn schnell genug ins Visier zu nehmen und ihm den Gnadenschuß zu geben. Er sah nur mit grenzenloser Verwirrung, daß das Tier etwas verloren hatte. Er erkannte undeutlich, daß es

ein Hinterlauf war, den es ihm regelrecht vom Leib gerissen hatte.
Bei dem unbeholfenen Versuch, den Fuchs wieder mit der Flinte anzuvisieren, strauchelte Klöös, prallte rücklings gegen eine Box, in der die Hühner panisch aufkreischten. Er griff mit der Linken zur Seite, um sich irgendwo festzuhalten und bekam nur das brüchige alte Stromkabel der Steckdose zu fassen, das nachgab, und unter scharfem Geknister und bläulichem Blitzen riß es aus der Wand. Augenblicklich erlosch das Licht, und als der Fuchs an seinen nackten Füßen vorbeirannte, hieb er mit dem Lauf des Gewehres nach ihm, fluchte, glitt im Lehm aus, verlor erneut das Gleichgewicht und schwankte. Als der Fuchs gerade am anderen Ende des Hofes in der Schwärze der Nacht verschwinden wollte, setzte Klöös ein letztes Mal an.
Kniend reckte er die Flinte in die Höhe, visierte Kimme und Korn an, zwang sich zur Ruhe, summte »sonst färbt dich die rote Tinte ...« Und dann zerfetzte ein weiteres Donnern die Nacht, vermischte sich mit dem Todesschrei des Tiers, das ein letztes Mal herumgewirbelt wurde und schließlich reglos liegenblieb.
Klöös zitterte. Er ließ ganz langsam das Gewehr sinken und erhob sich ächzend, ohne den braunen Fleck im Zwielicht der Hoflampe aus den Augen zu lassen und spürte eine Welle der Euphorie in sich aufsteigen.
»... und dann bist du tot.« Er kicherte leise, als er über den Hof stapfte. »... und dann bist du tohohooot.«
Der Fuchs war tot.
Er stupste mit der Flinte an ihm herum, drehte den Kopf so, daß ihn der gebrochene Blick traf, daß er sich sicher sein konnte, daß dieses Vieh nie wieder seine Hühner reißen würde.
Es war noch nicht lange her, da hatte er zwei Junge am Straßenrand gesehen, zwei kleine flauschige, rostrote Knäuel, die im Kegel seiner Scheinwerfer zwischen den Seitenpfosten auftauchten. Sie balgten sich um ein zerfetztes Karnickel und waren so in ihr mörderisches Spiel vertieft, daß sie ihn gar nicht hatten näherkommen hören.
Und er hatte die Gelegenheit beim Schopf ergriffen, das Steuer herumgerissen und hatte mit verkniffenem Mund auf sie draufgehalten. Und dann war er einfach über die kleinen Körper drübergerollt und hatte dabei einen Straßenpfosten entwurzelt. Damals hatte er das gleiche Gefühl des Triumphs verspürt.
Mascha trat an seine Seite. Die wortkarge kleine Russin hielt sich die Hand vor den Mund, als sie den Blick auf den am Boden liegenden Kadaver richtete. In ihrer Linken baumelten Klöös' Stiefel.
Dankbar nahm er sie entgegen und glitt mit seinen lehmverschmierten Füßen hinein.
»Mußte sein«, murmelte er dabei. »Hat mir die Hühner gerissen.« Scheu betrachtete er die junge Frau, die den Blick nicht von dem toten Tier abwenden konnte. »Verstehst du doch, oder?«
Langsam nickte sie. Das erleichterte ihn. Er war froh, daß Mascha verstand.
Seit drei Monaten kam sie alle vier, fünf Tage vorbei und sah bei ihm nach dem

Rechten. Sie wohnte in Blankenheim bei ihrer Familie. Mitte Zwanzig mochte sie sein, vielleicht ein bißchen älter. Klöös ertappte sich immer wieder dabei, wie er sie heimlich beobachtete, wenn sie die Fenster putzte, das Geschirr abwusch. Er betrachtete dann ihre kleinen, blassen Hände und ergötzte sich an ihrer Anmut. Sie verrichtete ihre Arbeit schweigend, was ihm sehr angenehm war.

Manchmal tranken sie zusammen eine Tasse Kaffee, und dann erfuhr er ein paar kleine Fetzen ihres Lebens. Er liebte ihren russischen Akzent und stellte sie sich häufig nackt vor, wenn sie ihm gegenübersaß und sich die schwarzen Strähnen aus dem Gesicht schob. Er versuchte, sich ihre nackten, kleinen Brüste vorzustellen und hatte seit ein paar Tagen ihr Bild vor Augen, wenn er nachts onanierte.

Mascha könnte bei ihm einziehen. Einmal hatte er ihr das scherzhaft angeboten. Und da hatte sie gelacht und gesagt: »Nein, nein, nicht in Gulag!« Und als er nachfragte, erzählte sie, beschämt darüber, daß ihr das herausgerutscht war, daß ihr Vater den Hühnerhof immer den Gulag nannte. Das hatte etwas mit den Gefangenenlagern der Sowjetunion zu tun, und Klöös fühlte sich sogar geschmeichelt. Er war der Aufseher im Gulag. Seine Gefangenen waren sein Besitz, er hatte alles im Griff.

Seither sagte er selber Gulag zu seinem Hühnerhof und kicherte manchmal dabei.

»Ich jetzt gehen«, sagte Mascha und zog die Strickjacke enger zusammen. Ihr Fahrrad stand neben der Haustür.

»Komme wieder Mittwoch.«

Klöös nickte langsam und sah sie liebevoll an. So liebevoll, wie er das mit seinem vierschrötigen, stoppeligen Gesicht zustande brachte.

Ein Huhn erschien vorsichtig in der Öffnung der Stalltür. Es war durch das Loch entkommen, das die Bestie in den Draht gerissen hatte.

»He, halt, Häftling!« rief Klöös und lachte kollernd. Mit raschen Schritten war er bei dem weißgefiederten Tier, das sich, verwirrt von dem Vorgefallenen und der plötzlichen Freiheit, mühelos mit einem Handgriff einfangen ließ.

Mascha stand immer noch da und konnte den Blick nicht von dem Fuchs abwenden. Klöös trat wieder an ihre Seite und hielt das Huhn fest in der Armbeuge, das leise gluckernd den Kopf hin und her reckte.

»Guck dir das hier an«, sagte Klöös so einfühlsam wie möglich. »Soll doch noch'n bißchen leben und Eier legen. Deswegen darf so'n Drecksfuchs nich hier rein. Verstehst du?«

Er hielt ihr das Huhn hin.

Ihr Blick fiel auf das Tier, auf die grauweißen, struppigen Federn, auf die blankgerupften Stellen am Hals. Sie sah in die kalten, weit aufgerissenen Augen des Federviehs, das wirr durch die Gegend blickte.

»Verstehst du?« Immer noch hielt er ihr das Tier entgegen. »Fühl mal, wie das Herzchen pocht.« Mit einem Mal hatte er das starke Bedürfnis, ihr zu beweisen, daß er gut zu den Tieren war, daß ihm etwas am Wohl der Hühner lag, daß er den Fuchs einfach töten mußte. Das sollte sie verstehen.

Mascha mochte die Hühner nicht. Das hatte sie ihm einmal gesagt. Sie fürchtete sich seit ihrer Kindheit vor ihnen. Widerwillig ließ sie zu, daß er das Tier langsam ihrem Gesicht näherte. Sie spürte die stinkenden Federn an ihrer Wange, ließ sich den warmen Leib gegen die Haut ihres Gesichts pressen. Und sie hörte auch das Schlagen des kleinen Hühnerherzens. Mascha preßte die Zähne aufeinander und rührte keine Faser ihres Körpers.
»Es mag dich«, flüsterte Klöös rauh. »Die Hühner mögen dich.«
Mascha schluckte. Sie würde nicht wiederkommen. Klöös war ihr unheimlich, alles war ihr zuwider. Das alte, verkommene Haus, der stinkende Hühnerstall, die Waffen, die herumlagen. Sie mußte sich eine neue Arbeit suchen. Um Klöös zu beruhigen, streckte sie vorsichtig ihre Hand aus, um über das Gefieder des Tieres zu streichen. Sie überwand ihren Ekel und griff langsam nach dem milbigen, verklebten Federkleid.

In diesem Moment zuckte der Kopf des Huhnes herum. Mit einem blitzschnellen Ruck bohrte sich der verkrustete, gelbe Schnabel in ihren Handrücken. Mit einem Aufschrei stieß Mascha das Tier von sich. Sie taumelte zurück. Auf ihrer weißen Haut bildete sich ein kleiner Blutsee. Instinktiv preßte sie ihre Lippen darauf und saugte.

Klöös riß voller Entsetzen die Augen auf, fuchtelte wie wild mit den Händen, um das flatternde Huhn zu bändigen, kriegte einen Flügel zu packen, schleuderte es zu Boden, und als er begriff, was das Tier angerichtet hatte, holte er mit dem rechten Fuß aus und trampelte ihm mitten auf den weißen Leib. Er zertrümmerte mit einem gewaltigen Tritt den Brustkorb des Tieres, dessen schrilles Gegacker in einem murmelnden Röcheln erstarb.

»Komm her, ich helf' Dir!« schrie Klöös und sprang auf Mascha zu. Die aber flog nur herum, begann zu laufen und wollte nur noch zu ihrem Fahrrad, wollte nur noch weg und nie mehr wiederkommen.

Klöös schrie sie an, jammerte, daß er ihr doch nur helfen wolle und rannte hinter ihr her. Er bekam den Zipfel ihrer Strickjacke zu fassen, rutschte auf dem Lehm aus und schlug der Länge lang hin. Als sie auf ihrem Fahrrad an ihm vorbeischoß, versuchte er, nach dem Hinterreifen zu fassen, robbte hinterher und blieb schließlich weinend inmitten des Hofes liegen.

Maschas Gestalt wurde von der Dunkelheit verschluckt, und er wußte in diesem Augenblick, daß er sie niemals wiedersehen würde.

Er lag da, wie auch das Huhn und der Fuchs auf dem Hof lagen. Zusammengesackt und leblos. Nach einer Weile drehte er sich auf den Rücken und starrte in den sternenlosen, schwarzen Nachthimmel hinauf. Er spürte den Nieselregen auf seiner Haut. Er spürte, wie die Feuchtigkeit über seinen ganzen Körper schlich. Und er spürte eine unbändige Wut, die in ihm aufkeimte.

Er hatte eine Weile so dagelegen, als aus dem Stall plötzlich erneut Geräusche ertönten. Mit einem Mal war er wieder völlig klar im Kopf. Er richtete sich auf den Ellenbogen auf und warf einen hektischen Blick zu dem toten Fuchs hinüber. Aber das Tier lag immer noch so da wie vorhin. Von ihm ging keine Gefahr mehr aus.

Ein zweiter Fuchs? Das war unmöglich. Nicht nach dem Lärm, den Schüssen, und nicht hier, wo ein Artgenosse nur wenige Schritte entfernt tot im Dreck lag. Klöös beschloß nachzusehen.
Es war anders als vorhin.
Die Geräusche waren andere.
Es klang nicht nach Panik, da war keine Angst im Gackern des Federviehs. Für einen Augenblick überlegte er, ob es nötig war, das Gewehr zu holen. Es lag noch immer beim Kadaver des Fuchses.
Klöös ging weiter.
Vorhin hatte er sie nicht wahrgenommen, die Schwüle, die aus dem Hühnerstall in die Nacht quoll, als er das Tor öffnete. Aber jetzt schlug sie ihm entgegen wie eine Wand.
Der Lichtschalter funktionierte nicht mehr. Er glaubte, noch den kaum wahrnehmbaren Geruch des verschmorten Kabels riechen zu können.
Was machte die Tiere nur so unruhig? Vor ihm war nichts als Schwärze. Nicht einmal das Hoflicht drang hier hinein. In den Ställen rechts und links war das Gackern, das Scharren und das Knistern des Strohs.
Er trat in die Dunkelheit, ohne so recht zu wissen, was er eigentlich hier wollte, hier, wo er nicht die Hand vor Augen sah.
Gerade hatte er sich entschlossen, wieder umzukehren, um im Haus eine Taschenlampe zu holen, da riß ihm etwas Scharfes, Spitzes der Länge nach den linken Unterarm auf. Der Maschendraht! Er wirbelte herum und verfing sich mit dem Hemd in den rostigen Spitzen. Laut fluchend preßte er den Arm auf die Wunde, die sofort höllisch brannte.
Dann spürte er, wie die stickige Luft um ihn herum in Bewegung geriet.
Er hörte Geflatter. Er spürte den Luftzug hektischer Bewegungen nahe bei seinem Gesicht, rund um seinen ganzen Körper.
Dann traf ihn etwas hinter dem rechten Ohr. Ein Stich, ein Schnitt ... der Hieb eines Schnabels. Federn schrubbten über sein Gesicht. Klöös schlug um sich.
Der nächste Hieb ging in sein Knie. Er schrie schmerzerfüllt auf. Ein zweiter Hieb. Ein dritter.
Klöös trat nach allen Seiten und brüllte unartikuliert in die Dunkelheit, die ihn fest im Griff hatte.
Er mußte hinaus!
Dann hackte ihn etwas ins Auge. Er brüllte auf. Ein messerscharfer Schmerz durchzuckte seinen Schädel. Blut schoß über sein Gesicht. Dann färbt dich die rote Tinte ... Krallen griffen in seine Kopfhaut. Überall waren Flügel.
Klöös versuchte, das Tier abzuschütteln ... die Tiere ... die gefiederte Masse, die um ihn herum zu sein schien.
Er spürte ihre Schnäbel, die in seinen Körper trieben. Er hörte ihr schrilles Gegacker, das immer mehr anschwoll. Schnäbel hackten in seine Ohren, rissen an seinen Haaren.
Er taumelte vorwärts, in die Richtung, in der er das Tor vermutete, wehrte

sich mit den Ellenbogen, während er versuchte, sein Gesicht mit den Händen zu schützen.

Dann trat er auf etwas Weiches, Gefiedertes. Wie vorhin, als er dieses vermaledeite Vieh ... Klöös rutschte auf dem Tier unter seinen Füßen aus. Fiel beinahe weich, hinein in die fedrige, zuckende Masse. Alle waren frei. Alle flohen. Alle nahmen Rache an ihrem Wärter. Sie flatterten über ihn. Ihre Schnäbel stachen zwischen seinen Fingern hindurch. Ihre Klauen bohrten sich durch den groben Stoff seiner Kleider. Sie waren überall. Er versuchte weiterzukriechen, packte in Federn. Sie zerhackten ihm die Fersen, verwandelten seinen Rücken in eine rotglühende Hölle des Schmerzes. Sein Schreien erstarb. Federn füllten seinen Mund.

... und dann bist du tot.

Sie pickten nach seiner Zunge, rupften ihm die Haut von der Kehle.

Sie hörten nicht auf, bis das Morgengrauen über die toten Tiere auf dem Hof langsam zum Tor hereinkroch.

Der Fischerknabe vom Laacher See

Josef B. Schiffels

Schon oft hatte die Großmutter ihrem Enkel, einem lebensfrohen Fischerknaben, von dem prächtigen Schlosse und den reichen Schätzen erzählt, die in der Tiefe des Laacher Sees verborgen seien. Sich selbst davon zu überzeugen, war schon lange sein Sinnen und Trachten. Eines Nachts, als alles im tiefen Schlafe lag, schlich er sich heimlich aus seiner väterlichen Hütte und eilte rasch und furchtlos zum Ufer des Sees. Er löste einen Nachen von der Kette und ruderte geschickt und mutig nach des Wassers Mitte.

»Ich komme«, sagte er zu sich selbst, »in dieser Nacht der Wahrheit auf die Spur; ich will die Wahrheit wissen.«

Als er sich der Mitte näherte, hörte er ein wundersames Singen aus der Tiefe. Harfen und Flöten tönten an sein Ohr, Becher und Waffen erklangen. Er beugte sich über sein Fahrzeug auf den See hinab. Fürwahr, aus der Tiefe glänzte ihm ein prächtiges Schloß mit hell erleuchteten Sälen entgegen, in denen Nixen und Feen lustige Reigen aufführten. Kaum hatten sie ihn erblickt, als sie in die Höhe stiegen und mit holdem Lächeln ihm zuriefen:

»Komm, trauter Knabe, zu uns herab; unsere Schätze stellen wir dir gern zur Verfügung.«

Er wußte nicht, wie ihm geschah, und mit dem beglückenden Ausrufe: »Großmutter, du logst nicht!« sprang er aus dem Nachen in die grundlose Tiefe hinab.

Die Kempenicher Burggeister

Hans-Peter Pracht

Einst kam ein Wanderer, müde und erschöpft und staubig von der Straße, in die Gegend von Kempenich. Es war der Vorabend des Pfingstfestes. Die Sonne versank als roter Feuerball hinter den dunklen Eifelwäldern, und das Dunkel der Nacht kündete sich bereits im Osten an.

Der Wanderer, fremd in dieser Gegend, war bemüht, zu dieser Stunde noch eine Herberge finden, um dort zu nächtigen und am nächsten Morgen frisch und ausgeruht seine Wanderschaft fortzusetzen.

Aber die Dämmerung brach schneller herein als der Wanderer aus dem Wald herausfand. Es dauerte nicht lange, da hatte er sich verlaufen.

»Da habe ich doch nun vollkommen die Richtung verloren!« sagte er zu sich selbst. »Das wird wohl dann heute nichts mehr mit einer Herberge!«

Er irrte lange Zeit weiter und fand aber nicht mehr den Weg aus dem Wald. Ganz gleich, wo er hinschaute, um ihn herum waren nur Bäume und einer glich dem anderen.

»In der Dämmerung sieht jeder Baum aus wie der andere!« sprach er. »Bin ich eben schon hier vorbeigekommen oder nicht? Ach, wenn ihr Bäume nur reden könntet!«

Dann endlich entdeckte er einen schmalen Weg. Eigentlich war es mehr ein Trampelpfad, der offensichtlich nur sehr wenig genutzt wurde. Dieser Pfad geleitete den Wanderer aus dem Wald hinaus und in nicht allzu weiter Entfernung sah er ein kleines Gebäude im schummerigen letzten Licht des Tages. Die Wiesen um dieses Bauwerk waren eingehüllt von den sanften Gebilden des Abendnebels.

»Vielleicht habe ich Glück und finde doch noch eine Unterkunft!« freute sich schon der Wanderer.

Als er näherkam, stellte er fest, daß oben auf der Anhöhe eine einsame Kapelle stand. Von Ferne klangen die Glocken der Kirche von Kempenich aus dem Tal herauf, die das morgige Pfingstfest einläuteten. Ansonsten war alles gespenstisch ruhig hier oben. Kein Vogel sang mehr. Die Schmetterlinge und Bienen hatten ihr Tagwerk beendet und sich zur Ruhe begeben. Die Baumwipfel des Waldes, aus dem der Wanderer kurz zuvor auf die Lichtung herausgetreten war, ragten starr und steif in den Himmel. Geringe Bewegung zeigte nur der Abendnebel, der einmal über die Wiesen schwebte, dann, wenn er sich verdichtete, sich wolkenartig dahinwälzte.

Dem Wanderer war es nicht wohl in seiner Haut. Die Glocken der Kirche im Tal waren zwischenzeitlich auch verstummt, so daß hier oben eine Stille eingekehrt war, eine Totenstille. Die Kühle der Nacht umklammerte jetzt immer fester den Wanderer.

»Wo bleibe ich nur heute nacht?« fragte er sich und blickte sich gleichzeitig suchend um. »Kein Haus weit und breit, und die Nacht wird bestimmt kühl!« Er verharrte auf der Stelle und entdeckte gegenüber der Kapelle im Dunst einen kleinen umzäunten Garten.

»Merkwürdig, hier oben in der Einsamkeit ein Garten. Aber das trifft sich gut!« sprach er. »Wo ein Garten ist, kann ein Haus nicht weit sein!«

Voller Hoffnung auf ein Nachtquartier näherte er sich dem Garten und bemerkte mit einem Male dort drei Gestalten. Es waren drei Mädchen in langen weißen Gewändern und Schleiern, die sich mit den Nebelschwaden zu verbinden schienen. Lautlos tanzten und spielten sie in dem Garten, daß der Wanderer die fortgeschrittene Stunde vergaß und dem Treiben zusah.

Die Mädchen tanzten, sprangen und schwebten über Gras und Blumen, bis sie die Schleier abstreiften und ihr langes Haar sichtbar wurde, das wallend über ihre Schultern fiel. Der Wanderer verharrte weiter gespannt mit seinem Blick bei den drei Mädchen.

Dann verließen sie mit einem Male Hand an Hand den Garten und kamen langsamen Schrittes nacheinander auf den Wanderer zugeschwebt. Der glaubte schon von ihnen entdeckt worden zu sein und in diesem Moment stand ihm das Herz fast still. Aber die drei Mädchen gingen an ihm vorüber, ohne ihn überhaupt zu bemerken. Sprachlos blickte der Wanderer ihnen nach, wie sie zur Kapelle gelangten und dort Kerzen anzündeten. Gleichzeitig fielen sie auf die Kniebank nieder und verharrten in stillem, andächtigen Gebet.

Der erstaunte Wanderer folgte nun den Mädchen. In der Kapelle flackerten unruhig die Kerzen und erfüllten den ganzen Innenraum mit einem geheimnisvollen, ständig wechselnden Licht.

»Wo eine geweihte Kapelle ist!« ermutigte sich der gläubige Wanderer selbst, »kann mir nicht viel geschehen!«

Er kniete neben den drei Mädchen auf dem Steinboden nieder, da auf der hölzernen Kniebank kein Platz für ihn mehr war. Er faltete die Hände, blickte zum Altar und sprach leise ein Gebet. Nach einer Zeit wagte er einen Blick nach rechts zu der Kniebank der Mädchen. Doch, was er da bemerkte, ließ ihm das Blut in den Adern erstarren. So etwas hatte er in seinem ganzen Leben noch nicht gesehen. Die Gesichter waren schneeweiß, ohne Blut und starr, als seien sie aus Wachs. Die Haut war nahezu durchsichtig wie Pergament. Als die drei dem erstaunten Wanderer ihre Köpfe zuwandten, blickten ihn sechs gebrochene und ausdruckslose Augen an. Es hatte den Anschein, als würden sie durch ihn hindurchschauen.

In diesem Moment schien ein leichter Abendwind aufzukommen, aber es war ein Hauch des Todes, der von den drei unheimlichen Gestalten ausging. Es war ein Hauch, als sei soeben eine Gruft geöffnet worden.

Dann begannen die drei zu singen. Jetzt wurde dem Wanderer das Schaudern noch größer. Die Stimmen klangen keinesfalls so, als seien sie von dieser Welt. Hohl und kalt war der Gesang, wie ihn ein menschliches Wesen nicht hervorbringen könnte.

Der Wanderer war entsetzt.

»Ich muß hier hinaus!« dachte er. »Das ist ja schrecklich, was ich hier erleben muß! Wäre ich jetzt doch nur woanders.«

Er sprang auf und lief aus der Kapelle in die Nacht hinaus und ließ sich atemlos im feuchten Gras nieder.

»Hier bin ich sicherer, als dort drinnen!« dachte er.

Es dauerte nicht allzulange, da hatten die drei Gestalten die Litanei zu Ende gesungen. Sie erhoben sich, ergriffen die brennenden Kerzen und wandelten langsamen Schrittes zurück in den Garten. Die Frühlingsnacht war jetzt klar, der Abendnebel hatte sich aufgelöst.

Unter einem blühenden Jasminstrauch standen ein Tisch und eine steinerne Bank. Hinter einem Gebüsch holte jetzt eines der Mädchen einen Korb hervor. Gemeinsam deckten sie in kurzer Zeit eine festliche Tafel. Alles das geschah vollkommen wortlos, was die ganze Situation für den Wanderer noch unheimlicher machte.

Die Mädchen nahmen an der gedeckten Tafel Platz und begannen ein fürstliches Mahl. Der Wanderer, der schon seit Mittag nichts mehr gegessen hatte, schaute zu, und je länger er das tat, um so größer und plagender wurde sein Hunger.

»Was soll ich nur machen?« fragte er sich. »Bestimmt fällt für mich auch noch etwas ab, um meinen Magen zu beruhigen. Viel muß es ja nicht sein. Und bei der Fülle der Speisen auf dem Tisch!«

Er vergaß für einen Moment das schauderhafte Erlebnis, das er noch vor kurzer Zeit in der Kapelle hatte, raffte sich auf und ging die wenigen Schritte in den Garten. Sein Hunger hatte gesiegt und ihn offenbar überwältigt.

»Habt Ihr auch etwas für mich zu essen?« fragte er leise, wobei er ein untertäniges und fragendes Gesicht machte und mit der rechten Hand auf seine Magengegend deutete. »Vielleicht ein kleines Schinkenbrot, wenn es recht ist?«

Die Mädchen sprachen kein Wort, sondern eines nickte nur zustimmend und deutete auf die gedeckte Tafel. Ein anderes goß ihm Wein in einen silbernen Becher. Der Wanderer begann zu essen. Aber der Duft des Jasminstrauchs störte ihn und ließ seinen Appetit schnell vergehen.

»Dieser Duft des Jasmins!« dachte er, »hat etwas von dem Geruch von Leichen!«

Kaum hatte er diesen Gedanken vollendet, da war ihm die Kehle wie zugeschnürt. Der Hunger war wie weggeblasen, im Gegenteil, ein heftiges Ekelgefühl drehte ihm fast den Magen um. Schnell trank er in einem Zug seinen Becher leer, aber das half ihm nichts. Der modrige und süßliche Geschmack in seinem Mund und der Duft in der Nase wichen dadurch nicht. Er rührte nichts mehr an.

Jetzt verspürte er mit einem Male eine Eiseskälte, die ihm den Rücken hinabkroch und alle Glieder befiel.

»Hätte ich mich doch rechtzeitig um eine Herberge gekümmert, dann würde

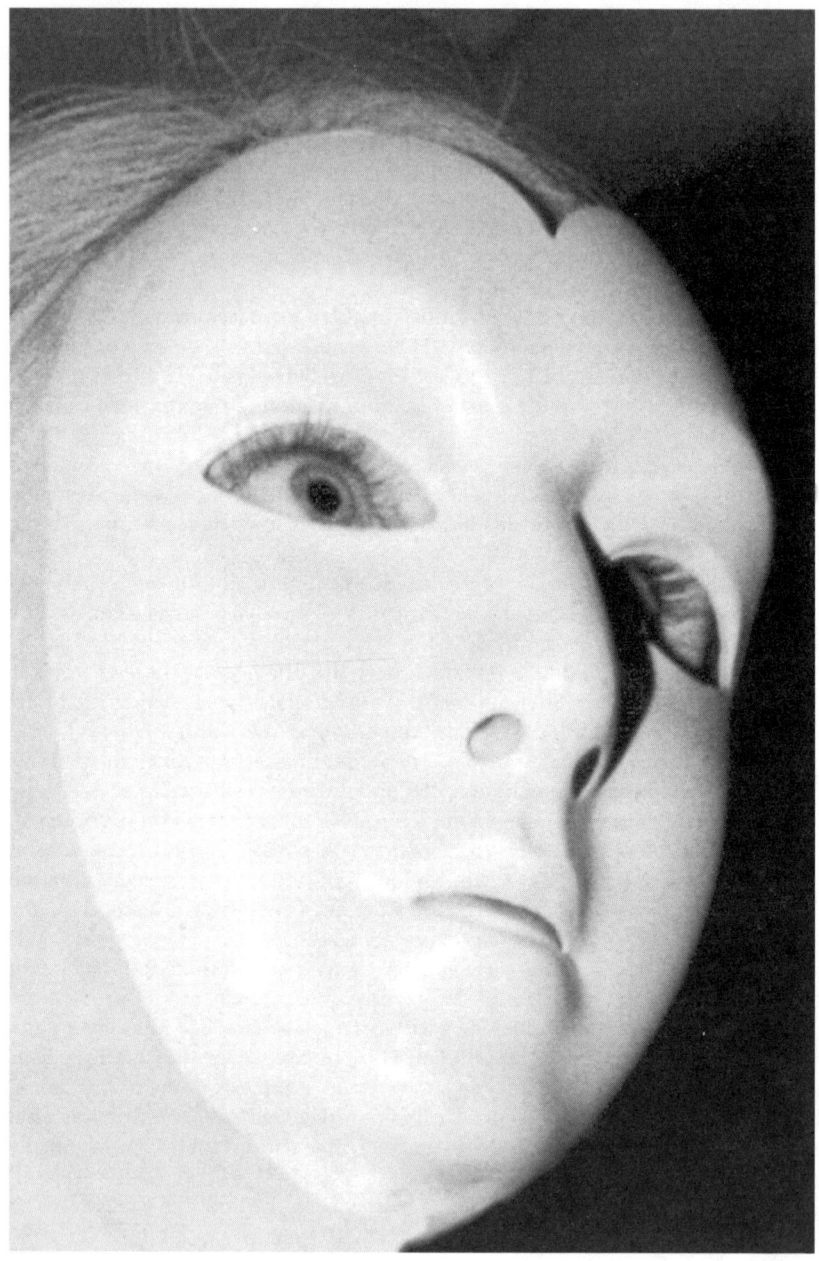

ich jetzt nicht hier sitzen!« dachte er. »Jetzt weiß ich nicht wohin in dieser Nacht!« Und er begann allmählich mit den Zähnen zu klappern, so kalt wurde es ihm. Aber das lag nicht nur allein an der eisigen Luft, auch die Gesellschaft, in der er sich befand, ließ ihm einen kalten Schauer nach dem anderen den Rücken hinablaufen.

Er nahm jetzt allen verbliebenen Mut zusammen und wollte die Mädchen ansprechen.

»Hört bitte einmal!« begann er seinen Satz. »Ich ... ich ...«

In diesem Moment drehten sie die Köpfe und blickten den Wanderer an. Wieder erschrak er, als er die kalten, starren und bewegungslosen Gesichter sah. Jetzt wußte er mit einem Male, mit wem er es zu tun hatte. Er sprang von seinem Platz auf und rief laut voller Entsetzen und Ekel in die Nacht hinaus:

»Gott helfe, Ihr seid ja Leichen! Nichts als Leichen!«

Jetzt verstärkte sich mit einem Male der Modergeruch, und noch eisiger wurde die Nacht. Der Wanderer konnte nicht fliehen, wie gelähmt vor Entsetzen stand er da und konnte nichts mehr machen.

Aus dem Dorf herauf erklang die Kirchturmuhr, die die Mitternacht ankündigte. Beim Klang des zwölften Schlages veränderten sich in grausamer Weise die Gesichter der Mädchen. Die Augen sanken ein, bis nur noch tiefe, dunkle Höhlen zu sehen waren. Das wachsartige Erscheinungsbild der Köpfe verlor sich, bis nur noch Totenschädel übrigblieben. Das Fleisch des Körpers sackte mit den Kleidern langsam zu Boden, bis nur noch furchterregende, weiße Gerippe zurückblieben. Mit den langen knochigen Fingern ergriffen diese jetzt die brennenden Kerzen. Hintereinander mit unbeholfenen Bewegungen entfernten sich die drei Gerippe in die Dunkelheit der Nacht.

Hinter einem Busch sah der Wanderer noch kurze Zeit das spärliche Flackern der Kerzen. Dreimal hörte er dann das Zuklappen von Sargdeckeln.

»Träume ich, oder ist das alles wahr, was ich hier erlebt habe?« fragte sich der Wanderer.

Er blickte zu dem Tisch, auf dem noch alle Speisen und Getränke und das Geschirr mit Bestecken lagen.

»Ein Traum kann das nicht gewesen sein, dann ständen hier nicht die Sachen auf dem Tisch!« bestätigte er seine Gedanken selbst. »Aber essen kann ich nichts mehr. Das war ja grausam eben!«

Nach einer Weile hatte er sich halbwegs von allen Schrecken erholt. Er nahm seinen Ranzen auf den Rücken und lief so schnell ihn die Beine tragen konnten in irgendeine tiefdunkle Himmelsrichtung.

»Egal wohin!« sagte er sich, »egal wohin, nur weg von hier, weit weg von diesem schrecklichen Ort!«

Er rannte so lange ohne Rast zu machen, bis er in tiefer Nacht eine verlassene Hütte im Wald erreichte, in der er sich erschöpft niederließ.

Noch lange Zeit verfolgte ihn dieses schreckliche Erlebnis. Bei weiteren Wanderungen war er stets bemüht, rechtzeitig eine Nachtherberge zu finden.

Die Altenpflegerin

Thomas Pfanner

Er freute sich. Er freute sich so sehr, daß er noch schusseliger zu Werke ging als sonst. Das Richten von Tropfen zählte nicht zu den aufregendsten Aufgaben. Doch jetzt, mit ihr als Zuschauerin, geriet es zu einem wahren Abenteuer. Das Herz klopfte ihm zum Hals heraus, die Hand mit der Tropfenflasche zitterte und da er auch die andere Hand mit dem Tropfenbecher nicht ruhig zu halten vermochte, bekam sein rechter Schuh die meisten Tropfen ab. Mit dem letzten Rest von Bedenken versuchte er sich zu konzentrieren, damit er sich nicht noch kurz vor dem Ziel zum Affen machte. Er würde nie den Grund erfahren, aber in dem Moment vor zwei Wochen, als er sie zum erstenmal erblickte, war es um ihn geschehen. Er sah sie und seitdem konnte er nicht mehr schlafen. Er stand in Flammen, alle Gedanken kreisten um sie. Beim Essen geriet er zwischen den Bissen in Atemnot, seine Handschrift wurde krakelig, weil ihr Bild ständig auf dem Papier zu tanzen schien. Nachts brachte ihn die Vorstellung, sie neben sich im Bett atmen zu hören, um den Schlaf. Besonders schlimm war es, wenn er am morgen mit ihr zusammen zum Dienst eingeteilt war. Und sie beide bildeten ein Team.

Gerade tropfte er eine Ladung Beruhigungsmittel für Herrn Rech daneben. Unterdrückt fluchend ging er zum Handtuchspender, um seine Hände zu trocknen. Da geschah es: sie sprach mit ihm. Mit ihrer leisen und doch festen Stimme brachte sie seine Nackenhaare dazu, sich aufzustellen.

»Gib dem Kerl ruhig ein paar Tropfen mehr. Er ist heute sehr außer sich.«

Er stimmte ihr wortlos zu. Ihm fiel keine Antwort ein, der Kloß in seinem Hals hinderte ihn. Herr Rech war ein Sonderfall. Offenbar konnte er sie nicht leiden. Immer, wenn sie gemeinsam in sein Zimmer gingen, rollte der alte Mann mit den Augen, zeigte auf sie und fluchte etwas von einer ›Ausgeburt der Hölle‹. Sie tätschelte in diesen Fällen immer Herrn Rechs Wange und flüsterte etwas von ›dich hole ich nicht; du bist zu fett‹, woraufhin der alte Mann mit den Zeigefingern beider Hände ein Kreuzzeichen formte und ›weiche von mir, Satan‹ schrie. Der alte Mann war geistig verwirrt, litt an Alzheimer, außerdem war er sein ganzes Leben lang im Kirchenvorstand tätig gewesen. Bei dieser Vorgeschichte schien ein religiöser Verfolgungswahn fast zwangsläufig zu sein. Um ihr zu gefallen, füllte er die doppelte Dosis in den Tropfenbecher. Herr Rech würde kein Problem mehr darstellen.

Er aber wälzte noch ein Problem, während er die letzten Tropfenbecher für die Heimbewohner füllte. Denn heute war Freitag und ein freies Wochenende drohte. Zwei Tage lang würde er sie nicht sehen. Dabei konnte er seine Chance förmlich riechen. Natürlich, sie war zehn Jahre älter als er, ihr Gesicht zeigte die ersten Falten. Und doch begeisterte ihn gerade die Aussicht, bei einer erfahrenen Frau zu landen. In den letzten Tagen schienen sich die Falten zu verstärken. Ihre großen Augen lagen tiefer im tödlich blassen Gesicht, die Falten warfen Schatten, sie wirkte insgesamt erschöpft. Auf eine bestimmte Art erfreute ihn diese Entwicklung. Er bildete sich ein, daß sie wegen ihm ebenfalls schlaflose Nächte verbrachte. Und was machte er? Nichts. Er brachte es nicht über sich, sie zu fragen. Er traute sich nicht, sich zu ihr umzudrehen. Während er mit klammen Fingern insgesamt 114 Tropfenbecher befüllte, verrann die Zeit.

Und dann waren alle Tropfen gestellt, mit zitternden Händen stellte er das Tablett weg, räumte die Flaschen und Fläschchen auf und machte seine Eintragungen in der Dokumentation. Er verzweifelte dabei. Die Schicht würde in fünfzehn Minuten enden. Mit hängenden Schultern drehte er sich um und sah genau in ihre Augen. Sie sah ihn an, ganz entspannt und freundlich und unaufgeregt. Dann öffnete sich ihr seltsam kleiner Mund und mit ihrer etwas zu hohen Stimme sagte sie:

»Möchtest du nachher mit zu mir kommen?«

Die Worte flossen durch sein Ohr und vagabundierten in seinem Kopf herum. Er sah in ihre hellgrauen Augen, die ihn eher kühl abwartend als erwartungsfroh betrachteten und begriff nicht, was sie gerade gesagt hatte. Hilflos und zähflüssig interpretierte er an dem Wortsinn herum. Sie hatte nichts von einer anstehenden Reparatur gesagt, auch nichts von einer Feier, zu der noch andere Kollegen erscheinen würden. Als er merkte, daß er zuviel Zeit verplemperte, brachte er ein mattes Nicken zustande, was sie wiederum mit einem befriedigten Brummen quittierte und das Dienstzimmer verließ.

Die nächsten fünfzehn Minuten wurden die längsten seines Lebens. Für seine Kollegen allerdings auch, er stolperte, er stotterte, er füllte die Kaffeemaschine mit Kakaopulver. In seinem Kopf zitterte die Erwartung mit der Angst um die Wette. Er hatte absolut keine Ahnung, was von ihm erwartet wurde, wie ältere Frauen sich die Dinge so vorstellten, was er an welcher Stelle sagen mußte. Vor allem aber plagte ihn die Angst, seinen Einsatz zu verpassen. Wenn er sie küssen sollte: wann und wie? Sollte er ihr gleich an den Busen fassen, und würde sie sich vor ihm ausziehen? Seine Gedanken jagten sich in engen Kreisen, ein Ergebnis kam nicht in Sicht. So geschah es dann, daß er sich nach Dienstschluss auf dem Parkplatz wiederfand. Sie kam nach ihm aus dem Altenheim, ging zu seinem Schrecken an ihm vorbei zu ihrem kleinen Geländewagen, stieg ein und ... öffnete ihm die Beifahrertür. Erleichtert hastete er heran, schlug sich das Knie an der spartanischen Tür an und hüpfte so schnell auf den Sitz, daß er beinahe auf sie gefallen wäre.

Die nächsten Minuten konzentrierte er sich auf seine Angst. Nun allerdings handelte es sich um eine andere Art von Angst. Sie fuhr den Wagen, als wartete für den Notfall an der Box ein Ersatzwagen. Schon die erste Kurve vom Altenheim weg nach Pelm hinein offenbarte ihre Gnadenlosigkeit gegenüber dem Auto. Sie drehte die Gänge aus, bis der Motor um Gnade winselte, rammte dann den nächsten Gang in die knirschende Kulisse und gab weiter Gas. Sie hielt sich an keinerlei Regeln, sondern fuhr beharrlich Vollgas. Tat sich ein Hindernis in Gestalt eines langsameren Fahrzeugs auf, so überholte sie ohne weitere Umstände, ob mit Sicht oder ohne, mit Gegenverkehr oder ohne. Er hatte den Eindruck, daß der Wagen ständig schwamm und schlingerte, doch wagte er nicht, etwas zu sagen. Wahrscheinlich hätte sie den Kopf zu ihm gedreht, und dieser winzige Moment der Ablenkung hätte sicherlich ihr sofortiges Ende bedeutet. Wider Erwarten ging alles gut, sie erreichten Hillesheim in Rekordzeit. Sie fand die Lücke auf dem von Schulkindern gefüllten Zebrastreifen, umkurvte einen Rollstuhlfahrer mit gelbem Käppi, der gerade mit hoher Geschwindigkeit die Bundesstraße herunterrollte und dabei etwas aus der Kurve getragen wurde und vermied es sogar, den alten Mann vor der Anlage für Betreutes Wohnen zu überfahren. Statt dessen erwischte sie eine seiner beiden Einkauftüten, die platzte und eine Wolke von Bierdosen freigab, die den alten Mann umwirbelte. Sie bremste hart und fast dachte er schon, daß sie sich um den Mann kümmern wollte. Doch dann bog sie scharf links ein, dann noch einmal links und kam vor einer Art Gartenhaus zum Stillstand. Sie stieg aus und schloß die Türe auf. Er folgte ihr mit weichen Knien. Das Gartenhaus bestand aus Holz und großen Fenstern, die aber allesamt mit dichten Vorhängen jeden Einblick verhinderten.

Er trat durch die Tür, woraufhin sie diese schloß und einen soliden Riegel vorschob. Er sah dies und runzelte die Stirn. Er hätte nie gewagt zu fragen, doch sie gab die Antwort ganz freiwillig: »Manchmal kommen Kinder und machen sich einen Spaß daraus, die Tür zu öffnen. Wir wollen doch ungestört sein, oder?«

Nun wurde ihm richtig heiß, mit hektischem Blick betrachtete er die Umgebung. Er stand inmitten eines großen Raumes, der Schlafzimmer, Wohnzimmer und Küche zugleich war. Nur eine einzige Tür gab es noch, vermutlich das Bad. Sie zündete gerade eine ganze Reihe Kerzen an, die auf schweren Ständern rund um das Bett angeordnet waren. Dadurch erhielt er einen Eindruck von der merkwürdig morbiden Einrichtung. Die spärlichen Möbelstücke, eine hohe Vitrine, zwei alte Eichenstühle, ein langer schmaler Tisch, ein Kleiderschrank aus Pinie, alles wirkte alt, gebraucht, abgeschabt, nicht auf alt getrimmt, sondern wirklich alt. Und dann das Bett. Es war aus Eisen, altem Eisen. Die Verzierungen der vier Pfosten erinnerten ihn an die Verschnörkelungen von Stuck-Fassaden Bonner Jugendstilvillen. Unendlich massiv stand es in der Mitte des Raumes, die schweren Daunendecken paßten perfekt. In sein halb betäubtes Betrachten drang ihre Stimme: »Ziehe Dich doch schon mal aus. Ich bin gleich soweit.«

Das ging aber schnell. Irritiert fasste er sich an die Stirn. Noch keine 14.00 Uhr, noch keine zwanzig Minuten vergangen, seit sie den Wechsel vom Kollegen zum Bekannten vollzogen, keine zehn Minuten, als er sich fragte, ob sie wohl ... Und nun wollte sie auf der Stelle. Er fasste es nicht. Sein Denken kam nicht mehr mit, er wußte nur noch eins: er würde diese Chance beim Schopfe ergreifen. Mit fliegenden Händen zog er sich aus und wühlte sich anschließend unter die schwere Decke. Keine Zeit blieb für sorgenvolle Bedenken, denn als ob sie es gehört hätte, öffnete sich die Tür zum Bad. Sie trat auf ihn zu, öffnete den Bademantel und dann stand sie da. Nackt. Schön. Lächelnd. In diesem Moment wäre jede Frau für ihn schön gewesen, und das lag nicht allein an der schlechten Beleuchtung. Doch diese hier entsprach all seinen Träumen. Schlank an Hüften und Beinen, trotzdem ein ordentlicher Busen und ein großer Hintern. Und sie war zehn Jahre älter. Zehn Jahre. Diese zwei Worte dröhnten wie Glocken in seinem Kopf. Sie legte sich tatsächlich zu ihm, jetzt spürte er auch ihre kalte, kleine Hand. Er dankte Gott auf Knien dafür, daß ihre Hand kalt war. Alle Sorgen, alle Ängste lösten sich auf und schwammen fort. Im Halbdunkel zwischen zugezogenen Vorhängen und flackernden Lichtern verlor er jede Vorstellung von Zeit. Allein seine fortschreitende Erschöpfung gab ihm den Hinweis, daß es lange dauerte, sehr lange. Erst genoss er es, ihre kühle bleiche Haut, ihre sanften Bewegungen, ihre klammernden Schenkel. Dann, nach den ersten Strapazen, wollte er mehr, er wollte, daß sie Geräusche machte. Er arbeitete hart dafür, aber sie lächelte immer nur. Sie stöhnte nicht, sie hechelte nicht, sie schwitzte noch nicht einmal. Das alles machte ihm allerdings nicht wirklich Probleme, er befand sich im Paradies.

Dann erreichte er zu seinem allergrößten Bedauern den Punkt, an dem er nicht mehr konnte. Er schwitzte enorm und alle seine Muskeln schmerzten, selbst der Muskel, der gar keiner war. Er ließ von ihr ab und ließ sich krachend auf den Rücken fallen. Während er noch nach Luft rang, erhob sie sich behende, so als ob nichts gewesen wäre, machte ein paar von den Kerzen aus und kam zurück. Nun also wollte sie wohl ein Nickerchen bei ihm machen. In seinem wohligen Rausch malte er sich bereits aus, was sie beide wohl nach dem Nickerchen anstellen würden. Sie hockte sich neben ihn, streichelte mit ihrer kalten, trockenen Hand sein Gesicht und hauchte lächelnd mit einer Stimme, in der nicht die winzigste Spur von Erschöpfung lag:

»So, mein Lieber. Du hattest gerade den Sex deines Lebens. Ich werde mich nun kurz im Bad vorbereiten und dann wirst du bezahlen.«

Der Rausch endete auf der Stelle. Ein kalter Schauer raste über seinen Rücken. Er wollte etwas erwidern, etwas fragen, doch wieder einmal dauerte es zu lange. Die Tür zum Bad schloß sich hinter ihr. Und im Bad begann sie tatsächlich zu singen. Verwirrt stand er auf und taumelte ziellos durch den Raum. Eine Hure! Sie liebte ihn gar nicht. Er diente ihr lediglich als Nebenerwerb. Wie konnte er nur so dumm sein? Niemand außer ihm wäre der Vorstellung aufgesessen, eine reife Frau würde einen peinlichen Grünschnabel in ihr Bett lassen, einfach aus Zuneigung. Er raufte sich die Haare über seine Dummheit. Während er im Geiste ihre möglichen Preisvorstellungen durchging, fiel sein Blick auf die hohe Vitrine. Vorhin war er zu aufgeregt gewesen, um sich näher mit ihrem Inhalt zu beschäftigen. Jetzt, abgelöscht wie er war, betrachtete er die dort ausgestellten Objekte, eigentlich beiläufig. Er sah den Inhalt, und wieder einmal quälte sich die Erkenntnis auf schwierigen Umwegen in sein Bewußtsein. Der Groschen fiel, und er setzte sich vor Schreck auf den Boden. Ein Keuchen entfuhr seinem weit geöffneten Mund. Widerwillig rückte er näher heran, um es ganz genau zu sehen. Kein Zweifel. Zur Sicherheit öffnete er ein Fenster und mit zitternder Hand griff er hinein, brachte es über sich, eines der Teile zu berühren. Mit einem leisen Aufschrei zog er die Hand wieder zurück. Kein Gummi, kein Latex, kein Scherz, alles echt. Ihm wurde kalt. Ihm wurde übel. Er zwang sich, aufzustehen, immer noch weigerte sich sein Hirn, die nötige Erkenntnis zu produzieren.

In der Vitrine lagen, er zählte zweimal, insgesamt zweiundzwanzig ... Ringfinger! Und an jedem Ringfinger war noch der Ehering aufgesteckt. In rasendem Entsetzen zuckte sein Blick zu seiner eigenen Hand. Natürlich. Wie blöde. Er war verlobt gewesen. Ganze drei Monate. Vor einem Jahre hatte ihn die blöde Ganz sitzengelassen. Und nur weil er danach keine andere Freundin finden konnte, nur weil er immer wieder an sie denken mußte, nur weil er hoffte, sie eines Tages zurückgewinnen zu können, trug er diesen verdammten Ring noch. Schweiß trat auf seine Stirn, viel Schweiß, dessen Kälte die eben noch alles erfüllende Hitze verdrängte. Er wollte nicht, aber er schaute wieder in die Vitrine. Sein Blick fiel auf die Schubladen ganz unten. Mit zitternden Händen öffnete er die erste und prallte zurück. Sie war bis oben hin gefüllt mit Ringfingern. Ringfinger mit Eheringen, alle kalt, tot, echt. In dem Dunst beginnender Panik erkannte er etwas. Mit spitzen Fingern schob er den Haufen etwas auseinander und zog einen bestimmten Ringfinger hervor. Eis rieselte seinen Rücken hinunter und an einer ganz ungünstigen Stelle bildete sich eine Gänsehaut. Diesen Ringfinger kannte er. Genau genommen kannte er den Ring. Ein breiter, goldener Ring mit zwei kyrillischen Buchstaben. Sein Hirn puzzelte und setzte die Teil zusammen. Wladimir Duda. Der Rußland-Deutsche, der auf der anderen Station als Hilfspfleger gearbeitet hatte. Immer fleißig, immer pünktlich. Vor sechs Wochen kam er nicht mehr. Keine Nachricht, keine Krankmeldung, kein nichts. Frau Bauchmüller, die Heimleitung, hatte getobt und eine fristlose Kündigung per Einschreiben geschickt. Herr Duda tauchte trotzdem nicht wieder auf.

Wirre Gedanken schossen ihm durch den Kopf. Er schätzte die Zahl der Finger, multiplizierte mit sechs Wochen und schüttelte den Kopf. Das konnte nicht stimmen, das ergab ja mindestens zwölf Jahre, und in die andere Schublade hatte er noch gar nicht geschaut. Dann mußte sie mehr als zehn Jahre älter sein, dachte er, und wurde sich gleichzeitig des puren Irrsinns bewusst, in dieser Situation so etwas zu denken.

Das Singen hörte auf. Die Tür öffnete sich und sie kam heraus, ihr Körper vollständig mit einem hautengen roten Latexanzug bedeckt. Vor wenigen Minuten noch hätte ihn die Gier angesprungen wie ein tollwütiger Wolf, doch jetzt floß nur das Eis des Entsetzens durch seine Adern. Sie lächelte ihn an, breiter noch als zuvor. Dennoch brachte er mit brüchiger Stimme eine Frage zu Stande, mit einer Hand vage und unsicher auf die Vitrine deutend:

»Haben die nicht bezahlt?«

Sie folgte seinem Blick, dann lachte sie glockenhell und erfrischend auf.
»Nein, mein Lieber, sie haben bezahlt, vollständig, prompt und ohne jede Gegenwehr. Ich hebe diese Teile nur auf. So eine Art Andenken.«
Ein Kloß wälzte sich vom Bauch in Richtung Hals. Wieso verspürte er das Gefühl eines sich nähernden Verhängnisses? Mühsam brachte er seine Frage hervor:
»Aber ... Warum hebst du ... Ringfinger auf? Echte Ringfinger. So viele Ringfinger?«
Sie lachte keck und antwortete offen und ohne alle Bedenken.
»Na, Du bist ja lustig. Wo soll ich denn damit hin? Stelle Dir doch mal vor, wie das wäre: Ich werfe die Teile in den Müll, und in der Verbrennungsanlage kullern sie von dem LKW herunter einem Arbeiter vor die Füße. Das gäbe ja eine schöne Panik. Nein, mein Lieber, die bleiben hier. Das ist am sichersten.«
Langsam spürte er das Verstehen in sich aufsteigen. Wie eine Dampfwalze kroch es heran. So viel Angst wie jetzt hatte er in seinem ganzen Leben noch nicht gehabt. Es reichte gerade noch für ein fast unhörbares Hauchen:
»Warum?«
Sie machte ein Gesicht, als müßte sie einem Kind erklären, warum man die Süßigkeiten an der Kasse bezahlen mußte.
»Weißt du, es ist ganz einfach. Ich hebe diese Finger auf, als Symbol ihrer Sünde. Ich bin eine von den Guten. Ich nehme nur die Bösen zu mir. Und diese kleine Sammlung ist der Beweis.«
Gleich würde er verstehen, doch er wollte nicht verstehen. Er wollte weg. Er konnte nicht weg. Seine Beine zitterten und sie stand im Weg. Sie lächelte noch offener, weidete sich an seinem Zittern und setzte gut gelaunt nach:
»Es tut mir wirklich leid, mein Lieber. Ich gestatte es mir nicht, einfach nur meinen Hunger zu stillen. Dann hätte ich dich bereits im Auto zu mir nehmen können. Auch wenn ich es dann ohne diese wunderbare Speisebekleidung hätte tun müssen. Ich aber verfüge über Stil und Anstand und lasse mich nicht zu Freßorgien hinreißen. Ich lege Wert auf Geschmack. Besonders beim Essen. Und nichts schmeckt bekanntlich so gut wie ein junger Mann ohne Fett, der nicht nach Rauch stinkt und nicht nach Bier. Vor allem jedoch ist das Adrenalin wichtig, es macht das Fleisch zart und butterweich. Die Angst, die du gerade verspürst, verleiht dir ein gewisses Maß an Würze, gerade richtig für meinen Gaumen. Und da du ein Fremdgänger bist, ist es nicht schade um dich.«
Er erkannte, daß es gleich soweit sein würde. Mit einer Art Tunnelblick saugte er die Tür ein. Einmal tief Luft holen und dann flankte er über das Bett, fiel auf der anderen Seite hin, rappelte sich hoch und hetzte zur Tür. Er versuchte gerade, den Riegel aufzuziehen, da fiel ihm ein Bergwerk auf den Rücken. Blitzartig brach er unter der Last zusammen, wurde herumgerollt und erkannte, daß es kein Bergwerk war. Während er verzweifelt versuchte, sie wegzuschieben, fragte er sich, wieso diese schmale kleine Frau soviel wog? Wieso hatte sie mehr Kraft als er? Wieso gelang es ihm nicht, ihren Griff zu lösen? Sie ein-

fach wegzuheben? Er kämpfte und kämpfte, und sie wehrte ihn ab wie eine lästige Fliege. Schließlich hatte sie genug. Sie gab ihm ein paar Ohrfeigen, daß er die Glocken dröhnen hörte. Atemlos gab er seine Bemühungen auf. Er konnte nicht mehr. Das Blut tobte durch die Adern und ließ ihn ihre Worte kaum verstehen.

»So, ich denke, das reicht. Es ist jetzt genug Adrenalin in deinem Fleisch. Du bist fertig. Es kann losgehen.«

Die Angst verwischte die Realität. Als sie näher kam, meinte er zu erkennen, wie ihre Augen sich veränderten. Sie sahen aus wie Katzenaugen in der Nacht, geschlitzt und rötlich leuchtend. Dann hörte er ein letztes Wort, herausgefaucht mit einer unbändigen Freude, wie kurz vor dem Orgasmus:

»Mahlzeit.«

* * *

Mit einem Schrei wachte er auf. Wirr blickte er sich um. Er lag in ihrem Bett, sie saß auf der Bettkante. Sie sah ihn milde lächelnd an.

»Schlecht geschlafen, mein Lieber? Nach so einer Nacht? Ich muß mich wundern.«

Er griff sich an den Kopf. Alles war so gewesen wie in seinem Traum, nur das Ende ... Da stand die Vitrine, da saß die Frau. Was sagte sie gerade?

»So, mein Lieber, du hattest gerade den Sex deines Lebens. Ich werde mich nun kurz im Bad vorbereiten und dann wirst du bezahlen.«

Der Schreck dröhnte in seinem Kopf. Sie stand auf. Keine Zeit, er mußte schnell etwas unternehmen. Mit Panik in der Stimme schrie er, kurz bevor sie die Badezimmertür erreichte:

»Ich muß dir was sagen!«

Sie winkte nur abwehrend. Die Tür war fast zu. Aus Leibeskräften schrie er:

»Ich bin gar nicht verheiratet! Ich trage den Ring nur wegen der Erinnerung!«

Die Tür schloß sich. Und ging wieder auf. Eine gar nicht mehr lächelnde Frau stand im Türrahmen und raunzte: »Nicht verheiratet? Auch nicht verlobt?«

Er schüttelte wild den Kopf und erklärte es ihr hastig. Sie wurde böse. Sie keifte. Dann sagte sie nur ein Wort: »Raus!«

Nie zuvor hatte er sich so schnell angekleidet. Er lief die elf Kilometer zu seiner eigenen Wohnung in Rekordzeit. Dann meldete er sich krank. Später erbrach er sich ausdauernd.

Als er nach vier Tagen wieder zum Dienst erschien, war sie weg. Die Heimleiterin tobte und schickte eine fristlose Kündigung. Doch sie tauchte nicht mehr auf.

Die Schlangenjungfrau

Carola Freiin von Eynatten

Als die Gewehrsfabrik auf der Brantenmühle noch im Betrieb war, stand dort auch ein junger Bursche aus Niederkayl in Arbeit, der den Heimweg stets über jene Anhöhe nahm, welche die ansehnlichen Überreste einer alten Burg, die sogenannte »Bürscheider Mauer«, trägt.

Als er nun einstmals im Zwielichte eines Augustabends an jene Stelle gelangte, wo sich ehedem das Burgthor befunden haben mußte, beschloß er, eine Weile zu rasten, und warf sich in das hohe Gras, von dem der Pfad umsäumt ward. Er lag jedoch erst ganz kurze Zeit an diesem Plätzchen, als er eine weiß gekleidete weibliche Gestalt erspähte, die gesenkten Hauptes zwischen den Mauertrümmern wandelte und auf ihn zukam. Erstaunt, hier ein reich gekleidetes Weib zu sehen, wo er bisher nur Arbeiter und Landleute aus Ober- und Niederkayl angetroffen hatte, richtete er sich ein wenig auf, um besser sehen zu können, wobei er bemerkte, daß die Einsame jung und wunderbar schön, doch auffallend bleich war.

Während er sich noch den Kopf zerbrach, wer sie wohl sein könnte, hatte sie schon sein Ruheplätzchen erreicht. Sie sah ihn mit einem ernsten traurigen Blick an und sagte:

»Hast Du Mut? Fühlst Du Dich stark genug, etwas zu unternehmen, was nicht jeder wagen würde?«

Der Jüngling nickte, er schaute ihr fest in die Augen und erwiderte:
»Ich fürchte mich nicht so leicht, und wenn ich Euch helfen kann und dabei weder gegen Gottes Gebote noch gegen die Menschen verstoße, so – «

»Was Du thun sollst, ist sogar ein verdienstliches Werk; es wird Dir reichen Himmelssegen und nicht wenige irdische Schätze einbringen – erlöse mich, seit siebenhundert Jahren bin ich in die Trümmer meines Vaterhauses gebannt, und erst heute in siebenhundert Jahren dürfte ich sie zum zweitenmale verlassen, wenn das Erlösungswerk mißlänge, welches jedesmal nur ein Jüngling versuchen darf!«

»Ach, wenn es weiter nichts ist, dazu bin ich gerne bereit, saget mir nur, wie ich mich anzustellen habe, um Euch den Frieden und die Ruhe zu verschaffen!« rief der junge Arbeiter.

»Du hast nichts zu thun, als mir einen Schlüssel aus dem Munde zu nehmen.«
»So gebet ihn her!«

»Ja, das ist es eben, nicht in der Gestalt, in der ich vor Dir stehe, darf ich ihn Dir darreichen; ich muß mich zuerst in eine Schlange verwandeln, deren Anblick und Berührung wohl den Mutigsten in die Flucht schlagen kann«, erwiderte das Fräulein kummervoll.

»Was Ihr da saget, schreckt mich nicht; denn nun weiß ich es ja, daß Ihr keine

wirkliche Schlange seid, und daß es nur ein böser Zauber ist, der Euch in eine solche verwandelt.«
»Du mußt aber den Schlüssel mit Deinem Munde fassen.«
»Auch das will ich thun, dient es zu Eurem Heil.«
»So ist es gut, und ich werde bald erlöst sein«, sprach die Gestalt. »Nun merke aber gut auf. Sowie Du den Schlüssel hast, gehest Du zu der Kellerthüre, die sich an der linken Seite des ehemaligen Schloßhofes befindet, sperrst sie mit dem Schlüssel auf und steigst hinab. Unten wirst Du drei Fässer finden, die sämtlich mit Gold und Silber gefüllt sind; den Inhalt der beiden ersten darfst Du für Dich behalten, den des dritten aber mußt Du an die Armen von Ober- und Niederkayl abgeben. Vergiß nichts von dem, was ich Dir gesagt habe, und denke daran, daß ich noch weitere sieben Jahrhunderte als Hüterin dieser Schätze ruhelos wandeln müßte, verlörest Du den Mut!«

Sie hatte diese Worte kaum gesprochen, als sie langsam in sich selbst zusammensank und plötzlich verschwand. In demselben Augenblicke jedoch bemerkte der Jüngling eine riesige, grauenhaft anzusehende Schlange mit einem großen Schlüssel im Maul, die sich von seinen Füßen aufwärts, an ihm hinanringelte. Der Angstschweiß trat ihm auf die Stirne, und es war ihm zu Mute, wie wenn das Blut in seinen Adern zu Eis erstarrte. So schauderhaft hatte er sich das von ihm geforderte Erlösungswerk nicht vorgestellt. – Endlich befand sich der Kopf des Ungetüms in gleicher Höhe mit dem seinigen. Er schloß die Augen, um diesen gräßlichen Anblick nicht länger ertragen zu müssen, und suchte den Schlüssel zu fassen. Dabei aber berührte seine Stirne die kalte Schuppenhaut der Schlange, und, von Entsetzen erfaßt, fuhr er zurück mit dem Ausrufe : »Jesus und Maria!«

Ein langgezogener Klageschrei wurde laut, und als er die Augen wieder öffnete, war alles verschwunden, die Schlange wie der Schlüssel; nur aus der Ferne, wie aus den Ruinen hervorbrechend, hörte man ein leises Weinen.

Wie von Furien gejagt, eilte der Jüngling nach seiner Hütte. Am andern Morgen lag er in den heftigsten Fieberträumen. Er wurde allerdings wieder gesund, aber den Anblick der Bürscheider Mauer konnte er nicht mehr ertragen, und da er weder Verwandte noch Freunde besaß, verließ er bald darnach für immer diese Gegend.

Silbermond

Harald Bongart

Am ersten Sonntag nach dem Jahreswechsel feierte der Pfarrer wie gewohnt das Hochamt. Als er sich während der Wandlung verneigte, fielen drei Blutstropfen auf die Hostien. Der Pfarrer erschrak sehr. Er drehte sich um. Mit hastigen Blicken suchte er die Reihen seiner Pfarrkinder ab, der ihm anvertrauten Schafe. Ängstlich formte sein Mund die Frage: ›Sind die Hochscheider nicht da?‹ Die Antwort aus der Menge gab den schlimmen Vorahnungen des Hirten zusätzliche Nahrung. Fahrig las er die Messe zu Ende. Danach sammelte er einige Männer um sich. Gemeinsam wollten sie auf dem Hof Hochscheid nach dem Rechten sehen. Als sie den Platz erreichten, fanden sie nur noch schwelende Trümmer. Von den Bewohnern jedoch war nichts zu entdecken.«

Der Erzähler ließ sich in seinen Sessel zurücksinken. Mit der Rechten führte er sein Weinglas an die Lippen, während die Linke, mit der er zuvor heftig gestikuliert hatte, jetzt ruhig auf seinem Knie lag. Für wenige Augenblicke war nur das Prasseln des nahen Kaminfeuers zu hören. Knisternd sanken einige der brennenden Scheite in sich zusammen. Er stellte das Glas auf dem kleinen Beistelltisch ab, neigte sich vornüber und griff mit der linken Hand in Richtung des vor dem Kamin aufgeschichteten Brennholzes. Nacheinander warf er drei Stücke Holz in das Feuer. Funken stieben, Asche wurde aufgewirbelt und sank langsam wieder auf den Schieferboden des Kamins nieder. Währenddessen hatte das silberne Kreuz, welches der Erzähler an einer schlichten Kette um den Hals trug, den Feuerschein reflektiert. Jetzt ruhte es wieder auf der schwarz betuchten Brust unseres Gastgebers.

Ich räusperte mich. Die beiden Herren, die zu meiner Seite saßen, wandten mir ihre Blicke zu.

»Ich nehme an«, so ließ ich mich vernehmen, »daß Ihnen der Priester, von dem Sie gerade berichtet haben, persönlich bekannt ist.«

»Nun«, antwortete der Geistliche zu meiner Linken, »offen gestanden, ist er mir sehr gut bekannt.«

»Offen gestanden«, schaltete sich der Pastor zu meiner Rechten ein, indem er den Tonfall seines Kollegen nachäffte, »sind die beiden sogar ein und dieselbe Person.«

Mein linker Nachbar senkte daraufhin seinen Blick in sein Weinglas, welches er wieder aufgenommen hatte.

Meinem Sitznachbarn zur Rechten blieb meine Verblüffung nicht verborgen.

»Und«, fragte ich unsicher, »Sie bringen den Untergang des Hochscheider Hofes mit dem Anlaß für die von mir zu führenden Untersuchungen in Verbindung, oder wie soll ich Ihre Geschichte verstehen?«

»Sie sagen es.« Er nickte heftig mit dem Kopf. »Es ereigneten sich hier in der

Gegend immer schon Dinge, die mit Mitteln der reinen Vernunft nicht zu erklären sind.«

»Pah«, warf sein Amtsbruder ein, »die Leute hier sind nur noch abergläubischer als in meiner Pfarrei, sonst nichts.«

»Aberglaube hin, Aberglaube her! Ich vertraue auf meine Wahrnehmung und ich sage Ihnen, es hat sich alles so ereignet, wie ich es beschrieben habe. Es geschehen hier Dinge, die nicht geheuer sind. Dinge, vor denen Sie als Stadtmensch sich besonders hüten müssen, weil Sie ihnen sonst wehrlos gegenüberstehen.«

»Ich bin nicht so wehrlos, wie Sie vielleicht glauben mögen. Sehen Sie«, erläuterte ich, »ich verfüge über recht beachtliche Körperkräfte und wo diese nicht mehr ausreichen mögen, greife ich auf etwas anderes zurück. Ich bin mit einem Pistol bewaffnet.«

Um meinen Worten Nachdruck zu verleihen, klopfte ich auf die linke Seite meiner Jacke, unter der ich die einläufige Waffe trug.

»Womit ist das Pistol geladen?« schaltete sich der andere Priester wieder ein.

»Mit Pulver und Blei, wie es üblich ist«, antwortete ich, ohne den Sinn der Frage richtig verstanden zu haben.

»Dann, so fürchte ich, wird es Ihnen nichts nutzen. Vorausgesetzt, Sie stehen dem Phänomen gegenüber, von dessen Existenz mein Amtsbruder felsenfest überzeugt ist.«

»Dinge, die man mit dem Verstand nicht begreifen kann, existieren auch nicht«, erwiderte ich schroff. »Ich bin jedenfalls nicht in diese unwirtliche Gegend gereist, um Hirngespinsten nachzujagen.«

Die beiden Priester warfen sich einen vielsagenden Blick zu. Es fehlte nur noch die Frage, ob ich an Gott glaubte oder nicht. Aber das spielte für sie ohnehin nur eine untergeordnete Rolle, da ich nicht katholisch, sondern protestantisch war.

Der Mann zu meiner Linken lenkte ein, indem er die Frage an mich richtete: »Wie lautet nun konkret Ihr Auftrag?«

»Vielleicht sollte ich einräumen, daß ich keinen direkten Auftrag habe. Es ist vielmehr eine Bitte, die ich zu erfüllen suche. Sie kennen den neuen Bürgermeister, Wilhelm Joseph Finkelnburg?«

»Ja, natürlich. Ein tüchtiger Mann. War zuvor Bürgermeister in Rösrath, ehe er nach Münstereifel kam.«

»Richtig. Und davor war er in Overath. Eigentlich aber stammt er wie ich aus Berlin. Dort hat er übrigens noch viele Freunde. Einer davon ist der Präsident der Königlich Preußischen Polizei. Und eben den hat er gebeten, einen fähigen Mann zu schicken, einen Vorfall zu untersuchen, den sich Finkelnburg nicht erklären kann. Allerdings wünscht Finkelnburg keine offizielle Untersuchung, sondern eher ... wie soll ich es ausdrücken ... ein paar Antworten auf Fragen, die er in einem inoffiziellen Abschlußbericht zusammengefaßt zu lesen wünscht.«

»Keine offizielle Untersuchung also und dennoch werden Sie eigens von

Berlin in die Gegend geschickt, die man abschätzig als ›Preußisch-Sibirien‹ bezeichnet. Das erscheint mir doch ein großer Aufwand.«

»Nicht ganz. Ich stamme zwar aus Berlin, wo ich auch in den Polizeidienst eintrat, aber vor nunmehr nicht ganz zwei Jahren wurde ich auf eigenen Wunsch nach Köln abgeordnet.«

»Freilich ist es von Köln bis in unsere Gegend nicht mehr weit.«

»Man reist seit der Fertigstellung der Provinzialstraße sogar recht schnell, zumindest nach Münstereifel. Wenn man sich vorstellt, daß man nunmehr in Köln den vierspännigen Schnellwagen besteigt um schon 24 Stunden später in Trier anzukommen, dann ist das irgendwie beeindruckend.«

»Zwischen Köln und Aachen fährt seit ein paar Jahren sogar der Dampfwagen und das gleich zweimal täglich.«

»Ja, Sie haben recht, Reisen wird immer einfacher, immer schneller, immer komfortabler. Wenn ich daran denke, wie ich als junger Geistlicher zu Fuß nach Ormont oder Harzheim gehen mußte ...«

Mit einer unwirschen Handbewegung schaltete sich jetzt wieder der Priester, der rechts von mir saß, in das Gespräch ein.

»Mit Verlaub, meine Herren, so interessant das Thema Reisen auch sein mag, wir sollten doch den eigentlichen Grund für die Anwesenheit von Herrn Thiemann nicht aus den Augen verlieren.«

»Sie haben recht«, sagte ich. »Um es also kurz auf den Punkt zu bringen: Meine Anwesenheit dient dazu, möglichst die Hintergründe für den Untergang eines Hofes zu ergründen. Hierüber soll ich Bürgermeister Finkelnburg berichten. Ich habe mich gestern bei ihm gemeldet und war über Nacht in seinem Haus zu Gast. Er machte mich mit Herrn Oberpfarrer Weber bekannt, der die Freundlichkeit besaß, mich zu Ihnen ...« – ich wandte mich an den Priester zu meiner Linken – »zu begleiten. Erst jetzt beginne ich zu verstehen, weshalb Herr Finkelnburg auf meinem Besuch bei Ihnen bestand.«

»Es gibt aus seiner Sicht dafür wohl viele Gründe«, sagte unser Gastgeber.

»Gute und weniger gute«, warf Oberpfarrer Weber ein.

»Nennen Sie mir doch bitte ein paar dieser Gründe«, bat ich.

»Nun, ich kenne diese Gegend wie meine Westentasche. Ich wurde in Münstereifel geboren und habe auf dem St. Michael-Gymnasium das Abitur abgelegt. Ich gehöre dem ersten Jahrgang an, der Dank Jakob Katzfeys Bestrebungen wieder ein vollwertiges Abitur an dem ehemaligen Jesuitengymnasium ablegen konnte. Die Menschen hier und ich, wir sprechen die gleiche Sprache.«

»Das ist zweifelsohne von Vorteil«, bemerkte ich.

»Und die Menschen und mein lieber Amtskollege Zinken sind auch vom gleichen Aberglauben überzeugt«, sagte Oberpfarrer Weber mit saurer Miene.

»Ich bringe den Menschen hier sehr viel Respekt entgegen. Sie verdienen ihn meiner Meinung nach, denn sie bestellen einen kargen Boden, dem sich kaum das zum Leben Notwendige abringen läßt. Manche geben auf und wandern aus. Sie fahren über den Ozean und versuchen in der Neuen Welt ihr Glück.

Diejenigen aber, die hierbleiben, nehmen jeden Tag aufs neue das Kreuz auf sich. Das imponiert mir.«
»Es imponiert Ihnen zurecht. Aber deshalb müssen Sie doch nicht gleich die Phantasien dieser Leute übernehmen.«
»Was meinen Sie konkret?« hakte ich nach.
»Nun«, ließ sich unser Gastgeber ein, »die Menschen hier auf den Dörfern sind von der leiblichen Existenz des Bösen überzeugt. Sie glauben zum Beispiel, daß hier in der Nähe ein ewiger Jäger umgeht, der nach dem Tod nicht Gottes Frieden gefunden hat. Sie glauben an Teufelserscheinungen, an Schätze, die man nur heben kann, wenn man während der dazu erforderlichen Arbeit nicht spricht. Sie glauben an Magie, Zauberei, den bösen Blick ...«
»Hexen«, ergänzte Oberpfarrer Weber, »Kobolde, Elfen, Werwölfe, und was weiß ich noch alles!«
»Wenn ich Ihren Zorn richtig deute«, unternahm ich den Versuch zu beschwichtigen, »so sind Sie von der Existenz dieser Phänomene nicht überzeugt.«
»Richtig, junger Mann. Das ist alles Humbug. Dafür ist in Gottes Schöpfung kein Platz. Das Böse existiert zwar in Form des Teufels, der aber den Menschen nur versuchen kann. Letztlich sündigt der Mensch aus freiem Willen, aus eigenem Willen. Für Hexen, die anderen Schaden zufügen können, ist da kein Platz.«
Es trat eine längere Gesprächspause ein. Diese nutzte unser Gastgeber, um unsere Gläser noch einmal mit dem schweren Rotwein von der Ahr zu füllen, den ich an diesem Abend schätzen lernte. Das knisternde Feuer und der Wein ließen mich den beschwerlichen Fußmarsch nach Effelsberg vergessen. Die ersten paar Kilometer war es nur bergan gegangen. Wir, das heißt Oberpfarrer Weber und ich, folgten dem Weg, der über die Delle und durch das Johannistor aus der Stadt Münstereifel hinausführte.
»Das ist der alte Pilgerweg zum Michelsberg«, erklärte Weber. »Seit undenklich langer Zeit schon pilgern nicht nur die Münstereifeler zu dieser Kapelle, die den Michelsberg krönt. Leider ist sie vor acht Jahren durch einen Blitzschlag in Brand gegangen und bis auf die Grundmauern abgebrannt.«
»Wird man sie wieder aufbauen?«
»Das walte Gott. Die Menschen in dem angrenzenden Dorf Mahlberg sind so arm, daß sich Gott erbarmen möchte. Wo es oft genug am Geld zum Überleben mangelt, da fehlt es erst recht, zum Wiederaufbau der Kirche.«
Er schwieg. Wir kamen in ein Dorf, dessen Name Rodert war.
»Dieser Weg wird der Effelsberger Weg genannt. Wir folgen ihm, bis wir zum Standbild des heiligen Antonius gelangen. Dort zweigt der Weg ab. Wir aber folgen nicht dem Weg nach rechts, der uns zum Michelsberg führen würde, sondern wir halten uns Richtung Effelsberg, wo wir auf Finkelnburgs Wunsch hin erst meinen Amtskollegen Zinken treffen. Übrigens, ganz in der Nähe ist ein Gehöft, das ... Ach, was. Das soll Ihnen Zinken berichten.«
Unter unseren Füßen knirschte der Schnee, die Kälte kroch unter meinen Mantel und machte sich tief in meinem Rücken breit. Unser Atem kondensierte

vor unseren Mündern. Als wir das vielhundertjährige Standbild eines Heiligen erreicht hatten, lag die Steigung hinter uns. Zu meinem Erstaunen knöpfte Weber seinen Mantel auf, entledigte sich seines rechten Fäustlings, den er einfach zu seinen Füßen in den Schnee fallen ließ, und fuhrwerkte mit seiner Hand in den Innentaschen herum. Als seine Rechte wieder zum Vorschein kam, hielt sie eine Steingutflasche, die mit einem Korken verschlossen war. Er führte die Flasche zum Mund, faßte den Korken mit den Zähnen und warf den Kopf nach hinten. Mit einem »Plopp« gab der Korken nach.

»Hier«, sagte er und reichte mir die Flasche, »ist gut gegen die Kälte.« Vorsichtig nahm ich den ersten Schluck. Der Schnaps war scharf, aber der Oberpfarrer hatte recht. Die Wärme stieg meine Kehle hinab. Ich spürte, wie sie meinen gesamten Körper durchrieselte und mir ein Gefühl des Wohlbehagens gab. Nach einem zweiten, tieferen Schluck, meinte Weber es sei genug. Dann trank er, verkorkte die Flasche und versenkte sie wieder in den unergründlichen Tiefen seines Mantels.

Kurz vor Einsetzen der Dämmerung erreichten wir schließlich Effelsberg, wo uns der Pfarrer Zinken freundlich empfing. Seine Haushälterin hatte uns Brot, Käse und selbst eingelegte Zwiebeln bereitgestellt, die wir mit großem Appetit zu uns nahmen.

Nach Beendigung unseres Abendbrotes bat uns der Pfarrer an den offenen Kamin in der Stube, wo wir auf drei bequemen Stühlen mit Armlehnen Platz nahmen. Dann kredenzte er den mir bis dato unbekannten Ahrwein.

»So sind also«, resümierte ich, »der Hof, dessen Untergang zu ergründen Bürgermeister Finkelnburg mich bat, und der Hochscheider Hof aus der Erzählung des Herrn Pfarrers Zinken identisch.«

Beide Priester nickten.

»Aber«, fuhr ich fort, »während Herr Finkelnburg die Angelegenheit nur aufgeklärt wissen möchte, ist Herr Pfarrer Zinken davon überzeugt, etwas jenseits unserer Vorstellungskraft habe den Hof zerstört, was hingegen Herr Oberpfarrer Weber energisch bestreitet.«

»Ja«, pflichtete mir Weber bei, »so kann man es sagen.«

»Wieviele Menschen lebten denn auf dem Hochscheider Hof?«

»Fünf. Ein Elternpaar mit seinen drei Kindern.«

»Und niemand weiß, wo sie abgeblieben sind? Seltsam.«

»Es stimmt, es ist seltsam. Aber nirgendwo war eine Spur der Hochscheider zu entdecken.«

»Wie bewerten Sie denn diese Geschichte?« wandte ich mich an Oberpfarrer Weber.

Weber wog den Kopf hin und her und sprach dann bedächtig:

»Für mich kommen nur zwei Möglichkeiten ernsthaft in Betracht. Entweder sind die Hochscheider ausgeraubt und verschleppt worden, was ich aber eher für unwahrscheinlich erachte, oder aber sie haben ihren Hof selbst angezündet und sind in jener Nacht in die Neue Welt aufgebrochen.«

»Was aber auch nicht sehr wahrscheinlich klingt«, warf Zinken ein.

»Aber Ihre Mutmaßung«, giftete Weber zurück, »ist der Gipfel der Torheit.«

»Es ereignete sich am 6. Januar. Das ist die letzte der dreizehn Rauhnächte«, verteidigte sich Zinken.

»Augenblick bitte, meine Herren«, warf ich ein. »Was bitte sind die dreizehn Rauhnächte?«

»Die dreizehn Nächte zwischen Heiligabend und dem Dreikönigstag. Dann hat das Böse besondere Macht auf Erden. Dann ereignen sich Dinge, die die Menschen nur abwenden können, wenn sie vorbereitet sind.«

Zinkens Stimme ließ keinen Zweifel daran, daß er von seinen Ausführungen fest überzeugt war. Weber hingegen schüttelte nur resignierend den Kopf.

»Gibt es denn Anzeichen oder Belege für die eine oder andere der geäußerten Theorien? Hat man zum Beispiel den Hof untersucht, eventuelle Spuren gefunden, Fußstapfen, Radspuren oder dergleichen?«

»Ich befürchte«, sagte Zinken kleinlaut, »daß die Männer und ich auf unserer Suche nach den Hochscheidern alle Spuren verdorben haben, die einen Aufschluß zugelassen hätten. Leider waren wir alle sehr aufgewühlt und – ich räume es nur ungern ein – auch sehr kopflos.«

»Und bis heute haben Sie Ihren Kopf in dieser Hinsicht auch noch nicht wieder gefunden.«

Zinken erwiderte hierauf nichts, aber der Blick, den er Oberpfarrer Weber zuwarf, sagte auch so genug.

»Ich glaube«, sagte ich, »es ist an der Zeit, zu Bett zu gehen. Wie wir die Sache auch drehen und wenden mögen, wir werden heute abend doch nicht mehr zu einem Ergebnis gelangen. Ich werde mir morgen bei Tageslicht die Ruinen des Hochscheider Hofes ansehen. Nach Möglichkeit möchte ich auch mit den Männern sprechen, die Sie damals zum Hof begleitet haben. Ich wäre Ihnen für Ihre Unterstützung sehr verbunden, und ich glaube, dies auch im Namen von Bürgermeister Finkelnburg sagen zu dürfen.«

»Selbstverständlich stehe ich Ihnen zur Verfügung. Morgen früh werde ich Sie zum Hochscheider Hof begleiten und am Nachmittag ist die Zeit, Ihnen einige der Männer vorzustellen, die gemeinsam mit mir den Hochscheidern die vergebliche Hilfe zu bringen hofften.« Zinkens Stimme klang sehr feierlich.

»Ich für meinen Teil«, sagte Oberpfarrer Weber, »werde mich morgen schon sehr früh auf den Weg zurück nach Münstereifel machen. Morgen ist Samstag, da habe ich neben dem Abendgottesdienst am Nachmittag noch Beichte zu hören.«

Mein Nachtlager war sehr provisorisch. Zinkens Haushälterin hatte einige Säcke mit Stroh gefüllt und auf dem Boden einer Kammer zu einer Art Unterlage – von einem Bett mag ich nicht reden – zusammengelegt. Darüber hatte sie ein Bettlaken aus grobem Leinentuch gebreitet. Ein mit Heu gefüllter Kopfkissenbezug lag an einem Ende der Bettstatt. Als Zudecke waren ein weiteres Bettlaken und zwei grobe Wolldecken gedacht. Die einzigen echten Möbel in dieser Kammer waren ein Stuhl, über den ich meine Kleidung legte, und ein

Tisch, auf dem eine Kerze stand. Bevor ich mich schlafen legte, stattete mir Zinken noch einen Besuch ab.

»Ich bitte um Vergebung«, sagte er, »aber mehr Komfort vermag ich Ihnen nicht zu bieten. Aus Berlin und Köln sind sie sicher besseres gewohnt.« Das war in der Tat so, aber ich konnte ihm daraus unmöglich einen Vorwurf machen.

»Seien Sie unbesorgt«, erwiderte ich, »Ihre Gastfreundschaft und Hilfsbereitschaft weiß ich zu würdigen. Ich bin überzeugt, hier das Maß an Komfort zu erhalten, welches man mir in einem Dorf wie Effelsberg zu geben vermag.«

»Es freut mich, daß Sie es von dieser Seite sehen. Ich stelle Ihnen noch eine Waschlampette auf den Tisch. Leider habe ich feststellen müssen, daß wir nur einen Spiegel im Hause haben. Wenn Sie sich also morgen früh rasieren möchten, so ...«

»Bitte keinen unnötigen Aufwand«, unterbrach ich ihn, »in meiner Reisetasche habe ich neben meinem Rasierzeug auch einen kleinen Spiegel obenauf gepackt.«

»Gut.« Er lächelte mich an. »Das Frühstück werden wir gegen acht Uhr nehmen. Dann können wir bei Morgenlicht den Gang zum Hochscheider Hof antreten. Oberpfarrer Weber wird uns übrigens begleiten, denn es liegt auf seinem Weg. Ich wünsche Ihnen eine angenehme Nachtruhe. Schlafen Sie wohl.«

Ich erwiderte seinen Nachtgruß. Mit einer Verbeugung verließ er die Kammer und schloß die Tür.

Leider war die Kammer, die im ersten Obergeschoß lag, durch den Kamin in der Stube nur unzureichend erwärmt. Es blieb mir nichts anderes übrig, als mich – einer Mumie gleich – in die Decken einzurollen. Die Kerze hatte ich zuvor gelöscht. Sie lag jetzt in meiner Reichweite, gleich neben meinem Feuerzeug auf dem Boden. Daneben hatte ich das Pistol gelegt. Warum ich dies tat, vermag ich nicht zu sagen. Durch die Ritzen der Fensterläden fiel das Mondlicht. Es erhellte das Zimmer soweit, daß ich die Konturen des Stuhls und des Tisches deutlich erkennen konnte. Ein Sturm war aufgezogen, der jetzt mit eisigen Böen über die Eifel fegte. Die Holzbalken im Haus knarrten und ächzten. Es war, als wollte ein einsamer Wanderer gegen den Wind ankämpfen, der ihm den Atem mal in die Lungen zurücktrieb und so das Ausatmen unterband, dann wieder so scharfe Frischluft ihm entgegenschleuderte, daß der geschöpfte Atem in der Kehle brannte und bis in die Lungenspitzen schmerzte. Das Haus schien mir in diesen Augenblicken ein lebendiges Wesen, welches sich mit verzweifeltem Mut einem übermächtigen Gegner entgegenstemmte. Nichtsdestotrotz schlief ich nach einer Weile ein.

Ich weiß nicht, wie lange ich geschlafen hatte, als ich durch ein Geräusch geweckt wurde. Das Haus ächzte weiterhin, aber es trotzte dem Sturm tapfer. Ein heftiges Klopfen oder besser noch Schlagen war in meiner unmittelbaren Nähe zu vernehmen. Auf dem Boden und auf meiner Bettstatt zeichneten sich bedrohliche Schatten ab. Klauen und weit aufgerissene Mäuler schnappten nach einem imaginären Gegner. Ich stand auf. Die Kälte nahm mich unvermittelt in ihren Griff. Ich öffnete das Fenster und versuchte, die beiden Läden, die der Sturm geöffnet hatte, wieder zu schließen. Draußen vor dem Pfarrhaus jagten dunkle Schatten umher. Leise vor mich hin fluchend gelang es mir endlich, die Läden wieder zu verschließen. Ich war von Kopf bis Fuß durchfroren, als ich mich erneut in meine Decken eindrehte.

Am nächsten Morgen weckte mich ein zaghaftes Klopfen an der Kammertür. Ich rieb mir den Schlaft aus den Augen, bevor ich »Herein« rief.

Zinken trat ein und wünschte mir einen guten Morgen. Er sagte, das Frühstück sei bald angerichtet. Ich dankte ihm und erhob mich. Als erstes öffnete ich die Fensterläden. Die Kammer hatte, wie ich jetzt erst bemerkte, nur drei kleine Fensteröffnungen. Ich griff nach der Kanne, um das Wasser für die Morgenreinigung in die Waschschüssel zu geben und mich anschließend zu rasieren. Kein einziger Tropfen ergoß sich in das Porzellan. Das Wasser war in der Kanne gefroren. Da mir nichts anderes übrig blieb, zog ich meine klamme Kleidung an, nahm die Waschlampette nebst Rasierzeug und begab mich nach unten. Zinkens Haushälterin hatte das Frühstück in der Küche angerichtet, die sich auf der Rückseite der Stube befand. Da ich die Küche nunmehr zum erstenmal betrat, bemerkte ich, daß die mittlere, tragende Wand aus Stein gebaut war und man den Kamin so angelegt hatte, daß er sowohl für die Küche als auch für die Stube als Heizung diente. Lediglich zwei Eisenplatten, die man Rücken an Rücken in den Kamin gestellt hatte, vermittelten den Eindruck, es handele sich um zwei Kamine. Die beiden Eisenplatten waren übrigens kunstvoll gearbeitet. Eine zeigte als Motiv die Hochzeit zu Kanaa, während die andere das Gleichnis vom reichen Prasser zum Motiv hatte. In der Küche hingen – an einem runden Balken befestigt – drei sägeartige Vorrichtungen, deren unteres Ende zu einem Haken gekrümmt war, in den man die Kessel einhängte. Verlegen füllte die Haushälterin, eine kleine Frau von undefinierbarem Alter, mit einer Schöpfkelle etwas heißes Wasser in eine Zinnschüssel, welchem sie dann kaltes Wasser beimischte. Sie bat die beiden Geistlichen aus der Stube in die Küche, wo die beiden Herren mit ihrem Frühstück begannen, während ich mich in der Stube wusch und rasierte.

Das Frühstück entschädigte für die Unannehmlichkeiten der Nacht. Neben warmer Milch servierte Zinkens Perle uns Blaubeerpfannkuchen, die vorzüglich waren. Während ich mit gutem Appetit zulangte, nahmen die beiden Geistlichen immer zögerlicher. Langsam wurde mir klar, daß die Pfannkuchen nicht die Regel, sondern die Ausnahme am Tisch des Pfarrers waren und so endete unser Frühstück in einer Verlegenheit.

Ich entschuldigte mich für meinen Fauxpas und bat die Herren, mich in fünf Minuten zurückzuerwarten. In der Kammer richtete ich meine Sachen und steckte vor allem das Pistol wieder ein.

Der Marsch zum Hochscheider Hof verlief schweigend. Das Gehöft lag in unmittelbarer Nähe zu der Heiligenfigur im Wald, bei der Weber und ich am

Vortag Rast gemacht hatten. Der Sturm der letzten Nacht hatte Webers und meine Spuren größtenteils verweht. Harscher Schnee knirschte unter jedem unserer Schritte. Weber verabschiedete sich von uns. Gemeinsam mit Zinken ging ich nun zum Gehöft. Wenig war vom Hochscheider Hof übrig geblieben. Zinken berichtete mir, das Haus sei ebenso wie die Scheune aus Fachwerk gebaut gewesen. Vom Wohnhaus waren noch einige Balken und der Steinfußboden im Herdraum erhalten geblieben. Vergeblich suchte ich einen Stall, bis Zinken mir den unmittelbar an die Küche angrenzenden Raum zur Linken zeigte. Mit einem Abstand von vier Wochen war auf Spuren nicht mehr zu hoffen. Was Zinken und sein Hilfsaufgebot nicht zertrampelten, hatten der Schneefall der Vorwochen und der Sturm der vergangenen Nacht gründlich verdorben.

»Hatte das Haus keinen Keller?«

»Nein«, antwortete Zinken.

»Von Oberpfarrer Webers Erklärungsversuchen halten Sie nichts?« wollte ich noch einmal wissen.

»Nein, absolut nicht«, schüttelte Zinken den Kopf. »Die Hochscheider waren zwar arm und verschuldet, aber absolut ehrlich. Ich traue es Ihnen nicht zu, den eigenen Hof in Brand zu setzen und auszuwandern, ohne mit ihren Gläubigern eine Vereinbarung zu treffen.«

»Sind Sie da ganz sicher?«

»Ich bin mir ganz sicher. Zwei der Hauptgläubiger waren mit dabei, als wir die Trümmer hier fanden.«

»Und der zweite Vorschlag Webers?«

»Der Überfall und die anschließende Verschleppung? Räuber hat es vor ungefähr zwei Generationen noch hier in der Gegend gegeben. Johann Müller aus Schönau war einer. Gerissen und dabei vollkommen skrupellos. Diebstahl, Raub, Erpressung, Brandstiftung, Totschlag, Mord. Müller hat nichts ausgelassen.«

»Was ist aus ihm geworden?«

»Man hat ihn guillotiniert. Und von Nücken Pitter aus der Mutscheid hat sich jede Spur verloren. Es heißt, er sei damals von den Franzosen zu einer Galeerenstrafe verurteilt worden. Seither hat man nichts mehr von ihm gehört.«

»Wer war dieser Nücken Pitter?«

»Ein Räuber. Gebürtig aus der Mutscheid. So nennt man die Gegend um das Kirchdorf Mutscheid.«

»Sie bleiben also bei Ihrem Erklärungsversuch? Ich persönlich finde ihn sehr vage. Ehrlich gestanden überzeugt er mich weniger als Oberpfarrer Webers Ausführungen.«

»Nun, wir sind jetzt unter uns. Weber ist zurück auf dem Weg nach Münstereifel und ich kann daher freier sprechen.«

»Ich bitte Sie darum. Wenn es Ihnen möglich ist, bitte ich auch um eine präzisere Darstellung.«

»Gut. Es begann vor ein, vielleicht auch zwei Jahren. Ich war erst seit gut einem Jahr Pfarrer in Effelsberg. Das neue Pfarrhaus, in dem Sie ja die letzte Nacht verbrachten, war gerade fertiggestellt. Da berichtete mir meine Haushälterin von einer Beobachtung, die einer ihrer Verwandten gemacht hatte. Dieser wollte des Nachts einen ungewöhnlich großen Hund beobachtet haben, der um das Pfarrhaus strich.«

»Mit Sicherheit ist er einem Trugbild aufgesessen. Letzte Nacht hat der Sturm einen der Fensterläden in der Kammer aufgestoßen und der Wind hat gemeinsam mit den Bäumen und dem Mondlicht eine grausige Jagd wilder Tiere vorgegaukelt.«

»Hoffen wir, daß es so war. Es wollen aber auch andere diesen Hund während anderer Nächte gesehen haben.«

»Am Tage ist er doch wohl auch gesehen worden?« warf ich etwas verärgert ein.

»Nein«, erwiderte Zinken ganz ruhig, »nur während der Nacht.«

»Da stellt sich die Frage nach der Wahrheit kaum noch. Wer will schon darauf schwören, daß er diesen Hund tatsächlich gesehen hat, nachts, wo mancher noch die Dinge kaum so wahrnimmt, wie sie bei Tageslicht betrachtet sind.«

»Ich räume ein, daß Sie zu einem gewissen Grade recht haben. Aber betrachten Sie die Dinge doch einmal bei Mondlicht«, forderte mich Zinken auf.

»Was wollen Sie damit andeuten?«

»Der schwarze Hund ist nur in den Vollmondnächten gesehen worden. Jeder, der ihn sah, würde darauf jeden heiligen Eid schwören und einem jeden meiner Pfarrkinder würde ich diesen Eid glauben.«

»Und der Tatsache, daß dieses ... Tier nur bei Vollmond gesehen wurde, messen Sie nun besondere Bedeutung zu?«

»In der Tat«, bekräftigte Zinken.

Ich wurde immer ungeduldiger. Es war mir noch immer nicht klar, worauf Zinken eigentlich hinauswollte und ich scheute nicht davor zurück, es ihm recht schroff zu vermitteln.

»Nun«, meinte Zinken, »da Sie anscheinend das offene Wort lieben: Ich glaube, daß es sich bei diesem schwarzen Hund nur bei Vollmond um ein Tier handelt, um einen Wolf, wenn man es ganz genau sehen will. Außerhalb der Vollmondnächte ist er ein Mensch wie Sie und ich.«

»Ein Werwolf?« fragte ich verblüfft.

»Ein geweihter katholischer Priester glaubt an die Existenz eines Werwolfs?« Ich konnte es einfach nicht fassen.

Zinken senkte den Blick, dann hob er den Kopf, sah mir fest in die Augen und sagte im Brustton der Überzeugung: »Ja!«

Nur dieses eine Wort. Sollte ich diesen Geistlichen nun für übergeschnappt halten? Er machte auf mich überhaupt nicht den Eindruck eines Mannes, den alle guten Geister verlassen hatten.

»Hören Sie, es muß für dies alles eine logische Erklärung geben. Der Hund – wenn er denn überhaupt existiert und kein Phantasiegeschöpf hungernder Bauern ist – kann ein verwilderter Hofhund sein. Vielleicht ist sogar ein Wolf aus den nahegelegenen Ardennen in diese Gegend übergewechselt. Aber ein Werwolf? Ein Fabelwesen?«

»Glauben Sie nicht an Wahrheiten, die außerhalb Ihrer Schulbildung liegen? Der Glaube an Menschen, die sich unter bestimmten, bösen Vorzeichen in Wölfe verwandeln und ihren Mitmenschen zur tödlichen Gefahr werden, ist so alt wie die Menschheit selbst. In allen Kulturkreisen finden Sie dafür Belege.«

»Homo homini lupus«, sagte ich leichtfertig und Zinken strafte mich mit einem finsteren Blick.

»Ich finde keinen Anlaß, worüber es lohnt, Witze zu reißen«, sagte er streng.

»Entschuldigen Sie, es war nicht so gemeint.«

»Sie sind trotz allem nicht zu überzeugen, wie ich sehe. Dabei ist die Gefahr größer denn je. Heute nacht ist wieder Vollmond. Bisher hatte sich der Werwolf – und so werde ich ihn auch weiter nennen – nur in der Nähe von menschlichen Behausungen herumgetrieben, vielleicht Wild, vielleicht auch Weidevieh gerissen, aber vor vier Wochen hat er zum ersten Mal Menschen getötet. Warum sonst sollten die Hochscheider wie vom Erdboden verschluckt sein?«

Auf diese Frage fiel mir keine plausible Antwort ein.

»Hier liegt ein Problem vor, das zu lösen ist. Wissen Sie was, ich gehe jetzt direkt nach Münstereifel zu Bürgermeister Finkelnburg und lasse mir einen Feldhüter zur Seite stellen. Nach dem Mittagessen bin ich zurück und dann werde ich mit einigen Männern sprechen, die Sie seinerzeit nach hier begleitet haben. Bitte bestellen Sie sie für ungefähr halb drei ins Pfarrhaus. Dann sehen wir weiter.«

»Seien Sie doch nicht so stur«, beschwor mich Zinken, »auch der Feldhüter kann Ihnen nicht weiterhelfen.«

Aber so sehr er auch in mich zu dringen suchte, so wenig Zugang fanden seine Worte. Ich glaube heute sagen zu dürfen, daß in mir einfach der Jagdinstinkt geweckt war. In Polen hatte ich mehrfach an Wolfsjagden teilgenommen. Wenn es tatsächlich einen Wolf in diesen Teil der Eifel verschlagen hatte, dann wollte ich alles daran setzen, das Tier zu jagen und zu erlegen. So trennte ich mich also von Zinken und eilte durch den Schnee nach Münstereifel.

Bürgermeister Finkelnburg empfing mich in seiner Privatwohnung. Mit dem Bericht, den ich ihm erstattete, schien er keineswegs zufrieden. Und als ich von dem möglichen Wolfsproblem erzählte, verfinsterte sich seine Miene noch stärker.

»Es ist eine Krux. Ich habe um Ihre diskrete Untersuchung gebeten und jetzt bringen Sie mir einen Zwischenbericht, der nichts enthält, was mir nicht schon zuvor bekannt gewesen wäre. Damit nicht genug, bringen Sie einen neuen Sachverhalt bei, der, wenn er denn zutreffen sollte, ein neuerliches Problem aufwirft. Ich kann damit keineswegs zufrieden sein«, brummte er.

»Ich hoffe, Sie in Kürze vollends zufrieden stellen zu können. Im Augenblick jedoch gilt es von meiner Seite aus zwei Dinge zu prüfen, die nicht zwingend miteinander verknüpft sein müssen, die jedoch jedes für sich genügend Anlaß für Unruhe in Ihren Höhenlagen bieten. Man sollte einem jeden gezielt auf den

Grund gehen und die Übel mit der Wurzel entfernen.«
»Sie könnten recht haben. Was gedenken Sie als nächstes zu unternehmen?«
»Ich möchte – mit Ihrer Erlaubnis – in Begleitung eines bewaffneten Feldhüters nach Effelsberg zurückkehren. Dort möchte ich einige Männer vernehmen und mich dann zur Ruine auf dem Michelsberg wenden. Meiner Ansicht nach hat ein Wolf dort ideale Bedingungen für einen Unterschlupf.«
»Gut«, sagte Finkelnburg. »Ich lasse nach dem Feldhüter Kastenholz schicken Er wird Sie in einer halben Stunde begleiten können. In der Zwischenzeit bitte ich Sie, an meiner Tafel Platz zu nehmen und sich zu stärken.«

Nach einem hastig eingenommenen Mittagsmahl begleitete mich der Feldhüter Kastenholz, ein recht großgewachsener Mann mit dichtem, braunen Haar und buschigen Augenbrauen, zurück nach Effelsberg. Wir wählten nicht den Weg über Rodert, sondern gingen Richtung Eicherscheid, um hinter dem Ort in eines der Seitentäler einzubiegen.

»Ich wähle diesen Weg bewußt«, erklärte Kastenholz, »obwohl er etwas länger als der Weg über Rodert ist. Wir wenden uns jetzt dem Dorf Mahlberg zu und steigen zum Michelsberg hinauf, dessen Ruine Sie ja untersuchen wollen. Von dort gehen wir über Reckerscheid durch das Tal nach Effelsberg.«

Mit der Route war ich einverstanden. Unterwegs ließ ich mir von Kastenholz erzählen, was ihm über Wölfe in dieser Eifelregion bekannt war. Bedächtig begann er zu erzählen:

»Im vorigen Jahrhundert war die Wolfsplage weitgehend zu handhaben. Hin und wieder wurden Kopfjagden im Flamersheimer Wald durchgeführt. Das ist der Wald, der an den Effelsberger und Münstereifeler Wald angrenzt. Erst in der unseligen Franzosenzeit nahmen die Wölfe dann überhand. Vieles, was zuvor geordnet war, geriet durch die Franzosen in Unordnung. Die Wölfe wurden nach meinem Dafürhalten nicht mehr ausreichend bejagt. Den neuen Herren war's gleich, solange sie nur genug Geld aus Land und Leuten pressen konnten. Erst als man das Problem nicht mehr übersehen konnte, wurden die Wölfe wieder stärker bejagt. Besonders als die Franzosen dann von den vereinten Preußen, Russen und Österreichern aus dem Rheinland vertrieben wurden, mehrten sich die Wölfe wieder. Es schien, als hätten sie in der Nähe der Armeen ein extra gutes Auskommen.«

»Haben Sie selbst an Wolfsjagden teilgenommen?«
»Des öfteren, aber das liegt nun schon fast zwanzig Jahre zurück. Ich war damals noch ein junger Mann, noch kein Feldhüter und ich gehörte deshalb immer den Treibern an. Gerne würde ich einmal selbst auf einen Wolf anlegen.«
»Versprechen kann ich es nicht, aber vielleicht bietet sich Ihnen bald die Gelegenheit.«

Kastenholz nickte stumm. Wir konnten jetzt im verschneiten Hang das Dorf Mahlberg liegen sehen. Einige wenige Häuser waren der Straße entlang aufgereiht. Bei den älteren handelte es sich noch um Wohnhäuser, in die der Stall für das Vieh mit einbezogen war. Vereinzelt waren Scheunen zu erkennen. Auf den

ersten Blick machte das Dorf einen ärmlichen Eindruck. Als wir den Ortsrand erreicht hatten, wurde ich an einem der Häuser einer Gestalt gewahr. Ich versuchte, mich durch ein Zeichen bemerkbar zu machen, weil ich die Person zu sprechen wünschte. Aber der kleine, verhutzelte Mann ließ sich nicht beirren, und lud statt dessen weiter Brennholz – wenige dicke Holzstücke und um so mehr dürre Äste – in seinen Korb. Noch bevor ich ihn erreichen konnte, hatte der Alte den Korb gefüllt und dem Schuppen den Rücken gekehrt, um wieder in seinem Häuschen zu verschwinden.

»Nehmen Sie es den Leuten nicht übel«, versuchte Kastenholz mich zu beschwichtigen. »Sie haben unter den Franzosen Not gelitten. Danach zehrte eine Hungersnot sie aus. Sie sind allen Fremden gegenüber mißtrauisch.«

»Wir gehen jetzt zu dem Haus, dann klopfen wir und wird uns nicht geöffnet«, zischte ich, »so verschaffen wir uns mit Gewalt Zutritt.«

»Wenn Sie es so wünschen, wird es so gemacht, obwohl es mir nicht ratsam erscheint.«

Ich trat an die Tür heran und schlug mit der flachen Hand auf das Holz. »Heda! Öffnen! Sofort!«

Es rührte sich nichts. Schließlich ballte ich beide Hände zu Fäusten und hämmerte zornig gegen die Tür. Im Hausinneren konnte ich jetzt schlurfende Schritte vernehmen. Die Tür wurde entriegelt, es öffnete sich jedoch nur die obere Hälfte. Ein bärtiges Gesicht eines Mannes unbestimmbaren Alters schob sich durch die Öffnung. Es blickte mich finster an und knurrte dann ein paar mir gänzlich unverständliche Laute. Mir erschien es wie das Knarzen eines ausgedorrten alten Baumes. Kastenholz schlüpfte grinsend in die Rolle des Übersetzers: »Er möchte wissen, womit er Ihnen dienlich sein kann.« Die Übersetzung klang sehr viel freundlicher als der Originalton.

»Ich möchte wissen, ob wir eintreten dürfen. Es spricht sich in der warmen Stube sicherlich besser als hier in der Kälte.«

Mit sichtbarem Widerwillen öffnete der Mann jetzt die gesamte Tür. Gemeinsam mit dem Feldhüter Kastenholz betrat ich den Raum, der durch einen Kamin erwärmt und beleuchtet wurde. Rauchgeschwängerte Luft machte mir das Atmen schwer. Neben dem Bärtigen konnte ich in dem Raum den Alten ausmachen, der mir eben schon beim Holzholen begegnet war und jetzt in einem breiten Stuhl mit Armlehnen Platz genommen hatte, sowie eine unscheinbare Frau, die am Tisch auf einer Holzbank saß und einen Säugling stillte. Unter dem Tisch hockten auf dem festgetretenen Lehmboden zwei Kinder, die ihr Spiel eingestellt hatten und mich anstarrten, als sei ich ein Wesen aus einer anderen Welt. Niemand kam auf den Gedanken, mir einen Sitzplatz anzubieten und so blieb ich mit Kastenholz in der Nähe der Tür stehen.

»Ich wünsche einen guten Tag«, sagte ich. »Mein Name ist Thiemann, ich komme aus Berlin und bin ein Gast des Bürgermeisters Finkelnburg.«

Der Bärtige rotzte sich in die bloßen Finger und schüttelte den Schleim anschließend auf den Boden. Wiederum übernahm Kastenholz die Übersetzung der Laute, die dann folgten. »Er sagt, der Bürgermeister sei tüchtig, obgleich er von Berlin und den Preußen nicht viel halte.«

»Sagen Sie ihm«, bat ich Kastenholz, »daß ich wissen möchte, ob ihm oder anderen Bewohnern des Dorfes etwas über das Verschwinden der Hochscheider bekannt ist. Er muß sie doch gekannt haben.«

Der Bärtige schüttelte nur den Kopf. Ich überlegte mir, ob ich nicht mit größerer Aussicht auf Erfolg einen Eichklotz im Wald hätte befragen können. Zu Kastenholz gewandt sagte ich: »Es hat anscheinend keinen Zweck. Führen Sie mich zur Dorfschule, ich werde mit dem Lehrer sprechen.«

Unerwartet schaltete sich jetzt der Alte im Lehnstuhl ein: »Es gibt hier keinen Lehrer. Der letzte ist gegangen, wohin weiß niemand. Eine Schule gibt es auch nicht.«

»Wer unterrichtet denn die Kinder im Lesen, im Rechnen, im Schreiben, wer unterweist sie in Religion?« fragte ich verblüfft.

»Niemand«, sagte der Greis, »nur der Pfarrer aus Schönau hält manchmal den Katechismus.«

»Das ist schlimm, daß Untertanen ihrer Majestät, des Königs von Preußen so unbedarft ihr Leben fristen.«

»Uns ist es gleich, wer herrscht. Unsere Situation bessert sich doch nicht.«

»Wie alt sind Sie?«

»Etwas über siebzig. Wen interessiert's?«

»Und Sie spüren, seit das Rheinland preußisch wurde, keine Verbesserung?«

»Als der Herzog von Jülich noch herrschte, wurde ich geboren. Ihm war's egal, solange die Steuern gezahlt wurden. Seine Hofhaltung war teuer. Dann kamen die Franzosen. Ihnen war ich egal, solange die Steuern gezahlt wurden. Sie mußten ihre Kriege bezahlen. Als die Franzosen verjagt wurden, mißhandelten uns die Befreier. Jetzt bin ich Untertan des Königs von Preußen. Die Steuern zahlt heute mein Sohn.«

Er redete ohne Groll oder Zorn in seiner Stimme. In mir erzeugte er damit den Eindruck eines Mannes, dem sein Leben zugefügt wurde.

»Ich möchte noch einmal nach den Bewohnern des Hochscheider Hofes fragen«, kam ich auf den Grund meines Besuches zurück. »Was glauben Sie, hat sich dort zugetragen und wo sind die Hochscheider abgeblieben?«

»Ich weiß nur, was jeder weiß. Sie sind beim letzten Vollmond verschwunden.«

»Der Pfarrer in Effelsberg sagte mir, es sei in der Nacht vom 6. auf den 7. Januar passiert.«

»Am Dreikönigstag war nachts Vollmond«, insistierte der Alte. »Der nächste Vollmond ist heute nacht.«

»Wieso sollte das Verschwinden der Hochscheider etwas mit dem Mond zu tun haben?« faßte ich nach.

»Weil es so ist«, erwiderte der Alte. Darauf fiel mir kein Gegenargument ein.

»Haben Sie vielleicht in der letzten Zeit Ungewöhnliches beobachtet? Zum Beispiel einen schwarzen Hund, der sich in der Nähe des Dorfes herumtrieb?«

»Nichts habe ich gesehen. Niemand hat etwas gesehen«, antwortete der Alte hastig. Es war mir nicht entgangen, daß die Stillende sich mit der rechten Hand bekreuzigt hatte.

»Ich danke Ihnen«, sagte ich. »Kommen Sie, Kastenholz.« Der Frau nickte ich kurz zu, dann wandte ich mich zur Tür, die Kastenholz bereits geöffnet hatte. Die Luft außerhalb des Hauses war kalt, aber klar. Wir atmeten beide tief durch.

»Was halten Sie davon?« fragte ich Kastenholz.

Wie es seine Art war, antwortete er nach einigem Bedenken und sprach: »Alles ist merkwürdig.« Der Alte scheint etwas zu wissen, mit dem er nicht heraus rückt.«

»Haben Sie sein Gesicht gesehen, als ich nach dem schwarzen Hund fragte?«

»Es ist mir nicht entgangen.«

»Und die Frau hat sich bekreuzigt.«

»Wie hat sich der Bärtige verhalten?«

»Das konnte ich nicht sehen, er stand abseits.«

»Dort vor uns, das ist der Michelsberg?« Ich deutete auf die Kuppe, die oberhalb des Dorfes Mahlberg aufragte.

»Ja, der Michelsberg.«

»Und auf ihm befindet sich die Ruine der alten Kapelle.«

Auch das bejahte Kastenholz.

»Dann gehen wir jetzt dort hinauf und sehen uns ein wenig um.«

Während wir dem Weg durch das Dorf folgten, kam Wind auf. Irgendwo klapperten Fensterläden, die nicht richtig befestigt waren. Kastenholz deutete auf ein Haus direkt links am Weg. Ich erfaßte nicht sofort, was er meinte, aber dann sah ich, was seine Aufmerksamkeit erregte. An dem Haus bewegte sich ein Fensterladen im Wind. Wenn er gegen die Hauswand stieß, verursachte er ein Klopfen. Bewegte ihn der Wind dann wieder, so knirschten die Scharniere. Man sah dann die Seite, die sonst tagsüber an der Wand anlag und auf der eine Zeichnung angebracht war. Mehrere geometrische Figuren konnte ich erkennen, die so ineinander gezeichnet waren, daß sie einen fünfstrahligen Stern ergaben. Unbewußt spitzte ich die Lippen, denen ein leiser Pfiff entwich. Derweil war Kastenholz herangetreten, um sich den Laden gleichfalls zu besehen. Er schüttelte den Kopf.

»Die Leute hier sind noch abergläubischer als die Münstereifeler ... und das will was heißen.«

»Kastenholz, ich sehen, Sie denken das gleiche, wie ich.«

Er nickte.

»Was halten Sie davon, wenn wir den Aberglauben der Leute ein wenig erschüttern, indem wir ihnen den Hund oder besser den Wolf – denn ich glaube, daß es sich um einen solchen handelt – erlegen.«

»Ich wüßte nichts, was ich lieber täte.«

»Kastenholz, Sie sind mein Mann.«

Wir beschleunigten die Schritte zum Michelsberg hoch. Aufmerksam achteten

wir auf Spuren im Schnee, konnten aber zunächst nichts entdecken.
»Dort«, sagte Kastenholz und deutete auf eine Fährte, die an einem Gebüsch begann und dann auf das freie Feld hinaus führte,« eine Hasenspur.« Wir gingen weiter. Der Weg wurde jetzt noch steiler. Die Bergkuppe war mit Bäumen und Gebüsch bewachsen. Schnee lastete schwer auf den Nadelbäumen und drückte ihre Äste nieder, während auf den kahlen Laubbäumen sich fast nichts von diesem Niederschlag zeigte. Endlich erreichten wir die Kuppe, der ein weiterer kleiner Hügel vorgelagert war. Krähen flatterten aus der Ruine auf, ließen sich in den Baumwipfeln nieder und beäugten uns mißtrauisch. Gemeinsam schritten wir zunächst um die Ruine herum, die mich entfernt an die Überreste des Hochscheider Hofes erinnerte. Allerdings waren die Mauern hier aus Stein errichtet worden. Deutlich war ein Brand als Ursache für den Einsturz der Kirche auszumachen. Offenkundig war der Dachstuhl in das Kirchenschiff gestürzt, denn noch immer waren verkohlte Balken zwischen den Trümmern auszumachen. Über die Mauerreste steigend betrat ich das Kircheninnere. Alles war von einer feinen weißen Schneedecke überzogen. Dort, wo die Krähen zuvor gehockt hatten, waren ihre Spuren deutlich zu sehen. Mit dem Fuß schob ich den Schnee zur Seite, bis ich auf einen Widerstand stieß. Ich bückte mich und ertastete eine gelbliche, gewölbte Form, die an den Seiten abfiel. Sie ließ sich nur mit Mühe lösen. Als ich sie endlich in meiner Hand hielt, erkannte ich in dem Gegenstand einen Totenschädel.

Kastenholz, der näher herangekommen war, erklärte mir, daß die Kapelle in früherer Zeit auch als Begräbnisstätte genutzt worden war. Dennoch war ich seltsam berührt von meinem Fund. Vorsichtig legte ich den Schädel nahe den Mauerresten ab. Ein Blick auf meine Taschenuhr verriet mir, daß es bereits deutlich später als 15.00 Uhr war.

»Wie lange werden wir jetzt noch brauchen bis Effelsberg«, fragte ich Kastenholz.

»Anderthalb bis zwei Stunden ungefähr«, fiel dessen Antwort aus.

»Dann ist das Gespräch mit den Effelsbergern hinfällig.«

»Machen Sie sich keine großen Hoffnungen. Von denen würden Sie auch nicht mehr erfahren, als von den Mahlbergern, die Sie verhört haben.«

Schweigend brachen wir vom Michelsberg Richtung Reckerscheid auf. Auf dieser Seite des Berges lag der Schnee deutlich höher als auf der gegenüberliegenden. Teilweise versanken wir bis unter die Knie in der weißen Masse, wodurch wir langsamer als erwartet vorankamen. Reckerscheid war ein kleines Dorf, in dem es aber – im Gegensatz zu Mahlberg – wenigstens eine Schule gab. Wir ließen den Ort rechts liegen und stiegen in ein Tal hinab. An den Hängen wucherte Gestrüpp, aber in der Talsohle waren die ersten Erfolge einer Wiederaufforstung zu sehen. Schnell wachsende Nadelbäume waren hier angepflanzt worden. Ein dünner Bachlauf, teils zugefroren, teil offen, schlängelte sich durch das Tal. Dort, wo der Weg das Wasser querte, war der Schnee am Ufer zertreten. Kastenholz zupfte an meinem Ärmel und ich gab ihm zu verstehen, daß ich die Spuren auch gesehen hatte. Ich beugte mich ebenso wie Kastenholz hinab, um die Trittspuren besser betrachten zu können. Jetzt war es an Kastenholz, einen leisen Pfiff auszustoßen. Wir sahen uns an.

»Und?« fragte ich.

Anstatt zu antworten, nickte Kastenholz nur.

Es handelte sich eindeutig um die Spuren eines Wolfes. Vermutlich eines alten Tieres, daß sich vom Rudel getrennt hatte und in die Eifel eingewandert war. Wind und Neuschnee der vergangenen Nacht hatten hier im Tal die Spur nicht vollständig verwischt. Wir folgten ihr, so gut es ging, bis sie in einem Gebüsch endete.

»Wenn man die Spur vom Bach aus verlängert und weiter geradeaus ginge, wohin führte der Weg?« fragte ich Kastenholz.

»Zum Michelsberg«, antwortete er.

Ich ging um das Gebüsch herum, trat dann unter die angrenzenden Bäume. An dieser Stelle standen sie dichter, was dazu führte, daß hier nur wenig Schnee sich mit braunen Nadeln und Kiefernzapfen auf dem Boden mischte. Ich blickte zum Gebüsch und peilte mit den Augen darüber hinweg Richtung Weg und Bachlauf. Nachdem ich die Richtung für mich eingenordet hatte, trat ich tiefer in den Wald hinein, den Blick auf den Boden gerichtet. Dort zeichnete sich nach ein paar Metern etwas ab, daß mich aus der Fassung brachte. In meiner Magengegend breitete sich ein Gefühl aus, welches in heftigen Widerstreit mit meinem Verstand trat. Gleichzeitig wurde die Ratio von einem zweiten Gegner bedrängt, der über das Rückenmark kalte Wellen nach oben entsandte. Wie ein Hund die Nässe abzuschütteln versucht, so trachtete ich danach, meine aufkeimende Angst abzustreifen. Das Ergebnis war nicht befriedigend. Schließlich verlagerte ich meinen Schwerpunkt auf den linken Fuß und fuhr mit dem Innenrist des Rechten über die Stelle am Waldboden. Schnee und Kiefernnadeln arrangierten sich zu einem neuen, harmlosen Bild. Ich schloß die Augen, um sie dann wieder zu öffnen. Alles war so geblieben, wie mein Fuß es arrangiert hatte, es gab keinen Grund zur Furcht und dennoch spürte ich eine Angst, gegen die mein Kopf erst eine Gegenwehr formieren mußte.

»Ist alles in Ordnung?« rief Kastenholz, der am Waldrand zurückgeblieben war.

»Ja«, antwortete ich. Was ich gesehen hatte, konnte einfach nicht sein. Langsamen Schrittes kehrte ich zu Kastenholz zurück. Wenig später erreichten wir Effelsberg, wo Zinken uns im Pfarrhaus bereits ungeduldig erwartete. Die Männer, die er in meinem Auftrag hierhin bestellt hatte, waren wieder in ihre Behausungen zurückgekehrt. Zinken hatte sie mit Schnaps bewirtet, um ihren Unmut abzumildern. Kastenholz und ich hingen unsere Mäntel auf, zogen die Stiefel aus und nahmen in der Küche Platz. Zinkens Haushälterin trug uns Brote mit Griebenschmalz auf. Draußen senkte sich die Dunkelheit wie ein Leichentuch auf den Ort.

Nachdem wir uns gestärkt hatten, bat mich Zinken um eine Unterredung. Gemeinsam zogen wir uns in die Stube zurück. Der Geistliche ließ sich ausführlich von mir berichten. Es verstand sich von selbst, daß ich meinen Eindruck von Mahlberg detailliert schilderte. Allerdings unterschlug ich die Episode mit dem Pentagramm ebenso wie meine Entdeckung im Tal. Hier in der warmen Stube, versorgt mit einer gut gestopften Pfeife, war das, was ich gesehen hatte, nur ins Reich der Fabel zu verweisen. Mein Bericht hatte geendet und Zinken sah mich jetzt sehr ernst an. Mir war nicht verborgen geblieben, daß er fortwährend das silberne Kreuz, welches er auch heute trug, durch seine Finger gleiten ließ.

»Was gedenken Sie jetzt zu unternehmen?« wollte er wissen.

»Bis der Mond aufgeht, werden Kastenholz und ich uns ausruhen. Sodann werden wir zum Michelsberg aufbrechen ...« Zinken fuhr auf.

»Das ist heller Wahnsinn!« schrie er. »Ich habe bis jetzt sehr behutsam versucht, Sie davon in Kenntnis zu setzen, daß hier ein Unwesen umgeht, daß fünf Menschenleben ausgelöscht hat. Und jetzt sagen Sie mir ins Gesicht, daß Sie sehenden Auges in Ihr Verderben laufen wollen und gleich noch das Leben des braven Feldhüters mit aufs Spiel setzen wollen.«

»Hören Sie«, versuchte ich ihn zu beruhigen, »Kastenholz ist mit seinem Gewehr bewaffnet, ich trage eine Waffe. Wir sind beide Manns genug, uns unserer Haut zu erwehren.«

»Ich bitte Sie, nein, ich flehe Sie an. Sie haben es hier nicht mit einem gewöhnlichen Raubtier zu tun. Einen Wolf mögen Sie mit einer Kugel aus Ihrer Waffe niederstrecken können. Aber was da draußen umgeht, ist eine Bestie, die sich bei Vollmond in einen Wolf verwandelt. Für dieses Monster gelten andere Gesetze. Vertreiben kann man es den alten Legenden nach mit einem Drudenfuß. Ein solches Pentagramm haben Sie in Mahlberg gesehen. Töten aber kann man es nur mit etwas Reinem, mit einer Kugel aus Silber. Die Gefahr, die dabei für Sie von diesem Monster ausgeht, ist größer, als Sie denken. Sie können von ihm getötet werden. Schlimmer aber wäre es, wenn es Sie verletzt. Sie wären dann verdammt, das gleiche Schicksal dieser Kreatur zu erleiden. Sie wären es, der beim nächsten Vollmond zum reißenden Wolf würde. Es gäbe kein Entrinnen für Sie, erst wenn jemand die Gnade besäße, Sie zu töten, könnten Sie Erlösung finden!«

»Alle Achtung«, versuchte ich ihm den Wind aus den Segeln zu nehmen, »soviel Temperament hätte ich Ihnen gar nicht zugetraut.«

»Hören Sie«, ließ Zinken sich nicht beirren, »das war noch nicht alles. Es gibt Überlieferungen, denen zufolge ein Werwolf, der in der Gestalt eines Menschen einen natürlichen Tod stirbt, im Grab keine Ruhe findet. Er wird nach der Grablegung wieder auferstehen und umgehen, um sich vom Blut der Menschen zu nähren. Er wird zum Vampir.«

»Machen Sie einen Punkt, Zinken. Sie sind weit übers Ziel hinausgeschossen. Das alles erhält mir jetzt doch paranoide Züge. Nichts in der Welt wird mich davon abbringen, heute Nacht mit dem Feldhüter Kastenholz zum Michelsberg zu ziehen und den Wolf zu jagen, der vermutlich aus den Ardennen hinüber

gewechselt ist. Es ist ein Wolf, ja, aber nur ein Wolf und nichts anderes.«
»Jeder hier im Dorf weiß es, die Mahlberger wissen es und vermutlich weiß es auch Finkelnburg selbst, daß dem nicht so ist«, beharrte Zinken.
»Ich möchte mich jetzt mit Kastenholz zurückziehen«, sagte ich. »Gegen neun Uhr werden wir aufbrechen. Dann werde ich dem Aberglauben in Ihrer Pfarrei einen schweren Schlag versetzen.«
»Gut«, meinte Zinken, »ich weiß, was ich zu tun habe.«
Kastenholz folgte mir in die Kammer, in der ich schon genächtigt hatte. Während ich mich bekleidet auf die Strohsäcke legte, nahm Kastenholz auf dem Stuhl am Tisch Platz. Mit einer Bärenruhe begann er, sein Gewehr und seine Pulvertasche zu überprüfen. Man sah ihm seinen Sachverstand an und so holte ich mein Pistol hervor und reichte es ihm zur Begutachtung.
»Eine schöne Waffe«, meinte er. »Aber man muß den Wolf schon nah heran lassen, will man ihn auslöschen. Auf größere Distanz reicht sie allenfalls um ihm einen gehörigen Schrecken einzujagen.«
»Wenn Sie recht haben«, sagte ich, »dann sind die Rollen damit klar verteilt. Wir bleiben in Sichtweite beisammen und Ihnen gebührt der erste Schuß.«
»Einverstanden.«
Ich zog meine Taschenuhr hervor, öffnete den Deckel und legte sie neben den Säcken auf die Holzdielen. Als der Zeigerstand viertel nach acht zeigte, erhob ich mich. Kastenholz tat es mir gleich.
»Sie sind kurz eingenickt«, grinste er.
»Ja«, sagte ich und trat zur Tür. Sie war verschlossen.
»Und in der Zeit, als Sie schliefen, war der Pfarrer an der Tür und hat den Schlüssel im Schloß gedreht.«
Ich besah mir Tür und Schloß.
»Hält uns das auf?« fragte ich.
Anstelle einer Antwort holte Kastenholz aus und versetzte Tür und Schloß einen so kräftigen Tritt, daß das Holz splitterte. Mit einem zweiten Tritt hatte er das Kassettenschloß von der Tür gelöst. Er packte sie und hob sie mühelos aus den Angeln.
In der Küche trafen wir die Haushälterin, die mit verheulten Augen auf uns gewartet hatte.
»Der Pfarrer wußte, daß er Sie nicht stoppen kann, aber er hatte gehofft, wenigstens Zeit zu gewinnen, bis er wieder da ist.«
»Wo ist Zinken?«blaffte ich sie an.
»Er ist ins Dorf gegangen. Er sagte, daß er Vorbereitungen treffen will und läßt Ihnen ausrichten, er werde über Sie wachen, wenn Sie nur ein wenig Geduld haben.«
Ich schüttelte den Kopf und gab Kastenholz ein Zeichen. Wir traten vor die Tür, wo uns leiser Schneefall erwartete.
Bis wir außer Sichtweite des Dorfes waren gingen wir schneller, als es eigentlich nötig gewesen wäre. Dunkel zeichnete sich die Silhouette der Gehöfte ab,

283

lediglich überragt vom Turm der Kirche. Die sanft rieselnden Schneeflocken reflektierten das Licht des aufgegangenen Mondes. Unwirklich wie in einem Märchen erschien mir die Landschaft. Auf Kastenholz' Rat hin hatten wir auf Fackeln verzichtet. Er war der Ansicht, das Mondlicht sei vollkommen ausreichend, während Fackeln uns nur blenden und die Fernsicht nehmen würden. So angestrengt unsere Augen in die Nacht hineinspähten, so wenig konnten wir entdecken. Alle paar Minuten blieben wir stehen, um auf Geräusche zu lauschen. Aber alles, was ich zu Beginn dieser Pausen vernahm, war das Pochen meines eigenen Blutes in den Ohren. Das einzige Geräusch, das ich ausmachen konnte, war ein Windhauch, der von Westen kam und sacht in den Wipfeln der Bäume spielte. Es war kalt. Ich trug nur den linken Handschuh. Die rechte Hand steckte tief in meiner Manteltasche, wo sie den Griff des Pistols umklammerte. Als wir aus der Talsenke hinaufstiegen, kam der Michelsberg in Sicht. Wie aufgepflanzt schien der Mond über der alten Kirchenruine zu stehen. Wir entschieden uns, erst zur Ruine zu stapfen und dann in immer größer werdenden Kreisen den Berg zu umrunden, bis wir auf eine Spur stießen. Am Fuße des Michelsberges ruhte das Dorf Mahlberg. Ich fühlte mich wie in eine Idylle versetzt, über der tiefer Frieden lag ... bis unten im Dorf ein Hund anschlug. Kastenholz und ich sahen uns an. Die Laute, die das Tier von sich gab, gingen in ein ängstliches Winseln über. Kastenholz und ich sahen uns an. Dann begannen wir, so schnell es der Schnee zuließ, Richtung Mahlberg zu laufen. Das Winseln wurde immer lauter, dann splitterte Holz, ein letzter, hysterischer Heulton war zu vernehmen, bevor sich Stille über die Szene legte. Ich war der festen Überzeugung, daß jetzt alle Männer des Dorfes mit Knüppeln und Sensen bewaffnet erscheinen würden, um dem Wolf, der offenkundig in einen Schafstall eingedrungen war, den Garaus zu machen und ich wollte sie mit Rufen zum Gehöft am oberen Dorfende steuern. Nichts rührte sich indes. Alle Türen blieben verschlossen.

Bis auf etwa fünfzig Schritte waren Kastenholz und ich jetzt bis an das Dorf herangekommen. Spät erst sah ich den Schatten, der sich von dem Haus vor mir löste und mit enormer Geschwindigkeit direkt auf mich zuhielt. Ich wollte abbremsen, glitt jedoch aus und fiel hilflos wie ein Käfer auf den Rücken. Wild mit den Armen rudernd versuchte ich mich aufzurichten. Das Wesen, das mich fast erreicht hatte, besaß die Gestalt eines riesigen Wolfes. Fieberhaft tastete meine Rechte in die Manteltasche und versuchte, das verfluchte Pistol zu erreichen. Die Gestalt hob zum Sprung ab, als ich das Pistol zog und den Hahn spannte. Ich hatte nicht mehr genug Zeit abzudrücken. Schützend riß ich beide Arme hoch und versuchte, Gesicht und Kehle zu decken, nach der riesige, blutverschmierte Reißzähne schnappten.

»Mein Gott«, schrie ich, »steh' mir bei! Kastenholz, Kastenholz!«

Ein Schuß krachte und riß die wütende Bestie von mir herunter. Ich richtete mich auf und versuchte, auf dem Hosenboden rutschend, eine möglichst große Distanz zwischen mir und dem getroffenen Tier zu schaffen. Wenige Meter neben mir stand Kastenholz, der eilig beschäftigt war, sein Gewehr erneut zu laden, für den Fall, daß der Wolf noch nicht ganz erledigt war. Ich blickte zu Kastenholz, dessen Gesicht vom Mondlicht frontal beschienen wurde. Seine Augen weiteten sich in grenzenlosem Entsetzen, sein Mund stand offen und die ganze Gestalt schien zu einer Eissäule zu erstarren. Das Gewehr und der Ladestock entglitten seinen Händen, fielen lautlos in den Schnee. Dort, wo der Kadaver des von ihm getöteten Wolfes liegen sollte, erhob sich ein Wesen auf alle Viere, schüttelte sich, um sich dann auf die Hinterbeine aufzurichten. Gegen das silbrige Mondlicht wuchs eine Gestalt in den Himmel, die mir Todesangst einflößte. Mit wenigen Schritten war sie bei Kastenholz und versetzte ihm mit der rechten Pranke einen Hieb, den dieser trotz des nach oben gerissenen linken Arms nicht abwehren konnte. Das dumpfe Geräusch, das die Krallen erzeugten, als sie durch Kastenholz' Schädeldecke drangen, kann ich nicht beschreiben. Ebensowenig vermag ich Worte dafür zu finden, was ich empfand beim Anblick des linken Auges meines Gefährten, welches ich aufgespießt auf einer der Krallen erkannte. Kastenholz schrie auf, aber die Bestie setzte nach und stieß ihn mit der linken Pranke zu Boden. In Sekundenbruchteilen war sie über dem Liegenden. Die Reißzähne packten zu und rissen dem Unglücklichen die Kehle heraus. Sitzend übergab ich mich. Aus Mund und Nase ergoß sich mein Mageninhalt über meine Brust und meinen Bauch und rann dann in den Schnee. In diesem Augenblick hatte ich mit meinem Leben abgeschlossen. Gerne würde ich jetzt von erhabenen Gedanken erzählen, die ich unmittelbar vor meinem bevorstehenden Tod gehabt haben könnte, aber ich dachte in diesem Augenblick nur, daß die Bestie sich jetzt mir zuwenden würde.

Die beiden Personen, die an uns herangekommen waren, nahm ich erst wahr, als der Schuß die Stille zerfetzte, die nur die Freßgeräusche des Monsters gestört hatten. Der Schuß warf das Untier von Kastenholz' Leichnam. Was ich dann sah, erscheint mir heute wie die Bildfolge einer Laterna Magica. Die Bestie lag auf dem Rücken und winkelte die in die Luft gestreckten Läufe an. Die Krallen bildeten sich langsam zurück und mit ihnen wich auch das Fell. Als die Krallen sich zu Nägeln umgeformt hatten, setzte die Metamorphose der unteren Gliedmaßen ein. Wo eben noch Pranken gewesen waren, formten sich menschliche Extremitäten. Der Brustkorb wurde zusehends flacher. Reißzähne und Ohren wichen zurück, die Kiefer wurden kleiner und kleiner, bis ein menschliches Antlitz entstanden war, auf dem sich ein tiefer Friede abzuzeichnen schien.

Auf Händen und Knien bewegte ich mich auf Kastenholz zu, ergriff die Fetzen seiner Kehle und gab mir allen Anschein, als ob ich im Schock verzweifelte Versuche unternähme, die Überreste wieder zusammenzusetzen. Es blieb nicht aus, daß ich mich über und über mit Blut besudelte. Der Überwinder des Werwolfs machte Anstalten, mich von der Leiche wegzuzerren, aber der Pfarrer Zinken aus Effelsberg, bedeutete ihm, mich gewähren zu lassen, bis ich schließlich erschöpft zusammensank. Zinken half mir auf. Er sah mich nur an, ohne etwas zu sagen.

»Ich ... ich ...«, stammelte ich, »Kastenholz ... es tut mir leid ...«
»Es ist vorüber«, sagte Zinken leise und »ich bringe Sie jetzt nach Hause.«
»Ja«, sagte ich.
Ich blieb nicht mehr bis zu Kastenholz' Beisetzung in Münstereifel. Für Finkelnburg fertigte ich zwei Berichte an, aus denen einwandfrei hervorging, daß die Bewohner des Hochscheider Hofes bei einer Brandkatastrophe mit unbekannter Ursache verbrannt seien. Einen Monat später habe ein geistig verwirrter Deserteur, der sich vermutlich seit den Manövern im Herbst 1842 im Münstereifeler Raum aufhielt, den Feldhüter Johann Kastenholz getötet, als dieser ihn bei einem Einbruch in dem Dorfe Mahlberg überraschte. Offenkundig bestehe zwischen beiden Vorkommnissen keinerlei Zusammenhang. Finkelnburg teilte meinen Vorgesetzten in Köln seine volle Zufriedenheit über meine Untersuchungen mit und schlug mich für eine Belobigung vor.

In jener Nacht habe ich mir warmes Wasser geben lassen, um meine von Blut und Erbrochenem besudelte Kleidung zu reinigen. Ich bestand darauf, diese Arbeiten selbst vorzunehmen. Zinken, der mich immer noch unter Schock wähnte, ließ mich gewähren. Ich war ihm dafür – auch um seiner selbst willen – sehr dankbar. Nicht nur die Kleidung wusch ich sehr sorgfältig.

Als ich mich anderntags von ihm verabschiedete, fiel mir auf, daß er zum erstenmal seit ich ihn kannte, das silberne Kreuz nicht trug.

»Das Kreuz existiert nicht mehr«, erläuterte er. »Gestern abend habe ich es von dem Schützen, der den Werwolf tötete, einschmelzen lassen. Es fiel mir nicht leicht, denn es befand sich seit mehreren Generationen in der Familie. Aber die alten Legenden lehren, daß Erbsilber gegen solche Wesen am wirkungsvollsten ist.«

Ich dankte ihm herzlich, für alles, was er mir erwiesen hatte.

Sobald ich wieder in Köln war, besuchte ich den ersten Goldschmied am Platz und ließ ein neues Kreuz für Zinken fertigen. Ich werde es ihm per Post zukommen lassen, denn so sehr ich ihn schätze, wünsche ich doch nicht, daß sich unsere Wege noch einmal kreuzen.

Täglich wechsle ich den Verband an meinem linken Arm und obwohl es mir versagt ist, einen Arzt aufzusuchen, heilt die Bißwunde recht schnell.

Das Schloß im See

M. Oehmen

Zu Mutters Füßen sitzt der Fischerknabe
Und lauscht in Andacht ihren Wundermärchen
Vom Schloß, das in dem tiefen See versunken –
Von Schätzen, die auf seinem Grunde ruhten
Und die man mitternächtens funkeln sähe –
Tief unten, wenn der Mond ins Wasser scheine. – –
Der Knabe horcht und staunt und kann's nicht glauben –
Und nimmt sich vor, sich selbst zu überzeugen –
Und als die Mitternacht dann angebrochen
Und silbern sich der Mond im Wasser spiegelt,
Schleicht er zum See sich heimlich – voll Erwartung –
Löst leise den Nachen von der Kette
Und rudert langsam durch die stillen Wellen. – –
Da hört er unter sich ein himmlisch Singen
Und Harfenspiel und süßes Flöten-Tönen.
Er schaut hinab – O seliges Entzücken!
Tief drunten glänzt ein Schloß – herrlich erleuchtet –
Und Nixen tanzen fröhlich durch die Säle
Und lachten zu ihm auf: »Komm, trauter Knabe!« –
Dem Knaben schwinden – glückberauscht – die Sinne.
Ein Jubelruf – so springt er aus dem Nachen – –
Hinab in endlos, schauervolle Tiefe! –

Der Geiger von Echternach

Anonymus

Vor mehr als tausend Jahren lebte in Echternach der hl. Willibrord, der ein großer Wohltäter unseres Landes war. Wenn er predigte, dann drängte sich das Volk in dichten Scharen um ihn. In der vordersten Reihe der Zuhörer sah man stets den langen Veit, einen ungewöhnlich großen Mann, der als Musikant durchs Land zog und bei Festlichkeiten zum Tanze aufspielte. Das Wort des gewaltigen Bußpredigers rührte so sehr das Herz des Spielmanns, daß dieser sich eines Tages aufmachte und mit seinem Weibe eine Wallfahrt nach dem heiligen Lande antrat.

Jahre vergingen, doch Veit kehrte nicht zurück; nicht einmal eine Nachricht von ihm kam in die Heimat. Seine Verwandten hielten ihn für tot und teilten seinen Besitz. Da endlich, am Ostertage des zehnten Jahres seiner Wallfahrt, erschien ganz unerwartet der Totgesagte wieder, allein und bettelarm. Sein Weib hatten Räuber im Morgenlande erschlagen. Eine alte Geige war sein ganze Habe. Er trat vor seine Verwandten und forderte sein Gut zurück. Die Unredlichen erschraken und beschlossen, sich des Heimgekehrten zu entledigen. Sie klagten ihn an, er selbst habe sein Weib im fernen Lande ermordet.

Für solch schwere Anklage war der Beweis vor dem Gerichte nicht zu führen; nur ein Gottesurteil konnte entscheiden. Gegen einen waffengewandten Vetter mußte der lange Veit zum Kampfe antreten; er wurde besiegt, und der Richter verurteilte den Unterlegenen nach Gesetz und Herkommen zum Tode.

Als der Unglückliche unter dem Galgen stand und den Strick schon am Halse spürte, bat er, nach einmal auf seiner Geige spielen zu dürfen. Das wurde ihm als letzte Gnade gewährt, und er entlockte den Saiten solch wehmütige Töne, daß den Zuhörern die hellen Tränen über die Wangen liefen. Dann aber spielte er feurige Weisen, die alle zur Hinrichtung Herbeigeeilten, Burschen und Dirnen, Männlein und Weiblein, ja selbst die ersten Richter und den finstern Henker, zum Tanze mitrissen. Toll und immer toller drehte sich die Schar im Kreise, Veit aber stieg gemächlich von der Leiter herab und verschwand, immer weiter spielend, im Walde.

Erst am späten Abend hörten die Tänzer auf, sich zu drehen, doch die Verwandten Veits, die ihn fälschlich angeklagt hatten, mußten ohne Unterbrechung weiter springen. Schon hatten sie sich bis an die Knie in die Erde hineingetanzt, da löste endlich Sankt Willibrord, den man herbei gerufen hatte, den tollen Zauber.

Fluchloch

Erika Kroell

Ich weiß nicht, was die Geschichte zu bedeuten hat, die ich Ihnen jetzt erzähle, ja, ob sie überhaupt etwas zu bedeuten hat. Von ungewöhnlichen Ereignissen glaubt man ja immer, sie müßten eine tiefere Bedeutung haben. Aber wieso eigentlich? Tatsächlich haben die mannigfaltigen gewöhnlichen Ereignisse meist tiefgreifendere Folgen als die seltenen ungewöhnlichen.
Wie auch immer. Wenn Sie keinen tieferen Sinn in meiner Geschichte finden, so möge sie immerhin zu Ihrer Unterhaltung beitragen.
Es ist noch nicht lange her, da führten mich Geschäfte wieder einmal ins Ahrtal. Der Blick auf die dunkel bewaldeten Hügel und die helleren, frischgrünen Weinberge ließ Erinnerungen an meine Kindheit wach werden, die ich zum großen Teil eben hier verbracht hatte. Mein Geschäftstermin lag noch einige Stunden entfernt, und so ließ ich mir Zeit, meinen früheren Schulweg nachzufahren und in der Vergangenheit zu schwelgen. In Marienthal, einem kleinen Ort zwischen Walporzheim und Dernau, bog ich in die einzige Straße, die Klosterstraße, ab und fuhr den Berg hinauf. Auf halber Höhe stößt man hier auf die trutzigen Mauern des Klosters Marienthal, das früher einmal einen Augustinerinnen-Orden beherbergte, seit vielen Jahren aber der Sitz der Weinbaudomäne ist. Hier hatte ich viele Jahre meiner Kindheit verlebt, die Jahre, die sich tief im Gedächtnis eingraben, die man nie vergißt und an die man sich am liebsten erinnert.
Gegenüber dem Hauptgebäude parkte ich meinen Wagen auf dem Seitenstreifen und stieg die Stufen zum doppelflügeligen Eingang empor. Die Kühle der schön gefliesten Eingangshalle umfing mich wohltuend nach der Hitze draußen, und ich blieb einfach mitten in der Halle stehen und atmete ein paarmal tief durch. Durch den offenen Hinterausgang fiel mein Blick in den Klostergarten, ein fast quadratisches Areal mit einer leuchtenden Rosenrabatte. Dorthin wollte ich gehen, die Plätze aufsuchen, an denen ich vor vielen Jahren gespielt und geträumt hatte, die alten Mauern anfassen und die Stelle suchen, an der ich meine Initialen eingeritzt hatte.
Rechts hinter mir öffnete sich eine Tür. Eine junge Frau streckte ihren blonden Kopf heraus und fragte, ob sie mir helfen könne.
»Ich habe früher einmal hier gelebt«, antwortete ich, »und ich würde mir gern mal wieder den Garten und die Kapelle ansehen. Darf ich?«
Sie nickte lächelnd, schloß die Tür wieder und ließ mich allein.
Durch die offene Hintertür trat ich ins Freie. Die Hitze umfing mich wie ein flauschiger Mantel. Rote, weiße und rosafarbene Rosen standen in voller Blüte, Bienen summten darin, und das Gezwitscher der Vögel in den Büschen ringsherum klang in der Mittagshitze wie durch einen Wattebausch gesungen.
Der Klostergarten wird an zwei Seiten eingefaßt von den dunklen Mauern des

Haupthauses. Mir gegenüber ragten die Weinberge hoch hinauf, am Fuß begrenzt durch grüne und blühende Sträucher. Dort hinten, das wußte ich noch, blühte irgendwo ein großer Goldlackbusch.

Die linke Seite des Gartens trennte ein Weg von einem Bogengang, der zwischen Garten und Klosterkapelle entlang führte. Langsam folgte ich den Schieferplatten bis zu einer Toröffnung, durchschritt den Bogengang und trat über einige brüchige Stufen in die ehemalige Klosterkapelle hinab. Der Boden, früher einmal wahrscheinlich mit Steinplatten belegt, war nun grasbewachsen. Unkraut hatte sich büschelweise die Plätze zurückerobert, an denen vor Hunderten von Jahren Nonnen gekniet und gebetet hatten. Die hohen Mauern waren nackt bis auf regelmäßig angeordnete Fackelhalter, die in etwa zwei Metern Höhe die Wände rundherum säumten und schon lange kein Licht mehr getragen hatten, und unzählige eingeritzte Signaturen von Besuchern, die spitzbogigen Fensterhöhlen leer. Ein Dach hatte die Kapelle schon lange nicht mehr. Wind und Wetter hatten freie Hand, die Reste menschlicher Besiedlung nach Gutdünken umzugestalten.

Ich wanderte die Mauen entlang und las, wer wann hier gewesen und wer in wen verliebt war. Ich selbst hatte mich als Kind an der Stirnseite verewigt, mit einem spitzen Stein die Anfangsbuchstaben meines Namens in die kalkige Wand gekratzt, krakelig und unbeholfen, aber dauerhaft, wie ich feststellte, denn ich fand mein Monogramm auf Anhieb wieder.

Die Luft in der Kapelle schien zu stehen. Ich fühlte mich plötzlich müde und zerschlagen und hielt Ausschau nach einem Plätzchen, an dem ich ausruhen konnte. Mein Blick fiel auf eine aus dem Felsen gemeißelte Bank, die früher mein Lieblingsplatz gewesen war. Mein Körper fühlte sich entsetzlich schwer an, und ich schleppte mich mehr zu der Bank als daß ich ging. Die steinerne Sitzfläche war kühl. Ich lehnte mich gegen die efeuüberwucherte Rückenlehne und schloß die Augen. Eine tiefe Ruhe kam über mich, ich legte die Hände über meinen Bauch und döste ein.

Ein kalter Schauer, der meinen Körper schüttelte, weckte mich abrupt wieder auf. Benommen schüttelte ich den Kopf. Ich fror. Eben noch, so schien es mir zumindest, war mir die Hitze fast unerträglich gewesen, und jetzt sträubten sich die Haare an meinen Armen in der feuchten Kühle. Es war stockdunkel. Fest schloß ich die Augen und öffnete sie wieder. Aber ich sah nichts als tiefe Schwärze. Hatte ich tatsächlich so viele Stunden geschlafen? Es war Mittag gewesen, als ich die Kapelle betreten hatte.

Vorsichtig richtete ich mich auf und tastete die Bank ab, um mich zu orientieren. Allmählich gewöhnten sich meine Augen an die Dunkelheit, und das kühle Mondlicht, das durch die buntverglasten Fenster der Kapelle drang, half mir dabei. Zaghaft tastete ich mich vorwärts in Richtung Ausgang, als ich ein leises Singen hörte. Erst ganz zart und wie von fern, dann deutlicher und immer lauter, bis es schließlich die ganze Kapelle zu füllen schien und von den Wänden widerhallte. Frauenstimmen waren es, die einen Choral sangen, glockenrein und hell. Die Musik drang in meinen Kopf ein und schien meinen Verstand zu betäuben. Ich verharrte und stützte mich an der Wand ab.

Auch das Licht veränderte sich. Der kaltblaue Mondschein wurde wärmer, gelbe und rote Töne mischten sich hinein, und plötzlich war die Kapelle von brennenden Fackeln erleuchtet, die ringsherum in den Haltern brannten. Ihr Licht fiel auf mehrere Reihen dunkler Bänke, in denen Nonnen in schwarzer Tracht knieten und sangen. Meine Knie begannen zu zittern. Die mir am nächsten sitzenden Schwestern waren kaum einen Meter von mir entfernt. Die Nonnen, es mochten etwa dreißig sein, sangen mit Inbrunst, die Hände gefaltet und das Gesicht mit geschlossenen Augen zur Decke emporgerichtet. Ich fürchtete, jeden Moment hinzufallen und wollte zur Bank zurück, doch ich konnte mich nicht rühren. Wie festgefroren klebte ich an der Wand, mit zitternden Beinen und vor Angst unfähig, auch nur den kleinen Finger zu bewegen.

Der Gesang endete in einer langgezogenen Klage. Dann war es still. Endlich trat eine Nonne aus der ersten Reihe heraus nach vorn und wandte sich der Versammlung zu. Ich hielt den Atem an, aus Furcht, daß sie mich jetzt jeden Moment entdecken müsse. Aber sie sah mich nicht.

»Schwestern«, begann sie mit einer Stimme, die ihre Autorität verriet,»wir haben uns hier versammelt, um zu richten.«

Ihre stahlgrauen Augen fixierten der Reihe nach die Schwestern, die reglos in den Bänken knieten, die Hände immer noch wie zum Gebet gefaltet. Vor Angst zitternd beobachtete ich die Äbtissin, denn das mußte sie meiner Ansicht nach sein.

»Eine von uns hat sich gegen Gott und gegen den Orden versündigt.«

Auch jetzt sah sie nicht mich an, und ich beruhigte mich ein wenig. Offenbar ging es hier nicht, wie ich zuerst gefürchtet hatte, um mich. Jetzt hob sie ihre linke Hand und wies zu einer Tür im hinteren Bereich der Kapelle, die mir bisher noch nicht aufgefallen war. Ihr Gesicht erschien mir vage bekannt, aber ich konnte es keiner Erinnerung zuordnen. Vor allem die harten grauen Augen, dieser beherrschte und beherrschende Blick ließen eine Saite tief in meinem Gedächtnis klingen.

Die Tür öffnete sich jetzt, und eine weitere Nonne stolperte in die Kapelle. Offenbar war sie von einer Mitschwester, die ihr folgte, hineingestoßen worden. Mit unsanftem Schubsen schob sie die Sünderin nach vorn, und ihr Gesicht war eine Mischung aus Haß und Triumph.

Die zuerst eingetretene Nonne blieb mit gesenktem Haupt vor der Oberin stehen, die hoch über ihr aufzuragen schien, obwohl sie nur wenig größer war.

»Elisabeth, was hast du getan?«

Die Stimme der Äbtissin hallte durch den Raum wie ein schwerer Glockenschlag. Elisabeth rührte sich nicht.

»Du hast dich versündigt, dich der Fleischeslust hingegeben und bist nicht mehr würdig, Dienerin Gottes zu sein.«

Jetzt erst bemerkte ich, daß sich das schwarze Kleid Elisabeths über einen mächtigen Bauch spannte. Unwillkürlich wollte ich die Hände auf meinen Bauch legen, aber immer noch konnte ich mich nicht rühren. Die Atmosphäre in der Kapelle war gespannt. Das Licht der Fackeln beleuchtete die Gesichter der

Schwestern und zeigte Neugier und Haß, hier und da aber auch Mitleid. »Ab heute sollst du nicht mehr zu unserer Gemeinschaft gehören. Du bist ausgestoßen aus der Gesellschaft Gottes. Verlasse dieses Haus und kehre niemals wieder zurück.«

Mit raschem Griff faßte die Äbtissin an Elisabeths Kopf und riß ihr den Schleier ab. Eine Flut leuchtend roten Haares quoll hervor und floß über den Rücken der jungen Nonne bis hinab auf ihre Taille. Jetzt erst sah ich, daß sie wirklich schön war. Ihre Haut war weiß und mit Sommersprossen übersät, ihre Lippen fein geschwungen, und ihre grünen Augen sahen jetzt nicht mehr zu Boden, sondern starrten die Äbtissin mit unverhohlenem Haß an.

»Das wirst du bereuen«, sagte sie leise. Dann wandte sie sich der Schwesternschaft in den Bänken zu. »Das werdet ihr alle bereuen.«

Die Äbtissin holte aus und schlug ihr heftig ins Gesicht. Elisabeth wankte, konnte sich aber auf den Beinen halten.

»Hinaus, Hure«, brüllte die Oberin und wies in die Richtung, in der ich stand. »Niemals wieder soll dein unwürdiger Fuß diesen Boden betreten. Hinaus!«

Elisabeth sah noch einmal ihre Mitschwestern an, dann straffte sie ihren Körper und kam mit langsamen, fast feierlichen Schritten auf mich zu. Ich hielt den Atem an, aber ihr Blick traf mich nicht, als sie ganz dicht an mir vorüberschritt und durch eine Tür im hinteren Bereich die Kapelle verließ.

Kaum war die Tür krachend hinter ihr ins Schloß gefallen, begannen die Nonnen wieder zu singen. Ihre himmlischen Stimmen erfüllten den Raum, als sei dort nie etwas geschehen, was ihre Ruhe und ihren göttlichen Frieden stören könnte.

Plötzlich aber verlöschten die Fackeln, es wurde finster, und der Gesang brach abrupt ab. Hoch über uns in den Weinbergen leuchtete ein kaltes, blaues Licht auf, in dem eine dunkle Gestalt zu erkennen war. Die Luft wurde eiskalt, und es war mit einem Mal totenstill. Da hob die Gestalt beide Arme in die Höhe, und von den Fingerspitzen schienen blaue Flammen hinabzuschießen. Eine Stimme wie ein Gewitter erfüllte die Kapelle:

»Verflucht sollt ihr sein, ihr und alle eure Nachkommen bis in alle Ewigkeit!«

* * *

Jemand rüttelte mich sanft an der Schulter, und ich erwachte. Die Sonne schien mir direkt ins Gesicht. Schnell schloß ich die Augen wieder und richtete mich mühsam auf.

»Geht es Ihnen gut?« Die junge blonde Frau, die mich eingelassen hatte, blickte besorgt auf mich hinab. Benommen nickte ich.

»Ja, es geht mir gut. Ich muß wohl eingeschlafen sein.«

Nach wie vor saß ich auf der Steinbank. Es war unerträglich heiß, und um die Blüten des Unkrauts in der Kapelle flatterten Schmetterlinge.

»Wie spät ist es?«

Die junge Frau sah auf die Uhr. »Kurz nach Mittag. Es ist aber auch zu heiß

heute. Kommen Sie doch einen Moment herein und trinken Sie ein Glas Wasser.«
Ich nickte dankbar, und sie nahm meinen Arm und führte mich in die kühle Eingangshalle zurück.

»Dort ist der Waschraum, wenn Sie sich frisch machen wollen.«

Der helle Fliesenboden des Waschraums, die weißen Becken und kaltes Wasser brachten mich wieder in die Realität zurück. Was für ein scheußlicher Traum. Ich glaubte, noch die Stimme Elisabeths zu hören, deren Fluch alle Schwestern und ihre Nachkommen getroffen hatte. Mit beiden Händen warf ich mir kaltes Wasser ins Gesicht. Wieso überhaupt Nachkommen? dachte ich. Nonnen haben doch im allgemeinen keine Nachkommen. Obwohl: Elisabeth selbst war ja der beste Gegenbeweis für diese These.

Ich trocknete mich mit einem Papierhandtuch ab, stützte mich auf den Beckenrand und betrachtete mein Spiegelbild. Schrecklich sah ich aus. Abgekämpft und müde wie nach einem Marathon. Plötzlich erschrak ich. Diese Augen! Jetzt wußte ich, wo ich diesen harten, grauen Blick schon gesehen hatte. Und immer wieder sah. Jeden Tag, in meinem eigenen Spiegelbild.

Ich richtete mich auf. Ihr und alle eure Nachkommen. Und alle eure Nachkommen.

Vorsichtig legte ich die Hände auf meinen Bauch. Wann hatte sich mein Baby das letzte Mal bewegt? Ich wußte es nicht.

Jetzt wirst du albern, schimpfte ich mit mir selbst und hielt noch einmal mein Gesicht unter das kalte Wasser. Ich hatte in glühender Mittagshitze einen Alptraum, das war alles. Ich vermied es, beim Hinausgehen einen weiteren Blick in den Spiegel zu werfen und nahm dankbar das Glas Wasser entgegen, das die junge Frau mir in ihrem Büro reichte.

»Ganz herzlichen Dank«, sagte ich und reichte ihr zum Abschied die Hand. Fast war ich schon an der Tür, als sie mich rief.

»Warten Sie mal.«

Mit spitzen Fingern griff sie mir an die Schulter, nahm etwas ab und hielt es mir hin.

»Wie kommen Sie denn da dran?« fragte sie lächelnd.

Zwei lange leuchtendrote Haare kringelten sich um ihre Finger. Ich nahm sie, trat hinaus in die sengende Hitze und ließ sie im leichten Wind davonfliegen.

Nachwort:

In Marienthal im Ahrtal steht die Klosterruine Marienthal, die heute die Staatliche Weinbaudomäne beherbergt. Im 12. Jahrhundert befand sich dort ein Augustinerinnen-Kloster, das seit 1820 nicht mehr bewohnt wurde. Es verfiel zu einer Ruine, die Ende des letzten Jahrhunderts saniert wurde. Eine der Sagen, die sich um die Klosterruine ranken, ist die Geschichte der »fussisch Nonn«, der rothaarigen Nonne, die angeblich unehrenhaft des Klosters verwiesen wurde und daraufhin von einer Bergflanke herab das Kloster verfluchte. Der Weinberg an dieser Stelle wird Fluchloch genannt. Dort wächst nur minderwertiger Wein, und es wird berichtet, daß dort außergewöhnlich viele Tauben beobachtet werden, die ansonsten in Weinbergen eher selten anzutreffen sind.

Den Teufel im Sack

Armin Renker

Ein Schmied aus der Westeifel hatte einst Sankt Petrus bei sich beherbergt. Als sich der heilige Mann am anderen Morgen von ihm verabschiedete, fragte er, was er ihm denn schuldig wäre.

»Ach«, sagte der Schmied, »es ist doch nicht der Rede wert, das bißchen Quartier und Essen kostet Euch nichts.«

»Nun«, hat Petrus gesagt, »wenn das so ist, dann soll wenigstens Deine Herzensgüte nicht unbelohnt bleiben. So viel Gewalt hat mir mein Herr Jesus auf die Fahrt mitgegeben, Schmied, Du darfst drei Wunsche äußern, die Dir erfüllt werden sollen.«

»Gut«, hat der Schmied gesagt, »ich bin einverstanden, wenn das sein kann, und danke auch schön. Dann wünsche ich mir«, hat er nach kurzem Überlegen fortgefahren, »als erstes einen Sessel, aus dem niemand mehr heraus kann, wenn er einmal darin sitzt, als bis ich ihn herausrufe. Und als zweites wünsche ich mir einen Birnbaum. Wenn auf den jemand anders hinaufklettert, soll er so lange oben bleiben, bis ich ihn herunterrufe.«

»Nun halt aber mal, Schmied,« hat Petrus ganz erschreckt ausgerufen, »denk ein bißchen nach, und ein wenig tiefer.«

Er hatte so gerne gehabt, daß der Schmied als dritten und letzten Wunsch wenigstens die ewige Seligkeit gewählt hätte. Aber der wurde ganz böse. »Quatsch«, hat er gerufen »laß mich nur gewähren, ich weiß schon ganz genau, was ich will. Als drittes wünsche ich mir so ein Beutelchen. Wenn jemand da hineinkriecht, dann soll er mir nicht eher wieder herauskommen, als bis ich ihn herauslasse.«

Der Schmied war ein Schlauer! Wenn der heilige Petrus das gewußt hätte, was nachher geschah, dann hätte er ihm seine drei Wünsche sicher nicht so bereitwillig zugestanden. Der Schmied hatte nämlich einen Vertrag mit dem Teufel abgeschlossen und wünschte nun seine Verpflichtung auf bequeme Art loszuwerden.

Eines Tages ist denn auch der Teufel zu ihm gekommen und hat gerufen: »Komm mit, Schmied, Deine Zeit ist abgelaufen. Nun mußt Du mit mir zur Hölle fahren.«

»Ja«, hat der Schmied gesagt, »wenn es denn nicht anders sein kann, dann muß ich wohl mit und mich fertig machen. Setzt Euch nur so lange in den Sessel dort.«

Der Teufel ging in die Falle und setzte sich. Der Schmied machte sich fertig und sagte zu ihm: »Nun komm, Teufel, laß uns gehen. Ich bin soweit.«

»Sackerment«, hat der Teufel da gerufen, »ich komme nicht heraus aus dem verdammten Ding.«

»Na wart Du«, sagte der Schmied, »Du Kerl, sollst mich doch nicht kriegen.« »Dann ist er zu seinem Schmiedefeuer gegangen, hat ein Eisen heiß gemacht und den Teufel damit gekitzelt, daß das versengte Fleisch nur so gedampft hat.

»Hund von einem Schmied, verdammter«, brüllte der Teufel in seiner Wut, »laß mich los.«

»Ja«, sagte der Schmied, »da müssen wir aber erst unseren Vertrag verlängern. Ich muß noch so und so viel Geld von Dir haben und Du mußt mir noch so und so viele Jahre Frist geben.«

Darauf mußte sich der Teufel notgedrungen einlassen, um frei zu kommen. Nun konnte der Schmied wieder in Frieden leben.

Die vereinbarte Zeit ging aber auch diesmal herum. Der Teufel erschien wieder, um den Schmied zu holen.

»Heute kommst Du aber mit mir«, sagte er zu ihm und funkelte ihn aus seinen giftgrünen Augen böse an.

»Ja«, sagte der Schmied, »da können wir wohl gleich gehen.« Und sie gingen miteinander am Birnbaum vorbei.

»Teufel auch«, sagte der Schmied auf einmal, »was hab ich für einen Hunger, ich muß mir da oben schnell noch ein paar Birnen holen gehen.«

Der Teufel ließ ihn auf den Baum klettern. Da saß der Schmied nun oben, schmatzte in den saftigen Birnen und warf die Kitschen dem Teufel auf seinen kahlen Schädel.

»Schmeiß mir doch auch ein paar Birnen herunter, Schmied«, rief der Böse ihm zu und sah verlangend hinauf.

»Ach, Du dummer Teufel, Du«, rief ihm der Schmied hinunter, »wenn Du gern Birnen haben möchtest, dann kannst Du ja selbst hinaufklettern und Dir welche herunterholen.«

Und wirklich, der Böse ging auch in diese Falle. Er kletterte auf den Birnbaum, und nun konnte er nicht mehr herunter.

»Na, da hab ich Dich mal wieder«, rief der Schmied befriedigt in den Baum hinauf. Dann ist er zu seiner Schmiede gelaufen, hat ein paar eiserne Stangen glühend gemacht und ist damit zurück zum Baum.

Wie der Teufel das gesehen hat, ist er bis in die äußerste Spitze des Baumes geklettert, aber des Schmieds Stangen waren lang. Er hat sie durch das Astwerk durchgesteckt, daß die Blätter versengt aufflammten. Der Teufel mußte wie ein Eichhörnchen von Zweig zu Zweig springen, aber der Schmied hat ihn immer wieder erwischt und ihn mit seiner eisernen Stange dermaßen gekitzelt, daß er Ach und Weh geschrieen hat. Und weil der Böse nicht vom Baum herunter gekonnt, hat er endlich einen neuen Vertrag abschließen müssen, von neuem auf Jahre hinaus. Und wieder hat der Schmied viel Geld einheimsen können.

Doch auch die dritte Frist war eines Tages abgelaufen. Und wieder hat sich der Teufel gemeldet. Diesmal ist er schon wütend angekommen. Seine blutunterlaufenen Augen haben wie feurige Kohlen geglüht.

»Jetzt ist endlich Schluß mit Dir, Schmied«, hat der Böse getobt, »jetzt gehörst

Du mir mit Haut und Haar.«

»Ach, man weiß es nicht«, hat der Schmied ganz bedächtig gesagt.

»Laß uns gleich losgehen«, hat der Teufel gerufen, als ob er bang gewesen wäre, daß der Schmied ihm noch eine dritte Falle hatte stellen können.

»Mir soll's recht sein«, hat der Schmied gesagt, »laß uns also gleich gehen.« Sie sind ein Stück Wegs zusammen gegangen, da kamen sie an ein Schloß.

»Dunnerkeil«, hat der Schmied gerufen, »das ist aber ein schönes großes Haus.«

»Das ist doch gar nichts«, hat der Teufel gesagt, »so groß kann ich mich auch machen.«

»Das möchte ich aber gar zu gerne mal sehen«, erwiderte der Schmied und konnte sich ein Lachen kaum verbeißen.

Bums, da stand der Teufel auf einmal riesengroß vor ihm, als hätte man einen Luftballon aufgeblasen. Der Schmied mußte den Hals weit zurückbeugen, um ihm ins Gesicht zu blicken.

»Sieh mal an«, sagte der Schmied, »das hatt ich aber nicht gedacht, daß Du das fertig bringen würdest, so fürchterlich groß kannst Du Dich also machen?«

Und dabei blinzelte er mit den Augen, daß der Teufel, wenn er schlau gewesen wäre, sicher etwas gemerkt hätte. Aber der Teufel fiel auch auf diese dritte Falle herein, denn der Schmied hatte seinen Ehrgeiz angestachelt, und welcher Ehrgeizige schaufelt nicht gern ein wenig an seinem eigenen Grab, wenn er bei diesem Sinn angepackt wird?

»Natürlich kann ich auch das«, sagte der Teufel selbstbewußt »Kleinigkeit, kann mich gerade so klein machen wie groß.«

»Ach, wirklich«, rief der Schmied und wurde dabei vor Erregung ganz rot, »kannst Du Dich wirklich so klein machen, daß Du in das Beutelchen hineinkriechen kannst, das ich hier offen halte?«

»Da soll wohl was dabei sein«, lachte der Teufel, und bums, saß er drin in dem Beutelchen.

»Nun, jetzt wird's was geben!« sagte der Schmied, schnürte das Beutelchen sorgsam zu und ging damit zu seiner Schmiede. Er legte es auf den Amboß, spuckte in die Hände, und nun ging das Hämmern an. Das Geschrei des Teufels drang bis in den Himmel. Ein Gestank erfüllte die rauchige Schmiede, daß der Schmied während der Arbeit manchmal verschnaufen und sich die Nase zuhalten mußte. Aber es hat eine ganze Weile gedauert, bis der Teufel damit einverstanden war, den Vertrag mit dem Schmied endgültig und für alle Zeit zu lösen.

Man hätte denken sollen, es wäre nichts von ihm übriggeblieben nach der gründlichen Arbeit des Schmiedes. Da aber das Böse noch immer in der Welt ist, muß der Teufel wohl trotz der gründlichen Bearbeitung auf dem Amboß lebend entkommen sein.

Im Kreuzgang

Joseph Faßbinder

Das Mondlicht gleitet aus silberner Schale
Zwischen dem kunstvollen Maßwerk herab,
Und farbig umrahmt von dem zitternden Strahle
Zeichnen die gotischen Bogen sich ab.

Die Schritte hallen zurück von den Wänden,
Verlieren sich in dem gewölbten Gang –
Es greift aus den Nischen mit tastenden Händen
Das Dunkel und flieht die Säulen entlang.

Und angesichts der leuchtenden Fenster
Treten aus goldenen Rahmen hervor
Die alten Gemälde wie wache Gespenster,
Von denen sich selbst der Name verlor.

Ein Flüstern zittert durch die Hallen –
Ein kühler Hauch der Einsamkeit
Läßt schauernd von den Decken fallen
Den Schleier einer verschollenen Zeit.

Das Heinrichskreuz

Paul Spülbeck

Auf dem Weg nach Aremberg steht rechts im Wald, nah bei Lommersdorf, ein altes Holzkreuz, das im Volksmund den Namen »Heinrichs-Kreuz« führt. Was der Name zu bedeuten hat, weiß heute keiner mehr.

Valentin, ein junger Mensch, der mit seinem Weib in einem kleinen, niedrigen Häuschen in Lommersdorf wohnte, dicht an der Kirche, war nach Aremberg gerufen worden an das Sterbebett seiner Mutter, denn er stammte von dort. Während er seine Mutter tröstete, wurde ihm gemeldet, sein eigenes Kind daheim sei ebenfalls schwer erkrankt und drohe zu sterben. Da nahm er Abschied von der Mutter und versprach ihr heilig und fest, noch in dieser Nacht wieder zurückzukehren und sie im Sterben nicht allein zu lassen, denn die Mutter hatte sonst niemand mehr auf dieser Welt.

Valentin lief also noch zur gleichen Stunde, als es längst dunkel geworden, nach Lommersdorf, um nach seinem sterbenden Kindlein zu schauen. Es war eine düstere Nacht, und der Wind heulte über die Waldbäume, so daß die Wipfel sich bogen. Da er es eilig hatte, auch die Unruhe ihn trieb, lief er mehr als er ging, den einstündigen Weg in kürzester Frist.

Nun hatte er stets die Gewohnheit gehabt, an dem Heinrichskreuz stehenzubleiben und ein Vaterunser zu beten für den, um dessentwillen man einst das Kreuz hier hingesetzt hatte. Diesmal aber, um keine Zeit zu verlieren, wollte er sich nicht aufhalten, sondern lief an dem Wegkreuz weiter, um noch rechtzeitig nach Lommersdorf zu kommen.

Er war aber kaum einige Schritte an dem Kreuz vorüber, als er plötzlich einen Ruck verspürte und keinen Fuß mehr bewegen konnte. Zu gleicher Zeit sah er sich umringt von einer Schar eigenartiger Tiere: Wie graue Gänse mit langen Hälsen sahen sie aus und waren doch wieder anders und so seltsam, wie er zu Lebzeiten dergleichen Tiere noch nie gesehen hatte. Diese Unwesen sperrten in dichtem Gewimmel die ganze Straße ab bis beiderseits in den Wald hinein.

Er versuchte, vorsichtig einen Fuß zu heben und diesen zwischen die Tiere zu setzen. Das gelang ihm, wenn auch mit großen Schmerzen. Aber dann war das Gewimmel so dicht, daß er unmöglich einen weiteren Schritt tun konnte.

Nun fiel ihm ein, daß er das Vaterunser an dem Kreuz unterlassen hatte. Mit Mühe gelang es ihm, rückwärts zu gehen bis zu dem alten Wegkreuz. Er zog schnell die Kappe ab und betete sein gewohntes Vaterunser. Und siehe da: Sogleich waren die gefiederten Wesen verschwunden, und auch die Lähmung war von ihm genommen.

Nun eilte er weiter nach Hause, von Unruhe und Sorge gequält, fand aber sein Kindlein tot in den Armen der Gattin. Es hatte gerade den letzten Atemzug getan. Die Mutter zu Aremberg starb in der folgenden Nacht.

Valentin, dem es so ergangen, hat mir selbst die Geschichte erzählt kurz vor seinem Tod – er ist fast 90 Jahre geworden – und er glaubte fest und sicher daran, daß es so gewesen.
Auch andere haben am Heinrichskreuz unheimliche Dinge erlebt. So ist vor Jahren oftmals dort ein Mensch ohne Kopf gesehen worden, der mit einem schweren Kreuz beladen vor dem Wegkreuz gekniet habe. Ob es ein Mörder war, der hier an der Stätte seiner Untat sühnen muß? Wer mag das wissen?

Totenstille

Alexander Kuffner

Noch wollte sie die Augen nicht öffnen, noch befand sie sich im Dämmerzustand des Erwachens. Diesem Zustand, in welchem einem bewußt ist, daß man bald vollends geistig dasein wird, es aber noch nicht wahrhaben möchte. Man bemerkt in diesem Moment den eingetrockneten Speichel am Mundwinkel ebensowenig wie den eingeschlafenen Arm, hört nichts um sich herum und steckt noch halb in dem Traum, der kurz vorher die gesamte Aufmerksamkeit des Hirns auf sich gelenkt hatte.

Ihr war heiß und ihre Lippen schmeckten salzig, als sie mit der Zunge darüber strich. Ein stechender Schmerz im Nacken riß sie plötzlich unbarmherzig aus ihrer Schläfrigkeit und mahnte mit pochendem Beharren, daß irgend etwas an dieser Situation nicht ganz normal sein konnte. Wieviel Uhr war es eigentlich?

Sie öffnete die Augen.

Absolute Schwärze umgab sie. Schnell versuchte sie, sich aufzurichten, tastete nach dem Lichtschalter. Doch weder das Tasten noch der Versuch, sich aufrecht hinzusetzen, brachten Erfolge. Es gab keinen Schalter. Der Kopf stieß mit einem dumpfen Geräusch an ein sonderbares Polster an der Decke. Die gleiche Art von Polster, auf dem ihr Körper ruhte, die gleiche Art von Polster an den Wänden.

Hektisch, fast panisch tastete sie um sich herum. Nichts. Vier Wände, ein Boden und eine Decke. Wie in einer Kiste, als ob sie in einer Kiste eingesperrt wäre. Ihre Verwirrung und das panische Gefühl, der Situation nicht Herr zu sein, ließ sie erst jetzt bemerken, daß sie vollkommen nackt war.

»Hallo?«

»HALLO!!«

Der Schrei verhallte ungehört im Schwarz vor ihr. Doch verhallen konnte man es nicht nennen. Er wurde erstickt. Ihre Stimme schien vollkommen geschluckt zu werden, und erst jetzt fiel ihr auf, daß auch kein Laut von außen an ihr Ohr drang. Eine totale Stille umgab sie, abgesehen vom lauten Pochen ihres Herzens und dem schwergehenden Atem aus ihrer Kehle. Schnell schlang sie ihre Arme um die schweißnassen Beine, zog sie an ihre Brust und begann damit, sich leicht hin- und herzuwiegen. Seit ihrer Kindheit half ihr das. Seit sie ein kleines Mädchen war, wiegte sie ihren Körper vor und zurück, wenn sie unglaubliche Angst hatte. Und seit ihrer Teeniezeit hatte sie sich angewöhnt, währenddessen die Situation oder das Problem ganz klar und eiskalt zu analysieren. Das half meistens.

»Also gut, Beate Ehlen. du sitzt in einem ziemlich kleinen Kasten der stockduster ist und nichts zu bieten hat außer diesem Scheißpolster an allen Wänden. Es ist verdammt warm hier drin, du hast einen Brummschädel und schwitzt unglaublich. Davon abgesehen bist du nackt und hast keine, aber auch absolut keine verdammte Ahnung wie du hier hineingekommen bist und was das alles ...«

Beate unterbrach sich selbst, indem sie in unkontrolliertes, hysterisches Heulen ausbrach. Sie schrie und keifte, schlug auf die Wände ein, vergrub ihre Fingernägel darin, brach sich einige ab und begann wieder, wie wahnsinnig mit den Fäusten auf die Mauern ihres Gefängnisses einzuschlagen. Nach wenigen Minuten ließen ihre Kräfte nach. Beates Kopf drohte zu platzen, ihre Nase lief unaufhörlich und alles an ihrem Körper schmerzte. Sie legte sich hin, rollte ihren Körper in Embryostellung zusammen und versuchte, sich wieder in den Griff zu bekommen.
»Sieh es positiv Mädchen, sieh es positiv. Du hast Luft hier drin. Wie auch immer, irgendwie kommt Luft hier hinein, ansonsten hättest du jetzt schon Atemprobleme. Du wirst also schon mal nicht ersticken. Alles positiv sehen, alles positiv sehen. Vielleicht wirst du statt dessen von so 'nem durchgeknallten Psychopathen zerstückelt oder von der bösen Hexe aufgefressen.«
Beates Sarkasmus hatte ihr schon in vielen Lebenskrisen den Rücken gestärkt. Und welches unglaubliche Glück sie hatte, daß Klaustrophobie für sie noch nie ein Problem gewesen war! Keine Angst vor engen Räumen, was für ein Glück.
»Alles positiv sehen, alles positiv sehen.«
Wie damals in Italien, in dieser Grotte, als Heiner und sie sich von der Gruppe gelöst hatten, um einen kurzen Moment ungestört zu sein und anschließend auf der Suche nach dem Ausgang stundenlang herumgeirrt waren. Letztlich war sie es gewesen, die sie beide gerettet hatte. Heiner wäre nie in dieses kleine, dunkle Loch hinabgestiegen, an dessen Ende das verheißungsvolle Licht blitzte. »Wie machst Du das nur, Schatz?« Sie sah ihn direkt vor sich stehen, mit seinem fragenden Gesicht und den großen dunklen Augen. Wo er jetzt wohl ist? Wie konnte er zulassen, daß sie in diese Situation kommen konnte? Was war überhaupt, verdammt nochmal, passiert?
Die Stille machte sie wahnsinnig. Solch eine absolute Ruhe hatte sie noch nie gehört, noch nie in ihrem Leben. Totenstille. Sie mußte an die Geschichten über lebendig begrabene Menschen denken, die sie kürzlich noch in einem TV-Magazin gesehen hatte. Ein großer Kloß stieg in ihrem Hals herauf. Beate begann wieder, mehr zu schwitzen. Ihr wurde schwindelig und sie hechelte heftig nach Luft.
»Ruhig Mädchen. Bloß nicht hyperventilieren ... ganz ruhig, ganz ruhig. Du liegst in keinem Sarg. Kein Mensch baut so einen Sarg. Außerdem wäre es dann auch nicht so unglaublich heiß.«
Ihre Logik rettete Beate vor einer erneuten Panikattacke. So gut es ging versuchte sie sich aufzusetzen und rieb sich die schmerzenden Gelenke. Plötzlich wußte sie auch wieder, welches komische Polster die Wände um sie herum bedeckte. Diese Noppen ... das war doch so ein Dämm-Material für Tonstudios. Wie kleine Eierkartons sah das aus, so etwas hatte sie schon beim »Tag der offenen Tür« des örtlichen Radiosenders gesehen. Das erklärte natürlich die Tatsache, daß ihr die eigene Stimme wie verschluckt vorkam und kein einziger Laut von außen hineindrang.
Beate fand sich selbst trotz ihrer beschissenen Lage eigentlich ziemlich gut. Mit ein bißchen Nachdenken kam man immer weiter. Kopfloses Verhalten hatte

sie noch nie verstehen können.

Natürlich hatte sie immer noch Angst. Natürlich tat ihr alles weh in dieser Enge und der warmen, stickigen Luft. Aber es war schon besser, ein wenig besser. Jetzt galt es herauszufinden, wie um alles in dieser Welt sie hierher gelangen konnte. Und vor allem, wie sie wieder hinauskommen sollte.

Wenn sie sich doch nur erinnern könnte, nur ein kleines bißchen erinnern, was passiert sein mußte. Wer sollte sie schon entführen? Weder Beate noch Heiner waren reich. Ihre Eltern lebten weit weg und hatten ebenfalls keinen besonderen Namen, geschweige denn Reichtümer aufgehäuft. Feinde hatte sie ebenfalls keine nennenswerten. Vielleicht doch irgendein Perverser ... das würde auch ihre Nacktheit erklären.

Während ihre Gehirnzellen fieberhaft an der Rekonstruktion der vergangenen Stunden arbeiteten (oder Tage – wer wußte schon, wie lange sie hier drin lag), piddelte sie mit den Fingern an dem Schaumstoff herum.

»Ein dermaßen festsitzendes, verklebtes Stück Scheiße hab ich noch nie gesehen, verdammt!«

Mit grober Gewalt ging erst recht nichts. Es gelang ihr nur, die kleinen Höckerchen des Schaumstoffs abzureißen. Alles weitere saß bombenfest, und lediglich winzige Stückchen lösten sich nach beharrlichem Ziehen und Zerren.

»Das dauert doch Tage bis dieses Mistzeug abgekratzt ist.«

Beate beschloß, erst einmal ihren Gedanken freien Lauf zu lassen. Sie schaffte es so eben, sich im Schneidersitz in ihr Gefängnis zu setzen. Auch wenn die Knie schmerzten und der Schweiß nur so an ihr herablief (sie würde bald Wasser brauchen).

Angestrengt zogen sich die Falten auf ihrer Stirn zusammen ... »Ganz normaler Tag gestern ... wie immer um halb vier von der Arbeit, ich war einkaufen, war Heiner zu Hause ...? Nein, ich war doch noch so sauer, weil er schon wieder angerufen hatte und ich schon beim Kochen war. Gefüllte Zwiebel ... ja, gefüllte Zwiebeln, genau. Habe ich dann allein gegessen. Und dann ...«

Tränen liefen ihre Wangen hinab und bildeten winzige, salzige Tropfen an ihren Mundwinkeln. Einen richtigen Blackout hatte Beate noch nie gehabt. Und so eine verdammte Angst auch noch nicht. Eingeschlossen in dieser Höllenkiste und keine Ahnung warum.

»Die Scheißzwiebeln habe ich allein gegessen ... UND DANN?«

Ihre Fingernägel schmerzten, dennoch kaute sie unablässig darauf herum, wippte hin und her. Immer schneller, im Rhythmus ihres Herzschlages.

»FERNSEHEN! Ich hab ferngesehen!«

Die Erkenntnis, am gestrigen Abend (oder wann auch immer) einen Moderator und einem komischen Ehepaar bei einem noch komischeren Quiz zugesehen zu haben, ließ sie vor Verzückung noch mehr heulen. Weitermachen ...

»Genau. Die hatte so eine komische Frisur, die Frau, und kurz darauf kam Heiner. Wir haben kurz gestritten und dann hat er gegessen und ... wir... haben Wein getrunken. Ja, Weißwein. Und dann sind wir irgendwann ins Bett und ich hab noch gelesen, während er noch irgend etwas erzählt hat und darüber eingeschlafen ist.«

Als ob es gestern gewesen wäre (und hoffentlich war es das ja auch). Alles war wieder da – dieser ganz normale Wochentag, mit all seinen Kleinigkeiten inklusive der dümmlichen Frisur einer namenlosen Kandidatin beim TV-Quiz. Aber das war es dann auch. Jetzt folgte Schwärze. Dieselbe Schwärze wie um sie herum. Nichts. Stille. Totenstille.

Dabei hatte Beate bemerkt, daß, wenn sie intensiv nachdachte und dabei die Augen schloß, sie ihre Situation zwar nicht vergessen konnte, sie ihr jedoch erträglicher erschien. Hier gab es Luft, und egal warum sie in diesem Kasten saß, sie würde nicht sterben ohne zu erfahren, warum – da war sie sich sicher.

»Ist doch ein toller Trost Mädchen, oder? Du hast es schon richtig drauf!«
Es platzte aus ihr heraus. Sie lachte. Sie lachte und schrie, hielt sich den Bauch und lachte weiter bis sie sich verschluckte und ihr der hysterische Frohsinn sprichwörtlich im Halse steckenblieb.

Beate schüttelte sich in einem Hustenanfall. Hals und Augen brannten ihr von der Anstrengung und sie hatte das dringende Gefühl, ausspucken zu müssen, wollte aber ihr dürftiges Loch nicht auch noch unnötig versauen. Also schluckte sie herunter, rieb sich die Augen, klopfte sich mit den Fäusten auf die eingeschlafenen Beine von den Füßen bis hinauf zum Oberschenkel und ließ die Hände dort ruhen. Was wäre, wenn sie pinkeln müßte? Geschichten von Überlebenskünstlern, die mehrere Tage mit dem Trinken des eigenen Urins den Durst besiegt hatten, kamen ihr ins Gedächtnis. Das könnte sie nicht – niemals! Aber hier auf das Polster ginge es doch auch nicht. Egal, bei den Temperaturen würde ohnehin alles herausgeschwitzt werden.

Wieder einmal mußte die Stellung der Extremitäten verändert werden, da alle Gelenke eingerostet schienen. Ihre Hände ruhten indes weiterhin zwischen den Oberschenkeln und begannen, sich zu bewegen.

»Nein Mädchen! Das wäre jetzt so ziemlich das Unangebrachteste, was Du tun könntest!«

»Andererseits, vielleicht auch das einzig Schöne und Entspannende ...«
Kein Wort mehr zu sich selbst. Hier war die Hölle, ihr Verderben, wer wußte es schon genau. Und auch wenn sie sich als Außenstehende in diesem Augenblick selbst betrachten könnte und sich dabei ziemlich widerlich finden würde – es tat ihr gut. Und es lieferte schöne, andere Gedanken. An seine reine Haut, die immer so gut duftete. Seine süßen Grübchen, seine tiefschwarz behaarte Brust und dieses kleine Muttermal am Bauchnabel. Ganz zu schweigen von dem, was sich unter dem Bauchnabel befand.

Schließlich riß ein kurzer Moment der absoluten Verzückung Beate für Sekunden komplett aus ihrer derzeit hoffnungslosen Situation. Als sich Entspannung in ihrem Körper breitmachte, versuchte sie, solange wie möglich an den intensiven Gedanken von gerade festzuhalten. Was das anbetraf, war er wirklich eine Wucht. Zu dumm, daß sie von Heiner einfach nicht loskam. Richtig innige Liebe war es zwar nicht mehr unbedingt zwischen ihnen, aber er war ihr Mann. Und sie war hundertprozentig sicher, daß es wieder aufwärts gehen würde und sie bis an das Ende ihres Lebens (was hoffentlich noch lange auf sich warten ließ) mit Heiner zusammenbliebe.

Das mit Gerald mußte aufhören, auch wenn es gerade erst angefangen hatte. Auch wenn sie so etwas noch nie erlebt hatte. Auch wenn Heiner es niemals merken würde, weil alles immer wieder so perfekt durchgeplant wurde und er selbst so gut wie nie zu Hause war. Immer diese Besprechungen und dieser ominöse Hobby-Club. Fast glaubte sie, daß womöglich Heiner selbst eine Affäre hatte. Aber dazu war er einfach nicht der Typ.

Heiner ...

Ihr Kopf stieß gegen das Polster an der Decke.

»Aua!! Scheiße! Hiiiiilfee, Haallooo!!«

Es dauerte höchstens eine Minute, bis sie sich beim neuerlichen Versuch den Dämmstoff abzureißen nun endgültig alle Nägel abgebrochen hatte und einige Fingerkuppen zu bluten begannen. Das laute Pochen ihrer Schläfen schien die Luft zu erfüllen. Mit unglaublicher Entschlossenheit ließ Beate von ihren Versuchen ab, stemmte sich im Sitzen so gut es ging mit dem Rücken an eine Wand und zog die Beine an, bis die Knie ihr Kinn berührten.

Schon nach zwei Tritten hatte sie die endgültige Gewißheit, die sie auch beim Abpiddeln des Schaumstoffes bereits vage erlangt hatte: Stahlwände umgaben sie. Zumindest war es kein Holz und fühlte sich verdammt massiv an.

Doch der dritte Tritt war bereits unterwegs und sie hatte ihm allen Frust und alle Angst mit auf den Weg gegeben, alle Kraft die sie noch hatte, hineingelegt. Es gab ein häßliches Geräusch, als der schweißnasse rechte Fuß am Schaumstoff abrutschte und nach rechts außen wegknickte. Ein stummer Schrei erfüllte Sekundenbruchteile später die dünne Luft der Kiste.

Ihre zittrige Hand tastete sich am Bein entlang in Richtung Knöchel. Als die Finger von warmem Blut benetzt wurden und die Kuppen gerade noch die Spitzen des gesplitterten, aus der Haut herausgetretenen Knochen erreichten, sank Beate mit verdrehten Augen in eine noch tiefere Schwärze.

Das Bewußtsein kam schnell zurück. Mit ihm traten unglaubliche Schmerzen und, nur einen Wimpernschlag später, die Erkenntnis über die Situation in ihr Bewußtsein. Sie winselte, war einen kurzen Moment noch benommen und roch dann bereits das Blut, ihr Blut. Heulen war nicht mehr drin, noch nicht einmal vor Schmerzen. Jetzt zählte das nackte Überleben. Und trotz allem, was sie umgab, durchzuckte sie ein heller Moment. Mit unglaublicher, fast stoischer Ruhe knibbelte sie mit lädierten Fingern ein Stückchen aus dem Polster und arbeitete den Beginn eines Streifens heraus. Ihr Zeitgefühl war sowieso im Eimer. Und auch wenn es Ewigkeiten dauerte, der Streifen zog sich länger und länger und reichte fast bis zur nächsten Ecke, als er schließlich doch abriß. Vorsichtig wurde nun zum zweitenmal der Weg zur Wunde ertastet.

»Fall ruhig noch einmal in Ohnmacht und verblute genüßlich, Beate Ehlen. Mach doch!«

Nein, den Gefallen würde sie dem Teufelchen, das neben ihrem rechten Ohr schwebte, nicht tun. Noch wollte sie nicht aufgeben, selbst wenn das hier mit Abstand der beschissenste Tag in ihrem ganzen Leben war.

Keine Ahnung, was sie da tat. Der Schmerz raubte ihr den Atem, als sie feste an dem Schaumstoffverband zog. Matt sank sie zurück und schloß die Augen. Wieder Heiner. Wäre er doch nur hier, hätte er sich noch fester als gewöhnlich an sie geschmiegt letzte Nacht. Ob auch ihm etwas zugestoßen war ...? Was haben sie mit ihm gemacht? Sie waren doch zusammen und plötzlich ist sie hier und kann sich an nichts erinnern. Was für Schweine taten ihnen das an? Ging es ihm gut? Sie hatte ihn noch nie so vermißt wie in diesem Moment.

»Heineeeer!«

Keine Kraft mehr. Nicht zum Schreien, nicht zum Weinen, nicht zum Nachdenken.

* * *

»Es wird Zeit.«

»Ja, ich weiß.«

Er nahm noch einen schnellen Schluck aus der Schale vor sich. Das Brennen und die Wärme in seiner Kehle bestärkten ihn darin, aufzustehen. Ein Blick zu seinen Brüdern. Alle nickten ihm zu, klopften ihm auf die Schulter und murmelten lateinische Verse.

»Gerald, kannst du nicht ...?«

»Bruder, du weißt, daß es deine Aufgabe ist. Es ist unser Kodex, wir haben sie geprüft, sie kann nicht aufgenommen werden ...«

»... und sie ist meine Bürde, ich weiß.«

Seine ruhige Hand griff nach den Utensilien und er fühlte sich etwas benebelt, während er die zwanzig Schritte zur Box zurücklegte. Einige dumpfe Laute hatte er schon aus der Entfernung vernehmen können, trotz des Dämm-Materials. Ihre Höhle war einfach zu hellhörig.

Es gab kein Zurück mehr, und das war gut so. Gut so für ihn, gut für Luzifer und gut für seine Brüder. Er entriegelte den runden Deckel auf der Kiste und klappte ihn auf. Die Oropax waren das einzige Hilfsmittel, das seine Brüder ihm genehmigten, um die Aufgabe zu erledigen. So lauscht er nur seinem eigenen Herzschlag, als er den Schlauch hineinsteckte und den mit Wasser vermischten Honig aus dem Plastikbeutel durchlaufen ließ. Als das klebrige Gemisch in der Kiste verschwunden war, nahm er die große, schwere, zugebundene Papiertüte hoch und positionierte sie über dem Loch.

Einen kurz Moment sah er einige ihrer feuchten Finger hervorlugen. Als sie verschwunden waren, stach er schnell zwei, drei Löcher in die Tüte, stopfte sie in das Loch, und verriegelte die Öffnung sofort wieder.

Während er zu seinen Brüdern zurückging, die ihm bereits die Schale entgegenstreckten, wischte er einige Ameisen vom Messer und schob es zurück in die Scheide.

Eifelkirchlein

Heinrich Lentz

Ich weiß ein graues Kirchlein
Im alten Eifelland
Drei alte Linden rauschen
Und Erd und Himmel lauschen
Dem Klang der Einsamkeit

Vermorschte Kreuze sagen,
Daß unter Moos und Gras
Verscholl'ne Tote schlafen
Im friedereichen Hafen
Der dunklen Einsamkeit.

Wie der Teufel einem Mönch einen Strohwisch in die Augen warf

Caesarius von Heisterbach

Einer unserer älteren Mönche, Friedrich mit Namen, der sonst ein wackerer Mann war, war doch berüchtigt wegen des Lasters der Schlafsucht. Als er eines Nachts, ehe unsre Brüderschaft entlassen war, beim Psalmengesang der Frühmette in Hemmenrode stand und schlief, sah er vor sich, jedoch im Traum, einen langen, häßlichen Mann stehen, der in der Hand einen schmutzigen Strohwisch hielt, wie man ihn zum Abwischen der Pferde nimmt. Der blickte den Mönch grimmig an und sagte:

»Was stehst du hier die ganze Nacht und schläfst?«

Und dabei warf er ihm das schmutzige Stroh ins Gesicht. Jener wachte sogleich voll Schrecken auf, und um dem Wurf auszuweichen, zog er den Kopf zurück und stieß sich recht derb an der Wand.

Das Kräutermännchen
Josef B. Schiffels

Ein Fischer stand einst nachts mit seinem Wurfgarne oberhalb der Fließemer Mühle an der Kyll. Schon wiederholt hatte er das Garn ausgeworfen, aber noch nicht ein einziges Fischlein gefangen. Das machte ihn sehr verdrießlich; denn er hatte zu Hause zwei kranke Zwillingskinder, einen Knaben und ein Mädchen. Jedesmal nämlich, wenn das Fieber worüber war, verlangten sie nach einem Fische und warteten daher sehnsüchtig auf die Rückkehr des Vaters.

Während dieser harrend und sinnend am Ufer stand, bemerkte er auf einmal auf dem Wasser zwei junge Schwäne, die schwach und todesmatt flußaufwärts schwammen. Der Fischer war versucht, sein Fanggarn nach ihnen auszuwerfen. Als er eben im Begriffe war, seine Absicht auszuführen, erschien am entgegengesetzten Ufer plötzlich das grasgrüne Kräutermännlein. Es hielt ihm ein Kräuterbündlein entgegen und drohte mit erhobenem Finger. So wollte es den Fischer von seinem törichten Vorhaben abbringen; allein er achtete nicht auf den warnenden Wink, sondern warf sogleich das Garn nach den vermeintlichen Schwänen, die er beide gefangen hatte. Als er das Netz in die Höhe gezogen hatte und entleeren wollte, waren statt der Schwäne zwei glänzende Forellen darin. Der Mann war darüber nicht wenig verwundert. Rasch eilte er nach Hause, um seinen kranken Kindern die labende Speise zu bringen. In banger Ahnung näherte er sich seiner Wohnung, über die er zwei Schwäne emporsteigen sah, die endlich in nebelhafter Ferne entschwanden. Kaum hatten die Kinder von den Fischen gegessen, da erbleichten sie. Sterbend sagten sie noch:

»Lieber Vater, wir sehen uns jetzt zum letztenmal. Wir waren bei dir am Flusse; in törichtem Wahne hast du dein Netz über zwei kranke Schwäne geworfen.«

Damit verschieden sie. Untröstlich klagte der unglückliche Vater:
»So geht es, wenn man auf Kräutermännleins Warnung nicht hört.«

Schreie

Ingrid Peinhardt-Franke

Ein Schrei zerriß die nächtliche Stille. Laut und langgezogen, schmerzvoll. Es war die Stimme eines Mannes. Instinktiv sahen die beiden Wanderer auf ihre Armbanduhren. Es war zwei Minuten vor Mitternacht. Entsetzt schauten sie sich an. »Da schreit einer um sein Leben«, flüsterte Robert Backes tonlos. »Mein Gott«, stöhnte Daniel Weiss mit aufgerissenen Augen. »Ein Schmerzensschrei. Nachts, im Wald.« Er fingerte sein Handy aus der Hosentasche. »Ich ruf die Polizei an. Die sollen sich darum kümmern.« Hastig drückte er den Notruf. »Netzsuche« erschien auf dem Display. Keine Verbindung. »Scheiße. Wir haben kein Netz.«
Er rannte ein paar Meter weiter, doch die Verbindung kam nicht zustande. Auch Roberts Handy funktionierte nicht. »Und jetzt? Wollen wir raus aus dem Wald, und aus dem Ort anrufen?« Zum zweitenmal war der Schrei zu hören. Laut und martialisch. Die Männerstimme schrie sich die Seele aus dem Leib. Ganz in der Nähe. »Oh Gott«, flüsterte Robert, »da geschieht etwas ganz Furchtbares.« »Der Schrei kommt aus Reinartzhof«, stellte er dann sachlich fest. »Wir gehen hin.«
»Das fehlt gerade noch, daß wir in ein Verbrechen hineingeraten«, stöhnte Daniel Weiss wiederum. »Wenn wir nichts machen, ist das unterlassene Hilfeleistung«, sagte Robert Backes schnell. »Außerdem: wenn wir schon mal hier sind, können wir auch helfen. Und wenn jemand rauskriegt, daß wir nachts im belgischen Wald herumlaufen, kriegen wir sowieso Ärger.« »Das ist schon richtig«, gab Daniel zu, »aber mir war eigentlich mehr nach einer gemütlichen Nacht-Tour durch die frische Luft.«
»Das glaubt uns sowieso kein Mensch, daß wir nur ein bißchen Wandererkondition trainieren. Jeder, dem wir sagen, daß wir jede Nacht drei Stunden durch den Wald laufen, hält uns doch für bekloppt.« Die beiden Jungmediziner lachten. Stimmungsvoll schob sich eine dunkle Wolke vor den Sommervollmond, und prompt schrie ein Käuzchen. »Das ist ja wie im Horrorfilm«, entwickelte Daniel Galgenhumor. »Hast du vielleicht ein bisschen Knoblauch in der Hosentasche, falls ein Vampir vorbeifliegt?«
Die beiden Männer befanden sich im Waldstück Elsenbruch, ein paar Kilometer südlich von Roetgen-Schwerzfeld, nahe bei der ehemaligen Siedlung und heutigen Kapelle Reinartzhof, als die Männerstimme zum drittenmal schrie. »Weißt du, wie das klingt?« fragte Daniel erschüttert. »So schreien eingeklemmte Unfallopfer bei vollem Bewußtsein!« »Oder Schauspieler!« Der Weg ging bergauf, und Robert atmete schwer. »Da kommt ein Fahrzeug! Schnell, ins Gebüsch!« rief er. Beide stürzten in den nächstbesten Farn und duckten sich. Tatsächlich war der Motor eines Autos deutlich zu hören. Mit weithin sichtba-

ren, aufgeblendeten Scheinwerfern kam es rasch näher und fuhr mit hohem Tempo an ihnen vorbei. Das Fahrzeug war ein typischer Försterjeep, mit belgischem Kennzeichen. Robert konnte zwei Männer ausmachen. Der Fahrer war der ältere und trug einen Hut, der jüngere saß auf dem Beifahrersitz und hatte eine helle, weit nach hinten geschobene Baseballkappe auf dem Kopf.
»Die müssen sich gut hier auskennen«, meinte Daniel. »Bei dem Tempo, das die fahren.« »Die müssen einen Schlüssel für die Schranke haben. Sonst kommmen die mit dem Auto gar nicht rein und raus. Sicher fühlen sie sich auch, wie die mit vollem Licht durch die Nacht rauschen.« Wieder gellte die Stimme durch den Wald. Voller Schmerz, unbändig. Robert und Daniel rann es eiskalt den Rücken herunter. Gänsehaut breitete sich auf ihren Armen aus.« Robert zückte sein Handy und wählte verzweifelt den Notruf. »Nichts«, sagte er bitter. »Keine Verbindung.«
»Wir müssen hin«, sagte Daniel erneut. »Trotz allem.« Im Schutz von Farn und Brombeeren, hinter den straßennahen Baumreihen, näherten sich die Männer der Kapelle. Deutlich sahen sie das Flackern von Lichtern in rotumhüllten Grabkerzen, und deutlich erkannten sie einen großen, schlanken Mann, der rauchend vor der Kapelle auf und ab ging. Während er in sein Militärfunkgerät sprach, gestikulierte er wild mit der rechten Hand. Hin und wieder zog er kräftig an einer Zigarette, die dann in der Dunkelheit glühend aufleuchtete. Achtlos warf er die brennende Kippe weg, steckte sein Handy in die Brusttasche seines Hemds und ging hinter die Kapelle. Hier wurde ein Motorrad gestartet, und nach wenigen Sekunden fuhr der Mann auf einer schweren, cremefarbenen BMW an ihnen vorbei.
Robert und Daniel schauten sich in ihrem Farnversteck an. »Ich glaub, ich spinne«, flüsterte Robert. »Da brettern hier nachts Leute mit Fahrzeugen durch den Wald. Und einer schreit sich die Seele aus dem Leib. Das müssen die doch auch gehört haben.« »Richtig«, antwortete Daniel leise. »Entweder sind das Kriminelle, und dann sind wir in Gefahr. Oder die spielen hier irgendwelche komischen Sektenspielchen, Satanisten vielleicht, und dann sollten wir auch aufpassen. Denen passen Mitwisser bestimmt nicht in den Kram.«
Trocken meinte Robert: »Hast du eigentlich ein Messer dabei?« Dann fummmelte er in den geräumigen Taschen seiner Trekkinghose herum und förderte ein kleines Taschenmesser zutage. »Besser als nix.« Daniel hatte keine Waffe zu bieten – eine kleine Taschenlampe und ein kleines Taschenmesser waren alles. »Da bleibt uns nur die Sprache der Fäuste.«
Mit vorsichtigen Schritten schlichen sich Robert und Daniel näher an die Kapelle heran. Es war totenstill. Kein Windhauch bewegte den Wald. Der Mond befreite sich aus der dunklen Wolke, die ihn bedeckt hatte, und beleuchtete den leeren Vorplatz der Kapelle. Robert und Daniel konnten klar erkennen, daß Papierfetzen herumlagen. Einer glühte rot vor sich hin, ein anderer hatte bereits Feuer gefangen. »Die Zigarette!« schoß es Daniel durch den Kopf. »Gleich brennt der Wald«, murmelte er seinem Kompagnon zu. »Wir müssen die Glut löschen.«

Mit gezückten Messern wagten die beiden die letzten Meter bis zu den Flammen. Während Robert sich permanent umschaute, trat Daniel Flammen und Glut aus. Auf den kleinbedruckten Blättern war nichts mehr zu lesen. Nur die Zeilen der Buchstaben waren zu erkennen, und ein großes Kreuz. Offensichtlich waren Robert und Daniel allein. Keine Stimmen, keine Geräusche. Plötzlich knackte es hinter der Kapelle. Robert und Daniel schlichen an das kleine Gebäude heran. Mit einem Blick verständigten sie sich – Robert hatte das Gelände im Auge, und Daniel wagte einen Blick um die Ecke. Ein Reh schaute ihn an und sprang mit einem Satz weg. In dem Moment ertönte wieder der Männerschrei, der Robert und Daniel nach Reinartzhof geführt hatte. Lauter, gellender und näher denn je.

Robert unterdrückte selbst einen Schrei. Daniel war bleich vor Entsetzen. Mit aufgerissenen Augen starrten sich die beiden Freunde an. Robert holte tief Luft. »Das kam von weiter oben«, flüsterte er. »Ein paar Meter weiter, auf der Seite der Kapelle, ist der Hof nicht komplett abgerissen worden. Es gibt noch einen Kellerraum, da muß der Schrei herkommen«, analysierte Daniel und gab Robert per Kopfnicken ein Zeichen. »Durch den Farn«, flüsterte er und schlich so leise wie möglich dem einstigen Bauernhof entgegen. Robert folgte ihm.

Als sie nahe bei den Mauerresten waren, schob sich wieder eine Wolke vor den Mond. Es wurde stockfinster. Ein Keuchen und Stöhnen war nun zu hören – aus dem Keller. Danach das Rasseln von Eisenketten, und ein schwerer Körper klatschte auf den Boden. Daniel bekreuzigte sich. Robert lachte leise: »Das machst du doch sonst nie.« Daniel wischte sich den Angstschweiß von der Stirn. Gnädig gab die Wolke den Mond wieder frei. Daniel und Robert sahen, daß der alte Pflug, der den Kellereingang bislang verschlossen hatte, weggeräumt war. Statt dessen gab es eine Metalltür mit einem überdimensionalem Vorhängeschloß.

Ein kleines Fenster in der Tür gab einen schwachen Lichtschein preis. »Laß mal gucken«, meinte Daniel. Beide schauten sich vorsichtig um. Hinter einem dicken Baum bewegte sich etwas. Instinktiv duckten sie sich und schauten angestrengt hin. Ein Arm zeigte sich, in einem hellen Hemd. Schlaff fiel er zurück. Vorsichtig näherte sich Daniel der Stelle und richtete sich auf. An einem Ast hing ein Herrenhemd. Sonst nichts. Erleichtert atmeten die beiden auf.

»Komm, wir bringen es hinter uns«, flüsterte Robert Daniel zu und ging vorsichtig als erster auf die Tür zu. Als er seine Taschenlampe auf das Fenster richtete, sah er ein bleiches Gesicht mit großen runden Augen. Robert schluckte. »Da ist jemand.« »Weiter«, meinte Daniel mit gezücktem Taschenmesser. »Wir treten die Tür ein.« Und dann kam erneut der Schrei. Markerschütternd. Gellend. Mit starren Augen schaute das Gesicht auf Daniel, der mit einem Griff das Schloß in der Hand hatte. »Pappe – wie im Theater«, flüsterte Daniel. »Hier ist was faul. Oberfaul.« Entschlossen stieß er die Tür auf und ging hinein.

Robert folgte ihm bis zum Türrahmen und hielt die Umgebung im Auge. Daniel sah zwei rote Punkte in der Dunkelheit. Metallisches Knacken war zu hören. Und dann kam ohrenbetäubend laut das Keuchen und Stöhnen, gefolgt vom Rasseln der Eisenketten und dem klatschenden Aufprall eines schweren Körpers. Daniel knipste seine Taschenlampe an und lachte laut auf. »Komm rein«, rief er Robert zu, »hier ist keiner. Nur ein hübsches, kleines Gruselkabinett.« Robert trat ein und schloß die Tür. Auch er mußte nun lachen: das Gesicht am Fenster war ein ausgeschnittenes, auf Pappe geklebtes Foto mit einer angetackerten Perücke. Leise klackend und rot blinkend lief ein Tonband auf einem Regal. Eine Fülle von Eisenketten und Kabeln hing von der Wand und führte zu einer Massagebank, auf der ein Kopfhörer lag. Robert setzte ihn sich auf und lachte laut auf: »Der Schrei. Wie auf der Geisterbahn.« Daniel lachte mit, doch dann packte ihn das Entsetzen: »Wie kommt der Schrei auf das Band? Wer hat geschrien, warum? Und wo? Und wer hat das alles aufgenommen?« Robert rang nach Beherrschung: »Wer sich das hier ausgedacht hat, muß ein Irrer sein. Laß uns gehen.«

Plötzlich entdeckten sie das Blut. Eine dünne Spur führte von der Bank zur Tür. Von oben tropfte es durch einen Riß in der brüchigen Decke. Robert nahm mit dem Finger einen Tropfen auf und roch daran: »Frisch.« Er schwankte vor Entsetzen, die Farbe wich aus seinem Gesicht. »Hier ist ein Mann gefoltert worden. Oder sogar getötet.« sagte er entschlossen, aber heiser. Seine Stimme versagte fast: »Mit Elektroschocks.« Daniel verfolgte die Kabel an der Wand. »Hier«, sagte er mit Blick auf Elektroden und Adapter, »Anschlüsse für eine Stromquelle.« »Unfaßbar.« Daniel war kreidebleich: »Nichts wie weg hier. Die haben uns angelockt! Und wir sind drauf reingefallen. Mensch! Hier ist ein Irrer am Werk. Der hockt hier sicher irgendwo rum und beobachtet uns.«

Er stürzte zur Tür. Als er sie öffnen wollte, war sie verschlossen. Und von draußen klopfte jemand leise an.

Die buckligen Musikanten

Alfred Reumont

Am Tage St. Mathäi, im Jahre nach des Welterlösers Geburt 1549, kam ein armer buckliger Spielmann spät in der Nacht nach Aachen von einem Dorfe zurück, woselbst er bei einer Hochzeit aufgespielt hatte. Halb im Taumel, bekümmerte ihn weder Zeit noch Ort, und so ging er denn wohlgemut am Münster vorbei, als eben die Turmglocke Mitternacht brummte. Da aber erschrak er auch um so mehr, als er nun hörte, wie spät es in der Nacht sei, und dazu sich in der Luft ein seltsames Geschwirre, wie von Eulen und Fledermausflügeln, vernehmen lies. Schnellen Schrittes eilte er, dem Graus der Geisterstunde und ihrem Spuke zu entfliehen, und beugte schüchtern in die Schmiedestraße ein, um durch sie zu seiner Wohnung zu gelangen, welche in der Jakobstraße gelegen. Was begegnete ihm aber, als er das Pervisch (den Fischmarkt) betrat! Alle Fischbänke schimmerten von unzähligen Lichtern, welche weithin die dunkle Nacht erhellten; köstliche Speisen waren in goldenen und silbernen Schüsseln aufgetragen, und perlender Wein blinkte in großen Kristallkrügen. Um alles herum aber saß eine Menge der reichgekleidetsten Damen und ließen es sich trefflich schmecken. Erschrocken hockte sich der Spielmann in eine Ecke, denn nun erinnerte er sich entsetzt der Quatember-Nacht und ihres Hexenspuks. Doch es war zu spät: eine der zunächst sitzenden Damen hatte ihn bereits bemerkt und führte ihn zu Tische. Dann aber sprach sie zu dem Spielmann, der mit vor Angst klappernden Zähnen und schlotternden Knien dastand:

»Fürchte Dich nicht, und spiele uns eine lustige Weise auf; wir werden Dir dessen Dank wissen.«

Und indem sie so sprach, reichte sie dem Zagenden einen Pokal mit würzigem Wein gefüllt. Dieser ermutigte wundersam den Spielmann dergestalt, daß, sobald er den Becher bis auf die Nagelprobe geleert hatte, er seine Geige zur Hand nahm und lustig zu fiedeln begann.

Da wurden eilig die Bänke mit allem, was darauf stand, bei Seite geschafft, und die Damen, unter denen er manche vornehme Frau aus der Stadt zu erkennen glaubte, erhoben sich allzumal bei dem Tone seiner Geige, und bald wirbelten die Paare durcheinander. Nun aber ging es immer schneller und schneller, und der Spielmann geigte, wie von unsichtbarer Hand getrieben, immer toller darauf los, so daß er mehrmals vermeinte, die Saiten müßten in tausend Stücke zerspringen und ihm Hören und Sehen vergehen. Indessen sausten die Paare noch immer durcheinander, während sein Arm kräftig den Bogen führte, und sein Spiel von selbst aus einer Weise in die andere überging und oft so stark wurde, daß es ihn bedünkte, als sei ein ganzes Konzert von Geigen und gellenden Flöten hinter ihm aufgestellt, welche alle in seine Töne

einstimmten, und ihm das Ganze wie ein wirrer Traum vorkam. Da summte endlich die Turmuhr drei Viertel auf Eins, und plötzlich hielten die Paare in sichtbarer Erschöpfung inne; alles wurde wieder mit einem Male ruhig und in seine vorige Ordnung gerückt. Unentschlossen stand aber der Spielmann da, nicht wissend, ob er bleiben müsse oder scheiden dürfe. Da trat die frühere Dame wieder zu ihm heran und sprach: »Braver Spielmann, Du hast uns wacker vergnügt, drum soll Dir auch nun des Lohnes werden!«

Und damit hatte sie ihm bereits sein Wams ausgezogen, und ehe er noch recht zur Besinnung kommen konnte, war sie schon hinter ihn getreten und hatte ihm mit einem Griffe seinen Höcker abgenommen. Wer war froher als unser erleichterter Spielmann! Dankdurchdrungen wollte er niederfallen vor seiner Wohlthäterin – da aber schlug es Eins, und die Damen, Lichter und Schüsseln waren verschwunden, und nur der Spielmann stand noch allein in der dunkeln Nacht. Da aber fühlte er abermals nach seinem Rücken; denn ihm war es noch immer zu Mute, als sei sein ganzes Abenteuer ein wirrer Traum gewesen. Doch nein, es war Wirklichkeit, er war gerade und schlank und sein Höcker war verschwunden. Wer vermöchte wohl die Freude seines Herzens zu beschreiben, in welcher er nun nach seinem Wams griff, das vor ihm auf der Erde liegen geblieben! Doch noch eine zweite sollte ihm beschieden sein, denn als er dasselbe aufnahm, kam es ihm ungewöhnlich schwer vor; und als er nach der Ursache dieser außergewöhnlichen Gewichtigkeit forschte, fand er dessen beide Taschen mit Gold gefüllt und eilte als ein zwiefach glücklicher Mann nach seiner Wohnung.

Dort aber erkannte die harrende Frau ihren verwandelten Mann fast nicht mehr wieder, bis ihr seine Erzählung von dem Beggenisse der Nacht den Hergang erklärte. Da staunte die fromme Frau sehr und pries den Himmel, der das alles noch so glücklich gefügt. Am andern Morgen aber wurde die Geige, die all das Glück ins Haus gebracht, unter das Bild des Schutzpatrons aufgehängt, und fortan zum ewigen Gedächtnis für Kinder und Kindeskinder als ein Heiligtum bewahrt.

Des armen Spielmanns Glück wurde nicht alsobald in der Nachbarschaft bekannt, als es auch viele Neider erregte, unter denen sich vorzüglich ein anderer, ebenfalls buckliger Musikant durch seinen giftigen Groll auszeichnete. Seines vormaligen Gesellen nunmehriger Vorzug quälte ihn Tag und Nacht und richtete sein ganzes Sinnen und Trachten nur nach der Möglichkeit, es jenem gleich oder noch zuvor thun zu können. Deswegen übte er sich den ganzen Tag die schönsten Weisen ein, und begab sich nun auf St. Gerhardi Nacht um die zwölfte Stunde nach dem Pervisch. Dort fand er auch richtig dasselbe Gelage, und ward bald darauf zum Spielen aufgefordert. Aber welch ein Unterschied! Kaum hatte er in stolzem Selbstvertrauen seine lustig künstlichen Melodien angehoben, und die Damen sich zum Tanze erhoben , als er auf einmal aus der Tanzweise in ein Sterbelied fiel und eine so traurige und herzbrechende Weise ausfiedelte, daß höllisches Gepfeife und Gezische sich um ihn herum erhob und die Paare sich trübselig darunter her bewegten. Der Spielmann aber noch immer vermeinend, seine besten Melodien vorzutragen, musizierte stracks drauf los und erwartete nun, da der Tanz geendet war, nichts weniger als einen noch reicheren Lohn denn sein Vorgänger, und trat daher, Rock und Weste ausziehend, keck zum Tische.

»Ei, ei, beste Frau!« rief er spöttisch, da er in der oben an dem Ehrenplatze der Tafel sitzenden Dame die gestrenge Frau Bürgermeisterin zu erkennen glaubte, die hier in aller Pracht und Herrlichkeit dem sonderbaren Mahle präsidierte – »was würde wohl der Herr Gemahl sagen, wenn er Sie hier auf der Besenstielfestlichkeit anträfe? Aber lassen Euer Gnaden mich nicht allzulange hier ohne Lohn stehen, denn die Nacht ist kalt und es schlottern mir alle Knochen in der Herbstluft. Ich denke, mein Spiel ist doch noch wohl eines bessern Preises wert, als das des Stümpers, der Euch beim letzten Feste die Ohren gellen machte?«

Doch wie sollte er sich täuschen! Die Dame nahm im Nu den Deckel von einer silbernen Schüssel, und ehe er sich's versah, klebte der darin aufbewahrte Höcker seines Gesellen vor seiner Brust. So stand denn der Neidhard mit doppeltem Bollwerk umgeben und traute seinen Augen nicht, bis im selben Momente beim ersten Schlage der Morgenstunde der Spuk verschwand und er sich unter zwiefacher Last nach Hause trollen konnte.

Noch lange Jahre hindurch mußte er das Warnungszeichen seiner Mißgunst mit herumschleppen, und die Eltern pflegten ihren Kindern bei seinem Anblicke die Geschichte zu erzählen.

Der Teufelsstein von Malmedy

Michael Zender

Es war zur Zeit der Gründung des Klosters in Malmedy; das Wohngebäude war vollendet, die Kirche stand unter Dach, und der Bau des Turmes schritt rüstig voran. Der hl. Remaklus lustwandelte eben im neuangelegten Garten mit seinen Mönchen und gab seiner Freude darüber Ausdruck, daß nunmehr das Kreuz seine schützenden Arme bald über die Abtei und das ganze Thal ausbreiten werde. Plötzlich blieb er stehen und blickte unverwandt in die Ferne. Nach einer Weile sprach er zu den Mönchen:

»Eine große Gefahr ist im Anzug, merkt keiner von euch etwas?«

Die Heiligen Gottes nehmen mit ihren fünf Sinnen Dinge wahr, welche gewöhnlichen Menschenkindern entgehen. Ein alter Laienbruder zeigte nach der Wasserscheide zwischen Warche und Warcheune und sagte:

»Von dorten weht ein scharfer Schwefelgeruch herüber. Was wird das sein?«

»Der böse Feind naht heran«, entgegnete der hl. Remaklus. »Was er im Schilde führt, weiß ich nicht, aber wir müssen uns vorsehen. Bruder, gehe du ihm entgegen; wir wollen hier zu Gott beten, daß er Dir die rechten Mittel und Wege eingebe, den Listigen zu Schanden zu machen.«

Während nun die Mönche zur Kirche zogen, entwarf der Laienbruder seinen Feldzugsplan. Er füllte rasch eine Kiepe mit altem Schuhzeug, hing sie an seine Schultern und trat den befohlenen Gang an. Er ging nach der Richtung hin, aus welcher ihm der Schwefelgeruch entgegenwehte. Nach etwa zweistündiger Wanderung kam er an den Fuß eines Hügels, der von niedrigem Buschwerk dicht bewachsen war. Da sah er auf einmal, wie von der Anhöhe her ein gewaltiger Steinblock sich vorwärts bewegte.

»Halt«, sagte er sich, »da naht er heran. Ich will ihn hier in der Lichtung erwarten.«

Bald trat auch schon der leibhaftige Gottseibeiuns, tiefgebückt und keuchend unter der schweren Last, aus dem Gebüsch hervor. Er war todmüde und ließ, um ein wenig auszuschnauben, den Steinblock niedergleiten, lehnte sich dagegen und stützte einen Fuß auf den Rand des Blockes. So stand er grade dem Bruder gegenüber, aber erst als dieser infolge des starken Schwefelgeruchs zu niesen anfing, bemerkte er ihn. Nun begann er:

»Alter Graubart, du bist wohl ein Jünger des Remaklus?«

»Remaklus hat mich fortgeschickt!« erwiderte der Bruder.

»So«, versetzte der Teufel mit unheimlichem Grinsen, »dann freue dich, daß du nicht mehr bei ihm bist; denn ich werde gleich diesen hübschen Baustein auf sein Dach werfen!«

»Gleich?« fragte der Bruder, »weißt du, wie weit du noch bis zum Kloster zu gehen hast? Sieh' hier«, fuhr er fort, indem er seine Kiepe umstürzte, »das sind die Schuhe, die ich getragen habe, seitdem ich dasselbe verließ, und die ich an den Füßen habe, sind auch schon halb verschlissen«.

Als Satan das hörte, brüllte er vor Wut wie ein Löwe, und da der Bruder, dem es bange wurde, das Kreuzzeichen machte, prallte er wie ein Feuerball in den Busch zurück, der im Nu in hellen Flammen aufloderte. Der Laienbruder raffte rasch seine alten Schuhe wieder zusammen und eilte nach dem Kloster zurück.

Der Stein aber, an dem die Spur der Teufelsklaue sichtbar ist, liegt noch an derselben Stelle, und der Hügel (bei Boussire) ist kahl und schwarz geblieben bis auf den heutigen Tag, weshalb er auch »der schwarze Hügel« genannt wird.

Kakus und Herkules

Tilman Röhrig

Kein guter Riese darf mit dem Krieg beginnen.
Das gilt schon seit alters her.

Das Böse überlistete das Reine. Sofort war es mit dem paradiesischen Glück für uns Menschen vorbei. Seitdem kämpft das Gute gegen das Böse, und oft erscheinen uns beide übergroß wie Riesen.

Damals, in einem Jahr noch ohne Zahl, an einem Tag ohne Namen, hielt der riesenhafte Herkules am Ufer des Tiber die wohlverdiente Mittagsruhe, übermüdet von schwerer Arbeit schlief er ein. Der scheußliche Riese Kakus nutzte die Gelegenheit und raubte dem Helden zwei der schönsten Rinder aus seiner Herde. Kaum war Herkules erwacht, bemerkte er den Verlust, in göttlichem Zorn suchte er die rotbraunen Kühe. Das Brüllen der Tiere führte ihn zur Höhle des Unholds. Furchtbar war der Riesenkampf zwischen »Halbgott« und »Halbmensch«, schließlich erschlug Herkules den räuberischen Kakus.

Es war kein endgültiger Sieg, denn so lange es uns Menschen gibt, sterben diese Wesen der hellen und dunklen Halbwelt nicht wirklich. Sie kehren immer wieder.

Tiefes Grollen und Gurgeln kündigten das Unglück an. Nein, es war nicht das Tosen des Hauserbachs, der von Weyer abwärts gleich nach Dreimühlen in die Talschlucht stürzt, durch Eiserfey rauscht, im Feybach aufgeht und sich gemeinsam mit ihm bei Euskirchen in die Erft ergießt. Dies markerschütternde Geräusch, auf und ab im langgezogenen Rhythmus durch den Tag und während der Nacht, war als schnarchten hundert Männer.

Die verschreckten Einwohner von Dreimühlen und Eiserfey starrten zum linken Ufer das Bachs, ihre Augen kletterten die Felsen hinauf bis zum Höhleneingang. Aus diesem schwarzen, aufgerissenen Maul drang das unmenschliche Schnarchen.

Früh am Morgen des dritten Tages brach der Lärm ab, und mit der aufgehenden Sonne trat ein Riese aus der Höhle. Breitbeinig stellte er sich an den Rand des Vorplatzes. »Achtung!« Seine Stimme ließ die Siedlungen am Hauserbach erzittern, schwoll die gegenüberliegende Anhöhe hinauf, oben in Harzheim fielen Bauern auf die Knie, weit dröhnte die Stimme über Wiesen und Felder bis hinüber nach Holzheim.»Seht mich an!«

Verschreckt schlichen die Menschen näher. Ob auf der Hohe oder unten am Bach, alle erstarrten vor dem furchtbaren Anblick. Der Riese ließ sich Zeit, gähnte, fuhr mit dem Finger in die aufgestülpten Nasenlöcher, hiernach brach er eine Tanne ab und kratzte sich den behaarten Rücken, genüßlich den Bauch.

Kuhhäute hingen als Schurz um seine Lenden, im Gürtel steckten bleiche

Wildschweinrippen. Er zog die gewölbten Knochen heraus und kämmte sich ausgiebig den Bart. »Ich bin Kakus.« Kurz ließ er die Finger schnalzen, scharf wie ein Peitschenknall. Sofort stürzten zwei Bären aus der Höhle, die sich rechts und links neben dem Riesen aufbauten. »Ich bin euer Herrscher, der gute Kakus. Jeden Monat krieg ich zehn fette Kühe!« seine Zunge schlappte kurz heraus, »von jeder Ernte krieg ich die Hälfte. Wenn nicht ...«, er schnippte den Bären und zeigte auf einen Bauern. Ohnmächtig mußten die anderen zusehen, wie die Untiere den Mann packten und dem Riesen brachten. Als Spielzeug wirbelte ihn Kakus herum, faßte mit jeder Hand ein Bein, das Schreien rührte ihn nicht, langsam zerriß er den Bauern. Voll Gier fielen seine Bären über die Hälften her. »Habt ihr verstanden?«

Die Menschen gehorchten, niemand wagte sich dem Riesen zu widersetzen. Bald wollte er mehr, er verlangte alles. Kinder verhungerten, Flehen und Bitten waren vergeblich. Erbarmungslos beherrschte Kakus die Siedlungen im Tal und auf den umliegenden Höhen. Er stampfte über das Feld und raubte die hochbeladenen Erntewagen. Mitten im Ort setzte er sich hin. Eitel ließ er die Wildschweinrippen durch den Bart kratzen, oder er riß die Dorflinde aus, wedelte sich Kühlung zu, während seine Bären in jeden Keller stiegen und ihm die Vorräte heranschleppten. Den Honig erhielten die Untiere als Belohnung.

Ohne seine Leibbären wütete der Riese eines Tages im Gehöft, weit unten am Ausgang des Tals. Wie Käfer zertrat er die Bewohner und fraß einen Ochsen. Nichts blieb übrig. Rülpsend machte sich der Koloß auf den Heimweg zur Höhle. Nebel fiel, bald war er so dicht, daß ihn Kakus nicht vor sich herblasen konnte. Um die Richtung nicht zu verlieren, platschte er den Bachlauf hinauf. Dichter wurde der Nebel. Plötzlich stieß der Riese gegen ein Hindernis, er fuhr zurück und tastete mit der Hand wieder nach vorn. Seine Finger berührten riesige Muskelberge.

Ein harter Schlag traf seinen Arm. »Rühr mich nicht an«, gefährlich grollte die Stimme, »Aus dem Weg, du!«

»Weg, du!« Kakus schnaubte.

»Ich komme von oben. Also mußt du Platz machen.«

Kakus schwieg, für Spitzfindigkeiten brauchte er Zeit. »Ich komme von unten. Du mußt Platz machen.«

Hohngelächter schlug ihm entgegen. »Wer bist du denn schon?«

»Ich bin Kakus. Der Herrscher über alles!« Mit vorgereckter Schulter stürmte der Unhold los und rammte das Hindernis aus dem Bachbett. Die Wucht war so groß, daß der Fremde die Anhöhe hinaufstolperte. »Und wer bist du?« schrie Kakus triumphierend.

»Herkules!« wie ein Donnerschlag schallte die Antwort aus dem Nebel zurück.

Sofort verschluckte sich Kakus, sein Husten dröhnte durch das Tal, er keuchte: »Woher kenn ich den Namen?« Nur langsam dämmerte die Erinnerung in seinem Schädel. »Damals, das war damals am Tiber« vor Schreck schnappte er nach Luft, saugte den ganzen Nebel in sich hinein, dann fluchte er: »Schon wie-

der dieser Herkules.« Kakus schwieg und tapste, so leise er konnte, in seine Höhle.

Schnell verbreitete sich die Nachricht, schneller als ein Hase laufen konnte: »Am Bergrücken hinter Holzheim wohnt jetzt ein zweiter Riese. Und stark und schön ist er, auf dem Kopf trägt er helle Locken, am Körper ist die Haut glatt, und freundlich lächelt er.« Welch ein Jubel. »Der Riese Herkules will uns beschützen!« Auf der Hochebene durften die Menschen wieder aufatmen. War kein Pferd mehr da, so zog der gute Riese den Pflug, fehlte es an Bauhof, so brach er mit den Händen die Tannen ab, Herkules richtete die zerstörten Häuser auf, er half und heilte bald alle Wunden der furchtbaren Knechtschaft.

»Welchen Lohn forderst du?« fragten die dankbaren Leute, Lächelnd wehrte der Retter ab. »Laßt nur. Ich werde eure Rinder hüten, dafür gebt ihr mir Essen und Trinken«, er strich über die hellen Locken, »allerdings bin ich es gewohnt, jeden Mittag zu ruhen, dabei darf mich niemand stören. In dieser Zeit soll einer von euch auf die Herde achten.«

Alle stimmten ein Hochlied auf den bescheidenen Riesen an. Am späten Vormittag brachte ein Bauer seinen Sohn. »Für die Feldarbeit ist mir der Ansgar zu mager. Wenn du ihn haben willst?«

Zitternd stand der Kleine da. »Her ...«, vor Aufregung mußte Ansgar neu ansetzen, »Her ...«, es gelang nicht ohne Stocken, und so blieb es dabei, er sagte: »Her-Herkules.«

Freundlich betrachtete der Riese den schmächtigen Kerl. »Also gut. Du bist von jetzt an mein Hütejunge«, und lachte über ihn hinweg, sein Atem sollte Ansgar nicht wegblasen, mit den Fingerspitzen faßte er das Kittelchen und setzte ihn hoch oben in einen Baumwipfel.

»Her-Herkules.« Ansgar klammerte sich an die Äste. »Mir ist schwindelig.«

»Das geht vorbei. Sei still und achte auf die Rinder.«

»Aber wie soll ich denn von hier oben ...?« Weiter kam er nicht.

»Ruhe!« schimpfte Herkules, daß der Baum sich bog, und weil es Mittag war, legte sich der Held quer über die Wiese. Er schlief ein. Gut behütet grasten die Kühe zwischen seinen Beinen.

Kakus zeigte sich nicht mehr auf der Hochebene. Er hatte sein Gebiet eingeschränkt, nicht freiwillig, seit grauer Vorzeit kannte er die Kraft des Götterlieblings, nur zähneknirschend verzichtete er auf die Vorräte der Harz- und Holzheimer.

Um so schlimmer erging es den Leuten entlang des Hauserbachs.

Von Woche zu Woche peinigte Kakus sie mit neuer Qual. Sein Aussehen war noch furchtbarer geworden, morgens kratzte er weder Rückenfell noch Bauchhaare, zottig hing sein Bart, denn selbst den Wildschweinkamm hatte er im Zorn zerbrochen.

Schließlich hielten es die Menschen im Tal nicht länger aus. Sie lebten in der Hölle, und gleich oben auf der Anhöhe begann der Himmel. »Hilf uns auch, Herkules«, tiefgebeugt flehten sie ihn an. »Befreie uns von dem üblen Kakus.«

Bekümmert schüttelte der Held den lockigen Kopf. »Ich kann nicht. Kein guter Riese darf mit dem Krieg beginnen. Das gilt schon seit alters her.« Doch als er die enttäuschten Tränen sah, seufzte er: »Gut, Ich werde mir etwas einfallen lassen.«

Und Herkules dachte lange nach.

An einem prachtvollen Sonnenmorgen trieb er die Rinderherde bis zum Rand der Anhöhe, weit sichtbar ließ er sie dort auf den Wiesen über dem Tal grasen. Gegen Mittag hob er den Hütejungen in die Krone einer etwas entfernten Buche. »Was auch geschieht, du hältst den Mund!«

Ansgar zitterte wie Espenlaub. »Ja, Her-Herkules.« Laut klapperten die Zähne.

»Auch das muß aufhören.«

Sofort schob Ansgar seine Hand in den Mund. Zufrieden legte sich Herkules neben einen Felsbrocken, mit der linken Hand pflückte er noch eine junge Birke und steckte sie in den Mundwinkel. Bald war er eingenickt.

Zwei riesige Hände erschienen auf der Kuppe, dann der Kopf des Kakus. Alles ging sehr schnell, schon war der Unhold wieder verschwunden.

Als Herkules erwachte, zählte er die Rinder. Zehn Kühe fehlten! Herkules spuckte die Birke aus und untersuchte die Spuren. Verwundert rieb er die Stirn, denn die Hufabdrücke führten aus dem Tal zur Herde hin. »Also müßten es mehr Tiere sein. Es sind aber zehn weniger.« Ärgerlich schüttelte der Held den Kopf. Für seinen Plan brauchte er unbedingt den klaren Beweis, daß Kakus ihn persönlich beraubt hatte.

»Hallo! Her-Herkules.« Ansgar zappelte in der Buchenkrone, »Ich weiß es!« Genau berichtete er, wie Kakus mit jeder Hand fünf Kuhschwänze gepackt und die Tiere so rückwärts von der Weide ins Tal gezogen hatte.

»Und das waren seine letzten Rinder«, grollte der gute Riese, ergriff den Felsbrocken und wog ihn in der Hand. »Kakus hat angegriffen. Ich muß verteidigen.«

Tief sog er Luft in sich hinein. Er stieß einen Pfiff aus, ließ ihn lange über die Hochebene und ins Tal heulen. »Versteckt euch!« schrie er. Verschreckt krochen die Menschen in die Vorratskeller, wer auf dem Feld war, warf sich auf die Erde und schützte den Kopf mit den Armen.

Herkules zielte und schleuderte den gewaltigen Felsbrocken. Pfeifend fuhr er durch die Luft und schlug mit einem ohrenbetäubenden Krachen oberhalb der Höhle gegen die Steilwand. Risse platzten auf, dann polterten ganze Felsstücke hinunter. Kakus stieß sich ins Freie, als er den Schaden an seiner Behausung sah, brüllte er auf. In wildem Zorn warf er eine abgebrochene Felsnase hinauf zur Anhöhe und gleich eine zweite hinterher. Sofort flogen sie als Antwort zurück. Die Schlacht zwischen den Riesen hatte begonnen. In der Luft pfiff, zischte und heulte es, wieder und wieder donnerten riesige Brocken gegen die Steilwand. Nach einem schweren Treffer stürzte der Eingang der Hohle zusammen. Zerquetscht lagen die Bären unter den Trümmern. Kakus warf nicht mehr zurück. Geduckt wartete er, bis Herkules die Steingeschosse ausgegangen waren. »Komm her, du!« forderte er seinen Gegner auf. Mit einem Satz sprang Kakus vom Höhlenvorplatz zum Bach. Von der Anhöhe kam Herkules in drei Sätzen hinunter ins Tal. Beide Kolosse griffen zu den riesenüblichen Handwaffen, mit Keulen schlugen sie aufeinander ein. Hieb um Hieb, schwer verletzte der eine den anderen. Lauter wurde das Kampfgebrüll. Wieder holten sie aus, die Keulen knallten in der Luft zusammen und zersplitterten. Unzählige spitze Späne prasselten auf Eiserfey nieder, wie Lanzen durchschlugen sie die Dächer der Häuser.

Waffenlos senkten beide Riesen die Köpfe, stampften mit den Füßen, dann brüllten sie und stürmten aufeinander los. Furchtbar war der Zusammenprall. Der Kopf des Kakus platzte, ohne einen Laut kippte er zur Seite. Der Böse war besiegt! Schwerverletzt schleppte sich Herkules die Anhöhe hinauf. Aus den Wunden quoll Blut, in seiner Stirn klaffte ein tiefer Riß. Schritt für Schritt schwankte der Held über die Wiesen. Ansgar rannte neben ihm her. Mit schwindender Kraft stolperte Herkules an Holzheim vorbei und sank nieder, todwund lehnte er sich an den Bergrücken. »Her-Herkules?«

Die müden Augen entdeckten den Hütejungen. »Sag den Menschen im Tal, daß sie leben können wie früher.« Der gute Riese legte den Kopf in die Tannen und starb.

Weinend häuften die Holzheimer Erde über Herkules und pflanzten Bäume. Zur Erinnerung nannten sie den Bergrücken »Herkelstein«.

Erst nach einem Jahr hatten Wölfe den Kadaver des Kakus aufgefressen. Aus seinen Knochen schnitzten sich die Talbewohner gutes, hartes Werkzeug. Oft horchten sie furchtsam auf und starrten zur Kakushöhle hinüber. Nein, kein Schnarchen. Es war nur das Rauschen des Hauserbachs.

Der Gute hatte den Bösen, der »Halbgott« hatte den »Halbmensch« besiegt. Doch es war kein endgültiger Sieg. Immer wieder wachen die Wesen der hellen und dunklen Halbwelt auf, so geht es bis heute. Nicht immer zeigen sie gleich ihre wahre Gestalt, und doch sind es Riesen wie Kakus und Herkules.

Das Haus des Sonderlings

Nanny Lambrecht

In der Eifel ist das. Dort steht ein Haus, ein ganz sonderbares. Auf der Ansichtspostkarte kostet's zehn Reichspfennige, so berühmt ist schon das Haus. Aber der stumme Mann wird lächeln, wenn er das liest.

Der stumme Mann, der vor Glück fluchen konnte, als er die Frâ heiratete, die eine studierte Hebamme war. Und von dort her hatte die Frâ auch ihre Bildung. Sie tapezierten die Wände und harrten auf Kinder. Doch erst unter Mithilfe eines Haferkorns, das man bei Neumond in den Dung begrub, und eines Katzenhaars, das die Frâ eingenäht auf der Brust tragen mußte, erblickte ein lächelnder Knabe das Licht der Welt. Sie waren stolz und glücklich, denn er sah weder dem fluchenden Manne, noch der gebildeten Frâ ähnlich, weshalb mit diesem Kinde noch Großes geschehen mußte.

Als der Jung schon Fäustchen machen konnte, kauften sie ihm ein Spielzeug. Sie kauften ihm eine Ziehharmonika. Der Mann zog an der einen Seite, die Frâ an der andern. Die Leute blieben vor dem Fenster stehen. Ja, es geschah, daß, wenn der Jung nachts schrie, sie die Harmonika ins Bett mitnahmen, und der Mann zog rechts und die Frâ links, und die Musik kreischte die Hähne wach, und bumsstill war der Jung.

»En Kreizgewidderdunnerkeil, dat werd en Musikus«, sagte der Mann und man entschloß sich, ihn einem musikalischen Beruf zuzuführen. Zum Beispiel Nachtwächter. Da ging der Mann zum Nachbar Knollepittche auf ein Schnäpschen oder zwei, und als er spät am Abend zurückkehrte, zog er einen Trichter unterm Kittel heraus und trötete ins Fenster: Tuuut Tuuhuuut ... als wär's schon der Jung, der um Mitternacht die Frâ wachblies.

Nach solchen Freuden schüttete der Mann den Reichtum aus dem Strumpf und ließ einen Stall bauen, damit der Jung einmal ein stattliches Anwesen besitze. Zu Pfingsten war der Rohbau im Gerüst unter Dach.

»Vadderche«, rief der Jung, »ech stecken de Pingststrauß aan.«
Schwang sich die Balken hinauf, schwenkte den Strauß, jubelte:
»Mei Hous! Mei Hous!« ... tat noch einen Schrei ... dann nichts mehr.
Gräßliche Stille ... Und tat nie – nie mehr einen Schrei.
Da fluchte der Mann nicht mehr. Geweint hat er auch nicht.
Aber um Mitternacht schreckte oft die Frâ auf, stieß den Mann wach.
»Vadderche, hierst? de Jung hat gebloß.« Und da klang's auch, ganz fern, wahrscheinlich über der Kirchhofmauer ... »Tuhuut – Tuhuu ...« Wie Tote die Lebenden rufen. Und da zögerte die Frâ nicht und ging ...
Der Mann fluchte nicht. Geweint hat er auch nicht. Er pflanzte blühende Gärten auf das Grab seiner Toten. Er sagte, sie würden wohl wiederkommen, einmal in weißer Pfingstnacht. Er wartete. Und wenn er zu den Gräbern ging,

legte er beim Nachbar Knollepittche die Schlüssel nieder. Wenn derweil vielleicht die Toten kommen ... Er wurde greis, und die Toten waren noch nicht gekommen. So müsse er sich denn aufmachen und zu den Toten gehen, sagte er. Und da jedermann, wenn er eine große Reise macht, seine Sachen einpackt, so begann auch er sein Haus einzupacken. Mit dem Giebel begann er. Tag um Tag brach er einen Stein ab. Tag um Tag riß er ein Holz los. Es sollte nichts übrig bleiben, wenn er fortging, nichts für die Fremden. Die Leute blieben vor dem Hause stehen und sagten, er sei verrückt. Da sprach er kein Wort mehr und wurde der stumme Mann.

Er begann nun auch das Haus auszuräumen, nahm in die Küche die Harmonika, das Schwein und das Heubündel, darauf er schlief. An die Außenwände des Hauses malte er schreckhafte Heilige, stellte Statuen, die er selbst schnitzte, ans Fenster. Hoch aufs Dach aber an den Schornstein nagelte er ein großes plumpes Holzkreuz, ein welker Kranz daran von den Hügeln seiner Toten.

So steht das Haus nun auf den Ansichtskarten. Zu Pfingsten wandert man hinaus ans Haus des Sonderlings. Für einen Groschen läßt Nachbar Knollepittche das Haus ansehen. Aber man muß kommen, wenn der stumme Mann hinaus zu seinen Toten ist. Wenn er einmal nicht mehr wiederkommt, dann ist an diesem seltsamen Hause kein Stein mehr auf dem andern. Man sagt, daß der stumme Mann in letzter Zeit schneller – abbaut.

Die Totenwacht

Paul Spülbeck

Bis vor nicht allzuvielen Jahren war es in der Eifel allgemein Sitte, daß beim Ableben eines Mitmenschen die Nachbarschaft drei Tage und Nächte im Sterbehaus die Totenwacht hielt, ja in einigen Orten wird diese fromme Übung noch heute beobachtet. Tagsüber kamen einzelne, abends kam ein größerer Teil der Nachbarschaft, um am offenen Sarg und nach Bedarf in den übrigen Zimmern des Hauses zu beten, während in der Nacht gewöhnlich drei Mann den christlichen Liebesdienst übernahmen.

Diese nächtlichen Totenwächter beteten natürlich nicht ununterbrochen. Sie setzten sich vielmehr die meiste Zeit in die warme »Stuff«, tranken Kaffee und Schnaps, machten auch ein Spielchen mit Karten und gingen ab und zu in die Totenkammer, für die arme Seele zu beten. Daß dabei das christliche Anliegen der Totenwacht mitunter in den Hintergrund trat und Kartenspiel und Trank Hauptsache wurden, ist leicht zu glauben.

Und wer es nicht glauben will, der lese die beiden nachfolgenden Erzählungen, die nicht erdichtet, sondern wirklich geschehen sind, und von denen man heute noch spricht.

Es war im Jahre 1894. Da starb in Ripsdorf der alte Schäfer, ein kleines Männchen. Er wurde in seiner Kammer aufgebahrt, die Nachbarn kamen zum Gebet, und für die Nacht hatten sich drei zur Totenwacht angemeldet, ein Fruchthändler und zwei Zimmermannsleut. Diese Kumpanei vergaß zwar nicht den Toten, aber noch weniger die Karten und das scharfe Wasser.

Es war weit nach Mitternacht, da stand der Fruchthändler auf, um einmal austreten zu gehen. Als er draußen und allein war, kam dem tollen Kerl eine »herrliche« Idee: Er wollte die beiden drinnen in der Stube mal ordentlich bang machen.

Was tut er? Leise geht er in die Totenkammer, hebt den Leichnam aus dem Sarg mitsamt dem Leichentuch, schlägt dasselbe über seinen Kopf, stellt den Toten vor sich auf die Fuße und hält ihn von hinten so an den Armen, daß er dieselben auf- und abbewegen kann. Dann trägt er den toten Schäfer durch den Flur, stößt die Stubentür auf und schiebt den Toten langsam vor sich hinein, macht mit dessen Armen und Händen große Kreise und Bewegungen und brummt dazu in den tiefsten, unheimlichsten Tönen.

Die beiden Zimmermannsleut packt, wie wir begreifen können, derart das Grausen, daß sie den Tisch umwerfen, gellende Schreie ausstoßen, das Fenster aufreißen und nur so nach draußen fliegen. Dann rennen und rennen sie, was die Beine tragen können, und halten erst in ihrem Lauf ein, als sie nicht mehr können. Sie schnappen nach Luft, während ihnen der kalte und heiße Schweiß von der Stirne tropft, verkriechen sich in ihr Haus und riegeln die Türe zu, als wenn der Schwede im Land war. Unser Fruchthändler trug inzwischen fröhlich sein leibhaftiges

Gespenst wieder in die Totenkammer und legte den stillen Schläfer ruhig in seinen hölzernen Schrein.

In Üxheim, das nicht weit von demselben Dorf, aber im Triererischen liegt, hat sich vor Jahren folgende Geschichte zugetragen. War wieder mal ein müder Erdenpilger entschlummert, und es wurde ihm die Totenwacht gehalten. Nun lebte im Dorf ein Schuster, der sich immer damit brüstete, nicht zu wissen, was Angst sei, und der auch schon öfters Beweise großer Furchtlosigkeit gezeigt hatte. Da beschlossen einige gute Freunde, ihm bei Gelegenheit der Totenwacht mal gründlich die Gänsehaut über den Rücken zu jagen.

Gegen Abend schleichen sich diese Freunde in die Sterbekammer, nehmen den Toten aus dem Sarg und verstecken ihn unter dem Bett in einer Ecke des Zimmers. Dann steigt einer der jungen Leute in den Sarg, man deckt ihn mit einem weißen Laken zu und legt lose den Deckel auf.

Kurz nachher kommen die nächtliche Beter zusammen, darunter auch besagter Schuster. Dieser kannte aber nicht nur keine Furcht, sondern auch keine Ruhe. Er mußte überall, wo er war, arbeiten und schaffen. Vielleicht trieb ihn auch die Not dazu. Jedenfalls hatte er sein Werkzeug mitgebracht und flickte, um die Zeit gut zu nutzen, in den Gebetspausen an seinen Schuhen.

Auf einmal beginnt es in dem Sarg zu rumoren. Man hört ein leises Seufzen, Stöhnen, dann ein schauerliches Kratzen am Holz. Die beiden anderen anwesenden Wächter, obwohl sie genau wußten, daß alles nur Spiel war, packte dennoch das Grauen, so daß sie aufsprangen und hinauseilten.

Unser Schuster schaute nur verwundert auf. Er sieht, wie der Sargdeckel sich langsam hebt und eine weiße verhüllte Gestalt sich in dem Sarg aufrichtet. Da nimmt er seinen Schusterhammer und haut ein paarmal kräftig auf den Kopf des »Toten«, indem er ruft: »Wat dued es, sall dued blieve!« Die Schläge mit dem Hammer waren so ordentlich, daß der Spötter in dem Totenschrein zusammenbrach und keinen Laut mehr von sich gab. Als die Freunde wieder in die Kammer kamen und den Sarg öffneten, fanden sie den Mann erschlagen und tot.

So erzählt man noch heute in jener Gegend.

Solcher und ähnlicher Unfug, der bei der nächtlichen Totenwacht wohl auch anderswo einschlich, dazu die tagelange Belästigung und Unruhe im Totenhaus wie vielleicht auch die Sorge um Gesundheitsschaden für die Wachenden waren der Grund, warum man schließlich das Gebet für die Toten in die Kirche verlegte. So wird es noch heute allabendlich in den Eifeldörfern gehalten, so lange der Verstorbene noch über der Erde steht.

Weltentrückt

Jakob Kneip

Aus fremden Welten kam ich heim.
Da saß der Vater noch im Stuhle,
Wie einst ich Urgroßvater sah,
Mit fernen Blicken – weltentrückten –
Und sprach von seinen Kinderzeiten.
Grau war der Vater wie ein Fels!
Der Alte Ofen knurrte, brummte,
Und eine Winterfliege summte –
– summte aus Urväterdunkel
Mir eine Totenmelodie.

Und Vater sprach von Kinderzeiten:
Von Dorfbrand, Hochzeit, Seuchen, Krieg,
Und von Gespenstern, nächt'gen Fahrten,
Von Hungersnot und Hagelschlag.
Er sprach mit festlichen Gebärden:
Vorweltfern – – –
Mich schauerte –
Ich staunte, stand,
Als stände ich zur Geisterstunde
Bei meinen Ahnen in der Runde.

Die Autoren und ihre Texte

Alfred Andersch
Geb. 1914 in München, starb 1980 im Tessin. Buchhändlerlehre, arbeitslos, Aktivist im Kommunistischen Jugendverband Bayerns, KZ-Häftling in Dachau. Büroangestellter, Soldat, desertierte 1944 an der italienischen Front. Kriegsgefangener, 1945-46 Redaktionsassistent Erich Kästners bei der »Neuen Zeitung« in München. Später Herausgeber, Redaktionsleiter bei Zeitschriften und Funk. Schriftsteller. Berichte, Geschichten, Romane.
Die Letzten vom »Schwarzen Mann«
Aus: A.A.»Geister und Leute. Zehn Geschichten«, List, München 1961, © Diogenes-Verlag, Zürich

Anonymus
Der Teufelsweg
Der Geiger von Echternach
Aus:»Rheinlands Heldensage«, Georg-Fischer-Verlag, Wittlich

Viktor Baur
Geb. 1898 in Daun, wo er 1967 starb. Diplom-Agraringenieur, Doktor der Landwirtschaft, Mitarbeiter des Landwirtschaftsministeriums in Berlin, später Pressereferent der Landwirtschaftskammer Rheinland und Chefredakteur der »Landwirtschaftlichen Zeitschrift für die Rheinprovinz«. Mitherausgeber der ersten Eifelkalender, später Schriftleiter der Eifelvereins-Monatszeitschrift »DIE EIFEL«. Zahlreiche Veröffentlichungen, Aufsätze, Erzählungen, Gedichte.
Das versunkene Schloß
Aus: Eifelvereinsblatt 1918
Auf dem Mosenberg
Aus: Eifel-Heimatbuch 1924/25, Verlag des Eifelvereins

Jacques Berndorf
Eigentlich Michael Preute, geb. 1936 in Duisburg. Nach journalistischer Ausbildung Arbeit als Zeitungs- und Magazinredakteur, zuletzt Reportagen über vorwiegend sozialpolitische Themen im »SPIEGEL«. Schöpfer der Detektivfigur Siggi Baumeister, mit der er den Grundstein für das Genre »Eifelkrimi« legte. Seit »Eifel-Blues« (1989) insgesamt sieben »Eifelkrimis« bei Grafit. Erhielt 1996 den Eifel-Literaturpreis.
Leben am Maar
Erstveröffentlichung © Michael Preute

Josef Benninghaus
Lehrer, Autor, Sagensammler. Werk (u.a.): »Sagen aus rheinischen Gauen« (1931).
Am Heidentempel
Aus: »Hier spukt's – Sagen und alte Dorfgeschichten aus den elf Orten der Gemeinde Nettersheim«, gesammelt und herausgegeben von Sophie Lange.

Harald Bongart
Geb. am 24.04.1964, Museumsleiter in Bad Münstereifel. Zahlreiche Veröffentlichungen zur lokalen Alltags- und Rechtsgeschichte, zuletzt: »Die Reglementierung des Alltags. Rechtsverhältnisse nach Weistümern aus dem mittleren Erftgebiet« im Band: »Landbevölkerung im 18. Jahrhundert« (Geschichte im Kreis Euskirchen Bd.12).
Silbermond
Die Bücher
Erstveröffentlichungen © Harald Bongart

Carola Clasen
Geb. 1950, arbeitete als Fremdsprachenassistentin, u.a. auch in Belgien. Zahlreiche Veröffentlichungen von Kurzgeschichten im Rundfunk und in Anthologien. Ihr Eifel-Kriminalroman »Atemnot« erschien im Jahr 1998. Ihr zweiter Krimi »Novembernebel« (KBV) 2001.
Unser Dorf soll schöner werden
Erstveröffentlichung © Carola Clasen

Freddy Derwahl
Geb. 1946 in Eupen, nach dem Studium in Löwen, Aachen und Paris Journalist und Leiter der Kulturredaktion des Belgischen Rundfunks (BRF). Neben dem Kinderbuch »Die Füchse greifen Eupen an« wurde er vor allem bekannt durch sein Athos-Reisebuch »Die Nacht der Jungfrau – Erzählung einer inneren Reise zum Berg Athos« (1991) und das Simenon-Portrait »Der kleine Sim – Die Lütticher Jahre von Georges Simenon«. 1993 erschien der Bildband »Grünes Land – Unterwegs in Ostbelgien« und 1996 das Buch »Das Haus im Farn – Eine Kindheit«. Er lebt in Eupen und ist Mitglied des PEN-Clubs und Inhaber mehrerer Literaturpreise.
Die Nacht auf Eichenstein
Erstveröffentlichung © Freddy Derwahl

Annette von Droste-Hülshoff
Eigentlich Anna Elisabeth Freiin Droste zu Hülshoff, geb. am 10. 01. 1797 auf Schloss Hülshoff bei Münster, starb am 24. Mai 1848 in Meersburg. Deutsche Dichterin. Werke (u.a.): »Die Judenbuche« (1842), »Gedichte« (1844), »Das geistliche Jahr« (1851).

Der Tod des Erzbischofs Engelbert von Köln
Aus: »Rheinisches Lesebuch«, herausgegeben vom Katholischen Lehrerverband und dem Verein katholischer deutscher Lehrerinnen, Druck und Verlag von W. Crüwell, Dortmund

Carola Freiin von Eynatten
Eigentlich Marie Carola Freiin von Eynatten, geb. 1857 in Wien, verstorben 1917 in Heidelberg, Schriftstellerin (Erzählungen, Romane, Sagensammlungen, hauswirtschaftliche Bücher). Verbrachte ihre Jugendjahre in Verona und Wien, unterrichtet von Privatlehrern, lebte in Freiburg/Br. und in Heidelberg. Zahlreiche Veröffentlichungen, (u.a.): »Eifelsagen – Sagen und Geschichten« (1890), »Schwarzwaldsagen« (1889), »Die Armins-Brüder« (1896), »'s Dorli« (1895), »Das Glück der Braunsberg« (1918).
Der Klausener von der Kanzellay
Das Schloßfräulein von Ernstberg
Die Schlangenjungfrau
Alle aus: C.v. E.»Eifelsagen«, Verlag von Heinrich Stephanus, Trier 1890

Joseph Faßbinder
Angehöriger einer literarischen Vereinigung Bonner Studenten, die in einem Musenalmanach »ihre poetischen Kräfte übt und erprobt« (Eifelvereinsblatt 1911).
Allerseelen
Im Kreuzgang
Aus: »Die Blumen der Frühe«, Gedichte von Joseph Faßbinder, Verlag Fredebeul & Koenen, Essen

Heinrich Freimuth
Geb. 1836 in Remscheid, gestorben 1895 in Köln-Deutz. Kaufmann, Auslandskorrespondent und freier Schriftsteller, Lyriker. Werke (u.a.): »Neue Akkorde« (1863), »Eifelstrauß« (1890), »Ardennenwanderungen« (1895).
Im Venn
Aus: Michael Zender, »Die Eifel in Sage und Dichtung – Eine poetische Wanderung durch das schöne Eifelland«, Verlag der Fr. Lintz'schen Buchhandlung, Trier 1900

Heinrich Heine
Geb. am 13.12.1797 als Harry Heine in Düsseldorf, nannte sich ab 1825 Heinrich, starb am 17. 02. 1856 in Paris. Bedeutender deutscher Dichter und Publizist. Werke (u.a.): »Gedichte« (1822), »Harzreise« (1827), »Buch der Lieder«, »Deutschland. Ein Wintermärchen« (in: »Neue Gedichte«, 1844), »Florentiner Nächte« (1837), »Der Rabbi von Bacherach« (1840).
Die feindlichen Brüder

Aus: Karl Simrock »Rheinsagen – aus dem Munde des Volks und deutscher Dichter«, Eduard Webers Verlag, Bonn 1879

Caesarius von Heisterbach
Geb. in Köln um 1180, gest. im Kloster Heisterbach nach 1240. Zisterziensermönch und Theologe, bedeutender Zeitzeuge, Geschichtensammler und Autor des hohen Mittelalters. Zahlreiche Veröffentlichungen, (u.a.): »Dialogus miraculorum« (1219/23), »Libri miraculorum« (1225/27), »Vita beati Engelberti« (1226/37).
Wie ein Ritter nach dem Tode vielen erschien
Wie zwei Jünglinge den Teufel in Weibsgestalt sahen
Wie der Teufel einem Mönch einen Strohwisch in die Augen warf
Alle aus: »Caesarius von Heisterbach« in: »Verschollene Meister der Literatur«, Deutsch von Ernst Müller-Holm, Karl-Schnabel-Verlag, Berlin 1910

Manfred Heup
Geb. 1948 in Mechernich, lebt als autodidaktischer Maler, Musiker und Autor in Bleibuir/Eifel. Volks- und Realschule, Lehre als Elektroinstallateur, später Fernmeldetechniker, Beamter bei Post und Telekom, heute technischer Fernmeldebetriebsinspektor im Vorruhestand. Verheiratet, zwei Kinder, dreifacher Weltmeister und Weltrekordinhaber im Pflaumenkernweitspucken.
Gespannte Rache
Erstveröffentlichung © Manfred Heup

Josef Hilger
Geb. 1857 in Kottenheim bei Mayen, gest. 1935 in Mayen. Lehrer, Rektor, Lyriker und Heimatkundler. Werke (u.a.): »Dichterklänge – Vom Laacher See und seiner Umgebung von Andernach bis Mayen« (Hg. 1897), »Gedichte« (1894), »Lieder und Gedichte zur Jubelfeier des 100. Geburtstages Wilhelms des Großen am 22.3.1897« (1897), »Bunte Blätter. Neue Gedichte« (1907), »Goldkörner – 200 Sinnsprüche für Schule und Haus« (1912), »Dahut. Das Hohe Lied der Liebe. Ein romantisches Epos in zwölf Gesängen« (1921).
Das Kirchlein am Weinfelder Maar
Aus: Eifel-Heimatbuch 1924/25, herausgegeben von Michael Zender, Verlag des Eifelvereins

Maria Homscheid
Geb. 1872 in Herdorf/Siegerland, dort gestorben 1948. Erzählerin und Lyrikerin. Lebte und wirkte in der Eifel (Ittel), an der Mosel (Lieser) und am Rhein (Koblenz). Umfangreiches literarisches Werk, (u.a.): »Der Eifelprinz« (Roman, 1910), »Auf heimlichen Steigen« (Erzählungen, 1911), »Erzfunken« (Gedichte, 1913), »Frauenschuh« (Legenden, 1920), »Glanzdam« (Novellen, 1921), »Blühender Schnee« (Legenden, 1931).

Irrlicht
Aus: M.H. »Der Schleuderer – und andere Knabengeschichten«, Herder & Co, Freiburg im Breisgau 1920

Alwin Ixfeld
Freier Journalist mit theologischer Berufserfahrung, schreibt und photographiert für Tageszeitungen, Wochenzeitungen und touristische Fachblätter. Ist gelegentlich im Radio zu hören, vor allem mit theologischen Themen. Als Ausgleich schreibt er über das wahre Leben und seine kriminellen Hintergründe. Zahlreiche Veröffentlichungen, zuletzt »Eifel-Täter. Die Welt des Jacques Berndorf« (gemeinsam mit Janosch Hübler, RMV 1999).
Das erste Mal
Erstveröffentlichung © Alwin Ixfeld

Raphaela Kehren
Geb. am 12.08.1957, lebt in Keldenich/Eifel, Autorin, Mutter von drei Kindern, studierte Germanistik, Geschichte und Politik in Köln. Seit sieben Jahren schreibt sie Kinderkurzgeschichten für zahlreiche Zeitschriften und Zeitungen im In- und Ausland. Ihr Jugendroman »Der rostrote Zopf« erscheint 2001.
Der bunte Mann
Erstveröffentlichung © Raphaela Kehren

Gottfried Kinkel
Geb. 1815 in Oberkassel, starb 1882 in Zürich. Studierte in Bonn und Berlin Evangelische Theologie und habilitierte 1837 in Bonn als Privatdozent der Kirchengeschichte. Brach 1846 mit der theologischen Fakultät, Ernennung zum Prof. der Kunst- und Kulturgeschichte. Wegen Teilnahme am badisch-pfälzischen Aufstand 1848 zu lebenslänglicher Haft verurteilt. Floh 1850 aus der Festung Spandau nach England. 1866 Prof. für Archäologie und Kunstgeschichte in Zürich. Sein literarisches Werk umfasst (u.a.) »Gedichte« (1843), »Die Ahr« (1846); »Vom Rhein« (1847), »Erzählungen« (mit J. Kinkel, 1849).
Der Schild von Nürburg
Aus: Karl Simrock »Rheinsagen – aus dem Munde des Volks und deutscher Dichter«, Eduard Webers Verlag, Bonn 1879

Heinrich von Kleist
Geb. am 18.10.1777 in Frankfurt/Oder, schied am 21.11.1811 in Berlin zusammen mit seiner Lebensgefährtin Henriette Vogel aus dem Leben. Deutscher Dramatiker und Erzähler. Werke (u.a.): »Der zerbrochene Krug« (1811), »Käthchen von Heilbronn« (1820), »Michael Kohlhaas«, »Die Marquise von O.« Ludwig Tieck gab 1821 die »Hinterlassenen Schriften« und 1826 die »Gesammelten Schriften« von Kleist heraus.

Die heilige Cäcilie oder Die Gewalt der Musik
Aus: »Unvergängliche Legenden«, gesammelt und herausgegeben von Walter Nigg, Bibliothek der Deutschen Friedrich-Schiller-Stiftung E.V., Berlin und Darmstadt 1968

Jakob Kneip
Geb. 1881 in Morshausen/Hunsrück, lebte seit 1941 in Pesch/Eifel, starb 1958 nach einem Eisenbahnunfall in Mechernich. Studierter Germanist und Neuphilologe, Schriftsteller. Romane, Gedichte, Essays, Erzählungen. Werke u. a.: »Hampit der Jäger« (Roman, 1927), »Porta Nigra« (Roman, 1932), »Feuer vom Himmel« (Roman, 1936), »Das Licht der Finsternis« (Erzählungen, 1949), »Der Apostel« (Roman, 1955), »Die Eifel« (Gedichte, 1955).
Weltentrückt
Aus: »Hier spukt's – Sagen und alte Dorfgeschichten aus den elf Orten der Gemeinde Nettersheim«, gesammelt und herausgegeben von Sophie Lange.

Fritz Koenn
Geb. 1927 in Hellenthal/Eifel, lebt in Königswinter. Ministerialbeamter im Ruhestand. Schriftsteller und Mundartautor, unter anderem unter Pseudonymen (»Dorps Schäng«, »Ferkes Wellem« »Tant Dresje«). Zahllose Veröffentlichungen: Erzählungen, Gedichte, Romane. Zuletzt: »Von Abelong bos Zau dich Jong« (Helios-Verlag, Aachen 1995, 3. überarbeitete Auflage 2001) und »Eifeler Schimpfwörter« (gemeinsam mit Liesel Kalka, Helios-Verlag, Aachen 1995).
Der Heimkehrer
Erstveröffentlichung © Fritz Koenn

Erika Kroell
Geb. 1958 am Niederrhein, verheiratet, drei Kinder, Rundfunk-Journalistin, seit 30 Jahren im Ahrtal beheimatet, Schriftstellerin seit 1998. Kriminalroman »Fürchte Deinen Nächsten« (RMV 2000).
Fluchloch
Erstveröffentlichung © Erika Kroell

Alexander Kuffner
Geb. 1974 in Simmerath, lebt in der Nordeifel und verdient sich seine Mahlzeiten als Redakteur. Nebenbei kümmert er sich um Radiosendungen und Kurzgeschichten.
Totenstille
Erstveröffentlichung © Alexander Kuffner

Nanny Lambrecht
Geb. 1868 in Kirchberg/Hunsrück, gest. 1942 in Schöneberg/Sieg. Lehrerin und Schriftstellerin in Malmedy/Eifel (heute Belgien), Aachen und Bad Honnef. Erzählungen, Novellen, Geschichten und Romane – teilweise unter ihrem Pseudonym Alca Ruth. Zahlreiche Veröffentlichungen, (u.a.): »Was im Venn geschah« (1904), »Das Haus im Moor« (1906), »Allsünderdorf« (1908), »Die Statuendame« (1908) und »Anne-Brigitte« (1935).
Das Armselchen
Aus: N.L. »Was im Venn geschah«, Erzählungen aus der Eifel und der Wallonie, Verlag von Fredebeul & Koenen, Essen
Das Haus des Sonderlings
Aus: Eifelvereinsblatt 1925

Sophie Lange
Geb. 1936 in Aachen, lebt in Nettersheim/Eifel. Autorin. Zahlreiche Buch-Veröffentlichungen, unter anderem zu regionalen feministischen Themen. Buchtitel: »Küche, Kinder, Kirche – Aus dem Leben der Frauen in der Eifel«, »Alt-Eifler Küche« (zwei Bände) und »Als feines Fräulein hinterm Pflug – Das außergewöhnliche Leben der Else Pfefferkorn in der Eifel«, »Steht die Sonne auf Stippen – Eifeler Bauernregeln und volkskundlicher Wetterglauben«, »Die Jahreszeiten – eine literarische Reise durch die Eifel« (letzteres als Herausgeberin; alle erschienen im Helios-Verlag, Aachen, 1992-1998), außerdem »Wo Göttinnen das Land beschützen – Matronen und ihre Kultplätze zwischen Eifel und Rhein« (Verlag edition nebenan, Bad Münstereifel, 1994).
Teufelswerk und schwarze Magie
Aus: S.L. »Im Dunkel der Nacht. Sagen und andere ›merkwürdige‹ und unheimliche Geschichten aus Münstereifel und Umgebung«, Helios-Verlag, Aachen 2001, erzählt in Anlehnung an die Erinnerungen des Pfarrers Michael Joseph Zinken aus Bad Münstereifel-Effelsberg, © Sophie Lange

Heinrich Lentz
Geb. um 1900, Lehramtsstudium in Köln. Prosa, Gedichte, mehrere kleinere Veröffentlichungen im »Eifelvereins-Blatt« über die »Burg Eltz« (1919), über das »Eifelstädtchen« und das »Eifelkirchlein« (1920), über »Eifelwinter« (1926) und »Unser Eifelland« (1933). Geschichtensammlung »Am Dorfbrunnen – Erzählungen aus der Eifel« (Druck und Verlag der Junfermannschen Buchhandlung um 1922).
Eifelkirchlein
Aus: Eifelvereinsblatt 1920

J.M. Leuer
Die Raubmühle
Aus: C. Trog »Rheinlands Wunderhorn – Sagen, Geschichten und Legenden, auch Ränke und Schwänke aus den alten Ritterburgen, Klöstern und Städten«, Band 13, Verlag von Gustav Quiel, Wiesbaden

Gitta List
Geb. 1959, Bonnerin, Kulturredakteurin, Autorin von Kurzgeschichten. Beiträge in diversen Anthologien, z.b. »Jürgen würgen« (Hg. Jacques Berndorf, Weiß-Verlag, Monschau 1999), »Der Ferienkrimi 2000« (Hg. Ralf Kramp, Scherz Verlag, Bern 2000), »Rheinleichen« (Hg. Ina Coelen/Ingrid Schmitz, Emons-Verlag, Köln 2000), »Der Tod klopft an« (Hg. Ralf Kramp, Grenz-Echo-Verlag, Eupen 2000).
Das Reh
Aus: KBV-Krimikalender 1997, © Gitta List

Wilhelm Marichal
Wiederkehrende Tote
Aus: Dr. Wilhelm Marichal »Volkserzählgut und Volksglaube in der Gegend von Malmedy und Altsalm«, Konrad-Triltsch-Verlag, Würzburg 1942

Ulrich Mehler
Geb. 1941, lebt seit 20 Jahren in Bleibuir/Eifel. Studierte Germanistik, Musikwissenschaft, Mittellateinische Philologie und Theaterwissenschaft. Promotion, Habilitation, Professor für Altgermanistik. Autor. Neben seinen wissenschaftlichen Veröffentlichungen arbeitete er für Theater- und Fernsehproduktionen, Beiträge auch in Anthologien. 2000 erschien sein Debütroman »Fliegenmarsch oder Der Tag, an dem die Eifelrepublik gegründet wurde«.
Das Spuk
Erstveröffentlichung © Ulrich Mehler

Josef Müller
Geb. 1802 in Aachen, dort verstorben 1872. Autor, Philologe, Naturwissenschaftler. Werke (u.a.): »Gedichte in Aachener Mundart« (1840), »Gedichte und Prosa in der Aachener Mundart« (1853), »Aachens Sagen und Legenden« (1858).
Der Lousberg
Aus: C. Trog »Rheinlands Wunderhorn – Sagen, Geschichten und Legenden, auch Ränke und Schwänke aus den alten Ritterburgen, Klöstern und Städten«, Band 13, Verlag von Gustav Quiel, Wiesbaden

M. Oehmen
Das Schloss im See
Aus: Eifel-Heimatbuch 1924/25, herausgegeben von Michael Zender, Verlag des Eifelvereins

Ingrid Peinhard-Franke
Geb. 1952, Studium der Soziologie und Pädagogik an der RWTH Aachen. Langjährige Journalistin, spezialisiert auf Kultur, Kunst, Kinderthemen. Arbeitet als Kulturpädagogin mit Kindern, unter anderem für die Yehudi-Menuhin-Stiftung. Zahlreiche Veröffentlichungen, vor allem in Anthologien erschienene Kurzgeschichten.
Schreie
Erstveröffentlichung © Ingrid Peinhard-Franke

Thomas Pfanner
Geb. 1960 in Bonn, lebt mit seiner Familie in St. Augustin. Studium der Paläontologie, Ausbildung zum Altenpfleger. Verwaltungsdirektor zweier privater Altenheime in der Vulkaneifel, EDV-Spezialist. Sein erster Kriminalroman »Glaube, Liebe, Mord« erschien 2001 im Espresso-Verlag.
Die Altenpflegerin
Erstveröffentlichung © Thomas Pfanner

Hans-Peter Pracht
Geb. 1949. Vornehmlich Publikationen zu den Themen Denkmalpflege und Denkmalschutz, Burgenkunde, Naturschutz und Brauchtum der Eifel. Veröffentlichungen (u.a.): »Sagen und Legenden der Eifel« (Bachem Verlag 1983), »Ich hab' die weiße Frau geseh'n« (Bachem Verlag 1996).
Die Kempenicher Burggeister
Aus: H.P.P. »Sagen und Legenden der Eifel«, Bachem-Verlag, Köln 1983, © Hans-Peter Pracht
Die Hexe vom Elsenhof
Aus: H.P.P. »Ich hab' die weiße Frau geseh'n«, Bachem-Verlag, Köln 1996, © Hans-Peter Pracht

Armin Renker
Geb. 1891 in Schoellershammer bei Düren, starb in Zerkall/Rur 1961. Papierfabrikant, Fach- und Lehrbuchautor, Dichter. Werke (u.a.): »Abdon« (Kammerspiel, 1924), »Klang aus der Stille« (Gedichte, 1943), »Das Uhrmännchen« (Märchen, 1938), »In den zwölf stillen Nächten« (Weihnachtserzählungen, 1947), »Himmelsschlüssel und Herbstzeitlose« (Sammlung, 1947).
Sürthchens Musel
Sibodo und Bonschariant

Den Teufel im Sack
Aus: A.R. »Zwischen Venn und Maar«, Balduin Pick Verlag, Köln 1948

Alfred von Reumont
Geb. 1808 in Aachen, starb dort 1887. Diplomat und Dichter. Zunächst Sekretär des preußischen Gesandten in Florenz (1829), dann im Auswärtigen Amt in Berlin (1835). Mitglied im Königlichen Kabinett, 1848-61 Legationsrat in Italien. Werke (u.a.): »Aachens Liederkranz und Sagenwelt« (1829), »Italienische Sonette« (1880), »Aus Friedrich Wilhelms IV. gesunden und kranken Tagen« (1884).
Die buckligen Musikanten
Aus: C. Trog »Rheinlands Wunderhorn – Sagen, Geschichten und Legenden, auch Ränke und Schwänke aus den alten Ritterburgen, Klöstern und Städten«, Band 13, Verlag von Gustav Quiel, Wiesbaden

Uwe Rhiem
Geb. 1962 in Euskirchen, lebt in Wißkirchen, Vater von drei Kindern, Polizeibeamter, freier Journalist, Autor und Musiker (»Mac Noise«-Irish Folk). Bislang ein Kriminalroman (»Fallobst«), erschienen im November 2000.
Ein Geist zuviel
Erstveröffentlichung © Uwe Rhiem

Tilman Röhrig
Geb. 1945 in Hennweiler/Hunsrück, lebt in Hürth/Rheinland und Schuld/Eifel. Gelernter Schauspieler, seit 1973 freischaffender Schriftsteller. Zahlreiche Buchveröffentlichungen, (u.a.): »Robin Hood. Solang es Unrecht gibt« (Dressler-Verlag, 1994), »Es begab sich aber zu der Zeit« (Wienand, 1995), »Leichenhemd und Zähneklappern« (Dürr und Kessler, 1996), »Wie ein Lamm unter Löwen« (Lübbe-Verlag, 1998), »Funke der Freiheit – Am Vorabend der Revolution1848/49« (Arena-Taschenbuch, 1998). Zahlreiche Hör- und Fernsehspiele, u.a. Verfilmung seines Romans »Mathias Weber, genannt der Fetzer« (ARD 1977), 13teilige Fernsehserie »Der Sklave Calvisius« (ZDF 1979), Kinofilm »Entführt – Kidnapping« (1982). Zahlreiche Auszeichnungen, u.a. Buxtehuder Bulle, Deutscher Jugendliteraturpreis, KölnLiteraturPreis.
Das Wannenmännchen
Kakus und Herkules
Aus: T.R. »Sagen und Legenden vom Kölner Land und von der Erft«, Wienand-Verlag, Köln, 1990, © Tilman Röhrig/Wienand-Verlag

Josef B. Schiffels
Veröffentlichungen: »Vom frischen Quell« (2 Bde. Verlag Georg Fischer, Wittlich 1912), »Erzählungen aus der Geschichte des Trierischen Landes und Volkes. Ein Lehr- und Lesebuch für Schule und Haus« (1895), »Heimatkunde des Regierungsbezirks Trier für die Mittelklasse der Volksschule« (5. verbesserte Auflage 1908)
Die Hexe von Neuerburg
Das Kräutermännchen
Der Fischerknabe vom Laacher See
Aus: Josef Schiffels »Vom frischen Quell – Sagen, Legenden und Geschichten aus der Eifel«, Verlag Georg Fischer, Wittlich 1912

Paul Spülbeck
Pfarrer, Autor, Überlieferer alter Sagenschätze.
Das Heinrichskreuz
Das unheimliche Haus
Die Totenwacht
Aus: Ortschronik Lommersdorf

Dorothee Steuer
Geb. 1926 in Aachen, Studium der Philologie in Bonn, Lektorin des KBV.
Die wilde Endert
Erstveröffentlichung © Dorothee Steuer

Hubert vom Venn
Hubert vom Venn, geb. 1953, schrieb bisher neun Bücher und arbeitet als Schriftsteller, Theaterleiter und Kabarettist in Monschau. Für »Die Rache der Campbells« recherchierte er in den Dörfern des Venns und befragte zahlreiche ehemalige Bewohner der Gegend um Hattlich.
In Zusammenarbeit mit: Iain ***, Laird of Camster, geb. 1953, den Hubert vom Venn durch seine Internetanfrage zur Highlander-Geschichte kennenlernte und der ihm zahlreiche Informationen über den Zwist zwischen den Campbells und den MacLeans lieferte. Da er Repressalien durch heute noch lebende Mitglieder des MacLean-Clans befürchtet, möchte er seinen vollen Namen nicht nennen.
Die Rache der Campbells
Erstveröffentlichung © Hubert Franke

Clara Viebig

Geb. 1860 in Trier, gest. 1952 in Berlin. Gehörte zu den erfolgreichsten Schriftstellerinnen in der ersten Hälfte des 20. Jahrhunderts. Ihr Roman »Das Weiberdorf« machte sie 1908 bekannt. Zahlreiche Erzählungen, Novellen, Romane.

Es spukt an der Genovevahöhle
Aus: C.V. »Kinder der Eifel«, Novellen, Verlag Egon-Fleischel & Co, Berlin 1897

Klaus-Peter Walter

Geb. 1955 in Michelstadt/Odenwald, lebt bei Bitburg. Verheiratet, ein Sohn. Studium der Slawistik, der Osteuropäischen Geschichte und der Philosophie. Freier Fachautor und Literaturkritiker. Veröffentlichungen (u.a.): »Das James-Bond Buch« (Ullstein Verlag 1995), »Begegnung mit dem Horizont: Die große Taiga« (Bucher Verlag 1996). Herausgeber des »Lexikons der Kriminalliteratur« (Corian Verlag).

Die Hexe
Erstveröffentlichung © Klaus-Peter Walter

Michael Zender

Geb. 1866 Daleiden, gest. am 12.12.1932 in Bonn-Beuel, ab 1903 Rektor in Bonn, ab 1909 Schriftleiter des Eifelvereinsblattes, veröffentlichte für den Eifelverein Jubiläumsbände zur Vereinsgeschichte (25jähriges Jubiläum 1913, 40jähriges Jubiläum 1928), ein Eifelheimatbuch (1924/25), sowie die ersten Eifelkalender (1927/28). Darüber hinaus: »Die Eifel in Sage und Dichtung« (Trier 1900).

Der Teufelsstein von Malmedy
Die Böcke
Aus: Michael Zender, »Die Eifel in Sage und Dichtung – Eine poetische Wanderung durch das schöne Eifelland«, Verlag der Fr. Lintz'schen Buchhandlung, Trier 1900

Die Herausgeber

Ralf Kramp
Geb. 1963 in Euskirchen, Autor und Karikaturist. Lebt in Bad Münstereifel. Sein erster Kurzkrimi erschien 1994 im »Kölner Stadt-Anzeiger«, und sein erster Kriminalroman zwei Jahre später. Für sein Debüt »Tief unterm Laub« erhielt er den Förderpreis des Eifel-Literaturfestivals. Seither erscheint jährlich ein Kriminalroman. Zahlreiche Veröffentlichungen von Kurzgeschichten und diverse Herausgebertätigkeiten. Seit 1998 einer der beiden Veranstalter von BLUTSPUR-Krimiwochenenden in der Eifel, bei denen hartgesottene Krimifans ihr angelesenes »Fachwissen« bei einer Mördersuche in die Tat umsetzen können. 2000 erster Eifel-Jugendkrimi »Wenn Goldfinger rauskommt«. Sein erster historischer Kriminalroman »... denn sterben muß David« erschien 2001 ebenfalls bei KBV.
Josephine
Im Gulag
Erstveröffentlichungen © Ralf Kramp

Manfred Lang
Geb. 1959 in Bleibuir, lebt auf einem Bauernhof in Lückerath/Eifel, u.a. mit Frau, drei Kindern, Katze, zwei Hunden, drei Pferden und 55 Schafen. Arbeitet als Redakteur für den »Kölner Stadt-Anzeiger«. Autor, Mundart-Rezitator, Herausgebertätigkeiten. Zahlreiche Buchveröffentlichungen, u.a. mit Jochen Arlt Hg. der Eifeler Literaturanthologien »Vaters Land und Mutters Erde« und »Leben – alle Tage« (Rhein-Eifel-Mosel-Verlag, Pulheim 1989, 1994); Textautor des Manfred-Hilgers-Bildbandes »Die Eifel – Augenblicke« (Verlag Meyer&Meyer, Aachen, 1994), Herausgeber des Weihnachts-Lesebuchs »Und er hat sein helles Licht bei der Nacht ...« (Helios-Verlag, Aachen 1996), Textautor des Bildbandes »Euskirchen« mit Fotos von Karsten Karbaum und Claudia Luxemburger (Wartberg-Verlag 2000) sowie mit Ralf Kramp Hg. von »Abendgrauen I« (KBV-Verlag 1999).
Nebel am Boll
In den Räumen der Nacht
Erstveröffentlichungen © Manfred Lang

Der Photograph

Theo Broere
Geb. 1962 in Prüm, verheiratet, lebt in Bad Münstereifel-Eicherscheid. Ausbildung als Portrait- und Werbephotograph, arbeitet heute als freier Photograph und Photo-Designer mit Schwerpunkt Schwarzweißphotographie. Auch zum ersten »Abendgrauen«-Band steuerte er bereits seine morbiden Illustrationen bei. Mitwirkung an diversen Projekten in Richtung künstlerischer Photographie. U. a. als Mitglied der Künstlergruppe »ARCON III« diverse Ausstellungen im Rheinland. *Kontakt:* theobroere@mac.com

ABENDGRAUEN
Des Grauens erster Teil

Heute schon ein Klassiker!

Ralf Kramp und Manfred Lang haben zum ersten Mal Schauergeschichten aus Historie und Gegenwart gesammelt, die in der Eifel, dem spröden Land, zerfurcht von tobenden Vulkanen und vom harten Wind, angesiedelt sind.

Über 70 Geschichten von 48 Autoren, wie z. B. Jacques Berndorf, Frank Festa, Caesarius von Heisterbach, Angelika Koch, Elisabeth Minetti, Tilman Röhrig, Theodor Seidenfaden und Clara Viebig reihen sich zu einem abwechslungsreichen Reigen des Schreckens aneinander.

350 Seiten, ISBN 3-89711-034-2

KBV-KRIMI

Ralf Kramp
...denn sterben muß David!
KBV-Krimi Nr. 82
Taschenbuch
229 Seiten

Andreas Scheepker
Du sollst nicht stehlen
KBV-Krimi Nr. 88
Taschenbuch
240 Seiten

Maria Kastellitz
Im Höllenturm
KBV-Krimi Nr. 89
Taschenbuch
356 Seiten

801 nach Christus. Karl der Große ist in Rom zum Kaiser gekrönt worden und befindet sich auf der Rückreise in seine Heimatpfalz Aachen. Zur gleichen Zeit werden in der Eifel einige ruchlose Morde verübt. Die Täter sind kahlgeschoren und grausam. Ihre Losung lautet: "...denn sterben muß David!"
Es geht um gefälschte Schriftstücke und um eiskalte Rache, und ihre blutige Spur führt nach Aachen, wo der Kaiser erwartet wird. Nur einer hat ihr Tun beobachtet und heftet sich an ihre Fersen: Enno, ein einfacher Bauernjunge, den man fälschlicherweise des Mordes bezichtigt.
Kann er sie aufhalten?

Ostfriesland im Frühsommer 1528: Große Umwälzungen in Kirche und Gesellschaft bestimmen das Land in der Reformationszeit. Der Rechtsgelehrte Lübbert Rimberti kehrt in seine Heimat zurück und wird durch Zufall in einen grauenhaften Mordfall verstrickt.
Am Rande des Moores wird eine unbekleidete Leiche entdeckt.
Wer war der Tote?
Wer steckt hinter der Tat?
Bei dem Versuch, Licht in die Sache zu bringen, schafft sich Rimberti viele neue Freunde... Aber auch viele Feinde in den höchsten Kreisen des Landes.
Und schließlich lüftet er eines der bestgehüteten Geheimnisse der ostfriesischen Geschichte.

Um die Jahrhundertwende wächst im verschlafenen Eifelstädtchen Euskirchen die junge und hübsche Helena heran. Eigentlich wäre sie lieber ein Junge, denn die Benimmregeln und der Anstand der wilhelminischen Zeit hemmen sie in ihrer Abenteuerlust.
Beinahe ahnungslos aufgewachsen, wird sie mitsamt ihrem väterlichen Firmenanteil an einen Geschäftspartner ihres Vaters verheiratet. Als sich plötzlich eine Reihe grausamer Frauenmorde in ihrer Umgebung ereignet, beginnt Helena, den eigenen Mann als Mörder zu verdächtigen.
Sie muß handeln!
Mit weiblicher Finesse versucht sie, den Schuldigen zu entlarven.

Christine Spindler
Im Rhythmus Der Rache
KBV-Krimi Nr. 86
Taschenbuch
276 Seiten

Linda French
Schwarz, stark und tödlich
KBV-Krimi Nr. 87
Taschenbuch
240 Seiten

S.J. Rozan
China Trade
KBV-Krimi Nr. 95
Taschenbuch
240 Seiten

Der erste Fall von Inspektor Frederick Terry von der London Metro-politan Police.
Die schöne und talentierte Jessica Warner lebt für den Tanz. Nicht einmal ihr eifersüchtiger Ehemann oder ihre traumatische Jugend können sie in ihrer Leidenschaft bremsen.
Als sie kurz vor der Premiere ihres neuen Stückes spurlos verschwindet, nimmt Inspektor Terry die Ermittlungen auf und entdeckt ein Netz aus Geheimnissen und Mißverständnissen. Aber erst nach einem brutalen Überfall auf einen ehemaligen Liebhaber Jessicas erkennt Terry in welch großer Gefahr sich die verschwundene Tänzerin befindet. Ein Wett-lauf gegen die Zeit beginnt.

Ein Professor Teodora Morelli Krimi.
Eigentlich beschäftigt sich Teddy Morelli als Geschichtsprofessorin mit der Vergangenheit, aber ihre Familie hält sie auch in der Gegenwart beschäftigt. Ihr Schwager, der Botaniker Leo Faber hat eine neue Sorte Kaffee entdeckt. Er stammt von einer von ihm gezüchteten Kreuzung einer Kaffee- und einer Kakaopflanze. Während der Vorstellung dieses enorm gewinnträchtigen neuen Kaffees wird Faber ermordet. Alles deutet darauf hin, daß seine Frau die Mörderin ist. Schließlich hatte sie von seinem Verhältnis mit seiner Assistentin erfahren. Teddy versucht nun, ihre Schwester von dem Verdacht zu befreien und gerät in einen Strudel von Verbrechen...

Zusammen mit ihrem Partner Bill Smith wird die Privatdetektivin Lydia Chin engagiert, um wertvolles Porzellan wiederzubeschaffen. Die Spur führt die Detektivin mit dem Gespür für Ärger direkt von der scheinbar makellosen Welt der Kunsthändler in die tödliche Welt der chinesischen Tiraden.
In ihrem Debütroman entfaltet die *"Shamus"*- und *"Anthony"*- Gewinnerin S. J Rozan die geheimnisvolle Welt von China Town in all ihren Facetten.

"Großartig!... Lydia Chin ist eine der reizvollsten Privatdetektivinnen überhaupt"
Susan Dunlap, Autorin von *"Als Anna verschwand"* und *"Nachts sind alle Katzen grau"*